Philip Bronson ist Anfang Dreißig und hat seinen Abschluß in Wirtschaftswissenschaften an der Stanford University und in San Francisco gemacht. Bevor er sich der Verlagsbranche zuwandte, in der er heute tätig ist, arbeitete er als Wertpapierhändler.

D1859210

Dieses Buch wurde auf chlor- und säurefreiem Papier gedruckt.

Deutsche Erstausgabe Dezember 1995
© 1995 für die deutschsprachige Ausgabe
Droemersche Verlagsanstalt Th. Knaur Nachf., München
Das Werk einschließlich aller seiner Teile ist urheberrechtlich geschützt. Jede Verwertung außerhalb der engen Grenzen des Urheberrechtsgesetzes ist ohne Zustimmung des Verlages unzulässig und strafbar. Das gilt insbesondere für Vervielfältigungen, Übersetzungen, Mikroverfilmungen und die Einspeicherung und Verarbeitung in elektronischen Systemen.
Titel der Originalausgabe »Bombardiers«
Copyright © 1995 by Po Bronson
Originalverlag: Random House, New York
Umschlaggestaltung: Angela Dobrick, Hamburg
Umschlagfoto: Bavaria/TCL, Düsseldorf
Satz: Partner Satz Repro GmbH, Ingolstadt
Druck und Bindung: Ebner Ulm
Printed in Germany
ISBN 3-426-60418-3

5 4 3 2 1

Philip Bronson

Die Broker

Roman

Aus dem Amerikanischen
von Fred Kinzel

Knaur

Für Nina

Was ist schlimmer:

a) ungerecht   oder   b) unbarmherzig
zu sein?

Frage aus dem *Kerlsey Temperament Sorter,* einem verbreiteten Karriere-Ratgeber.

Schmutz

Es war ein schmutziger Beruf, aber das Geld machte süchtig, und eine Sucht führte zur anderen, und sie gingen alle zum Teufel. Turner war zum Teufel gegangen und Mike McAfferey auch. Wes »Green Thumb« Griffin bekam ein Wanderauge, und Antonia Zennario, die immer gescherzt hatte, daß »alle Investoren aus Adams Rippe stammen«, verlor erst ihren Humor, dann ihr Lächeln und dann ihren Job. Carol Manning hatte eine Fehlgeburt. Coyote Jack begann bei Zahlen zu stottern und wurde ins Management versetzt. Sie waren alle zum Teufel gegangen. Sid Geeder haßte sie alle und vermißte sie wie verrückt. Das Telefon läutete pausenlos, und alle litten unter Blumenkohlohren, Halsausschlägen und Nackenschmerzen, und wenn die Sonne am Morgen aufging und sie bereits zwei, drei Stunden an ihrem Schreibtisch verbracht hatten, gingen sie an das Fenster im einundvierzigsten Stock und stellten sich vor, wie es wäre, mit dem Bus fahren oder einen Parkplatz suchen zu müssen. Die Kreischbox knatterte, während die Händler in London und New York und Chicago die Wertpapiere in die Höhe trieben, dann beruhigte sie sich, wenn sich die Staubwolken wieder legten, und sie richteten sich darauf ein, zu warten, daß sich das Massengeschäft weiter erholte. Die grünen Bildschirme verliehen allen Gesichtern eine bläßliche Farbe, und Lisa Lisa griff nach ihrem seidenmatten Kompakt-Make-up mit Feuchtigkeitsfaktor. Sid Geeder trank Kaffee. Nickel Sansome massierte seinen Schädel. Sue Marino blätterte in einer Brautzeitschrift.

Wenn die Sonne nicht herauskam und ihr Turm statt dessen von Wolken und Nebel eingehüllt war, existierte der Rest der Welt noch weniger als sonst; sie konnten die Straßen unter ihnen und die meisten der niedrigen Gebäude nicht sehen, und sie waren eins der wenigen Raumschiffe am Himmel. Der nächste Angriff konnte von überallher kommen. Die Wirtschaftsprognosen waren nutzlos. Keiner kümmerte sich um die Regeln. Der Zentralbankrat war unberechenbar. Geldzufuhr spielte in einem weltweiten Markt keine Rolle. Die Amis folgten den Japanern, und die Japaner folgten den Deutschen, und die Deutschen folgten den Amis. Sie warteten auf Weisungen von ganz oben, aber die geltende Weisung lautete, sofort zu verkaufen und nicht auf Weisungen zu warten. Niemand wußte, wohin die Kurse tendierten, aber wer es weniger wußte als andere, der wurde bis aufs Hemd geplündert. Am Morgen gab es dann immer eine Chance, es wieder hereinzuholen. Später würde ihnen die Regierung aus der Patsche helfen. Aber so weit war es noch nicht; sie bekamen stärkere Brillen, nahmen zu und fuhren im Taxi zur Arbeit, und die Börse war immer gleich. Und immer machten sie ihre Witze über die unbarmherzige Eintönigkeit ihrer Tage. Sie machten auch Witze über Coyote Jacks Managergarderobe, vor allem über seine Hosenträger aus Leder und die Manschettenknöpfe mit den Firmeninitialen. Und über Nelson Dickys Zähne, die verfaulten. Und über den Namen der Gesellschaft, der nach dem Geschäft mit den Eurofloatern keinen Pfifferling mehr wert gewesen war und geändert werden mußte, um das Firmenimage neu zu beleben. Und über Lisa Lisas Hoden, die aus Stahl waren und klingelten, wenn sie einen Flip aus Hypothekenbriefen an Gesellschaften mit hoher Rendite verkaufte. Über all das machten sie ihre Witze und fragten sich, wie es wäre, einmal keinen Gehaltsscheck zu bekommen, und obwohl es nicht leicht war, überlebten sie alle. Es gab auch Dinge, über die nicht so einfach zu spaßen war, etwa, als sich Sid Geeder beinahe mit Kaffee umbrachte. Und als Eggs Igino verschwand. Oder als während des Deals mit den Eurofloatern dieser Junge, Turner, einschlief und nicht mehr aufwachen konnte. Sie verließen nie ihre Schützengräben und taten, was man ihnen sagte; sie taten ein paar Jahre ihres Lebens nichts anderes als elf Stunden am Tag zu arbeiten, fünf Tage in der Woche. Sie gaben einhundertzehn Prozent im Dienst an der Firma. Am Ende blieb nur einer von ihnen übrig, und alles würde anders sein, außer der Börse, was normal war, weil es normal war, daß alles Menschliche ausradiert wurde und nur die Kakerlaken übrigblieben und die, die aus Stahl waren. Sid Geeder sah sich um, wer aus den alten Tagen noch da war. Paul DeShews war noch da, in seinem Stuhl nach hinten gekippt wie ein Astronaut. Clark Kalinov war noch da, der frühstückte und die Zeitung las, als wäre nichts geschehen. Lauter Kakerlaken. Sid Geeder schlürfte seinen Kaffee. Noch neun Monate, dann konnte er seine Firmenaktien einlösen und hier erhobenen Hauptes hinausgehen. Er rief einen Kunden an und verkaufte ihm für sechs Millionen Dollar Dai Nippon Floating Rate Notes, was Sid normalerweise aufgeheitert hätte. Aber alle seine Freunde waren weg, selbst die, die er haßte, und an ihrer Stelle machte sich frisches junges Gemüse breit, Leute, die glaubten, daß dies der letzte Job sei, den sie in ihrem Leben brauchten. Es war wirklich ein Witz.

Sid spürte sein Sodbrennen, und sein Rücken wurde steif, und er begann sich Sorgen zu machen, er könne eine Ohrenentzündung von all den Bazillen bekommen, die sich hemmungslos in seinem Telefonhörer fortpflanzten.

»Siehst du irgendwas da drin?« fragte er Lisa Lisa, nachdem er den Deckel des Hörers abgeschraubt und die Resonanzmembran freigelegt hatte.

»Ich sehe nichts«, antwortete sie und untersuchte den Deckel.

Mit dem Ende einer Büroklammer stocherte sie durch die Löcher in dem Hartplastik.
»Ich hab daran gedacht, ihn in die Mikrowelle zu legen«, bemerkte er. »Sie ausrotten.«
»Meinst du, das hilft?«
»Schaden kann's nicht.«
Lisa Lisa stöpselte ihren Hörer von der langen Schnur, die unter ihren Schreibtisch lief. »Also los«, flüsterte sie. Sie schlenderten unauffällig durch den Handelssaal und hielten ihre Telefonhörer auf Oberschenkelhöhe, unterhalb der Höhe der Schreibtische. Die Küche war leer. Sie stellten die Mikrowelle auf eine hohe Stufe und auf fünf Minuten.
»Was hältst du davon?« fragte Sid und lehnte sich gegen die Küchentheke.
»Schwer zu sagen.«
»Willst du Kaffee?«
Lisa Lisa holte zwei Becher aus dem Geschirrschrank und goß Kaffee und Milch hinein. Sie nippten bedächtig daran.
»Doch«, sagte Sid und trommelte mit den Fingern auf die Küchenplatte. »Ich hab ein gutes Gefühl bei der Sache.«
»Meinst du?«
Sid nickte. »Könnte ein neuer Trend werden.« Er grinste breit. »Und wenn es einer wird, darfst du es dir zur Hälfte als dein Verdienst anrechnen.«
Es wurde in der Tat ein neuer Trend. Als sich auf der Etage herumsprach, daß sich all die Bazillen, die in ihren Telefonhörern nisteten, möglicherweise ausmerzen ließen, wenn man die Hörer einfach fünf Minuten in die Mikrowelle legte, bildete sich bald eine Schlange vor dem Eingang zur Küche. Draußen im Handelssaal läuteten die Telefone und niemand nahm ab, weil die ganze Truppe düster auf den bloßgelegten Mechanismus ihrer Telefonhörer starrte. In der Küche brachen Handgemenge aus, als die Händler darüber stritten, ob es eine ent-

sprechend längere Garzeit erforderte, wenn mehrere Telefone in der Mikrowelle lagen. Dann kam John White in den Handelssaal gestürmt, beorderte Sid Geeder in sein Büro und befahl allen anderen, wieder an die Arbeit zu gehen. *Das war's,* dachte Sid, während John Whites Sekretärin ihm frischen Kaffee eingoß. *Jetzt flieg ich auch raus.*

»Herrgott nochmal, Geeder«, sagte John White. »Was soll der ganze Unfug, daß ihr eure verdammten Telefone grillt?«

»Davon weiß ich nichts«, sagte Sid erfreut.

»Lügen Sie mich nicht an. Die ganze Sache sieht überall nach Ihrer Handschrift aus. Wer sonst wäre so paranoid, sich an einem Ort, wo es so sauber ist wie hier, über Bazillen Sorgen zu machen?«

Sid fummelte an einem Manschettenknopf herum. »Ich hab es von Lisa Lisa gehört«, gab er zu.

»So? Sie sagt, sie hat es von Ihnen gehört.«

Sid zuckte die Achseln und sah zu Boden.

John White atmete tief durch. Er schüttelte verzweifelt den Kopf. »Wenn Sie nicht so verdammt wichtig für diese Firma wären, würde ich Sie auf der Stelle feuern.«

»Sie können mich nicht feuern«, sagte Sid. »Sie brauchen mich.«

»Da haben Sie allerdings recht, wir brauchen Sie. Passen Sie auf, da kommt wieder ein großes Geschäft für die Resolution Trust auf uns zu. Die Firma hat sich diesmal wirklich sehr weit aus dem Fenster gelehnt, und wir werden frühzeitig Ihre Unterstützung brauchen. Wir können es nicht gebrauchen, daß Sie Spielchen wie diese Mikrobenpanik erfinden.«

»Schon wieder Resolution Trust!« sträubte sich Sid. »Wir haben doch gerade vor neun Monaten ein großes Geschäft für sie abgewickelt. Haben die das ganze Geld schon ausgegeben?«

John White lehnte sich zurück und schüttelte übertrieben ungläubig den Kopf. »Das ist genau die Art Affentheater, die ich meine, Geeder. Ich erwähne den Handel nur, und schon kritisieren Sie ihn. Wir brauchen Teamgeist bei dieser Sache.«

»Ach ja. Schon kapiert. Jedesmal wenn Sie an meinen Teamgeist appellieren, bedeutet das, Sie kündigen umgehend irgendeinen größeren Bockmist an, und ich soll ihn schlucken.«

Um sich zu beruhigen, atmete John White tief und langsam durch die Nase ein, was den Sauerstoff angeblich direkt ins Gehirn leitete. Sid Geeber überlebte es jedesmal wie alle anderen, aber in den etwa vier Wochen zwischen der Ankündigung einer Transaktion und dem Zeitpunkt, zu dem sie schließlich stattfand, war Sid jedesmal wieder hochexplosiv. »Schauen Sie, Sid, wir bitten Sie lediglich, keine vorschnellen Schlüsse zu ziehen. Probieren Sie die Sache erst mal eine Weile aus, schauen Sie, ob Ihnen die Größe paßt.«

»Oh, machen Sie sich um mich keine Sorgen«, sagte Sid. »Ich hab keine schlechte Meinung von der Resolution Trust, trotz der Tatsache, daß sie offenbar die letzten vierzig Milliarden Dollar – die ein paar Jahre hätten reichen sollen, wenn ich mich recht erinnere – in nur neun Monaten verpulvert haben. Mann, von den Jungs bei der Treuhand könnte sogar das Pentagon noch was lernen. Wenn das Pentagon eine Rakete mit zweijähriger Entwicklungszeit in nur neun Monaten bauen könnte, wären sie nicht dauernd so in der Bredouille.«

John White rieb sich nur das Kinn und versuchte, das Ende von Sids Wutanfall abzuwarten.

»Passen Sie bloß auf, was Sie draußen im Saal sagen oder zu Ihren Kunden. Und auch keine Überraschungsangriffe. Keine heimlichen Bemerkungen. Wenn nochmal sowas wie diese Mikrobenpanik oder das Sweatshirtfiasko damals passiert, sitzen Sie auf der Straße.«

»Wie kommen Sie darauf, daß ich hinter dem Sweatshirtfiasko gesteckt habe?«

Als der Firmenname im Eimer war, nachdem das Geschäft mit

den Eurofloatern schiefgegangen war, hatte Sid Geeder die Aufkleberfirma angerufen, die Firmentassen, -kalender und -aschenbecher bedruckte. Sid bestellte zwei Dutzend übergroße Sweatshirts im Blau der Gesellschaft mit dem Logo eines Schoners unter vollen Segeln auf der Brust. Über dem Logo stand in dem Schriftstil, der üblicherweise für »First Boston« benutzt wurde, »Im Eimer« aufgedruckt. Die Sweatshirts waren per Hauspost anonym bei der obersten Verwaltungsetage eingegangen.

»Wir wissen mehr, als Sie glauben«, gab John White zurück. »Eine Menge Leute hätten Sie damals zu gern gefeuert. Und ich mußte Ihren Arsch retten.«

»Das einzige, was meinen Arsch gerettet hat, war die Erkenntnis, daß ich ein Schweinegeld für die Firma mache.« Sid war einen Augenblick ruhig. »Vielleicht höre ich auf«, murmelte er und tat sich plötzlich selbst leid.

»Sie hören nicht auf. Sie haben noch neun Monate und dann machen Sie Ihre Firmenaktien zu Geld, und wir alle wissen das.«

»Wes Griffin war es egal.«

John White schüttelte bedauernd den Kopf. »Ich hätte Sie früher feuern sollen, Geeder. Wir können es uns nicht leisten, daß Leute unverzichtbar werden.«

»Das ist Wahnsinn«, sagte Sid.

»Das ist nicht Wahnsinn. Das ist Management.«

Sid Geeder schaute aus John Whites Fenster im einundvierzigsten Stock. Überall Nebel, und sie waren das einzige Raumschiff am Himmel. Sie konnten über Tokio oder London oder Bonn fliegen, und sie würden es nicht einmal wissen, so waren sie auf den Markt fixiert. Es spielte nicht einmal eine Rolle, daß sie nun die Atlantic Pacific Corporation waren – sie flogen einfach immer weiter. Aber die Firma war nichts ohne ihre Aufmachung. Sid wußte, daß sie ohne die marmorverkleideten

Aufzüge und die mahagonigetäfelte Eingangshalle, den firmenblauen Antistatikteppich und die historisch genauen, maßstabsgetreuen Modellschoner, die das neue Firmenlogo waren, wie jedes beliebige Geldinstitut in der Straße aussehen würde. Ohne die handgeschreinerten Maklerstände aus Mahagoni und die Weltuhren und die Leuchtanzeige, die quer über eine Wand lief, hätte es jedes andere große Unternehmen im Geschäftsviertel sein können, eine Telefongesellschaft oder eine Versicherung. Und ohne den Blick auf Downtown, und wenn man von jedem Anzug dreihundert Dollar abzog und sich einen Parkplatz vor der Tür vorstellte, konnte es jedes Hinterhofbüro in Stockton oder Sacramento sein. Die Jobs waren nicht sehr viel anders. Das Personal nahm Anrufe entgegen und schickte Faxe, sie sahen in ihre Computerbildschirme und hatten morgens Besprechungen, auf denen sie Quarkblätterteigstückchen aßen und sich flüsternd fragten, ob einmal eine Zeit kommen würde, in der sie nicht so hart arbeiten müßten.

Deshalb hatte auch Clark Kalinov, der Büroleiter, eine so große Verantwortung. Seine Aufgabe war es, das Image der Gesellschaft als die großartigste Verkaufsmaschine auf dem Planeten wiederherzustellen. Sein erster Schritt in diese Richtung war es gewesen, sich selbst ein Büro mit Fenster zu verschaffen. Clark war ein Besserwisser mit durchsichtiger Gesichtshaut und stumpfem Haar wie ein Biber, und niemand respektierte ihn, weil er in diesem neonbeleuchteten Verschlag hauste, der vom Kopierraum abgetrennt war. Also forderte Clark einhunderttausend Bögen Briefpapier an, sechs Kartons Kopiertoner, siebentausend firmenblaue Kugelschreiber, eine Schneidemaschine, ein zweites Faxgerät, eine Z-3200-Pitney-Bowes-Frankiermaschine und eintausend wiederverwendbare Hauspostkuverts. Dann schrieb er langatmige Beschwerden an die Einrichtungsabteilung in New York, sie seien in ihrem Büro so beengt, daß sich Kopiertoner und Büromaterial auf den Gängen stapelten.

»Das ist vielleicht ein Verhau hier«, sagte Sid Geeder und versuchte, sich an dem Übervorrat an Lagerbeständen vorbeizuquetschen, um das Faxgerät zu benutzen.

»Rufen Sie in New York an, und beschweren Sie sich«, antwortete Clark.

Sidney Geeder stand vor den beiden Faxgeräten, von denen eines belegt war, weil es ein sehr langes Dokument empfing, und eines, weil es eine sehr dicke Subskriptionsanzeige sendete. Er sah auf die Uhr. »Meinen Sie, dieses Fax hier ist sehr wichtig?« fragte er.

»Extrem wichtig«, antwortete Clark.

Sidney blätterte die Subskriptionsseiten durch und suchte nach einem Begleitschreiben, um zu sehen, wer ein so langes Dokument verschickte, aber es gab keines. Dann wühlte er die ankommenden Seiten nach einem Begleitschreiben durch, um herauszufinden, wieviel Seiten noch kämen, aber auch hier gab es kein Begleitschreiben.

»Hey«, sagte Sidney Geeder, »irgendein Idiot hat aus Versehen diese Subskriptionsanzeige an unser zweites Faxgerät geschickt.«

»Es ist kein Versehen«, sagte Clark, ohne sich die Mühe zu machen, von dem Katalog mit Bürobedarf aufzusehen, den er gerade durchblätterte.

»Testen Sie das neue Gerät?«

»Ich versuche, es zu verschleißen.«

»Warum?«

»Damit ich ein neues bestellen kann.«

Sidney Geeder begriff es nicht, aber er hatte sich schon an die Eseleien und Mätzchen von Kalinovs Bürokratie gewöhnt. Er konnte jedoch unmöglich hinnehmen, daß sein Fax nicht rausging. »Wenn Sie ein neues bestellen, wird es hier drin noch

enger. Dann ist überhaupt kein Platz mehr da, um irgendwas unterzubringen.«
»Genau!« sagte Clark und schaute endlich von seinem Katalog auf.
»Die Leitung ist wahrscheinlich seit einer Stunde besetzt«, argumentierte Sidney. »Und was ist, wenn jemand in New York versucht, uns etwas Wichtiges zu faxen?«
Clark lehnte sich in seinem Stuhl zurück und legte seine Beine auf den Schreibtisch. »Was ist dann?«
»Sie werden denken, wir haben nicht genug Faxgeräte«, sagte Geeder wütend. »Das ist.«
»Genau! Jetzt haben Sie's begriffen.«
Aber Sidney begriff es nicht im geringsten. Wenn er wütend wurde, fing sein Rücken an steif zu werden, und wenn sein Rücken steif wurde, konnte er nicht mehr klar denken. »Ich kann ohne Faxgerät nicht arbeiten«, knirschte er.
»Genau!« lachte Clark. »Und deshalb verschaffe ich uns ein drittes.«
Jedenfalls brauchten sie mehr Platz. Schließlich waren die Wachstumsvoraussetzungen gut, trotz allem, was die Firma durchgemacht hatte. Dies war das Zeitalter der Informationswirtschaft, und sie waren im Informationsgeschäft. Sie verkauften Vorhersagen für die Entwicklung des Geldes, und sie verkauften das finanztechnische Instrumentarium, um Gewinn aus dieser Entwicklung zu ziehen. Es würde immer Geld geben, und solange es Börsen gab, würde Geld immer eine Richtung haben, eine Geschwindigkeit und eine Beschleunigung, die sich alle verkaufen ließen. Und solange Atlantic Pacific Geld verkaufte, würde die Firma Bürobedarf und Faxgeräte und Angestellte in einem besorgniserregenden Tempo verheizen, und das alles erforderte ein kluges Management. Einige der Systeme, die Atlantic Pacific eingeführt hatte, um den Geschäftsumfang zu kontrollieren, würden

zusammenbrechen, etwa das hauseigene Gesundheitswesen oder das Hauspostsystem. Clark Kalinov war sich so sicher, daß das Hauspostsystem zusammenbrechen würde, daß er sich schon daranmachte, es New York zu beweisen. Jede Post sollte innerhalb von zwei Tagen überallhin auf der Welt gelangen. Jeden Nachmittag bestellte Clark für jeden Händler Subskriptionsanzeigen und Geschäftsberichte und Schlußnotierungen von der Analyseabteilung in New York, und jeweils zwei Tage darauf wurden zwölf Leinensäcke voll Hauspost zum Sortieren in den Kopierraum geliefert. Ricky, der einfältige Mehlkoloß von einem Angestellten, der bis vor kurzem seine Nachmittage damit verbracht hatte, Fritten zu knabbern, die er aus dem Automat in der Küche stahl, kämpfte nun damit, der Firmenmaxime von der Zwei-Tage-Post Geltung zu verschaffen. Wenn er müde wurde, schnitt er sich häufiger am Papier, was fürchterlich brannte und nicht zu bluten aufhörte und noch mehr wehtat, wenn das Salz von den Fritten in die Wunde kam. Schließlich verstauchte sich Ricky das Steißbein, als er versuchte, einen Leinensack Hauspost quer durch den Raum nach Clark zu werfen. Daraufhin brach auch das hauseigene Gesundheitswesen zusammen, da einer Steißbeinverstauchung schwer abzuhelfen ist, besonders bei Übergewicht. Die Hauspost brauchte nun drei oder vier Tage, um auf die Schreibtische der Händler zu kommen, und bis dahin war sie veraltet und vollkommen wertlos.

Als die gesamte zweiundvierzigste Etage über ihnen von einer Versicherungsgesellschaft geräumt wurde, die nach Stockton umzog, wurden Clark Kalinovs Bitten schließlich erhört. Die Firma entschied, das riesige, ätherisch hohe zweiundvierzigste Stockwerk sei um einiges beeindruckender als das eher niedrige, überfüllte und trübe einundvierzigste. Clark bestellte noch mehr Mahagonitäfelung für den Eingang, fünftausend Quadratmeter firmenblauen Antistatikteppich und Messinggeländer für die Rampen in den Handelssaal hinunter, der vierzig mahagonifurnierte, ein Meter zwanzig hohe Schreibtischkabinen aufwies, die in vier Gruppen für die Abteilungen Pfandbriefe, Devisenmärkte, Kommunalobligationen und Dividendenpapiere gegliedert waren. Clark hatte jetzt sein eigenes Büro mit seiner eigenen Kreischbox und seinen eigenen Computerbildschirmen, seiner eigenen rosa schimmernden Beleuchtung und seinem eigenen Fenster, von dem er einen Zweiundvierzigstes-Stockwerk-Blick auf die Nebelwand hatte, die das Gebäude umgab. Weil die Wände im Handelssaal kahl aussahen, bestellte er acht identische Uhren, die die Zeit in den Atlantic-Pacific-Filialen rund um die Welt anzeigten, und eine sieben Meter lange Leuchtanzeige, die in einer so irrwitzigen Geschwindigkeit Börsenkurse vorbeijagte, daß sie nur von irrwitzigen Verkäufern gelesen werden konnten. Coyote Jack, der Verkaufsleiter, hatte sein eigenes Goldfischglasbüro, von dem aus er den Handelssaal überblickte. Managing Director John White, der seine Zeit zwischen ihrer Filiale und New York aufteilte, hatte ein noch größeres Büro mit Fenster, zwei Sofas und einem Couchtisch. Alles war entsetzlich teuer, aber keine Menschenseele beschwerte sich, denn das Leben im zweiundzwanzigsten Stock war der Luxus, auf den sie glaubten, ein Recht zu haben. Die Türen waren mit einem Magnetkartensicherheitssystem ausgestattet. In der Küche gab es einen Mikrowellenherd, einen Süßigkeitenautomaten und einen Kühlschrank. Das Besprechungszimmer, in dem sie sich am Morgen versammelten, hatte einen Videoschirm, der sie visuell mit einem ähnlichen Konferenzraum mitten in Manhattan verband. Die einzige übriggebliebene Ähnlichkeit mit der Versicherungsgesellschaft, die nach Stockton gezogen war, lag in den Angestellten, die ihre Tage damit verbrachten, zu faxen und zu telefonieren und sich zu fragen, ob es je anders würde.

»Ob ich wohl irgendwann einmal nicht mehr so hart arbeiten muß?« fragte sich Sid Geeder leise, während er um die Quarkmitte seines Blätterteigstückchens herumaß und jemandem in New York zuhörte, der den Verkaufsantrag für das neue Finanzpaket der Resolution Trust Company beschrieb. Auf dem Konferenztisch in New York gab es Blätterteig mit Erdbeerkonfitüre in der Mitte, und Sid Geeder war ständig versucht, in den Videoschirm zu greifen und sich etwas davon zu nehmen. Er haßte Quark, vor allem den gelblichen, halb geschmolzenen in zwei Tage altem Blätterteig; er erinnerte ihn an Verkaufsbesprechungen, die ihn wiederum daran erinnerten, daß er alles verkaufen mußte, was sie ihm befahlen, egal, was es war und wie hart er arbeiten mußte, um sein Kontingent zu erfüllen.

»Nicht, wenn uns Coyote Jack weiterhin unaufgefordert für so riesige Kontingente meldet«, flüsterte Eggs Igino, der Sid Geeders rhetorische Frage gehört hatte. Er leckte sich die Lippen und lachte in sich hinein.

Sid Geeder wandte sich nach links. Dieser Neue, Eggs Igino, aß einen Erdbeerblätterteig, und an seiner Backe klebte ein winziger Klecks Konfitüre. Sid war verblüfft.

»Wo hast du den her?«

»Wen?«

»Den Erdbeerblätterteig.«

Igino schob den Rest des Blätterteigs in den Mund und versuchte, mit vollem Mund zu sprechen, aber Sid Geeder konnte kein Wort verstehen.

»Was?« sagte Sid. »Ich verstehe dich nicht.«

»Ich sagte, ›ich versuche, nicht zu sprechen, wenn ich den Mund voll habe‹. Das gehört sich nicht.« Es war ein sehr großes Stück Blätterteig gewesen, und Eggs Igino kaute immer noch.

»Aber wir haben hier noch nie Erdbeerblätterteig gehabt. Absolut nie. Warst du schon sehr früh da?«

»Ich war als letzter da. Du bist immer der erste, Sid, weil du so hart arbeitest.«

Coyote Jack unterbrach sie. »Schnauze, Geeder. Schnauze, Igino. Konzentriert euch!«

Aber Sid Geeder konnte sich nicht im geringsten auf die widersinnige Absicht der Resolution Trust konzentrieren, eine Ypsillion Dollar aufzunehmen, um ein paar Sparkassen stillzulegen. Er mußte ständig an den Erdbeerblätterteig denken, den der Junge gegessen hatte, und er starrte fortwährend auf den roten Klecks auf seiner Wange. Nach dem Briefing marschierten sie zurück in den Handelssaal, pflanzten sich hinter ihre Schreibtische und richteten sich auf ihre Tagesarbeit ein. Der neue Junge hatte Wes Griffins alten Schreibtisch, der genau neben dem von Sid stand. Über die Kreischbox kamen Eröffnungsnotierungen von Wertpapieren, die das Overnight Trading in Tokio und London wiedergaben. Sid stellte seine Brokerschirme auf die Hypothekenbriefmärkte und seinen Handelsmonitor auf den Schatzbriefmarkt und seinen Audiokanal auf die Devisenmärkte. Der nächste Angriff konnte von überallher kommen. Es war kurz vor fünf Uhr morgens. In ein paar Minuten würden die Reihen der Telefonschalttafeln rot aufleuchten.

»Also, Junge, wie heißt die Tageslosung?«

»Die Losung?« wiederholte Eggs Igino.

»Die *Losung,* du weißt schon. Die Neuigkeiten. Die Story. Du mußt irgend etwas zu sagen haben, wenn die Telefone hier rot aufleuchten.«

Der Junge versuchte, den Sitz an Wes Griffins Stuhl höherzustellen. Es war erst sein dritter Arbeitstag, und die beiden ersten Tage hatte er sich beschwert, daß sich seine Beinmuskulatur von elf Stunden geradesitzen verkrampfte. Alles, was Sid von dem Jungen wußte, war, daß er im College Fußball gespielt hatte. Sid Geeder hatte nur gelacht. Die Beinmuskulatur war erst der Anfang. Der Junge mußte noch eine Menge lernen. Er mußte zum Beispiel lernen, daß er die nächsten fünfzig Jahre seines Lebens im Sitzen verbringen würde. Er mußte lernen, zu leiden, und er mußte lernen, mit diesem Leiden zu leben. Und das war nur der Anfang.

»Zum Teufel damit«, sagte Igino.

»Selber zum Teufel«, schnappte Geeder zurück.

»Nicht du. Der Stuhl. Zum Teufel mit dem Stuhl.« Igino schob den Stuhl auf seinen kleinen Plastikrollen zum Fenster.

Sid Geeder grinste. »Erzähl mir von dem Blätterteig.«

»Du meinst, wo ich ihn herhabe?«

»Ja, klar.«

»Was gibst du mir dafür?«

»Wofür?«

Nun lachte Igino. Eggs Igino war ein aufgeweckter, fröhlicher Klugscheißer mit einem schlechten Geschmack bei Krawatten. Er war zu jung, um schon gelitten zu haben, und er war zu intelligent, um sich korrumpieren zu lassen. Er hatte ein sommersprossiges Gesicht, die lässige Haltung eines Sportlers und kugelförmige, walnußgroße Backenmuskeln, die sich bewegten, wenn er sprach. »Für die Information. Die Information über den Blätterteig. Ich kann sie dir nicht einfach umsonst geben. Es ist eine wertvolle Information, die ich für eine Menge Geld verkaufen könnte.«

»Jetzt sag's mir schon. Ich sterbe vor Neugier.«

»Dann solltest du bereit sein, dafür zu bezahlen.«

»Also gut. Zwei Dollar.«

Igino prustete los und gluckste. »Zwei lausige Dollar? Machst du Witze?«

»Aber so viel kostet ein Blätterteig ungefähr.«

»Aber ich kriege sie umsonst. Könntest du auch, wenn du die Information hättest. Du könntest bei jedem Briefing über einen neuen Verkaufsauftrag Erdbeerblätterteig essen. Du und ich könnten Erdbeerblätterteig essen, während alle anderen um die halbgeschmolzene Mitte ihres Quarkblätterteigs herumnagen. Du könntest alle verrückt machen, selbst Coyote Jack, und plötzlich wären seine Kontingente nicht mehr so furchterregend.« Igino lehnte sich mit der Hüfte gegen den Schreibtisch und streckte den Unterschenkel nach hinten aus. »Du hättest alles unter Kontrolle.«

Sid Geeder bedachte dieses Szenario. Seit vier Jahren bekam er Verkaufsaufträge zugewiesen und erhielt Kontingente, für deren Erfüllung er so hart arbeiten mußte. Und jedesmal, wenn er sie erfüllte, erhöhte Coyote Jack beim nächsten Mal das Kontingent, so daß Sid noch härter arbeiten mußte. Er hatte immer nur getan, was man ihm gesagt hatte, und nichts war dadurch leichter geworden. Obwohl er als der König der Hypothekenbriefe bekannt war, hatte er nie das Gefühl, die Sache im Griff zu haben. Es schien unmöglich, daß ein bißchen rotes Glyzerin mit Erdbeeraroma diesen Teufelskreis durchbrechen könnte. Aber der Junge war ein Wahnsinnsverkäufer, soviel konnte Sid schon sagen. Jemand, der dir einreden kann, daß ein bißchen rotes Gelee dein Leben verändern kann, mußte es weit bringen in diesem Geschäft.

»Nö«, sagte Sid.

»Gut. Dann erzähl ich es Nickel Sansome, der kann dich dann damit verrückt machen.«

»Ich bin schon verrückt.«

»Überleg's dir«, sagte Igino.

»In Ordnung. Zehn Dollar.«

»Ich will dein Geld nicht.« Wieder spottete Igino nur über Geeders Angebot.

»Und was *willst* du?«

»Information. *Quid pro quo.* Erzähl mir etwas, was ich noch nicht weiß.«

»Und was? Klatsch oder mehr geschäftliche Tricks?«

»Beides.«
Sid überlegte, was er sagen könnte. Es gab so vieles und doch auch wieder so wenig. Er konnte den Jungen vorwarnen, daß ihn Coyote Jack heute nachmittag wahrscheinlich in die Pfanne hauen würde, weil er während des Briefings über den Auftrag laut gesprochen hatte. Er konnte den Jungen davor warnen, jemals Helmet Fisher, den Seelendoktor der Firmenversicherung, aufzusuchen, wie es Wes Griffin getan hatte, und ihm raten, statt dessen immer zu der Ärztin der Gesellschaft, Ivana Petrova, zu gehen, deren sanfte Finger, die wie Perlen schimmerten, immer bewirkten, daß man sich besser fühlte, auch wenn sie deine Probleme nicht heilen konnte. Er konnte ausführlich auf die Absurdität des Resolution-Trust-Systems eingehen. Oder er konnte dem Jungen Angst machen, indem er ihm erzählte, daß Paine Webber seine gesamte Hypothekenbriefabteilung entlassen hatte und sich auf Coyote Jacks Schreibtisch Hunderte Bewerbungen von Leuten türmten, die alle den Job des Jungen wollten. Jeden Augenblick würden die Telefone anfangen zu läuten, und sie würden elf Stunden lang nicht aufhören.
»Ein Vorschlag«, sagte Eggs Igino. »Ich erzähl dir von dem Blätterteig, wenn ich mich heute in deine Verkaufsgespräche einstöpseln darf. Laß mich zuhören, wie du deine Klienten bearbeitest.«
»Wie wär's, wenn ich dir einen Rat gebe: Ein Händler läßt nie jemand bei seinen Gesprächen zuhören. Unser Mundwerk ist alles, was wir haben.«
»Nur einen Tag.«
»Keine Chance, Kleiner. Das einzige, was mich von den anderen Trotteln in diesem Saal unterscheidet, ist meine Technik. Wenn ich dich darin einweihe, woher soll ich wissen, daß du sie nicht morgen an Nickel Sansome weitergibst?«
Eggs Igino spielte mit den Fingern an seiner Telefonschnur.

»Und wenn ich dir sage, woher ich meinen Blätterteig bekomme, woher kann ich wissen, daß du nicht hingehst und es Lisa Lisa erzählst?«

»Gar nicht«, antwortete Sid.

»Du kannst mir vertrauen.«

Darüber brach Sid in ein kindisches Gelächter aus. Die Telefone begannen zu läuten. Sid drehte sich um und ging an die Arbeit. Er machte eine erste Telefonrunde mit seinen Spitzenkunden, unterrichtete sie vom Overnight Trading und las die Eröffnungsnotierungen an den Hypothekenbriefbörsen ab, wobei er jede Notierung kommentierte – die Marge zwischen den Zinsscheinen anmerkte, was reich oder arm aussah, was unter Kaufdruck sein könnte. Es waren diese Feinheiten, die Sidney Geeder zum König der Hypothekenbriefe machten – jeder konnte Eröffnungsnotierungen ablesen oder die kurzen Kommentare wiederholen, die die Trader ausgaben, um die Börse zu beeinflussen, aber nur Sid Geeder hatte seine eigenen Ansichten über das ganze vielfältige Netzwerk der Hypothekenbriefe.

Eggs Igino, der an seinem dritten Tag noch keine eigenen Kunden zugeteilt bekommen hatte, die er anrufen konnte, hatte nichts Besseres zu tun, als alles mitzuhören, was Sid sagte, und zu versuchen, sich etwas davon zu merken. Er war es nicht gewohnt, um fünf Uhr morgens wach zu sein, und seine Kehle war so ausgedörrt, daß ein schmaler Strich weißen Breis auf seinen Lippen antrocknete. Er griff in seinen Aktenschrank und zog eine zerknitterte Papiertüte voll Erdbeerblätterteig heraus. Er nagte sich durch einen Blätterteig nach dem anderen und verstreute Krümel von Zuckerguß, die seinen Schreibtisch bedeckten und unbarmherzig in Sidneys Schoß rieselten. Sidney konnte nicht umhin, ein eifersüchtiges Ziehen im Magen zu spüren und in den Sekundenbruchteilen zwischen zwei Anrufen die Zuckerkrümel mit den Fingern aufzutupfen und sie schnell in den Mund zu stecken. Er sah, wie Eggs Igino lauschte, und setzte sich rücklings auf seinen Stuhl, mit Blick auf das riesige Fenster hinter ihnen.

Eggs Igino konnte trotzdem alles hören, weil Sid in die Muschel brüllen mußte, um den Lärm im Saal zu übertönen. Eggs hörte, wie Sid eine zweite Anrufrunde machte, wobei er die Zahlen durchging, die in dieser Woche veröffentlicht würden – das vierteljährliche Handelsdefizit, der Index der Verbraucherstimmung, die Lebenshaltungskosten. Er erinnerte daran, daß der Dritte des Monats war – die Zentralbank würde am Nachmittag Geld in den Markt pumpen, um den Aderlaß von dreißig Millionen Sozialhilfeschecks auszugleichen, die an diesem Tag bei den Banken im ganzen Land eingelöst wurden. Sein Mund war ununterbrochen in Bewegung, und mindestens eine Leitung war ständig in Warteposition.

»Also gut, gib mir endlich einen verdammten Blätterteig«, zischte Sid. »Du belauscht meine Telefonate sowieso.«

»Nein, tu ich nicht«, sagte Eggs unschuldig. »Ich steh nur hier und versuche, nicht dumm auszusehen. Wenn du mir einen Kunden abgeben würdest, würde ich selber telefonieren und könnte nicht alles hören, was du sagst.«

»Dir einen Kunden abgeben?! Jetzt bist du wohl völlig übergeschnappt!« Sid griff wieder zu seinen Telefonen. Während er sprach, änderte sich seine Stimme, wurde weicher. Seine Schultern rundeten sich, und er lehnte sich in seinem Stuhl zurück und stützte seine Füße auf den Papierkorb. Er rollte seine Hemdsärmel bis zum Ellenbogen hoch. Dann brachte er die Neuigkeit. »Nun, es sieht so aus, als hätten unsere Freunde von der Resolution Trust schwerer gearbeitet als erwartet. Anscheinend haben sie es fertiggebracht, das ganze Geld bereits auszugeben, das Sie ihnen vor neun Monaten geliehen haben. Unter diesen Umständen wird die Krise der Spar- und

Kreditbanken vorbei sein, bevor wir es richtig bemerken, und wir können wieder dazu übergehen, Schuldverschreibungen zu verleihen.«

»Richtig, ich hab gehört, daß ihr Jungs mit einem neuen Angebot herauskommt«, seufzte der Treuhandverwalter bei World Savings.

Sid fuhr aus seinem Stuhl hoch. »Sie haben es schon gehört! Es ist *unser* Deal. Wie zum Teufel haben Sie es erfahren?«

»Von Goldman«, sagte der Treuhandverwalter ruhig. »Sie sagten, der einzige Grund, warum ihr dieses Geschäft gegen sie bekommen habt, war, daß ihr zugestimmt habt, es hoch zu notieren.«

Sid konnte nicht glauben, daß Goldman ihren Handel schlechtmachte. »Nun ja, sie haben das Geschäft nicht bekommen«, argumentierte Sid rasch. »Sie sind schlechte Verlierer. Natürlich machen sie es jetzt runter.«

»Sie sagen, die Obligationen stinken.«

»Das ist doch lächerlich. Glauben Sie, die Wirtschaftsaufsicht hätte uns das Geschäft gegeben, wenn wir es unrealistisch bewerten würden?« konterte Sid. Er hatte bisher noch nichts über die Preisfestlegung gehört – er argumentierte einfach ohne die Fakten.

»Gehen Sie nicht auf mich los. Ich erzähle Ihnen nur, was sie gesagt haben.«

»In Ordnung«, stimmte Sid zu. »Aber ziehen Sie um Himmels willen keine vorschnellen Schlüsse. Probieren Sie das Geschäft erst mal eine Weile aus, schauen Sie, ob die Größe stimmt.« Er sprang aus der Leitung und hämmerte auf die Taste für einen anderen seiner Kunden.

»Haben Sie heute morgen mit Goldman gesprochen?« fragte Sid unverblümt.

»Wir sprechen jeden Morgen mit ihnen.«

»Sagen sie irgendwas über unser Resolution-Trust-Geschäft?«

»Nicht viel. Das übliche.«
»Was zum Teufel haben sie gesagt?«
»Daß sie stinken. Aber hey – diese Sorte Handel stinkt immer. Der einzige Grund, warum wir sie kaufen, ist der, daß sie unsere Regulatoren sind. Wir *müssen* sie kaufen.«
Sid knallte den Hörer wütend hin und trat gegen seinen Abfalleimer.
»Was ist los?« fragte Eggs Igino.
»Das möchtest du wohl gern wissen, was?« gab er ärgerlich zurück.
»Was, zum Teufel, ist los mit Ihnen?« schrie Coyote Jack, als Sidney Geeder in sein Büro stürmte und anfing, auf und ab zu rennen.
»Was, zum Teufel, ist mit *Ihnen* los«, schoß Sid zurück. »Wie kommt es, daß Goldman über die Kursfestsetzung bei dem RTC-Handel Bescheid weiß, bevor ich es weiß? Man sollte meinen, ein Verkaufsleiter bereitet seine Verkaufstruppe darauf vor, eine hohe Kursfestsetzung zu verteidigen.«
»Halten Sie die Luft an, Geeder. Regen Sie sich wieder ab. Glauben Sie, die Wirtschaftsaufsicht hätte uns das Geschäft zugesprochen, wenn wir es unrealistisch bewerten würden?«
»Das funktioniert bei mir nicht«, sagte Sid. »Begreifen Sie es nicht? Wenn Goldman an der Börse herumerzählt, daß der Handel stinkt, dann machen sie offensichtlich nicht im Konsortium mit. Und wenn das Konsortium schwach ist, dann stecken wir tief in der Scheiße. Der Markt hat so ziemlich alle Resolution-Trust-Obligationen aufgenommen, die er verkraften kann. Scheiße!« Er warf frustriert die Arme in die Luft. Er war zu alt für diesen Mist.
Coyote Jack blieb gelassen. Er drehte einen firmenblauen Kugelschreiber zwischen den Fingern. »Entspannen Sie sich, Sid. Ihre Kunden *müssen* diese Obligationen kaufen. Die RTC ist ihr Regulationsinstrument.«

»Aber niemand sagt, wieviel sie kaufen müssen. Zwischen zwanzig Millionen und zwei Millionen ist ein großer Unterschied. Ich will, daß Sie mich jetzt in die Preisstrategie einweihen, oder ich sage meinen Kunden, sie können sich dieses Geschäft schenken. Ich habe auch meinen guten Ruf zu schützen.«
»Alles zu seiner Zeit«, gähnte Coyote Jack.
»Verdammt!« Sid brüllte so laut, daß draußen im Handelssaal alle die Köpfe zum Glasfenster von Coyote Jacks Büro wandten.
»Wenn ich es Ihnen sage«, erklärte Coyote Jack lässig, »beschweren Sie sich nur. Es macht mir schon genug Kopfzerbrechen, daß der Handel so hoch bewertet ist und Goldman aus dem Konsortium aussteigt. Das letzte, was ich brauchen kann, ist, daß Sie einen Koller kriegen.«
»Gut«, sagte Sid. »Ich werd' meinen Kunden sagen, sie können sich diesen Handel schenken.«
Coyote Jack streckte die Hand aus und klopfte auf den Stapel von Bewerbungen auf der Ecke seines Schreibtisches. »Sagen Sie ihnen das, und ich schmeiße Sie so schnell raus...«
Sid ging zur Tür.
Coyote Jack hielt ihn auf. »Sagen Sie diesem Jungen, Igino, er soll herkommen. Ich muß ihm den Kopf waschen, weil er bei der Besprechung am Morgen geredet hat.«

Zahlen

Die Zahlen erzählten die Geschichte. Es war ein Geschäft, das sich letztendlich auf Zahlen reduzierte, wie alle Geschäfte, und jeder Händler hatte seine eigenen Lieblingszahlen, auf die er achtgab. Paul »Goody« DeShews, ein Händler im kurzfristigen Geldmarkt, der es fertiggebracht hatte, seinen Glauben an die aristokratische Würde ihres Berufs zu bewahren, beobachtete mit Vorliebe die Zinssätze auf den Wechseln von japanischen Bankern, weil er überzeugt war, daß die Japaner den größten Teil des frei verfügbaren Welteinkommens kontrollierten. Regis Reed, der jeden Morgen fünfzehn Minuten früher zur Arbeit erschien, um sich im Waschraum zu rasieren, verfolgte die Kursspanne zwischen Pfandbriefen und Schatzbriefen, einem Indikator für Zuversicht und Sorgen an der Börse. Eggs Igino, der während seiner Zeit am College und in den höheren Fachsemestern nie einen Nachmittagskurs belegt hatte, beobachtete die acht Uhren an der Wand, bis es drei Uhr Pazifikzeit war, worauf er das Gebäude verließ, um etwas Sonne zu tanken, ungeachtet nichterledigter Arbeiten oder Coyote Jacks Blicken.

Nickel Sansomes Zahl war zwanzig Millionen Dollar, das Kontingent an Resolution-Trust-Obligationen, das ihm Coyote Jack zugeteilt hatte. Nickel war ein schwermütiger, kahl werdender Privatschulabsolvent ohne einen einzigen Komplex oder eigennützige Ziele, der nicht einmal einen Schirm bei einem Platzregen hätte verkaufen können. Seit dem Briefing am Morgen hatte er an nichts anderes denken können als an die zwanzig Millionen leichtgläubigen Dollars, die er da draußen auf einem nervösen und zurückhaltenden Markt suchen sollte. Nickel rechnete aus, wieviel Provision er verdienen könnte, wenn es ihm irgendwie gelänge, soviel leichgläubiges Geld aufzutreiben, und für einen Augenblick schien ihm das Leben rosiger. Also tauschte er die Zahlen. Seine Zahl war nun die Höhe der Provision, die er verdienen konnte, und er dachte daran, wie gut es sich anhören würde, wenn er seinen Vater anrief und sagte: »Vater, ich bin reich.« Allerdings hätte Nickel das nie ernsthaft gesagt, denn sein Vater war bereits bei weitem reicher, als Nickel auch nur hoffen konnte, je zu werden. Nickels Vater hatte gerade einen Lehrstuhl für einen Emeritus an der Wirtschaftshochschule eingerichtet, an der Nickel seinen Abschluß gemacht hatte. Das Geld in der Familie hatte Nickel an der Börse schwere Nachteile eingebracht, denn Nickel war nicht gierig nach Geld. Er wußte bereits, daß Geld weder bei seinem Vater noch bei einer seiner drei Frauen oder einem seiner beiden Brüder irgendwelche Probleme gelöst hatte. Da er nicht habgierig war, blieb ihm als einziger Antrieb Angst: die Angst, zu versagen, die Angst vor Armut, die Angst, zu enttäuschen. Nickel war nicht sehr zuversichtlich, daß er ausschließlich mit Angst zwanzig Millionen Dollar in seinem Mischmasch aus kleinen Sparvereinigungen, Regionalbanken, Bezirkskämmerern und öffentlichen Versorgungsbetrieben auftreiben konnte. Nickel wußte, wenn er arm gewesen wäre, wäre er inzwischen reich.

Lisa Lisas Zahl war dreißig, das Alter, das sie im März erreichen würde. Ihre andere, gleichermaßen wichtige Zahl waren die sieben Ziffern der privaten Telefonnummer ihres neuen Freundes. Lisa Lisa hoffte, daß diese beiden Nummern irgendwie miteinander verschmelzen könnten; daß sie – so ging eine ihrer Wunschvorstellungen – bis März vielleicht verheiratet oder verlobt sein würde, oder daß sie zumindest dieselbe

Privatnummer hätten. Sie schrieb seine sieben Ziffern in das Handelsbuch und wünschte, es wären ihre eigenen. Sid Geeder beobachtete sie dabei und lachte. Sie mußte noch viel lernen. Sid Geeders Zahl war 1127, die Anzahl der Tage, die er schon bei Atlantic Pacific gearbeitet hatte, seit er 1989 gekommen war. Er führte eine Strichliste, die er in das Mahagoni der rohen Innenseite seiner Schreibtischschublade einritzte. Jeden Nachmittag zog er die Schublade auf, und während er so tat, als suche er etwas in seinen geschäftlichen Unterlagen, ritzte er mit einer Büroklammer eine neue Kerbe in das Holz. An Freitagen ritzte er eine Diagonale, hakte eine weitere Woche ab. Es war sein einziger Akt von Industriesabotage, seine einzige Rache an dem Unternehmen, das ihn reich und unglücklich gemacht hatte, und er ließ es niemanden wissen, nicht einmal seiner ehrgeizigen Verkaufsassistentin Jackie. Jackie hatte glänzendes brünettes Haar, das ihr bis zur Hüfte fiel, eine runde Häschennase und gazellenschlanke, elfenbeinglatte und honigfarbene Beine, von denen Sidney Geeder oft kaum seine Augen losreißen konnte. Sidney Geeders Verkaufsassistentin war so schön, daß viele Leute den Drang hatten, sich ihr zu offenbaren, nur, damit sie sie beachtete. Wenn sie nicht so ehrgeizig gewesen wäre, wäre Sid vielleicht versucht gewesen, ihr genau das zu geben, was sie haben wollte, nämlich die Geheimnisse seiner Geschäftsmethoden. Sie hatte gelernt, seine Kunden über das Overnight Trading zu informieren, und sie hatte gelernt, die Zahlen, die in dieser Woche veröffentlicht wurden, mit ihnen durchzugehen. Immer unter dem Deckmantel, ihm zu helfen, aber er wußte, sie bestahl ihn. Sie stahl seine Verkaufsmasche und sein Know-how und seine unkonventionelle Klugheit. Als Sid das kapierte, versetzte er sie wieder auf die andere Seite des Saals und gab ihr keine Arbeit mehr. Als Folge zog das restliche Verkaufspersonal Nutzen aus ihr, von denen nur wenige ihre eigene Verkaufsassistentin hatten. Sie machten sich an sie ran und fragten sie aus, wie Sid die Eurofloater oder die Freddie Mac Adjustables verkauft hatte. Jackie war ein aufgewecktes und modernes Mädchen, das morgens mit dem Expreßbus fuhr und in der Mittagspause Kundera und Nietzsche las. Stets bestrebt, es allen recht zu machen, tat sie, was immer von ihr verlangt wurde, einschließlich des Mittagessens mit Nickel Sansome im *Ming Garden* auf dessen Spesenkonto.

»Hoffentlich hast du das Mittagessen nicht der Firma in Rechnung gestellt«, warnte Sidney Nickel, als die beiden am späten Nachmittag in den Saal zurückgeschlendert kamen, gähnend und sich den Bauch haltend.

»Was geht das dich an?« sagte Nickel in Verteidigungshaltung.

Sid Geeder konnte Verschwendung prinzipiell nicht ausstehen und hatte das Gefühl, wenn die Verkaufstruppe aufhörte, ihre Spesenkonten so aufzublähen, müßte er jetzt nicht versuchen, diese verdammten Resolutions über Kurswert zu verkaufen.

»Zeig mir die Quittungen für deine Kreditkarte«, verlangte Sid.

»Ich habe bar bezahlt«, antwortete Nickel.

»Den Teufel hast du. Du kannst mir nichts vormachen, Sansome. Du spendierst ihr ein schickes Essen, gibst ihr ein Glas Wein und dann fängst du an, sie auszufragen, wie ich meine Kunden auf die Resolutions vorbereite.«

»Ich habe ihm nichts erzählt«, protestierte Jackie, als Sid sie später zur Rede stellte. »Wie könnte ich ihm etwas erzählen, wenn Sie mir keine Chance geben, Ihnen zu helfen? Ich könnte Ihnen das Leben sehr viel leichter machen.«

»Ich brauche keine Hilfe.«

»Ich könnte die Zahlen über die Resolutions für Sie mitschreiben.«

»Für mich und für wen noch?«

Die Zahlen für das Angebot der Resolution Trust beliefen sich auf insgesamt einhundertfünfundvierzig Milliarden Dollar, die dazu beitragen sollten, ein paar Dutzend bankrotte Spar- und Kreditbanken stillzulegen. Das gesamte nichtbezahlbare Defizit wurde aus den Bilanzen der staatlich versicherten Kleinbanken genommen und in das Kleingedruckte der staatlich gedeckten Resolution Trust gerückt. Es war eine vollkommen legale buchhalterische Transaktion, die das peinliche Minus von einhundertfünfundvierzig Milliarden Dollar, das die Spar- und Kreditbanken aufwiesen, aus dem Blickfeld der Öffentlichkeit verschwinden ließ, und obwohl die Regierung bisher nichts getan hatte, um auszutüfteln, wie sie die Anleihen wieder zurückzahlen wollte, hatte sie immerhin entdeckt, daß die Zentralbank genug Geld drucken lassen konnte, um die Zinsen zu bezahlen, bis ihnen etwas einfiel. Die Anleihen wurden erst in dreißig Jahren fällig, und jedermann war zuversichtlich, daß die Regierung der Vereinigten Staaten bis zum Jahr 2024 eine dermaßen aufgeblähte, ungeheuerliche Freßmaschine sein würde, daß sie eine kleine Rechnung über einhundertfünfundvierzig Milliarden Dollar gar nicht bemerkte. Es war nichts gegen die Fässer mit radioaktivem Uran, die in der Wüste von Utah gelagert waren und im Jahr 2020 ausgegraben und atomar entschärft werden sollten. Es waren kleine Brötchen, verglichen mit den Kosten für die Reinigung aller Flüsse und Seen, die die private Industrie einhundertzehn Jahre lang verschmutzt hatte, bevor die Regierung einschritt und für vollkommen legal erklärte, was sie da machten. Die Spar- und Kreditbanken hatten nur fünf oder sechs Jahre Zeit gehabt, um das Finanzsystem zu verseuchen, bevor die Regierung einschritt und erklärte, daß sie ihnen aus allen Verlusten heraushelfen werde. Einhundertfünfundvierzig Milliarden Dollar waren dennoch eine derart ungeheuerliche, monströse und skandalöse Summe, daß die Händler sie nicht ernst nehmen konnten, und sie machten Witze, die RTC würde Geld verschlingen wie Godzilla damals Tokio.

»Sie verlangen eine Gillion Zillionen«, erklärte Lisa Lisa der Bank in Honolulu.
»Eine Tillion Zillionen«, mutmaßte Regis Reed.
»Eine Dillion Fillionen«, plapperte Nickel Sansome stolz dazwischen.
»Dillionen gibt es nicht«, schoß Regis Reed zurück. »Oder Fillionen.«
»Oh, doch«, quasselte Nickel. »Eine Dillion sind tausend Fillionen.«
»Und was ist dann eine Fillion?« fragte ihn Reed.
»Tausend Magillionen.«
»Magillionen! Mann, Sansome, du bist ein Idiot.«
»Und wenn schon«, stachelte Nickel rhetorisch. »Alles, was zählt, ist, daß ich zwanzig Millionen Dollar verkaufen muß, oder Coyote Jack gibt meinen Job einem von diesen Schleimern von Paine Webber.«
»Zwanzig Millionen Dollar! Ist das alles?« höhnte Regis Reed verächtlich. »Zwanzig Millionen verkauf ich im Schlaf.«
»Wie hoch ist dein Kontingent?« fragte Nickel und war plötzlich ernst.
»Fünfundzwanzig.«
Nickel war einen Moment still und schaute sich um. Dann beugte er sich hinüber und flüsterte in Reeds Richtung: »Soweit ich gehört habe, hat in Los Angeles niemand ein höheres Kontingent als fünfzehn.«
»Fünfzehn! Meine Oma könnte fünfzehn verkaufen. Sie könnte fünfzehn im Schlaf verkaufen! Wie gibt's das?«
»Es liegt an Coyote Jack«, mutmaßte Nickel. »Er muß wieder für eine Beförderung anstehen oder sowas.«
»Oh, Mann«, sagte Regis Reed besorgt und ließ die Schultern hängen. »Mein Leben war völlig in Ordnung bis zu diesem Resolution-Trust-Deal. Nie im Leben schaffe ich fünfundzwanzig«, gestand er ein. »Dieser verfluchte Coyote Jack. Zahlen

bedeuten ihm nichts mehr. Sie sind ihm egal. Sobald es so aussieht, als könnte ich zwanzig schaffen, erhöht er auf fünfundzwanzig.«
Coyote Jack hatte seine Zahlen vollständig verloren. Früher, in der alten Zeit, vor drei oder vier Jahren, war Coyote Jack der König der Hypothekenbriefe gewesen. Das war vor Sid Geeder gewesen und sogar vor Wes Griffin. Hypothekenbriefe waren brandneu damals, und niemand verstand etwas davon. Sie waren schon deshalb leicht zu verkaufen, weil kein Klient zugeben wollte, daß es ihm an der Intelligenz fehle, diese komplexe, bewegliche Form des Cash-flow zu begreifen. Coyote Jack warf mit Zahlen um sich, damit es so klang, als verstehe er die Wertpapiere, aber in Wirklichkeit hatte er auch keine Ahnung. Eines Tages fing er an zu stottern, aber nur bei Zahlen. Alle anderen Lügen brachte er wunderbar heraus. Von Panik ergriffen, flog er allein nach Hawaii in Urlaub, aber selbst dort hatte er Schwierigkeiten, die Temperatur, seine Schlagzahl beim Golf, seine Zimmernummer und den Schutzfaktor seiner Sonnencreme laut zu sagen. Es wurde immer schlimmer. Er wurde auf die Drivingrange verbannt, wo er Schläge »bis hinter dieses Schild da hinten« drosch, weil er nicht »zweihundertzwanzig« sagen konnte. Er konnte den Zimmerservice nicht bestellen, weil er dazu seine Zimmernummer hätte sagen müssen. Coyote Jack war ein fetter Mann mit einer dünnen Haut. Er wußte nicht, was er tun sollte. An den Abenden, wenn die Luft kühl war, ging er schwimmen und trank braunen Rum aus Kokosnüssen, bis die Hotelbar zumachte, und dann ging er mit einer Frau aus Cleveland nach oben auf sein Zimmer. Coyote Jack war ein frommer Katholik und betete zum ersten Mal seit fünfzehn Jahren wieder zu Gott. Er kniete sich auf den Zottelteppich im Badezimmer und senkte den Kopf. »Bitte, bitte, lieber Gott«, sagte er, »Zahlen sind die Zukunft. Ich sterbe ohne sie. Ich werde nie mehr arbeiten können.« Coyote

Jack war betrunken, und er begann sich zu fragen, ob nicht vielleicht Gott nur über das Reich der Worte herrschte, Zahlen hingegen die Domäne des Teufels waren. »Bitte, bitte, Teufel. Ohne Zahlen werde ich nie mehr deine schmutzige Arbeit machen können.« Dann ging er ins Schlafzimmer und fuhr fort, der Frau aus Cleveland (der er keinen Augenblick glaubte, daß sie aus Cleveland war) zu erklären, er sei ein Raumfahrtingenieur aus Pasadena, der für General Motors an solarbetriebenen Autos arbeite. Als er am Morgen darauf in den Handelssaal zurückkehrte, hatte Coyote Jack Angst. Er hatte Angst, zu versagen, Angst vor Armut und Angst, sich zu blamieren. Sie hatten ein Briefing am Morgen, dann setzten sie sich an ihre Schreibtische und warteten darauf, daß die Telefone zu läuten anfingen. Coyote Jacks Hemd war bereits naßgeschwitzt. Seine Gummihosenträger zogen ihm die Hose in die Eier hinauf. In seinen Ohren hämmerte es, und seine Augen tränten, und er konnte beides nicht abstellen. Dann kam John White, der damals Verkaufsleiter war, in den Handelssaal hinaus und bat Coyote Jack in sein Büro. *Das war's,* dachte Coyote Jack, während John Whites Sekretärin ihm eine Tasse Kaffee einschenkte. John White verlor keine Zeit. »Sie sind zum Verkaufsleiter befördert, Coyote. Niemand hat irgend etwas gearbeitet, als Sie weg waren. Sie sind irgendwie zu wertvoll für uns, um eine unwichtige Rolle zu spielen. Ich werde meine Zeit zwischen hier und New York aufteilen. Dieser neue Junge, Geeder, übernimmt Ihre Kunden. Schmeißen Sie Kalinov aus seinem Büro und setzen Sie ihn in einen abgetrennten Teil des Kopierzimmers. Sie bekommen einen kostenlosen Parkplatz in der Tiefgarage. Und besorgen Sie sich um Himmels willen anständige Hosenträger und ein paar ordentliche Manschettenknöpfe und Hemden mit Umschlagmanschetten. Sie kommen daher wie ein gottverdammter Händler.«

Coyote Jack hatte es nicht fassen können.
»Es stimmt«, protestierte Eggs Igino. »Ich weiß, daß ich während des Briefings geredet habe. Aber alles, was ich zu ihm gesagt habe, war, daß ich nicht sprechen könne, weil mein Mund voll sei.«
Coyote Jack nahm den Jungen weiter in die Mangel. »Aber Sie *hätten* gesprochen, wenn Ihr Mund nicht voll gewesen wäre.«
»Nicht direkt, Sir. Ich habe den Blätterteig in den Mund gesteckt, damit ich nicht reden konnte. Ich habe den Blätterteig benutzt, um zu vermeiden, während des Briefings laut reden zu müssen. Es war die einzige Möglichkeit, um nicht unhöflich zu Geeder zu sein, der mich gerade etwas gefragt hatte und eine Antwort erwartete.«
»Und was hat er gefragt?«
»Er fragte, ob ich es für unhöflich hielt, wenn er während der Besprechung laut redete. Es war eindeutig ein Trick, um mich zum Sprechen und in Schwierigkeiten zu bringen.«
»Sie schieben es also auf Geeder, hm? Und wie lange arbeiten Sie schon hier?«
»Drei Tage.«
»Sid Geeder ist der König der Hypothekenbriefe. Der König. Er könnte den Arabern Sand verkaufen.«
»Ich bin mir dessen bewußt, Sir. Ich glaube, daß sein Trick nicht böse gemeint war. Mehr erzieherisch. Ich muß noch viel von Sidney lernen. Heute war erst der Anfang.«
Coyote Jack starrte den Jungen an. Er hatte eine frische, gesunde Ausstrahlung, um die ihn Coyote Jack beneidete und die er niedermachen wollte. Der Junge saß da mit einem Arm auf der Sofalehne, und hatte ein Bein übergeschlagen, als ob ihm pudelwohl wäre. Nicht die leiseste Spur von Schweiß auf seiner Stirn. Er hatte riesige Kiefer, die nicht ermüden würden, auch wenn er den ganzen Tag redete. Und in zehn Minuten hatte der Junge keine einzige klare Antwort gegeben. Er war

eindeutig auf dem Weg, ein großartiger Verkäufer zu werden und das Machtgefüge durcheinanderzubringen. Niederer Puls bei Belastung, ehrliches Aussehen, ein rascher Verstand, der mit Widerspruch gut fertig wurde. Gütiger Himmel, Coyote Jack *glaubte* beinahe schon, daß der Junge während des Briefings nicht gesprochen hatte. Vielleicht war er reif für ein Kontingent an den RTCs. Coyote Jack brauchte jemanden, um Sansome zu stützen. Sansome war nicht gierig genug, um derart überteuerte Anleihen zu verkaufen.

»Sie waren eine Weile drunten in Mexiko, Igino? Zihuateneo, stimmt's? Wo liegt das überhaupt?«

»Falls Sie einen Ort suchen, um Urlaub zu machen, dann gibt's andere, die Ihnen sicher besser gefallen.«

»Nö, ich mache nur Konversation. Also, warum sind Sie da überhaupt runtergegangen?«

Eggs Igino sah ihn nicht an. »Es gibt dort eine ruhige Bucht und eine gleichmäßige, sanfte Brise. Ganz gut für Anfänger im Surfen.«

»Aha. Also – ich will ja nicht neugierig sein. Verstehen Sie mich nicht falsch. Ich weiß nur einfach gern, wer für mich arbeitet. Also – warum gerade Mexiko?«

»Nun, es ist doch wohl klar, daß Spanisch in Zukunft eine wichtige berufliche Qualifikation sein wird.«

Coyote Jack wurde klar, daß der Junge die Wahrheit nicht ausspucken würde.

»Womit verdient Ihr Vater sein Geld, Igino? Rechtsanwalt oder so?«

»Er ist im Meeresfrüchtegeschäft.«

»Hat er 'n Restaurant?«

»Nicht direkt. Er ist Schichtleiter in einer Firma, die Muschelsuppenkonserven macht.«

»Wow.« Der Junge hatte das Glück, arm aufgewachsen zu sein. Hatte wahrscheinlich seit der dritten Klasse Rasen gemäht.

»Was halten Sie von den Resolution-Trust-Obligationen, Igino?«
»Was meinen Sie, Sir?«
»Was *halten* Sie von ihnen? Sind sie ein guter Kauf?«
»Sie steuern Rendite zu einem stabilen Portefeuille bei. Sie steuern Stabilität zu einem Portefeuille mit hoher Rendite bei.«
»Mit anderen Worten, sie sind ein Haufen Scheiße.«
»Das habe ich nicht gesagt, Sir.«
»Meinen Sie nicht, daß sie ein bißchen überteuert sind?«
Eggs Igino konnte nicht sagen, ob Coyote Jack eine ehrliche Antwort hören wollte. »Sie werden von der vollen Glaubwürdigkeit und dem Ansehen der US-Regierung gestützt. Der Preis schein fair zu sein.«
»Selbstverständlich sind sie überteuert, Igino. Sie sind immer überteuert. Der einzige Grund, warum wir sie vor Merrill und Goldman bekommen haben, ist der, daß wir versprochen haben, unsere Kunden zu zwingen, sie zu einem inflationären Preis zu kaufen. Sind Sie nicht auch dieser Meinung?«
Eggs Igino schüttelte den Kopf. »Alles ist heutzutage überteuert. Wenn man sich so umsieht, stehen diese Obligationen gar nicht so schlecht da.« Er wußte, daß Coyote Jack ihn nur auf die Probe stellen wollte. Natürlich waren die Obligationen ein Haufen Scheiße, sonst würde die Firma nicht so hart arbeiten, um sie zu verkaufen, und keine so hohe Provision anbieten. Aber er wußte auch, daß er das nie laut sagen durfte, wenn er nicht seine Kündigung oder wenigstens eine Lohnkürzung riskieren wollte. Wenn ein Händler es laut zugab, konnte er es aus Versehen auch einem Kunden gegenüber zugeben. Es war besser, um den Brei herumzureden, als offen und direkt zu sein, so wie es besser war, vernünftig zu klingen, als vernünftig zu sein. Es war ein unvernünftiges Unterfangen, der Rettungsaktion für die Spar- und Kreditbanken irgendeinen Sinn zu unterstel-

len. Lieber mit tiefer, ruhiger und zuversichtlicher Stimme hochangesehene Volkswirtschaftler zitieren und so tun, als wäre der Markt nicht bereits von Schulden überschwemmt. Und wenn Worte nicht mehr zogen, dann auf Zahlen umschalten. Es war für Eggs Igino kein Zufall, daß eine Menge Betrügereien in einem Gewerbe vorkamen, das auf Zahlen basierte, denn selbst im postnewtonschen Zeitalter hatten die Leute immer noch die alberne und völlig naive Vorstellung, Zahlen würden nicht lügen und man könne ihnen deshalb trauen.

Dies war auch die Ansicht von Paul DeShews. »Sie können nicht lügen«, bemerkte er spitzfindig, als er hörte, wie Sid Geeder sich bei einem Kunden über die Zuverlässigkeit von Leistungsvorhersagen über die Resolutionsscheine beklagte. »Es sind *Zahlen*. Nackte Daten. Fakten – sie sind die Wahrheit.« Es war wesentlich für Paul DeShews, ein anständiges, ehrbares Leben zu leben, und er war in dem Glauben aufgewachsen, daß eine Tätigkeit, die letztendlich immer auf Zahlen beruhte, eine respektable und saubere Laufbahn für einen Mann sei.

»Quatsch!« spuckte Sid Geeder zurück und hielt den Knopf auf seinem Telefon gedrückt, um sich auszublenden. »Ich wußte nicht, daß uns heute die Pfadfinder besuchen.«

Paul DeShews gab nicht nach. »Erzähl mir nicht, daß du auch was gegen die Pfadfinder hast.« Paul war Pfadfinderleiter, der seine Jungs am Wochenende zum Campen mit dem Auto in die Sierre Nevada fuhr. »Du bist so negativ, Geeder, du kannst überhaupt niemanden ausstehen, oder?«

»Diese unterbelichteten Schweinchen in ihren kurzen Hosen und ihren Halstüchern? Nein, ich hab nichts gegen sie.«

»Das sind keine *Halstücher*. Es sind Krawatten.«

»Es sind Halstücher.«

»Krawatten!«

»Kurze Hosen!«

Paul DeShews verzog das Gesicht, steckte die Finger in beide Ohren und schaukelte vor und zurück. »Aufhören! Aufhören! Von dir kommt nie etwas Vernünftiges, Geeder. Was haben Pfadfinder mit Zahlen zu tun?... Nichts. Sie haben nichts mit Zahlen zu tun.«

Geeder fuchtelte mit den Armen und stapfte auf und ab, um DeShews Angst zu machen. »O doch, das haben sie. Sie haben sehr viel gemeinsam. Um daran zu glauben, braucht man einen unreifen, naiven, dummen Glauben an die Regierung, die diese Zahlen zusammenstellt und veröffentlicht.«

DeShews biß die Zähne zusammen und entblößte angewidert sein Zahnfleisch. »Ich wußte, du hast etwas gegen die Regierung. Ich hab's gewußt.«

»Diese korrupten, kurzsichtigen Erbsenzähler in ihren italienischen Tausend-Dollar-Anzügen und ihren Eidechsenlederschuhen? Nein, ich hab nichts gegen sie.«

»Neeiiin!« DeShews schäumte und zwang sich, wegzugehen, nicht die andere Wange hinzuhalten. Geeder war ein reicher Mann geworden und konnte seiner Regierung dankbar sein, aber Geeder hatte keinen Funken Dankbarkeit in seinem muskulösen, untersetzten Leib.

Geeder lachte nur. Er genoß es, DeShews zu ärgern. Paul DeShews kam einem richtigen Kongreßabgeordneten, den er als Punchingball benutzen konnte, am nächsten. Geeder wünschte sich wirklich, er hätte einen Kongreßabgeordneten zum Anbrüllen im Büro, denn es gab alles mögliche, worüber man brüllen konnte. Briefe schreiben war nicht das richtige, es war zu ruhig, zu passiv. Also betrieb Geeder statt dessen den Sturz der Regierung, indem er ihre Obligationen an jeden verkaufte, der sie nicht haben wollte. Er gab vor, der loyalste Soldat in der Truppe zu sein, der unbeirrbar Geld beschaffte, das für die Ostrich-Hubschrauber, Tarnkappenbomber und andere Dinge, die nicht fliegen konnten, ausgegeben wurde. Er war auch der loyalste Sozialarbeiter im Sicherheitsnetz des Wohlfahrtssystems, der unbeirrbar Geld für landwirtschaftliche Kredite, Sozialhilfe, Wohnungsbauprojekte und andere Geschenke beschaffte, die die Gesellschaft schwächten. Die Resolution-Trust-Obligationen waren ein ausgezeichnetes Beispiel: Er half, die Regierung zu untergraben, indem er ihr das Geld gab, um sich lächerlich zu machen. Er hoffte, wenn er mithalf, die Regierung in ein aufgeblähtes, schmatzendes, schlingendes Schwein zu verwandeln, würde sie eines Tages unter ihrem eigenen Gewicht zusammenbrechen. Es war die einzige Art, wie er seinen Job genießen konnte.

Eggs Igino dagegen mochte seinen Job. Er wußte, daß man nicht von ihm erwartete, daß er ihn mochte. Er wußte, daß er die Hölle sein sollte. Aber alles, was die anderen haßten, gefiel Eggs Igino. Er mochte die Verformbarkeit von Zahlen. Er mochte die Geräusche, das Geschrei und das Läuten. Er mochte den Tumult von erwachsenen Männern und Frauen, die herumschwirrten und Berichte zu den Faxgeräten brachten und Rundschreiben vom Laserdrucker holten. Eggs Igino mochte es sogar, jeden Morgen um drei Uhr fünfundvierzig aufzuwachen, wenn der Rest der Welt noch schlief. Er fühlte sich dadurch weniger wie ein beliebiger anderer Angestellter, und es hatte ohnehin keinen Sinn, die Sonnenstunden drinnen zu vergeuden. Er wußte, daß Coyote Jack rücksichtslos und gemein war und keinen Finger rührte, wenn nicht etwas für ihn dabei heraussprang, aber – so verrückt es auch war – Eggs Igino hatte einen Narren an Coyote Jack gefressen. Coyote Jack war komisch. Es war lustig, wie er durch die Gänge im Handelssaal streifte, seine Augen von einer Seite auf die andere wandern ließ und für die Resolution Trusts Dampf machte. Und Sid Geeder! Eggs Igino mußte immer ein Lachen unterdrücken, wenn Sid durch den Saal stapfte und das Hemd ihm bis auf die Oberschenkel heraushing.

Mit heraushängendem Hemd stapfte Sid Geeder durch den Handelssaal, um seiner Assistentin eine Liste von Analysen zu geben, die sie für seine Kunden heraussuchen sollte. Aber sie war nirgendwo zu sehen, und gerade in diesem Augenblick leuchtete sein Telefon rot auf. Sid setzte sich an ihren Schreibtisch und meldete sich. Als er anfing, die Vorteile von freiverzinslichen Hypothekenbriefen für den Anrufer zusammenzufassen, langte er nach einem Stift in ihrem Schreibtisch, um sich Notizen zu machen. Zu seiner Überraschung fand er einen Stapel gefälschter Geschäftskarten von Atlantic Pacific, die ihre Position fälschlicherweise mit »Verkaufsmitarbeiterin« angaben.

»Es tut mir leid, Sid«, flehte sie, als sie auf seine Aufforderung hin zu ihm kam. Er hatte die Nachricht auf die Rückseite einer ihrer Geschäftskarten gekritzelt und mit Speichel an ihren Bildschirm geklebt. »Sie sind nur für meine Familie und meine Freunde.«

»Sie sind gefeuert!« brüllte er. »Sie sind eine Diebin.«

»Wovon reden Sie?! Ich habe nichts gestohlen«, protestierte sie. »Ich habe Ihr Zeug nie angerührt.«

»Mein *Zeug?* Was meinen Sie mit mein *Zeug?* Mein Zeug ist wertlos. Alles außer diesem Cross-Kugelschreiber ist absolut wertlos. Oder wollen Sie den vielleicht auch noch nehmen?« Er drückte ihr den Kugelschreiber in die Hand.

»Sid, das hat doch keinen Sinn. Es war ein langer Tag.«

»Natürlich hat es keinen Sinn. Wenn es einen gäbe, würden Sie die Situation begreifen. Und wenn Sie sie begreifen würden, könnten Sie dieses Begreifen stehlen!«

»Sid, bitte!«

»Verstehen Sie nicht?! Der Markt ist ein Chaos. Ich bringe etwas Vernunft in das Chaos. Damit verdiene ich mein Geld. Und Sie bekommen nichts mehr davon. Sehen Sie zu, daß Sie selber Vernunft in Ihre Welt bringen.«

»Aber – «, heulte sie.
»Ich sagte, Sie sind gefeuert. Ich gehe jetzt, und wenn ich morgen zurückkomme, möchte ich, daß Ihr Schreibtisch leer ist. Legen Sie Ihre Magnetkarte und Ihren NASDAQ-Ausweis auf den Stuhl.« Weiter sagte er nichts mehr. Er zog seine leere Aktentasche unter dem Schreibtisch hervor, nahm seinen Sommermantel aus dem Kleiderschrank und humpelte aus der rückwärtigen Tür zum Aufzug, mit dem er die fünfundvierzig Stockwerke zur Tiefgarage hinunterfuhr. Seine Ohren pochten. Sein Rücken brachte ihn plötzlich schier um. Sid Geeder war stämmig, ein Brocken von Mann, der auf dem College Ringer gewesen war und sich nie für die körperlichen Anforderungen des modernen Wirtschaftslebens geeignet hatte. Sooft er mit dem linken Fuß die Kupplung trat, wurde sein rechter Fuß augenblicklich taub, und er hatte ein kribbelndes Gefühl in den Daumen. Der Innenstadtverkehr zwang ihn andauernd, die Kupplung zu treten. Es machte ihn einfach wahnsinnig.
»Es fühlt sich an, als ob jemand ein kleines Feuer am unteren Ende meiner Wirbel angezündet hätte«, sagte er zu Ivana Perkova, zu der er gefahren war, um sich untersuchen zu lassen. Sie hatte ihre Praxis im Erdgeschoß eines alten Wohnhauses. Große Fenster gingen auf einen Garten hinaus. Sie hatte eine gepolsterte orthopädische Lederbank in der nach oben gewölbten Form einer Mondsichel, auf der Sid gern mit dem Gesicht nach unten lag. Das Blut sammelte sich in seinem Gesicht und den Füßen. Seine Wirbelsäule entspannte sich. »Es könnte das Darmbein sein, glaube ich.«
»Ich verstehe«, sagte sie und legte ihre Hand sanft auf seine Lendengegend.
Als Sid einen tiefen, gequälten Seufzer ausstieß, wandte Dr. Perkova Druck an. Sie war eine junge Rumänin der zweiten Generation, die Orthopädie und Rolfing studiert hatte und die

natürliche Gabe des Handauflegens besaß. Sie träumte davon, in das alte Dorf ihrer Familie in Transsylvanien zurückzukehren, um Babys auf die Welt zu holen, gebrochene Knochen zu richten und Kühe zu melken. Ihre Stimme war rauh, aber freundlich. Sie trug Stretchhosen unter ihrem Kittel, und manchmal verführte er sie dazu, sie auszuziehen, wenn ihre Sprechstundenhilfen Feierabend gemacht hatten.

»Ich glaube nicht, daß des dein Darmbein ist, Sidney. Deine Symptome sind nicht somatisch.«

»Dann vielleicht L-4/L-5.«

»Ich glaube, das ist es auch nicht. Hier, drück meine Finger mit beiden Händen.«

Sid nahm ihre Finger in seine Hände und drückte. Ihre Finger waren lang und glatt, die Nägel rund und poliert. Er wollte sie nicht verletzen, aber er wollte auch nicht loslassen.

»Sidney, du solltest wirklich Helmet Fisher aufsuchen. Deine Symptome haben eindeutig mit Streß zu tun.«

»Helmet Fisher? Den Seelenklempner? Ich bin doch nicht verrückt!«

»Er ist nicht nur für tobende Geisteskranke da. Er könnte dir helfen, dich zu entspannen.«

Sid würgte bei dem Gedanken. »Mir helfen? So, wie er Wes Griffin geholfen hat?«

»Was ist mit Wes passiert?«

»Wes ist verschwunden.«

»Verschwunden?«

Sid erklärte es. »Er ging zu Helmet Fisher. Fing an, über Atemübungen und selbstgesteuerte Visualisierungen zu reden. Und eines Tages kam er einfach nicht mehr zur Arbeit.«

Dr. Perkova wechselte auf die andere Seite und begann, Sidneys Schultern zu bearbeiten. »Vielleicht ist er jetzt glücklicher.«

»Glücklicher? Wes hatte nur noch sechs Monate, bis er seine

Firmenanteile einlösen konnte. Noch sechs Monate, und er hätte seinen Nettoverdienst verdoppeln können.«

»Na, toll. Er hat genug Geld. Ihr habt *alle* genug Geld.«

»Es geht nicht um das Geld, es geht um den Sieg. Wes war ein Soldat. Er war jeden Morgen um halb fünf im Schützengraben, fünf Tage die Woche. Er war loyal zu seiner Firma und zu seinem Land. Er war kurz davor, erhobenen Hauptes gehen zu können. Dann erwischten sie ihn.«

»Wer ist ›sie‹?«

»Sie *wollten,* daß er zu Helmet Fisher ging. Sie wollten ihm diese Anteile nicht geben. Welche andere Firma, die bei Verstand ist, würde für psychiatrische Betreuung bezahlen? Er ist sogar noch teurer als du.«

»Sidney, wer ist ›sie‹?«

»Ich weiß es nicht!« Sid schloß die Augen und atmete den Ledergeruch der Couch ein. Er wollte nicht lernen, wie man aus dem Bauch heraus atmete, und er wollte sich nicht selbst bei einem Spaziergang über eine Bergwiese führen. Er würde niemanden in seinen Kopf lassen. Alles, was er besaß, war da drin. Alles, was ihn glücklich, und alles, was ihn erfolgreich gemacht hatte. In seinem Kopf waren Börsendaten von vier Jahren. Sein Humor. Seine Träume und seine Phantasien, von denen viele um Dr. Perkova kreisten. Sein Urteilsvermögen. Seine gesamte Bildung von der Grundschule bis zum Wirtschaftsstudium. Alles. Er müßte verrückt sein, einen Seelendoktor, der auf der Gehaltsliste der Firma stand, in seinen Kopf zu lassen. Die Firma hatte schon so viel gestohlen. Sie hatte seine Verkaufsmasche und seine Handelsanalysen gestohlen. Sie hatte sein inneres Gleichgewicht gestohlen. Sie hatte sein Vertrauen in die Menschheit gestohlen, und das konnte ihm niemand zurückgeben. Es war wie mit dem Glauben an den Weihnachtsmann. Oder wie mit der Jungfräulichkeit. Es war eine Einbahnstraße.

Lisa Lisa stand unten auf der Straße und wartete, daß ihr Freund in seinem Jaguar kam und sie schnellstens aus einer Welt wegbrachte, in der sie dafür belohnt wurde, wie ein Mann zu denken, und wo sie bestraft wurde, wenn sie sich wie eine Frau benahm. Nach der Arbeit hatte sie in der Toilette die Bluse unter ihrer Kostümjacke ausgezogen. Sie hatte ihre Aktentasche unter dem Schreibtisch gelassen und ihre Wertsachen in eine schwarze Lederhandtasche umgeräumt, die sie nun unter den Arm geklemmt hielt. Ihr Freund hieß Gary oder Peter oder David – es spielte für ihre Geschichte keine Rolle: Er würde sie verlassen, bevor sie dazu kam, sich an ihn zu gewöhnen. Er würde sie verlassen, weil er selbst irgendeinen wichtigen Managerjob in Downtown hatte und eine Abwechslung brauchte. Er brauchte eine Frau, die mit Ehrfurcht und Respekt zu der Welt der Wolkenkratzer aufschaute, die glaubte, er sei ein kommendes hohes Tier. Er brauchte jemanden mit weichen Kanten, runden Kurven und makelloser Haut. Er brauchte eine Frau, die aus der Arbeiterschicht kam, aber Kontakte zur High-Society hatte, mit einem Diplom in Geisteswissenschaften und der sexuellen Freizügigkeit einer gewöhnlichen Hure. Lisa Lisa würde sich nie mit den nicht existierenden Frauen messen können, auf die diese Männer warteten, obwohl sie ein Diplom der Carnegie Mellon University hatte und ihr Dekolleté und ihre Schenkel wie eine gewöhnliche Hure zur Schau trug, wenn sie durch den Handelssaal ging. Lisa Lisas grundlegende Schwäche war, daß sie stark war. Sie konnte am Telefon brüllen und sich um vier Uhr morgens aus dem Bett quälen, und sie konnte Männer dazu bringen, beim Onanieren an sie zu denken. Sie lief vier Meilen in dreiundzwanzig Minuten, konnte sich selbst ein Taxi winken und einen Martini hinunterschütten, ohne mit der Wimper zu zucken. Lisa Lisa hatte so viele Stärken, daß sie zum Verzweifeln schwach war. Sie war die älteste von drei brünetten

Schwestern, aber die einzige, die noch nicht verheiratet war. Sie war mit einem Patentanwalt gegangen, einem Werbefachmann und dem Sportreporter von Channel 5. Alle hatten sie »als Verlust abgeschrieben«.

Gary (oder Peter oder David) aber war anders. Er war schon einmal verheiratet gewesen und wußte, woran auch ernsthafte Beziehungen zerbrechen konnten. Er hatte selbst ein sechsstelliges Einkommen und würde mit ihren bombastischen halbjährlichen Prämien weder konkurrieren müssen, noch würde er sich davon bedroht fühlen. Und er hatte seit seiner Scheidung mit vielen Frauen geschlafen und mußte sich nicht mehr die Hörner abstoßen. Er aß abends fast immer im Restaurant und würde nicht von ihr erwarten, daß das Essen auf dem Tisch stand. Er ging seit zwei Jahren jeden Vormittag zu einem Therapeuten und hatte sich mit seiner dominanten Mutter und seinem distanzierten Vater auseinandergesetzt. Er hatte schon einen Großteil seiner Haare verloren und war nicht mehr von der Angst besessen, eine Glatze zu bekommen. Er war auf dem College bei der AA gewesen und würde nicht in den Trott verfallen, jeden Abend Martinis zu trinken. Nichts konnte schiefgehen. Sie waren sich zu ähnlich, um Meinungsverschiedenheiten zu haben. Und sie waren zu verschieden, um sich ihr Revier streitig zu machen. Es ergab keinen Sinn, womit bewiesen war, daß es Liebe sein mußte. Ach, es half alles nichts. Eines Tages würde sie einen Mann treffen, der all diese Vernunftgründe nicht brauchte, um zu lieben, einen Mann mit sanften Augen und einem Körper, mit dem er vor lauter Männlichkeitsgehabe kaum mehr gehen konnte. Eines Tages würde sie einen Mann treffen, dessen Hände streichelten und nicht zupackten, der daran glaubte, daß die Liebe ihn stärker machte und nicht schwächer. Eines Tages würde sie wissen, warum sie so geworden war, wie sie war, denn sie war diesen Weg nicht gegangen, um allein zu sein.

Überleben

Es war nicht verwunderlich, daß sie bei dieser Arbeit manische Zwangsvorstellungen in bezug auf Reinlichkeit entwickelten. Die Lufttemperatur wurde bei exakt zwanzig Grad gehalten, die Luftfeuchtigkeit bei sehr wenig schweißtreibenden zwanzig Prozent, und die Teppiche wurden zweimal täglich gesaugt, von zwei verschiedenen Putzfrauen, mit zwei verschiedenen Staubsaugermarken. Es war ein Beruf der schmutzigen Tricks, der getrübten Moral und der dreckigen Ambitionen, aber sie taten ihr Bestes, um ihre Uniformen sauberzuhalten. Jeder Mann hatte eine Reservekrawatte in seinem Schreibtisch, dazu einen Rasierer und Nagelklipser, einen Plastikkamm, eine Zahnbürste und Dosen mit Kiwischuhcreme in Schwarz oder Mahagoni. Das war das blanke Minimum. Die meisten hatten Ersatzmanschettenknöpfe, Haarspray, Deo, einen zweiten Gürtel, Zahnseide, eine Fusselbürste und zwei nagelneue Baumwollhemden, noch in der Plastikhülle und mit Stecknadeln. Nelson Dicky, dessen Zähne verfaulten, hatte noch eine Mundduschе und antibakterielles Listerin. Nickel Sansome, der Schwierigkeiten beim Atmen hatte, hatte einen Inhalator mit Antihistaminikum, das ihm Dr. Perkova verschrieben hatte. Als jedem klar gewesen war, daß Wes Griffin genug hatte und nicht mehr zur Arbeit kommen würde, fanden sie in seinem Schreibtisch all die erwähnten Dinge und dazu noch ein Paar extralange Schnürsenkel, ein Hochleistungsfernglas, Isolierband und eine Tube fettlösende Seife. In den Nächten, in denen er nicht schlafen konnte, hatte er an seinem

Auto gearbeitet, einem auf schnelle Beschleunigung frisierten 350er GTO, und war mit Achsenfett unter den Fingernägeln zur Arbeit gekommen. Eggs Igino erbte das ganze Lager, und er war besonders erfreut über die Rolle Isolierband, das sich in einer Welt, die allem Anschein nach aus dem Leim ging, sicher als nützlich erweisen würde. Alle hatten sie einen Regenschirm auf Lager. Mehrere Männer hatten auch noch einen leichten Anzug in dem Schrank im Flur hängen. Ihre Schuhe waren alle rahmengenäht. Wenn das Geld schnell floß und die Börse Sprünge machte und der Druck, immer einen Schritt voraus zu sein, am größten war, konnten sie brüllen und fluchen, mit Papierknäueln Basketball spielen und in eine Tasse pinkeln (um ja nicht aus dem Saal zu müssen), aber man sah sie nie mit ungepflegten Nagelhäutchen. Sie verstießen gegen die Regel, nicht mit den Investmentbankern in den Stockwerken unter ihnen zu sprechen, sie verstießen gegen die Regel, nicht untereinander über die Höhe ihrer halbjährlichen Prämien zu reden, und sie verstießen gegen die Regel, keinem Kunden gegenüber zuzugeben, daß ihre Wertpapiere überteuert waren, aber sie verstießen nie gegen die Regel, nicht mit nassen Haaren zu erscheinen. Obwohl es nicht leicht war, überlebten sie alle.

Sid Geeder hatte vier Jahre ausgehalten, aber er war heute ein alter Mann, fast vierunddreißig, und er hatte vor, bald zu gehen. Nelson Dicky hatte dreieinhalb Jahre durchgestanden, Lisa Lisa und Nickel Sansome drei, Sue Marino zwei und Regis Reed eins. Dieser Junge, Turner, war erst drei Wochen dagewesen, als sie ihm mit dem Gesicht in einem Fruchtsalat an seinem Schreibtisch fanden. Die mutmaßliche Ursache war, daß er an einem Stück Melone erstickt war. Thom Slavonika war seit zweiundzwanzig Jahren da, aber er mußte nach jedem Verkauf seine Zähne mit Zahnseide säubern, vielleicht fünfzehnmal am Tag, von den Eckzähnen bis zu den Backenzähnen, oben und unten, und er arbeitete sich mit diesem gewachsten Faden durch das Zahnfleisch, das schon fünfmal durch ein Transplantat aus seiner Hüfte ausgebessert worden war. Ohne Zahnseide konnte er nicht verkaufen – das war die Regel, nach der er spielte, und er verstieß nie dagegen. Sie alle überlebten, zumindest bis Eggs Igino an seinem vierten Arbeitstag mit Haaren erschien, die vor Nässe auf seine ungebügelten Schultern tropften, mit den ungekämmten Locken bis über die Augen.

Der Grund für ihre Reinlichkeit war nicht das berufliche Image, auch nicht gute Manieren oder Oberschichtgehabe. Die Reinlichkeit diente dazu, ihre Schuldgefühle zu besänftigen, den Anschein zu erwecken, als seien sie über den täglichen Kampf erhaben, und sie verstärkte sich während großer Verkaufskampagnen. Verkaufsemissionen unterschieden sich vom alltäglichen Handel in einem wichtigen Gesichtspunkt: die Notierung war festgelegt. An den sekundären Börsen fluktuierten die Notierungen und spiegelten den Wert eines Papiers wider, und das Verkaufspersonal profitierte davon, ob die Kurse hinauf- oder hinuntergingen. Die Notierung wurde immer vom Markt bestimmt. Waren die Zeiten gut, was das Geld gut, und niemand ging zum Teufel. Aber bei neuen Wertpapieremissionen war es die Aufgabe der Händler, den vorher festgelegten Preis den Kunden gegenüber zu vertreten. Davor graute ihnen. Die Händler verbrachten Wochen damit, mit fairen Notierungen an den sekundären Börsen das Vertrauen ihrer Kunden zu erwerben, und dann verrieten sie dieses Vertrauen auf einen Schlag mit einem großen Paket überteuerter neuer Wertpapierausgaben. Wochenlang faxten sie ihren Kunden Analysen, riefen fünfmal am Tag an, führten sie zum Mittagessen in den *Ming Garden* und schickten ihnen Uhren zum Geburtstag. Dann kassierten sie ab. Laut Sid Geeder, der das besser machte als alle anderen, hing der Erfolg nur davon ab, wieviel man lügen konnte, ohne sich schuldig zu fühlen, und dann, wieviel Schuldgefühle man aushalten konnte, bevor man psychische Störungen davontrug.

Sid Geeder fühlte sich nicht schuldig, denn er betrachtete es als einen Fall von Notwehr. Alle seine Kunden waren gierige, geltungssüchtige Geier, die so taten, als wären sie Asse im Rechnen, und immer mehr von ihm wollten, weil er der König der Hypothekenbriefe war. Sie wollten seine Geheimnisse. Sie waren hinter dem her, was er im Kopf hatte. *Gib's mir.* Es herrschte Krieg da draußen, und seine Lügen waren seine einzige Munition. Seine Lügen waren sorgfältig konstruierte Bomben, die ein paar Jahre später hochgingen. Die Eurofloater, die Freddie Mac Adjustables und die Resolution-Trust-Obligationen waren Beispiele dafür. Die Lügen konnten vielerlei Gestalt annehmen, aber sie enthielten durchwegs das Versprechen, die Wertpapiere würden immer in hohem Maße flüssig sein und aktiv gehandelt werden, was bedeutete, Atlantic Pacific wäre immer bereit, sie zu einem vernünftigen Preis zurückzukaufen, was nie stimmte. Sie hätten sie nicht verkauft, wenn sie sie zurückkaufen wollten. Sid Geeder, der länger als irgend jemand außer Tom Slavonika im Verkaufssaal war, behauptete, jeder Wahrheit zum Trotz, Atlantic Pacific hätten während seiner langen Karriere stets die Wertpapiere, die sie auf den Markt gebracht hatten, auch aktiv gehandelt. Sid Geeder war ein Bombenschütze, der auf Befehl auf den Knopf drückte. Er hatte ein eigenartiges psychologisches Profil entwickelt, das Dr. Perkova an der Grenze zur psychischen Störung einstufte: Aus Rache dafür, daß er Wertpapiere verkaufen mußte, verkaufte er sogar *mehr* Wertpapiere. Er hatte kein Vertrauen in die Papiere, die er verkaufte, und um seine Schuldgefühle zu beschwichtigen, verkaufte er sie an alle, die er haßte. Er dressierte sich selbst darauf, jeden zu hassen, an den er verkaufte, wodurch er nicht unter Schuldgefühlen litt und psychische Störungen vermied.

»Aber gegen *wen* kämpfst du?« fragte Dr. Perkova, nachdem Sid Geeder ein Hundert-Millionen-Dollar-Kontingent für die Resolution-Trust-Obligationen bekommen hatte, und sich seinen Rücken massieren lassen mußte.

»Ich weiß es nicht!« brüllte Sid Geeder, das Gesicht ins Leder vergraben.

»Ich weiß es nicht«, sagte Sid Geeder, als Coyote Jack ihn fragte, ob der Junge reif sei für ein Kontingent an den Resolution-Trust-Obligationen.

»Ich glaube, er ist reif dafür«, sagte Coyote Jack.

»Die Obligationen sind ein Haufen Scheiße«, entfuhr es Sid Geeder. »Ich glaube, nicht mal ich kann welche verkaufen.«

»Das sagen Sie jedesmal. Je öfter Sie es sagen, desto mehr verkaufen Sie schließlich.«

»Das ist nur, weil ich es so sehr hasse, sie zu verkaufen, daß ich sie an jeden verkaufe.«

»Genau. Deshalb habe ich Sie für f-f-fünfzig Millionen eingetragen.«

»Fünfzig Millionen Dollar!«

»Die Obligationen sind wertlos. So wertlos, daß Sie spielend so viel verkaufen.«

»Hören Sie auf!«

»Sie haben Wes Griffins beste Kunden eingeheimst. Sie haben World Savings. Sie haben Ingenesis Corp. Sie haben Franklin Mutual.«

»Franklin Mutual hat Kreditsperre. World wird nichts kaufen, was wir nicht von ihnen zurückkaufen.«

»Wir werden sie zurückkaufen. Wir werden diese Obligationen jahrzehntelang aktiv handeln.«

»Das ist verrückt, Coyote. Das Geld aus den Obligationen wird dazu benützt, Spar- und Kreditbanken stillzulegen. Wenn

Resolution Trust sie alle stillgelegt hat, hören sie auf, Geld aufzunehmen, und dann gibt es auch keinen aktiven Markt mehr für die Obligationen.«

Coyote Jack lachte. »Wie kommen Sie darauf, daß die Regierung aufhören wird, sie stillzulegen? Unrentable Spar- und Kreditbanken zu schließen ist ein sehr einträgliches Geschäft für uns geworden. Wir haben Geld damit gemacht, die Spar- und Kreditbanken unrentabel werden zu lassen, und jetzt machen wir Geld damit, sie zu schließen. Die Resolution Trust wird sich mindestens d-d-dreißig Jahre Geld leihen.«

»Genau wie bei den Eurofloatern und den Freddie Mac Adjustables.«

»Die sind anders.«

»Inwiefern sind die anders?«

»Diesmal ist die Regierung darin verwickelt.«

»Ich habe kein Vertrauen zur Regierung. Die Regierung hat dieses Problem in erster Linie verursacht.«

»Genau! Wie können Sie dann glauben, daß sie in der Lage sein wird, es zu lösen?«

Sid war sprachlos vor Unglück.

»Sie hassen diese Obligationen wirklich, nicht wahr?« sagte Coyote Jack friedfertig und plötzlich teilnahmsvoll.

»Ja! Ich hasse sie! Ich hasse sie mit jeder Faser meines Seins!«

»Dann glaube ich, sollte ich Sie für h-hu-hundert Millionen eintragen.«

»Machen Sie nur! Pah! Hundert Millionen Dollar. Ich sag meinen Kunden einfach, daß die Regierung eine sichere Investition ist, weil wir uns darauf verlassen können, daß sie ihre Probleme auf keinen Fall löst.«

»Wenn Sie es ihnen nicht sagen wollen, bin ich sicher, dieser Junge, Igino, wird es mit Vergnügen für Sie tun.«

»Was soll das heißen?«

»Sie haben ein halbes Dutzend Kunden, die Sie nicht mal

anrufen, so beschäftigt sind Sie. Warum lassen Sie es Igino nicht mit ein paar davon versuchen. Irgendwo muß er ja anfangen.«

So sehr er es haßte, einen Zollbreit nachzugeben, wußte er, daß dieses Ansinnen unausweichlich war. Als er angefangen hatte, war er mit Coyote Jacks Kunden flügge geworden. »Gibt ihm Nelson Dicky welche?«

Coyote Jack nickte.

»Und an wen haben Sie gedacht?«

»Geben Sie ihm AmeriTrust. Geben Sie ihm Walnut Creek.«

»AmeriTrust hat Kreditsperre. Walnut Creek traut keinen Investmentbanken.«

»Dann dürfte es Sie ja nicht besonders jucken«, folgerte Coyote Jack.

»Es tut trotzdem weh«, antwortete Sid und schlich aus Coyote Jacks Büro.

Coyote Jack lehnte sich in seinem Stuhl zurück. Er hatte sich seit Jahren nicht mehr so gut gefühlt. Coyote Jack hatte ein ballonförmiges Gesicht, dessen Haut bis an die Grenze gespannt war. Sein Hals war aufgedunsen und hing über den Kragen. Seine Lider quollen über die ständig zwinkernden Augen. Aber seine ledernen Hosenträger störten ihn jetzt nicht im geringsten, und sein Halsausschlag juckte nicht, und das verdankte er alles Wes Griffin, der eines Tages nicht zur Arbeit erschienen war, was Coyote Jack zunächst ganz krank gemacht hatte. Jetzt hatte Eggs Igino Wes Griffins Platz eingenommen. Wes Griffin war ein guter Händler gewesen, aber Eggs Igino war der Prototyp der Zukunft: jungenhaft, vertrauenswürdig, großartig mit Zahlen. Heute morgen waren endlich die Berichte über Eggs Igino vom Trainingsprogramm in New York mit Intermail gekommen, die besagten, daß er ein rebellischer Spinner sei, Befehle mißachtete und eine Börse für Vorlesungsskripte unter den Trainees aufgezogen hatte. Die Beurteilung empfahl, ihn in eine abgelegene, unbedeutende Filiale weit weg von New York zu schicken, wo er am wenigsten Schaden anrichten konnte. Coyote Jack hatte noch nie eine so vielversprechende Beurteilung gelesen. In einer gnadenlos uniformen Welt waren Rebellen schwer zu finden. Diejenigen, die bereit waren, Regeln als erste zu verletzen, waren selten. Diejenigen, die bereit waren, Befehle zu mißachten, waren sogar noch spärlicher. Rebellen hatten dieses Gewerbe aufgebaut, und Rebellen hatten es immer wieder neu definiert. Wasserstein war ein Rebell gewesen. Milken war ein Rebell gewesen. Coyote Jack ging an sein Goldfischglasfenster und schaute über die Maklerstände, in denen siebenunddreißig Händler unter seinem Kommando schufteten. Der Beweis für Eggs Iginos eklatante Mißachtung von Autorität war bereits an seinem vierten Arbeitstag klar erkennbar. Er hatte seinen Stuhl ganz abgeschafft und stand, während er die Telefone bediente. Und sein Haar war naß! Vor zwei Tagen hatte Coyote Jack ihm befohlen, es schneiden zu lassen, was er nicht getan hatte, und nun kam er mit nassem Haar und völlig unfrisiert. Coyote Jack hätte nicht glücklicher sein können. Eine Börse für Vorlesungsskripte! Wer konnte sagen, für welches neue Produkt er noch einen Markt schaffen würde?

Coyote Jack war erschrocken, als er erfahren hatte, daß das Konsortium hinter den Resolutions auseinanderfiel. Es war ein böses Omen für die Firma, und Coyote Jack dachte ernsthaft daran, sein Landhaus in Sonoma zum Verkauf anzubieten. Aber nun erkannte er, daß es eine großartige Gelegenheit war, ein Held zu werden. Coyote Jack hatte vor, es auf Sid Geeders und Eggs Iginos Rücken bis zum Hauptgeschäftsführer zu bringen. Er dachte ernsthaft daran, einen Swimmingpool in seinem Landhaus in Sonoma einbauen zu lassen. Er rief das Syndikat in New York an und teilte ihnen mit, daß er das Kontingent der Filiale für die Resolution-Trust-Obligationen erhöhte. Dann rief er Stormin' Norman Walker an, den Steuerberater, den die Firma beschäftigte, um sicherzugehen, daß alle Händler bei ihrer Steuer betrogen, und bestellte ihn für den nächsten Tag ins Büro. Dann befahl er seiner Sekretärin, in Clark Kalinovs Büro zu gehen und ihn zum Wahnsinn zu bringen. Coyote Jack hatte seit mehreren Tagen nichts Beunruhigendes mehr von Kalinov gehört und fragte sich, was er im Schilde führte. Wahrscheinlich begrub Kalinov den neuen Jungen unter Gesundheitsdienstformularen, Steuerformularen, Nichtkonkurrenzvereinbarungen und Kaufanforderungsbestimmungen. Kalinov war ein Problem, ein Nagel im Schuh, und Coyote Jack wußte nicht, was er dagegen machen sollte, außer ihn von seiner Sekretärin zum Wahnsinn treiben zu lassen.

Coyote Jacks Sekretärin war eine unfähige Frau, die bei allen Tests in Aktenablage, Maschineschreiben und Kaffeekochen durchgefallen war und sich deshalb wunderbar für ihre Aufgabe eignete. Sie hatte stämmige Hüften, große mütterliche Brüste, plumpe Arme und süßlich riechendes Kuschelhaar, was sie für ihre Rolle prädestinierte. Coyote Jacks einzige Aufgabe bestand darin, dafür zu sorgen, daß es seiner Händlertruppe dreckig ging, und so hatte er keine Arbeit, die er ihr geben konnte. Ihre einzige Aufgabe war, Kalinov verrückt zu machen, und sie besorgte das, indem sie sich freiwillig erbot, seine Akten abzulegen, für ihn Maschine zu schreiben und Kaffee zu kochen. Kalinov war ein Ordnungsfanatiker und hatte ein ausgeklügeltes Imperium von Gesundheitsdienstformularen, Steuerformularen, Nichtkonkurrenzvereinbarungen und Kaufanforderungsbestimmungen errichtet, das verhinderte, daß die Filiale irgend etwas auf die Reihe brachte, und deshalb sicherstellte, daß die Arbeit nie ausging. Er hatte immer einen riesigen Stapel Papiere in seinem Fach ›Eingang‹, Hunderte von Bekanntmachungen in seinem Stapel ›Zu erledigen‹ und Dutzende von Anrufen, die er nie beantwortete.

Coyote Jacks Sekretärin ignorierte seine Systeme und Verfahrensweisen vollkommen; Kalinov versuchte, sie davon abzuhalten, seine Arbeit zu machen, aber jeden Vormittag, wenn er in einen der Fitneßclubs in der Innenstadt ging, die er im Hinblick auf eine Mitgliedschaft der Firma ausprobierte, kam sie in sein Büro und machte sie trotzdem. In der Nachmittagspause, wenn Clark sein Mittagessen verdaute, brachte sie ihm Kaffee, der immer zu dünn, ölig oder zu stark gezuckert war. Aber er sagte nichts, weil es ihm jedesmal die Sprache verschlug, wenn sie in Blusen, die zu eng für ihre Brüste waren, in sein Büro geschlendert kam. Sie erbot sich, den Stapel Papiere in seinem Fach ›Ausgang‹ zu sortieren und abzuschicken, und es gelang ihm zu winseln, das wäre ganz wunderbar.

Clark hatte kürzlich einen langatmigen Leitfaden zur Schulung der Angestellten in zwischenmenschlicher Sensibilität in Auftrag gegeben, um sicherzustellen, daß Männer und Frauen nicht offen übereinander herfielen. Es würde ihr guttun, ihn zu lesen, denn der Leitfaden mißbilligte verführerische Kleidung und aufreizendes Verhalten. Er lag schon wochenlang auf seinem Schreibtisch. Kalinov deutete darauf, damit sie ihn kopieren, zusammenstellen und binden sollte, und als sie sich über seinen Schreibtisch beugte, um ihn zu nehmen, sabberte er, ohne es zu merken, in seinen öligen Kaffee. Verwirrt versuchte er, seine Unruhe zu überspielen, indem er seinen Kaffee hinunterstürzte, der schlechter war denn je. In dreizehn Punkten hatte Clark strenge Regeln gegen den gesellschaftlichen Verkehr zwischen den Angestellten ausgearbeitet, um sich selbst davon abzuhalten, mir ihr zu verkehren und wahrscheinlich sein Reich zu Fall zu bringen. Clark hatte die Imperien der Geschichte studiert und erkannt, daß alle entweder von Gier oder von Frauen zu Fall gebracht worden waren – und manchmal von der Gier nach Frauen. Alexander der Große. Napoleon. Die Mingdynastie. Der Versuch, ihr zu widerstehen, machte ihn wahnsinnig. Er dachte an sie, wenn er sich am Vormittag im Fitneßclub auf den Maschinen abstrampelte. Er dachte an sie, wenn er nachmittags Bestandsinventur machte. Er dachte an sie, wenn er nachts seine Freundin liebte. Wenn sie seine Sekretärin gewesen wäre, hätte er sie längst gefeuert, um zu vermeiden, daß er sie schikanierte. Aber sie war Coyote Jacks Sekretärin, und er wußte nicht, wie er es ihm heimzahlen sollte, außer daß er Coyote Jacks Verkaufstruppe unter Steuerformularen und neuen Verordnungen begrub. Er setzte sich wieder an seinen Schreibtisch und kritzelte den Entwurf für ein Memo an Eggs Igino, in dem er fragte, warum er nicht auf sein Memo von vor zwei Tagen geantwortet hatte. Kalinov wußte, warum Igino nicht auf sein Memo geantwortet hatte – er hatte es noch nicht bekommen. Clark hatte es per Hauspost geschickt, die zwei Tage in Rickys Postraum liegenblieb, selbst wenn sie nur auf die andere Seite des Verkaufssaals befördert werden mußte. Die zwei Tage waren Firmenpolitik. Kalinov hatte wissen wollen, was nach Iginos Meinung mit der Firma passieren würde, wenn jeder Händler anfing sich so zu benehmen wie er und seinen Stuhl abschaffte. Clark ging ans Fenster und schaute hinaus in den Nebel. Wußte der Junge seinen großartigen Blick auf den Nebel nicht zu schätzen? Wußte er das polierte Mahagoni nicht zu schätzen, aus dem sein Maklerstand gemacht war? Wußte er den Antistatikteppich nicht zu würdigen, auf dem er den ganzen Tag stand?

»Was soll das?« brüllte Igino, der plötzlich in der Tür zu Kalinovs Büro erschien und mit einem Blatt Papier mit Firmenbriefkopf wedelte.

Clark wirbelte herum. »Was?«

»Ich kann doch wohl stehen, wenn ich will.«

»Wo haben Sie das her?«

»*Sie* haben es mir geschickt. Es ist von gestern datiert.«

»Aber...«

»Coyote Jacks Sekretärin hat es auf meinen Schreibtisch gelegt.«
Kalinov zuckte zusammen. Diese Frau! »Also, ähm, was wäre, wenn Ihr Beispiel Schule machte und alle den ganzen Tag stünden, nur weil es bequemer ist?«
»Und was wäre, wenn sie es täten?« schnappte Igino zurück.
»Das ist ein schlüpfriges Parkett, Igino. Was, wenn sie dann beschließen, daß es bequemer ist, Joggingschuhe zu tragen?«
»Keine schlechte Idee.«
»Und was kommt dann? Jeans? Schreibtischlampen?«
»Wie wär's, wenn wir uns von dieser Leuchtanzeige trennen würden, die quer über die Wand läuft? Wir bekommen Kopfweh davon.«
Kalinov drehte Igino den Rücken zu und schaute aus dem Fenster, während er sprach. Das war ein taktischer Zug, den er aus einem Buch über Körpersprache gelernt hatte. »Die Klienten sind von diesem Telexstreifen beeindruckt. Genau wie sie von unseren Uniformen und der peinlichen Ordnung in unserem Verkaufssaal beeindruckt sind, wo jeder an seinem Schreibtisch *sitzt*. Ich habe unser Firmenimage zu schützen. Ohne dieses Image unterscheiden wir uns nicht von irgendeinem Steakhaus in der Straße.«
»Ich sitze jedenfalls nicht«, sagte Igino mit Nachdruck.
»Seien Sie kein Spinner, Igino. Ich kann Ihnen das Leben schwermachen...« Kalinov drehte sich wieder um und sah, daß Eggs Igino sein Büro schon verlassen hatte und in den Händlersaal zurückeilte.
Eggs Igino hatte bereits zu viele Probleme am Hals. Er hatte ein Dutzend Kunden geerbt, die er anrufen mußte, und von denen die meisten kleine Verbraucherbanken oder Bezirkskämmerer waren, die eigentlich gar kein Geld hatten, das sie ausgeben konnten. Die einzigen nennenswerten Anleger waren die Spar- und Kreditbanken seines Vorgängers, aber die waren

so pleite, daß es die Kreditabteilung als zu riskant einschätzte, Geschäfte mit ihnen zu machen – womöglich hatten sie nicht das Geld, um die Wertpapiere zu bezahlen, die sie zu kaufen versprachen. Coyote Jack hatte ihm ein Kontingent von zwanzig Millionen Dollar an den Resolution-Trust-Obligationen gegeben, deren Ausgabe in ein paar Tagen fällig war. Eggs Igino schätzte, daß er ein Fünftel davon umsetzen konnte, wenn er Glück hatte. Ein wenig zu verkaufen war leicht – es gab immer irgendeine Pensionskasse einer obskuren Gewerkschaft, die mehr Zinsertrag als bei Schatzbriefen, aber weniger Risiko als bei Hypothekenbriefen haben wollte. Viel zu verkaufen aber würde unmöglich sein, vor allem ohne Anlaufzeit, in der er das Vertrauen seiner Kunden erwerben konnte. Obwohl er ein grüner Anfänger im Handelssaal war, fürchtete sich Eggs Igino nicht vor dem Verkaufen. Er hatte den größten Teil seines Lebens das eine oder andere verkauft, während er sich durch seine Ausbildung arbeitete: Morgenzeitungen, als er neun war; biologischen, körnergemästeten Schinken in einer Metzgerei, als er dreizehn war; sein Talent als Computerprogrammierer mit siebzehn; Windsurfingunterricht an einem Strand in Zihuateneo, Mexiko, als er zwanzig war; einen Wirtschaftslehrplan für die High-School, den er mit Katie entwickelt hatte, als er dreiundzwanzig war. Nun waren es seine Voraussagen für die Richtung von Geld und Finanzinstrumente, um dieser Richtung zu folgen. Also hängte sich Eggs Igino ans Telefon und begann, seinen Kunden einzureden, seiner Meinung darüber zu vertrauen, wohin die Börse tendieren würde.

»Es geht zum Teufel«, sagte er zu einer traurigen Stimme in einer von Sid Geeders kleinen Banken, die gewillt schien, ihn anzuhören. »Nicht unbedingt hinunter oder hinauf, es wird einfach unbeständiger. Es ist ein Langzeittrend. Wir haben einen Vierundzwanzig-Stunden-Handel am Tag, programmierten Handel, neue Versionen von Investmentfonds, die von den

Banken angeboten werden. Wir haben Computer wie Sand am Meer, die alle unablässig Daten analysieren. Es hat den Markt unbeständiger denn je gemacht. Information ist weit unbeständiger als Produktion. In der Industrie hatten die Unternehmen Lagerbestände und langfristige Arbeitsverträge und Produkttreue, und all das hielt diese Unternehmen stabil. Aber niemand macht Inventur über Informationen, und sie werden nicht hergestellt, und die Verbraucher zeigen keine Treue mehr. Das ist das Dritte Gesetz der Informationswirtschaft: Wissen hat keine Haltbarkeit. Der Marktanteil kann in einem einzigen Tag beim Teufel sein. All das führt zu größerer Unbeständigkeit.«

»Und was soll ich demnach tun?« sagte die traurige Stimme. »Jedesmal wenn ich kaufe, fallen die Kurse; jedesmal wenn ich verkaufe, steigen sie.«

»Sie müssen aufhören, über Steigen *oder* Fallen nachzudenken. Sie tun beides. Sie müssen überlegen, wie Sie vom Steigen *und* Fallen profitieren. Sie müssen von der Unbeständigkeit profitieren.«

»Wie?«

»Kaufen Sie Anlagen, die in unbeständigen Zeiten gut abschneiden. Kaufen Sie, zum Beispiel, Atlantic-Pacific-Aktien. Wir erzielen jedesmal einen hohen Gewinn, wenn die Kurse steigen, und wir erzielen jedesmal einen hohen Gewinn, wenn die Kurse fallen. Wir machen pleite, wenn sie auf der Stelle bleiben.«

»Sie bleiben nie auf der Stelle«, sagte die traurige Stimme.

»Alles geht zum Teufel«, sagte Lisa Lisa, nachdem sie mitgehört hatte, wie Eggs Igino ein großes Aktienpaket der Gesellschaft an eine winzige Bank in Walnut Creek verkauft hatte. Sie sprach mit Mike Kohanamoku, dem Chefhändler und Stammeshäuptling der Bank von Honolulu. Ihre Notizen waren nahezu unleserlich. Sie improvisierte. »Das ist das

Dritte Gesetz der Informationswirtschaft: Wissen hat keine Haltbarkeit – man muß es frisch vom Baum verzehren. Sie müssen lernen, von der Unbeständigkeit zu profitieren.«

»Alles geht zum Teufel«, sagte Nelson Dicky, nachdem er mitgehört hatte, wie Lisa Lisa ein großes Aktienpaket der Gesellschaft an eine kleine Bank auf Hawaii verkauft hatte. Er sprach mit dem Leiter der Finanzbehörde von Utah, der normalerweise nur mit Schatzbriefen handelte, weil alles andere zu unstabil war. »Niemand hat mehr Lagerbestände. Wissen hängt am Baum. Das ist das Dritte Gesetz der Informationswirtschaft. Es ist ein Langzeittrend, und Sie müssen auf den Zug aufspringen.«

»Alles geht zum Teufel«, sagte Nickel Sansome, nachdem der Staat Utah zum ersten Mal seit zwei Jahren etwas anderes als Schatzbriefe gekauft hatte. Er sprach mit einem sehr wohlhabenden Kapitalanleger, der zufällig auch sein Vater war. »Wir haben eine Informationswirtschaft, und das Geld wächst wieder auf den Bäumen. Du mußt es nur pflücken. Das ist das Dritte Gesetz der Informationswirtschaft.« Nickel Sansome probierte eine neue Verkaufsmasche immer erst bei seinem Vater aus, um sich Selbstvertrauen zu holen.

»Das Dritte Gesetz der Informationswirtschaft? Das ist irgendwie eingängig. Wie, sagtest du, geht es gleich wieder?«

Nickel stotterte einen Moment herum, während er in seine Notizen schaute. »Wissen ist wie ein Baum, und das große Geld ist an den höchsten Ästen«, improvisierte er und machte einen professionellen Ton nach. »Das ist die Kurzfassung. Was meinst du?«

»Alles, was Leute daran erinnert, auf die Universität zu gehen, gefällt mir.«

»Es geht zum Teufel«, sagte Nickel zu seinem Vater auf die Frage nach seinem Liebesleben. »Niemand erfüllt meine Kriterien.«

»Und die sind?«
»Locker.«
»Sexuell? Oh, es gibt viele Frauen, die so sind.«
»Nicht solche mit einem Magister in zeitgenössischer Literatur.«
»Vermutlich nicht.«
»Und die Bratäpfel machen können wie Mama.«
Nickels Vater seufzte tief. »Meinst du nicht, du siehst das etwas zu eng?«
»Ich hatte viel Zeit, meine Kriterien zu entwickeln. Kriterien sind wichtig, sonst verschwende ich zu viel Zeit, mit Frauen auszugehen, die ich doch nicht heiraten will. Eine Zeitlang bin ich mit einer ausgegangen. Ich hab sie ein paarmal zum Lunch in dieses Restaurant geführt, in das wir gehen, um unsere Klienten zu beeindrucken. Sie las in der Mittagspause Kant und Nietzsche, und wir sprachen nachmittags heimlich am Telefon über Philosophie. Wir sprachen so leidenschaftlich über Leidenschaft, daß es aussah, als würden wir eine Menge Arbeit erledigen.«
»Was ist aus ihr geworden?«
»Sie wurde gefeuert.«
»Sie hat mit dir *gearbeitet?* Wasch dir nie die Hände in deinem Trinkwasser, mein Junge. Nie.«
»Das ist der einzige Ort, an dem ich genügend Zeit mit Frauen verbringe, um sie kennenzulernen. Woanders Frauen zu treffen ist unmöglich.«
»Vielleicht solltest du zu einem Psychiater gehen«, schlug sein Vater vor.
»Wozu?«
»Ich mache mir Sorgen, was meine Scheidungen dir angetan haben.«
»Dann hör auf, dich scheiden zu lassen.«
»Aber meine Ehen sind schrecklich.«

»Dann hör auf, zu heiraten!«
»So weit will ich mich nicht einschränken.«
Nachdem er seinen Vater angerufen hatte, fühlte sich Nickel bedrückt und beschloß, daß er eine Aufmunterung brauchte. Er tat so, als hätte er etwas in seiner Schreibtischschublade verlegt und zog eine überdimensionale Tafel Cadbury-Schokolade hervor, die er in einem Hauspostkuvert aufbewahrte. Dann stand er auf, schob seinen Stuhl wieder zurück und marschierte schuldbewußt durch die Hintertür zum Waschraum, wo er sich aufs Örtchen setzte und mit einer Hand seinen Schädel kratzte, während er mit der anderen seine Cadburytafel zum Munde führte. Er wußte, daß Coyote Jack gesehen hatte, wie er aus dem Handelssaal gegangen war. Er wußte, daß seine Sucht nach Süßigkeiten psychosomatisch war und nichts mit Glukosemangel zu tun hatte, wie er den Leuten manchmal weismachte. Sie lebten in einer Informationswirtschaft, und Wissen sollte ihm eigentlich Macht verleihen, aber es funktionierte nicht. Nickel Sansome hatte sich ohne Wissen viel mächtiger gefühlt. Als unwissendes Kind war er ein überselbstsicherer Tyrann gewesen, aber mit den Jahren war er zu einem intelligenten, weltgewandten Mann gereift, dessen Selbstbewußtsein im Keller war. Das Wissen hatte zu einer Lähmung geführt. Ein Beispiel war das Wissen, daß sein Vater seine Frauen dazu ermutigte, mit jungen Männern zu schlafen. Und zu wissen, daß sein Kontingent an Resolution-Trust-Obligationen auf fünfundzwanzig Millionen Dollar angehoben worden war. Und am Morgen im *Wall Street Journal* zu lesen, daß es in Port-au-Prince einen Müllberg von drei Meilen Durchmesser gab, und daß Banden von verzweifelten Jugendlichen sich gegenseitig dafür umbrachten, ihn nach Wiederverwertbarem durchwühlen zu können. Und von Regis Reed zu erfahren, daß er und Sid Geeders frühere Assistentin immer Koks von der polierten Glasplatte des Monsterkopierers ge-

schnupft hatten. Nickel hatte sie gerade anrufen wollen, als er die Neuigkeit von Reed hörte. Wissen trieb Nickel Sansome nur aus der realen Welt hinaus und in seine eigene. Er saß mit der Hose um die Knöchel auf der Toilette und nagte an seiner Cadburytafel, wobei er versuchte, tief zu atmen, und dachte daran, wie Sid Geeders Assistentin, die nur gut drei Meter weiter weg arbeitete, ihn immer anrief und fragte, ob man in einem künstlichen Zeitalter wahre Angst erfahren konnte. Sie hatten davon geträumt, zusammen nach Prag zu reisen, im Theater Laterna Magica zu sitzen, wo Havel seine Reden hielt, und in den Kaffeehäusern zwischen Leuten zu sitzen, die ihre Freiheit zu schätzen wußten.

Sid Geeder graute davor, mit Clark Kalinov zu sprechen. Clark Kalinov war wie dieser Quarkblätterteig – halb geschmolzen. Physisch waren sie identisch – weich und blaß. Physiologisch riefen sie dieselbe Reaktion bei Sid hervor – sie brachten ihn zum Kotzen. Zwei Wochen lang hatten Sid und Clark Memos ausgetauscht, um einer Auseinandersetzung aus dem Weg zu gehen. Es waren aggressive, erbitterte Memos, die kein Blatt vor den Mund nahmen und die Sache direkt beim Namen nannten. Der Gegenstand war Sid Geeders Assistentin, von der Clark behauptete, daß sie immer noch für Sid arbeite, obwohl Sid sie gefeuert hatte. Als Büroleiter der Westküstenfiliale hatte Kalinov Sid Geeder daran erinnert, daß einzig und allein er verantwortlich war für die gesamte Büroausstattung, die Büromöbel, die Krankenversicherung und das nicht im Verkauf tätige Personal – einschließlich der Macht, das gesamte im Verkauf tätige Personal ein- oder auszustellen. Er fügte dokumentarische Belege bei, darunter auch seine offizielle Stellenbeschreibung – die er geschrieben und in John Whites Unterschriftenmappe geschmuggelt hatte – und die W-2-Steuerformulare der obengenannten Assistentin, die bewiesen, daß sie nicht Geeders Angestellte war, sondern vielmehr eine der Gesellschaft. Geeder hatte mit einem eigenen Memo gekontert, das auf drei Prämienschecks verwies, die er der Assistentin aus seinem privaten Bankkonto ausgeschrieben hatte, und die sich auf insgesamt dreihundert Prozent des lumpigen Gehalts von der Firma beliefen. In der Anlage waren Kopien von 1099-Steuerformularen und Fotokopien der drei Schecks, sowie eine der Geschäftskarten der obengenannten Assistentin, auf die ihr Status als »Verkaufsmitarbeiterin« gedruckt war, was darauf hinwies, daß sie in der Verkaufsabteilung war und unter die Zuständigkeit von Coyote Jack fiel. Alles in allem war es ein heimliches Handgemenge, eine vollkommen gefahrlose Rauferei mit Augenausstechen und Haareziehen über ein unwichtiges Revier, das beiden enorm viel bedeutete. Sie kommunizierten ausschließlich über die Hauspost, und ihre Briefe blieben jedesmal zwei Tage auf Rickys Schreibtisch liegen, wodurch sie über ihren Worten schmoren mußten, bis sie schlechtgelaunt und ungenießbar für alle anderen im Saal waren. Kalinov war vorübergehend psychologisch im Vorteil, als er die Assistentin auf die Gehaltsliste setzte, ihr einen Scheck für ihren Stundenlohn nach Hause schickte und Geeder auf seiner Notiz für sie erwähnte, die besagte, es tue ihm leid, daß sie krank sei, und er hoffe, sie komme bald wieder. Kalinov war glücklich wie noch nie. Jedes von Geeders Memos folgte den Richtlinien der Gesellschaft bezüglich Zeilenabstand, Schriftart und Format. Kalinov hatte keine Ahnung, wie Geeder die Regeln gelernt hatte, ganz zu schweigen davon, wie er es fertigbrachte, sich daran zu halten. Das Imperium, das er errichtet hatte, hatte sich noch nie als so effektiv darin erwiesen, Aggressionen in friedfertige Kanäle zu leiten. Dann schoß Geeder mit einer Rechnung für einen versilberten, blauen Cross-Füller zurück, den die vorhergenannte Angestellte gestohlen hatte. Sie belief sich auf 279,38 Dollar einschließlich einer Belastung für fünf Wochen Zinsen, und sie war an die Rechnungsabteilung in New York adressiert, mit einer Kopie an Kalinov. Kalinov war unglücklich wie noch nie. Er hatte es noch nie geschafft, eine Rechnung zu blockieren, wenn sie erst einmal an die Rechnungsabteilung geschickt worden war. Er rannte auf der Stelle in den Postraum hinunter, wo Ricky die Füße auf dem Schreibtisch hatte, nach hinten gekippt in seinem Stuhl saß, Fritten aß und einen Katalog für Bürobedarf durchschaute. Aber es war sinnlos – Geeders Rechnung hatte es schneller nach New York geschafft als durch den Handelssaal. Er rannte sofort in sein Büro zurück, aber als er dort ankam, wühlte Coyote Jacks Sekretärin gerade in seinem Fach für ›Ausgang‹.

»Ich habe Ihnen Kaffee gebracht«, sagte sie in einem wollüstigen, widerlich vergnügten Tonfall, als hätte sie ihm Frühstück ans Bett gebracht.

»Sehr schön«, sagte er steif und versuchte, seine Schultern nach hinten zu drücken und seinen Bauch unter dem gestreiften Hemd einzuziehen. »Sie sollten Sid Geeder gelegentlich Kaffee machen. Er trinkt in einer Tour Kaffee.«

»Sid Geeder haßt meinen Kaffee. Das eine Mal, wo ich ihm eine Tasse brachte, hat er ihn in seinen Papierkorb gespuckt. Er sagte, er sei ölig. Sie sind der einzige, der meinen Kaffee mag.«

»Nun ja, Geschmack kann man lernen.« Er lächelte und versuchte, zufrieden auszusehen. »Gibt es sonst noch etwas?«

»Ich wollte gerade dieses Memo an Mr. Igino für Sie tippen. Irgendwas darüber, daß er auf ein früheres Memo nicht geantwortet hat.«

»Sehr schön«, sagte er wieder, obwohl eine erneute Auseinandersetzung mit Igino das letzte war, was er wollte. Hatte der Junge noch nichts von Geeder gelernt?

»Das war erst der Anfang«, fügte Eggs Igino hinzu, nachdem er Sid Geeder erklärt hatte, wie er die Aktie der Gesellschaft in nur wenigen Stunden um zwei Punkte hatte steigen lassen und seine winzige Bank in Walnut Creek mit gewaltigem Profit dazu brachte, Australische Euros zu kaufen. »Ich muß noch eine Menge von dir lernen.«

»Walnut Creek! – Das ist beeindruckend«, sagte Geeder und schüttelte erstaunt den Kopf. Er war seit vier Jahren Wertpapierhändler und hatte nie auch nur daran gedacht, Aktien zu verkaufen. Natürlich wäre es illegal gewesen, irgendwelche anderen Aktien als die der Gesellschaft zu verkaufen, aber Igino hatte Aktien der Gesellschaft verkauft, und die Firma konnte sich darüber sicherlich nicht aufregen. »Übrigens, welche Aussies hast du ihnen angedreht?«

»Die 8er von '03.«

»Du hast die 8er von '03 verkauft! Diese Obligationen gehörten verboten. Wir sitzen seit mehr als einem Jahr auf diesem Posten.«

Eggs Igino gab ihm recht. »Sie sind allerdings ein Haufen Scheiße. Sie sind so schlecht, daß die Resolution-Trust-Obligationen dagegen wie Juwelen aussehen.«

Sid Geeder lachte schallend. »Du *Hund,* du. Nimmst sie jetzt schon raus. Du wirst in nullkommanix den Eskimos Eis verkaufen. Wow – AP-Aktien für die '03 Aussies. Wie zum Teufel hast du das geschafft?«

Ein breites, unwiderstehliches Grinsen flog über Eggs Iginos Gesicht. »Das würdest du wohl gerne wissen«, lachte er.

»Du schuldest mir was dafür, daß ich dir diesen Kunden gegeben habe«, erinnerte ihn Sid.

Eggs Igino griff unter seine Handelskladde und zog noch einen Erdbeerblätterteig hervor, an dem er zu knabbern begann, während er redete, wobei er in sämtliche Richtungen Krümel verstreute. »Weißt du übrigens, daß sie dich in dieser Bank in Walnut Creek hassen? Sie sagen, du hättest sie ›Hirnfurzer‹ genannt und dich monatelang geweigert, mit ihnen zu reden.«

Sid sah zu, wie der Blätterteig in Iginos Mund wanderte und ihn in Bewegung setzte und jedesmal ein Stück kleiner wurde.
»Na ja, sie haben die '03 Aussies gekauft. Besonders schlau können sie nicht sein.«
»Für eine Bank in ihrer Lage ist es kein schlechter Kauf«, erklärte Eggs.
»Was soll das heißen?«
»Das sag ich dir nicht. Warum rufst du sie nicht an und fragst sie, warum sie die Aussies gekauft haben? Ich bin sicher, der gute alte Hirnfurzer würde sich freuen, von dir zu hören.«
»Ach, komm schon. Ich hab einen langen Tag gehabt. Sag's mir einfach.«
Eggs Igino nahm einen besonders großen Bissen Blätterteig, von dem sich ein Strang aus seinem Mund ringelte und sein Kinn berührte. »Meinst du, es stört meine Kunden, daß ich mit vollem Mund rede?«
»Bin ich überfragt.«
»Ich glaube, sie mögen das, daß ich esse«, spekulierte Eggs. »Ich glaube, sie vertrauen mir mehr, wenn sie wissen, daß ich nicht irgendeine Maschine bin, sondern daß ich auch essen muß. Ich möchte, daß meine Kunden den Hörer abnehmen und am anderen Ende der Leitung ein leichtes Knabbern hören und sofort wissen, der gute alte Igino ruft an.« Er kicherte über seinen eigenen Einfall und würgte schwer an einem Klumpen Gebäck herum, der sich trotz exzessiven Kauens in die unverdauliche Konsistenz von Gummi verwandelt hatte. Er drehte sich und spuckte einen großen Batzen in den Papierkorb zwischen ihnen.
»Herrgott, wenn du sie sowieso nur ausspuckst, dann gib mir einen«, schrie Sid und wünschte im selben Augenblick, er hätte es nicht getan.
»Hungrig, was?« fragte der Junge in einem selbstzufriedenen Ton und genoß Sids Elend.

»Ich bin nicht im geringsten hungrig!« brüllte Sid zurück. »Es ist nur unmöglich, hier zu stehen und dir beim Essen zuzuschauen.«
Eggs Igino hielt inne. Er öffnete die ölige Papiertüte und lugte hinein. »Kannst du dir vorstellen, wie es Nickel Sansome verrückt machen würde, wenn wir jeden Morgen hier sitzen und Erdbeerblätterteig essen würden?«
»Oh nein, nicht das schon wieder.«
»Laß mich halt morgen zuhören. Nur einen Tag. Ich blende mich aus. Sie werden keine Ahnung haben, daß ich da bin.«
»Ich hätte wissen müssen, daß das kommt. Ist dir eigentlich klar, daß ich gerade meine Verkaufsassistentin gefeuert habe, weil sie mir nachspionierte?«
»Natürlich, aber mir kannst du trauen.« Eggs setzte ein breites, clownhaftes Grinsen auf.
»Wieso kann ich dir trauen?«
»Weil ich deine Kunst zu schätzen weiß. Feinheiten, die an die anderen vergeudet wären.«
»Hör auf, mir um den Bart zu gehen. Du kannst einen Verkäufer nicht für dumm verkaufen.«
Eggs grinste bis über beide Ohren. »Also, abgemacht?«
»Nein!« Aber Sid lachte.
»Ich hab' dich!«
»Ich sollte das nicht tun. Ich werde es bereuen.«
Aber der Handel war perfekt. Eggs Igino erklärte, daß Kalinov in seinem fortwährenden Bemühen, das Hauspostsystem zu testen, den Frühstücksblätterteig aus New York bestellte. In New York kam der Blätterteig in die Mikrowelle, damit er dampfte, aber dann wurde der Quark gelblich. Niemand aß diesen Blätterteig, also wurde er an die Westküste verfrachtet. Wenn er ankam, war er zwei Tage alt und wanderte wieder in die Mikrowelle, damit er frisch aussah. Das kleine mexikanische Dienstmädchen, das jeden Nachmittag die Küche sauber-

machte, hatte es Igino an seinem allerersten Arbeitstag erklärt. Auf spanisch. Also ließ Igino einen Freund in New York jeden Tag einen Erdbeerblätterteig in einen Hauspostkarton stecken. »Sie sind ausgezeichnet, wenn sie aus der Mikrowelle kommen«, fügte er hinzu und versprach, seine tägliche Bestellung auf zwei zu erhöhen.

»Genial«, sagte Sid bewundernd und wackelte vor Freude mit dem Kopf bei dem Gedanken, Kalinov zu unterwandern. »Was meinst du, wir nehmen gleich ein paar und machen uns ein Fest.«

»Mach du nur«, sagte Igino und gab ihm die zerknitterte Tüte. »Ich geh heim.« Und so ging Eggs Igino bereits in seiner dritten Arbeitswoche eine Stunde früher nach Hause, ohne Aktentasche, ohne Schirm oder Mantel und ohne die erstaunten Blicke des restlichen Verkaufspersonals zu erwidern, die sich nicht vorstellen konnten, früher zu gehen, weil sie sich gegenseitig unter Druck setzten, länger zu bleiben.

Später fuhr Sid mit Lisa Lisa im Aufzug. Sie trug bündelweise Analysen unter dem Arm. Sid hatte es sich zur Regel gemacht, keine Arbeit mit nach Hause zu nehmen – er fürchtete, das Geschäft beherrschte seine Gedanken bercits zu sehr. Er blieb lieber länger in der Filiale, als zu Hause am Küchentisch weiterzuarbeiten. Er beobachtete Lisa Lisas Versuch, im dämmrigen Schein der marmornen Aufzugswände ihren Lippenstift zu glätten, indem sie die Lippen aufeinanderschmatzte.

»Würdest du die einen Augenblick halten?« sagte sie und hielt ihm einen Armvoll Analysen hin.

»Vergiß es«, antwortete er.

Sie runzelte die Stirn. »Ist mein Lippenstift gleichmäßig?« fragte sie, wandte den Kopf und schüttelte leicht ihr Haar, bevor sie innehielt und Modell für ihn stand.

Er sah sie an. »Sieht okay aus für mich.«

Lisa Lisa entspannte sich. Sie sah ihn dankbar an, aber er

schaute auf den Teppich hinunter. Sie bemerkte Fettflecken und kleine weiße Krümel auf seiner Krawatte.

»Du hast ein paar Fettflecken auf der Krawatte«, ließ sie ihn höflich wissen.

»Lieber Fettflecken auf der Krawatte als einen ungleichmäßigen Lippenstift.«

Sie fuhren den Rest des Weges schweigend, durchquerten die Eingangshalle zusammen und nahmen den zweiten Aufzug zum Parkdeck.

»Warum bist du so gemein zu mir?« heulte sie, während sie zu ihren Autos gingen.

»Weil ich wegen dir keine Verkaufsassistentin mehr habe.«

»Wegen mir?! Was hab ich denn getan?«

»Du hast sie benutzt, um an Informationen zu kommen.«

»Aber ich habe nichts aus ihr herausbekommen. Sie hat mir nie etwas erzählt!«

»Weil es nichts zu erzählen gibt.«

»Wenn es nichts zu erzählen gibt, warum bist du dann so geheimniskrämerisch?«

»Geht dich nichts an.«

Sie kamen bei Sids Wagen an. Lisa Lisa legte ihr Bündel Analysen auf seine Kühlerhaube.

»Wenn du es mir erzählst«, sagte sie, »könnten wir vielleicht eine Vereinbarung treffen. Ich zahle dir einen Teil von jeder Provision, die ich verdiene.«

»Du machst *was?!*«

»Du hast mich verstanden. Wieviel willst du – zwanzig Prozent?«

»Wofür?«

»Dafür, daß du mir das Geheimnis verrätst, wie man die Resolutions verkauft.«

»Es gibt kein Geheimnis!«

»Dreißig Prozent«, ließ sie nicht locker.

»Du bist nicht bei Verstand!« schrie er, schob ihren Arm zur Seite und stieg in sein Auto. Sie klopfte ans Fenster. Er setzte rückwärts aus der engen Lücke, wobei er ihre Analysen auf den Boden streute, und fuhr davon.

Abhängigkeiten

Sie kamen nie mit der Arbeit nach. Immer gab es noch mehr zu tun. Irgendwer war immer geschickter, gerissener und reicher und ließ sie vergleichsweise unbedeutend aussehen. Sie arbeiten zu hart, um hinnehmen zu können, daß sie unbedeutend sein sollten, also arbeiteten sie noch härter – mit noch weniger Erfolg. Sie gewöhnten sich an das unaufhörliche Schnattern und Surren des Großstadtlebens und fühlten sich wohl, wenn die Welt verstummte. Aber die Welt verstummte selten, denn sie nahmen dieses Surren mit nach Hause wie ein Kopfweh, und es schnatterte die ganze Nacht weiter. Es war der Schrei der modernen Welt, ein vielstimmiger Hintergrundton, und ohne ihn konnten sie nicht schlafen. Genausowenig konnten sie mit ihm schlafen, denn sie hatten am Abend, bevor die neuen Zahlen zum Handelsdefizit veröffentlicht wurden, Yen für Dollar verkauft, und sie hatten diese Dollars für Pfund Sterling verkauft, als die Briten für den Maastrichter Vertrag stimmten, und sie hatten diese Pfund Sterling an eine Auslandsbank transferiert, die wahrscheinlich von der neuen Steuerpolitik in Bonn getroffen wurde. Die Wirtschaft surrte vierundzwanzig Stunden am Tag, und es war eine Wirtschaft des Gehirns (und nicht des Körpers), deshalb surrte das Gehirn vierundzwanzig Stunden am Tag, und sie schliefen selten ohne Pillen oder Alkohol oder irgendwelche anderen Drogen. Bald waren sie alkoholsüchtig oder medikamentenabhängig, und sie kamen am Morgen nicht ohne größere Koffeeininfusionen auf Touren, von denen sie auch abhängig wurden. Wenn sie erst einmal im Teufelskreis der Sucht waren, war jedes Heilmittel eine zukünftige Sucht. Jede Leiter zeigte nach oben. Jedes Seil zeigte nach unten.

Die Händler wußten, daß Suchterkrankungen unvermeidlich waren, und versuchten, eine Trennlinie zwischen bösartigen und gutartigen Abhängigkeiten zu ziehen. Regis Reed hatte von beiden jeweils eine. Er war drogensüchtig, allerdings nicht auf eine bestimmte Droge. Er war von chemischem Frieden abhängig, und er vermied es, zwei Nachmittage hintereinander dieselbe Droge zu nehmen, um ihrem tödlichen Griff zu entkommen. Er hatte sich zu einem ebenso guten Chemiker entwickelt, wie er als Händler war: Gamma-Aminbutyrat an Montagen; Kokain an Dienstagen; Cannabis an Mittwochen; Menthalamine an Donnerstagen; Dymethylsäure an Freitagen. Er war auch, sonderbarerweise, rasiersüchtig. Regis Reed hatte, möglicherweise wegen der Drogen, unglaublich dünne und empfindliche Haut. Am Morgen, wenn er aufwachte, konnte er sich nicht rasieren, weil seine Hände zitterten, deshalb fuhr er zur Arbeit und rasierte sich im Waschraum. Den ganzen Tag brannte sein Gesicht vom Rasieren, und während seiner Tagträume, von denen er viele hatte, ertappte er sich dabei, wie er an seinen Bartstoppeln zupfte, die nachzuwachsen versuchten. Sobald er heimkam, rasierte er sich wieder. Er kämpfte diesen Stoppelbart nieder, und sein Gesicht blieb gerötet von einem jungenhaften, unschuldigen Glühen. Man hätte auch sagen können, daß Regis Reed außerdem süchtig nach Risiko war. Auf dem College hatte er verbotenerweise Studiendarlehen abgehoben und im Terminmarkt investiert, um höhere Zinsen zu bekommen als die, die er für die Darlehen zahlen mußte. Er hatte einen messerscharfen Verstand, aber er schlief nie und machte den Eindruck, schon als Kind verdorben worden zu sein. Regis Reed hatte das Glück nie gekannt und es auch nie kennenlernen wollen. Er wollte ursprünglich zu den Marines, aber es gab keine Kriege und so ging er zu Atlantic Pacific, die es beeindruckt hatte, daß ein Collegejunge die Zinsen für sein Studiendarlehen hereingewirtschaftet hatte.

Verglichen damit war Sid Geeder ein strammer und kräftiger gesunder Mann. Er war nur koffeinsüchtig, eine Abhängigkeit, die er offen zugab und nicht mit etwas zu kurieren versuchte, das zu Schlimmerem führen konnte. Er war wohl auch süchtig nach seinen Techtelmechteln mit Ivana Perkova am späten Nachmittag, aber das letzte, was Sid wollte, war, daß sie seinen Rücken in Ordnung brachte. Er hatte ganz gut überlebt mit diesen geringfügigen Leiden, und er wollte sie nicht durch ernsthafteres Unheil ersetzt wissen. Sein Rücken war sein Druckventil. Seine Paranoia war sein Regler. Ivana Perkova hatte versucht, ihn davon zu überzeugen, daß er süchtig danach war, Wertpapiere zu verkaufen – es paßte perfekt in das Profil einer Suchtpsychose: Seine Lösung dafür, überteuerte Obligationen verkaufen zu müssen, bestand darin, immer mehr von ihnen an jeden zu verkaufen, den er haßte, und das war jeder, der ihn anrief, um seine Geheimnisse zu stehlen. Sie hatte sich mit seinem Solarplexus beschäftigt während sie sprach, und als ihre Hand auf den Supraspinatusmuskel traf, der durch die Schulter lief, wechselte er das Thema, indem er ihr gestand, daß er sie liebte.

»Du liebst mich nicht«, sagte sie ruhig und versuchte, professionell zu bleiben. »Du glaubst nur, daß du mich liebst.«

»Wo ist der Unterschied?« wollte Sid wissen.

Dr. Perkovas Antwort kam schnell. »Liebe beruht auf Wissen. Schwärmerei basiert auf Phantasie. Du weißt nichts über mich.«

»Ich bin Händler«, sagte Sid. »Ich vertraue meiner Intuition.«

»Wie praktisch«, sagte sie.

»Hey, es gefällt mir genausowenig wie dir. Das letzte, was ich wollte, war, mich zu verlieben – ich bin ganz gut ohne Liebe über die Runden gekommen.«

Dr. Perkova behielt ihre Hände auf seinem Rücken, und ihre Stimme blieb ruhig und sachlich. »Schwärmerei ist eine verbreitete Reaktion auf ein Übermaß an Streß. Dein Zustand wird sich nach dem Resolution-Trust-Geschäft wieder legen, da bin ich sicher.«

»Meinst du?«

»Ich bin mir sicher.«

Sid stieß einen Seufzer der Erleichterung aus.

Nelson Dicky wünschte, er könnte eine so einfache Antwort auf seine verfaulenden Zähne finden. Auch er war zu Ivana Perkova gegangen, die ihn an einen Zahnarzt überwiesen hatte. Der Zahnarzt hatte jeden Zahn geröntgt und seine Halswirbel geröntgt, aber nichts gefunden, um Nelsons Behauptung zu erhärten, daß seine Zähne weich seien und juckten. Der Zahnarzt hatte noch nie gehört, daß jemand über juckende Zähne klagte, und konnte auch keine Hinweis in seinen medizinischen Nachschlagewerken finden. Der Zahnarzt hatte selten Zähne gesehen, die einen Vergleich mit Nelsons aushielten. Sie waren leuchtende, granitharte, milchweiße Beispiele dafür, wie Zähne sein konnten, wenn ein Mann Kaffee, Drogen, Alkohol und Süßigkeiten aufgab. Der Zahnarzt machte Polaroidfotos von ihnen, um sie als Motivation für seine anderen Patienten zu benutzen, die von säurehaltigen Speisen und Süßigkeiten abhängig waren. Trotzdem kam Nelson weiter zu ihm »Sie müssen etwas finden«, flehte er. »Ich habe den ganzen Nachmittag an Eisstielen gekaut, damit das Jucken aufhört.« Aber es war nichts zu finden. Er hatte jeden einzelnen Zahn untersucht, alle zweiunddreißig. Schließlich empfahl der Zahnarzt Nelson, einen Psychiater aufzusuchen, um den Ursprung seiner Schmerzen zu finden. Also ging Nelson wieder zu Dr. Perkova, und sie schickte ihn zu Helmet Fisher, dem

Firmenpsychiater, der von seinem Syndrom fasziniert war und der Firma im Sechs-Minuten-Takt Rechnungen stellte, um es für sie herauszufinden. Helmet Fisher war Jungianer, der Archetypen und Mythologie auf das moderne Leben anwandte und den schwachen Existenzen der Händler übertriebene Bedeutung verlieh. Er hatte eine dominierende Persönlichkeit, die seine Patienten wie ein Spiegel reflektierte. Acht Wochen lang saß Nelson Dicky jeden Dienstagnachmittag in Helmet Fishers zu weich gepolstertem Lehnstuhl und erläuterte seine Hingabe an Gott, Familie und Vaterland. Helmet Fisher hörte Geschichten von seiner Kindheit als Sohn eines Kartoffelbauern in Lewiston, Idaho. Er hörte Geschichten darüber, wie er bei den Eastern Washington State Ellensburg Pumas gespielt hatte, wie er durchschnittlich neunzehn Punkte und sieben Vorlagen pro Spiel für die mehrmaligen Meister der Western Athletic Conference erzielte. Er hörte die frühen Anfänge einer erfolgreichen Karriere im Büro des Schatzmeisters von Utah. Er hörte, wie sehr Nelson seinen Job liebte und ihn für eine anständige, ehrbare Stellung hielt. Helmet Fisher nickte und brummte und hörte aufmerksam zu, aber am Ende von acht Wochen hatte er keinen Grund gefunden, warum Nelson Dickys Zähne jucken sollten. Nelson war ein gut angepaßtes, seelisch ausgeglichenes, empfindungsfähiges und mäßig humorvolles Individuum. Er war ein wandelndes und redendes Beispiel dafür, was ein Geist erreichen konnte, wenn er Kaffee, Alkohol, Drogen und Süßigkeiten aufgab. Helmet Fisher fiel es aus Prinzip schwer zuzugeben, daß Nelsons Problem eher rein körperlicher Natur sein könnte und nicht die psychosomatische Manifestation eines tiefverwurzelten, komplexen und kostspieligen pathologischen Geisteszustands. Sein einziger Rat an Nelson war schließlich, sich eine Munddusche zu kaufen.

Abhängigkeiten gehörten irgendwie notwendigerweise zum

Überleben. Der einzige ohne Abhängigkeiten war Turner, und man sah, was aus ihm wurde.
»Schaut mal, was mit dem los ist«, sagte Nelson Dicky während des Eurofloater-Geschäfts und zeigte auf den Jungen, der in seinem Stuhl zusammengesackt war.
»Hey, Junge, wach auf!« rief Sid Geeder und schmiß dem Jungen ein Papierknäuel an den Kopf. Das Papierknäuel landete in Turners Frühstück, einem Fruchtsalat, und spritzte Ananassirup an seine Nase. »Er schläft«, vermutete Sid.
Nelson Dicky rüttelte den Jungen an der Schulter. »Sollen wir ihn ausschlafen lassen?«
Aber als Coyote Jack eine halbe Stunde später durch den Gang kam, hatte sich Turner noch immer nicht bewegt. »He! Schlafmütze!« Coyote Jack packte ihn am Hemdkragen und schüttelte ihn wild, aber ohne Wirkung.
»Sie haben ihn umgebracht«, sagte Sid aus einigen Metern Entfernung.
Coyote Jack wirbelte herum. »Ich hab ihn nicht angerührt! Er war schon so!«
Sid schüttelte den Kopf. »Wir haben es alle gesehen. Sie wandern in den Knast.«
»Hat denn niemand die Ambulanz gerufen?« schrie Coyote Jack zurück.
Die Ambulanz kam nach etwa einer Stunde. »Ist er tot?« fragte Coyote Jack schüchtern die Sanitäter. Sie sagten, er sei noch nicht tot, und fuhren ihn hinaus.
»›Noch nicht‹! Was soll das heißen, ›noch nicht‹?!«
»Es heißt, daß Sie ins Gefängnis kommen«, pflichtete Wes Griffin bei. »Sie haben ihn ganz schön durchgebeutelt. Sie müssen ihm das Genick gebrochen haben.«
»Ich habe ihn kaum berührt!« protestierte Coyote Jack ängstlich. Sid mischte sich ein. »Genau wie Lennie und das Mädchen in dem Buch von Steinbeck. Wie hieß es gleich wieder?«

»*Von Mäusen und Menschen*«, antwortete Wes Griffin.

»Ja, genau«, bestätigte Sid. Er legte seine Handgelenke übereinander und verdrehte sie, wozu er mit dem Mund ein knirschendes Geräusch machte. »Sie sollten lieber die Stadt verlassen«, riet er Coyote Jack.

»Ihr Jungs seid ja verrückt«, sagte Coyote Jack, dann drehte er sich um und lief in sein Büro zurück, wo er sich eine Woche lang versteckte.

Lisa Lisa glaubte, daß sie süchtig nach Liebe sei. Es war ihre zweitgrößte Schwäche nach der, daß sie zu stark war. Je mehr Probleme ihr die Liebe bereitete, desto mehr sehnte sie sich nach ihrem friedvollen Griff. Die Mehrzahl der Händler hätte Liebe als eine gutartige Sucht angesehen, aber Lisa Lisa, die zu hart war, um mit Schwäche leben zu können, wünschte, sie könnte diesen notleidenden Teil von ihr auslöschen. Liebe hatte Frauen jahrhundertelang hinuntergezogen. Für eine berufstätige Frau war Liebe oft die bedrohlichste Abhängigkeit von allen. Zu den Symptomen gehörte, häufig den Anrufbeantworter abzuhören und mit einem Kissen zwischen den Beinen zu schlafen – beider hatte sie sich schuldig gemacht. Lisa Lisa fühlte sich jedesmal schuldig, wenn sie den natürlichen Drang verspürte, mit einem Mann ins Bett zu gehen. Diese Gedanken gingen ihr unablässig durch den Kopf, ein zweiter Kanal weißes Rauschen im Hintergrund, der sie ständig daran erinnerte, daß ihre beiden jüngeren Schwestern verheiratet waren, Nelson Dicky verheiratet war, Paul DeShews verheiratet war – sogar Coyote Jack war verheiratet. An manchen Tagen mochte Lisa Lisa mit dem Rauschen streiten und sich sagen, daß sie sich selbst genügte, um glücklich zu sein. Nachmittags lief sie den Embarcadero entlang, wich Touristen und Pferdewägelchen und den ausgestreckten Händen der Obdachlosen aus, und lief zurück über den Russian Hill, eine Runde von vier Meilen in weniger als dreiundzwanzig Minuten, ihre Lungen pumpten die verschmutzte Luft, ihre Beine butterten gegen den Milchsäureschmerz in ihren Muskeln. Dann verwöhnte sie sich eine Stunde im Bad, bevor sie sich mit einer Ausgabe von Friedrich Nietzsches *Also sprach Zarathustra* hinkuschelte, die Sid Geeders Assistentin ihr geliehen hatte. Das Buch griff die christliche Idealisierung des Schwachseins an und predigte statt dessen den Superman, den *Übermenschen*. Es war das philosophische Pendant des Darwinismus, und es gab ihr ein gutes Gefühl dabei, unabhängig zu sein und die materielle Welt zu erobern. An anderen Tagen gab sie dem Druck nach und begeisterte sich für Sid Geeders stämmige Popeye-Unterarme und Eggs Iginos Baumstamm-Schenkel und Regis Reeds schmales, gerötetes Gesicht. Sie hatte Spaß an den Annäherungsversuchen, die der Parkwächter in der Tiefgarage jeden Morgen machte, und sie genoß es, daß die Männer vom Sicherheitsdienst den Hals nach ihr verdrehten, wenn sie das Gebäude betrat.

Sie konnte es leugnen oder akzeptieren, aber das weiße Rauschen war im Hintergrund immer da, außer, wenn es in den Vordergrund rückte, wie damals, als Sue Marino mit einem strahlenden, glückseligen Leuchten auf dem Gesicht von ihrem Schottlandurlaub zurückkam und verkündete, daß sie sich verlobt hatte. Sie trug ein geblümtes Kleid mit einem Schlitz an der Seite, der bis zum Schenkel reichte. Ihre Körpersprache hatte sich völlig verändert. Sie schlenderte an ihren Schreibtisch und schlug die Beine in ihrem Sessel übereinander und wandte sich von den Telefonreihen ab, während sie sprach, damit sie nicht von den blinkenden Lichtern gestört wurde. Alle Männer im Saal starrten sie an, machten freundliche Bemerkungen und brachten ihr Kaffee. Sue sprach langsamer und etwas von ihrem Cowgirl-Dialekt war plötzlich wieder da. Sie kicherte, als Nickel Sansome scherzte, daß die Firma eine Filiale in Schottland eröffnen sollte. Sie lächelte, als Coyote

Jack sie mit einem Zwanzig-Millionen-Dollar-Kontingent an den Resolution-Trusts willkommen hieß. Sue Marino war erst achtundzwanzig, und ihr Verlobter hatte eine gutgehende gynäkologische Praxis am Kinderkrankenhaus in Pacific Heights. Lisa Lisa versuchte, sich für sie zu freuen. Die Frauen im Geschäft mußten zusammenhalten. Es lag in ihrer Natur, zusammenzuhalten, jedenfalls wurde das von ihnen erwartet. Aber Lisa Lisa kochte vor Neid, und es fiel ihr schwer, sie zu begrüßen. Den ganzen Vormittag blieb sie am Telefon und vermied es, die zwanzig Schritte zu Sue Marinos Schreibtisch zu gehen. Sie wußte, sie mußte irgend etwas tun, also fuhr sie, um ihre Eifersucht zu verbergen, in den Blumenladen in der Eingangshalle hinunter und bestellte einen riesigen Strauß Löwenmäulchen und Gladiolen, von Heidekraut umsäumt, der eine Stunde später mit einer Karte voller gefühlsduseliger Glückwünsche geliefert wurde.

»Er ist wunderschön«, sagte Sue Marino, als sie zu Lisas Schreibtisch hinüberging.

»Ich freue mich so für dich«, gelang es Lisa hervorzubringen. »Und wann ist der Termin?«

»Juni«, antwortete sie und hauchte das Wort hin, als wäre es eine Seifenblase. »Ich bin noch ganz benebelt«, gestand Sue.

»Genieß es, solange es anhält.«

»Es kommt mir vor, als wäre ich drei Monate weg gewesen.« Sue kicherte. »Arbeite ich *wirklich* hier?«

»Du bist schon richtig. Deine kaputte Familie. Das Zuhause für die meisten deiner wachen Stunden. In ein paar Tagen bist du wieder drin.«

»Das fürchte ich auch.«

»Tja...« Aber Lisa Lisa fiel nichts mehr ein.

»Tja... Zurück an die Arbeit, würde ich sagen.«

»Ja, zurück an die Arbeit.« Und Lisa Lisa nahm das Telefon ab, das seit dreißig Sekunden geläutet hatte.

»Zurück an die Arbeit!« brüllte Coyote Jack ins Telefon. »Ihr zwei Frauen schwätzt seit zwanzig Minuten da draußen herum.«
Lisa Lisa schaute quer durch den Verkaufssaal zu Coyote Jack, der aufrecht am Fenster seines Goldfischglases stand. Er grinste boshaft zu ihr zurück. Er hatte diesen düsteren, einschüchternden und selbstgerechten Blick perfektioniert, indem er stundenlang vor dem Spiegel im Waschraum übte. Als Verkaufsmanager hatte er eine gewaltige Verantwortung, aber fast keine eigentliche Arbeit. Er war dafür verantwortlich, daß sein Verkaufspersonal motiviert blieb. Seine Mittel, um dies zu erreichen, zerfielen in zwei Hauptgruppen. Die erste hieß Angst, und sie umschloß Einschüchterung, Existenzangst, Grauen, Schuld, Tyrannei, Schikane, Elend, Schande und Panik. Die zweite Gruppe hieß Gier und umfaßte Versuchung, Verführung, Ehrgeiz, Wettstreit, Neid, Verlockungen und Ruhm. Es waren die ursprünglichen Antriebskräfte unserer tierischen Vorfahren, die Codierung Flucht oder Kampf, die jeder Händler geerbt hatte, die Kernprogrammierung, die kein Händler löschen konnte. Coyote Jack spielte auf dieser Verwundbarkeit. Er pirschte durch die Gänge, die Hände auf dem Rücken und die Nase in jedermanns Angelegenheiten, schnalzte mit der Zunge, trug ein strenges, militantes Gesicht zur Schau und knurrte alle an, die ihr Frühstück genossen oder sich die Haare kämmten. Er saß während der Videokonferenzen im Hintergrund, die überdimensionalen Hände mit den behaarten Knöcheln vor dem Gesicht verschränkt. In seinem Goldfischglas war er kühl und verschlagen und manipulierend, und er bewegte sich mit langsamen, selbstsicheren Gesten, die andeuteten, daß sein Geist eifrig die nächste grausame List plante. Er trug protzige Uhren, spitze Schuhe und gestärkte Hemdkragen, die Ausschlag verursachten.
Er verabreichte seinen Händlern genügend Ermutigung, mehr

zu wollen, aber nie soviel, daß es ihnen zu Kopf stieg. An ruhigen Freitagen rief er eine Cajunbude im Hafenviertel an und bestellte körbeweise Spareribs, die das Verkaufspersonal, hungrig nach Anerkennung, verschlang. Er verschenkte Firmenuhren für Volltreffer und Geldklammern für »ferner liefen«. Er händigte die Gehaltsschecks aus, die Abschlagszahlungen auf ausstehende Provisionen waren, und er überreichte die halbjährlichen »Prämien«, die mitnichten Prämien waren – es waren die Provisionen, die der Händler verdient hatte, aber Coyote Jack stellte es so hin, als wären sie ein Geschenk der Firma, ein Akt der Großherzigkeit oder eine Gefälligkeit, für die man sich revanchieren mußte. Er teilte jedem von ihnen Kontingente an den Neuemissionen als Zielvorgabe zu, und er stauchte sie zusammen oder feuerte sie, wenn sie sie nicht erreichten. Er belauschte Sids Telefongespräche und schrieb seine Handelsideen auf, um sie an die Analyseabteilung in New York weiterzuleiten, wo sie in den Quotron eingegeben wurden. Coyote Jack war die Analyseabteilung egal – er tat es nur, um Sid wütend zu machen, denn Sidney Geeder war ein besserer Händler, wenn er wütend war.

»Ich glaube, jemand hört meine Telefongespräche ab«, vertraute Sidney Geeder Eggs Igino an. »Meine Abschlüsse erscheinen dauernd auf dem Quotronmonitor der Analyseabteilung.«

»Du solltest es lieber Coyote Jack erzählen«, riet Eggs Igino.

»Ich glaube, jemand hört meine Telefongespräche ab«, klagte Sidney Geeder bei Coyote Jack. »Meine Abschlüsse erscheinen dauernd auf dem Quotronschirm der Analyseabteilung.«

»Das ist lächerlich«, antwortete Coyote Jack und rieb sich unter dem Schreibtisch vor purer Wonne die Hände, während sein Gesicht ernstvoll Sids Bedenken abwägte. »Die Aufsicht überprüft die Räumlichkeiten hier jeden Monat auf Wanzen.«

»Vielleicht steckt die Aufsichtsabteilung mit drin.«

»Sie sind paranoid, Geeder. Wenn die Analyseabteilung Ihre Verkaufsideen wissen wollte, bräuchten sie nichts weiter zu tun, als mich anzurufen, und ich würde Ihnen befehlen, sie ihnen zu sagen.«

»Ich würde diesen Dieben kein Wort verraten!«

»O doch, das würden Sie, weil ich Sie in der Tasche habe, Geeder. Sie haben noch acht Monate, und Sie werden nichts unternehmen, womit Sie die vermasseln.«

»Sie können mich nicht feuern«, höhnte Geeder. »Nur mit dem Gesindel da draußen schaffen Sie nie im Leben Ihr Kontingent von den Resolutions. Und jetzt rufen Sie die Analyseabteilung an und sagen ihnen, sie sollen sich raushalten.«

Coyote Jack lachte nur, und dann rief er die Analyseabteilung an, um ihnen zu sagen, daß Sidney Geeder kochte und sicher bald mit ein paar guten Verkaufsideen herauskam.

Hin und wieder statuierte Coyote Jack an einem von ihnen ein Exempel zu dem Zweck, die anderen bei der Stange zu halten. Er bestrafte jemanden dafür, daß er die Firma gegenüber Kunden schlechtgemacht hatte, oder machte Leute während der Videokonferenzen lächerlich, indem er Fangfragen stellte, die sie nicht beantworten konnten, oder er feuerte einen Händler, der seine Sache absolut gut gemacht hatte. Er hielt sie alle auf Trab. Es ließ sie nachts nicht schlafen. Sie standen immer unter Druck, und sie verkauften die Wertpapiere entweder aus Angst oder um zu beweisen, wie hart sie waren. Nickel Sansome verkaufte die Wertpapiere aus Furcht. Sid Geeder verkaufte sie aus Notwehr. Nelson Dicky und Goody DeShews verkauften Wertpapiere, weil es ein achtbarer, bewunderungswürdiger, ehrenwerter Beruf war. Lisa Lisa verkaufte sie, um zu beweisen, daß sie so stark und klug war wie jeder Mann im Saal. Regis Reed verkaufte Wertpapiere, weil es in der heutigen Gesellschaft dem konventionellen Krieg im Schützengraben am nächsten kam, für den er fünfzig Jahre zu spät geboren wurde. Sie hatten alle einen Beweggrund, und Coyote Jack kannte ihre Gründe. Alle außer Eggs Igino. Coyote Jack wußte nicht, warum es dem Jungen gefiel. Er war zu jung, um bereits Abhängigkeiten entwickelt zu haben, und er war zu gelassen, um sich eingeschüchtert zu fühlen, und Coyote Jack würde nicht ruhen, bis der Junge auf seinem Platz festsaß wie ein Gefangener.

Coyote Jack mußte sie als Gefangene halten, um sicherzugehen, daß sie nicht eines Tages aufwachten und beschlossen, sie hätten nun genug. Sid Geeder, zum Beispiel, war hinter seinen Firmenaktien her. Nelson Dicky brauchte das Geld für die Privatschulgebühren seiner sieben Kinder. Regis Reed brauchte das Geld, um seinen Kokainkonsum zu finanzieren. Lisa Lisa brauchte das Geld, weil sie eine Frau war und die lange Geschichte der Unterdrückung des weiblichen Geschlechts mit sich herumschleppte. Nickel Sansome brauchte das Geld, weil in seiner Familie von einem Mann erwartet wurde, daß er reich war. Sie alle brauchten ihren Job, egal, wieviel sie meckerten und jammerten. Morgen würden sie alle wieder zur Arbeit kommen. Keiner von ihnen würde alles einfach hinschmeißen, wie es Wes Griffin gemacht hatte. Aber der Junge – Coyote Jack wurde es flau im Magen, wenn er sich vorstellte, daß eine solche unmenschliche Geisteskraft eines Tages einfach nicht mehr zur Arbeit kam.

»Na, was macht der Magen?« sagte Stormin' Norman und bot Coyote Jack einen rosa Streifen Pepto-Bismol-Kaugummi an. Stormin' Norman war der Steuerberater der meisten Händler. Die Firma beschäftigte ihn, damit sie wußten, wo die Händler ihr Geld anlegten und warum sie jeden Tag zur Arbeit kamen. Stormin' Norman war ein temperamentvoller Gentleman aus den Südstaaten, der Yachtverkäufer in South Carolina gewesen war, bis er ein Buch darüber gelesen hatte, wie man

Steuern umgehen konnte, und seine Rolle in der Informationswirtschaft entdeckte. Norman belastete die Firma nach einem Zehn-Minuten-Takt, wofür er den Händlern erzählte, was sie auch aus einem Buch für zwanzig Dollar hätten erfahren können oder gratis aus den Broschüren der Regierung. Es war eine blühende Praxis mit ausgezeichneten Fundamenten: jedes Jahr öffnete oder schloß der Kongreß ein paar Steuerschlupfwinkel und bot den Steuerberatern damit eine Existenzgrundlage.

»Also«, sagte Stormin' Norman und setzte sich auf die Couch. »Wo drückt der Schuh?«

»Der Junge beim Fenster, der neben Sid Geeder steht.« Coyote Jack ging zur Gegensprechanlage auf seinem Schreibtisch und befahl seiner Sekretärin, Eggs Igino in sein Büro zu führen.

Norman schaute aus dem Fenster. »Was ist mit seinen Haaren?«

»Der Junge hat seinen eigenen Kopf.«

»So? Was hat das mit den Haaren zu tun?«

»Einfach um ein Zeichen zu setzen, glaub' ich. Sein Revier abstecken. Fassen Sie ihn nicht zu hart an.«

Stormin' Norman brauste auf. »Erzählen Sie mir nicht, wie ich meine Arbeit zu machen habe. Ich verstehe mein Handwerk. Ich werd' ihm mal etwas zum Nachdenken geben.«

Eggs Igino erschien in der Tür. Coyote Jack stellte ihn als »die Zukunft der Firma« vor und Stormin' Norman als »den Mann, der eine Steuerlücke in einem Schokoladenriegel findet«. Sie tauschten einen Händedruck. Eggs Igino blieb stehen. Dann überreichte Coyote Jack Igino einen Umschlag. »Das ist Ihr erster Gehaltsscheck, Junge. Kaufen Sie sich ein Haus.«

»Das muß ein Irrtum sein«, gab Igino zu, als er auf den Scheck schaute. »Das ist doppelt soviel, wie ich erwartet hatte.«

Coyote Jack lachte ungezwungen. »Keine Angst, Junge. In Null Komma nichts verkaufen Sie den Russen Wodka. Sie sind

Ihr Geld wert.« Dann fragte er die beiden, ob sie Kaffee wollten, und Stromin' Norman sagte wie aufs Stichwort: »Ohne Milch.« Coyote Jack beklagte sich über den Kaffee seiner Sekretärin, sagte, er wäre gleich zurück, und ließ die beiden Männer allein. Sie wechselten Blicke, dann bot Stormin' Norman Igino einen Platz auf der Couch an.

»Ich stehe ganz gut. Danke.«

»Im Ernst. Nehmen Sie Platz.«

»Ich möchte lieber nicht«, sagte Igino kühl und wich Norman Walkers Augen aus, die gelblich und blutunterlaufen und schmerzlich anzusehen waren. Igino konnte den Zigarettenrauch in Walkers hellgrauem Anzug durch den ganzen Raum riechen.

Ihre Unterhaltung stockte für einen Moment. Norman versuchte den Jungen aus der Reserve zu locken, fragte nach seiner Meinung über die Chancen von Michigan in der Endrunde, und ob er Nickel Sansomes Video über das Endspiel von 1982 zwischen den Wolverines und den Washington Huskies schon gesehen hätte, wo Lisa Lisa in den Schlußsekunden der landesweiten Übertragung in ihre Pom-poms weint.

»Sie war Cheerleader?« Eggs Igino war erstaunt.

»Die ihren Zwickel im nationalen Fernsehen zur Schau stellt«, bekräftigte Walker und kicherte.

»Er hat es auf Video?«

»Sie hat damals phantastisch ausgesehen. Was für eine Puppe! Erzählen Sie's ihr aber nicht – sie hat keine Ahnung, daß jeder von ihren Kunden das Band gesehen hat. Armes Mädchen, geht auch zum Teufel. Setzt aber ihr Mittel gegen Hautmängel von der Steuer ab.«

»Mittel gegen Hautmängel?«

»Ihr Retin-A. Ist ein Hautpflegeprodukt. Mädchen müssen gute Haut haben, wenn sie im Geschäft erfolgreich sein wollen. Mittel gegen Mängel sind legale Geschäftsausgaben. Genau wie Nickel Sansomes Schokoladenriegel. Ich sag Ihnen mal was – warum glauben Sie, zahlt Ihnen die Firma Provisionen an Stelle eines Gehalts?«

Eggs Igino gab die offenkundige Antwort. »Um die 7,8% Sozialversicherungsabgaben zu sparen?«

»Die Sozialversicherung, das ist nur Kleingeld«, verbesserte ihn Walker hönisch. »Sozialversicherung macht dreitausend Dollar im Jahr, wenn's hoch kommt. Sie sind auf Provision, damit Sie *absetzen* können. Als Händler sind Sie ein Ein-Mann-Unternehmen, und Ihnen stehen dieselben Geschäftsausgaben zu wie jedem anderen Unternehmen. Zum Beispiel: Mit was für einem Auto fahren Sie zur Arbeit?«

»Ich fahre mit dem Bus.«

»Kaufen Sie ein Auto, Junge. Setzen Sie es von Ihrer Steuer ab. Kostet Sie nur sechzig Cent pro Dollar. Setzen Sie alles ab: Ihre Anzüge, Zahnarztrechnungen, Schuhcreme, Haarschnitte.«

Walkers Geleiere wurde offensiver und seine Augen begannen pausenlos zu zwinkern. »Hey – ein Händler hat keine Werkzeuge und kein Inventar. Er hat zwei Dinge: seinen Verstand und sein Image. Es ist eine legale Ausgabe, auf dieses Image zu achten. Wissen Sie, warum Regis Reed im Excelsior wohnt?«

Eggs Igino war verblüfft. »Regis Reed wohnt in einem Hotel?«

»Hotelrechnungen sind eine legale Ausgabe! Regis Reeds Geschäft ist in meinem Heimatstaat South Carolina eingetragen. Er ist seit zwölf Monaten auf einer rechtmäßigen Geschäftsreise hier. Er setzt fünfundachtzig Prozent von seiner Miete im Excelsior ab, sechzig Prozent von den Kosten für das Abendessen im Penthouse-Restaurant und hundert Prozent von seinen Flugkosten nach South Carolina, um meine Tochter zu besuchen, die ihn anbetet.«

»Und das ist nicht illegal?« brummte Eggs Igino.

»Könnte sein. Aber Reed liebt das Risiko. Er blüht auf dabei. Dem Knaben ist nicht wohl, wenn er nicht unter Beschuß steht.« Walker gluckste und rieb sich mit den Knöcheln die geschlossenen Augen. »Toller Kerl – meine Tochter kann sie sich aussuchen. Ich hab drei Töchter, alle scharf wie Bluthunde. Sind Sie verheiratet, Junge?«

»Ich bin nicht interessiert.« Igino schaute auf den Verkaufssaal hinaus. Die Händler versammelten sich um Paul DeShews Schreibtisch, und es sah aus, als ob Sid Geeder gleich jemanden schlagen würde.

»Nicht wegen meiner Töchter – wegen Ihrer Steuern. In Ihrer Branche ist Verheiratetsein großartig für die Steuern. Sie sollten heiraten, Igino. Stecken Sie ihr einen Ring an den Finger. Zeigen Sie der Welt, wer Ihr Mädchen ist«, drängte er.

»Das geht Sie nichts an.«

»Warten Sie bis April, wenn es Zeit wird, den Scheck ans Finanzamt zusammenzustreichen. Niemand zahlt gern Steuern. Sie werden suchen, was Sie absetzen können, glauben Sie mir. Sie werden sich dann überlegen, was Sie abschreiben könnten, aber Sie können nichts abschreiben, wenn wir Sie nicht als Unternehmen eintragen lassen. Sie müssen planen. Sie müssen vorausdenken. Haben Sie eine Lebensversicherung, Junge?«

»Nöh.« Eggs Igino wollte gehen, aber er spürte, daß es bald vorbei war.

»Haben Sie irgendwelche gesundheitlichen Probleme?«

»Ich nehme eine Menge Vitamine«, bot er an.

»Vitamine! Hervorragend! Schreiben Sie die ab. Was noch? Sind Sie Mitglied in einem Fitneßclub?«

»Clark Kalinov sagt, wir haben bald eine Firmenmitgliedschaft.«

»Das sagt er seit einem Jahr. Sobald er zehn Pfund abgenommen hat, läßt er das Thema fallen. Schauen Sie – Sie sind ein vielbeschäftigter Mann. Ich schicke Ihnen Formulare zur Unterschrift. Heben Sie inzwischen diesen Gehaltsscheck gut auf.

Kaufen Sie Vitamine. Ach was – kaufen Sie ein ganzes Vitaminlager...«

Aber Eggs Igino war schon verschwunden. Eggs Igino war erst vierundzwanzig und hatte noch nicht gelernt, Gefallen daran zu finden, sich Sorgen zu machen wie die anderen Händler, obwohl er mit der Aussicht, die Resolutions zu verhökern, gerade dabei war, es sehr schnell zu lernen.

»Ich kann niemals für dreißig Millionen Dollar Resolutions verkaufen«, klagte Eggs Igino, als sich der Markt einen Moment beruhigte.

Sid Geeder schaute zu dem Jungen hoch. »Dreißig Millionen! Ich dachte, dein Kontingent waren zwanzig.«

»Coyote Jack hat es angehoben.«

»Hah! Sag deinen Kunden einfach, daß die Regierung eine sichere Investition ist, weil wir uns darauf verlassen können, daß sie ihre Probleme nie in den Griff bekommt.«

»Ich habe keine Kunden«, erklärte Eggs Igino niedergeschlagen. »Sie haben alle Kreditsperre. Die Kreditabteilung läßt mich ihnen nichts verkaufen.«

»Dann kauf etwas von ihnen.«

»Das würde ich gern, aber wenn sie eine Schuldverschreibung verkaufen, müssen sie ihren Börsenkurs notieren und offiziell registrieren lassen, wieviel Geld sie verloren haben. Sobald die Resolution Trust sieht, wieviel Geld sie verloren haben, wird sie hergehen und sie schließen. Sie verlieren ihre Jobs.«

»Glauben Sie mir, ich würde es gern tun«, flüsterte Morgan Gorman über Telefon, »aber ich verliere meinen Job, wenn ich Ihnen diese Obligationen verkaufe. Ich hab sie für sechsundneunzig gekauft. Jetzt stehen sie bei vierundachtzig. Ich verliere mein letztes Hemd mit diesen Obligationen.« Er war der Hypothekenbriefhändler bei AmeriTrust Savings und unterhielt sich gern mit Eggs Igino über Vitamine und Gewichtheben. Seine Stimme war fröhlich und schelmisch – er nannte

Igino zynischerweise »Sunny«, auf Grund seiner düsteren Prophezeiungen, daß der Markt ins Absurde abdrifte.

»Wer hat sie Ihnen verkauft?« fragte Eggs Igino.

»Wes Griffin. Ich habe versucht, sie wieder zu verkaufen, aber der Kurs fiel ständig, und jetzt ist es zu spät. Wir werden warten müssen, bis die Anleihen fällig werden, bevor wir wieder Geld für Neuinvestitionen haben.«

»Das ist in zwei Jahren!« plärrte Igino. »Haben Sie nicht *irgendwelche* Obligationen, die Sie verkaufen können?«

»Natürlich«, lachte Morgan Gorman. »Ich könnte Ihnen die wenigen verkaufen, die im Kurs gestiegen sind. Aber warum sollte ich sie verkaufen, wenn sie sich so gut machen?«

»Vielleicht sollten wir zusammen zu Mittag essen«, schlug Eggs Igino vor. »Wir haben ein nettes...«

»Ich hasse das *Ming Garden*«, warf Gorman dazwischen. »Immer das gleiche Menü. Zuviel Soja auf dem Gemüse, und Bier, ob man es nun bestellt hat oder nicht, und immer irgendwas mit Schweinefleisch. Gegrillte Schweineschwarten. Pikante Schweinefleischsuppe. Grüne Bohnen gefüllt mit Schweinefleisch...«

Also trafen sich Eggs Igino und Morgan Gorman am späten Nachmittag im YMCA, wo Gorman Stammkunde war. Igino hatte in einem Laden für Touristen ein paar alberne Nylonshorts und ein gestreiftes T-Shirt gekauft. Sie fingen mit Hüften und Bauch an, gingen weiter zu den Oberschenkeln und Waden, und dann wechselten sie auf den Schlitten. Sie sprachen wenig, konzentrierten sich statt dessen auf ihre Atmung und ihren Flüssigkeitshaushalt. Gorman war fünfunddreißig und gebaut wie ein Faß, lauter Brust und vergleichsweise dünne Arme und Beine. Er war nach dem College ein paar Jahre lang Kurzstreckenschwimmer gewesen und hielt immer noch den Rekord über 50 m Freistil für das YMCA bei den über Dreißigjährigen. Aber seine Beine waren schwach. Igino legte ein Eisen nach dem anderen auf, erstaunt darüber, wie leicht es war, soviel Gewicht zu stemmen, und Gorman versuchte, mitzuhalten. Er ächzte, verzog das Gesicht und zitterte vor Anstrengung, dann gab er auf, als Igino nach einer weiteren Fünfundzwanzig-Pfund-Scheibe griff. Sie gingen unter die Dusche und tranken einen Brombeer-Bananen-Shake auf der Terrasse, von der man auf die Bay Bridge blickte. »Ich weiß, worauf Sie aus sind, Sunny. Aber vielleicht sollten Sie sich überlegen, für mich zu arbeiten«, verkündete Gorman. »Ich kann Ihnen nicht soviel bezahlen, aber es lebt sich leichter.«

»Es sind die verdammten Kreditbegrenzungen«, beklagte sich Sid Geeder am folgenden Nachmittag bei Coyote Jack, nachdem sich Franklin Mutual über das Mittagessen im *Ming Garden* beklagt hatte. »Ich habe in den letzten paar Jahren allen Leuten soviel Scheißdreck verkauft, daß sie jetzt alle Kreditsperre haben.«

»Sie werden sich schon was einfallen lassen«, gab Coyote Jack zurück.

»Ich glaube nicht«, antwortete Sidney. »Ich fürchte, diesmal sind Sie zu weit gegangen.«

»Sie bluffen«, kitzelte Coyote Jack. »Der Junge wird sich was überlegen.«

»Möglich«, bestätigte Sid. »Aber der Deal ist in ein paar Tagen. Und was, wenn er sich überlegt aufzuhören?«

»Aufhören? Der Junge ist keiner, der aufhört. Sie schätzen ihn falsch ein.«

»Morgan Gorman hat ihm einen Job angeboten.«

»Dieses Arschloch.«

»Sprechen Sie mit der Kreditabteilung«, redete Sid ihm zu. »Sprechen Sie mit dem Management. Holen Sie John White zu Hilfe. Machen Sie irgend etwas.«

Coyote Jack war verstört. Er konnte es nicht glauben. Er glaub-

te es wirklich nicht. »Der Junge geht nicht zu AmeriTrust. Er macht hier dreimal soviel Geld.«
»Nicht, wenn alle seine Kunden Kreditsperre haben.« Sid deprimierte diese Aussicht. »Im übrigen bin ich mir nicht sicher, ob er überhaupt schon an Geld interessiert ist.«
»Natürlich interessiert er sich nicht für Geld – er hat nie welches gehabt! Wir müssen ihm welches geben, damit er sich daran gewöhnt.«
»Sagen Sie es der Kreditabteilung...«
»Werde ich. Werde ich! *Werde ich!*«

Informationswirtschaft

Die Informationswirtschaft war wie ein Finanzimperium, das außer Kontrolle geriet. Die Investmentbanker wurden reich bei ihrer Schufterei, also riefen sie ihre Steuerberater an, die mit dem Bearbeiten von Formularen so reich wurden, daß sie wiederum ihre Investmentbanker zu Rate zogen, wie sie ihren ausufernden Reichtum anlegen sollten. Die Investmentbanker waren auch unglücklich, also riefen sie ihre Therapeuten an, die sich stundenweise dafür bezahlen ließen, daß sie wie gute Freunde zuhörten und ihnen versicherten, daß sie nicht verrückt seien. Sie arbeiteten so schwer, daß sie ihre Familien vernachlässigten, von denen viele in einer Scheidung endeten. Sie riefen ihre Scheidungsanwälte. Die Anwälte arbeiteten sogar noch schwerer als die Investmentbanker und wurden körperlich krank, und die Ärzte berechneten ihnen groteske Honorare für den Versuch, sie zu heilen. Die Ärzte, die sich Sorgen machten, daß sie von den Anwälten belangt werden könnten, riefen ihre Versicherungsvertreter für die Absicherung ihrer Fehlbehandlungen an. Die Ingenieure bauten Computersysteme, die ihnen allen halfen, diesen Kreislauf zu beschleunigen, so daß sie noch schneller anrufen und ihre Rechnungen stellen konnten. Die Ingenieure, die keine Computer bauten, arbeiteten in der Rüstungsindustrie nach den Wünschen der Politiker, die besorgt waren, die Iraner könnten in Florida einmarschieren. Die Politiker änderten dauernd die Gesetze, damit die Anwälte weiter zu tun hatten, und sie änderten dauernd das Steuerrecht, damit die Steuerberater weiter zu tun hatten, und sie borgten fortwährend Geld, um die Investmentbanker weiter zu beschäftigen. Dies war das Dritte Gesetz der Informationswirtschaft in der Praxis, und es war die Zukunft. Ein junger Mensch konnte entweder aufs College gehen und ein Experte werden und lernen, wie das Spiel lief, oder er konnte als Teilzeitjob für jemanden Telefonate entgegennehmen, der aufs College gegangen war und gelernt hatte, wie das Spiel lief. Sie alle profitierten von der zunehmenden Unordnung der Informationsschwemme. So und so viele Experten vertraten so und so viele Theorien, und sie brauchten einen Experten, um sie alle auseinanderzuhalten. Sie brauchten einen Gynäkologen und einen Geburtshelfer und einen Ophthalmologen und einen Internisten und einen Dentisten, und außerdem ein Dutzend Bücher über ihre Leiden, um sicherzugehen, daß sie nicht ausgenommen wurden. Sie brauchten einen Steuerberater und einen Börsenmakler und einen persönlichen Bankier und einen Versicherungsmakler und dazu ein paar Wirtschaftszeitschriften, um nur das Notwendigste abzudecken. Sie brauchten einen Therapeuten und einen Aerobic-Kurs und mehrere ehrenamtliche Projekte, um ihr schlechtes Gewissen zu besänftigen, ebenso wie einen Stapel Bücher neben dem Bett, die ihnen helfen sollten, das Unerklärliche zu erklären. Dann brauchten sie, um auf dem laufenden zu bleiben, die *New York Times*, die *McLaughlin Group*, den *Macneil-Lehrer-Report*, die lokale Tageszeitung, die lokale Wochenzeitung, die *Morning Edition* und die verschiedenen Insider-Mitteilungsblätter, um mitzukriegen, was die anderen verpaßten. Alle brauchten sich gegenseitig, und alles drehte sich schneller und schneller im Namen der Effektivität. Alle in der Wirtschaft telefonierten. Ihre vielen Stimmen erhoben sich zu einer frenetischen, quälenden Tonhöhe, dem Surren der Maschinerie der modernen Wirtschaft. Das Geräusch hörte nie auf, also fingen sie an, es statt dessen zu lieben, und konnten sich nicht entspannen, ohne gleichzeitig daran zu denken, daß sie jede Menge Arbeit hatten. Manchmal wurde das Leben hoffnungsvoller, was dazu führte, daß es um so enttäuschender war, wenn dieser flüchtige Zustand wieder zu Ende ging.

Die Händler machten Geld, wenn die Wertpapierkurse stiegen. Die Wertpapierkurse stiegen, wenn die Zinssätze fielen. Die Zentralbank drückte die Zinssätze nach unten, wenn die Wirtschaft nachgab und an eine Rezession grenzte, was sie ständig tat, weil sie so von Schulden belastet war. Die Wirtschaft blieb schwach, die Zinssätze gingen weiter nach unten, und die Händler machten weiterhin Geld. Alles verschleierten sie mit Zahlen. Sie kauften und verkauften Geld, und jedes Jahr pumpte die Zentralbank mehr Geld in die Wirtschaft, das sie kaufen und verkaufen konnten. Sie bezahlten das Geld, das sie kauften, mit Geld, das sie verkauft hatten. Für ein wenig langfristiges Geld bezahlten sie mit einem Haufen kurzfristigem Geld. Sie bezahlten für ein wenig Geld mit niedrigem Risiko mit einer Menge Geld mit hohem Risiko. Die Spar- und Kreditbanken, die versuchten, mitzuziehen, wurden ausgenommen und sturmreif geschossen, und dann bekamen sie Kreditsperre, bis die Regierung sie wieder herausboxte. Geld hatte eine Richtung und eine Geschwindigkeit und eine Beschleunigung. Die Beschleunigung nahm dank der Computer und der Politiker, die den Börsen im Interesse der Leistungsfähigkeit freie Bahn ließen, immer mehr zu. Es war das leistungsfähigste System der Welt, um die Reichen reicher zu machen. Es war ein weit besseres System als das Unternehmertum – diese antiquierte Methode, ein Geschäft von Grund auf zu beginnen und es jedes Jahr ein bißchen zu vergrößern, ohne Schulden zu machen –, das manchmal Jahrzehnte dazu brauchte, um einen reichen Mann reicher zu machen. Das Geld lag im Verkauf, und das richtige Geld lag im Verkauf von Geld. Ein Mann konnte in sehr kurzer Zeit enorm reich werden, wenn er Geld verkaufte. Coyote Jack wurde es. Sid Geeder wurde es. Eggs Igino versuchte es, aber die Kreditabteilung stand ihm im Weg.

Die Kreditabteilung war die oberste Karrieresprosse von kleinen Angestellten, die seit den Siebzigern bei Atlantic Pacific gearbeitet hatten. Den größten Teil dieser Zeit waren sie von den oft weit jüngeren Händlern herumkommandiert worden, hatten ihnen Gefälligkeiten erwiesen und nichts dafür zurückbekommen. Sie telegraphierten Geld, verschickten Zahlungsaufforderungen und spürten falsch adressierte Zinszahlungen auf. Sie waren alte Männer aus New Jersey, die ihre Lehrjahre damit verbracht hatten, zu lernen, wie man mit aufgeblasenen Collegeabsolventen umzugehen hatte. Sie rauchten und tranken und verachteten die schicke Kleidung der Händler und zogen es statt dessen vor, in ihren Polyvinylanzügen, die ihnen nicht mehr paßten, im Hintergrund zu bleiben. Sie spielten Karten und wetteten auf Ponys, und kein einziger von ihnen war geschieden. Wenn sie es bis zur Kreditabteilung schafften, hatten sie endlich eine Möglichkeit, es den Händlern heimzuzahlen, die sie immer zusammengestaucht hatten, wenn das Geld zu langsam an einen Kunden telegraphiert worden war. Aufgabe der Kreditabteilung war es, die Firma zu schützen, aber vor allem waren sie darauf aus, ihr eigenes Revier zu schützen. Auf Coyote Jacks Anruf reagierten sie nicht besonders freundlich. Sie erinnerten sich von früher an ihn, an die Zeit, kurz bevor man ihn zum Verkaufsleiter gemacht hatte – alle Beträge auf seinen Handelsscheinen waren falsch gewesen. Er war nach Hawaii oder auf die Fidschis in Urlaub verschwunden und nicht erreichbar, um seine Geschäfte in Ordnung zu bringen. Es war ein ziemliches Durcheinander gewesen. Eine Woche lang brachte niemand etwas zustande.

Aber die Verkaufsleiter aller Filialen hatten am Vorabend des Resolution-Trust-Deals die Kreditabteilung angerufen, um sich zu beschweren, und mehrere hatten das Syndikat angerufen und vorgeschlagen, sie könnten ihre Kontingente erhöhen, wenn die Kreditrahmen angehoben würden, und sei es nur für ein paar Stunden. Dann rief das Syndikat ebenfalls bei der Kreditabteilung an, und die Männer dort konnten ihre Pokerpartie nicht zu Ende spielen, weil das Telefon pausenlos läutete. Das Syndikat rief auch den Präsidenten an und alle Vorstandsmitglieder, die wußten, wie wichtig es war, daß die Resolutions glatt über die Bühne gingen. Sie hatten damals den Kopf hingehalten, als der Deal mit den Eurofloatern schiefging, und sie wollten nicht, daß so etwas wieder passierte. Sie versammelten sich zu einer Sitzung hinter verschlossenen Türen in dem Penthouse-Appartment im obersten Stock des Büroturms der Firma in der 49. Straße. Mit ihren Drinks in der Hand saßen sie auf den weißen Ledersofas und sorgten sich um das profitable Geschäft, das sie sich ausgedacht hatten, indem sie der Regierung halfen, unprofitable Spar- und Kreditbanken stillzulegen. Alles wäre beim Teufel, wenn sich der Resolution-Deal nicht verkaufte. Es war eine streng geheime nächtliche Konferenz nur der allerhöchsten Tiere, die erfolgreich auf die Titelseite des *Wall Street Journal* vom nächsten Morgen sickerte.

»Es ergibt keinen Sinn«, murmelte Eggs Igino zu niemand Bestimmtem, als er am nächsten Morgen um fünf die Nachrichten auf der Titelseite las. »Wenn man darüber nachdenkt, ergibt es überhaupt keinen Sinn.«

Paul DeShews ging mit einer Schüssel Cheerios vorbei. »Was ergibt keinen Sinn, Igino?«

»Unsere Oberbosse verkünden, daß die Krise der Spar- und Kreditbanken vorbei ist.«

»Es ist kaum zu glauben, was? Was für eine Erleichterung. Sieht aus, als hätten wir dafür bezahlt, sie auf Jahre in Ordnung zu bringen.«

»Aber es ergibt keinen Sinn!«

»Der Krieg ist vorbei, Junge. Du hast den Kampf verpaßt. Sei froh.«

»Aber wie können sie sagen, die Krise ist vorbei, wenn sie am nächsten Tag eine Gazillion Obligationen verkaufen, um nochmal hundert Spar- und Kreditbanken zu schließen?«

»Nur ein bißchen Saubermachen in letzter Minute. Leichtes Staubwischen. Ich höre, es ist vorbei. Sogar die Kreditabteilung hat die Handelbegrenzungen gelockert.«

»Das ist idiotisch.« Eggs Igino hatte das plötzliche Verlangen, Paul DeShews eins auf die Nase zu geben.

»Die Kreditabteilung, unsere Oberbosse und das *Journal* können nicht alle falschliegen, oder, Igino?«

»Aber was ist mit den Resolution Trusts!«

»Sie sehen jetzt ziemlich billig aus, wo die Krise vorbei ist. So ähnlich wie Kriegsanleihen. Ich schätze, sie gehen weg wie warme Semmeln.«

Es war eine vernünftig klingende Botschaft von Optimismus und Erneuerung, von der die Firma erwartete, daß sie über alle Gefühle siegen würde, denn obwohl es keinen Sinn ergab, war es das, was jeder hören wollte. Die Öffentlichkeit, die diesen kleinen eiternden Kratzer von Anfang an ignoriert hatte, war froh, es zu hören. Die Spar- und Kreditbanken, die Zielscheibe von zu vielen Witzen und hochgestochenen Analysen gewesen waren, atmeten erleichtert auf. Die Händler, die sich nun von den Spar- und Kreditbanken Geld leihen konnten, um es ihnen umgehend wieder zurückzuleihen (abzüglich Provisionen), waren begeistert. Nun, da die Krise der Spar- und Kreditbanken vorbei war, waren die Resolutions – deren Zinssatz um ein halbes Prozent höher lag als bei den Schatzbriefen – ein verdammt guter Kauf. Die Gefahr, daß das ganze System wegen Konkursen, Zwangsvollstreckungen und Zahlungsrückständen von Krediten nach dem Dominoprinzip einstürzte, war vorüber, und jetzt, wo die Regierung daranging, mit einhundertfünfundvierzig Milliarden Dollar für die verbliebenen paar hundert schlimmsten Konkurse noch ein bißchen Staub zu wischen, sollte jeder sein patriotisches Scherflein beitragen, um zu helfen.

Die Firma war so aus dem Häuschen über die neue Wendung der Dinge und die glänzenden Aussichten für die Resolutions, daß jeder ehrgeizige Verkaufsmanager in jeder Filiale auf der ganzen Welt sich sofort danach drängte, beim Briefing am nächsten Morgen zu seinen Verkäufern zu sprechen. Alle Verkaufsleiter studierten in hoffnungsfroher Vorbereitung den Artikel im *Journal* und rannten in die Waschräume, um ihren großen Auftritt vor dem Spiegel zu üben. Coyote Jack brauchte das Bad für sich allein, deshalb stapfte er zehn Minuten lang durch den Verkaufssaal, warf Lisa Lisa finstere Blicke zu, wenn sie ihren Lippenstift nachzog, und schaute Nickel Sansome aus streng zusammengekniffenen Augen an – nachdem der aufgehört hatte, mit seinem Vater zu telefonieren –, damit ja keiner aus der Verkaufstruppe seinen Zorn riskierte, indem er eine Pinkelpause einlegte. Dann marschierte er in sein Büro zurück, und als gerade niemand hinsah, ging er durch den Hinterausgang in den luxuriösen, marmorverkleideten Waschraum, der hohe Decken, automatische Toilettenspülungen und Seifenspender hatte. Der Waschraum war der ruhigste, entspannendste Ort im Gebäude, und alle erholten sich heimlich dort. Die braunen Marmorwände dämpften alle Geräusche aus dem Handelssaal ab, sogar, wenn Lisa Lisa mit ihren Kunden schrie, und sie fingen die Geräusche innerhalb des Badezimmers ein und ließen sie zurückhallen wie der Echoeffekt in einem Verstärker. Coyote Jack liebte das Geräusch, mit dem die automatischen Urinale Wasser durch die Rohre spülten, und seine eigene Stimme klang äußerst gebieterisch, wenn sie von den Wänden hallte. Coyote Jack schmetterte eine Strophe seiner Propagandahymne und hielt dann genau im richtigen Moment inne, wenn die Urinale im Gleichklang spülten wie ein tobendes Auditorium. Selbst wenn die Firma ihm nicht erlaubte, sich weltweit an die Händler zu wenden, beabsichtigte er, seinen eigenen kleinen Vortrag vor der Tafel zu halten, wenn die Videoschirme abgeschaltet waren. Er baute sich vor dem Spiegel auf, wo seine fleckige Gesichtshaut im gedämpften, rosagetönten Licht von der Decke nicht auffiel. Er steckte seine Hände hinter den Rücken, was seine Schultern breit hielt und seinen Bauch versteckte, dann lehnte er sich, um bestimmte Formulierungen zu unterstreichen, aggressiv auf das Waschbecken, auf die Fingerknöchel gestützt wie ein Affe. Zufrieden schrubbte er seine Hände, kämmte seine Haare unter einer weiteren Schicht Gel nach hinten und ging in sein Goldfischglas zurück, um das Syndikat anzurufen und zu sehen, ob sie sein Ersuchen, die Verkäufer unterweisen zu dürfen, bewilligt hatten. Sobald er das Syndikat am Apparat hatte, erhöhte er sein Kontingent um weitere fünf Prozent.

»Alle erhöhen ihr Kontingent um fünf Prozent«, kläffte eine barsche, ungeduldige Stimme zurück. »Sie ziehen nur gleich.«

»Dann verdoppeln Sie es!« bot Coyote Jack an, ohne nachzudenken.

»Auf zweihundert Prozent oder auf zehn Prozent?« fragte die Stimme.

»Letzteres«, antwortete Coyote Jack und vermied die verhexten Ziffern.

»Zehn Prozent San Fran«, faßte die Stimme zusammen, bevor sie aus der Leitung ging.

»Das sind einhundertzehn Millionen Dollar!« jammerte Sid Geeder, als Coyote Jack ihn am nächsten Morgen auf dem Weg zum abschließenden Briefing darüber informierte, daß sein Kontingent erhöht worden war. Sid Geeder war immer der erste, der morgens kam, weil er seinen Job mehr haßte als die anderen. Er war immer so aufsässig vor einem großen Angebot – während des Geschäfts mit den Eurofloatern hatte er eine offene Thermoskanne Kaffee über den warmen Teller mit Quarkblätterteig gestoßen, nur um die Aufmerksamkeit auf sich zu ziehen. Jetzt blieb Sid Geeder am Fenster stehen und schaute in der Finsternis auf die verschwommenen Lichter der City hinunter und fragte sich, was passieren würde, wenn der Handel nicht gutging. Coyote Jack stand an der Tür, während die Verkaufstruppe mit düsteren und verzweifelten Gesichtern der Reihe nach hineinmarschierte. Jetzt kam's drauf an. Jetzt zeigte sich, aus welchem Holz einer geschnitzt war, und Coyote Jack war bereit. Er trug seine glückbringenden rindsledernen Hosenträger und ein Hemd im Stil eines Generaldirektors, weiß auf weiß gestreift mit einem Tab-Kragen, das er bei seinem letzten Ausflug nach Manhattan für ein paar hundert Dollar gekauft hatte.

»Hübsches Hemd!« sagte Eggs Igino fröhlich, mit vollem Mund kauend. Blätterteigstückchen und Glasur klebten an seinen dicken, ausdrucksvollen Lippen, die schmatzten und saugten, während er quasselte. »Jetzt kommt's drauf an, was! The big kahuna. Das blaue Ungeheuer. Jetzt wird es sich zeigen, aus welchem Holz ein Mann geschnitzt ist. Alles, was ich je studiert habe, jedes Abschlußexamen, jedes Diplom, jeder Test, alles gipfelt in dieser einzigartigen, erstrangigen Herausforderung.« Er kicherte, schlug Coyote Jack auf die Schulter und nahm direkt neben dem Videoschirm Platz. Sid Geeder hatte ihn vor Coyote Jacks Ansprachen gewarnt, Variationen über Männlichkeitsprüfungen in der Art von Knute Rockne, die ihre Wirkung auf Lisa Lisa nie verfehlten.

Lisa Lisa erschien in voller Firmenuniform und in einer erschöpften, üblen Stimmung, die Coyote Jack irrtümlich für den ausdruckslosen Ernst eines Fußsoldaten vor der Schlacht hielt. Sie trug die Tarnkluft des Gewerbes, in der sie sich nahtlos in das Amerika der Aktiengesellschaften fügte. Sie trug ein graues Wollkostüm, eine weiße Seidenbluse und das steife Rückgrat einer vertrauensvollen Angestellten. Sie trug die hautfarbene Make-up-Grundierung, ihren blaßblauen Lidschatten und den zusammengekniffenen Mund eines Profikillers. Sie ging in matten Pumps mit flachen Absätzen, durchsichtigen Nylonstrümpfen und mit dem stolzen Gang eines kampferprobten Kriegers. Aber auf Coyote Jack wirkte Lisa Lisa immer fünf Jahre jünger, wenn er sie nicht in dem bläßlichen Licht der grünen Monitore sah, und sie wirkte weniger untersetzt, wenn sie stand und herumging. Er erkannte ein wenig das weinende Pompomgirl wieder, das er auf Nickel Sansomes Video vom Footballendspiel 1982 gesehen hatte, die muntere Draufgängerin im enganliegenden Pulli und dem geschlitzten Röckchen.

Alle siebenunddreißig Händler marschierten in das Briefing. Sue Marino, die sich noch nicht wieder an das Tempo ihres Firmenimages gewöhnt hatte, kam in einem braunen Kleid mit einem roten Gürtel. Nelson Dicky erschien mit der ängstlichen Nervosität eines Mannes, der unter Druck ist. Regis Reed, der sich vor nichts fürchtete, wartete bis zum letztmöglichen Augenblick, bevor er den Kopierraum verließ, sich die Nase putzte und ein gespieltes Selbstvertrauen zur Schau trug. Thom Slavonika setzte sich auf denselben Platz hinten in der Ecke, auf dem er saß, seit John White Mitte der siebziger Jahre ein junger Händler auf dem Geldmarkt gewesen war. Der Managing Director John White erschien unangemeldet, direkt aus dem Flieger von La Guardia mit Knitterspuren auf der Wange und Beulen in seinem Helm aus pomadestrotzendem Haar.

»Guten Morgen, Coyote«, sagte John White mit gezwungener Förmlichkeit.

»Was verschafft uns das Vergnügen, J. W.?« fragte Coyote.

»Ich dachte, ich sollte selbst ein paar aufmunternde Worte sagen, nach der Haupttelekonferenz«, antwortete John White und vermied es dabei, Coyote anzuschauen, weil er wußte, daß Coyote Jack ebenfalls das Syndikat darum gebeten hatte, sich an die Verkäufer wenden zu dürfen. Es war kein Risiko, sich freiwillig dafür zu melden, weil das Syndikat das immer jemandem aus seinen eigenen Reihen überließ. Man konnte ganz sicher sein, daß bei jedem großen, erfolgversprechend angelegtem Geschäft alle Verkaufsleiter darum baten, bei der weltumspannenden Konferenzschaltung den Ruhm ernten zu dürfen, und sie wurden alle pauschal abgelehnt. Niemand außer dem Syndikat sollte den Ruhm für erfolgreiche Geschäfte ernten, und nachdem das Resolution-Trust-Angebot über Nacht von einem Hund mit Flöhen zu einer idiotensicheren Sache geworden war, hatten sie die Vorschläge von John White und Coyote Jack glatt zurückgewiesen.

Sie kannten alle den Ablauf. Die Firma bewaffnete die Verkäufer mit hohlen Slogans und abgenutzten Metaphern, um ihnen zu helfen, ihren Kunden Optimismus zu vermitteln: *Der Sturm hatte sich erhoben; Die steigende Flut hat sich beruhigt; Das Ufer ist in Sicht.* Diese Slogans und Metaphern klangen nebulös und kindisch in dieser Umgebung einer High-Tech-Videokonferenz, aber sie waren leicht zu behalten und, mit Überzeugung und Eindringlichkeit vorgetragen, konnten sie in den zermürbenden Pausen eines Verkaufsgesprächs einen Klienten dahingehend beeinflussen, seine natürliche Zurückhaltung zu vergessen. Alle Händler außer Sid Geeder schrieben sie pflichtbewußt in die Randspalten ihrer Handelsbücher, wo sie im Notfall leicht zu finden waren. Sidney Geeder schrieb seit einem Monat nichts mehr von dem auf, was in den Briefings vor einer Verkaufsmission verkündet wurde. Er schrieb nicht auf, daß dieses Geschäft über einhundertfünfundvierzig Milliarden Dollar mehr als doppelt so umfangreich wie der Resolutions-Deal von 1992 war oder fünfmal die Größe eines normalen vierteljährlichen Schatzbriefangebots hatte. Er schrieb nicht auf, daß die Japaner früher aufstehen würden, um sich ihren Anteil zu holen, oder daß die Deutschen länger in ihren Büros in Bonn bleiben würden, um ihre Gebote abzugeben. Das Timing war perfekt – die Japaner wären noch schwach auf den Beinen und seien leicht zu verschaukeln, während die Deutschen betrunken und leicht zu täuschen sein würden. Er schrieb nicht auf, daß die Briten im Tageshandel die Kurse durch Leerverkauf gedrückt hatten, in dem erfolglosen Versuch, den Nominalzinssatz auf die Resolutions, die sie kaufen wollten, in die Höhe zu treiben.

Sid Geeder hatte bei Briefings vor Verkaufsmissionen nichts mehr mitgeschrieben, seit seine Assistentin mit dem Füller von Cross im Wert von sechsunddreißig Dollar weggegangen war, für den er der Firma zweihundertfünfundsiebzig Dollar plus Zinsen berechnet hatte. Sid Geeder protestierte. Er würde nichts mehr aufschreiben, was er statt dessen in seinem Kopf speichern konnte. Wenn er es aufschrieb, konnte die Firma mitten in der Nacht kommen, um es zu kopieren, auf Mikrofiche zu übertragen und von ihren erstklassigen, überbezahlten Wirtschaftswissenschaftlern unter dem Mikroskop auf Ideen untersuchen zu lassen, die sie stehlen konnten. Sid Geeder wurde dafür bezahlt, die Wertpapiere der Firma zu verkaufen – sie bezahlten ihm nicht genug, um auch noch seine Ideen zu stehlen. Soviel konnten sie ihm überhaupt niemals bezahlen. Ideen waren alles, was er hatte. Seine Geschäftsideen. Seine Gedanken über die Ausplünderung der Informationswirtschaft. Seine Gedanken über menschliche Schwäche und die Lebensbedingungen des modernen Menschen. Wenn die Firma die stahl, würden sie den Sinn aus seinem Leben stehlen. Um seinen Protest offenkundig zu machen, saß Sid Geeder genau vor dem Zwei-Weg-Videoschirm, so daß alle in New York sehen konnten, was er nicht mitschrieb. Er saß direkt gegenüber von Eggs Igino, der vor dem Schirm saß, damit alle in New York die süße Glasur, die realistische Erdbeerkonfitüre und den Dampf sehen konnten, der aus dem Erdbeerblätterteig aufstieg, den er verschlang. Es hatte mehrere Tage kein Briefing vor Morgengrauen gegeben, und daher hatte Eggs massenhaft Erdbeerblätterteig in seiner Aktentasche gehortet, die bequem erreichbar für Sid Geeder unter dem Tisch stand. Sie machten eine offensichtliche Show aus ihrem Erdbeerblätterteig, kosteten jeden Bissen genießerisch aus, rissen Fetzen aus dem blättrigen Gebäck und ließen die Krümel in ihren Kaffee fallen, bis die anderen Händler im Raum sich nicht mehr auf die Reden konzentrieren konnten, die direkt vom Syndikatstisch in New York übertragen wurden.

Die Schreibtische des Syndikats waren Schützenlöcher, die alle anderen in den Schatten stellten. Die meisten »Schreibtische« der Händler waren aufgetakelte Kreuzungen aus einem Tisch und einer Kabine, mit einer kleinen waagerechten Schreibtischfläche, die von schräg angebrachten Verkleidungen umsäumt war, in die Computermonitore und Lautsprecher versenkt und Telefonleitungen verlegt waren. Ein durchschnittlicher Schreibtisch für zwei Personen hatte einhundertachtzig Telefonknöpfe, jeder eine direkte Kurzwahl zu einem Kunden, ebenso wie eine spezielle Reihe von Knöpfen, mit denen sie sich an die Kreischbox zuschalten konnten, den globalen Walkie-talkie. Der Fünf-Mann-Schreibtisch des Syndikats hingegen war eine monströse, zweieinhalb Meter hohe Festung der zentralen Macht, die die große Bedeutung des bevorstehenden Geschäfts vermittelte, die ungeheure Abhängigkeit der modernen Wirtschaft von dieser zweifelhaften Medizin, die vom Finanzsystem anstandslos geschluckt wurde.

Sue Marino fiel es schwer, ihren Quarkblätterteig zu schlucken, während sie zusah, wie die beiden Jungs in der ersten Reihe ihre Erdbeerfüllung schlemmten. Es machte ihr auch zu schaffen, daß sie nicht mehr die Versuchung in den Augen aller Männer war, ein Gefühl, das ihr in den zwei Tagen, seit sie zurück war, zunehmend gefallen hatte. Sie war von einem Gebäck aus dem Feld geschlagen worden. Sie machte sich einen Vermerk in ihr Geschäftsbuch, zum nächsten Briefing frühzeitig zu erscheinen und sich einen Stuhl ganz vorne zu schnappen. »Rote Seidenbluse«, schrieb sie unmittelbar darunter und unterstrich es dreimal.

»Gut«, sagte John White, nachdem das Syndikat Schluß gemacht hatte. Er stand auf und ging vor dem Fenster auf und ab, während er sprach. »Ihr seid alle Profis. Ihr kennt den Ablauf. Ich muß euch nicht erzählen, wie entscheidend die Zukunft der Firma vom Erfolg eurer Bemühungen heute abhängt. Ihr seid alle von Coyote Jack unterrichtet worden, wieviel ihr nach unserer Einschätzung verkaufen werdet, und ihr wißt alle, daß dies nur Schätzungen sind, keine strengen Kontingente oder gar Ziele. Tut einfach euer Bestes.« Er hielt einen Moment inne, verschränkte die Arme hinter dem Rücken und trat dann an den Tisch und stützte sich darauf wie ein Affe. »Aber ich nehme keine Entschuldigung an – kein ›die Kreditabteilung ist schuld‹, kein ›ich hab kein Glück‹, keine gottverdammten Lügen über ›die, die mir entwischt sind‹. Ihr seid alle miteinander eine Bande von wehleidigen Amateuren, wenn es Druck gibt, und ihr solltet euch hüten, schlappzumachen. Manche von euch werden heute ein Viertel ihrer jährlichen Prämie verdienen, und die anderen brauchen sich morgen gar nicht erst die Mühe zu machen, zur Arbeit zu kommen. Da sind strikte Kontingente, vergeßt das ja nicht!«

Die Verkaufstruppe verließ mit Nickel Sansome an der Spitze wie aufs Stichwort im Schnellschritt den Raum und bezog Stellung hinter den Schreibtischen. Es war zwei Minuten vor fünf Uhr morgens. Einige schlichen auf Zehenspitzen in die

Waschräume. Alle begannen, eine Liste anzufertigen, in welcher Reihenfolge sie ihre Kunden anrufen wollten. Ihre Handschrift war zittrig und unruhig. Sie klopften nervös mit den Füßen. Sie äugten zur Uhr. Nickel Sansome stahl die Zahnseide aus Thom Slavonikas Schublade und nahm dann drei schnelle Züge aus seinem Inhalationsgerät. Sid Geeder brachte eine Thermoskanne Kaffee zu seinem Schreibtisch hinaus. Lisa Lisa benutzte den grünen Monitor als Spiegel, um ihren glückbringenden Lippenstift nachzuziehen. Eggs Igino hatte von den Kindergartenkindern seiner früheren Freundin zweiundzwanzig schildkrötenförmige »Viel Glück!«-Karten erhalten, die er auf seinem Schreibtisch ausbreitete. Regis Reed rannte noch einmal in den Kopierraum hinaus. Paul DeShews stellte eine kleine amerikanische Spielzeugfahne samt Fahnenmast über sein Telefonpult. Nelson Dicky drehte alle sieben gerahmten Bilder seiner Kinder in gespielter Untertanentreue Richtung Fahnenmast. Sue Marino hielt den Drang zurück, in Tränen darüber auszubrechen, wie traurig das Leben so schnell wieder geworden war. Thom Slavonika öffnete seine Schublade, um die Zahnseide herauszuholen. Coyote Jack, der noch immer unter John Whites Heimtücke litt, humpelte zornig die engen Gänge auf und ab und fauchte Leute an, die von den Waschräumen zurückeilten.

Sie drehten die Lautstärke an ihren Kreischboxen auf, bis die ausgeleierten Lautsprecher von dem heiseren Feedback zischten und krachten. Sie schauten alle auf die dunklen Nachtwolken hinaus, die an den gewaltigen, deckenhohen Fensterscheiben rüttelten. Einige von ihnen fuhren hoch, als die Ventilatoren der Klimaanlage an der Decke mit einem heftigen Grollen ansprangen. Das Heizelement des Monsterkopierers im Hinterzimmer saugte einen Schwall Elektrizität an, der die Glühbirnen über ihnen für einen Moment dämpfte. Die Kontrolltafel am zentralen Laserdrucker spulte ihr Eigentestprogramm ab. Das Faxgerät spuckte seinen stündlichen Sendebericht aus und schnitt ihn ab. Um fünf Uhr morgens wurde der Mechanismus des Gebäudes automatisch durch einen einzigen Zeitschalter in Gang gesetzt, der tief in den Eingeweiden unter der Tiefgarage verborgen war. Dann leuchteten die Telefonreihen rot auf.

»Auf Empfang!« schrie Nickel Sansome.

»Wer hat Zahnseide?« schrie Thom Slavonika.

»Verkaufen Sie die Aussies!« schrie Eggs Igino.

»Es ist patriotisch!« schrie Paul DeShews.

»Mehr Zinsertrag als Schatzbriefe ... !« schrie Nelson Dicky.

»Zurück an die Arbeit!« schrie Coyote Jack.

»Natürlich kaufen wir sie zurück!« schrie Sidney Geeder.

»Syndikat! Syndikat!« schrie Lisa Lisa.

»Das Ufer ist in Sicht!« schrie Sue Marino, wenn ihr nichts anderes einfiel, um die Pausen in ihrem Verkaufsgespräch zu füllen, von denen es viele gab. Sue Marino war aus der Übung. Sie versuchte, die Obligationen vernünftig zu erklären, statt sie ihrem Kunden einfach mit einer Zeile – wie schnell sie sich verkauften, und er solle sehen, daß er nicht zu kurz käme – in den Hals zu stopfen. Diese »Hol-sie-dir,-solange-sie-heiß-sind«-Methode mußte mit Überzeugung vorgetragen werden und mit dem Vertrauen, das aus einer Monatsration ehrlicher Handelsunterlagen auf den neuesten Stand, Notierungen und gefaxten Analysen entwickelt wurde. Aber Sue Marino war letzten Monat in Schottland gewesen, und viele ihrer Kunden hatten eine Abhängigkeit von Soly oder Merrill entwickelt. Sie konnte nicht betteln oder wütend werden. So sehr sie es auch wollte, sie konnte sich nicht hineinsteigern. Sie dachte dauernd an dieses Museum in Aberdeen, in dem zwischen den Landschaftsgemälden und den Saiteninstrumenten fünf lebende Schafe auf Podesten ausgestellt waren. Von weitem sahen sie ausgestopft aus, aber das waren sie nicht – sie waren an ihre

Podeste angekettet und schienen rundum glücklich darüber zu sein, von den Besuchern gekrault zu werden. Sue Marino dachte dauernd an diese Schafe.

Sie stellte ihre Beine gerade, wandte sich wieder den Telefonleitungen zu und versuchte, sich zu konzentrieren, aber sie war einfach nicht dafür angezogen. Panik brach über sie herein, und plötzlich war sie überall feucht von Schweiß. Das Acryl ihres Kleides klebte ihr an den Seiten und begann unter den Achseln und auf dem Rücken, wo es von dem roten Gürtel gegen ihre Haut gerafft wurde, Flecken zu bilden. Sie wollte den Gürtel lockern, aber sie benutzte bereits das letzte Loch – es war eine Kleid-Gürtel-Kombination, die sie schon auf dem College getragen hatte, und obwohl es ihr gelungen war, beim Wandern durch Schottland sieben Pfund abzunehmen, war sie nicht mehr die alte. Ohne den Gürtel entfaltete sich das Kleid auf peinliche Art wie ein Fallschirm um ihren Stuhl, und es half überhaupt nichts gegen die Schweißflecken in ihren Achseln oder gegen den Ursprung des Schweißes selbst, gegen die Erkenntnis, daß sie jetzt, wo sie verlobt war, ihren Schwung verloren hatte und nicht einmal mehr Fausthandschuhe in einem Schneesturm verkaufen konnte. Sie preßte die Hände an die Ohren, um die Geräusche der vielen schreienden Leute und der ganzen surrenden Maschinerie auszusperren. Sie spähte über den Rand ihres Schützenlochs nach den anderen Verkäufern, die alle wütend schwadronierten, selbst Lisa Lisa, die sich schon zweimal an die Kreischbox angestöpselt hatte, um zu verkünden, daß sie Resolutions in größerem Umfang verkauft hatte. Plötzlich tauchte eine Idee in Sue Marinos Kopf auf, eine verzweifelte Eingebung. Sie sprang aus ihrem Sessel und huschte unauffällig über die äußeren Gänge des Handelssaals, wobei sie Coyote Jacks kurzsichtigen Augen aus dem Weg ging. Er war zu sehr davon in Anspruch genommen, Regis Reed einzuschüchtern, um zu bemerken, wie Sue Marino Lisa

Lisas Reservebluse und ihr Wollkostüm aus dem Schrank im Flur stahl. Sue Marino knüllte die Kleider zu einer Kugel und rannte zum Hinterausgang, wo sie in ihrer Panik beinahe Thom Slavonika über den Haufen rannte. Im Waschraum zog sie das leichte Kleid mit einem Ruck über den Kopf und stopfte es in den kleinen Abfalleimer unter dem Waschbecken. Sie befeuchtete einen Stoß Papierhandtücher und wischte sich damit über die Arme und über die Brüste und die Partien ihres Rückens, die sie erreichte, wobei Fetzen von nassem Papier hängenblieben, die sie dann hektisch von ihrer Haut klopfte. Dann schlüpfte sie in Lisa Lisas Uniform, die zu ihrem Leidwesen weder am Rücken, noch in der Taille oder an den Schultern zu groß war, sondern nur zu weit um die Brust. Sie band ihre Haare mit einem Gummiband im Nacken zusammen, wusch sich kurz die Hände und stürmte zurück in den Verkaufssaal, wo sie beinahe mit dem kleinen mexikanischen Mädchen kollidierte, das mit einem Wägelchen das vorbestellte Frühstück verteilte. Sue Marino kauerte sich in ihren Sessel, drehte die Lautstärke an ihrer Kreischbox auf, drückte den Direktwahlknopf für ihren Spitzenkunden und bettelte ihn an, doch bitte, *bitte* die verdammten Obligationen zu kaufen, Arschloch, nach allem, was ich die letzten zwei Jahre für dich getan habe ... und er kaufte – als Verlobungsgeschenk.
»Syndikat! Syndikat!« brüllte sie und versuchte, ihren Verkauf über die Kreischbox inmitten des aufgeregten Handels zu melden. »Syndikat: fünf Millionen in San Fran. Syndikat!«
Alle siebenunddreißig Händler der Westküstenfiliale telefonierten, außer Thom Slavonika, der auf der Suche nach Zahnseide seine Schublade durchwühlte. »Hat jemand Zahnseide?« brüllte er vergeblich, aber die Händler konnten ihm nicht helfen, nicht einmal diejenigen, die Zahnseide hatten, weil sie alle telefonierten und im Streß waren, und nur die Stärksten überlebten. Er leerte seine Schreibtischschublade auf den Boden,

und beförderte sie mit einem Fußtritt in den Gang. Dann leerte er seine Aktenschublade aus und durchwühlte den geordneten Stapel Handelstips und zog seinen Stuhl vom Schreibtisch weg, um nachzusehen, ob vielleicht auf dem Boden ein Stück Zahnseide den Blicken der mexikanischen Dienstmädchen entgangen war, die die Filiale jeden Abend putzten. Er hämmerte auf seinen Schreibtisch, dann sackte er mit dem Kopf in den Händen an ihm zusammen und dachte nach. Er rannte vom Handelssaal zu den Schreibtischen der Sekretärinnen der Geschäftsleitung, die erst lange nach Sonnenaufgang kamen. Er fand Lippenstift und kalligraphische Federn und Wechselgeld, aber keine Zahnseide. Dann rumpelte er in Clark Kalinovs Büro und durchstöberte dessen Schreibtisch und fand ein Nähzeug, das Clark benutzte, um Designeretiketten auf die Rückseiten seiner Krawatten zu nähen. In dem Nähzeug war eine Spule mit einem starken Zwirn, die er in seine Tasche steckte, während er in den Handelssaal zurückrannte und beinahe Sue Marino umstieß, die auf dem Weg in den Waschraum war, um ihr verschwitztes Kleid zu wechseln. Thom Slavonika hielt sich nicht damit auf, seinen Schreibtisch wieder zusammenzubauen. Er nahm den Hörer und verkaufte an die gleichen Kunden, die er schon seit zweiundzwanzig Jahren übervorteilte, und sein Mund stand nur still, wenn er zwischendurch mit dem schwarzen Nähfaden schrubbte, was ganz gut funktionierte, wie er feststellte. Nach jedem Verkauf stöpselte er sich in die Kreischbox und teilte dem Syndikat mit, daß er ein paar weitere Millionen Resolution Trusts abgesetzt hatte. Das war der Gipfel der Gefühle, jeden Händler in jeder Atlantic-Pacific-Filiale auf der Welt hören zu lassen, daß man gerade einen Verkauf getätigt hatte. Einen kurzen Augenblick waren alle Händler auf der Welt neidisch. Es war ein grandioses, befriedigendes Gefühl, das für alles entschädigte, und Thom Slavonika war süchtig danach.

Jeder Augenblick war eine Schlacht. Die Schlacht, einen Kunden zu überreden, seinen gesunden Menschenverstand in den Wind zu schlagen. Die Schlacht, unter Druck ruhig zu bleiben, dem Gefühl zu widerstehen, gegenüber einem Klienten zuzugeben, daß die Obligationen überteuert waren, und die Schlacht, nicht an den drei Meilen breiten Müllberg in der Dominikanischen Republik zu denken, oder an die Fässer mit radioaktivem Uran für Utah, oder an den Tag, an dem die Obligationen fällig wurden. Es war der Kampf, nicht als erster zusammenzubrechen und in die Küche zu stürzen, um zu frühstücken. Sie kämpften dagegen, nicht über Coyote Jacks Sekretärin herzufallen, wenn sie zu spät kam und an den Maklerständen vorbeischlenderte und in ihrer Handtasche nach einem Pfefferminz für ihren Atem fingerte. Sie schlugen die Schlacht gegen das beschleunigte Altern des menschlichen Körpers, hervorgerufen von elf Stunden täglichem Sitzen, fünf Tage in der Woche, einige Jahre ihres Lebens. Und es war auch eine Schlacht, nicht einfach in einen Schreikrampf darüber auszubrechen, wie unwirklich ihre Schlachten geworden waren.
»Es ist alles so unwirklich«, sagte Eggs Igino, der zum ersten Mal Zeuge dieses postmilitärischen Gefechts war. Er stand an dem gewaltigen Fenster und schaute durch den Handelssaal.
»Es ist Diebstahl!« schrie Sid Geeder zurück. Sie hatten seinen inneren Frieden gestohlen, als er ihn am nötigsten brauchte. Das Finanzsystem wankte und gab unter dem Ansturm so vieler neuer Schuldverschreibungen nach, und seine Sicherungen knallten durch, und eine von diesen Sicherungen war Sid Geeder, der sich darauf konzentrierte, wie sehr er den unschuldigen Chefhändler von World Savings haßte. Sid ging ausführlich darauf ein, wie er ihm seine zwei Karten für das Footballspiel Stanford-Californians angeboten hatte und der Chefhändler so gierig gewesen war, sein Angebot anzunehmen und zu dem Spiel zu gehen, das mit einem dramatischen, alles ent-

scheidenden Touchdown in letzter Sekunde endete. Sid käute die Zeit wieder, in der der Chefhändler einen naiven, dummen Glauben an die Fähigkeit des US-Militärs bekundet hatte, die eingemottete Technologie der B-2-Tarnkappenbomber erfolgreich in einen produktiven zivilen Nutzen, zum Beispiel bessere Rasierklingen, zu verwandeln. Sid erinnerte daran, wie ihn der Chefhändler gebeten hatte, die komplette Subskriptionsanzeige über die Eurofloater zu faxen, bevor er sie verkaufte. Sid strampelte sich in seinem Sessel ab und dachte an all das. Dieser Mann war Sid die ganzen letzten Monate über auf die Nerven gegangen. Dieser Mann war auch so dämlich gewesen, die Eurofloater tatsächlich zu kaufen, und jemand, der so dämlich war, sollte zur Strafe gezwungen werden, auch die Resolutions zu kaufen.

World Savings war eine der wenigen rentablen und gut mit Kapital ausgestatteten Spar- und Kreditbanken im Lande, trotz Sid Geeders unermüdlicher Versuche, sie mit beträchtlichen Posten neuer, höchst spekulativer Wertpapiere Verluste machen zu lassen. Es waren clevere Sparkassen wie World, die die Regierung davon abhielten, einfach das gesamte Spar- und Kreditkassenwesen eingchen zu lassen. Sidney verabscheute World. Sie waren sein bester Kunde, und da es ihm erst schlecht ging, seit er reich geworden war, waren sie zu einem großen Teil daran schuld. Er hatte heute morgen schon dreimal mit dem Chefhändler gesprochen und wartete auf einen Rückruf. Dreimal war Sids Obergrenze; wenn sie bei drei Verkaufsgesprächen nicht anbissen, ließ er es sein. Sid bettelte nicht. Sid hatte nie gebettelt. Er war der König der Hypothekenbriefe, und er hatte das nicht nötig. Dann rief er den Chefhändler von World ein viertes Mal an und bahnte sich seinen Weg durch die Festungen aus Bandansagen, Sekretärinnen und Assistenten, um den Blödmann noch einmal daran zu erinnern, daß sie während seiner fast vier Jahre bei

Atlantic Pacific alle Obligationen, die sie in Umlauf gebracht hatten, auch aktiv gehandelt hatten.

Eggs Igino glotzte immer noch wie ein Bauer. Gelegentlich blätterte er seine Papierschildkröten durch. Fehlte nur, daß er irgendwelche Yogaübungen machte. Er stand nur einfach da, erschlagen von dem Kreuzfeuer aus Gejaule, Flüchen und Geschwätz.

»Du wirst dich daran gewöhnen, Junge«, tröstete Sidney Geeder.

»Es geht alles in Erfüllung«, kicherte Igino.

»Hör auf zu kichern, Junge - du wirst reich, und es geht dir schlecht, bevor du es merkst. Geh wieder ans Telefon. Hast du Gorman schon angerufen?«

»Er geht vor der Arbeit ins YMCA. Er kommt um neun.«

»Dann geh und hol mir was zum Frühstück. Ich verhungere hier. Dieser Blätterteig haut meinen Zuckerspiegel in die Höhe.«

»Du wirst dich daran gewöhnen«, sagte Eggs Igino und marschierte in einer Staubwolke Richtung Küche, ohne die verdutzten Blicke der anderen Verkäufer zu beachten, die sich gar nicht vorstellen konnten, sich ihr kostenloses Frühstück zu holen, weil sie sich gegenseitig so unter Druck setzten, am Schreibtisch zu bleiben.

Eggs Igino genoß die ganze Sache und sah nichts Schlechtes daran. Er glaubte nicht, daß es irgend etwas schadete, da die ganze Welt ohnehin in Auflösung begriffen war. Eggs Igino hatte sechs Jahre lang Wirtschaft studiert, und er hatte noch nie eine so vollkommene Entfaltung des Dritten Gesetzes gesehen. Er setzte sich an den kleinen runden Tisch in der Küche und versuchte, seine Gedanken zu ordnen. Das Erste Gesetz der Informationswirtschaft war einfach: Wissen ist Macht. Das Zweite Gesetz war nur wenig komplizierter: Wissen ist kein Schokoriegel. Wenn du einen Schokoriegel aufißt, dann ist der Schokoriegel weg. Und wenn du ihn einem Freund gibst, dann kann er ihn essen, und du nicht. Aber Wissen kann man nicht aufbrauchen, und man kann es nicht loswerden, indem man es weggibt. Dies führt zum Folgesatz des Zweiten Gesetzes: Information pflanzt sich schnell fort. Wissen verbreitet sich viel schneller und leichter als jedes physische Produkt, hauptsächlich, weil es dich nicht ärmer macht, wenn du es an deine Freunde weitergibst. Wenn sich Wissen mühelos verbreitet, und wenn Wissen Macht ist, dann war eine logische Folgerung, daß alle Macht hätten. Die andere logische Folgerung war, daß die Macht des Wissens flüchtig und vorübergehend war, und wir alle irgendwann machtlos sein würden. Eggs Igino nahm eine Papierserviette vom Frühstückswagen und schrieb mit einem der Firmenfüllfederhalter in hellblauer Tinte darauf:

1. Wissen ist Macht!
2. Wissen ist kein Schokoriegel.
2b. Information pflanzt sich schnell fort.

Er starrte auf seine Theorien. Er unterstrich jede zweimal, während er ihre Logik durchspielte. Es war einfach wunderbar, die Händler so machtlos zu erleben und ihre Welt zum Teufel gehen zu sehen. Für einen Intellektuellen wie Igino war es so wunderbar wie Mitochondrien in einer Petrischale oder eine Maus in einem Labyrinth. Dann schrieb er in großen, energischen Buchstaben:

3. Macht ist vergänglich!!!

»Sie werden sich daran gewöhnen«, sagte Clark Kalinov in einem seltenen Anflug von Mitgefühl. Er war in die Küche spaziert, um sich seine Rühreier mit Roggentoast zu holen. Clark hatte am Morgen eine Stunde auf dem Hometrainer verbracht und war am Verhungern.

»Mich woran gewöhnen?« fragte Eggs Igino und steckte die Serviette in die Tasche.
»An den Streß. An Tagen wie heute ist es grauenhaft.«
»Ach, ich habe mich bereits daran gewöhnt. Ich bin genaugenommen so daran gewöhnt, daß ich mich überhaupt nicht gestreßt fühle. In Wirklichkeit amüsiere ich mich köstlich.«
Kalinov schien ihn nicht zu hören. »Na, essen Sie etwas und Sie fühlen sich besser.«
»Oh, das ist nicht für mich – es ist für Sid. Er fühlt sich sehr gestreßt.«
»Na ja, er wird sich daran gewöhnen«, murmelte Kalinov unwillkürlich, während er aus der Küche ging.
Paul DeShews versuchte sich an den neuen Stuhl zu gewöhnen, den er an diesem Morgen mit zur Arbeit gebracht hatte. Der Stuhl war eher eine ergonomisch richtig geformte Brezel mit einem Rahmen aus einer Metallegierung und einem Naturfaserbezug, um die er sich irgendwie herumwickeln sollte. Dr. Perkova hatte ihn verschrieben, um einer weiteren Degeneration seiner Handwurzeln vorzubeugen. Der Stuhl hatte Räder, aber da seine Beine unter den Körper geklemmt waren und nicht einmal den Boden berührten, konnte er sich an seinem Schreibtisch nur bewegen, indem er sich wie ein Querschnittsgelähmter mit den Händen hin und her zog. Ohne seine Beine konnte er sich keinen Zentimter erheben, um über den Rand seiner Kabine nach Coyote Jacks Sekretärin zu spähen, als sie zu spät antanzte.
»Schau dir das an«, wieherte Sid Geeder und deutete auf Paul DeShews, als Eggs Igino mit Fruchtbechern und ungebutterten Toasts an ihren Schreibtisch zurückkam. Sid Geeder goß jedem von ihnen eine Tasse Kaffee aus seiner Thermoskanne ein. Er versuchte, den Jungen aufzuheitern. »Schau dir das an«, wiederholte er und zeigte auf Coyote Jacks Sekretärin, als sie an den Schützengräben vorbeiging wie ein Geist aus der

Welt der Gesunden und Schönen. Sidney ließ seine Zunge heraushängen und hechelte wie ein Hund. Durch die Stoffhose faßte er an seine Eier. Es war eine unfeine Geste, aber es war eine gesunde Reaktion auf die Hitze, die er in der Leistengegend spürte. Es war eine weitaus menschlichere Reaktion als die von Nickel Sansome, der seine wilden Phantasien zu unterdrücken versuchte, in denen sie nackt auf dem Monsterkopierer lag und masturbierte, während die Händler an ihre Schreibtische gekettet waren. Es war eine ausführliche Phantasie, die er jede Nacht weiter ausbaute, wenn er im Bett lag und einzuschlafen versuchte. An Sex zu denken war oft die einzige Art, auf die er den Rest der Welt aussperren und in seine Träume gleiten konnte. Er stellte sich vor, wie er die pornographischen Fotokopien zwei Tage später in einem Hauspostkuvert erhalten würde, die sie an alle Händler verschickte, um sie in den Wahnsinn zu treiben. Er stellte sich vor, wie Regis Reed in den Kopierraum ging und eine Line Kokain auf das Glas legte. Das Kokain würde ihre Geschlechtsteile erregen und sie auf dem Glas ekstatisch toben lassen, was alles auf Fotokopien festgehalten würde, die der einfältige Postangestellte auslieferte, ohne eine Ahnung zu haben, wie verstrickt er so in ihren geheimen Plan war, die Männer in den Wahnsinn zu treiben. Es wäre eine absolut menschliche sexuelle Phantasie gewesen, hätte Nickel Sansome es nur zugelassen, daß er während der Arbeit daran dachte, und es vielleicht gegenüber Sid Geeder oder Thom Slavonika erwähnt, die genauso wilde und grausame Phantasien hatten. Aber Nickel verleugnete sich; er unterdrückte es, drängte es aus seinem Bewußtsein – nur damit es nachts in einer pervertierten Form zurückkam und ihn quälte und verfolgte. Die Phantasien kamen jede Nacht zurück, wenn er mit der Hand an seinem Pimmel im Bett lag. Coyote Jacks Sekretärin war ein absolut nettes, freundliches Mädchen, dem Nickel tagsüber schuldbewußt aus dem Weg ging. Er war oft kurz angebunden, sogar schroff zu ihr, und sie hatte keine Ahnung, weshalb er sie so behandelte. Sie lächelte ihn immer an, wollte ihm Kaffee bringen, bot ihm an, seine Analysen alphabetisch zu ordnen, und versuchte auf alle möglichen Arten, ihn dazu zu bringen, sie zu mögen, aber er wich stets aus.

»Syndikat?« Eggs Igino hatte sich in die Kreischbox gestöpselt.

»Hier Syndikat«, kam eine Stimme zurück.

Einen Moment lang verstummte der Handel, da alle innehielten, um zu hören, wer wieviel an wen verkauft hatte.

»Syndikat, hier ist San Fran.«

»Schießen Sie los, San Fran.«

Paul DeShews entwirrte seine Beine aus dem Stuhl und beugte sich vor, um über den Rand seines Schreibtisches nach Igino zu spähen.

»Ich habe an AmeriTrust verkauft«, sagte Igino.

»Verstanden, San Fran. Wieviel?«

Coyote Jack, der in seinem Goldfischglas war, ging ans Fenster, um den Jungen zu beobachten.

»Fünfzig Millionen.«

»Fünfzig Millionen! So ist es recht, San Fran. Mit wem spreche ich?«

Eggs machte eine Pause. Jeder Verkäufer und jeder Verkaufsmanager in allen Filialen rund um die Welt hörte jetzt zu. »Hier ist Mark Igino.«

»Meine Damen und Herren«, verkündete die Stimme im Ton eines Marktschreiers, »Mark Igino in San Francisco hat soeben fünfzig Millionen Resolutions abgesetzt. Bewegt jetzt eure Hintern und macht es ihm nach!« Die Kreischbox verstummte, und der Handel setzte wieder ein.

Es war leicht gewesen. Eggs Igino hatte einfach Morgan Gorman angerufen, ihm gesagt, daß seine Kreditsperre aufgehoben war, und die Resolutions angeboten. Gorman, bei dem sich ein gewaltiges Verlangen angestaut hatte, mit Wertpapieren zu handeln, ein Verlangen, das von den Handelsbeschränkungen gezügelt wurde, die ihm buchstäblich jede Investmentbank auferlegt hatte, fiel über die Resolutions her wie eine Räuberbande. Er nahm fünfzig, und er hatte gute Lust, mehr zu nehmen. Und nun, wo er fünfzig Millionen Dollar ausgegeben hatte, die er nicht besaß, mußte er eine entsprechende Menge von etwas verkaufen, das er ebenfalls nicht besaß. Also rief Morgan Gorman bei Sunny Igino zurück und verkaufte fünfzig Millionen Dollar Freddie Mac 9,5 hypothekengestützte Wertpapiere. Er verkaufte soviel, wie er gekauft hatte, und war wieder im Geschäft und war glücklich. Es war großartig, wieder zu handeln. Es ging ihm nicht mehr darum, Geld zu machen, er wollte einfach dabeisein. Die Investmentbanken hatten ihn zugemauert, seit das Gerücht umging, daß AmeriTrust von der Resolution Trust stillgelegt werden sollte. Die Resolution Trust Corporation hatte Morgan Gorman so viele Schwierigkeiten gemacht, daß er aus Notwehr die Resolutions-Obligationen kaufte. Das bedeutete, falls die RTC je darangehen sollte, ihn stillzulegen, würde sie praktisch ihre eigenen Obligationen fressen – mit Verlust. Niemand im Finanzwesen kaufte jemals seine eigenen Obligationen zurück. Atlantic Pacific hatte es nie getan. Chase Manhattan hatte es nie getan. Dai Nippon hatte es nie getan. Morgan Gorman verließ sich darauf, daß die Gesetzmäßigkeit hielt. Er baute darauf, daß es der RTC zu peinlich wäre, öffentlich zuzugeben, daß AmeriTrust Konkurs gemacht hatte, weil es im Übermaß von RTC ausgegebene Obligationen gekauft hatte. Morgan Gorman zählte auf die Angst vor einem Public-Relations-Alptraum, der für staatliche Handelsagenturen weitaus schlimmer war als finanzielle Blutungen oder unwirksame Programme.

»Schau dir das an«, lachte Sid Geeder. Es war schon Mittagszeit, und der Markt hatte sich beruhigt, damit sich der Staub legen konnte. Er zeigte durch den Saal zu Lisa Lisa hinüber, die einen ihrer Kunden aussaugte, während ihr glatzköpfiger Freund dabeisaß und darauf wartete, sie zum Mittagessen auszuführen. Er hatte ein rotes Gesicht, das im Widerspruch zu seiner blasierten Haltung und seiner geschniegelten Kleidung stand, zu der eine dünne Goldkette um die Krawatte gehörte, was in Sid Geeder den Wunsch weckte, durch den Saal zu stürmen und ihm eins auf die Nase zu geben. Lisa Lisa kam nicht vom Telefon weg – es hörte sich an, als wenn der Klient versprochen hätte, die Obligationen heute zu kaufen, und nun einen Rückzieher machte. Irgendwas darüber, daß die Zentralbank dabei wäre, den Diskontsatz zu heben. »Greenspan ist ein Arschloch!« brüllte sie. Ihr Freund wartete. Dann kam Coyote Jacks Sekretärin in den Saal zurück und bot ihm Kaffee an, was er auf eine gezierte, affektierte Weise annahm, die in Eggs Igino den Wunsch weckte, durch den Saal zu stürmen und ihm gegen das Schienbein zu treten. Der Kerl verschlang Coyote Jacks Sekretärin mit den Augen, als sie in die Küche ging, und er tastete sie wieder mit seinen Blicken ab, als sie mit Kaffee zurückkam und ihm anbot, ihn in Clark Kalinovs Büro warten zu lassen, wo es ruhiger sei. Also latschte er hinter ihr aus dem Saal, und mit den Augen hatte er sie bereits bis auf die Unterwäsche ausgezogen.

»Lisa Lisa ist gestorben«, beobachtete Sid Geeder.

»Sie hätte niemals Greenspan ein Arschloch nennen dürfen«, stimmte Eggs Igino zu. »Die meisten Kerle mögen das nicht bei einer Frau.«

»Ich schon«, konterte Geeder. »Ich liebe es. Weiber mit Mumm, Mann – ich mag's, wenn eine Frau richtig losgeht und Power hat.«

Schließlich stöpselte sich Lisa Lisa in die Kreischbox. Sie stand auf und wölbte ihren Rücken. »Syndikat. Syndikat, hier ist San Fran.«

»Schau dir das an«, sagte Sid Geeder bewundernd. »Das Mädel hat Eier aus Stahl. Hörst du sie klingeln?« Aber dann läutete sein Telefon, und er war wieder an der Arbeit. Die Tatsache, daß Eggs Igino so viele Obligationen verkauft hatte, war nur der Tritt in den Hintern, den Geeder brauchte, um zu beweisen, daß er immer noch die größte Kanone im Laden war. Kein noch so cleverer Junge würde den Eskimos mehr Eis verkaufen als Sid Geeder. Sid Geeder haßte die Obligationen sogar noch mehr als die Eurofloater oder die Freddie Mac Adjustables, und deshalb liebte er es, sie zu verkaufen. Die hier hatten eine weit größere Chance, das gesamte Finanzwesen unter seiner eigenen Lächerlichkeit zum Einsturz zu bringen, und deshalb tat er sein Bestes, dafür zu sorgen, daß auch der letzte Penny von den einhundertfünfundvierzig Milliarden Dollar dort landete, wo er am meisten Schaden anrichten konnte. Ingenesis Corp., die sich kürzlich einen riesigen staatlichen Rüstungsauftrag zur Entwicklung einer besseren Rasierklinge gesichert hatten, hatte genügend Bares von der Regierung herumliegen, und so half Sidney Ingenesis, fünfundzwanzig Millionen davon direkt wieder der Regierung zu leihen, abzüglich Provision. Sid fand das lustig, und er war sehr zuversichtlich, daß irgendein Journalist den Unsinn eines Tages aufgreifen und die ganze Geschichte in den falschen Hals kriegen würde. Franklin Mutual, deren Kreditsperre gerade aufgehoben worden war, nahm dreißig Millionen. Sie würden selbstverständlich niemals in der Lage sein, die Obligationen zu bezahlen – deshalb hatten sie ja Kreditsperre gehabt – und so würde die RTC einschreiten müssen, um sie zu kaufen – abzüglich Provision. Sid Geeder amüsierte sich darüber derart gut, daß er dasselbe gleich nochmal für weitere zehn Millionen Dollar mit Prudential Federal machte, und danach mußte er eine

Pause einlegen, weil ihm der Bauch wehtat. Er hatte noch nie soviel Spaß dabei gehabt, reich zu werden, und es war noch nie so schmerzlos gewesen, sich schlecht zu fühlen. Dann rief der Chefhändler von World an und bat um eine Subskriptionsanzeige, und Sid wußte, daß World bald seinen patriotischen Beitrag leisten würde, die Lage der Regierung zu verbessern, indem es sie schlimmer machte.

Es war rundherum ein guter Tag gewesen. Es war ein großer Erfolg gewesen, der alle mit einem leeren und verwirrten Gefühl zurückließ, vor allem Thom Slavonika, dessen zweiundzwanzigjährige Erfolgssträhne beinahe geendet hätte, weil ihm die Zahnseide ausging. Jetzt zitterten seine Hände, als er mit Clark Kalinovs ungewachstem Nähzwirn in sein Zahnfleisch sägte. Er wußte, daß Coyote Jack ihn aus seinem Goldfischglasfenster beobachtete, und ein flaues Gefühl überkam ihn, als Coyote Jacks Zeigefinger plötzlich auftauchte und ihn in sein Büro winkte.

Thom Slavonika nahm auf Coyote Jacks Couch Platz.

»Machen Sie die Tür zu, Slavonika.«

Thom Slavonika stand auf und schloß die Tür.

Coyote Jack schaute in einen gelben Notizblock und schrieb etwas hinein. Er räusperte sich. »Secretariat war das größte Rennpferd aller Zeiten, Thom. Dreimaliger Derbygewinner. Sie erinnern sich an sie?«

»Oh mein Gott«, heulte Thom Slavonika. »Tun Sie mir das nicht an, Coyote.«

»Wissen Sie, wie alt sie war, als man sie einschläfern mußte?«

»Ich hatte einen schlechten Tag, Coyote.«

»Sie war zweiundzwanzig Jahre. Erkrankte böse an Laminitis. Starke Schmerzen in den Hufen.«

Thom Slavonika preßte die Hände an den Kopf. »Oh, Coyote, bitte.«

»Ich mache Ihnen verdammt noch mal ein Kompliment,

Slavonika! Wollen Sie's auf die harte Tour, oder wollen Sie's leichter nehmen?« Coyote Jack ging an seinen Aktenschrank und öffnete ihn. Er zog einen Manilaordner heraus und legte ihn auf seinen Schreibtisch, dann setzte er sich wieder und öffnete den Ordner. »Es war nicht nur heute, und das wissen Sie auch. Wem wollen Sie was vormachen? Sie müssen das Feld irgendwann räumen. Sie haben es nicht mehr drauf. Es wird Zeit für eine grünere Weide.«

»Hören Sie auf, mich mit einem gottverdammten Pferd zu vergleichen! Zweiundzwanzig Jahre ackere ich für diese Firma, und Sie vergleichen mich mit einem Pferd!«

»Es ist ein Kompliment!« schrie Coyote Jack. »Ich versuche, Ihnen zu sagen, daß Sie eine Legende sind.«

»Das ist aber wirklich verdammt großzügig von Ihnen, Coyote: ›Sie sind eine Legende, und übrigens – Sie sind gefeuert.‹ «

»Hören Sie auf, deswegen herumzuheulen. Ich gebe Igino Ihre Kunden. Sie haben gesehen, was er heute da draußen mit AmeriTrust gemacht hat. Die Kunden vertrauen ihm.«

»Was kümmert mich das?!« kreischte Thom Slavonika, riß sich die Krawatte vom Hals und warf sie in den Abfalleimer neben Coyotes Couch.

Coyote Jack schüttelte den Kopf. »Ich will Ihnen klarmachen, daß das ein natürlicher Prozeß ist. Werfen Sie das Handtuch, Thom. Finden Sie sich damit ab. Sie wissen, wie das geht: Ich kann den Sicherheitsdienst anrufen, und Sie gehen strampelnd und schreiend hier raus, und wir schicken Ihnen Ihren Schreibtischinhalt in einer Kiste. Oder Sie können gehen und Ihren Schreibtisch ausräumen, verhalten sich ruhig und freundlich und ersparen sich die Demütigung.«

»Das ist ja eine tolle Wahl, die Sie mir da lassen. Zwei wirklich schöne Möglichkeiten.«

»Entscheiden Sie sich«, gab Coyote Jack zurück, während er nach dem Hörer griff, um den Sicherheitsdienst anzurufen.

Thom Slavonika stand von der Couch auf und ging zur Tür. »Sie sind ein Arschloch, Coyote. Früher hätte mich keiner so behandelt. Keiner.« Thom Slavonika trottete zum letzten Mal an seinen Schreibtisch zurück. Er hatte eine Segeltuchtasche im Flurschrank, und er machte sich daran, sie mit seinen persönlichen Sachen zu füllen. Seine Arme und Schultern waren schwer vor Erschöpfung. Er sank auf die Knie, als er seinen Aktenschrank durchging.

»Was ist los, Thom?« Es war Sid Geeder, der mit einer Tasse heißem Kaffee hinter ihm stand.

Thom Slavonika schaute nicht auf. »Sie geben meine Kunden an Igino.«

»Sagen Sie das nochmal«, keuchte Igino, nachdem ihn Coyote Jack in sein Büro gerufen hatte.

»Sie haben Slavonikas Kunden und fangen morgen an.«

»Morgen? Sie geben ihm nicht mal zwei Wochen?« Eggs Igino war entsetzt.

»Wozu, um alles in der Welt, sollten wir ihm zwei Wochen geben?« sagte Coyote Jack mit kalter Verachtung. »Er wäre eine lahme Ente. Er wäre wertlos.«

»Aber Sie können ihn nicht einfach rausschmeißen, oder?« fragte Eggs Igino.

Coyote Jack schnitt ihm das Wort ab. »Wir haben ihn bereits rausgeschmissen. Er ist weg. Denken Sie nicht dran. Es ist nicht Ihr Job, Mitleid mit anderen Händlern zu zeigen. Gehen Sie seinen Schreibtisch durch, und nehmen Sie seinen Geschäftskalender mit nach Hause. Arbeiten Sie sich ein. Prägen Sie sich die Portefeuilles seiner Kunden ein.«

»Ich kann's nicht glauben«, keuchte Eggs Igino, als er an seinen Schreibtisch zurückkam und sich mit dem Rücken zum Fenster setzte.

»Was hast du erwartet?« fragte Sid Geeder.

»Alle werden mich jetzt hassen«, prophezeite Igino.

»Nimm's nicht so persönlich. Thoms Tage waren gezählt. Er war ein Relikt.«

»Was soll ich jetzt machen?« grübelte Eggs Igino.

»Wenn ich du wäre«, sagte Sid und schaute auf die Wanduhr, »würde ich aufhören, solange ich noch die Möglichkeit habe.«

»Aufhören?«

»Geh zurück nach Mexiko. Tu, was dir gefällt. Solange du noch die Möglichkeit hast.«

»Mexiko war nicht das, was mir gefallen hat. Ich würde zurückgehen, wenn's so wäre.«

»Aha – ich wittere eine Frau in deiner Vergangenheit.«

Eggs machte eine Pause. »Gibt's das nicht bei jedem Mann?«

»Bei manchen mehr als bei anderen. Hat sie dich verletzt, oder hast du sie verletzt?«

Eggs schluckte und dachte darüber nach, sagte aber nichts.

Sid gab sich selbst die Antwort. »Ich schätze, so einfach ist es nie.«

Eggs nickte und beherrschte seine Gefühle.

»Ich sag dir eins«, sagte Sid. »Hier findest du es nie.«

»Was finde ich nicht?«

»Du weißt, was ich meine.«

Eggs nickte wieder.

»Wie gesagt«, wiederholte Sid. »Solange du noch die Möglichkeit hast.«

Ablenkungen

Sie brauchten einen Ort wie Paris oder Rom, ein Seoul oder ein Bangkok – eine muffige, gepolsterte Höhle des puren körperlichen Vergnügens, um die normale Welt wieder in ihr Blickfeld zu rücken. Sie brauchten dreitägige Sauftouren, die ihnen eine Geschlechtskrankheit einbrachten, und eine Nacht im Gefängnis, wo sie von einem Wärter gequält wurden, der kein Englisch konnte. Sie mußten sich im Sand vergraben, ihre Haut von der Sonne verbrennen lassen und in lauwarmen Wellen schaukeln, dann den Strand entlangjoggen, während einheimische Jungen versuchten, ihnen eine Stunde mit ihren älteren Schwestern zu verkaufen. Sie brauchten gedämpftes Licht und geheimnisvolle Hände, schlechte Musik und einen Abenteuertrip zu ihrem anderen Ich. Alles, was nötig war, um zu vergessen. Sie mußten sich selbst verlieren, um die Haut des Händlers abzustreifen und den Mann darunter zu finden. Das Letzte, was sie brauchten, war, nach Hause zu ihren Frauen zu gehen, die sie geheiratet hatten, weil sie aufrechte, wohlhabende Geschäftsleute waren, mit jener vornehmen Zurückhaltung, die die Frauen an ihre Väter erinnerte, und die nun von ihnen erwarteten, daß sie sich nach der langen, quälenden Heimfahrt aus der City auch genauso wie diese benahmen. Das Zweitletzte, was sie brauchten, war eine Schar Kinder um sich, die erwarteten, daß sie in einer spaßigen Babysprache mit ihnen redeten und sich für das Modellflugzeug begeisterten, das sie aus Eisstielen zusammengebaut hatten und das wie ein Ölbohrturm aussah. Und was sie außerdem nicht brauchten, war ein exklusiver Club in der Innenstadt, in dem reiche, bürgerlich denkende Aristokraten verkehrten, die in rauchgegerbten Ledersesseln herumsaßen, die internationalen Zeitungen lasen und darüber quasselten, welches Kongreßmitglied dem Druck dieser Umweltfanatiker nachgeben werde. Das alles waren keine wirklichen Ablenkungen, weil sie von einem Finanzmann erwarteten, daß er auch nach Verlassen des Büros noch ein Finanzmann war.

Sid Geeder, der dies begriffen hatte, führte sein Überleben in der Geschäftswelt darauf zurück, daß er sich nie verliebte, keine Kinder hatte und sich nie mit alten Furzern anfreundete, die ihn in ihren Club einluden. Deshalb war seine wachsende Verliebtheit in Ivana Perkova eine akute Bedrohung dessen, was ihn reich und unglücklich gemacht hatte, und ihm bald einhunderttausend Aktien der Gesellschaft einbringen würde, die gegenwärtig mit 42.12 gehandelt wurden. Solange es nur die Faszination ihrer langen pinkfarbenen Fingernägel war, die sie in sein Fleisch bohrte, wenn er halbnackt und verwundbar vor ihr lag, würde Sid überleben. Solange es nur Schwärmerei über ihre enzyklopädischen Kenntnisse der menschlichen Anatomie war, würde er daran festhalten. Solange seine sexuellen Phantasien nie wahr wurden, vor allem die nicht, in der sie in einem smaragdgrünen Wasserbassin badete, das so salzhaltig war, daß der Körper darin nahezu schwebte, solange würde er überleben. Aber Sidney Geeder hatte ernsthaft Angst vor dem, wozu sich diese Verliebtheiten summierten, und er versuchte verzweifelt, nicht daran zu denken, wie sich ihr lockiges braunes Haar an seiner Schulter anfühlte. Er verfluchte das Verlangen, sie zu einem romantischen Picknick bei Sonnenuntergang auf der riesigen Sanddüne bei Baker Beach einzuladen, wo sie sich auf einer Wolldecke räkeln könnten, und sie ihm lustige Geschichten darüber erzählen würde, wie sie an einem Institut in Big Sur Rolfing studiert hatte. Er kämpfte gegen den Impuls, ihr einen Strauß von den Margeriten mitzubringen, die im Garten hinter seinem Haus unbarmherzig gediehen, weil die Hunde aus der Nachbarschaft für günstige Bodenbedingungen sorgten, indem sie ihn als Latrine benutzten.

»Mach die Tür zu«, kommandierte Ivana Perkova, als Sidney Geeder mit einem Strauß Margeriten in ihr Büro kam. »Die hättest du nicht mitbringen sollen«, sagte sie.

»Ich weiß«, stieß Sid hervor, faßte Ivana Perkova an den Hüften und fuhr mit seinen tauben Händen unter ihren Kittel, wo sie über die seidige, süße, glühende Haut auf ihrem kleinen Bauch und ihren Rippen streiften und unwillkürlich ihre kleinen Brüste betasteten, während er seinen Mund auf ihren drückte und seine Zunge zwischen ihre Zähne gleiten ließ. »Und ich hab mich verzweifelt dagegen gewehrt.«

Ivana Perkova öffnete intuitiv ihre Beine, gerade weit genug, um sich gegen Sidney Geeders massigen, knorrigen Schenkel zu pressen. Ihre dünnen Beine umklammerten ihn in verzweifeltem Verlangen und wickelten sich um die seinen, bis sie den Teppich nicht mehr berührte. »Ich kann es mir nicht leisten, mich mit dir einzulassen, Sid«, knurrte sie hungrig.

»Du glaubst, du hast ein Problem«, lachte Sid und geriet aus dem Gleichgewicht und taumelte durch das Zimmer, wobei seine klobigen Finger versuchten, sich in den Bund ihrer Strumpfhose zu mogeln. »Ich bin schon nahe an einer psychischen Störung. Hast du selbst gesagt. An dich zu denken macht mich praktisch wahnsinnig.« Und damit stürzten sie ungestüm hin und landeten in einem verschlungenen Knäuel auf Ivana Perkovas daunengepolsterter Samtcouch, wo sie sich gierig streichelten.

Ivana Perkova, die gelernt hatte, eine Zurückhaltung zu wahren, die ihrem Beruf entsprach, konnte Sidney Geeders völliger Mißachtung aller Anstandsformen nicht widerstehen, und

wider besseres Wissen und trotz der Angst vor heraufziehendem Unheil ließ sie sich beinahe von ihrem Treiben mitreißen. Sie stemmte ihre Hüften nach oben, in der Hoffnung, schnell von ihm wegzukommen. Mit einem Rest von Beherrschung gelang es ihr hervorzustoßen: »Du weißt nicht, wovon ich rede.«
»Den Teufel weiß ich es nicht«, rief Sid ausgelassen. Das herrliche Gefühl, Ivana Perkovas geschmeidigen, straffen, sich windenden Körper an seinem zu spüren, trieb ihm beinahe Freudentränen in die Augen. »Nach dem hier werde ich nie wieder irgendeine Arbeit zustande bringen.«
Sie drückte seine Schultern. »Wenn sie die Blumen sehen, wissen sie, daß du hier warst.«
»Wer?« sagte Sid und knabberte an ihrem Ohr.
»Wer immer in der Nacht hier eingestiegen ist und mein Büro durchsucht hat.« Ivana Perkova stöhnte vor Lust, während sie leicht Sidneys Brustwarzen kniff und an den Haaren auf seiner Brust zupfte.
»Vielleicht war es die Analyseabteilung«, kicherte Sid und strich mit seiner Zunge das eine Schlüsselbein hinunter und das andere hinauf.
»Sid, ich meine es ernst!« schrie sie und trat mit den Fersen gegen seine Beine, bis sie sich auf ihn gewälzt hatte und sein Gesicht in die Hände nehmen und ihm in die Augen schauen konnte.
Ihr langes Haar wallte auf seinen Mund. Er sog es durch die Lippen ein und schmeckte ihr Shampoo. »Ich meine es auch ernst. Ich wünschte, ich könnte sie auf frischer Tat ertappen.«
Sie steckte ihre Haare hinter die Ohren und setzte sich auf. Ihre Hände hielten ihn an den Schultern unten. »Sid, eine von meinen Patientenakten ist verschwunden!«
»Wessen Akte?« fragte er schläfrig und versuchte, mit dem Mund an ihre Brüste zu kommen.

»Deine!« kreischte sie.
»Oh mein Gott!« heulte Sid und schüttelte wie rasend den Kopf. »Warum hast du mir das nicht gesagt?«
»Ich versuche es dir ja die ganze Zeit zu sagen!« brüllte sie und trommelte mit ihren Fäusten auf seine Brust. Sidney wand sich in Qualen, und plötzlich waren überall weiße Sterne. Tausende von flockigen weißen Sternen füllten die Luft um sie herum und bedeckten ihre nackten Körper wie Schneeflocken, und Ivana Perkova staunte, als wäre sie eben in einen Traum geraten. Die weißen Sterne landeten auf Sidneys feuchtem Mund und blieben an seinen Lippen und seiner Zunge kleben, als er den Mund aufmachte, um in ängstlichem Erstaunen aufzuschreien. Er begriff nicht, was passiert war, und fuchtelte wild mit den Armen, so daß die weißen Sterne in einer Wolke hochwirbelten.
»Warum lachst du?!« brüllte er Ivana Perkova an, die in der Tat kicherte und sich die Seite hielt, während sie auf Sidneys von Daunen bedecktes Gesicht deutete.
»Du hast die Couch aufgeschlitzt!« quietschte sie und griff hinter Sid in einen Riß im Samt. Sie packte eine Handvoll weißer Daunen und ließ sie auf Sidneys schwarzes Haar sinken. Sid wälzte sich herum, und der Druck auf die Daunen ließ eine weitere Wolke aus dem Riß aufsteigen. Er setzte sich mühsam auf und versuchte, die Gänsedaunen aus dem Mund zu spukken. Er rannte nackt durch das Büro zum Wasserkühler. Er nahm den Mund voll Wasser und spülte die Federn los, dann spuckte er wütend in den Abfalleimer. Er stand da und zupfte den Flaum von seinen Wimpern und schüttelte ihn aus dem Haar.
»Zieh dir bitte etwas an«, lachte Ivana Perkova.
Sidney stapfte zur Couch zurück und schlüpfte in seine Unterwäsche.
»Was ist in der Akte?« fragte er mutlos.

»Nur Aufzeichnungen über deine Besuche als Patient. Sid, ich mache mir Sorgen.«

»Du brauchst dir über nichts Sorgen zu machen. Sie sind hinter mir her.«

»Warum geben sie sich dann mit mir ab? In deinem Ordner ist nichts außer Röntgenbildern und medizinischen Aufzeichnungen. Es ist, als ob sie versuchten, eine Botschaft zu senden. Obwohl sie deine Akte haben, sind sie wiedergekommen. Heute morgen waren die Möbel umgestellt. Sie wollen, daß ich weiß, daß sie hier waren.«

»Wer ist *sie*?«

»Ich habe keine Ahnung.« Sie biß sich auf die Unterlippe. »Sid, wir können uns nicht mehr treffen.«

»Ist das dein Ernst?« sagte Sid. »Du bist meine einzige Zuflucht. Ohne dich werde ich wirklich noch verrückt. Ich verlaufe mich in diesem Labyrinth.«

»Sid, ich meine es ernst.«

»Ich meine es auch ernst«, stotterte er. »Ich habe es noch nie in meinem Leben so ernst gemeint.«

»Wir können nicht gegen sie kämpfen.«

»Gegen *wen* kämpfen? Wer sind sie?«

»Es könnte jeder sein«, murmelte Ivana Perkova.

»Vielleicht wollen sie, daß ich kündige«, riet Sidney. »Wie Wes Griffin. Sie wollen nicht, daß ich meine hunderttausend Aktien bekomme.«

»Vielleicht wollen sie, daß *ich* kündige«, spekulierte Ivana Perkova.

»Du? Was hast du damit zu tun?«

»Ich wünschte, ich wüßte es«, sagte sie ergeben.

Aber Sid war sich sicher, daß es mit den hunderttausend Aktien von Atlantik Pacific zu tun hatte, die seit dem erfolgreichen Geschäft mit den Resolution-Obligationen um drei Punkte gestiegen waren.

»Du hättest sie letzte Woche kaufen sollen, als ich es dir geraten habe«, sagte Nickel Sansome tapfer zu seinem Vater, nachdem er zweimal den Kurs in der Zeitung überprüft hatte.
Nickels Vater beugte sich in seinem rauchgrauen Ledersessel vor und schob die internationale Zeitung zur Seite, in der er las. »Ich hätte was kaufen sollen, mein Sohn?«
»Atlantic Pacific. Sind heute wieder um einen Punkt gestiegen.«
Nickels Vater bedachte dies. »Nun, das hilft mir jetzt auch nichts, oder? Machst du das mit deinen Klienten, Albert – sie anrufen, um ihnen zu sagen, wie dumm sie sind?«
»Nein, das mache ich nicht.« Aber er machte es. Es war eine Verkaufstechnik, die er von Sidney Geeder gestohlen hatte, der seine Klienten regelmäßig einschüchterte, damit sie sich geistig unterlegen vorkamen und glücklich schätzten, mit dem König der Hypothekenbriefe überhaupt reden zu dürfen.
»Und sollte ich sie jetzt kaufen, Albert?«
»Was kaufen?«
»Atlantic Pacific. Jetzt, wo sie drei Punkte gestiegen sind, soll ich kaufen oder verkaufen?«
Nickel hatte beim besten Willen keine Ahnung. »Ich würde kurzfristig eine Haltestrategie empfehlen. Laß die Geier ihren Profit mitnehmen, und greif dann schnell und gründlich zu.«
»Laß es mich wissen, wenn die Zeit gekommen ist«, sagte sein Vater in seiner steifen, pompösen Art, die Nickel daran erinnerte, wie sehr er seinen Vater haßte und den exklusiven Club seines Vaters in der Innenstadt, der nur Männer zuließ (die drei weiblichen Mitglieder waren fiktive Geschöpfe, fabriziert, um neugierige Journalisten abzuwehren), und auch nur Männer, die entweder Grund hatten, Politikern Geld zu spenden, oder extrem geschickte Backgammonspieler waren. Jedes Jahr ließ der Club von Nickels Vater sechzehn ausgesuchte Spieler in einem Backgammonturnier gegen den Olympic Golf

and Country Club antreten. Es war ein Turnier mit äußerst großzügiger Regelauslegung, in dem mit harten Bandagen gekämpft wurde, um ein für allemal die lang andauernde Fehde zwischen den Clubs beizulegen. Nickels Vater hatte den kleinen Albert Sansome mit dem Ziel erzogen, der beste Backgammonspieler der Welt zu werden. Als Junge hatte er ihn in Turniere gegen Männer geworfen, die zehnmal so alt waren wie er, damit er lernte, unter Druck die Ruhe zu bewahren. Der kleine Nickel war beim Abendessen nach möglichen Verteidigungsstrategien ausgefragt worden, und das Badezimmer – in dem er anscheinend viel Zeit verbrachte – war mit Tips von arabischen Backgammonmeistern tapeziert gewesen. Obwohl er noch an Turnieren teilnahm, hatte Nickel schon seit langem die Freude am Spiel verloren. Er kam nur in den Club seines Vaters, weil sein Vater ihn einlud und weil er ein unstillbares Verlangen nach dem koreanischen Mädchen entwickelt hatte, das die Sandwiches zum Backgammontisch brachte.

Nickel aß wie ein Scheunendrescher, während er spielte, und verschlang tellerweise kleine dreieckige Clubsandwiches, bis er es erreicht hatte, daß das koreanische Mädchen an seiner Seite bleiben und seine nächste Bestellung abwarten mußte. In ihrer Gegenwart täuschte er Spielglück vor und schaute ihr oft in die Augen, bevor er würfelte. Sie wurde seine offizielle glücksbringende Sandwichmacherin, und Nickel fing an, darauf zu bestehen, daß sie mit ihm zu Turnieren im Olympic Club reiste. Sie war eine niedliche Dreiundzwanzigjährige, die nur soviel Englisch konnte, um die Bestellungen aus der Mittagskarte entgegenzunehmen und Wiederholungen der *Dick Van Dyke Show* im Spätprogramm anzusehen. Sie hatte eine kleine herzförmige Tätowierung unterhalb ihres linken Bizeps. Nickel wollte sie nicht beschützen oder trösten oder verehren – er hatte den Verdacht, die Tätowierung bedeutete, daß sie als Hure für japanische Geschäftsleute auf einer Insel vor Japan gearbeitet hatte, einer Sklaverei, der sie entflohen war, sobald sich ihr Alter zu zeigen begann. Nickel hatte irgendwo gelesen, was die Tätowierung bedeutete, und er war sich ziemlich sicher, daß er richtig lag. Er vermutete, daß sie aus einem ganz anderen Holz geschnitzt war als er, wie Coyote Jack sagen würde. Nickel wollte von ihr lernen, wie man überlebte. Er zwang den Club, ihr Kleider, Dessous, Nylons und Hüte aus der Portokasse zu kaufen, und dann zwang er seinen Vater, ihr eine Halskette zu kaufen, die die unwissenden Dienstmädchen im Olympic Club vor Neid erblassen ließ. John White gehörte dem Olympic Club an und war ein passabler Backgammonspieler, wenn auch weit entfernt vom Kaliber eines Meisters. Einige Jahre zuvor hatte John White den Irrtum begangen zu glauben, ein junger Mann, der Würfelkombinationen so gut berechnen konnte, müßte ein Zauberer mit Wertpapieren sein. Nickel Sansome war wirklich ein As im Umgang mit Zahlen, aber sein Verstand verdunkelte sich, wenn vor den Zahlen Dollarzeichen standen. Er konnte nichts dagegen machen.

Wenn John White in der Stadt war, wie jetzt, als er das Resolutiongeschäft verfolgte, stieg er in das Turnier ein, und Nickel Sansome sorgte dafür, daß er bei der Auslosung für die erste Runde todsicher gegen seinen Boss gezogen wurde. Sieger war der Spieler, der zuerst zehn Spiele gewann, wobei doppelt gewertete Spiele mitzählten. Nickel, mit seiner Sandwich- und Glücksbringerin an der Seite, gewann spielend vier der ersten fünf. Aber John White war ein schlauer Gentleman, der in altmodischen Manövern geschult war – er gab nicht so leicht auf. Nach einer dreiminütigen Pause kehrte John White von der Toilette zurück und verkündete, er habe gerade fünftausend Dollar gegen Nickels Vater auf die Partie gewettet. Nickel behielt seine großspurige Haltung bei und versuchte, die Ablenkung zu ignorieren, indem er auf die Herztätowierung seiner bezaubernden Glücksbringerin starrte. Nach der nächsten

Pause, als Nickel sieben zu drei vorne lag, flüsterte John White, er habe den Einsatz auf fünfundzwanzigtausend Dollar erhöht und eine Zwei-zu-eins-Wette bekommen. John White war ein mit allen Wassern gewaschener Patriarch, der seinen beruflichen Status als Nickels Vaterfigur von niemandem in Frage stellen ließ, nicht einmal von Nickels Vater. Nachdem soviel Geld im Spiel war, bekam Nickel Probleme mit seiner Atmung und büßte seine Konzentration ein, und als die fünfzigtausend Dollar verloren waren, packte er sein koreanisches Mädchen am Handgelenk und stürmte aus dem Gebäude und versuchte, so weit wie menschenmöglich von allem wegzukommen. Eine Stunde später war er von Pflaumenwein betrunken, saß auf dem Bett des koreanischen Mädchens und lachte hysterisch, wenn Dick van Dyke über die Teppichfalte im Flur stolperte.

Nickel Sansome konnte natürlich dem Haß auf seinen Vater nicht entfliehen, ebensowenig wie er der Tatsache entgehen konnte, daß John White immer in der Lage sein würde, ihn fertigzumachen, wenn es sein mußte. Er konnte auch nicht dem Zwang entfliehen, seinen kahlen Schädel zu reiben, ein Zwang, der sich verstärkte, sobald er Coyote Jacks Sekretärin ignorierte. Das war eine absolut unbewußte, vulgäre, masturbatorische Metapher, die für Sid Geeder und Eggs Igino, die ihn beobachteten, erschreckend offensichtlich war. Aber Nickel Sansome kam nie auf den Zusammenhang.

»Worüber lacht ihr, Jungs?« gluckste er, denn ihr Gejohle war ansteckend.

Sid Geeder stand vom Boden auf. »Nichts, Mann, rein gar nichts. Geh wieder an die Arbeit.«

»Kommt schon, sagt es mir«, bohrte er. »Was ist so komisch?«

»Kümmer dich nicht darum«, legte Igino los. »Keine große Sache. Nichts, was nicht jeden Tag vorkommt.« Und das löste den nächsten Lachkrampf bei den beiden aus, während Nickel Sansome nervös kicherte und den Saal danach absuchte, was

wohl der dermaßen gute Witz sein mochte, der zwei erwachsene Männer vor Lachen schier zum Umfallen brachte.
»Ich muß ans Telefon«, sagte Sid Geeder und drückte auf das rote Licht, das seit fünf Sekunden blinkte.
»Zurück an die Arbeit!« brüllte Coyote Jack in die Leitung. »Ihr Jungs blödelt seit zehn Minuten da draußen herum.«
Sie konnten sich in den dreizehn Stunden zwischen dem Ende eines Arbeitstages und dem Beginn des nächsten nicht groß ablenken. Wenn sie es gekonnt hätten, hätte die Firma den Arbeitstag verlängert, um es zu verhindern. Eine Ablenkung war nicht vorgesehen, weil Ablenkungen ein Gegengift bei Abhängigkeiten waren. Es war notwendig, süchtig zu sein, um zu verkaufen, vor allem arbeitssüchtig – das Gefühl, daß Arbeit ihrem Leben Sinn verlieh, und sich deshalb, um das Leben noch sinnvoller zu machen, den Arsch aufzureißen, um zum Assistent Vice President befördert zu werden. Obwohl sie alle Händler waren, hielt die Firma eine sehr klare Hackordnung aufrecht, mit einer langen Liste von Titeln, um Jobs, die immer die gleichen waren, eine künstliche Bedeutung zu verleihen. John White war Managing Director auf Lebenszeit, außer er wurde gefeuert. Coyote Jack war Executive Vice President. Sid Geeder und Nelson Dicky waren Senior Vice Presidents, wie es Thom Slavonika und Wes Griffin gewesen waren. Die Mehrheit der Händler waren einfach Vice Presidents, obwohl Lisa Lisa nur Associate Vice President war, weil Coyote Jack fürchtete, daß sie dem Druck nicht gewachsen sein könnte. Er hatte sie einmal weinen sehen, sogar im landesweiten Fernsehen, und er war überzeugt, daß sie trotz ihrer Kraft anfällig war und eines Tages zusammenbrechen würde. Ein Vice President mußte stark und hart sein und durfte keine Schwachstellen haben. Es schadete auch nichts, ein Mann zu sein. Sue Marino war Assistant Vice President, und Regis Reed stand in zwei Wochen für den nämlichen Titel an. Eggs Igino hatte

seine Geschäftskarten noch nicht bekommen, die ihn als Händler auswiesen, weil er nie Clark Kalinovs absurde Nichtkonkurrenzvereinbarung ausgefüllt hatte, die besagte, daß er nie zu Shearson oder Merrill wechseln würde.

»Es führt kein Weg daran vorbei«, sagte Clark Kalinov am folgenden Nachmittag zu Eggs Ignino, nachdem Coyote Jacks Sekretärin das Büro verlassen hatte.

»Woran?« wollte Eggs Igino wissen.

Kalinov nahm einen Stoß Papiere aus dem »Zu erledigen«-Stapel und stapelte sie sauberer. »Ihren Stuhl abzuschaffen ist eine Sache, Igino. Aber Sie unterschätzen meinen Einfluß hier.«

»Ich hab zu tun, Kalinov. Kommen Sie zur Sache.«

»Ich hab auch zu tun, Igino. Schauen Sie sich die ganze Arbeit hier an, die ich erledigen muß.« Er rückte von seinem Schreibtisch zurück und atmete tief durch. »Ich spreche von der Nichtkonkurrenzvereinbarung, die ich Ihnen letzte Woche zugeschickte habe.«

Eggs Igino gluckste. »Diese dämliche Sache?«

»Warum habe ich sie noch nicht von Ihnen zurückbekommen?«

»Weil es idiotisch ist!« machte sich Igino Luft. »Wie können Sie von mir verlangen, nicht zur Konkurrenz zu gehen, wenn ich hier aufhöre?«

»Das ist eine Standardvereinbarung, Igino. Jeder unterschreibt eine. Wir wissen, daß Sie loyal zur Firma stehen«, gab er zu verstehen, »es ist nur für alle Fälle.«

»Aber ich verlange von Ihnen ja auch nicht, keinen neuen Händler einzustellen, wenn Sie beschließen, mich zu feuern.«

»Das ist lächerlich, Igino. Es ist unter Geschäft. Natürlich stellen wir jemand anderen ein, wenn wir beschließen, Sie zu feuern. Wir können tun, was wir wollen«, verkündete er feierlich.

»Dann tue ich, was ich will. Das ist auch mein Geschäft. Ich verdiene meinen Lebensunterhalt damit. Sie können mir nicht befehlen, es nicht zu tun.«

Clark ging wieder zum Fenster und wandte Eggs Igino den Rücken zu. Er hatte diese Unterredung von langer Hand geplant und eine Strategie ausgearbeitet, welchen Knopf er zuerst drücken würde. Er würde erst das Zuckerbrot anbieten:

»Ich zwinge Sie nicht, irgend etwas zu tun. Das ist ein absolut freiwilliges Programm, Sie sind nicht verpflichtet, es zu unterschreiben, und es würde vor Gericht nicht standhalten, außer wir beschließen, Sie zu Tode zu prozessieren. Aber es berechtigt Sie, sagen wir, zu ein paar Privilegien, über die ich zu entscheiden habe.«

»Was für Privilegien?«

»Nennen wir sie Vergünstigungen. Eine breite Palette von Vergünstigungen durch Atlantic Pacific, die nicht in die Zuständigkeit der Verkaufsabteilung fallen.«

»Als da wären?«

»Soll ich oben oder unten anfangen?«

»Wie wär's, wenn Sie nur ein paar Highlights herausgreifen?«

»Okay, ein paar Highlights. Frühstück, zum Beispiel. Es steht kein Wort von kostenlosem Frühstück in der Betriebsordnung der Gesellschaft, aber jeden Morgen bekommen die Händler ein warmes Frühstück entsprechend ihrem Dauerauftrag.«

»Na und? Ich könnte mir mein eigenes Frühstück jeden Morgen leisten. Tatsächlich könnte ich für die ganze Hypothekenbriefabteilung das Frühstück direkt an unsere Schreibtische liefern lassen, für weniger, als es Sie kostet. Wer weiß, was Sie von ihnen erpressen«, improvisierte er.

»Machen Sie sich keine falschen Hoffnungen, Igino. Frühstück ist nur Klimpergeld. Sie werden bald eine Verkaufsassistentin brauchen. Aber mein Etat für Assistentinnen ist knapp.«

»Sid Geeder kommt ohne Verkaufsassistentin aus«, argumentierte Eggs.

»Und es ist ihm noch nie so schlecht gegangen. Er arbeitet zum Ausgleich jeden Tag eine halbe Stunde länger.« Der Junge war zu gewitzt, um den Sinn in Clarks Angebot nicht zu sehen.
»Kommen Sie, Igino, hier spielt die Musik. Zeit, erwachsen zu werden. Lassen Sie uns eine Abmachung treffen.«
Aber Igino bockte. Es gefiel ihm, wenn Kalinov sich krümmte.
»Ich unterschreibe Ihr Formular nicht.«
»Seien Sie kein Spinner, Igino. Was wird John White denken, wenn er hört, daß Sie nicht loyal gegenüber der Firma sind? John White ist schon lange im Geschäft. Er ist noch einer vom alten Schlag – Geschäft per Handschlag besiegeln und so... Drücke ich mich klar aus? Begreifen Sie, was ich sagen will?«
Kalinov drehte sich wieder um und sah, daß Eggs Igino sein Büro bereits verlassen hatte und in Richtung Küche ging. Die Welt drehte sich anscheinend im Kreis. Er war trotzdem froh, daß der Junge nicht nachgegeben hatte, denn das gab Kalinov einen Vorwand, ihnen allen eine Lektion zu erteilen, weil sie ihre Hauspost nicht beachteten. In einem Akt schierer bürokratischer Brillanz hatte Clark Kalinov einen neuen Frühstücksbestellschein entworfen, der alle Wahlmöglichkeiten für ein kostenloses Frühstück auflistete. Ganz unten war ein Vermerk, wenn ein Schein nicht binnen vier Tagen via Hauspost zurückkam – was bedeutete, daß der Händler ihn am gleichen Tag, an dem er ihn erhielt, lesen, ausfüllen und zurückschicken mußte –, dann bekam der Händler das Nachzügler-Frühstück, Weizenmüsli mit Rosinen. Clark hatte eigenhändig siebenunddreißig Kopien gemacht, eine für jeden Händler, und das Original in den Bürosafe geschlossen. Er setzte sich an seinen Schreibtisch und begann, alle Kopien einzeln in alte, abgenutzte beige Interpostkuverts zu schieben, die aussahen, als wären sie schon hundertmal um die Welt gegangen. Es bereitete ihm ein intensives, heimtückisches Vergnügen, und er genoß jedes einzelne Kuvert. Sorgfältig adressierte er alle

Umschläge und stapelte sie in die »Ausgang«-Box. Er ging die Händler in alphabetischer Reihenfolge durch und lachte vor grausamem Vergnügen in sich hinein, wenn er ihre Namen von der »Zu erledigen«-Liste strich. Er war gerade bei Mark Iginos Kuvert und kicherte bei der Vorstellung, wie Igino über einer Schüssel Müsli mit Rosinen schmorte, als Coyote Jacks Sekretärin ohne anzuklopfen in sein Büro spazierte und ihn überraschte, so daß er wütend auf die Füße sprang.

»Ich dachte, ich hätte Ihnen gesagt, Sie sollen anklopfen«, quengelte er und unterdrückte seine Wut.

»Sie haben gesagt, ich soll Mark Igino ausrichten, daß er anklopfen soll, bevor er wieder in Ihr Büro stürmt«, korrigierte sie ihn schüchtern.

»Nun«, erwiderte er mit sanfter, hoher Stimme, »das gilt für Sie genauso. Ich bin ein sehr beschäftigter Mann.«

»Aber ich stürme nie in Ihr Büro«, bemerkte sie.

»Und was war das eben?« widersprach er, zeigte zur Tür und versuchte, ihrem Blick auszuweichen.

»Ich bin herein*spaziert*«, sagte sie eingeschnappt. »Ich bin mit Sicherheit nicht hereingestürmt. Ich stürme nie irgendwohin. Haben Sie mich je stürmen sehen?«

»Nein«, gab er zu und stritt mit sich selbst, ob er sich entschuldigen sollte, um ihr Wohlwollen zurückzugewinnen, oder sie weiter anpinkeln, um sie aus seinen Angelegenheiten herauszuhalten. Clark Kalinov war ein gewiefter Intrigant, der begriff, wie entscheidend dieser Moment im großen Komplott zum Erhalt seines Imperiums sein würde. Er würde nicht denselben Fehler wie Alexander der Große machen, der einen ganzen Harem mit auf seinen Eroberungszug nach Persien genommen hatte. »Aber ich will nicht, daß Sie ohne anzuklopfen hier hereinkommen, Punkt. Und hören Sie auf, mir Ihren Kaffee zu bringen. Er schmeckt wie Klärschlamm.«

Die Augen von Coyote Jacks Sekretärin wurden erst weit, dann schmal, und sie ballte ihre Faust fester um die Handvoll Bleistifte, die sie gerade für Kalinov gespitzt hatte. Dann wirbelte sie, eine Schnute ziehend, herum und stürmte aus seinem Büro, wo er zu seinen Gedanken an Mark Igino zurückkehrte.

Mark Igino war zur Küche davongerannt, weil er soeben eine ausgezeichnete Idee gehabt hatte, die zur sofortigen Durchführung reif war. Er fand das mexikanische Mädchen, das das Frühstück brachte, und fragte sie, wieviel ihn das Frühstück kosten würde, wenn er es sich vom Catering Service im Untergeschoß des Gebäudes direkt zum Hypothekenbrieftisch bringen lassen würde. Sie versicherte ihm, wenn er es nicht auf die Rechnung der Gesellschaft setzte, wären die Preise für ihn weit günstiger als die überhöhten Preise, die der Catering Service der arroganten Investment-Banking-Gesellschaft aufs Auge drückte, die sämtliche Servicemitarbeiter im Gebäude auf den Tod nicht ausstehen konnten. Sie war ganz aufgeregt, daß Eggs Igino Spanisch konnte, und bemühte sich, ihm alles zu erzählen, was sie wußte. Sie erzählte ihm, daß der Koch spezielle Würstchen mit wenig Salz für Nickel Sansome bestellen mußte. Sie erzählte ihm, daß Clark Kalinov vom Lüftungsmechaniker verlangte, jeden zweiten Montag in die Zwischendecke zu klettern, um die Filter der Klimaanlage auszuwechseln. Sie erzählte ihm, daß Coyote Jack dem Schuhputzer, der vormals Stammeskrieger in Kenia gewesen war, befahl, die Schnürsenkel aus den Schuhen zu fädeln, bevor er sie polierte, damit kein Wachs daran gelangte. Schließlich sagte sie ihm die Preise, die Eggs Igino auf eine Serviette notierte.

»Sidney! Sidney!« störte er seinen Partner, der bereits mit zwei Kunden telefonierte, einem an jedem Ohr, die er abwechselnd ausblendete. Sidney versuchte, ihn wegzuscheuchen. Er hatte jetzt schon fürchterliches, unerklärliches Kopfweh, das sich anfühlte, als hätte jemand seinen Kopf in einer riesigen Knoblauchpresse aufgeknackt und dann Tabasco in die Wunde gegossen. Er war damit beschäftigt, jedem seiner beiden Kunden genau zu schildern, wie sich sein Kopfweh anfühlte. Er erklärte es immer zuerst einem Kunden, dann blendete er ihn aus und erzählte es dem anderen, während der erste mit seinen eigenen Kopfwehgeschichten antwortete, die vom Trinken, von Emaillefarben oder Sonnenstich herrührten.

»Sidney! Sidney!« rief Eggs Igino dazwischen.

Sidney versuchte, nach Igino zu treten, und dann warf er ihm einen Handelsbericht ins Gesicht.

»Aber Sidney, wir können uns das Frühstück direkt in den Handelssaal liefern lassen.«

Geeder konnte ihn nicht verstehen. Seine beiden Klienten sprachen gleichzeitig, und in seinem bereits zum Bersten vollen Kopf waren zu viele Stimmen.

»Aber Sidney –«

Sid Geeder war in die Hocke gegangen und duckte seinen Kopf in den Fußraum unter seinem Schreibtisch. Sein Hemd war aus dem Gürtel gerutscht, und ein blasser, behaarter Wulst seiner Hüften ragte ins Freie. Es war ein häßlicher Anblick, und Eggs Igino mußte sich abwenden und ein zwerchfellerschütterndes Lachen unterdrücken.

Eggs Igino hatte nicht mehr soviel Spaß gehabt, seit Weston Bank versucht hatte, ihn dazu zu bringen, seine Schulungsaufzeichnungen abzutippen. Weston Bank war der Sohn eines alten Atlantic-Pacific-Abteilungsleiters, den sein Vater zu einem der größten und wehleidigsten Einfaltspinsel dieser Welt erzogen hatte. Weston Bank sen. hatte all seinen Einfluß geltend gemacht, um seinen Zögling in das angesehene Schulungsprogramm von Atlantic Pacific hineinzubringen, und es war kein Einfluß mehr übrig, um ihn wieder aus ihm herauszubringen. Die hohen Tiere bei Atlantic Pacific, die Weston Bank niemals eine Funktion von irgendwelcher Bedeutung anvertraut hätten, waren so unbeeindruckt von seiner Beherrschung der finanztechnischen Terminologie, daß sie ihn schnell zum Dekan des angesehenen Schulungsprogramms beförderten, wo er keinen größeren Schaden anrichten konnte als den Leuten Buchhaltung beizubringen. Weston Bank war ein Pedant und ein treuer Anhänger des Lernens durch Wiederholung. Sein großes Ziel im Leben war, in die Analyseabteilung versetzt zu werden, wo er den ganzen Ruhm dafür einheimsen konnte, den Markt richtig einzuschätzen, und gleichzeitig das Risiko vermied, sein eigenes Geld aufs Spiel zu setzen. Weston Bank war ein nasalierender Verfechter angebotsorientierter Marktwirtschaft mit einem Haarschnitt wie von einer Kreissäge und einem Talent dafür, die neuen Trainees wütend zu machen. Mit großer Regelmäßigkeit widersetzten sie sich seiner Autorität und rebellierten gegen ihn, und sie waren der am besten vorbereitete Haufen von jungen Fußsoldaten in der Branche. Seit Weston Bank die Schulungskurse übernommen hatte, waren seine Trainees viel schneller dabei, Gesetze zu brechen, Regeln zu mißachten, das Vertrauen ihrer Kunden zu mißbrauchen und all die anderen Dinge zu tun, die aus einem jungen Händler eine Verkaufskanone machten. Indem er der bornierteste, wirklichkeitsfremdeste Ausbilder weit und breit war, gab er seinen Trainees den Schliff für die absurdesten Realitäten der Hochfinanz, und sie zuckten nicht mit der Wimper, als First Boston sich nach dem schiefgegangenen Geschäft mit den Eurofloatern für bankrott erklärte, und sie verzogen keine Miene, als das Unternehmen noch am gleichen Tag als die neue und verbesserte Atlantic Pacific Corporation wieder auftauchte.

Weston Bank hatte alle seine Vorträge penibel ausgearbeitet und stellte Fotokopien für die Trainees zur Verfügung, um sicher zu sein, daß sie folgen konnten. Als es Eggs Igino nicht gelang, während Weston Banks Vorlesung über die Steuervorteile von Immobilien-Investment-Konzernen wachzubleiben, konterte Weston Bank mit einer neuen Politik, nach der alle Trainees ihre eigenen getippten Vorlesungsmitschriften am folgenden Morgen abgeben mußten, und er sorgte dafür, daß seine Vorlesungen weitschweifig von der angeführten Literatur abwichen, damit Betrüger wie Igino nicht die groben Umrisse aus den Lehrbüchern abtippen konnten. Eggs Igino, der immer nach nützlichen Anwendungsmöglichkeiten für die Handelstechniken, die Bank ihn gelehrt hatte, Ausschau hielt, beschloß, günstig zwei Fotokopien der Vorlesungsmitschrift einer jungen Studentin zu erwerben, die den ganzen Sommer versucht hatte, ihn ins Bett zu kriegen. Igino behielt eine Kopie für sich und verkaufte die zweite an einen Trinker von Princeton, der zu Beginn jeder Vorlesung von Bank seine Orangenlimonade mit Gin anreicherte. Das wurde am nächsten Tag wiederholt, und am dritten Tag kaufte Igino dann fünf Kopien, jede in einer anderen Schrift auf einem anderen Postpapier ausgedruckt, um dem Anschein einer Marktschwemme bei Vorlesungsmitschriften vorzubeugen. Weston Bank wußte noch nicht, wie Eggs Igino es fertigbrachte, zwei Tage lang bei »Landwirtschaftliches Kreditwesen« zu schlafen und trotzdem alle wesentlichen Punkte darüber mitzuschreiben, wie die Rumänen Gutscheine zur Getreidesubvention, die dafür gedacht waren, die Lebensmittelversorgung in Rumänien zu stützen, in Miami gegen in Puerto Rico genähte amerikanische Jeans zurücktauschten. Aber er fand es am nächsten Tag heraus, als Eggs Igino mit seinem noch kleinen Markt an die Öffentlichkeit ging und ein Schild an die Lehne seines Stuhls klebte: »Vorlesungsmitschriften, An- und Verkauf«. Bank war so durcheinander, daß er es nicht schaffte, von der angegebenen Lektüre überhaupt abzuweichen.

Während der ganzen Vorlesung wanderten Trainees nach hinten zu Iginos Stuhl in der letzten Reihe, flüsterten ihm etwas ins Ohr und gingen dann durch die rückwärtige Tür des kleinen Hörsaals hinaus. Die Nachfrage nach den Vorlesungsaufzeichnungen war so groß, daß Eggs ständig den Preis erhöhte, ohne auf Widerstand zu stoßen. Er wußte, er konnte seine Quelle nur so und so oft anzapfen, ohne das Mädchen wütend zu machen, also tat er eine zweite auf: einen japanischen Betriebswirtschaftler, der für die Filiale in Tokio bestimmt war, keine Angst vor Strafe hatte und das Geld brauchte, um seinen Hang zu großen, über Eichenholz gegrillten T-Bone-Steaks zu finanzieren. Aber die junge Studentin hatte Igino noch nicht abgeschrieben, und bald senkte sie ihren Preis, um den Fremden zu verdrängen. Iginos Gewinnspanne wuchs weiter an, und seine Brieftasche wurde dicker. Jeden Abend lud ihn die Studentin ein, sich die Aufzeichnungen in ihrem Appartement abzuholen, und jeden Abend sagte sie bei seinem Eintreffen, sie habe gerade drei Gläser Sambuca getrunken und hätte Lust auf eine Party. Es war besser, als mit dem übergewichtigen japanischen Betriebswirtschaftler stundenlang im gedämpft beleuchteten Tudor Room drei Stockwerke unter dem Chrysler Building sitzen zu müssen. Dann hatte der Trinker von Princeton, dessen Geld zur Neige ging, und der nun zu Hause trinken mußte, anstatt in Bars zu gehen, um seine Abhängigkeit von Iginos Vorlesungsmitschriften zu finanzieren, den Einfall, den sehnsüchtigen Blick in den Augen der jungen Studentin zu befriedigen. Er tauchte in ihrem Appartement auf, als sie gerade vier Gläser Sambuca getrunken hatte. Sie war verwundbar. Er bumste sie, ging mit ihr auf eine Party und kaufte drei Exemplare von ihren Aufzeichnungen, von denen er zwei am nächsten Tag zu einem Preis, der fünf Dollar unter dem von Igino lag, verkaufte.

Der freie Wettbewerb hatte gerade begonnen, als Weston Bank den Mut faßte, scharf gegen diese offenkundige Profitmacherei vorzugehen. Er bestellte Igino in sein Büro und machte sich daran, den Jungen in die Mangel zu nehmen, bis er nur noch ein heulendes Elend sein würde, aber statt dessen bot Igino ihm eine »Vorlesungssteuer« von drei Dollar auf alle Transaktionen an. In dem Schulungskurs waren sechzig Trainees, von denen mindestens die Hälfte an Iginos Markt beteiligt war und sich nicht länger die Mühe machte, eine Vorlesung zu besuchen. Weston Bank wurde derart auf dem falschen Fuß erwischt, daß er Iginos Angebot beinahe angenommen hätte, aber dann bot er alle Prinzipien, alle Integrität und allen Mut auf und verlangte sechs Dollar Steuer und zehn Prozent Tantiemen als Urheber. Eggs Igino lachte, schüttelte den Kopf und bluffte, daß der Wettbewerb zu hart sei, um einen solchen Wucher zu gestatten. Er erklärte, wie die anderen Trainees seinen Markt drückten und wie es immer schwieriger wurde, die Versorgung zu gewährleisten. Eggs Igino bot Weston Bank einen bequemen Handel an: Wenn er, Weston Bank, die Versorgung mit getippten Manuskripten garantieren könne – in der Art, wie er sie früher immer umsonst ausgegeben hatte –, würde Eggs Igino zwölf Dollar pro Stück bezahlen *plus* vier Dollar Steuer und acht Prozent Tantiemen. Collegeprofessoren machten das ständig, argumentierte er. Bald war Weston Bank zu seinen alten Vorlesungen zurückgekehrt, wich nie von seinem penibel ausgearbeiteten Vorlagen ab und kassierte neunzehn Dollar für jeden Trainee, den es zu sehr langweilte, persönlich zu erscheinen. Weston Bank war äußerst geschickt darin, sie zu langweilen. Er trieb sie förmlich aus dem Hörsaal. Dann verkaufte Eggs Igino seinen Marktanteil an ein Konsortium von Yale-Absolventen, die es leid waren, jeden Tag vierzig Dollar hinzublättern, nur um die Vorlesungen ausfallen zu lassen, und beschlossen hatten, daß sie von dem Handel profitieren müßten. Sie überredeten Weston Bank, der den Verdacht hegte, Igino habe ihn zu einem billigen Preis geblufft, dazu, einen dreißigprozentigen Anteil im Konsortium für nur eintausendfünfhundert Dollar zu übernehmen. Sie kauften Iginos Marktanteil für dreitausend Dollar, vergaßen dabei aber, ihn zu zwingen, eine Nichtkonkurrenzvereinbarung zu unterschreiben. Sie waren Betriebswirtschaftler, die viel zu lange in der Schule gewesen waren, und alles, woran sie denken konnten, waren Gewinnspannen und Marktanteile. Sie waren alle auf dem Weg in die Analyseabteilung. Sie wußten nicht, wie man intrigierte, jemanden hereinlegte oder bluffte. Eggs Igino trank die nächsten paar Tage drei Tassen Kaffee während jeder Vorlesung, schaffte es, die Höhepunkte von Banks Vorlesungen mitzuschreiben und überschwemmte den Markt mit kostenlosen Fotokopien. Den Terminverträgen war der Boden entzogen. Der Preis fiel in den Keller, von vierzig Dollar auf weniger als zwei Dollar.

Aus Rache blieb Weston Bank, der um eintausendfünfhundert Dollar geprellt war, die ganze Nacht wach und schrieb die vernichtendste, kritischste Beurteilung über Eggs Igino, zu der er fähig war. Er warnte die großen Bosse vor diesem unverschämten Sicherheitsrisiko. Zwei Tage später, als die Beurteilung auf ihren Schreibtischen landete, hagelte es Gebote für Eggs Iginos Talent von der Abteilung für hochverzinsliche Wertpapiere in New York, der Konsortialabteilung in London und der Analyseabteilung für Hypothekenbriefe in Los Angeles. Aber Eggs Igino, der Manhattan haßte und jeden Joggingpfad im Central Park kannte, hatte Heimweh nach der Pazifikküste. Fünf Monate weg zu sein war schon viel zu lange. Und so verließ Eggs Igino, ohne den angesehenen Schulungskurs, den er fast lahmgelegt hätte, jemals abzuschließen, Manhattan vier Wochen früher, und er achtete nicht im geringsten auf den einsamen Blick der verknallten Studentin oder die zaghaften Bitten seiner Kumpel aus der letzten Reihe, die befürchteten, daß es mit dem Spaß nun vorbei war.

Spätnachmittags, wenn die Börse geschlossen hatte, wenn die anderen zu ihren Frauen, in ihre Clubs und ihre Bars gingen und sich Mühe gaben, so zu tun, als wären sie mit der Welt draußen noch vertraut, ging Eggs Igino nach Hause, um zu laufen. Manchmal lief er im Park, ließ die Wege links liegen und preschte durch die Bäume, und seine stämmigen Beine pumpten die Welt in ihn zurück. Dann ging er immer auf das Dach seines Appartementhauses. Es lag im Osten der Stadt, wo die Sonne oft schien, aber die Landschaft mit Schornsteinen, Lagerhäusern und großen Wohnblocks übersät war. Er saß auf dem Dach, trank Limonade mit Gin und redete mit dem Mädchen von nebenan darüber, wie es wäre, näher am Meer zu wohnen. Bald unternahmen sie Fahrten zum Strand hinaus und brachten Plastiktüten voll Sand zurück, den sie in eine schräg abfallende Ecke des Flachdachs schütteten. Als die Nachbarn auszogen, kaufte Eggs einen von ihren Holzstühlen, sägte die Beine bis auf fünf Zentimeter lange Stümpfe ab und stellte ihn in die Mitte seines Dachstrandes. Er steckte ein Windrad auf eine Stange. Nach drei Seiten schaute er über die Stadt, und auf der vierten Seite blickte er in das Obergeschoß eines Altenpflegeheims, wo er die Patienten in ihren zerknitterten weißen Kitteln an den Fenstern vorbeitreiben sah. Manchmal, wenn es die Sorte Tag war, an denen Nickel Sansome sich den Schädel rieb und Sid Geeder kannenweise Kaffee trank und Coyote Jack bei seinen Zahlen stotterte – etwa wenn die Zentralbank den Diskontsatz anhob oder der Dollar seine Talfahrt umkehrte –, drehte Eggs seinen Strandsessel zum Krankenhaus und beobachtete die geschwächten Patienten in den Fenstern. Er erhob seine Gin-Limonade und winkte, und manchmal geschah es, daß sich die Hand eines Patienten langsam hob, um zurückzugrüßen.
Jeden Nachmittag um fünf traf der Güterzug der Southern Pacific Line aus Los Angeles im Rangierbahnhof ein, und er

beobachtete, wie Waggons an- und abgekoppelt wurden. Er hatte früher, bevor er nach Mexiko ging, eine Freundin gehabt, die er schrecklich geliebt hatte. Katie hatte immer L-Glutamin in silbergesprenkelten Kapseln genommen, um ihre Gehirnaktivität zu stimulieren, zusammen mit Echinaceakonzentrat, was ein sirupartiger Extrakt aus irgendeiner Pflanze war, die in den Santa-Cruz-Bergen wuchs. Eggs mußte immer einen Tropfen davon schlucken, wenn sein Hals rauh war. Eggs Igino liebte sie, weil sie immer Dinge sagte wie: »Heute ist genau die richtige Luft für neue Ideen.« Sie war überzeugt gewesen, Wolken und Wetter, die die statische Elektrizität in der Luft beeinflußten, würden wie elektrische Impulse die Wahrscheinlichkeit erhöhen, daß sich Gedanken auf den verästelten Nervenbahnen in ihren Gehirnen fortpflanzten. Wenn der Nebel aufzog, war die beste Zeit, hatte sie immer gesagt. Die Zeit für Entdeckungen, für neue Einsichten. Eggs dachte an sie und stand aus seinem Strandkorb auf, er schaute in den aufziehenden Nebel und beobachtete, wie er die Sonne verdunkelte und das Gebäude schluckte. Die Stadt ringsherum verschwand. Er wartete darauf, daß die großen Gedanken kamen. Keine Schornsteine mehr, keine Lagerhäuser. Kein Rangierbahnhof, keine Auslegerbrücken. Nur die Patienten im Hospital und er. Wenn Eggs sich umdrehte, standen sie immer alle in den Fenstern, manchmal in zwei Reihen, und die Schwestern hinter ihnen versuchten, sie davon abzuhalten, zu nahe hinzugehen.

Zeit

1993. Die Zeit verrann und verrann immer mehr, und es gab nie genug davon, obwohl in den Jahren, die vor ihnen lagen, jede Menge Zeit zur Verfügung stand. Genaugenommen gab es in der Zukunft so viel Zeit, daß Zeit in der Zukunft nach den Gesetzen von Angebot und Nachfrage absolut wertlos war. Die Händlerinnen und Händler verschoben ständig Dinge in die Zukunft – sich zu verlieben, sich in gute körperliche Verfassung zu bringen, ein Buch zu lesen, eine Reise zu machen –, ohne je Druck auf den Zeitplan für die Zukunft auszuüben. Die Zukunft war nie ausgebucht. Sie ließ sich immer auf später vertrösten, war immer damit einverstanden, neu eingeteilt zu werden. Sie ließ immer mit sich handeln. Die Zeit in der Gegenwart jedoch hatte sie in der Hand. Es gab einfach so verdammt wenig davon – und das bißchen, das es gab, verstrich dauernd, bevor sie es nutzen konnten. Sie war ein zäher Verhandlungspartner, aber die meisten Händler hatten den einen oder anderen Abschluß mit ihr geschafft. Sid Geeder ging davon aus, daß dies der letzte Job war, den er je brauchen würde; er handelte jetzt seit fünf Jahren für den Rest seines Lebens in der Zukunft, wenngleich er sich nie viel Gedanken gemacht hatte, was er tun würde, wenn es soweit war. Er wollte die einfachen Freuden des Lebens kennenlernen, sein Tempo zu einem Kriechen verlangsamen. Er wollte sein Essen wirklich schmecken und tiefe Träume genießen und wirkliche Liebe zu einer Frau empfinden – mehr als diese unausgeglichene, zügellose Lust auf alles, was Hüften hatte. Er wollte eine Woche verbringen, ohne jemanden anzuschreien, und einen Monat, ohne die Stunden bis Freitag zu zählen. Er wollte ohne Furcht aufwachen und mit dem Wunsch zu Bett gehen, daß der Tag nie zu Ende ging. Er wollte die Zeit aus den Augen verlieren.

Zeit in der Vergangenheit hingegen existierte faktisch nicht, obwohl es eine unglaubliche Nachfrage dafür gab. Alle waren besessen von der Vorstellung, Zeit noch einmal durchleben zu können, und wie sie alles anders machen würden, etwa die Zeit des Eurofloater-Geschäfts, als Sid Geeder sich unter seinem Schreibtisch versteckte, oder die Zeit, als Lisa Lisa in Gegenwart ihres Freundes Alan Greenspan ein Arschloch genannt hatte, oder die Zeit, in der Nickel Sansome sich im Backgammon von John White schlagen ließ. Ihre Besessenheit von der Vergangenheit war allerdings ziemlich selektiv, denn sie kannten sich im allgemeinen wenig in Geschichte aus, und es gelang ihnen nie, daraus zu lernen. Sie waren in der Tat ganz geschickt darin, der Geschichte keine Beachtung zu schenken, und als die Firma durchsickern ließ, ihre nächste große Wertpapieridee würde unter anderem mit sich bringen Faxgeräte, Versicherungen und Michael Jackson nach Rumänien zu transferieren und im Gegenzug Rohöl und Holz zu importieren, hatte die Verkaufstruppe wenig Schwierigkeiten, die vertrackten kleinen Details von Rumäniens langer Geschichte der Unterdrückung zu ignorieren – von den Römern im zweiten Jahrhundert, den Mongolen im dreizehnten, den Ungarn im vierzehnten, den Ottomanen im fünfzehnten, den Griechen im sechzehnten, den Türken im neunzehnten und den Sowjets im zwanzigsten. Rumänien war ein heißes Eisen, aber alles, was die Verkaufstruppe zu wissen brauchte, war, daß sie dieses arme Land, das reich an natürlichen Rohstoffen war, von den Qualen postkommunistischer Unwirtschaftlichkeit erretteten. Die Greuel der Kommandowirtschaft nach dem System der Sowjets waren praktisch unaussprechlich. Zum

Beispiel erzeugten die rumänischen Wälder in Transsylvanien, die siebenundzwanzig Prozent der Landesfläche bedeckten, 1993 lediglich 1,1 Millionen Tonnen Zellstoff. Und als ob das nicht schrecklich genug wäre, brachte es die rumänische Energiewirtschaft fertig, ganze 13,4 Millionen Barrel Rohöl unter dem Schwarzen Meer zu fördern. »Können Sie sich das vorstellen?« höhnte Lisa Lisa ungläubig zu Mike Kohanamoku von der Honolulu Federal. »Nur dreizehnkommavier Millionen Barrel! Diese Kommunisten – da hatten sie das goldene Huhn und brachten es nicht dazu, ein Ei zu legen. Man nennt es ja nicht wegen der Windsurf-Reviere das Schwarze Meer.« Rumäniens einundzwanzigstes Jahrhundert gehörte der Wall Street. Osteuropa war das letzte Pionierland. Amerika war der Marschall und Atlantic Pacific der Lone Ranger, die in die Stadt rollten, und am Gürtel baumelten doppelte Buchführung, Geschworenengerichte und Krankenversicherung.
Als die Firma dann durchsickern ließ, daß der Eckstein dieses Handelspaketes direkte Darlehen an die einzige, frisch privatisierte Zentralbank Rumäniens seien, gelang es der Verkaufstruppe, die gewaltigen Kredite zu ignorieren, die in den späten siebziger Jahren auf Drängen von Präsident Carter den frisch privatisierten Zentralbanken von Chile, Peru, Brasilien, Uruguay und Mexiko gewährt worden waren. Diese Kredite hatten nicht sehr gut funktioniert, oder anders gesagt, sie waren nie zurückgezahlt worden, und die U.S.-Banken, die sie bewilligt hatten, hatten sie längst abgeschrieben. Nach den Denkschriften, die die Händler auswendig lernten, verhielt es sich mit Rumänien anders. Jene südamerikanischen Länder hatten in den Siebzigern lediglich ein paar Jahre *Sozialismus* abgeschüttelt, während die Rumänen nun jahrzehntelangen *Kommunismus* abschüttelten.
»Verstehen Sie«, verdeutlichte Nickel Sansome gegenüber Bonnie Hao von der Bank of Canton, »eine sozialistische

Regierung ist etwas völlig anderes. Sie haben Premierminister und Parlamente. Die Kommunisten dagegen haben Ministerpräsidenten und Politbüros. Sie sind wirklich überhaupt nicht zu vergleichen. Äpfel und Birnen, sozusagen.« Was sich abzeichnete, war eine Argumentationslinie, nach der die Kommunisten sehr vier tyrannischer gewesen waren, und ihre Volkswirtschaften wirklich ausgeplündert hatten, weshalb die Bürger dort weit *hungriger* waren als die Südamerikaner. Die Südamerikaner waren nicht genügend unterdrückt worden, weshalb sie nicht hungrig genug waren, um so reich werden zu wollen, daß sie die Kredite zurückzahlen konnten.

»Wurden sie nicht!« tat Coyote Jack beim Briefing am Morgen kund, als Eggs Igino die Wirtschaftsgeschichte vorbrachte, die er studiert hatte. »Denken Sie gar nicht an die Vergangenheit«, befahl Coyote Jack. »Denken Sie an die Zukunft.«

»Gut«, sagte Eggs Igino. »Was, wenn in der Zukunft der Preis für Rohöl zurückgeht, was er anscheinend alle paar Jahre tut – wird die rumänische Wirtschaft nicht unter der schwindelerregenden Schuldenlast zusammenbrechen, die sie zurückzahlen muß?«

»Nun, ich sehe nicht, warum wir diese Schuldverschreibungen verkaufen würden, wenn das eine Gefahr wäre, über die wir uns ernstlich den Kopf zerbrechen müßten«, antwortete Coyote Jack elegant. »Unser guter Ruf als erfolgreiche Manager von riskanten finanziellen Transaktionen steht auf dem Spiel.«

Alle notierten sich das. Wie Coyote Jack wußte, lag der Erfolg des Geschäfts im Timing, und es bestand kein Zweifel, daß jetzt eine gute Zeit für das Geschäft war. Osteuropa hatte seit den Revolutionen sehr viel Aufmerksamkeit seitens der Presse erfahren. Richtige Revolutionen kamen nicht so häufig vor in einem Jahrhundert, und Atlantic Pacific würde die seltene Gelegenheit nicht verpassen, die derzeitige Spitze der weltweiten Sympathie zu Geld zu machen. Es wäre vielleicht vernünftiger gewesen, noch zehn Jahre zu warten, bevor man den Zuschüssen und Darlehen der Vereinten Nationen privates Geld hinterherwarf, aber Atlantic Pacific hatte noch nicht herausbekommen, wie man eine Provision auf UN-Hilfsmaßnahmen und Wiederaufbauzuschüsse der Weltbank kassierte. Die einzige Möglichkeit, einen Schnitt zu machen, bestand darin, private Banken und Gesellschaften davon zu überzeugen, daß die Vereinten Nationen nicht die einzigen sein sollten, die es sich als Verdienst anrechnen konnten, den Ostblock vor dem wirtschaftlichen Ruin gerettet zu haben. Es spielte keine Rolle, daß Rumänien immer noch unterversorgt mit Kapital, verschmutzt und korrupt war – die Kunden würden es nie erfahren, und die Händler würden es nie erfahren: Rumänien lag genau auf der anderen Seite der Erde. Und die Presse war so aus dem Häuschen über die Möglichkeiten, dort Gutes zu tun, daß es einige Jahre dauern würde, bis sie so weit wäre, zu berichten, daß die Donau vergiftet und die Luft über Bukarest schwarz vor Kohlenstaub war. Geschäfte wurden dann gemacht, wenn sie sich verkaufen ließen, nicht wenn sie sinnvoll waren. Sinn zu machen war noch nie eine Voraussetzung dafür gewesen, ein Geschäft abzuschließen, und Atlantic Pacific hatte nicht vor, mit dieser Praxis zu brechen. Obwohl die Firma noch ein Geheimnis um die genauen Eckdaten des Geschäfts machte – keiner der Händler wußte, wie groß es sein würde und wie die Obligationen zusammengestellt waren –, entwickelte Sid Geeder eine spontane Abneigung gegen die Obligationen. Die Regierung der Vereinigten Staaten hatte ein gutes Beispiel gegeben, wie man Geld machen konnte, indem man eine Hypothek auf die Zukunft aufnahm, und nun wurde die Idee exportiert. Es war ein äußerst exportfähiges Konzept, und bei dem Versuch, das Handelsdefizit zu verringern, hatte man viele andere Länder, wie Kanada oder Frankreich, dazu überredet, eine Hypothek auf ihre Zukunft aufzunehmen, indem sie

Schuldverschreibungen in Umlauf brachten. »Warum nicht Rumänien?« argumentierte Paul DeShews.
»Du hast keine Ahnung von Rumänien«, warf ihm Sidney vor.
»Ich weiß, daß ihre Sägewerke weniger als eine Million Tonnen Weichholzbretter im Jahr produzieren«, wieherte Paul DeShews souverän. »Sie brauchen ernsthaft Hilfe.«
»Das ist ja wirklich schrecklich«, tadelte Sidney Geeder sarkastisch. »Ich hatte ja keine Ahnung, daß das Leben in Rumänien derart entbehrungsreich ist.«
»Du beschwerst dich nur, damit Coyote Jack die Provisionen anhebt«, sagte Paul. »Du beschwerst dich immer und drohst, die Obligationen nicht zu verkaufen, bis Coyote Jack unseren Schnitt steigert, und dann schaffst du es jedesmal, sie zu verkaufen. Ich habe dich durchschaut. Das ist doch bloß Theater, was du da spielst. Du verdienst einen Oskar für die Show, die du bei den Freddie Mac Adjustables abgezogen hast. Mit einem Maulkorb zur Arbeit zu kommen!« Paul kicherte, als er daran dachte. »Glänzend, wirklich glänzend. Manchmal glaube ich direkt, daß du diesen Job tatsächlich haßt.«
»Ich hasse ihn auch«, sprudelte Sidney hervor. »Ich verabscheue ihn! Ich bin nur solange hier, bis ich meine Aktien kriege, dann bin ich weg.«
»Wunderbar, einfach sensationell«, stichelte Paul DeShews und schüttelte bewundernd den Kopf. »Wirklich sehr überzeugend.«
»In sechs Monaten bin ich verschwunden!«
»Dann sollten wir keine Zeit verlieren«, grinste Paul höhnisch.
Es war allerdings keine Zeit zu verlieren. Zeit war Geld, und Geld machte süchtig, und so verkauften sie die besten Jahre ihres Lebens, um ihre Sucht zu befriedigen. Diejenigen, die das meiste Geld machten, hatten am wenigsten Zeit, während diejenigen, die die meiste Zeit hatten, um herumzuhängen und Schwätzchen zu halten und daran dachten, einmal im Monat

ihre Mutter anzurufen, das wenigste Geld machten. Wenn sie ihre Zeit klug nützten, konnte dies der letzte Job sein, den sie je brauchten. Jeder Augenblick zählte. Laut Sidney Geeder hing ihr Erfolg von ihrer angeborenen Fähigkeit ab, zwischen den drei Dimensionen der Zeit hin und her zu springen, die alle gleichzeitig auf dem Spiel standen: *Das Hier und Heute, die überschaubare Zukunft und der große Plan der Dinge.*

Die meisten Händler lebten hauptsächlich im *Hier und Heute.* Wenn sie morgens den Handelssaal betraten, fiel ihr übriges Leben unter dem Ansturm von Zahlen, Börsensprüngen und Telefonaten von ihnen ab. Es war nahezu unmöglich, mit dem Markt Schritt zu halten, geschweige denn, Abstand zu gewinnen und vernünftige Vorhersagen für die *überschaubare Zukunft* zu machen. Die *überschaubare Zukunft* war hauptsächlich die Aufgabe der Analyseabteilungen, die Berichte für die Verkäufer erstellten, um sie mit Vorhersagen zu wappnen. *Der große Plan der Dinge*, wiederum, war die unangenehme Aufgabe des Managements, die in ihren Goldfischglasbüros herumsaßen und sich den Kopf zerbrachen, ob Salomon oder Merrill oder Drexel oder Shearson gerade dabei waren, ihnen eins auszuwischen. Diese Aufteilung von Zuständigkeiten mußte zwangsläufig scheitern, weil das Management offensichtliche Fakten nicht beachtete, die die *überschaubare Zukunft* beeinflußten, etwa wenn Coyote Jack nicht bemerkte, daß Regis Reed jeden Abend einen Stapel Analysen mit nach Hause nahm, aber sie am Morgen nicht mit zurückbrachte. Und dann vergaßen die Händler völlig den *großen Plan der Dinge*, etwa wenn sie die ökonomischen Kreisläufe ignorierten, die im vergangenen Jahr dazu geführt hatten, daß in San Francisco sieben Händlerstellen abgebaut worden waren, von denen fünf gefeuert wurden, einer aufhörte und einer aus Sauerstoffmangel nur noch dahinvegetierte. Sidney Geeder, der den Analysten nicht traute und das Management verachtete, verließ sich auf seine eigenen Visionen von der *überschaubaren Zukunft* und dem *großen Plan der Dinge.*

»Was ist dein Geheimnis?« fragte ihn Sue Marino eines Morgens um halb fünf, als sie in dem marmorverkleideten Aufzug nach oben fuhren.

»Mein Geheimnis ist, daß ich selbst nachdenke«, antwortete Sid Geeder rasch. »Du solltest es mal versuchen.«

»Mach ich«, erwiderte sie zögernd. »Ich werd's versuchen. Und über was soll ich nachdenken?«

Sid Geeder schlug sich an die Stirn. »Ich kann dir nicht sagen, über was du nachdenken sollst!«

»Warum nicht?« flehte Sue Marino und drückte ihre Aktentasche an die Brust.

»Weil du dann nicht selber nachdenken würdest!« heulte er und schaute auf die Stockwerksanzeige, um zu sehen, wie lange er noch mit dieser Ignorantin eingesperrt bleiben würde.

Sue Marino war einen Moment still, hilflos. Sie zuckte mit den Achseln. Als die Stockwerksglocke klingelte und die Stahltüren sich teilten, murmelte sie: »Ich wußte, du würdest es nicht verraten.«

»Neeiiinnn!« heulte Sidney Geeder und verlor schlagartig jegliche Selbstkontrolle. Er rannte in den Saal zu seinem Schreibtisch hinüber, kroch darunter, schloß die Augen und hatte das Schwindelgefühl, nach hinten ins Nichts zu fallen.

»Sidney! Sidney, wach auf!«

Sidney Geeder klappte die Augen auf. Er schaute auf zwei streichholzdünne Fußgelenke, leicht knotig, die in ein Paar laubgrüne Pumps mündeten. Es waren wunderschöne Fußgelenke, wirkliche Kunstwerke, und es brach Sidney das Herz, wenn er daran dachte, daß Lisa Lisa auf so zierlichen Knochen so bedenklich um ihr Gleichgewicht kämpfte.

»Bist du wach?« fragte Lisa Lisa, die Stimme voller Angst und Sorge.

»Was gibt's?« fragte Sid.
Lisa Lisa kniete nieder. Sie hatte einen heimlichtuerischen Gesichtsausdruck und schien dem Weinen nahe.
»Worum geht's?« sagte er und lachte unbehaglich.
»Es geht um Dr. Perkova, die Ärztin«, wimmerte Lisa Lisa.
»Was ist mit ihr?« sagte Sid rasch.
Lisa Lisa begann an den ausgefransten Rändern ihrer Nagelhaut zu knabbern. »Ich habe gehört, wie Clark Kalinov und John White über sie gesprochen haben, als ich in der Küche war.«
»Was haben sie gesagt?«
»Daß man ihr nicht trauen kann.«
»Himmel«, murmelte Sid.
»Was bedeutet das?« bettelte Lisa Lisa ängstlich. »Werden sie ihr etwas tun?«
»Natürlich nicht«, beruhigte Sid sie und tätschelte ihre Knöchel. »Warum, um alles in der Welt, sollten sie ihr etwas tun?«
»Was weiß ich«, heulte Lisa Lisa. »Ich erzähle dir nur, was ich gehört habe.«
»Es tut mir leid«, entschuldigte sich Sid.
»Ich habe ihr vertraut«, weinte Lisa Lisa. »Ich habe ihr immer alles erzählt. Sie hat gesagt, daß ich es nicht tun soll, aber ich konnte nicht anders. Ich mußte einfach mit jemandem reden.«
»Ist schon gut«, sagte Sid bestimmt. »Geh wieder an deinen Schreibtisch und mach dich an die Arbeit. Ich kümmere mich darum.«
Lisa Lisa ging an ihren Schreibtisch zurück, während Sidney sich in seinen Stuhl fallen ließ und zum Fenster schaute. Er wischte sich mit einer von Eggs Iginos Servietten einen Hauch von Schweiß von der Stirn.
»Dr. Perkova, bitte«, sagte er zu der Schwester, die immer Ivanas Anrufe abfing.

»Guten Tag, Mr. Geeder. Dr. Vandivort übernimmt ihre Anrufe. Ich stelle Sie zu ihm durch.«
»Nein – warten Sie!« unterbrach er. »Ich will nur mit Dr. Perkova reden. Ist sie bei einem Patienten?«
Die Schwester sagte einen Moment nichts. »Ihr Fall wurde an Dr. Vandivort überwiesen. Sie sollten mit ihm darüber sprechen. Dr. Perkova steht nicht zur Verfügung.«
Bevor Sidney widersprechen konnte, läutete es wieder in der Leitung, bis eine männliche Stimme in einem freundlichen, honigsüßen Tonfall antwortete. Sidney wünschte, er wäre dort, damit er dem Kerl die Nase abbeißen könnte.
»Guten Tag, hier ist Dr. Vandivort. Mit wem spreche ich?«
»Ich suche Ivana Perkova«, warf Sidney schroff ein. »Stellen Sie durch.«
»Dr. Perkova steht nicht mehr zur Verfügung. Alle ihre Fälle sind mir übertragen worden. Darf ich annehmen, daß ich mit einem ihrer Patienten spreche?«
»Ja, verdammt, ich bin einer von ihren Patienten. Wo zum Teufel ist sie? Was heißt, ›steht nicht zur Verfügung‹?«
»Und Ihr Name bitte, Sir?«
»Hören Sie auf, mir mit diesem Scheiß zu kommen. Ich sage Ihnen meinen Namen, wenn Sie mir sagen, was mit Dr. Perkova passiert ist.«
»Wir wissen nicht, was mit Dr. Perkova passiert ist. Alles, was ich weiß, ist, daß meine Dienste in Anspruch genommen wurden, um ihre Betriebspraxis zu übernehmen. Wir müssen davon ausgehen, daß sie von der Firma, die sie beschäftigt hat, gefeuert wurde.«
»Gefeuert? Weswegen?«
»Ich habe wirklich keine Ahnung, und ich möchte ihren Ruf nicht in Frage stellen, indem ich Mutmaßungen darüber anstelle. Ich bin Frau Doktor nie begegnet. Möchten Sie einen Termin vereinbaren?«

»Weswegen?« schrie Sidney Clark Kalinov an, nachdem er in Kalinovs Büro gestürmt war und den Telefonstecker herausgezogen hatte, um seine Aufmerksamkeit zu gewinnen.
Clark Kalinov lehnte sich schadenfroh zurück und hatte eine unmenschliche Freude an Sids Angst. »Regt Sie etwas auf, Geeder?«
»Sie wissen genau, worum es geht! Warum haben Sie Dr. Perkova gefeuert?«
»Aber ich habe sie nicht gefeuert«, kicherte Kalinov und zog den Augenblick in die Länge. »Und ich werde Ihren Lohn kürzen müssen, für die Buchse, die Sie gerade zerstört haben. PacTels Stundensatz fängt bei neunzig Dollar an.«
»Wo ist sie dann?«
»Woher soll ich wissen, wo sie ist?« lachte Clark Kalinov. »Junge, das geht Ihnen aber ganz schön an die Nieren, was? Ich wünschte, das wäre mir eingefallen.«
»Was eingefallen?«
»Da müssen Sie John White fragen. Ich bin nicht berechtigt, einem Händler Auskünfte zu geben.«
»Warum?« brüllte Sidney John White an, nachdem er in dessen Büro gestürmt war und man ihm erklärt hatte, daß Dr. Perkova von ihren Pflichten entbunden worden sei.
John White lehnte sich in seinem Sessel zurück und steckte sich einen Bleistift hinters Ohr. »Warum machen Sie so einen Wirbel, Geeder? Wir haben Sie durch einen anderen Arzt ersetzt. Wie ich höre, ist er ein Spezialist in Orthopädie. Er müßte in der Lage sein, Ihrem Rücken zu helfen.«
»Aber er wird es nicht leichter machen. Das war keine Medizin, was die nervöse Spannung in meinem Rückgrat gelindert hat. Kein Ultraschall und keine elektromagnetische Stimulation. Kein Acetaminophen, Codein oder Ben-Gay. Das einzige, was meinen Rücken in Ordnung bringen konnte, waren die Wunderhände einer allwissenden, fremden Verführerin, die keine

Ahnung von dem Höllenloch hatte, in dem ich Tag und Nacht schufte.«

»Herrgott, Sidney, wir können Ihnen eine Hure besorgen, wenn es das ist, was Sie brauchen. Coyote Jack hat einen Service bei der Hand, den wir für Klienten und Besucher von der Geschäftsleitung einsetzen. Er gibt Ihnen die Nummer.«

»Das ist nicht das gleiche!« kreischte Sidney, ballte vor Wut die Fäuste und zog die Schultern hoch. Es war erstaunlich, daß Sidney ein so guter Händler war, wenn man bedachte, wie irrational seine Gefühle waren und wie wenig Kontrolle er über sie hatte. »Warum wurde sie gefeuert?« brüllte er.

John White wurde ärgerlich. »Wer sagt, daß sie gefeuert wurde? Dr. Perkova wurde nicht gefeuert.«

»Aber Sie sagten gerade, daß sie gefeuert wurde.«

»Nein. Ich sagte, sie wurde von ihren Pflichten entbunden. Ihr Vertrag war abgelaufen, und wir haben beschlossen, ihn nicht zu erneuern. Es wurde alles von New York aus erledigt. Ich kenne wirklich nicht viele Einzelheiten. Die interne Überwachung legte ein Veto gegen die Erneuerung ein. Der Bericht ist geheim; was ich weiß, sind nur Gerüchte. Sie wußte zuviel. Ihre Patienten redeten. Vielleicht bekam sie Insiderinformationen und rief jedesmal, wenn ein Patient von Atlantic Pacific über das nächste Geschäft gejammert hatte, ihren Börsenmakler an. Wer weiß? Wenn ihre Patienten reden wollten, sollte sie sie zu Helmet Fisher schicken. Helmet Fisher hat in puncto Sicherheit eine weiter reichende Unbedenklichkeitsbescheinigung. Er ist darauf vorbereitet, mit Patienten umzugehen, die reden wollen. Wir sind in einem sehr empfindlichen Geschäft, was Informationen angeht, Sidney. Wir bezahlen unsere Händler dafür, daß sie den ganzen Tag reden, aber wir bezahlen sie genauso dafür, den Mund zu halten, wenn sie den zweiundvierzigsten Stock verlassen. Und mit den Rumänen und allem, denke ich, können wir kein Risiko eingehen.«

»Die Rumänen! Das ist alles nur, weil sie Rumänin ist, stimmt's?«

»Wir können es nicht dulden, daß unsere Verkaufstruppe von solchen Schuldgefühlen bedrückt wird, oder, Sidney? Schuldgefühle von dieser Sorte können sich wie eine Epidemie ausbreiten. Wir mußten vorbeugende Maßnahmen ergreifen. Es war kräftige Medizin. Dr. Perkova entwickelte einige schrecklich enge Beziehungen zu ihren Patienten. Es war eine ungute Situation, ein wahrer Nährboden für Schande und Reue. Dieses Geschäft ist für die Firma extrem wichtig, zumal nach den Rumänen die Geschäfte mit Sprint und Canadian Petroleum kommen. Wir konnten es uns einfach nicht leisten, irgendwelche Risiken einzugehen.«

»Sie sind krank, White. Sie sind wirklich total verseucht. Sie sollten wirklich einen Arzt aufsuchen. Sie gehören auf ein Bett geschnallt und an einen Tropf gehängt, und man müßte Ihr Gefühl für Moral ungefähr drei Jahre lang durchspülen.«

John White war erheitert. »Danke für den Ratschlag, Sidney. Ich werde es in Erwägung ziehen.«

»Stets zu Diensten«, erwiderte Sidney Geeder und marschierte aus dem Zimmer, lief durch den Verkaufssaal und verließ das Gebäude. Er rannte um den Block, saugte die Autoabgase und den Staub in der Luft ein und den Ausschuß des Systems, die schmutzigen Details der Innenstadt – die Politessen, die ins Auge stechende Neonreklame, die Minitornados von Müll, die an den Kreuzungen aufwirbelten, das Drängeln von eiligen Fußgängern, die aufdringlichen Hände, die Pizzagutscheine anboten, die gekritzelten Bitten von Obdachlosen, die Arbeit suchten. Es reichte, um einen Mann ins Haus zu treiben. Sidney vermied normalerweise das Straßenniveau – er pendelte zwischen der Parkgarage, der Eingangshalle im Turm und dem zweiundvierzigsten Stock. Die Straße war ein widerlicher Tummelplatz von so vielen

Kleingeistern, die mit unbedeutenden Bedürfnissen handelten, eine dröhnende Erinnerung daran, wie exklusiv die Welt war, in der Sidney in der Falle saß. Nur noch sechs Monate, und er konnte alles hinter sich lassen, konnte sich zurückziehen von den spießigen, bürokratischen Manövern, die ausdruckslose Maske über der hochnäsigen Uniform ablegen, konnte das pausenlose Getriebensein vergessen, den Druck, Informationen verkaufen zu müssen, die niemand wirklich brauchte, obwohl sie ihn darum anbettelten.

Er ging in die Tiefgarage hinunter und steuerte seinen Pick-up weg von der Riesenstadt zum Büro von Ivana Perkova. Er mußte sie finden. Sidney parkte in zweiter Reihe, ließ den Motor laufen und platzte in die Praxis, die jetzt Dr. Vandivort gehörte, wo er gerade lange genug blieb, um die Schwester am Rezeptionstisch so zu tyrannisieren, daß ihr die Tränen kamen, während Dr. Vandivort die Polizei rief. Sidney stürmte aus der Praxis, sprang wieder in seinen Truck und fuhr die halbe Meile zu ihrer Wohnung, die sie von einer alten Holländerin gemietet hatte, die unter ihr wohnte. Sidney hämmerte an Ivanas Tür, und als er keine Antwort bekam, hämmerte er an die Tür der alten Holländerin.

»Was wollen Sie?« fragte sie hinter der Sicherheitskette.

»Haben Sie Ivana gesehen?«

»Wer sind Sie?«

»Ich bin ein alter Freund. Ich war auch ihr Patient. Bitte, ich muß mich mit ihr in Verbindung setzen.«

Die alte Dame dachte über sein Ansinnen nach. »Fragen Sie in der Firma.«

»Welche Firma?«

»Die Gesellschaft.«

»Welche?«

»Die ihre Miete hier bezahlt.«

»Aber ich arbeite bei der Gesellschaft!«

»Warum belästigen Sie dann mich?«
»Oh nein!« jammerte Sidney, als die Händler am nächsten Morgen aus dem Briefing für das Rumäniengeschäft kamen. »Warum gerade ich?«
»Aber es trifft ja nicht nur dich«, korrigierte Paul DeShews fröhlich, der hinter ihm ging. »Wir müssen alle die Obligationen verkaufen.«
»Warte, bis wir die Kontingente bekommen«, quengelte Sidney und hielt sich den Kopf. »Meines wird größer sein als das der gesamten Devisenmarktabteilung.«
»Wir müssen alle unseren Teil dazu beitragen, die Demokratie voranzubringen«, erklärte DeShews in patriotischem Ton.
»Müssen wir nicht«, widersprach Sidney. »Einer der großen Vorzüge an einer Demokratie ist, daß man uns nicht zwingen kann, den kleinen Finger krumm zu machen, um sie zu verteidigen.«
»Aber die Demokratie ist das beste an unserer Regierungsform!« rief Paul DeShews.
»Nein«, schrie Sid Geeder zurück. »Das beste an unserer Regierungsform ist, daß es absolut legal ist, wenn man versucht, sie zu stürzen.«
»Du gehörst in eine Zwangsjacke gesteckt und in eine Gummizelle geworfen, Geeder.«
Sid Geeder wirbelte herum und schob sein Gesicht genau vor Paul DeShews Kinn. »Wenn du nicht ein Mädchen wärst, Goody, würde ich dir jetzt eine verpassen.«
»Aber ich bin kein Mädchen«, antwortete DeShews.
Und so verpaßte Sid Geeder ihm eine. Er ließ einen Aufwärtshaken los, der DeShews Kinn schrammte und ihn mit einer Drehung um die eigene Achse zu Boden gehen ließ. Dann wandte er sich um, rückte seine Krawatte zurecht und setzte den Weg zu seinem Schreibtisch fort. Die anderen Händler waren zu verblüfft, um zu reagieren. Sie hatten seit Jahren nie-

manden mehr mit der Faust zuschlagen sehen. Einige von ihnen – die Arschlöcher, Dummschwätzer und Rüpel – konnten nicht anders, als roh zu lachen und klugscheißerische Bemerkungen fallenzulassen. Paul DeShews war zu verdutzt, um überhaupt irgend etwas zu tun, außer sich verträumt das Kinn zu reiben und zu versuchen, sich daran zu erinnern, wie er auf den Boden gekommen war. Er war in der Besprechung gewesen und dann ...

»Sein Kinn?« fragte Coyote Jack einige Stunden später ungläubig Sid Geeder, als sich der Staub, den das Morgenschäft aufgewirbelt hatte, vorübergehend legte. »Nicht die Nase?«

»Warum sollte ich ihn auf die Nase hauen?« Sid Geeder zuckte mit den Achseln. »Seine Nase hat keinen Nutzen für ihn. Er braucht die Wertpapiere nicht zu riechen, um sie zu verkaufen. Aber sein Kiefer – ein Händler braucht seinen Kiefer, wie er sein Selbstvertrauen braucht. Im übrigen habe ich ihn nur gestreift. Betrachten Sie es als Warnschuß vor seinen Bug.«

Coyote Jack sagte nichts und dachte über Geeders Erklärung nach. Dann brach er vor heller Freude in ein Kichern aus, das ihn vorher schon bei der Nachricht überkommen hatte, daß Goody Two Shoes zu Boden gegangen war. Es war keine Freude darüber, daß DeShews verletzt worden war – es war die Ausgelassenheit darüber, daß die Rumänen bei Geeder voll ins Schwarze getroffen hatten. »Sie hassen diese Obligationen aber wirklich, was?« sagte er.

»Ich verabscheue sie«, sagte Sidney entschieden und zappelte unruhig in seinem Sessel herum, während er versuchte, nicht die Beherrschung zu verlieren.

»Na, dann habe ich ein sehr gutes Gefühl bei diesem Geschäft«, folgerte Coyote Jack und rollte einen Bleistift in den Fingern. »Obligationen, die Sie nicht ausstehen können, sind Sie bisher noch immer losgeworden.«

»Diesmal ist es was anderes«, warnte Sid Geeder. »Ich verabscheue diese Obligationen nicht nur – ich würde mir nicht mal den Hintern damit wischen. Das Management ist total übergeschnappt. Diese Obligationen sind in drei Jahren völlig wertlos. Wir würden Mexiko kein Geld leihen – warum sollten wir es Rumänien leihen?«

»Was ist los, Sidney? Normalerweise macht es Ihnen einen Riesenspaß, wenn Sie die Möglichkeit haben, die Finanzordnung zu vernichten.«

»Aber sie haben keine Finanzordnung in Rumänien! Sie haben keine Regierung! Das ist ein unschuldiges Völkchen, das keinen blassen Schimmer hat, in was es da hineinschlittert.«

»Niemand ist unschuldig«, erwiderte Coyote Jack und setzte seinen stahlharten Blick auf. »Denen geht es ums Geld, genau wie uns auch. Die Revolution hat eine Freßwut freigesetzt, die fünfzig Jahre lang unterdrückt gewesen war. Sie werden in den nächsten zwanzig Jahren die machthungrigste, geldfixierteste, hinterhältigste, knausrigste, unersättlichste Nation der Welt sein. Wenn Sie etwas von Gier verstehen würden, Sidney, wüßten Sie, daß man sie nicht unterdrücken und nicht verdrängen kann. Das totalitäre Regime in Rumänien war das repressivste im ganzen kommunistischen Block. Diese Leute gieren danach, einen Dollar zu verdienen. Mexiko hat seit 1917 eine Demokratie; ihre ganze angestaute Energie hat sich verzettelt.«

»Aber wir haben seit 1787 eine Demokratie!« schrie Sidney. »Heißt das, wir sind eine schlechte Investition?«

»Nein, zum Teufel«, fauchte Coyote Jack zurück. »Unser Land ist voller Einwanderer auf der Flucht vor Unterdrückung, die auf die Gelegenheit warten, ein paar Dollar zu verdienen. Wir haben die Türen die ganze Zeit offengelassen, und solange wir so weitermachen, werden wir immer eine florierende Wirtschaft haben. Nächste Woche werden es die Afghanen oder die Sudanesen oder die Amazonier sein, egal. Solange sie unterdrückt und niedergedrückt und bedrückt sind, nehmen wir sie. Mensch, Geeder, haben Sie nie Geschichte gelernt? Immer ist es eine Schicht von Einwanderern, die bereit ist, für'n Appel und 'n Ei zu arbeiten, die diejenigen von uns, die schon länger da sind, auf Trab hält und uns dazu bringt, uns den Hintern wundzuarbeiten. Alle wirklich verfressenen Rumänen sind ohnehin schon bei uns. Wir haben den Rahm schon abgeschöpft. Das ist Amerika, Mann. Solange es irgendwo auf der Welt Unterdrückung gibt – solange Leute anderswo gezwungen werden, zu zwölft auf einer Decke zu schlafen, Ameisen zu essen und Pisse zu trinken –, sind wir die Könige. Wissen Sie, was in der Dominikanischen Republik los ist? Ich habe da einen Artikel ausgeschnitten.« Coyote Jack, der die Wortgewandtheit demonstrierte, die ihm seinen Spitznamen eingetragen hatte, zog einen Ausschnitt aus dem *Journal* aus seiner Schreibtischschublade. »Ein Müllberg von drei Kilometer Durchmesser. Jugendbanden, die sich gegenseitig umbringen wegen eines Reviers, in dem sie nach wiederverwertbaren Flaschen und Dosen wühlen dürfen.« Er warf Sid Geeder den Artikel auf den Schoß. »Das letzte, was wir hätten tun sollen, war, General Balaguer davon abzuhalten, diese Leute weiter auszubeuten. Wir haben eine Menge verdammt guten Rahm von diesem Land abgeschöpft, bevor wir die Demokratie wieder in Kraft gesetzt haben.« Er holte noch einen Ausschnitt aus der Schublade, diesmal ein Foto mit Bildunterschrift, die besagte, daß es sich um Soldaten der Dominikanischen Befreiungsarmee handelte, die vor einer Bar saßen und sich betranken. »Schauen Sie sich diese Tagediebe an. Man gibt ihnen ein bißchen Freiheit, und was machen sie? Sie lassen sich vollaufen.«

»Sie sind verrückt«, warf ihm Geeder vor. »Sie sind wirklich total verrückt. Sie sind nichts als ein gieriger Saukerl, der nicht weiß, wann er genug hat.«

»Werden Sie erwachsen, Geeder. Sie mögen der König der Hypothekenbriefe sein, aber in puncto Management haben Sie noch immer nicht Ihre Unschuld verloren.«

»Sie können diese Obligationen nicht ohne mich absetzen«, forderte ihn Geeder kampflustig heraus.

»Und Sie machen es nicht bis zum Jahresende, wenn Sie Ihr Kontingent an diesen Obligationen nicht absetzen.«

»Was soll das heißen?«

»Die Firma wagt sich mit dieser Sache aufs Glatteis. Diese Obligationen sind für unsere Zukunft entscheidend. Wir haben eine ganze Reihe von Geschäften mit privaten Unternehmen geplant, die in Rumänien einsteigen, und sie brauchen alle Geld, um die Investition zu tätigen. Hilton Hotels hat einen Deal mit dem Athenée Palace in Bukarest. Sprint ist wegen eines Telefonnetzes im Geschäft. Canadian Oil wird nach Öl bohren. Wir suchen nach jemandem, der die Bäume kleinhackt. Sogar Ingenesis hat einen Rüstungsauftrag, sie sollen eine Armee Roboterinfantrie hinschicken.«

»Ingenesis! Die sind doch nicht etwa auch dabei?«

»Natürlich sind sie dabei«, sagte Coyote Jack. »Glauben Sie, die lassen sich so eine gute Gelegenheit entgehen?«

Sidney Geeder hielt es nicht mehr aus. Er war seiner Welt überdrüssig, und er hatte sein Talent dafür verloren, ihr einen Sinn zu geben. Er vermißte die gute alte Zeit, als er einfach nur Wertpapierhändler war, nur ein Mechaniker, der die Finanzmaschinerie ölte und reibungslos am Laufen hielt, als das Geld noch gut war und die Wertpapiere sauber und ehrlich und alle bekamen, was ihnen zustand, und niemand plötzlich verschwand oder vor Druck einen Gehirnschlag erlitt und nur noch dahinvegetierte. Seine Augenlider hingen auf halbmast, seine Schultern waren nach vorn gewölbt, und er rasierte sich nachlässig und übersah manchmal ganze Bartflecken auf seinen schaurig weißen Wangen. Er fühlte sich den ganzen Tag klamm unter seiner Kleidung und befürchtete, er habe sich irgendeine mysteriöse Art von Fußpilz geholt, weil seine Füße gerötet und rissig waren. Aber Sidney Geeders Füße waren taub, und wenn es wirklich ein Fußpilz war, konnte er es nicht sagen, denn seine Zehen waren hart wie Golfbälle.

Sidney wollte verzweifelt das Leben wiederentdecken, das Gefühl für Ordnung und Sitte zurückgewinnen, ein X und ein U auseinanderhalten können. Am meisten wollte er aber wissen, wohin zum Teufel Ivana Perkova verschwunden war, und in einem aussichtslosen Versuch, es herauszufinden, rief er die Privatdetektivin mit den kurzen Haaren und dem durchstochenen Bauchnabel an, mit der er früher gegangen war. Sidney war schwach vor Schuldgefühl und ausgelaugt von harter Arbeit und absolut anfällig für die Hundeanhänger, die von dem Ring durch ihren Bauchnabel hingen, und an denen er bei ausgedehnten Vorspielen so gern genuckelt hatte, während sie von den merkwürdigen Geheimnissen ihres Metiers flüsterte. Sie hatte eine schäbige Wohnung nahe am Meer. Sie hatte alle Innentüren ausgehängt und durch dünne, durchsichtige Batikvorhänge ersetzt, so daß die schrille Opernmusik – Wagner, Conrad Susa, Dvořák –, die sie pausenlos mit voller Lautstärke spielte, in jedem Raum gleichermaßen zu hören war. Die Privatdetektivin hatte zwanzig Monate bei der Navy gedient und sich daran gewöhnt, in kleinen, luftdichten Kojen zu schlafen, weshalb sie ihr französisches Bett in den begehbaren Schrank gestellt hatte. Die Matratze stieß an zwei Seiten an die Wände und stand auf den beiden anderen senkrecht in die Höhe. Die Meerluft war feucht und hatte ihre Haut klebrig gemacht. Es war eine schwüle, gepolsterte Höhle rein körperlicher Lust, die das normale Leben wieder ins Blickfeld rückte. Es war eine Gummizelle, in der ein Mann ernstmachen und sich austoben konnte, ohne sich wehzutun, und kaum hatte Sidney Geeder sie wegen Ivana Petrova aufgesucht, hatte er

das unwiderstehliche Verlangen, seine Unterwäsche abzustreifen und hineinzusteigen.
»Du treibst mich zum Wahnsinn«, stöhnte Geeder, als die Privatdetektivin ihn aufreizte, indem sie den Höhepunkt ihrer Geschichte hinauszögerte, in der eine geschiedene Frau vorkam, deren Mann die Privatdetektivin angeheuert hatte, um sie zu beschatten.
»Also ruft die Geschiedene in seinem Büro an und bittet seinen Assistenten, ihr eine Akte herüberzubringen. Der Assistent erscheint und die geschiedene Frau macht ihm einen Drink. Dann verschüttet sie den Drink nicht ganz zufällig über sich selber.«
»Und wo warst du?« brabbelte Sid Geeder und starrte auf den Pulli, der ihren Bauch bedeckte, während er sich fragte, ob die Hundeanhänger darunterhingen.
»Ich sitze auf der anderen Straßenseite im Auto und beobachte alles durch ein Fernglas.«
»Die Vorhänge sind nicht zu?«
Die Privatdetektivin streichelte Sidneys Haar. »Sie will, daß es die ganze Welt erfährt. Sie versucht, Aufmerksamkeit zu erregen. Sie wußte wahrscheinlich sogar, daß ich zuschaute. Sie zahlte es ihrem Mann heim.«
»Man kann nachts mit einem Fernglas nicht in Häuser sehen«, zweifelte er.
»Sie haben polarisierende Linsen.«
»Du erfindest das nur.«
Die Privatdetektivin lachte über Sidneys Unschuld. »Solcher Kram passiert so oft, daß es schon langweilt. Jeder weiß das.«
Aber Sid Geeder langweilte es überhaupt nicht, zu erfahren, wie die Geschiedene dann ihre Bluse auszog und den Assistenten einlud, nachzuprüfen, ob ihre Haut nach Gin roch, und wie der Assistent seine Olive in den Mund saugte und durch das Zimmer ging, um einen Martini zu machen, selbst wenn

die ganze Geschichte völlig frei erfunden war, und die Privatdetektivin den ganzen Tag nichts anderes gemacht hatte, als über alten Telefonrechnungen zu hocken. Sid Geeder liebte saftige Geschichten von sexuellen Abenteuern, und er wollte, daß die Privatdetektivin ihn bei den Ohren nahm und ihm befahl, ihr einen Martini zu machen.

»Und liebst du diese Ärztin?« fragte die Privatdetektivin ziemlich ernst.

»Was macht das für einen Unterschied?«

»Ich möchte verstehen, ob du mich bittest, eine Liebesgeschichte zu untersuchen oder einen Fall von internationalem Unternehmenskidnapping.«

»Vielleicht hat die Firma sie beiseite schaffen lassen«, sagte Sidney und rollte sich auf den Rücken.

»Bist du sicher, daß deine Freundin nicht einfach aus der Stadt abgehauen ist, weil sie nicht will, daß du ihr nachstellst?« stichelte die Privatdetektivin.

»Sie ist nicht meine Freundin! Und ich liebe sie nicht!« heulte Sid und boxte in theatralischer Verzweiflung ins Kissen.

»Dann verstehe ich nicht, warum sie dich nicht einfach anruft und dir sagt, wo sie steckt, selbst wenn sie in Rumänien wäre«, sagte die Privatdetektivin.

»Ich versteh's auch nicht«, gab ihr Sid resigniert recht. »Deshalb bin ich ja zu dir gekommen. Es ergibt keinen Sinn.«

»Du sagst, sie haben deine Akte aus ihrem Büro gestohlen. Vielleicht setzt sie sich nicht mit dir in Verbindung, weil es dich nur noch mehr in Schwierigkeiten bringen würde. Vielleicht weiß sie, daß es das beste für dich ist, wenn ihr beide keinen Kontakt habt.« Die Privatdetektivin fuhr mit den Fingern durch Sidneys dichtes schwarzes Haar und Sidney stöhnte.

»Worauf willst du hinaus?« murmelte Sidney ins Kissen.

»Daß du die ganze Sache vielleicht einfach auf sich beruhen lassen solltest.«

Sid schüttelte den Kopf. »Bitte versuch einfach, irgendwas herauszufinden«, bettelte er.
»Ich weiß nicht«, sagte sie. »Irgendwie gefällt es mir, daß du wieder in meinem Leben aufgetaucht bist. Aber ich schätze, du rufst mich nur wieder an, wenn ich sie suche, hm?«
»Ach, ich weiß nicht«, antwortete Sid. »Ich hab nicht damit gerechnet, daß du es so kompliziert machst.«
»Und was hast du erwartet? Einen roten Teppich? Die Sache ist ein bißchen peinlich, findest du nicht?«
»Bitte! Ich glaube, daß sie vielleicht in Schwierigkeiten steckt. Ich bin schon ganz krank vor Sorgen. Ich kann sie nicht einfach so verschwinden lassen.«

Sprache

Ihre Sprache war ein Bastard – der uneheliche Sproß aus Finanz-Fachterminologie und vierzig Jahren amerikanischer Popkultur, übersät mit schlechtgewählten Metaphern und lebenden Initialwörtern. Die Rumänienobligationen hatten eine laufende Rendite und eine Abschlußrendite und eine Rückzahlungsrendite, die Sid Geeder Kenny Whitlash von Ingenesis alle hinschleuderte, um ihn davon zu überzeugen, daß die Obligationen ein anständiger Kauf waren. Aber die Rumänen hatten auch einen »Kern aus Marshmallowmasse« unter einer »Schale aus Büffelleder«. Sie hatten auch »Integrität« und »Dauerhaftigkeit« und waren »neu und verbessert« gegenüber den unterkapitalisierten und ungesicherten südamerikanischen Deals der Siebziger. Sie waren »amphibisch«, was hieß, sie sollten sowohl bei steigenden als auch bei fallenden Kursen gut dastehen. Die Rumänen hatten eine durchschnittliche Lebensdauer, eine inbegriffene Kaufoption, eine einzigartige monatliche Wertminderung und eine in Dollar aufgewogene Rendite.

Nichts davon begriff Lisa Lisa wirklich, aber sie rasselte die Phrasen mit aufrichtiger Überzeugung herunter, und ihr Kunde, Mike Kohanamoku von der Honolulu Federal Bank, wollte nicht zugeben, daß er während der Vorlesungen über Rentenpapiere gepennt hatte. Er tat so, als ob er alles genau verstünde. Die Obligationen waren eine sichere Sache, eine Zukunftsrücklage, ein Extrapunkt, ein Elfmeter und ein Freilos. Das verstand Kohanamoku, und um zu beweisen, daß er es verstand, war er bereit zu glauben, was er selber sagte, und sein Geld anzulegen.

Es war eine Filiale in den Wolken, die gänzlich aus High Technology bestand, eine Technologie ohne bewegliche Teile: Die Computer bewegten sich nicht, die Leuchtanzeigen bewegten sich nicht, und das Gebäude bewegte sich nicht – obwohl es, wenn die Wolken an den Fenstern vorbeifegten, oft so aussah, als würden sie in einem Höllentempo durch die Luft fliegen. Die einzigen beweglichen Teile in der Maschinerie von Atlantic Pacific waren die Händler, und von deren beweglichen Teilen bewegten sich die Münder am meisten. Sie hörten nie auf zu reden. Sie redeten sich selbst in Trance, in Fieber, in einen Zauber. Wenn das Gespräch stockte, konnten sie einfach irgend etwas sagen, nur damit die Worte weiterflossen, damit sie in Gang blieben. Wenn sie etwas Dummes sagten – »da zeigt sich, aus welchem Holz einer geschnitzt ist«, zum Beispiel, oder »das Ufer ist in Sicht« –, wiederholten sie es einfach so oft, bis es Selbstironie wurde, Satire, Kommunikation durch Verneinung.

Wenn sie den Hörer auflegten, redeten sie dennoch weiter. Sie erzählten sich gegenseitig ihre Geschichten. Das waren großspurige Erzählungen. Kriegsgeschichten. Anglerlatein. Es waren Märchen, und sie beharrten darauf, sie seien hundertprozentig wahr. Ihre Sprache verlieh einer ansonsten nicht greifbaren, rein digitalen Umgebung einen Sinn. Sie erzeugte eine kämpferische, instinktive, greifbare sekundäre Wirklichkeit, um den offensichtlichen Verfall aufzuhalten. Wenn sie viele Abschlüsse an einem Tag gemacht hatten, was Sid Geeder fast jeden Tag zustande brachte, dann »peitschte und schindete er sie«. Wenn sie einen Posten verkauften, den ein anderer Händler nicht hatte absetzen können, wie Eggs Igino, als er die Aussies von '03 verkaufte, hatte er »seine Bomben ausgeklinkt«. Wenn sie einen Kunden einschüchterten und anlogen, damit er kaufte, wie Nickel Sansome, als er der unschuldigen Bank of Canton die Resolutions verkaufte, hatte er »Wertpapiere gestopft« – dem Kunden in den Hals. Nickel kam sich hinterher scheußlich vor und suchte nach Vergebung, deshalb ging er augenblicklich zu Geeders Schreibtisch, um zuzuhören, wie Sidney Franklin Mutual das Messer im Bauch umdrehte.

Um einen Kunden für ein neues Wertpapier zu erwärmen, waren oft ein Dutzend Telefongespräche nötig, in denen sie seine Habgier entfachten. Es war ein langsamer Tanz, ein Katz-und-Maus-Spiel. Wenn der Kunde eine Frau war, war der erste Schritt, sie »aufzugeilen«, also »ihren schwachen Punkt zu berühren«, sie »naß zu machen« und sie dazu zu bringen, daß »sie es wollte«. Selbst Lisa Lisa, die die sexuellen Anspielungen in ihrer Sprache haßte, konnte sich nicht beherrschen, vor Regis Reed damit zu prahlen, daß sie soeben Hewlett-Packard aufgegeilt hatte. Wenn der Kunde ein Mann war, war der erste Schritt, »den Haken tief zu versenken« und dann »die Leine nachzulassen, bis er müde wurde«. Wenn sie einmal völlig scheiterten, wie Regis Reed, als er versuchte, die Aussies von '03 an die Pensionskasse der Klempner und Rohrverleger zu verkaufen, dann hatte er den »Köder verloren« oder war »auf Grund gelaufen«. Als Nelson Dicky, der aus Schuldgefühl das meiste Geld seiner Kirche gab, weil er seine Kollegen nicht dazu brachte, zu den Mormonen zu konvertieren, die First Nationwide nicht davon überzeugen konnte, in die Eurofloater zu investieren, war es ein »Tag der nicht erhörten Gebete«, an dem er »in der Wüste gewandelt« war.

Vor allem aber war es Krieg. Sie humpelten hinaus in ihre Schützenlöcher, kauerten sich nieder, machten sich bereit zum Gefecht und warfen ihre Bomben, warteten auf den gesichtslosen Feind. Am Ende des Tages, wenn sie ihre Verkaufsbelege abrechneten, »zählten sie die Skalps«. Der Börsenkrach von

1987 war »die Bombe«, und ihre Zeitrechnung lautete »Vor der Bombe«/»Nach der Bombe«, als hätte sich die Börse von diesem ominösen Tag nie erholt. Der Geldmarkttisch wurde von »Grunts« besetzt, während Green Berets die Hypothekenabteilung durchstreiften. Coyote Jack wurde oft als General William Tecumseh Sherman bezeichnet und John White als Präsident Eisenhower, während der Wertpapiermarkt ihr »Operationsgebiet« war. Es war nicht wirklich Krieg, aber es half ihnen, eine vage und geheimnisvolle Welt zu verstehen. Es half ihnen mehr, sie zu verstehen, als alle rechnerischen Analysen, mit denen sich »Zinserwartungskomponenten« oder »horizontale Induktion« erklären ließen, nicht aber, warum Lisa Lisa bei der Weihnachtsfeier mit Überraschungsgeschenken ein Suspensorium bekommen hatte. Eine rechnerische Analyse konnte auch nicht im geringsten erklären, wie gedemütigt sie sich fühlte, als sie das grüne Seidenpapier abriß und alle zu lachen begannen. Sie erklärte nicht, warum sie am liebsten in Tränen ausgebrochen wäre, als Regis Reed sie aufforderte, es für sie anzuziehen. Sie erklärte nicht, warum Sue Marino, von der sie in einer solchen Notlage eigentlich Beistand erwartet hätte, meinte, das Suspensorium sehe aus, als wäre es ihr zu klein. Lisa Lisa hatte zwei Gläser fettarmen Eierflip getrunken und spürte, wie der Rum ihr Gesicht erhitzte. Sie wollte kein Spielverderber sein und kicherte, aber ihr Lächeln war dürftig und ihre Verletztheit offensichtlich.

Alle anderen waren ebenfalls aufgezogen worden, aber nicht annähernd so beißend. Coyote Jack bekam ein billiges Paar Clownhosenträger, so lang, daß sie ihm bis zu den Knien reichten. Nickel Sansome erhielt eine Flasche Vitalis-Haaröl. Lisa Lisa hätte ernsthaft gemein zu Clark Kalinov sein können, aber statt dessen kaufte sie ihm einen Spielzeuganker und ein Geschichtsbuch über den Aufstieg und Fall des römischen

Weltreichs. Lisa Lisa war sich bewußt, daß es eine feine Grenze zwischen einem guten Scherz und Verspottung gab. Und eine noch feinere zwischen Dampf ablassen und Gemeinheit. Aber ein Suspensorium! Es war gefühllos, unmenschlich und unerklärlich.

»Laß es mich erklären«, sagte Nickel Sansome, als Sidney Geeder ihn im Kopierraum zur Rede stellte. »Es war anerkennend gemeint. Es war ihre Aufnahme in den Club. Sie gehört nun zum Team!«

»Blödsinn«, gab Geeder zurück und klopfte mit dem Zeigefinger hart gegen Sansomes Brust. »Du wolltest sie einfach nur demütigen.«

»Ich schwöre es, Sid«, plapperte Nickel. »Ich wollte ihre Gefühle nicht verletzen.«

Geeder hatte Lust, Sansome zu Boden zu werfen und ihm die Arme auszukugeln. »Du bist nur eifersüchtig, weil sie mehr Energie hat als du und doppelt soviel Geld macht.«

»Ich dachte nicht, daß sie es so schwer nehmen würde.«

»Was dachtest du denn, wie sie's nehmen würde? Sie ist eine Frau!«

Nickel stotterte herum und versuchte, von der Kiste mit Firmenbriefköpfen wegzukommen. »Alle sind ein bißchen gepiesackt worden.«

»Ein mieser Trick, Sansome. Sie weiß nicht einmal, von wem es war – sie hat keine Chance, es dir heimzuzahlen. Es ist so primitiv, Nickel. Ein hinterhältiger Angriff zu einer Zeit, in der sie verletzbar ist. Du solltest dich entschuldigen.«

»Also gut, ich werde mich entschuldigen. Was ist schon dabei?«

Lisa Lisa war in der Tat ziemlich entmutigt und am Boden zerstört. Weihnachten war immer eine harte Zeit für sie. Wie alle anderen wollte sie sich in den Zauber der Liebe flüchten, aber die Männer liebten sie nicht wirklich, und das nun schon seit einigen Jahren. Im nachhinein betrachtet, hatte sie der Sportreporter von Channel 5 genausowenig geliebt wie der Patentanwalt oder der Werbefachmann. Es war keine wirkliche Liebe gewesen, keine Liebe, die atmet, die Vertrauen schenkt. Aber Lisa Lisa konnte niemandem als sich selbst die Schuld dafür geben. Kundera hatte sie gelehrt, daß ihre Abhängigkeit von Liebe nur ein Symptom für ihre Unfähigkeit war, sich selbst zu lieben. Nietzsche hatte sie gelehrt, daß sie sich über Gut und Böse erheben würde, wenn sie sich selbst liebte - und über nicklige Büromachenschaften. Lisa Lisa gab sich selbst die Schuld daran, daß sie in kleinliche Bürointrigen verstrickt war, und sie gab sich die Schuld daran, daß Männer nur ihre Mütter lieben konnten. Ihr Schuldgefühl kam dauernd ihrer Selbstliebe in die Quere, und dann haßte sie sich dafür, daß sie sich immer selbst die Schuld gab. Je mehr sie versuchte, sich selbst zu lieben, desto mehr wurde sie von Selbsthaß erfüllt und von dem überwältigenden Gefühl von Leere und Verzweiflung.

Sie haßte sich für den Gedanken, aber sie wollte wirklich nur einen Mann, der sie mit sich riß, weit, weit weg von allem. Wenn der Drang am stärksten war, rannte sie vor ihm davon. Sie packte ein paar Jeans und einen Sweater in den Rucksack, schlüpfte in ihre Joggingkluft und rannte drei Hügel in San Francisco hinauf und hinunter zu einem Badehaus nahe am Meer. Es war eine kleine Anlage mit nur drei privaten Räumen, die hinter einem von Farn und Purpurefeu überwachsenen Gitterzaun vor der Straße abgeschirmt lagen. Jeder Raum hatte eine Stereoanlage, eine Dusche und ein Thermalbecken, das von einem unterirdischen Strom gespeist wurde. Alle Wände, einschließlich des Beckens, waren mit smaragdgrünen Fliesen verkleidet. Lisa Lisa kam immer verschwitzt und furchtbar nervös an. Sie legte eine Kassette in die Stereoanlage ein und spielte in voller Lautstärke die Geräusche eines tropischen Gewitters im Regenwald, komplett mit schnatternden

Affen und kreischenden Aras. Sie löschte alle Lichter, mit Ausnahme der Unterwasserlampen im Pool. Sie ging immer in ihrer Joggingkleidung unter die Dusche, so daß sie sie später zu Hause nicht waschen mußte. Wenn sie sauber war, wälzte sie sich ins Becken und trieb eine Stunde lang im Wasser, bis sich ihr ganzer Nagellack abgelöst hatte und ihre geschwollenen Füße entwässert waren, egal, von welcher Flüssigkeit sie aufgedunsen waren. Sie schloß die Augen und ließ sich vom Wasser umfangen. Ihre Hände wanderten über ihren Körper. Sie gab der zarten Haut auf ihrer Schulter einen nassen Kuß. Das war ihre Flucht, und sie hatte nie jemandem davon erzählt, keiner Menschenseele, außer, daß es ihr einmal zu Sidney Geeders Assistentin herausgerutscht war, die es ihrerseits Nickel Sansome verriet.

Nickel Sansome fuhr nach der Arbeit zu Lisa Lisas Wohnung hinüber, um sich zu entschuldigen. Er parkte in zweiter Reihe, da er annahm, es würde nicht lange dauern. Ihre Wohnung lag im Obergeschoß, und er hatte einen leichten Drehwurm, bis er an ihrer Tür war. Er klopfte. Er hörte, wie ihre leichten Schritte den Flur entlangkamen. Sie fragte, wer da sei, und er sagte seinen Namen. Eine Minute später schloß sie die Tür auf und ließ ihn herein. Sie trug nur einen kurzen Kimono ohne Gürtel, bei dessen Anblick er sofort seinen Skalp zu reiben begann. Rote und grüne Kerzen brannten über die Wohnung verteilt. Sie bot ihm ein Bier an, und er folgte ihr in die Küche, die auf einen Balkon mit Blick auf Downtown hinausging. Außerhalb der rauhen und brutalen Welt des Handelssaals hatte Lisa Lisa viele von den Vorzügen, die Nickel Sansome auf dem Videoband von der 82er Rose Bowl bewundert hatte.

»Ich wollte nur sehen, wie's dir geht«, sagte er sanft. »Nach dem, was heute...«

Lisa Lisa lehnte sich gegen den Kühlschrank. »Das ist lieb von dir, Nickel. Ich wußte gar nicht, daß du so nett bist.«

»Na ja, ich hab gesehn, daß es dich verletzt hat, und ... Ich wollte mich einfach vergewissern, ob du okay bist.«
Sie schwiegen einen Augenblick. Lisa Lisa nippte von ihrem Glas. »Du weißt aber, daß ich nicht so bin, Nickel, oder?«
»Wie?«
»Du weißt schon – daß ich ein Suspensorium brauche und so.«
Nickel schluckte. »Nein, ich, äh, natürlich denke ich das nicht.«
»Ähm, und was denkst du von mir?« Sie wandte sich ihm zu und schaute ihm in die Augen.
»Also, ich denke, äh, daß du eine schöne Frau bist.«
»Wirklich?«
»Klar«, sagte er und legte die Fingernägel beiläufig auf seine Kopfhaut, während er sie musterte. »Gar nicht übel.«
»Das ist lieb von dir«, sagte sie wieder. Sie ging an den Kühlschrank. »Hast du Hunger?« fragte sie.
Nickel sagte, er hätte keinen, aber als Lisa Lisa anbot, etwas von den köstlichen Hähnchen-Tamales aufzuwärmen, die sie gemacht hatte, knurrte sein Magen, und er setzte sich an den Küchentisch. Er begann mit den brennenden Kerzen zu spielen und fuhr wie ein Junge mit den Fingern durch die Flammen. Sie brachte ihm noch ein Bier. Als sie sich hinüberbeugte, um im Herd nachzusehen, glotzte er auf die Kurven ihrer Schenkel. Unwillkürlich ging seine Hand an den Schädel und begann, an dem feinen Haar am Rand der kahlen Stelle zu reiben und unfreiwillig auszuzupfen, was von seiner Haarpracht noch übrig war.
»Mein Vater sagt, daß Atlantic Pacific zweihundert von uns entlassen wird«, plapperte Nickel drauflos, um sich durch einen Themawechsel wieder unter Kontrolle zu bringen. »Das ist jedenfalls, was man so hört.«
Lisa Lisa lehnte sich mit der Hüfte an den Herd, die Arme verschränkt, damit der Kimono nicht aufging. »Aus welcher Abteilung?«

»Keine Ahnung. Mein Vater sagt, das machen sie nur, um die Aktien vor den Weihnachtsprämien ein bißchen hochzutreiben. Sie kündigen irgendeine Kosteneinsparung an, die Aktien steigen, und die Firma verkauft Aktien, die sie in Reserve hat, zum inflationierten Kurs, um Cash für die Prämien flüssigzumachen.«

»Das ist krank«, sagte Lisa Lisa angewidert und ließ die Schultern sinken. »Es ist einfach so, so...«

»Hirnverbrannt.«

»Nein. *Kannibalisch.*«

»Jemand anderen auffressen, um sich selbst zu retten.«

»Genau«, sagte sie. »Und wir sind immer die letzten, die es erfahren. O Mann, erzähl mir irgendwelche guten Neuigkeiten.« Sie zog die Tamales vom Herd und ließ sie auf einen Teller gleiten, den sie vor Nickel hinstellte. Er spießte die Gabel hinein.

Sie fragte, ob sie ihm schmeckten, und er nickte mit vollem Mund.

»Nickel, hast du eine Freundin?«

»Nichts Ernsthaftes«, log er.

»Wie lange kennen wir uns jetzt schon? Zwei Jahre? Sind es zwei Jahre oder drei? Zwei, oder? Jedenfalls ziemlich lange. Du kannst also aufrichtig zu mir sein, nicht?«

»Natürlich«, stimmte Nickel zu und schaute nicht von seinem Teller auf, weil er dachte, sie würde ihn nun beschuldigen, ihr das Suspensorium geschenkt zu haben.

»Dann sag mir, was stimmt nicht mit mir, Nickel? Ich meine, wirklich – ich mein's ernst. Aus der Sicht eines Mannes – hab ich irgendwas an mir, das Männer einfach nicht mögen?«

Nickel schaute auf.

»Ich meine«, fuhr sie fort, »sag mir die Wahrheit. Warum hast du mich nie angemacht? Nicht, daß du es tun sollst, ich will nur genau verstehen, was ich an mir habe.«

»Meine Güte, Lisa. Wir arbeiten zusammen.«
»Aber du hast auch mit Sidney Geeders Assistentin geschlafen, als du mit ihr gearbeitet hast.«
»Sie war anders.«
»Wie anders? Wie genau?«
»Ach, Himmel. Ich würde dich anmachen, wenn ich glauben würde, daß du es zuläßt. Aber du hast einen Riesenkomplex, den man als Mann vom anderen Ende des Saals sehen kann.«
»Wirklich? Ich mach das nicht absichtlich.« Sie war dem Weinen nahe. Ihre Unterlippe hing herunter, während sie durch die Nase schniefte.
Nickel stand auf und nahm sie in den Arm. »Es tut mir leid. Ich hätte das nicht sagen sollen.« Lisa Lisa barg ihr Gesicht an seine weiche Brust, schlang ihre Arme um seinen schwabbeligen Rumpf und drückte ihn. Dabei öffnete sich ihr Kimono etwas, und ihr nackter Körper preßte sich an ihn.
»Ich glaube, ich sollte mich auf den Weg machen«, sabberte Nickel und stellte sein Bier auf den Herd.
»Ach, von mir aus nicht«, sagte sie und wickelte sich wieder in den Kimono. »Ich habe nicht oft Besuch.«
»Wir wiederholen es bei Gelegenheit«, bot er an und keuchte plötzlich unbehaglich. Er ging zur Tür. »Ich finde schon hinaus.« Er rannte die Treppen hinunter, stieg in seinen Wagen und fuhr zur Wohnung seiner koreanischen Freundin, wo er duschte, drei Schokoriegel aß und seine Gastgeberin vögelte, wobei das Bild von Lisa Lisa in einem kurzen Kimono ohne Gürtel durch seinen Kopf spukte. Nickel Sansome fühlte sich erniedrigt, aber er konnte nichts dagegen machen. Am nächsten Tag zahlte er es Sidney Geeder heim, indem er den Kaffee in Sids Thermoskanne durch koffeinfreien ersetzte. Dann erzählte er Lisa Lisa, was er getan hatte, und sie lachten sich halb tot, als Sid anfing, seinen Kunden vorzuschwafeln, daß seine Gehirnmasse langsam aus seinen Ohren sickere. Immer

wenn Sid unter derartigem Kopfweh litt, bedeutete es, daß er nicht genügend Kaffee bekam, also goß er sich jede Stunde eine neue Tasse aus seiner Thermoskanne ein. Aber das Kopfweh blieb hartnäckig. Sid fand Aspirin und Advil in der Küche und nahm von jedem drei Stück, aber es half nichts. Er aß ausgiebig zu Mittag – keine Wirkung.

»Ich hab's dir gesagt«, sagte Nickel Sansome und beugte sich über seinen Schreibtisch. »Es ist psychosomatisch. Streß. Es ist überhaupt kein körperliches Symptom.«

»Halt den Mund, Sansome, oder ich häng dich an deiner Krawatte auf.«

»Du solltest wirklich Helmet Fisher aufsuchen«, witzelte Nickel. »Er hat das Wanderauge von deinem Kumpel Wes Griffin geheilt.«

Sidney Geeder wollte nicht mehr daran erinnert werden, wie Wes Griffin zum firmeneigenen Seelenklempner gegangen war und schlußendlich alles hinschmiß, obwohl Sid es für äußerst wichtig hielt, die Geschehnisse der Vergangenheit nicht zu vergessen, und es sehr wichtig nahm, jeden Neuling, der durch die Eingangstür kam, darauf aufmerksam zu machen, wie sehr er diesem Turner ähnelte, der Schwierigkeiten beim Atmen bekommen hatte und jetzt im McDonald's am Ghirardelli Square Tische abräumte. Geeder war sich nicht völlig sicher, ob es Turner gewesen war, der die Tische abgeräumt hatte, als er zuletzt auf einen Big Mac gegangen war, aber der Junge, den er gesehen hatte, sah auf jeden Fall aus wie Turner oder zumindest, wie er Turner in Erinnerung hatte.

Sidney Geeder fiel in eine tiefe gefühlsmäßige Leere und dümpelte den ganzen Tag für sich allein herum, sprach mit niemandem und vermied Blickkontakte. Sidney Geeder empfand glühenden Haß für die feisten, verschwitzten Gesichter so mancher Händler, obwohl er jeden einzelnen von ihnen als Individuum vergötterte und den Gedanken nicht ertragen konnte, daß man sie alle innerhalb weniger, kurzer Jahre wahrscheinlich feuern oder ausmustern würde. Er versuchte, nicht an den Schmerz zu denken, den sie allesamt erleiden würden, oder an den Schock, wenn sie begriffen, daß sie sich nun einschränken mußten. Sidney Geeder ertrug es nicht mitanzusehen, wie sie so unschuldig telefonierten, ohne von dem Schicksal zu wissen, das ihnen bevorstand. Die Zeit verging so quälend langsam. Stöhnend verkroch er sich in den Fußraum unter seinem Schreibtisch und machte bis drei Uhr seine Telefonate, und um drei Uhr rief er die Privatdetektivin mit dem auswärts gewölbten Nabel an und lud sie zu einem romantischen Picknick bei Sonnenuntergang auf der riesigen Sanddüne bei Baker Beach ein, und sie sagte begierig zu.

Die Privatdetektivin war kein romantischer Typ, und Sid hoffte, der Abend würde erbärmlich in die Hose gehen – daß sie mit den Kleidern am Leib nichts hätten, worüber sie reden konnten, und sich mangels Verzauberung erstens nicht verlieben würden, und zweitens Sidneys uraltes Vorurteil, eine Sanddüne sei romantisch, ein für allemal erledigt wäre. Aber Sid hatte grob unterschätzt, wie bereitwillig die Privatdetektivin mit dem auswärts gewölbten Nabel sich öffentlich entkleidete, und so tobten sie auf der kratzigen Wolldecke herum, sangen im Duett Erkennungsmelodien aus dem Fernsehen und betranken sich mit einer Flasche Mescal. Bis sie als verschwitzter Haufen auf der Kingsizematratze in ihrem begehbaren Schrank zusammenbrachen, war Sidney Geeder einer Art Ferienlagerverliebtheit, die niemals halten würde, gefährlich nahe. Er tauchte unter die Laken und schmiegte sich an ihren warmen Bauch, während sie seinen Nacken massierte. Er umklammerte sie und grub sich in ihre warme Haut, bis ihr Streicheln ihn so entspannte, daß er, die Arme fest um ihre Mitte geschlungen, einschlief. Es war ein wunderbarer, federleichter Babyschlaf. Er träumte üppig und ausgedehnt,

und er verkaufte im Traum keine Bomben und kein Coyote Jack war hinter ihm her.
Als ihr Wecker ihn um sechs Uhr morgens weckte, schoß er voll Angst aus dem Bett, gab ihrem Bäuchlein einen Abschiedskuß und hüpfte mit den Kleidern unter dem Arm in seinen Truck. Er raste Richtung Downtown. An roten Ampeln stieg er in seine Klamotten, die Knöpfe, Reißverschlüsse, Schnallen und Schnürsenkel hob er für später auf. Er schoß mit quietschenden Reifen in seinen Parkplatz und kam ruckartig zum Stehen, dann rannte er zum Aufzug, der ihn in die Lobby brachte, wo er sich eintrug und den nächsten Aufzug zum zweiundvierzigsten Stock nahm. Sidney Geeder war der König der Hypothekenbriefe, und er war noch nie zu spät zur Arbeit gekommen oder hatte sich krank gemeldet. Er war ein loyaler Bombenschütze, der immer einen Weg fand, zur Arbeit zu erscheinen. Er wußte, was ihm bevorstand, wenn er sich verliebte. Er wußte, es würde sehr viel schwerer fallen aufzustehen und zur Arbeit zu gehen, wenn er die Umarmung einer Geliebten verlassen mußte. Dreizehn Minuten nach sechs stürmte er durch die Eingangstüren in den Handelssaal, der bis auf Eggs Igino völlig leer war. Igino war an seinem Schreibtisch und plauderte ruhig mit einem Kunden. Er dehnte einen Oberschenkel, indem er einen Fuß auf Sidney Geeders Stuhl stützte. Die Telefone schrillten wie verrückt, aber niemand ging ran.
»Wo sind die anderen alle?« fragte Sid und griff in seinen Aktenschrank nach einem frischen Hemd und einer nicht zerknitterten Krawatte, und im nächsten Augenblick steckte er seinen Quotron aus, um seinen Elektrorasierer anzustecken.
»In der Küche«, sagte Eggs Igino beiläufig und hielt die Mute-Taste gedrückt.
»Was machen sie dort?« fragte Sidney und fräste mit dem Rasierer über sein Kinn, während er mit der anderen Hand sein Hemd zuknöpfte.

»Meuterei«, lachte Eggs Igino.

»Hm?«

»Bürgerkrieg«, kicherte Eggs und nahm seinen Fuß von Geeders Stuhl.

»Was?«

»Die Arbeiter vereinigen sich!« blödelte Igino. »Rebellion!«

Und so mußte Sidney Geeder selbst nachschauen gehen, nachdem er sich etwas Gel ins Haar gekämmt, After-shave in sein Gesicht geklatscht, eine halbe Flasche Augentropfen in seine Augen geträufelt und Nickel Sansomes Schreibtisch durchstöbert hatte, um den Nickel zu stehlen, den er an die Unterseite seiner Schublade geklebt hatte. Dann stürmte er in die Küche, wo alle durcheinanderschrien und sich gegenseitig schubsten und gelegentlich geballt auf Paul DeShews und ein paar von den Händlern im Massengeschäft zuwogten, die den Frühstückswagen verteidigten. Sidney hatte keine Ahnung, was vor sich ging. Er hatte noch keinen Kaffee getrunken, und er wurde langsam wirr und leicht benebelt im Kopf und hatte andauernd die körperliche Empfindung, nach hinten zu fallen. Paul DeShews umklammerte mit der einen Hand nervös eine Schüssel Erdbeeren und mit der anderen einen Teller Pfannkuchen. Jedesmal, wenn er Richtung Tür ausbrechen wollte, verstellte ihm die Menge den Weg und schrie ihn wütend an, sein Mahl zu teilen. Schließlich umzingelten sie ihn und griffen sich das Essen aus einen Armen und reichten es nach hinten, wo es auf der Stelle verschlungen wurde. Dann fielen sie über die anderen Händler her, nahmen ihnen das Essen weg und fraßen es ebenfalls auf. Danach rissen sie die Schachtel auf, die normalerweise ihr Frühstück enthielt, nur daß diesmal nichts drin war als vierunddreißig Styroporschalen heißer Haferschleim mit Rosinen. Jede Schale war in Einwickelpapier gehüllt, das von einem Gummiband gehalten wurde. Mehrere Schalen kippten auf den Boden. Verschiedene Vorschläge wurden gebrüllt, aber der Mob hatte seinen eigenen Willen. Jeder Händler schnappte sich eine Schale Haferflocken, und sie marschierten alle zusammen durch die Flure zu Clark Kalinovs Büro, wo sie die Flocken auf den maßstabsgetreuen Modellschoner kippten, den Kreuzmast kappten und das Achterdeck eindrückten. Rosinen klebten am Gaffelsegel. Dann marschierten sie im Gänsemarsch zurück in den Handelssaal, bezogen Stellung an ihren Schreibtischen und stürzten sich wieder auf die Telefone, in die sie wie rasend brüllten, fluchten und knurrten.

»Unglaublich«, rief Sidney Geeder aus, als er an den Schreibtisch zurückkam, nachdem er seine Thermoskanne mit Kaffee gefüllt hatte.

»Wart's nur ab«, grinste Eggs Igino verschlagen vor sich hin und rieb sich erwartungsfroh die Hände.

»Gib mir bitte einen Erdbeerblätterteig«, sagte Sid Geeder und streckte die Hand aus.

»Vertrau mir«, antwortete Eggs Igino. »Wart einfach mal.«

»Ich traue niemandem. Wenn ich etwas gelernt habe in diesem Job, dann, keinem Händler von Atlantic Pacific zu trauen.«

»Gib mir eine halbe Stunde.«

Eine halbe Stunde später schlich Clark Kalinov durch die Hintertür und ging zu seinem Büro, von wo er in den Handelssaal gerannt kam und brüllte, wer sein Schiff in Haferschleim ertränkt hätte.

Aber die Händler waren zu beschäftigt, um zurückzubrüllen. Kalinov rannte von Schreibtisch zu Schreibtisch und befragte einen nach dem andern. Alle sagten, sie hätten nichts gesehen und keine Ahnung, wovon er redete. Also ging er zu Paul DeShews, der so wütend auf Kalinov war, weil er ihn herausgenommen und ihm ein Spezialfrühstück gegeben hatte, daß er log und schwor, er hätte nichts gesehen und seine Schüssel Erdbeeren mit Pfannkuchen ohne Zwischenfall gegessen.

Genau in diesem Augenblick schob das kleine mexikanische Dienstmädchen einen zweiten Servierwagen an ihnen vorbei den Gang hinunter zum Fenster, wo sie die Radsperre einrastete und das Tischtuch wegzog, um zwei Teller *Huevos Rancheros* zu enthüllen, mit Hash Browns und frischgepreßtem Grapefruitsaft in Highball-Gläsern. Das Getöse des Handelssaals verstummte, als sie die Teller vor Eggs Igino und Sidney Geeder stellte, gefolgt von Stoffservietten und Silberbesteck. Dann löste das kleine mexikanische Mädchen die Radsperre und schob den Wagen den Gang zurück, genau an Clark Kalinov vorbei, der mit offenem Mund dastand.

»Warten Sie mal!« rief er und fuchtelte mit den Armen in der Luft.

»No hablo inglés«, log sie, rollte den Wagen durch die Hintertür und war verschwunden.

Clark Kalinov wirbelte herum und strebte den Gang hinunter Richtung Eggs Igino, dann zögerte er, bog scharf ab und rannte hinaus zu Coyote Jacks Büro, um sich zu beschweren.

»Laß uns essen!« rief Sidney aus, blähte seine Nasenlöcher und sog tief den Duft des warmen Essens ein.

Er legte seine stämmigen Arme um den Teller, während er in sich hineinfutterte. »Feines Essen«, murmelte er und griff nach seinem Glas Grapefruitsaft. Als Nickel Sansome ihn mit dem stumpfen Leidensblick eines Bettlers ansah, knurrte Sidney zurück wie ein Hund, der seinen Knochen verteidigt.

»Magst du French Toast?« fragte Eggs Igino und kaute mit vollem Mund. »Laß uns morgen French Toast nehmen.«

Sidney fing an zu glucksen und spuckte kleine Bröckchen Essen aus dem Mund. »Kannst du Puderzucker kriegen? Ahornsirup und Puderzucker?«

»Natürlich«, antwortete Eggs und kicherte zusammen mit Geeder, dessen Lachen ansteckend war und Nickel Sansome auf den Plan rief.

»Was ist so komisch, Jungs?« fragte Nickel.
»Nichts, Mann«, sagte Sidney und hielt sich die Rippen. »Geh zurück an die Arbeit.«
»Sagt's mir schon«, bettelte Nickel. »Ich könnte ein bißchen Spaß gebrauchen.«
»Du würdest keinen haben«, lachte Igino schallend und hielt sich die Stoffserviette vor die Nase, damit er sein Essen nicht durch die Nebenhöhlen herauslachte.
»Versucht es«, beharrte Nickel fröhlich und kicherte ein bißchen. Er blickte über die Schulter, um zu schauen, worüber sie so lachen könnten. »Ißt du den Rest von diesen Hash Browns?« fragte er Eggs und zeigte auf die Portion, die Eggs nicht in den Mund bekam, vor Angst, er könnte sie wieder hochhusten.
Eggs nickte.
»Ist das frischgepreßter Saft? Ich wette, er ist nur aus der Dose.«
»Er ist frischgepreßt«, versicherte ihm Eggs, und kleine Bröckchen flogen ihm aus dem Mund, während er kaute.
»Wenn du mich probieren läßt, kann ich es mit Bestimmtheit sagen«, versuchte es Nickel. »Ich kann es mit einem Schluck unterscheiden.« Er streckte die Hand nach Eggs Glas aus.
»Nimm deine Pfoten weg!« fuhr Sidney dazwischen und stach mit der Gabel nach Sansomes Hand.
Nickel drehte sich um und kroch mutlos davon.
Und so bekam Eggs Igino seinen Spitznamen. Sie hatten alle Spitznamen. Spitznamen waren wie Bildunterschriften und verliehen einer gewöhnlich chaotischen Welt Dramaturgie und Richtung, einer Welt, in der sie Opfer von Börsenschwankungen und unvorhersehbaren globalen Krisen wurden. Die Spitznamen hielten die Geschichte fest, verbreiteten Gerüchte und verwandelten ihre Jahre in den Maklerständen in eine zusammenhängende Geschichte, in ein Kapitel in ihrem

Leben, mit Anfang, Mittelteil und Schluß. Ihre Spitznamen änderten sich im Lauf der Zeit: In den langen Jahren, in denen er sich nicht anders helfen konnte, als Frauen zu heiraten, um seine Probleme zu bewältigen, war Thom Slavonika »Dear« Thom, »Alimente« Thom und »Zwiebel« Thom gewesen. Als er die Gewohnheit schließlich aufgab, und es mit Zahnseide versuchte, war er als »Zahnseidenmann«, »Zahnfleisch-Thom« und »Checkoslavonika« bekannt.

Die Spitznamen sagten ihr Schicksal voraus. Regis Reeds richtiger Name war Duncan Reed; *regis* war, wie Sue Marino behauptete, griechisch für »König«. Als er im Handelssaal anfing, streuten Coyote Jack und Stormin' Norman das Gerücht, Reed würde der nächste König der Hypothekenbriefe nach Sidney Geeder werden. Verschiedene Spitznamen waren im Umlauf – Prince Reed, Royal Reed, Regal Reed, Rex Reed, Rey Reed –, bis Sue Marinos Version das Rennen machte. Niemand kümmerte sich darum, ob *regis* tatsächlich »König« auf griechisch hieß, weil Eggs Igino auf der Bühne erschienen war und alle Senior Vice Presidents, Vice Presidents, Associate Vice Presidents und Salesmen in der Hackordnung übersprang, obwohl er immer noch keine Geschäftskarten hatte.

Sie hätten es ohnehin nie in Frage gestellt, selbst wenn Eggs Igino nicht plötzlich Gestalt angenommen und den Status quo geändert hätte, weil sie viel, viel zu beschäftigt waren, um sich darüber Gedanken zu machen. Bei all der Finanzterminologie, den Initialworten und Kundennamen, die sie sich merken mußten, hatten sie kaum die Zeit, irgend etwas davon in Frage zu stellen. Sie benutzten häufig Initialworte, ohne zu wissen, wofür die Buchstaben eigentlich standen, genauso, wie sie sich nie die Mühe gemacht hatten, wirklich zu begreifen, was ein Risikoreturn oder ein Zinssatz-Swap waren. Lisa Lisa, zum Beispiel, war immer Lisa Lisa gewesen – wenige ihrer Kollegen konnten einem ihren richtigen Nachnamen sagen, und die meisten hatten ihre eigene Theorie darüber, wie sie zu einem Doppelnamen gekommen war. Sue Marino nahm an, es wäre wegen des Doppellebens, das sie als Händlerin und Frau führte. Regis Reed dachte, es sei wie »New York, New York« – das Innerste vom Innern einer Frau. Nelson Dicky glaubte, Sidney Geeder hätte ihr den Spitznamen gegeben, aber Geeder konnte sich nicht genau erinnern, wann und warum er angefangen hatte, sie so zu nennen. Er war ziemlich sicher, daß Coyote Jack sie gekrönt hatte, aber Coyote Jack dachte, es wäre Nelson Dicky gewesen. Nur Clark Kalinov wußte es, aber er sagte es niemandem, weil ihn niemand danach fragte. Als sie neu im Job war, hatte Lisa Lisa ihr Anforderungsformular für Bürobedarf falsch ausgefüllt und idiotischerweise ihren Vornamen getippt, wo sie ihren Nachnamen hätte einsetzen müssen. Ihre Mittelinitiale war A., und Kalinov beschloß, ihr eine Lektion zu erteilen und ließ zweitausend Visitenkarten mit »Lisa A. Lisa« als ihrem Namen drucken, und so hatte sie keine brauchbaren Karten, bis sie fünfzehn Monate später befördert wurde. Sie hatte sich ohne Erfolg bei Kalinov beschwert, aber sie hatte es nie gegenüber Coyote Jack, Wes Griffin oder John White erwähnt, weil sie glaubte, als Frau in einer Männerwelt ein fehlerloses berufliches Image pflegen zu müssen. Noch immer waren die Karten in der hintersten Ecke ihrer Schreibtischschublade begraben, neben dem Pflaster gegen entzündete Fußballen und dem Maßband, mit dem sie das Anschwellen ihrer Füße verfolgte.

»Es ist psychosomatisch«, beharrte Nickel, als er das Maßband von Lisa Lisas Fuß nahm. »Sie haben genau den gleichen Umfang wie heute morgen.«

»Aber sie fühlen sich nicht psychosomatisch an«, widersprach Lisa Lisa und schaute auf ihre Füße hinunter. Sie hatte Striemen vom Rand ihrer Pumps, ihre Zehen waren blaß und blutleer, und die Druckstellen an ihren Fersen waren heiß und gerötet.

»Ich schwör's dir«, wiederholte Nickel. »Nicht ein Millimeter Unterschied.«

»Wie kommt es dann, daß ich nicht mehr in meine Schuhe passe«, jammerte Lisa Lisa. »Wie kommt es, daß ich sie nicht mehr anbekomme?«

»Vielleicht *willst* du sie nicht mehr anbekommen«, schlug Nickel scharfsinnig vor.

»Vielleicht schrumpfen die Schuhe tagsüber.«

»Nicht sehr wahrscheinlich.«

»Das ist furchtbar«, klagte Lisa Lisa. »Kommen sie dir nicht wenigstens *größer vor*? Mir kommen sie größer vor.«

Die Spitznamen steuerten einen Schuß Humor bei und machten die Mühle etwas erträglicher. In der Verschnaufpause nach dem Börsenschluß in New York kaufte Nickel Sansome jeden Nachmittag eine 200-g-Tafel Schokolade aus dem Automaten in der Küche. Es war sein Ritual, sein kleiner Moment des Friedens, das einzig Gute, was er sich tat, ein unschuldiger Akt der Notwehr gegen die Auflösung in seinem Leben. Die Schokoladentafel kostete einen Dollar und fünf Cent, und obwohl der Automat Dollarscheine annahm, gab er kein Wechselgeld heraus. Clark Kalinov hatte einen grausamen Humor. Nickel hatte sehr selten Kleingeld einstecken, und so mußte er fast jeden Tag entweder zwei Dollarscheine einführen und darüber grübeln, wie er soeben übers Ohr gehauen wurde, oder sich selbst erniedrigen und von Tisch zu Tisch gehen und einen Nickel von Händlern erbetteln, die eine Viertelmillion Dollar an jährlicher Provision verdienten. Eine Rolle Fünf-Cent-Stücke hatte die Situation entspannt, bis die Nickel aus seiner Schreibtischschublade verschwanden. Nickel war ziemlich sicher, daß Sidney Geeder die Rolle gestohlen hatte, denn wenn Nickel um einen Nickel bettelte, hatte Sidney Geeder immer einen. Nickel haßte es, vor Sidney Geeder zu kriechen und ihn anzubetteln, aber er haßte es gleichermaßen, sein Selbstschutzritual aufzugeben. Er mochte die Tafel Schokolade nicht einmal besonders, aber es wurde zu einer Frage des Prinzips. Er versteckte überall in und um seinen Schreibtisch Kleingeld – in den Spalt zwischen der Platte und dem seitlichen Aktenschränkchen gezwängt, unter seine Tastatur geschoben, in seine vierteljährlichen Analysen gefaltet. Aber alle diese Nickel verschwanden zermürbenderweise, und Nickel litt unter den unausweichlichen Folgen. Er zog sich Coyote Jacks Zorn zu, weil er um Wechselgeld auf die andere Straßenseite hinüberrannte, oder er mußte ein demütigendes Hohngelächter von jedem Händler erdulden, der ihm fünf Cent lieh, oder ihn plagten Gewissensbisse, weil er mit diesem einzigen Akt der Selbsterhaltung scheiterte. In jedem Fall litt er unter bohrenden Schuldgefühlen und Selbsthaß, was häufig einen Kreislauf von Ekel und ein bösartiges psychisches Geschwür wiederaufleben ließ, das ihn dazu brachte, gemein und grob zu seiner koreanischen Freundin zu sein und ihr zu erzählen, daß er sie wahrscheinlich heiraten würde, wenn ihre Nase gerader wäre und ihr Gesicht nicht ganz so rund und ihre untere Zahnreihe nicht so krumm. Dann trank er eine halbe Flasche Brandy auf ihrem Bett und entschuldigte sich überschwenglich und sagte ihr, daß er sie genauso mochte, wie sie war, und fing an, mit einer Hand ihr langes schwarzes Haar zu streicheln, während er mit der anderen über die weiche Haut an der Innenseite ihres Arms fuhr, wo ihre Tätowierung von größerem Leid als seinem eigenen sprach.

Sidney Geeder tippte die Direktwahl zu Morgan Gorman von AmeriTrust, um die Nachricht von Iginos neuem Spitznamen zu verbreiten. »Eggs Igino!« rief er, als das Telefon läutete und läutete, und niemand am anderen Ende abnahm. »Los, geh ran, Gorman!« polterte er und knallte den Hörer so heftig auf die Mahagonischreibtischplatte, daß er eine Kerbe in das Furnier eingrub. Es läutete weiter.

Schließlich gab es ein leichtes Klicken am anderen Ende, jemand hob den Hörer ab und legte ihn zurück auf die Gabel.

»Er hat mich rausgeschmissen!« verkündete Geeder. »Was ist los das drüben?« Er ging ans Fenster und versuchte, durch den Nebel zum AmeriTrust Tower zu sehen, ob sie vielleicht in einer Besprechung waren. »Igino! Hol Wes Griffins alten Feldstecher aus deinem Schreibtisch!«

Igino gab Geeder das Prismenfernglas, und Sid schlang den Riemen um seine Schulter und spähte durch den Nebel, vorbei am Wide World Tower und dem Merrill Lynch Tower zum sechs Blocks entfernten Handelssaal von AmeriTrust.

»Großer Gott«, schrie Geeder. »Da drüben wimmelt es vor Anzügen. Ruf nochmal rüber, Eggs.«

Eggs Igino rief an und wartete, daß jemand abhob. »Sie heben nicht ab«, sagte er.

»Ich versteh das nicht«, sagte Geeder. »Ich kenne keinen von denen.«

Schließlich wurde das Telefon abgenommen. »Was wollen Sie?« fragte eine unbekannte Stimme barsch.

»Mit wem spreche ich?« fragte Eggs Igino.

»Mit wem spreche *ich*?« gab die Stimme zurück.

»Hier ist Merrill Lynch«, log Igino und alterierte seine Stimme um eine Oktave. Dann drehte er sich zu Geeder und flüsterte, er solle Anzüge beschreiben, die gerade telefonierten. »Ich teste unsere Zweiweg-Handelsschirme. Wo ist Morgan Gorman?« fragte er die Stimme.

»Gorman arbeitet nicht mehr hier.«

»Ist dort AmeriTrust Savings?« fragte Eggs, um sicherzugehen.

Die Stimme zögerte. »AmeriTrust Savings and Loans existiert nicht mehr.«

Geeder flüsterte, daß der einzige Mann, der telefonierte, schwarzes, gelocktes Haar und einen Schnurrbart hatte, einen braunen Anzug trug und eine achteckige randlose Brille aufhatte.
Eggs Igino ließ seine Mute-Taste los. »Hübsche randlose Brille, die Sie da haben. Ich suche nach so einer.«
»Woher wissen Sie, daß ich eine Brille habe?« fragte die Stimme furchtsam.
»Ich sagte es schon«, erwiderte Eggs Igino. »Ich kann durch den Monitor sehen.«
»Ist da eine Kamera drin?«
»Im Quotron. Sind Sie von der Zentralbank?«
»Wir sind die Resolution Trust Company.«
»Es hätte mich auch gewundert, daß sie bei der Zentralbank Schnauzer tragen«, spottete Igino.
»Wie, sagten Sie, war Ihr Name?«
»Ich sagte es nicht. Krieg ich Ärger?«
Geeder hielt ein Lachen zurück und flüsterte, daß der Zentralbanktyp in den Quotron spähte.
»Nicht so nah ran!« rief Igino.
Der Anzug sprang zurück, zog sein Jackett aus und hängte es über den Monitor.
»Hey, wer hat das Licht ausgemacht?« bellte Eggs, dann stöpselte er das Telefon aus und fiel in hysterischen Zuckungen auf den Boden, wo ihm Sidney Geeder Gesellschaft leistete, als die RTC-Männer anfingen, das Gehäuse des Quotrons abzuschrauben. Eggs und Sidney trommelten auf den Teppich, traten gegen die Aktenschränke und wälzten sich in den Fußraum unter dem Schreibtisch, wo ihr Gejohle gedämpft wurde. Dann setzten sie sich auf, lehnten sich an ihre Aktenschränke und brüteten über den Verlust von AmeriTrust an die RTC.
»Ohne Vorwarnung«, lamentierte Geeder.

»Einfach *so.*« Igino schnippte mit den Fingern. »Bumm. Und weg.«
»Ich kam nicht einmal dazu, mich zu verabschieden.«
»Was werden sie mit ihm machen?« grübelte Eggs.
»Ihm den Führerschein und das Wahlrecht aberkennen. Ein Exempel an ihm statuieren. Ihn wahrscheinlich für ein paar Jahre in irgendeinen Knast für Wirtschaftskriminelle stecken. Ihn an seinen Memoiren und seinem Tennisaufschlag arbeiten lassen.«
»Einfach *so*«, wiederholte Igino.
»Einfach so. Der gute alte Gorman.«
»Arbeitet jetzt für achtzig Cents in der Stunde für die Regierung und stempelt Kfz-Plaketten. G-man Gorman.«
Und dann kam Coyote Jack in den Saal heraus und befahl ihnen, wieder an die Arbeit zu gehen.

Die Kunst des Verkaufens

Nach Eggs Iginos Theorie wurde Macht im zweiten Stadium der Geschichte durch Reichtum erlangt. In dieser dreitausend Jahre dauernden Periode des Handels waren handelsfähige Güter in der Regel physische Objekte: Land, Kupfer, Gold, Devisen, Getreide, Öl. Das Reich der Ideen wurde der Kunst und der Bildung überlassen. Und obwohl auch diese ihre geringfügigen kommerziellen Aspekte besaßen, hatten Ideen vor allem einen inneren Wert, der ihren Gegenwert an Land, Gold oder Öl überstieg. Im dritten Stadium der Geschichte jedoch wird Macht durch Wissen erlangt – durch Ideen und Information. Kunst verliert damit jeden erkennbaren Unterschied zum Handel. Kunst wird zum Handel, in dem Sinn, daß der Verkauf von Musik an die Rumänen von kommerziellen Zielen geleitet war, nicht von künstlerischen. Und umgekehrt: Handel wird zur Kunstform, in dem Sinn, daß dem Verkaufen von Wertpapieren etwas Künstlerisches anhaftete, ebenso wie der Rechtsprechung, der Lehrtätigkeit oder dem Arztberuf, die alle der Öffentlichkeit gegen Entgelt Ideen vermittelten. Sie waren die bestbezahlten Alleinunterhalter im Bereich der Kunst. Coyote Jack, der nicht von ungefähr der König der Hypothekenbriefe gewesen war, war überzeugt, daß Kunst vollständig auf Selbstvertrauen beruhte und daß übermäßig selbstbewußte, selbstgerechte und gierige Schweinehunde wie er die besten Künstler abgaben. Regis Reed, der noch nicht das Selbstvertrauen hatte, Coyote Jack zu erzählen, daß er kündigen wollte, glaubte, daß Kunst im Timing bestand, darin, den richtigen Zeitpunkt abzuwarten. Für Lisa Lisa, die einen Mann suchte, bestand Kunst darin zu wissen, wann man lockerlassen mußte – sich darstellen und dann die Situation sich selbst verkaufen lassen.

Aber nichts verkaufte sich von selbst, ganz gewiß nicht Wertpapiere für 800 Millionen Dollar, die Atlantic Pacific für die Finanzbank von Rumänien ausgeben wollte. Atlantic Pacific hatte Osteuropa sehr aufmerksam beobachtet, seit offenkundig war, daß sich mit dem Wiederaufbau der dortigen Wirtschaft ein riesiger Spekulationsgewinn machen ließ. Im März 1990 beschloß die demokratische Regierung Rumäniens per Dekret 54 die sofortige Einführung der freien Marktwirtschaft und kaufte daraufhin in einem ersten Streich von kapitalistischer Ausbeutung hundert Prozent der Aktien der neugegründeten Bank von Rumänien, der Rumänischen Strom- und Energiebetriebe und der Rumänischen Telefongesellschaft. Durch den lange erwarteten Ausbruch eines freien Marktes waren das natürlich äußerst gewinnträchtige Unternehmen, und es war eine pfiffige Investition der Regierung, um sicherzustellen, daß alle Gewinne in staatliche Taschen zurückflossen. Um von den Darlehen profitieren zu können, die sie den Rumänischen Stromwerken und der ROMTELECOM gewähren wollte, brauchte die Finanzbank Rumäniens nun lediglich Geld, das sie ihnen leihen konnte, und deshalb kam sie zu Sidney Geeder, der sich seinerseits an Ingenesis Corp. wandte.

»Ihr plündert sie bis aufs Hemd«, heulte er Kenny Whitlash vor, der wieder mit dem Regierungsauftrag zur Entwicklung einer besseren Rasierklinge geprahlt hatte.

»Es ist völlig legal, Sidney. Es ist sogar ziemlich patriotisch, sich an den Umschulungsprogrammen zu beteiligen.«

»Es ist bewaffneter Raub!«

Kenny Whitlash war ein knallharter ehemaliger Anwalt mit einer Baßstimme und einer unerklärlichen Schwäche für

Sidney Geeder, der nach Whitlashs Geschmack ein bißchen zu sentimental war. Ingenesis Corp. war ein geheimes militärisches Vertragsunternehmen, das seinen Namen aus den Zeitungsspalten und Gerichtsakten hielt, indem es der Regierung dreißig Prozent Pauschale für einen erstklassigen Sicherheitsdienst berechnete.

Kein Geschäftsgeheimnis von Ingenesis Corp. drang unabsichtlich nach draußen, und Kenny Whitlash – dem sie Zehntausende von steuerfreien Dollars dafür bezahlten, daß er diskret Informationen an Investmentbanken durchsickern ließ – brauchte Sid Geeder genauso sehr wie dieser umgekehrt ihn. Als Gegenleistung für Sid Geeders offenkundiges Lancieren von Gerüchten kaufte Kenny Whitlash, was immer Sidney verkaufte, und setzte der Regierung alle Verluste auf die Rechnung. Als zum Beispiel das Geschäft mit den Eurofloatern schiefging, schlug Ingenesis nochmal drei Prozent Pauschale auf die Komponente für Kapitalkosten. Als der Sekundärmarkt in den Keller fiel, schrieb Ingenesis sechzig Prozent der Verluste gegen Gewinne ab, die sie mit Teilen für den Osprey-Hubschrauber gemacht hatten und die peinlich hoch gewesen waren. Ingenesis war eins der effizientesten Privatunternehmen, wenn es darum ging, der Regierung zu helfen, ihre Unwirtschaftlichkeit aus den Bilanzen zu eliminieren und ins Kleingedruckte zu verbannen. Sie brauchten immer Verluste, um ihre Gewinne zu dämpfen und einen Presseskandal zu vermeiden, also gehorchte Whitlash jedesmal, wenn Geeder befahl. Sid Geeder wußte nie, wie er es mit Ingenesis halten sollte. Er haßte sie aus Prinzip und wollte sie sogar noch lieber zu Fall bringen als die Regierung, aber er wußte, wenn er sie zu Fall brachte, würden alle Kosten, um sie wieder herauszuboxen, zu Lasten der Regierung gehen, und die Regierung würde sich wieder an Sidney Geeder wenden, um noch mehr Obligationen zu verkaufen, mit denen sie Ingenesis herausboxen konnten. Sidney wollte Ingenesis bestrafen, und die einzige Möglichkeit, die ihm einfiel, war, alles auszuplaudern, was ihm Whitlash streng vertraulich erzählte. Er verbreitete jedes Gerücht, von dem Whitlash sagte, er dürfe es auf keinen Fall jemandem erzählen, einschließlich der lächerlichen Behauptung, Ingenesis hätte einen Roboterinfantristen erfunden und sei auf dem Sprung, sich einen Vierzehn-Milliarden-Dollar-Auftrag für dessen Serienproduktion zu sichern.

»Absurd«, murmelte Geeder und machte sich Notizen.

»Überhaupt nicht«, sagte Whitlash. »Er infiltriert heimlich das Zielland und klinkt sich dann in dessen Telefonnetz.«

»In das Telefonnetz?«

»Ja. In ihr Telefonnetz. Er zerstört die gesamte staatliche Propagandakontrolle.«

»Dürfte mindestens so gut funktionieren wie dieses Gerät zur Radartäuschung, das ihr für den Tarnkappenbomber konstruiert habt.«

»Nein, es ist viel wirkungsvoller. Wenn Sie mir nicht glauben, sollten Sie kommen und es sich selbst anschauen. Fahren Sie doch gleich zu uns runter und werfen Sie einen Blick darauf.«

»Oh ... ich glaube, ich habe nicht die Kraft dazu.«

»Und was würde Sie kräftiger machen?«

Und so verkaufte Geeder Whitlash sechs Millionen Dollar Taio Kobe Floating Rate Notes vom Sekundärmarkt, worauf er sich augenblicklich stark genug fühlte, um in seinen Pick-up zu steigen und die fünfzig Meilen nach Süden ins Zentrum von Silicon Valley zu fahren, wo der Ingenesis-Komplex lag, acht Meter tief unter den goldenen Vorbergen der Santa Claras eingegraben. Ein Wachhäuschen und ein Tor riegelten die einsame Straße ab, die einen kleinen Hügel umrundete und sich dann in eine dichte Gruppe von Buscheichen und Sauerklee grub, von wo sie in einem langen, schwer gepanzerten Tunnel unter die Erde führte. Ein flotter junger Corporal in einer Uniform der US-

Army eskortierte Geeder vom Parkplatz zu einer unterirdischen Pendelbahn, die mittels Stimmbefehlen bedient wurde. Die Pendelbahn lud ihn vor einem Aufzug ab, der ihn zu Whitlashs Kontrollzentrum hinaufbrachte, wo Geeder von drei weiteren Wachen gefilzt wurde, die ihm Piepser, Taschenrechner, Füller, Gürtel und Schuhbänder abnahmen. Whitlash klopfte ihm auf die Schulter und entschuldigte sich für die Sicherheitsvorkehrungen, ermahnte ihn aber, niemandem von dem Robotersoldaten für vierzehn Milliarden Dollar zu erzählen, den er ihm gleich zeigen würde. Er mußte mehrere Erklärungen unterschreiben, in denen er bekundete, daß er nie erwogen hatte, die Regierung zu stürzen, nie Kokain geschnupft, Heroin gespritzt oder Marihuana geraucht und keine Verbrechen begangen hatte. Dann marschierten sie alle fünf durch das Gebäude, zwei Treppenhäuser hinunter, an einer Reihe uniformierter Frauen an Schreibtischen vorbei und durch zahllose elektronische Türen. Schließlich erreichten sie ein Elektroniklabor, das mit peripheren Computereinheiten, Telefonkabeln und Testausrüstung vollgestopft war. Die Wachen blieben an der Tür stehen. An einem Tisch in der Mitte des Raumes montierten zwei Männer in Labormänteln eine Papierzufuhrbox aus Plastik an einen blauen Plastikkasten, der auf der Oberseite eine Nummerntastatur hatte und ein kleines Displayfenster, in dem »Fehler« aufleuchtete.

»Hier ist er«, lachte Whitlash. »Der Fußsoldat der Zukunft. Die Kampfmaschine der Ära nach dem Kalten Krieg. Die großartigste Waffe für die Invasion zu Lande seit dem Bradley-Panzer. Wir produzieren eine halbe Million von diesen kleinen Kerlen in Serie, für weniger als achttausend Dollar das Stück.«

»Es sieht aus wie ein Faxgerät«, konstatierte Sidney.

»Es *ist* ein Faxgerät«, antwortete Whitlash und kicherte ein wenig.

Geeder war perplex. »Ist es eine Bombe oder sowas ähnliches?«

Whitlash schüttelte den Kopf. »Nein. Es sendet und empfängt einfach Faxe.«

»Benutzt es giftiges Papier, oder strömt es Gas aus oder so?«

»Nein, aber man kann bis zu zehn verschiedene Nummern mit Kurzwahl speichern, und es druckt jede Stunde automatisch einen Tätigkeitsbericht aus. Wir arbeiten an einem speziellen Zusatzgerät, mit dem man es in die alten Telefonbuchsen stecken kann, die in Nordkorea noch verbreitet sind.«

»Also, damit ich das richtig verstehe... Es macht nicht heimlich Kopien von Faxnachrichten und schickt sie zurück an das Pentagon?«

»Nein, aber es arbeitet mit praktisch jeder Sorte Papier. Papier ist sehr knapp in Rumänien.«

»Sie meinen, es ist einfach ein *Faxgerät*?«

»Ganz recht. Ein Faxgerät. Wir haben auch ein Projekt für einen Roboter-Bombenschützen, der einer Satellitenschüssel für den Haushalt bemerkenswert ähnlich ist. Tatsächlich *ist* es einfach eine Satellitenschüssel für den Haushalt, nur daß unsere dreimal soviel kostet in der Herstellung, wegen der Sicherheitsvorkehrungen, die wir treffen müssen.«

»Wofür soll ein Faxgerät gut sein?!«

»Die Chinesen können Panzer und Raketen und Schlachtschiffe aufhalten, aber Radiowellen können sie nicht aufhalten. Bewaffnen Sie die Bürger mit Faxgeräten, und sie haben die nötigen Zutaten für eine Revolution. Plötzlich können sie miteinander reden, und wir können ihnen Bilder von Rockstars, Pornographie und die Unabhängigkeitserklärung schicken.«

»Das ist verrückt!« stammelte Sidney.

»Es ist überhaupt nicht verrückt. Das ist moderne Kriegsführung, Geeder. Werden Sie endlich erwachsen. Das Militär hat seine Rolle in der Wirtschaft nach dem Kalten Krieg gefunden. Alle haben sich gefragt, was wir tun werden, nachdem wir die ganzen Waffen nicht mehr brauchen. Dieses kleine Faxgerät und die Satellitenschüsseln werden in fünf Jahren mehr erreichen als vierzig Jahre Drohen mit Raketen und Manöver mit Kriegsschiffen. Wenn die Pakistani erst nackte Mösen über die Telefonleitung kriegen, wird der islamische Fundamentalismus zusammenbrechen. Wenn sie in Aserbeidschan amerikanisches Fernsehen empfangen, wird ihre Regierung nie mehr in der Lage sein, die Leute zu beherrschen. Das Militär ist im Exportgeschäft, Geeder. Raketen sind überflüssig. Wir sind das Informationsmilitär. Wir werfen Feminismus auf Nordkorea, feuern Football auf Rumänien, schießen Pubertät auf China. Wir greifen die Ungarn mit Basketball an und die Iraner mit Rock'n'Roll. Worte und Bilder sind unsere Soldaten; Sounds und Filme sind unsere Munition. Das ist eine neue Welt, Geeder.«

Sidney spürte, wie sich ein Druck in seinem Kopf aufbaute.

»Aber warum wollt ihr die Macht in Rumänien übernehmen? Sie tun niemandem etwas. Sie schießen nicht auf die Kroaten oder tyrannisieren die Ungarn oder balgen sich mit den Ukrainern. Sie verschmutzen das Schwarze Meer nicht. Es ist ein friedliches kleines Land mit Hirten und Bergleuten, alten Kirchen und Vampirlegenden. Sie haben ihre eigene Musik, ihre eigene Religion und ihr eigenes Brauchtum. Was habt ihr dort verloren?«

»*Irgend etwas* muß das Militär tun, Sidney. Wir kommen nicht mehr allzu lange damit durch, Bomben zu bauen und sie unter South Dakota zu lagern. Die Leute beginnen zu begreifen, welches Land diese Bomben in Wirklichkeit bedrohen. Sie beginnen zu begreifen, wie kräftig wir all die Jahre abgesahnt haben. Es ist soweit gekommen, daß unsere einwandfreie Kreditwürdigkeit gerüchteweise im Niedergang begriffen ist. Und wenn ich nicht zu vier Prozent Geld aufnehmen und es zu sieben Prozent wieder investieren kann, dann werden wir tatsächlich unwirtschaftlich, und unsere Wertpapierbeurteilung fällt noch weiter. Bald geht es dem gesamten Komplex der Rüstungsindustrie wie den Spar- und Kreditbanken, und die Regierung wird uns aus der Klemme helfen müssen. Und Sie wissen, zu wem sie kommen werden, um uns aus der Klemme zu helfen –«

»Zu mir! Sie werden zu mir kommen!«

»Wir holen Sie aus dem Ruhestand, wenn es sein muß.«

»Sie werden mich nie finden. Bis dahin bin ich längst verschwunden. Bis dahin lebe ich an einem Strand im Südpazifik. Werde meine eigene Privatinsel in Alaska besitzen. Jeden Nachmittag mit den eingeborenen Frauen ringen.«

»Wir finden Sie. Wir finden Ihr Schweizer Bankkonto oder wen immer Sie Ihr Geld verwalten lassen, oder wir finden den Investmentfonds, in den Sie Ihr Geld stecken, und dann gehen wir zu ihnen und verkaufen ihnen Friedensanleihen, die ein Haufen Scheiße sein werden, aber die volle Rückendeckung der Regierung der USA haben und Rendite zu einem stabilen Portefeuille beisteuern. Es gibt kein Entrinnen, Geeder. Das Geld bleibt im System – Sie können es nicht herausnehmen, außer Sie wollen acht Millionen Dollar in eine Matratze stopfen.«

»Könnt ihr nicht zumindest Rumänien aus dem Spiel lassen?« flehte Sidney.

»Rumänien hat mehr Wälder als Oregon und mehr Öl als Arkansas. Das Schwarze Meer ist der kommende Panamakanal – alle Frachter mit Autos, Computer und Coca-Cola auf dem Weg nach Südrußland fahren dort durch. Wir werden in ein paar Jahren mehr Geld nach Rumänien schicken als nach Israel und in die Türkei zusammen. Rumänien wird im Handumdrehen eine Kolonie amerikanischer Kultur sein. Ein Außenposten exzessiver Konsumhaltung, ätzenden Kommerzdenkens und vulgären Kapitalismus. Das Pentagon ist begeistert. Die Senatoren sind begeistert. Ganz Washington ist begeistert. Es ist eine verkaufsfähige Idee, Geeder. ›Die Streitkräfte der Vereinigten Staaten: Pioniere an der Wirtschaftsfront.‹ Gewöhnen Sie sich daran – Sie werden es noch oft hören.«

Es war nur eine Sache mehr, an die man sich gewöhnen mußte, aus einer langen Liste von Dingen, an die man sich gewöhnte. Es war eine weitere Welle in der Flut der Zukunft, und sie erreichte die Hochfinanz lange vor den Supermärkten, den Zeitungen, der Straße. Ob man die Zeit in Sekunden oder Dekaden maß, die Finanzmärkte waren immer die ersten. Alles in Amerika wurde zu Dollars, und jeder Dollar war Teil des Systems, das zischte und knallte, ratterte und krachte, während es absorbierte, woran immer man sich als nächstes gewöhnen mußte. Alles in Amerika kostete Geld, außer sich zu verlieben, und jeder Händler von Atlantic Pacific stand in der vordersten Reihe, wo all diese Dollars zu ihrer neuen Bestimmung schwirrten, weg von ihrer alten. In der vordersten Reihe war die Zukunft ungewiß und unbegreifbar, und sie war in die Sprache der Zahlen verzerrt und schwerer zu lesen als eine Bilanz. Sie war wie ein Geist, ein gesichtsloser Feind, und sie hockten über ihren Schreibtischen und starrten in die Monitore und versuchten die Zukunft in den Zahlen zu lesen, die immer in Bewegung waren. Die Zukunft war wie die Wolken, die am Gebäude vorbeifegten und an den Fenstern rüttelten, und die Händler starrten in die Wolken hinaus und versuchten Formen in ihnen zu erkennen, Gesichter, Tiere, Möbel. Wenn sie verwirrt wurden – und das wurden sie immer –, suchten sie in der Vergangenheit nach Aufschlüssen, aber die Vergangenheit war oft genauso vernebelt.

Die vergangenen fünfzig Jahre der Unterdrückung in Rumänien hatten bei den Händlern große Sympathie für den Wiederaufbau dieses Landes geweckt, aber Investoren setzten ihr Geld nicht auf Sympathien. Investment war kein

Fußballtoto. Investoren setzten auf Gier. Und so war die gesamte Geschichte Rumäniens von Atlantic Pacific umgeschrieben worden, um seine kapitalistischen, kommerziellen Wurzeln herauszustreichen. In Rumänien war man daran gewöhnt, daß die Landesgeschichte umgeschrieben wurde – die Kommunisten hatten es bei jedem Machtwechsel getan und die türkischen Burgen, ungarischen Statuen und griechischen Mausoleen, die von früheren Unterdrückern errichtet worden waren, durch Monumente ersetzt, die dem Diktator huldigten, der gerade in Mode war. Nun wurden die neuen Monumente der kapitalistischen Herrschaft errichtet, unter anderem ein Hilton-Hotel, ein Fußballstadion, Rundfunksendestationen auf jeder Bergspitze, eine Ölraffinerie von Canadian Petroleum am Ufer des Schwarzmeers und ein dreizehn Meter hohes Porträt von Michael Jackson in der Innenstadt von Bukarest, wo er im Oktober 1991 vor sechzigtausend kreischenden Fans ein Konzert gegeben hatte. Das vertrauliche Memorandum von Atlantic Pacific hatte wiederholt positive Vergleiche zwischen Rumänien und Amerika angestellt, darunter die gewaltigen natürlichen Ressourcen, die ethnische Vielfalt und die demokratische Verfassung. Wenig Erwähnung fanden die Gewalttätigkeiten und Unruhen in Rumäniens Geschichte, die unausrottbare Korruption seiner vom Ausland gesteuerten Regierungen der letzten dreihundert Jahre, die darniederliegende Landwirtschaft oder die Perioden antisemitischer Barbarei. Es war eine schwere Aufgabe, der die Firma große Mittel opferte, einschließlich eine Woche lang tägliche Briefings am Morgen, aber noch immer war die Händlertruppe pessimistisch und widerwillig, bis die Firma die Provision erhöhte, die sie verdienen konnten. Von da an schwenkten die meisten Händler auf Linie und begannen von der »angestauten Gier der Unterdrückten« zu faseln, und daß sie diesen Sommer Urlaub im »Club Med Bukarest« machen wollten. Selbst dann noch machte es Coyote Jack zu seiner persönlichen Sache, alle Händler einzeln auszufragen und sicherzustellen, daß sie bei den Obligationen keine Schwächen zeigten. Jeden Nachmittag befahl er einen anderen Händler in sein Büro und quetschte ihn über die gegenwärtige Kapazität an Zellstoff und Papiermühlen in den transsylvanischen Wäldern aus und über die verschiedenen Marktchancen, die eine Schwemme im Silbererzangebot eröffnen würde.

»Ihr Silbererz kümmert mich einen feuchten Dreck«, schoß Regis Reed zurück und umklammerte die Armlehnen seines Stuhls. »Ich kündige.« Regis Reed hatte Coyote Jack noch nicht gesagt, daß er ein Angebot von einem seiner Kunden angenommen hatte, denn er wollte versuchen, möglichst umfassendes Analysematerial zu stehlen, um Atlantic Pacific von außen an den Karren zu fahren. Seit Eggs Igino plötzlich auf der Bühne erschienen war, hatte Coyote Jack aufgehört, Regis Reed darüber auszuquetschen, ob er heiraten oder ein Haus kaufen wolle, ob er seine Lebensversicherung auszahlen lassen oder sein Gehalt in einen abgeschlossenen Investmentfonds investieren werde. Sid Geeder hatte aufgehört, Tips auszutauschen, wie man seinen Kunden das Gefühl vermittelte, intellektuell unterlegen zu sein. Und Coyote Jacks Sekretärin hatte aufgehört, ihm ihren Kaffee zu bringen. Sicher, er hatte einmal zu ihr gesagt, er würde eher Batteriesäure trinken, aber trotzdem – die »vorhersehbare Zukunft« war offenkundig –, er war nicht mehr der Prinz der Hypothekenbriefe.

»Sie hören sich schon an wie Sidney Geeder«, bemerkte Coyote Jack. »Seit wann sind Sie ein Förderer der rumänischen Volkskunst?«

»Rumänische Volkskunst kümmert mich genauso einen feuchten Dreck«, sagte Regis Reed. »Ich hab genug.«

»Diese Schuldverschreibungen sind kein Grund aufzuhören.

Irgendwann sind sie vom Tisch, und dann können Sie wieder die Kursspanne zwischen Schatzbriefen und Hypothekenbriefen verfolgen.«

»Ich kündige nicht wegen dieser Obligationen. Ich kündige einfach überhaupt.«

Coyote Jacks Augen wurden schmäler, und er konzentrierte sich einen Augenblick. »Unsinn«, lachte er. »Sie bluffen. Was wollen Sie haben? Eine Verkaufsassistentin? Eine Beförderung? Wollen Sie einen eigenen Parkplatz?«

»Ich will meine Provision seit Januar.«

»Großer Gott«, dämmerte es Coyote Jack. »Sie meinen es ernst.«

Coyote Jack griff sofort zum Telefon und rief zum Sicherheitsdienst hinunter, damit auf der Stelle einige Wachmänner heraufgeschickt würden. Dann schlenderte er zum Fenster, um Zeit zum Nachdenken zu gewinnen. Das würden sie in New York nicht gerne hören, daß ihm ein Händer kündigte. Das würde gar nicht gut aussehen. Der Zeitpunkt war verheerend. Erst gestern hatte John White ihn wissen lassen, Coyote Jack sei auf vertraulicher Ebene als leitender Direktor einer neuen Filiale auf Honolulu im Gespräch. Und jetzt das!

Coyote Jack dachte kurz über die vorhersehbare Zukunft nach, und er sah nur eine Möglichkeit: Regis Reed zu feuern und ein Exempel an ihm zu statuieren. »Wir schulden Ihnen keine Prämie«, log er. »Sie haben seit Januar ein Gehalt bekommen.«

Darauf war Regis Reed vorbereitet, und er blieb kühl und überlegt. Er ließ die Armbanduhr um sein Handgelenk kreisen. »Ich habe lückenlose Aufzeichnungen darüber, wieviel Provision ich verdient habe.«

»Falsch – Sie haben Aufzeichnungen über Ihr Guthaben aus Verkaufsabschlüssen, aber die Provisionsrate, die wir darauf bezahlen, die liegt ja wohl vollständig im Ermessen der Firma.«

Regis Reed ließ sich nicht aus der Ruhe bringen. »Ich denke, einige Schreiben meines Anwalts dürften das klären.«
Coyote Jack lachte. »Hauen Sie nicht so auf den Putz, Reed. Stormin' Norman und Whiskey Phillips wissen jede Einzelheit über Sie. Ich bin sicher, sie werden in all dem Kleingedruckten, das Sie im Lauf der Jahre unterschrieben haben, eine Spitzfindigkeit finden, damit Sie von uns keinen Cent mehr zu sehen bekommen. Sie waren ein zwielichtiger Charakter, seit Sie hier sind. Ich glaube nicht, daß irgendein Richter gegen ein angesehenes Wall-Street-Unternehmen und für einen Betrüger urteilt, der widerrechtlich Studentendarlehen abgehoben und sie im Termingeschäft reinvestiert hat.«
»Das liegt lange zurück«, sagte Regis Reed etwas nervös. »Es hat nichts mit meiner Provision zu tun.«
»Und ob«, griff Coyote Jack an. »Seit Sie in Ihren Einstellungsgesprächen damit geprahlt haben, daß Sie die Behörden übers Ohr gehauen haben, besitzt die Firma wertvolle Informationen über Sie, um sie in Situationen wie dieser gegen Sie zu verwenden. Wir haben eine ganze Abteilung für interne Sicherheit, die sich der Aufgabe widmet, dunkle Punkte bei unseren Angestellten zu suchen. Ich habe von Ihrem damaligen Broker eine vollständige Akte über Sie, mit Fotokopien ihrer Studiendarlehensunterlagen, der Auszahlungsbelege, sogar der Kontobewegungen.« Coyote Jack zog einen Aktenordner mit Regis Reeds Namen auf dem Etikett aus seiner Schublade. »Ich hätte Sie für cleverer gehalten, Reed. Glauben Sie, wir hätten Sie so wertvoll für uns werden lassen, wenn wir nicht irgend etwas gegen Sie in der Hand hätten?«
Regis Reed wand sich nervös auf seinem Sitz.
»Damit kommen Sie niemals durch«, argumentierte er zaghaft, und seine Stimme überschlug sich plötzlich vor Anspannung. »Sie schulden mir über siebzigtausend Dollar«, stammelte er.

»Daran hätten Sie denken sollen, bevor Sie kündigten«, grinste Coyote Jack.
Drei Wachmänner erschienen in der Tür. Coyote Jack winkte sie herein und befahl ihnen, Regis Reed durch den Handelssaal zu seinem Schreibtisch zu begleiten, wo er fünf Minuten Zeit hätte, seine persönlichen Toilettenartikel auszuräumen. Alle seine Analysen, Geschäftsbücher und Kundenlisten hätten dazubleiben. Die Schlösser an allen Türen würden heute nacht ausgewechselt, so daß es ihm nichts nützte, seine Sicherheitsmagnetkarte zu stehlen. Er dürfe sich nicht verabschieden oder mit den anderen Händlern sprechen. Wenn er versuchte, etwas zu sagen, solle er aus der Tür geschleift und aus dem Gebäude geführt werden. Wenn er innerhalb des nächsten Monats im Gebäude gesehen würde, sei er zu verhaften und wegen Hausfriedensbruchs anzuzeigen. Coyote Jack sprach mit den Wachmännern, als sei Regis Reed nicht mehr im Zimmer.
Als sie ihre Hände auf Regis Reeds Schultern legten, um ihn vom Stuhl zu zerren, ging Coyote Jack an sein Goldfischglasfenster und blickte über die Anordnung der Händlerstände. Ein Platz in der Hypothekenbriefabteilung würde vakant sein. Coyote Jack konnte den Platz auffüllen, aber wahrscheinlicher würde er alle Kunden von Regis Reed an Eggs Igino geben. Coyote Jack lächelte bei dem Gedanken, was Eggs Igino mit Sierra Prudential oder der Bank of Sacramento anstellen konnte. Eine Menge Geld floß nach Sacramento, es gab einige Entwicklung da oben, und viel von dem Geld landete in den örtlichen Bankhäusern. Coyote Jack wußte, daß einiges von Eggs Iginos Erfolg an seiner Masche lag, an dem Eindruck von großer Ehrlichkeit, den er mit seiner Jugend und Reinheit auf seine Klienten machte. Sie trauten ihm auf eine Weise, wie sie nie jemandem trauen würden, dessen Zähne verfaulten oder der stotterte oder dessen Gesicht zuckte. Aber Eggs Igino war gerissen, ein Schlitzohr, wenn es je eines gab. Während

Coyote Jack zusah, wie Regis Reed von den Wachmännern zu seinem Schreibtisch geführt wurde, wurde ihm bewußt, daß Reeds vorzeitiger Abgang ein echter Glückstreffer war. Es würde in New York gut ankommen, wenn Eggs Igino bald hohe monatliche Zahlen mit Regis Reeds Kunden bekanntgab. Es würde ausgesprochen vorausschauend wirken, daß Coyote Jack Reed gefeuert hatte. Nachdem gerade diese Honolulusache in Vorbereitung war, hätte der Zeitpunkt nicht besser sein können. Nun mußte er nur noch dafür sorgen, daß John White sich nicht das Verdienst dafür gutschrieb.

Die Aktivitäten im Handelssaal ruhten, als Regis Reed seine persönliche Habe zusammenklaubte. Die Sicherheitsbeamten, die schon Übung in dem Verfahren hatten, ließen ihn nicht einmal den Aktenschrank öffnen. Regis Reed, der plötzlich nicht mehr sicher war, daß es ihm gelingen würde, den Prämienscheck von der Firma zu kassieren, nahm sich zusammen, da er hoffte, daß es seine Chancen erhöhen würde, wenn er ruhig ging. Er warf Lisa Lisa kurz einen finsteren Blick zu, um ihre Gefühle zu verletzen. Sie erwiderte ihn mit einem kalten, teilnahmslosen Blick, um auszudrücken, daß sie kein Mitleid mit ihm hatte. Dann war seine Zeit um, und die drei jungen Sicherheitsbeamten faßten ihn an den Ellbogen und schoben ihn gewaltsam zum Ausgang. Im Handelssaal war es mucksmäuschenstill.

Coyote Jack marschierte durch die Reihen. »Los«, bellte er, schlug mit der Hand gegen die Stuhllehnen und warf ihnen die Telefone in den Schoß. »Vorwärts, macht schon! Zurück an die Arbeit.«

Mit einem unbehaglichen Gefühl nahmen sie ihre Telefonhörer ab und schalteten ihre Bildschirme ein, und sie schauten in die Zukunft, aber sie konnten sich keine Zukunft vorstellen, ohne jeden Morgen zur Arbeit zu kommen und ohne ihre Kunden, die sie vollschwatzen konnten, und ohne die riesigen Prämienschecks, die sie alle sechs Monate bekamen, und die all die Scheiße nicht wert schienen, die sie durchmachten. Nelson Dicky fuhr fort, in den höchsten Tönen die rumänische Wirtschaft zu schildern. Nickel Sansome fuhr fort, den Staat Nevada zu überreden, seine steuerfreien Hoover Dam 4.5 von '07 für General Motors Australia 12er von '97 zu verkaufen. Lisa Lisa fuhr fort, Honolulu Pacific zu überreden, ihre General Motors Australia 12er von '97 für steuerfreie Hoover Dam 4.5er von '07 zu verkaufen. Sidney Geeder fuhr fort zu überlegen, ob er Ingenesis dafür bestrafen sollte, daß sie von den Steuerzahlern achttausend Dollar für jedes Faxgerät bekamen, das sie nach Rumänien verfrachteten.

Sidney war beunruhigt, weil die Privatdetektivin nichts über Ivana Perkova hatte herausfinden können. Die Firma hatte ihre Wohnung, ihre Praxis und die Beiträge für die Ärztevereinigung bezahlt, und auch alles andere, dem sich hätte nachspüren lassen. Die Ärztevereinigung hatte eine Anmeldung für eine alte Adresse in New York, wo die Firma sie entdeckt hatte. Die Privatdetektivin hatte bei den Einwanderungsbehörden nachgefragt, aber es würde einige Zeit dauern, bis sie etwas hörte. Sid saß an seinem Schreibtisch und kochte, während er beobachtete, wie der Kurs von Ingenesis auf das Gerücht hin, sie hätten sich einen enorm profitablen Rüstungsauftrag gesichert, kontinuierlich anstieg. Angewidert ging er in die Küche, um etwas zu essen, und lief Dave Rennaker über den Weg, einem der Dividendenpapierhändler, der auf Raumfahrtaktien spezialisiert war. Sidney hockte sich über eine Schüssel Müsli und begann draufloszureden. »Mann, hast du die Aktien von Ingenesis gesehen? Sie steigen unaufhörlich den ganzen Tag.«

»Sie gehen mindestens bis sechzig«, sagte Dave Rennaker vorher. »Dieser Roboterinfantrist klingt verblüffend. Stell dir vor – er schließt sich von selbst an das Telefonnetz an und erhält Daten vom Pentagon.«

»Und das ist der Grund für den Aufschwung?« sagte Sidney spöttisch und legte seinen Löffel weg. »O Mann, ich dachte, die Börse hätte es inzwischen erfahren.«

»Was erfahren?«

»Von der Ermittlung.«

»Welche Ermittlung?«

»Du hast auch noch nichts davon gehört? Großer Gott, und ich dachte, die ganze Börse wüßte es inzwischen. Ich weiß es seit zwei Tagen.«

»Was?« flehte Dave Rennaker. »Sag es mir, um Himmels willen, Sid.«

»Kenny Whitlash hat mir gerade alles erzählt. Ich schätze, es ist ernst. Die GOA beschlagnahmt ihre ganzen Unterlagen, und ich vermute, ein paar Leute von der Fed sind in Santa Clara vor Ort, um sicherzustellen, daß nichts aus Versehen im Reißwolf landet.«

»Wird gegen Ingenesis ermittelt?« riet Dave Rennaker.

»Sagte ich das nicht gerade?«

»Was haben sie getan?«

»Was glaubst du wohl, warum gegen ein Rüstungsunternehmen ermittelt wird? Ich geb dir einen Tip: Es geht nicht um einen Verstoß gegen die Verkehrsordnung.«

»Preistreiberei? Ist es das – sie werden durchsucht, weil sie ein Angebot künstlich in die Höhe getrieben haben?«

»Bingo, Rennaker – du bist ein Genie. Wie bist du drauf gekommen?«

Aber Dave Rennaker antwortete nicht. Er ließ sein Frühstück stehen und rannte ans Telefon, um alle seine Kunden anzurufen und sie zu bitten, Ingenesis zu verkaufen, und dann rief er den Raumfahrthändler in New York an und unterrichtete ihn schneidig von der bevorstehenden Ermittlung gegen Ingenesis' Ungeschicklichkeiten. Sidney ging zurück an seinen Schreibtisch und holte sich die Ingenesis-Aktien auf den Quotron. Sie waren bereits um zwei Punkte gefallen, und während Sidney beobachtete, wie sich das Gerücht an der Börse verbreitete, fielen die Aktien unter 50, wo sie am Morgen begonnen hatten, und lagen nun bei 46, und die Gerüchte grassierten. Es gab das Gerücht, daß Ingenesis den Auftrag verloren hatte, und für drei Jahre von jedem Regierungsauftrag ausgeschlossen war. Es gab das Gerücht, sie würden am kommenden Sonntag wegen Preistreiberei bei *60 Minutes* porträtiert. Es gab das Gerücht, in der unterirdischen Ingenesis-Anlage sei eine Bombe losgegangen, die Beweismaterial vernichtet und zwei Buchhalter der Fed getötet hätte. Sidney entschied, daß es an der Zeit war, Whitlash anzurufen.

»Was zum Teufel ist los bei euch unten?« lachte Sidney. »Ich habe von der Dividendenpapierabteilung gehört, daß eine Bombe hochgegangen ist.«

»Heiliger Bimbam, Sid. Es ist fürchterlich. Diese Gerüchte bringen uns noch um. Es ist überhaupt keine Bombe hochgegangen. Ich vermute, jemand hat die Geschichte mit einem von unseren Roboterinfantristen falsch verstanden, der einen Kurzschluß hatte. Ich habe den ganzen Tag Anrufe abgewimmelt. Sogar *60 Minutes* hat angerufen. Das GOA-Büro hat angerufen und Fragen gestellt. Irgendein Senator hat einen Tip bekommen, daß wir das Angebotsverfahren für diese Achttausend-Dollar-Faxgeräte manipuliert haben, er will einen Sonderermittler ernennen. Ich muß ein paar Wertpapiere verkaufen, um etwas Geld flüssigzumachen.«

»Wozu brauchen Sie Geld?«, fragte Sidney und stellte sich naiv.

»Um unsere Aktien zu kaufen! Jemand muß den Markt davon überzeugen, daß alles nur ein Gerücht ist. Ich muß ein paar von diesen Resolutions loswerden, die Sie mir verkauft haben.«

»Die Resolutions! Sie wollen, daß ich sie zurückkaufe?«

»Entweder die oder ein paar Eurofloater.«

»Wenn ich sie zurückkaufen wollte, hätte ich sie erst gar nicht verkauft«, sagte Sid wie aus der Pistole geschossen.

»Hey, Sidney, kommen Sie. Wenn Sie nicht zufällig fünfzehn Millionen Dollar haben, die Sie mir leihen können, machen Sie ein Angebot für die Resolutions.«

»Fünfzehn Millionen!«

»Ich muß unseren Aktienkurs stützen. Nur für ein paar Tage, um sie wieder über 50 zu bringen.«

»Ich verdiene keine Provision, wenn wir Obligationen von euch kaufen, verstehen Sie. Ich mache keine Kohle, und die Händler kriegen einen Haß auf mich.«

»Ich kauf sie in ein paar Tagen zurück! Dann bekommen Sie eine Provision!«

»Da ist etwas dran«, gab Sidney gutgelaunt zu, denn er hatte das die ganze Zeit vorausgesehen. Und so rief er den Händler an und bat ihn, ein paar Tage auf fünfzehn Millionen Dollar Resolutions sitzenzubleiben, und dann schaltete er Kenny Whitlash zu Dave Rennaker hinüber, der Ingenesis fünfzehn Millionen Dollar von ihren eigenen Aktien verkaufte, abzüglich Provision, und ein paar Tage später machten sie den ganzen Handel wieder rückgängig, abzüglich Provision.

Es war eine Informationswirtschaft, und ihr grundlegendes Manko war, daß eine Information nicht stimmen mußte, um sich verkaufen zu lassen. Schon ein Gerücht konnte eine Aktie um siebzig Prozent in die Höhe treiben oder eine Firma dazu zwingen, sich Geld zu leihen, um sich zu retten. Jede einzelne Idee wurde gekauft und verkauft, und normalerweise erzielten die abwegigsten Ideen – etwa, daß zwei Unzen Aufbauwirkstoff den Alterungsprozeß von dreißig Jahren umkehren können – den höchsten Preis. Die Wirtschaft florierte weiter, aber sie wäre zusammengebrochen, wenn es darauf angekommen wäre, daß sie auf Wahrheit beruhen mußte. Die meisten Ideen, etwa, daß die Resolutions dreißig Jahre lang aktiv weitergehandelt würden, waren nur teilweise wahr oder möglicherweise wahr, und der Unterschied blieb den Händlern überlassen. In der Informationswirtschaft mußte jede Idee, die gekauft wurde, auch verkauft werden, und sie mußte mit harter Arbeit verkauft werden. Jeder dritte Beschäftigte in der Informationswirtschaft war auf die eine oder andere Weise ein Verkäufer – Publizist, PR-Mann, Werbefachmann, Nachrichtensprecher, Kontakter für Kundenwerbung, Verkaufsrepräsentant, Politiker. Die Wirtschaft hing davon ab, wie erfolgreich sie die nächste Neuigkeit verkauften. Es gab mehr Ideen als je zuvor, aber sehr, sehr wenige verkauften sich von allein. Fast keine war authentisch genug, um es ohne Ankurbelung, ohne einen Slogan und eine Vorabkampagne in den Medien zu schaffen. Es war eine Propagandawirtschaft, eine Anzeigenwirtschaft, eine Möglichkeitswirtschaft, eine Gerüchtewirtschaft – eine Wirtschaft der Kriegsgeschichten, des Anglerlateins und der Märchen.

Der grundlegende Wert – die Wahrheit – war ungewiß, und die einzige Möglichkeit, die Wahrheit herauszufinden, war abzuwarten und zu sehen, was passierte. Aber warten konnten sie nicht, denn Zeit war Geld. Das Startfenster, um aus Osteuropa Kapital zu schlagen, begann sich zu schließen. Die Firma hatte nicht die zehn Jahre, die es dauern würde, um festzustellen, ob die Regierung von Rumänien wirklich eine sichere Investition war, und so improvisierten sie und hofften, daß es niemand bemerkte.

»Was haben Sie gesagt?« bellte Coyote Jack, stützte sich wie ein Affe auf den Konferenztisch und blickte Eggs Igino finster an. Das morgendliche Briefing fing gerade an, und eben wurde New York zugeschaltet.

Eggs Igino bohrte seinen Zeigefinger in die Blätterteigfüllung und steckte ihn in den Mund. »Ich sagte: ›Hey, da ist ein Fehler in den Zahlen über die Rumänienobligationen.‹«

»Wir bezahlen Sie nicht dafür, daß Sie die Zahlen anzweifeln, Igino.«
»Habe ich Ihnen eine Rechnung geschickt?«
Sid Geeder hörte auf, seinen Erdbeerblätterteig zu verschlingen. Lisa Lisa hörte auf, mit den Fingern über den Kragen ihrer Bluse zu fahren.
Die Altersflecken auf Coyote Jacks Stirn liefen rot an. »Wir haben eine komplette Analyseabteilung, um die Zahlen zu entwickeln, und eine komplette Rechtsabteilung, um ihre Richtigkeit zu bestätigen.«
»Dann haben sie eben einen Fehler gemacht. Es ist so offensichtlich wie sonstwas.«
»Ich glaube, *Sie* haben einen Fehler gemacht, Igino.«
»Die Obligationen haben eine längere durchschnittliche Lebensdauer! Da ist ein Rechenfehler, wie die Prioritätsdarlehen die vier Tranchen auszahlen.« Die Rumänienobligationen waren so strukturiert worden, daß sie Prioritätsdarlehen an die Rumänischen Strom- und Energiebetriebe und ROMTELECOM als Nebenbürgschaft enthielten. Wenn diese Darlehen zurückgezahlt wurden, würden sie jede der vier Tranchen der Reihenfolge nach auszahlen. Das war selbst für die Händler schwer zu verstehen, aber aus Angst, dumm auszusehen, gaben es nur die wenigsten zu.
Coyote Jack wollte nicht dumm aussehen und Zahlen über den internationalen Bildschirm diskutieren. Er befahl Eggs Igino deshalb, das Thema bis nach dem Briefing ruhen zu lassen. Während des Briefings wurden Dias von der neugegründeten Wertpapierbörse in Bukarest gezeigt, die in einem renovierten korinthischen Tempel untergebracht war, der früher ein nutzloses Museum für transsylvanische Volkskunst beherbergt hatte. Dann ging der leitende Analytiker im Telefongeschäft dazu über, das Joint-venture zu erklären, das Sprint mit ROMTELECOM geschlossen hatte, um Intelsat-Satelliten zu in-

stallieren, gefolgt von einem Junk-food-Analytiker, der verkündete, daß Coca-Cola in diesem Monat seine zehnmillionste Kiste Coke nach Rumänien verschifft hatte. Aber niemand in der Filiale von San Francisco paßte auf, denn sie waren immer noch von der Nachricht geschockt, daß die Zahlen falsch waren, und hatten begonnen, einen Funken Hoffnung zu hegen, sie bräuchten die Schuldverschreibungen am Ende vielleicht doch nicht zu verkaufen. Keinem war wohl dabei, die Rumänienobligationen zu verkaufen. Es kam ihnen langsam merkwürdig vor, daß sie Sprint Geld liehen, damit es Satelliten in den Himmel über Moldavien schicken konnte, während sie gleichzeitig indirekt ROMTELECOM Geld liehen, damit es Sprint für die Benutzung der Satelliten bezahlen konnte. Das ergab nicht mehr Sinn, als Ingenesis Geld für den Bau einer Armee von Achttausend-Dollar-Faxgeräten zu leihen, damit sie die Dinger an das US-Militär verkaufen konnten und gleichzeitig dem US-Schatzamt Geld zu leihen, um Ingenesis für die Faxgeräte zu bezahlen. Sie stützten beide Seiten des Marktes, und es sah dem verdammt ähnlich, was sie zehn Jahre vorher mit den Spar- und Kreditbanken gemacht hatten, als sie ihnen Geld liehen, um Hypothekenbriefe auszugeben und gleichzeitig den Regierungsbehörden Geld liehen, um diese Hypothekenbriefe von den Spar- und Kreditbanken zu kaufen. Ein Haufen Leute war dafür ins Gefängnis gewandert, und wenn die Händler auch stinkreich werden und dafür die rumänische Öffentlichkeit bis aufs Hemd ausnehmen wollten – ins Gefängnis wollten sie nicht.

»Es ist ein eklatanter Fehler«, beharrte Eggs Igino, als er und Coyote Jack sich in John Whites Büro versammelten. »Er ist auf Seite drei in der Analyse, Seite neun in der Subskriptionsanzeige und Seite zwei in unserem hausinternen Memorandum. Ich wollte Sie nicht in Verlegenheit bringen. Ich hab es eben in dem Moment bemerkt.«

John White schlug die Subskriptionsanzeige bei einer kleingedruckten Zahlentabelle auf. Sie sah aus wie jede andere Tabelle mit nichtssagenden Zahlen, die es in jedem Memorandum, jeder Analyse und jeder Subskriptionsanzeige von Atlantic Pacific gab. »Scheint mir in Ordnung zu sein«, sagte er.

»Sie ist nicht in Ordnung!« wiederholte Eggs Igino und rannte hinter der Couch hin und her, auf der Coyote Jack das Kinn in die Hand stützte. »Schauen Sie sich doch die Zahlenreihen unten auf der Seite an. Vier Reihen, vier Tranchen – sie besagen, wieviel vom Cash-flow der Nebenbürgschaft für die Obligationen weggeht.«

John White schaute auf die Summen der vier Reihen.

»Addieren Sie sie«, sagte Eggs Igino. »Sie sollten einhundert Prozent ergeben.«

Coyote Jack wollte etwas einwerfen, aber John White winkte ab. Er nahm einen Bleistift und begann, die Zahlen auf einem Notizzettel aufzuschreiben, aber dann zerriß er den Zettel und schrieb die Zahlen statt dessen in einer Reihe auf einen Stapel weißer Papierservietten, die er für äußerst wichtige und potentiell belastende Informationen aufbewahrte. Seit das Justizministerium in den letzten Jahren bei der Hochfinanz streng durchgriff, war alles mögliche an Dokumenten – einschließlich Notizzettel – zur gerichtlichen Offenlegung beschlagnahmt worden, und die Händler waren angewiesen, geheime Informationen auf Papierservietten zu schreiben, die noch nicht als Beweismittel beschlagnahmt werden konnten. Alle Händler liefen mit Papierservietten in den Taschen herum, oder hatten sie sorgfältig in der Brieftasche gefaltet. Wenn die Leute von der Fed kamen, um zu schnüffeln, konnten sie schnell hineinschneuzen.

John White schrieb:

Tranche 1: 46%
Tranche 2: 31%
Tranche 3: 19%
Tranche 4: 14%

»Weiter«, nickte Eggs Igino. »Addieren Sie sie.«
John White schaute kurz auf, dann beugte er sich über die Zahlen. Er befeuchtete die Fingerspitzen seiner Schreibhand, und begann die Rechnung, indem er zunächst 46 und 31 und dann 19 und 14 zusammenzählte. Es war lange her, seit er zuletzt eine Rechenaufgabe gemacht hatte, und er wollte sichergehen, daß er keinen Fehler machte. Er runzelte die Stirn vor Konzentration.
»Da muß ein Fehler sein«, sagte er. »Ich versuch's mal mit dem Taschenrechner.«
Er drückte auf den Sprechknopf seines Telefons und bat seine Sekretärin, ihren Taschenrechner zu nehmen und die vier Zahlen zu addieren.
»Okay, und jetzt?« fragte sie, und ihre Stimme zischte vor statischer Elektrizität.
»Das ist alles. Sagen Sie mir einfach, wieviel die Zahlen zusammengezählt ergeben.«
»Sie ergeben einhundertzehn.«
»Und wenn schon!« tobte Coyote Jack, sprang von der Couch auf und fuchtelte mit den Armen wie ein Irrer. »Also ergibt die Nebenbürgschaft einhundertzehn Prozent? Große Sache! Wir geben hier alle einhundertzehn Prozent! Einhundertzehn Prozent ist das, worauf's ankommt in diesem Geschäft. Die Händler werden eben einhundertzehn Prozent Anstrengung bringen müssen, um die Obligationen abzusetzen.«
Aber so einfach war es nicht, und das wußte John White, denn so gerne sie auch geglaubt hätten, daß die Nebenbürgschaft

einhundertzehn Prozent ergab – so etwas war finanztechnisch einfach unmöglich. Wenn es eine Möglichkeit gegeben hätte, einhundert Dollar durch Zauberei in einhundertzehn zu verwandeln, hätte er mit Sicherheit schon davon gehört. Nicht einmal die strengbewachte Abteilung New Product hätte ein so folgenschweres Geheimnis hüten können. Er würde New York anrufen müssen und den Schwarzen Peter an jemanden weitergeben, der die Schläge dafür einstecken konnte.

Aber die Gerüchteküche brodelte bereits, und es hatte sich weltweit herumgesprochen, daß in den Zahlen für die Rumänienobligationen ein Fehler war. Es gab das Gerücht, die Europäische Bank für Wiederaufbau und Entwicklung hätte ihre Kreditzusage auf die vierte Tranche zurückgezogen. Es gab das Gerücht, Salomon Brothers würden einen Handel für das benachbarte Bulgarien abwickeln, der um fünfzig Basispunkte höher angesetzt war. Es gab das Gerücht, der rumänische Präsident Ion Iliescu sei in einem Bordell in Italien verhaftet worden. Die Gerüchte hatten sich sogar bis zu Igenesis herumgesprochen, die bei Sidney Geeder anriefen, um zu fragen, ob es tatsächlich ein Erdbeben in Bukarest gegeben habe. Das Management in New York mußte wie verrückt Anrufe beantworten und das Vertrauen in den Deal wiederherstellen, das plötzlich verschwunden war, ohne daß sie eine Ahnung hatten, wieso. Einem Gerücht zufolge hatte alles in San Francisco angefangen, und so riefen sie John White an, als John White gerade bei ihnen anrief.

Propaganda

Die Korrumpierung der Sprache, die Manipulation der Zeit und die Verdrehung von Zahlen waren Teil der Kunst des Verkaufens. Die Händler schufen Illusionen und hatten dabei, genau wie alle anderen Künstler, prophetische und erhabene Visionen. Es war ein schlüpfriges Geschäft, ein glitschiger Beruf, und der Grad der Glitschigkeit war selbst eine schlüpfrige Angelegenheit: kleine harmlose Lügen, geringfügige, gutartige Abhängigkeiten; ein Anflug von Schuldgefühl; leichte Übertreibungen; kurzfristige Schulden. Das alles geriet außer Kontrolle und nährte sich gegenseitig, und die Händler verloren völlig den Überblick, ihre Fähigkeit zur Differenzierung, ihr Vermögen, sich selbst Einhalt zu gebieten, etwa wenn sie andeuteten, die Finanzbank von Rumänien würde teilweise der Europäischen Bank für Wiederaufbau und Entwicklung gehören, Rumänien sei ein nicht stimmberechtigtes Mitglied der EG, oder die Royal Princess Cruise Lines hätten sechstägige Kreuzfahrten durch das Schwarze Meer neu im Programm. In der Hitze des Geschäfts mußten sie pausenlos reden, und sie sagten, was ihnen gerade einfiel, solange sie nicht augenscheinlich logen, solange es nur schmückendes Beiwerk war und die Erfindungen einigermaßen in das Gesamtbild paßten.
Die faktische Wahrheit war nicht so entscheidend wie der wahre Kern, und solange sie den wahren Kern beibehielten – und das lag in ihrem eigenen Ermessen –, sahen sie nichts Unrechtes dabei. Im Fall der Rumänienobligationen bestand der wahre Kern darin, daß sie ein guter Kauf waren, eine

sichere Investition, ein geschickter Schachzug. Solange die Händler nicht verkündeten, daß die Obligationen ein schlechter Kauf, eine riskante Investition und ein ungeschickter Schachzug seien, stand es ihnen frei, die sachlichen Daten mit erfundenen Anekdoten auszuschmücken, die eine gute Story ergaben. Mit einer guten Geschichte konnte man den Kunden eine Stunde lang am Telefon halten. Die Kreuzfahrt der Royal Princess war eine gute Anekdote – sie ergab eine hübsche Geschichte. Niemand wußte genau, wer damit angefangen hatte: Lisa Lisa hatte mitgehört, wie Sidney Geeder Franklin Mutual erzählte, das Schiff habe fünfhundertvierzig Betten und vier Swimmingpools. Sie ging davon aus, er würde Franklin nicht anlügen, und als sie Mike Kohanamoku von der Honolulu Federal anrief, fügte sie hinzu, daß das Schiff in Athen in See stach, nach Nordosten durch das Marmarameer fuhr und für eine Nacht in der Bucht von Istanbul ankerte. Nickel Sansome, der bei Lisa Lisa mitgehört hatte, erklärte der Bank of Canton, daß bei jedem Dinner die beste einheimische Küche serviert wurde, von gerösteten Fischkuchen von der Krim über gefüllte Krautwickel aus Odessa bis zu flambierten Birnen mit Schokoladeguß aus Moldavien. Geröstete Fischkuchen! Es war ihm einfach so über die Lippen gekommen. Es ergab eine gute Geschichte. Es war viel leichter für Bonnie Hao von der Bank of Canton, sich vorzustellen, wie sie unter dem Sternenhimmel auf dem Achterdeck saß und geröstete Fischkuchen aß, während sie die funkelnden Lichter der Krim betrachtete, als die 11er von '24 der Finanzbank von Rumänien in einer Verlaufsanalyse mit den Euroobligationen zu vergleichen. Die Anekdote von der Royal Princess wurde so oft wiederholt im Handelssaal, daß sie das Gewicht einer Tatsache annahm, und selbst Sidney Geeder – der mit der ganzen Sache angefangen hatte – ertappte sich bei Tagträumen, in denen er mit Dr. Perkova auf dem sternenbeschienenen Achterdeck saß, geröstete Fischkuchen aß und auf ihre lichterfunkelnde Heimat schaute.

Obwohl es schon einfach war, mit erfundenen Geschichten zu schwindeln, war es noch einfacher, mit manipulierten Zahlen zu schwindeln. Wenn die Rohdaten unberechenbar waren, veröffentlichten sie den Umsatzdurchschnitt. Wenn die durchschnittliche Rendite schlecht aussah, veröffentlichten sie die Rendite zur Fälligkeit, und wenn diese Zahl zu niedrig war, setzten sie dafür die Rendite zum Horizont, was voraussetzte, man könne die Obligationen in drei Jahren mit Gewinn an Atlantic Pacific zurückverkaufen – was eine irrige Annahme war. Die Händler hatten ein Computerprogramm, das dreidimensionale Säulendiagramme, Tortendiagramme und X-Y-Diagramme für jedes Wertpapier und in jedem zeitlichen Rahmen ausdruckte, und es war leicht, den Zeitrahmen so einzustellen, daß Daten zurückgehalten wurden, oder die visuelle Perspektive zu verzerren, um eine Spanne zu übertreiben. Hätte ein Händler eigenständig gedacht, dann hätte er jede versteckte Vermutung nachgeprüft, um die veröffentlichten Zahlen zu verifizieren, aber die meisten von ihnen verließen sich auf die Arbeitsteilung, nach der Zahlenspielerei die Sache der Analyseabteilung war. Selbst Sidney Geeder – der oft Fehler in den Analysen entdeckte – wußte, wie hoffnungslos es wäre, gegen die Stoßkraft der Gesellschaft zu kämpfen; nur ein kompletter Narr würde sich gegen die Analyseabteilung stellen, wie Eggs Igino es getan hatte.

»Es tut mir leid – er telefoniert gerade«, wiederholte die Frau, nachdem John White dringend gebeten hatte, den Executive Managing Director for Capital Markets sprechen zu können.

»Es tut mir leid – er telefoniert gerade«, wiederholte John Whites Sekretärin und legte den Executive Managing Director for Capital Markets auf Warteposition.

Schließlich wurden sie verbunden, und John White bekam

Anweisung, die nächste Maschine nach New York zu nehmen. Er rannte aus dem Zimmer und fuhr mit dem Expreßaufzug hinunter zu einem wartenden Taxi, das ihn mit Vollgas zum Flughafen brachte, damit er das nächste Flugzeug nach Newark erwischte. John White war ein erfahrener Direktor und hatte mehr als zweihundertsechzigtausend Meilen als Häufigflieger auf dem Konto, plus acht kostenlose Rundflüge nach Europa und Asien, für die er nie Zeit hatte. John White war noch einer vom alten Schlag: Er war in den prähistorischen Tagen ohne Faxgeräte und computerisierten Handel leitender Angestellter geworden. Das hieß, er war an lange Zeiträume gewöhnt, in denen gar nichts passierte und die noch gelegentlich von Phasen purer Langeweile unterbrochen wurden. Diese Übung erwies sich auf der Reise nach Newark als nützlich. Er war erstklassig darin, fünf Stunden am Stück in seinem gepolsterten Erste-Klasse-Sessel stillzusitzen. Er bekam keine Rückenverspannung, keine Muskelkrämpfe, und sein Blut wurde auch in der Höhe nicht dünner. John White war in allen körperlichen Hinsichten ein unterdurchschnittlicher Mann und paßte problemlos in Auto- und Flugzeugsitze. Hinter einem Schreibtisch ließ er den Schreibtisch und das Büro groß und geräumig aussehen. Er hatte ein fliehendes Kinn, aber sein Haaransatz hatte dafür begonnen, in seine Stirn hinunter zu sprießen, auf seine buschigen Augenbrauen zu, so daß es aussah, als wäre sein Kopf dauernd zu Boden gesenkt, auch wenn er es nicht war. Diese permanent ehrerbietige Haltung ließ ihn für das höhere Management unbedrohlich erscheinen, und sie vertrauten ihm wie einem der ihren. Er trank nicht, und er brachte die Firma nicht in Verlegenheit, indem er vor den Stewardessen mit den Geschäften prahlte, an denen er beteiligt war. Er drehte geduldig Däumchen, bis sie in Newark ankamen, wo ein Hubschrauber auf ihn wartete und ihn zum Landeplatz auf dem Dach des World Trade Center flog.

Er nahm wieder einen Aufzug und stieg wieder in ein Taxi und wurde mit Vollgas durch die Stadt gefahren, wobei ihm einfiel, daß er seine Notizen vergessen hatte und seine Sekretärin anrufen mußte, damit sie ihm seine Servietten faxte. Aber das Faxgerät zerfetzte die Servietten in seinen Rollen, und John White mußte das Treffen im Penthaus hoch über der City ohne irgendwelche Notizen durchstehen. Er setzte sich auf eine weiße Couch zwischen die Vorstandsmitglieder und versuchte zu erklären, wie einer seiner Händler entdeckt hatte, daß die Rumänienobligationen einhundertzehn Prozent ergaben.

»Natürlich ergeben sie einhundertzehn Prozent!« antwortete der Senior Executive President for International Affairs. »Wir alle geben einhundertzehn Prozent! Einhundertzehn Prozent ist Standardbetriebsverfahren. Einhundertzehn Prozent ist normal.«

»Es spielt keine Rolle, was die Obligationen ergeben«, schaltete sich der Executive-in-Chief of Legal Affairs ein. »Es geht darum, das schwindende Vertrauen in das Geschäft wiederherzustellen. Wir haben eine Menge Energie investiert, um beide Seiten des Marktes zu stützen. Die Deals mit Sprint, mit Coke, mit Canadian Petroleum und mit Ingenesis bauen alle darauf, daß der Handel glatt über die Bühne geht!«

»Natürlich spielt es eine Rolle, was die Obligationen ergeben«, widersprach der Executive Director for Internal Surveillance. »Wenn irgend etwas dran ist, daß Salomon ein Bulgariengeschäft bekommen hat, dann sehen unsere Obligationen – die ohnehin bereits fünfzig Basispunkte niedriger liegen – wirklich wie der letzte Dreck aus, wenn wir sie korrigieren, weil es weniger Nebenbürgschaft gibt.«

»Aber es gibt nicht *weniger* Nebenbürgschaft«, betonte der Senior Executive President for International Markets. »Sagen wir einfach, es gibt *mehr* Nebenbürgschaft: zehn Prozent mehr.

Verkünden wir einfach, das Geschäft laufe so gut, daß die Rumänienobligationen zehn Prozent mehr Nebenbürgschaft fanden, und mit dem verringerten Kreditrisiko haben wir eine Entschuldigung dafür, daß die Obligationen teuer sind.«

»Ich sage, wir feuern einfach den verdammten Händler, der mit der ganzen Sache angefangen hat«, unterbrach der Senior Director of Facilities.

»Das versteht sich von selbst«, stimmte der Executive Director of Internal Surveillance zu.

»Selbstverständlich«, sagte der Chief of Internal Affairs. »Er wurde bereits gefeuert, oder, Jack?«

John White schüttelte den Kopf. »Wir können ihn nicht feuern«, bemerkte er bedauernd. »Wir haben ihn für ein Kontingent von fünfzig Millionen vorgemerkt. Das sind sechs Prozent des gesamten Geschäfts. Wenn wir ihn feuern, besiegeln wir möglicherweise das Schicksal des Handels.«

»Dann feuern wir ihn nach dem Geschäft!« forderte der Senior Director of Facilities.

»Das versteht sich von selbst«, pflichtete der Executive Director of Internal Surveillance wiederum bei.

»Man kann ihn nicht feuern, wenn er soeben sechs Prozent des Deals verkauft hat«, fiel der Executive-in-Chief of Legal Affairs ein. »Die Truppe wird meutern, wenn wir jemanden rausschmeißen, weil er die Obligationen verkauft hat, wie wir es ihm befohlen haben.«

»Wir müssen ihn sofort rausschmeißen.«

»Das geht nicht – wir brauchen ihn!« widersprach John White.

»Geben Sie Geeder sein Kontingent.«

»Geeder hat bereits fünfzig Millionen!«

»Fünfzig Millionen! Was zum Teufel denkt sich Coyote Jack eigentlich? Niemand kann fünfzig Millionen verkaufen.«

John White schüttelte den Kopf. »Coyote Jack spielt verrückt, was die Kontingente angeht, seit ich ihm erzählt habe,

daß er als Manager der neuen Filiale in Honolulu im Gespräch ist.«
»Welche Filiale in Honolulu? Wir haben keine Honolulufiliale in Vorbereitung.«
John White verteidigte seinen Trick. »Tja, und wenn schon? Er *glaubt*, wir haben eine Honolulufiliale in Vorbereitung, und deshalb verkaufen wir eine Menge Schuldverschreibungen. Haben Sie ein Problem damit?«
»Also, irgend jemanden *müssen* wir feuern«, folgerte der Executive Director of Internal Surveillance. »Wir können so eine Sache nicht einfach hinnehmen, ohne eine Art Sündenbock zu haben.«
»Warum befördern wir den Jungen nicht einfach dafür, daß er die zusätzlichen zehn Prozent an Nebenbürgschaft gefunden hat?« regte der Senior Executive President for Internal Markets mit seinem besonderen Sinn für Logik an. »Dann bemessen wir den Handel neu, so daß er eine spätere Fälligkeit hat und etwas mehr kostet, weil die Nachfrage so groß ist, daß wir nicht nachkommen.«
»Aber es gibt keine zehn Prozent mehr Nebenbürgschaft!«
»Natürlich gibt es sie! Addieren Sie die Zahlen! Sie ergeben einhundertzehn Prozent.«
»Das hat nichts zu sagen!«
»Zahlen lügen nicht«, stellte der Senior Executive President for International Markets seelenruhig fest.
»Wozu sollen wir ihn befördern?« fragte der Personaldirektor. »Was ist er jetzt, irgendein Vice President?«
»Er ist Vice Salesman«, antwortete John White.
»Machen Sie ihn zum Senior Vice President!« schlug der Senior Executive President for International Markets vor. »Lassen Sie ihn alle in der Hierarchie überspringen. Das wird der Händlertruppe zeigen, wie wichtig sein Beitrag zu diesem wichtigen Geschäft war. Der Junge hat einhundertzehn Pro-

zent Leistung gebracht, ging weit über den pflichtgemäßen Einsatz hinaus und entdeckte, daß wir dabei waren, diese Rumänienobligationen viel zu billig wegzugeben.«

Schließlich wurde entschieden, daß sie keine andere Wahl hatten, als Eggs Igino zum Senior Vice President zu befördern, ihm einen Stellplatz in der Tiefgarage zuzuteilen und eine goldene Firmenuhr zu schicken, ihn in die Arbeitsunfähigkeitsversicherung der Gesellschaft aufzunehmen und seinen Anspruch auf Urlaub, von dem erwartet wurde, daß er ihn nicht nahm, um zwei Wochen zu erhöhen. Er sollte ein neues Level für Sicherheitsunbedenklichkeit erhalten, Magnetkarten, die ihm Zugang zu besonderen Annehmlichkeiten für leitende Angestellte in allen Atlantic-Pacific-Gebäuden auf der ganzen Welt verschafften, eine Platinkarte von American Express und vierzigtausend Meilen für Häufigflieger vom Meilenkonto der Firma. Die Firma sah wirklich keinen anderen Ausweg. Sie hatten keine Wahl, als den Chief of Internal Affairs zu beauftragen, einen Reporter des *Wall Street Journal* zu Hause anzurufen und die Geschichte über einen jungen aufstrebenden Händler von der Filiale in San Francisco durchsickern zu lassen, der die Zahlen studiert und mathematisch bewiesen hatte, daß das Rumäniengeschäft von Atlantic Pacific über zehn Prozent mehr Nebenbürgschaft verfügte, als zunächst angenommen. Die Obligationen wurden mit einem niedrigeren Zinsschein ausgezeichnet und unter dem Strich blieb, daß sich Mitteleuropa eine günstigere Finanzierung für seinen Wiederaufbau sichern konnte, als bislang angenommen. Der Chief of Internal Affairs geriet ein wenig ins Schwärmen. Er deutete an, Mark Igino sei der Michael Milken der Neunziger – in einer Ära des Engagements und des guten Willens verringerte Mark Igino die Kosten für den Wiederaufbau der postkommunistischen Länder. Mark Igino stehe für das Prinzip Hoffnung, wie Michael Milken für das Prinzip Gier. Es war eine dämliche

Geschichte mit so gut wie keinem Wahrheitsgehalt, aber der Reporter – dessen Herausgeber ihn beauftragt hatte, Geschichten über moralisch verantwortungsbewußte Unternehmen zu suchen, die den Stil der Neunziger bestimmten – hatte angebissen. Es sollte auf der Titelseite erscheinen: Sämtliche Mitglieder der globalen Finanzgemeinde würden in Ekstase geraten, wenn sie erfuhren, daß der Wiederaufbau der Sowjetunion nicht soviel kostete, wie sie befürchtet hatten. Und die Politiker würden überglücklich sein, wenn sie hörten, daß privates Kapital in den kommunistischen Block floß, weil dann der Druck auf sie nachließ, Steuergelder für einen Marshallplan auszugeben. Bei den Zeitungen stand alles im Dienst der Story, und diese Story war zu heiß, um alle Fakten zu überprüfen – das *Journal* wollte sich nicht von der *Times,* vom *Institutional Investor* oder von *Barron's* ausstechen lassen. Der Chief of Internal Affairs faxte jenes Foto von Eggs Igino, das letzten Sommer im Traineeverzeichnis gewesen war, und das *Journal* machte eine seiner wenig schmeichelhaften, aber unverkennbaren Karikaturen daraus. Eggs Igino hatte das Bild eingeschickt, als er sich um den Job bewarb, weil es ihm zu langweilig wurde, Surfbretter in Zihuatenejo zu vermieten. Irgendeine Frau hatte es aufgenommen, als sie betrunken waren, und Eggs Haar flatterte im Wind, und er hatte nichts an; das *Wall Street Journal* war entzückt. Es ergab eine gute Story. Es hatte all das, was die Fotos der alten Glatzköpfe aus den achtziger Jahren nicht hatten. Es war die Story der Neunziger, der Schwung der neuen Zeit: lange, wilde Haare, schalkhaftes Grinsen, nackte Schultern. Sie würde auf Seite eins erscheinen, linke Spalte, und am Morgen auf den Schreibtischen der Händler in San Francisco warten, damit sie sie beim Kaffee lesen konnten.

Coyote Jack hatte sich die ganze Nacht geärgert und bis kurz vor halb vier nicht einschlafen können. Um halb vier schreckte ihn sein Wecker so furchterregend auf, und er schoß so plötzlich hoch, daß er sich einen Nackenmuskel zerrte. Er fuhr auf der rechten Spur des Highway zur Arbeit, weil er den toten Winkel über seiner rechten Schulter nicht einsehen konnte; er konnte den Kopf nicht einmal so weit drehen, um in den Rückspiegel zu schauen. Während er fuhr, dachte er über den großen Plan der Dinge nach. Er wußte, er hätte Regis Reed nicht feuern sollen. Regis Reed hatte bei seinen Studentendarlehen betrogen, was die Kontrollabteilung genau belegt hatte, und er war drogensüchtig, was die Kontrollabteilung ebenfalls genau belegt hatte. Atlantic Pacific hatte zwei ausgezeichnete Gründe, Regis Reed zu feuern, und aus genau diesem Grund hätten sie ihn nie feuern dürfen. Sie hatten ihn in der Hand, aber nicht, wenn sie ihn rauswarfen. Im Gegensatz dazu hatten sie keine Kontrolle über Eggs Igino, nichts, was ihn davon abhalten konnte, den anderen Händlern zuzuflüstern, daß in den Rumänienobligationen ein Rechenfehler war. Es verstand sich von selbst, daß Coyote Jack Eggs Igino feuern mußte, sobald er heute morgen zur Tür hereinkam. Coyote Jack wollte es nicht – er hoffte immer noch, daß Eggs Igino sie alle reich machen würde –, aber er sah keine andere Möglichkeit, es sei denn, ihm fiel noch schnell irgendein guter Grund ein, Igino zu feuern – in diesem Fall bräuchten sie ihn dann überhaupt nicht zu feuern. Aber Eggs Igino hatte keine Geheimnisse, die man gegen ihn verwenden konnte. Er hatte nichts verbrochen. Er hatte nie eine Frau außer seiner Freundin angerührt. Er hatte in der Schule nicht geschwindelt. Die Kontrollabteilung hatte ihn eingehend überprüft, aber Igino war sauber. Die Kontrollabteilung hatte tief gegraben: Professoren befragt, mögliche Drogenverbindungen in Zihuatanejo untersucht, ihm nach der Arbeit hinterherspioniert. Sie wußten, daß er seine Busfahrkarten in einem Getränkeladen in der Nähe seiner Wohnung kaufte. Dort kaufte er auch eine kleine Flasche Schlehengin und vier

Dosen Limonade. Sie wußten, daß er ein Tagebuch führte und auf dem Weg zur Arbeit oft darin schrieb, während er auf dem Nachhauseweg lediglich aus dem Fenster starrte. Sie wußten, daß er kein Fleisch aß, obwohl Coyote Jack nicht recht glauben mochte, daß der vielversprechendste Junghändler in der Firma Vegetarier war. Die einzige andere Geschichte, mit der sie aufwarten konnten, war die, daß Eggs Igino, als er gerade seine letzte Saison in der Universitätsauswahl beginnen sollte – er war Torschützenkönig des Vorjahres –, eine Frau namens Katie kennenlernte, sich in sie verliebte und das Team verlassen hatte. Ein paar Jahre später, als irgend etwas schiefging, haute der Junge nach Mexiko ab. Coyote Jack sah weder Angst noch Gier darin, wenn jemand in einem Fischerdorf in Mexiko lebte oder in seiner letzten Saison wegen einer Frau die Mannschaft verließ. Aber Coyote Jack begriff das Muster: Der Junge hatte ein weiches Herz, und er konnte mit etwas auch wieder aufhören.

Als Coyote Jack in der Filiale ankam, goß er sich zwei Becher Kaffee ein und nahm sie mit in sein Büro, um zu überlegen, ob der Rest der Truppe einen Aufstand machen würde, wenn er Igino vor aller Augen im Handelssaal feuerte, bevor er sich auch nur setzen konnte. Es war natürlich unfair, ihn zu feuern, aber es war immer nützlich, der Händlertruppe beizubringen, daß ihr Job nichts mit Fairneß zu tun hatte. Immer wenn sich die Händler mißbraucht und als Opfer ihres Berufs fühlten, hatten sie weniger Schuldgefühle dabei, ihren Kunden die Wertpapiere in den Rachen zu stopfen. Für Coyote Jack war Sidney Geeder der beste Händler, weil er sich ständig von der Firma terrorisiert fühlte. Falls der Handel nicht schon gestorben war, war es vielleicht genau der Kick, den die Truppe brauchte, um die Rumänienobligationen abzusetzen, wenn sie zusah, wie Eggs Igino gefeuert wurde. Zufrieden mit seinen Überlegungen, beugte sich Coyote Jack vor und nahm einen

Beurteilungsbogen für Angestellte aus dem Schreibtisch. In die Kästchen in der oberen Zeile kritzelte er Mark Iginos Namen, seine Sozialversicherungsnummer und seine Mitgliedsnummer beim Verband der Wertpapierhändler. Darunter schrieb er das Datum von vor fünf Tagen. Coyote Jack grunzte und malte Kreuze in die hinteren Kästchen, mit denen er Eggs Iginos Mangel an Führungseigenschaften, Ausgeglichenheit, Respekt vor Vorgesetzten und Erfüllung der Kontingente brandmarkte. Bei der bevorstehenden Beförderung auf den Posten in Honolulu war es entscheidend, daß Coyote Jack möglichst nicht die Schuld daran gegeben wurde, solch einen rebellischen Spinner im Handelssaal belassen zu haben, der schließlich beinahe das Rumäniengeschäft zum Scheitern gebracht hatte. Er hatte deshalb vor, dem Management zu zeigen, daß er schon letzte Woche Iginos Rausschmiß empfohlen hatte – und wenn John White nur früher auf Coyote Jacks Empfehlung reagiert hätte, wäre die ganze Sache nicht passiert.

Doppelt zufrieden lehnte sich Coyote Jack in seinem Sessel zurück, legte die Füße auf den Schreibtisch und nahm die Morgenzeitung zur Hand, wo er sofort Iginos Gesicht unter der Schlagzeile sah – *Igino gibt 110%* – und las, daß sein jüngster Vice Salesman zum Senior Vice President befördert worden war. Coyote Jack sprang vor Schreck auf und lief schnurstracks aus dem Büro, um die Beurteilung zurückzuholen, die er in John Whites Stapel »Zu erledigen« begraben hatte. Zurück in seinem Büro, zog Coyote Jack einen neuen Beurteilungsbogen heraus und gab Eggs Igino die höchsten Noten für Führungseigenschaften, Ausgeglichenheit, Respekt gegenüber Vorgesetzten und Erfüllung der Kontingente. Bei der zum Greifen nahen Beförderung auf den Posten in Honolulu war es unbedingt erforderlich, daß Coyote Jack möglichst das Verdienst daran einheimste, diesen rebellischen Spinner lange genug im

Handelssaal belassen zu haben, bis er einen Weg entdeckt hatte, das Rumäniengeschäft zu steigern. Er hatte deshalb vor, dem Management zu zeigen, daß er schon letzte Woche empfohlen hatte, Eggs Igino an der ganzen Hierarchie vorbei zu befördern – und wenn John White nur früher auf Coyote Jacks Empfehlung reagiert hätte, wären sie nicht alle so unvorbereitet von Iginos Genialität überrascht worden.

»Sensationell«, lachte Sidney Geeder und schlug seinem Kumpel mit der zusammengefalteten Zeitung auf die Schulter.

»Aber es ergibt keinen Sinn!« rief Eggs Igino vergeblich zurück, schaute wieder auf sein Bild und fuhr fort, alle möglichen Lügen über seine Rolle beim Wiederaufbau Osteuropas und der finanziellen Entlastung der Natostaaten zu lesen.

»Hast du deine Uhr schon bekommen?« gluckste Nickel Sansome und kam mit der Zeitung unter dem Arm daher. »Du bist kein richtiger Senior Vice President, bevor du deine Uhr hast.«

»Wozu brauche ich eine Uhr?« protestierte Eggs Igino heulend. »Ich hab hier acht Uhren an der Wand hängen, die mir die Zeit überall auf der Welt sagen! Auf jedem Brokerschirm läuft eine Digitaluhr mit!«

»Ich wünschte, ich hätte eine Uhr«, gestand Nickel Sansome. »Vielleicht borgst du mir deine.«

»Kann ich mir deinen Parkplatz ausleihen«, bettelte Sue Marino, während sie die Story ausschnitt, damit sie sie an alle ihre Kunden faxen konnte.

»Aber ich brauche keinen Parkplatz!« bellte Igino, verdrehte die Augen und hämmerte wütend auf seinen Schreibtisch. »Ich verdiene das alles nicht.«

»Du verdienst es sehr viel mehr als der Rest von uns«, scherzte Sid Geeder. »Ich hab die zehn Prozent mehr Nebenbürgschaft nicht entdeckt.«

»Es ist nicht *mehr* Nebenbürgschaft – es ist *weniger!*«

»Die Zahlen lügen nicht«, zwitscherte Paul DeShews, der einen Stapel vergrößerter Kopien von Iginos Porträt in der Hand hielt. »Und das *Wall Street Journal* auch nicht. Wenn es sagt, du verdienst es, dann verdienst du es auch.«

Dann kam das kleine mexikanische Dienstmädchen mit dem Frühstück für die ganze Abteilung angefahren – das sie alle im voraus an Igino bezahlt hatten –, und Clark Kalinov kam wutschnaubend durch den Saal gerannt.

»Ich befehle Ihnen, dieses Frühstück nicht zu essen!« bellte er so kräftig und einschüchternd wie möglich.

»Sie können ihm nichts befehlen«, antwortete Sid Geeder, den Mund voller Pfannkuchen und Schlagsahne. »Er steht jetzt rangmäßig höher als Sie.« Geeder drückte Kalinov eine Kopie des Artikels in die Hand.

Clark Kalinov sah die Schlagzeile und fing an, etwas zu stammeln, hüpfte auf und nieder und knirschte vor Seelenqual mit den Zähnen. Eggs Igino kicherte ein wenig. Schließlich wirbelte Kalinov herum und marschierte in sein Büro zurück.

Eggs Igino war keiner, der sich eine günstige Gelegenheit entgehen ließ, und so hatte er begonnen, eine dreiteilige Speisekarte für alle siebenunddreißig Händler anzubieten, von denen die meisten mit Vergnügen bei allem mitmachten, was Kalinovs Macht unterminierte. John White, der ein Befürworter der individuellen Handlungsfreiheit war, sah es mit Freuden, wenn ein Stück Bürokratie privatisiert wurde. Coyote Jack unterstützte das Frühstück, weil es bedeutete, daß die Händler ihre Tische nicht verließen, um in die Küche zu rennen oder hinunter ins Lokal. Mit dem größeren Geschäftsumfang rief Eggs Igino auch einen Warenterminmarkt für Frühstücke ins Leben, so daß Händler mehrere Monatswerte an Frühstück kaufen konnten. Eggs programmierte seinen Quotron so um, daß er die Angebots- und Nachfragekurse auf einen der internen Bildschirme bekam. Jetzt änderte sich der Preis mit der

Nachfrage, und Eggs verdiente sich etwas Geld nebenbei durch den Verkauf von Menüs aus seinem dreiteiligen Angebot. Die Händler genossen es, in Frühstückstermingeschäften zu handeln, und auf Anhieb wurde es als eine Möglichkeit populär, etwas Dampf abzulassen. Obwohl jeden Morgen nur siebenunddreißig Frühstücke in den Handelssaal geliefert wurden, konnte es passieren, daß Eggs mehr als neunzig Abschlüsse am Tag makelte. Die Händler benutzten lieber das Telefon, anstatt quer durch den Saal zu rufen. Coyote Jack, der an seinem Goldfischglasfenster stand und seine Arbeiter beobachtete, gewann den Eindruck, sie seien viel produktiver, seit Eggs Igino sie mit Essen versorgte. Eggs Igino genoß es kolossal. Er stand den ganzen Tag kichernd und fröhlich schnatternd an seinem Schreibtisch, weil die Arbeit so lustig geworden war, was Sid Geeder vor Gram zur Verzweiflung trieb.

»Hör auf, dich zu amüsieren!« pflegte er zu heulen und hätte Igino am liebsten gegen das Schienbein getreten.

»Wieso?« gluckste Eggs Igino, wickelte einen Kirschlutscher aus und steckte ihn in den Mund.

»Begreifst du denn nicht? Du tust, als ob es keinen Unterschied zwischen French Toast und Rumänienobligationen gäbe. Du machst eine Farce aus dem, was hier passiert.«

Eggs Igino schob den Kirschlutscher in die Backe. »Natürlich mache ich eine Farce daraus. Das ist ja gerade der Witz dabei.«

»Aber du genießt es! Du hast Spaß daran, eine Farce daraus zu machen, was absolut keine angemessene Reaktion ist. Nur weil du die ganze Sache von der satirischen Sicht betrachtest, bist du noch lange nicht von deiner Verantwortung befreit. Du bist um keinen Deut besser als die anderen«, sagte Sid und deutete auf die übrigen Händler im Saal.

»Das mußt gerade du sagen! Mr. König der Hypothekenbriefe, kein Wertpapier, das ihm nicht gefällt.«

Sidney fuchtelte mit den Armen und heulte auf und machte

sich Luft, indem er Eggs Igino fünfundzwanzig French Toasts für Juni verkaufte, in der Hoffnung, den Preis zu drücken und ein Bombengeschäft zu machen. Aber Eggs Igino senkte seinen Preis im Tagesverlauf nicht und blieb dabei, es bereite ihm keine Schwierigkeiten, den Markt liquide zu halten. Also wiederholte Sid Geeder den Handel zweimal und war sich ziemlich sicher, derart massive Verkäufe würden den Kurs drücken. Eggs hatte keinerlei Probleme, an Nickel Sansome weiterzuverkaufen, der optimistisch war, was French Toast betraf, und glaubte, es werde im Juni einen Engpaß geben, der die Preise in die Höhe trieb. Gegen Ende des Tages dämmerte es Sidney, daß er einen Fehler gemacht hatte und er sich lieber doch noch eindecken sollte. Er ging heimlich von Schreibtisch zu Schreibtisch, in der Hoffnung, ein paar Junikontrakte kaufen zu können, ohne daß der ganze Markt herausfand, daß es einen Großabnehmer für Juni gab. Aber die Telefone leuchteten rot auf, und es sprach sich herum, daß jemand massenweise French Toast abgestoßen hatte und sich nun wieder eindecken mußte. Sie beobachteten alle auf ihren Quotrons, wie der Preis in die Höhe trieb, dann wechselten Juniinhaber von French Toast langsam zu Omelettes und geräucherten Landwürsten. Bis Sidney alle fünfundsiebzig zurückgekauft hatte, war der Preis um sechs Dollar gestiegen, und geräucherte Landwürste erholten sich.

Coyote Jack sah mit dem allergrößten Vergnügen zu. Wenn Sidney Geeder vor Wut kochte und Eggs Igino gegen sämtliche Regeln verstieß, waren die Voraussetzungen ideal, um Wertpapiere zu verkaufen, und Coyote Jack hoffte aufrichtig, die Rumänienobligationen würden die Gunst der Stunde nutzen und bald auf den Markt kommen. Coyote Jack nahm die Gelegenheit wahr, um das Syndikat anzurufen und seine Kontingente noch ein Quentchen zu erhöhen. Dann unterbrach Coyote Jacks Sekretärin seine Träumereien mittels Intercom.

Coyote Jack bellte sie an und erinnerte sie daran, sie dürfe ihn niemals stören, wenn er allein in seinem Büro war. Sie entschuldigte sich weitschweifig, gab aber die Nachricht weiter, er solle sofort John White anrufen. Eggs Igino sei in John Whites Büro, und es gebe irgendwelchen Ärger. Also wählte Coyote Jack John Whites Anschluß und bekam prompt seine eigene Sekretärin wieder an den Apparat; sie hatte nichts anderes zu tun, als John Whites Gespräche entgegenzunehmen. Sie rief John White über die Intercom an, und John White bellte sie an und erinnerte sie daran, daß sie ihn niemals anrufen dürfe, wenn er in einer Besprechung sei. Sie entschuldigte sich weitschweifig, gab aber weiter, Coyote Jack wolle ihn sprechen.
»Na, wo brennt's denn, J. W.?« fragte Coyote Jack spöttisch.
»Es geht um Eggs Igino.«
»Was ist mit ihm?«
»Er will ein Wertpapier sehen.«
»Er will *was* sehen?«
»Ein Wertpapier. Irgendein Wertpapier. Er sagt, er kann keine mehr verkaufen, wenn er nie eins gesehen hat.«
»Sie wollen *was*?« krächzte Coyote Jack verbittert, als er den Kopf plötzlich zu John Whites Büro hereinsteckte, wo Eggs Igino auf dem Sofa fläzte und John White den Schreibtisch durchwühlte und seinen Inhalt ausräumte.
»Ich will ein Wertpapier sehen«, bemerkte Eggs Igino kategorisch.
Coyote Jack ließ die Schultern sinken. »Wofür, zum Teufel? J.W., der verarscht uns doch, oder?«
»Ich dachte, ich hätte irgendwo eins im Schreibtisch«, murmelte John White, während er in seiner Schublade wühlte.
Eggs Igino hatte den Blick gesenkt und säuberte seine Fingernägel. »Ich habe für Milliarden von Dollar Wertpapiere verkauft. Ich finde, es wird Zeit, daß ich mal erfahre, was ich da verkauft habe.«

»Sie verkaufen sie ganz prima, ohne je eins gesehen zu haben!« stieß Coyote Jack frustriert hervor.
John White seufzte. »Es ist einfach ein Stück Papier mit einem Haufen Farben und Wörtern drauf. Es sieht aus wie ein gottverdammter Wettschein beim Pferderennen.«
»Ich möchte trotzdem eins sehen. Ich würde nachts besser schlafen, wenn ich wüßte, daß ich nicht bei irgendeinem Riesenschwindel mitgemacht habe. Ich möchte wissen, daß sie wirklich existieren.«
»Selbstverständlich existieren sie!«
»So? In Wahrheit existieren sie doch nur im Computer der Bundesbank, stimmt's? Woher wollen wir das wissen?«
»Aber niemand benutzt die Papiere mehr! Sie sind unwirtschaftlich!«
»*Wir* haben die Papiere noch benutzt«, bemerkte John White. »Mann, ist das lange her. Wenn man ein Wertpapier verkauft hat, haben kleine alte Männer in der Wall Street sie immer abgeholt, den Empfang quittiert und sie in eine Ledermappe gesteckt. Sie gingen durch die Straße und haben sie abgeliefert. Wir haben damals noch zu Mittag gegessen. Wenn man zum Mittagessen ging, liefen alle diese kleinen alten Männer mit Ledermappen herum. Einmal habe ich ein Bündel Wertpapiere gesehen, als einer dieser kleinen alten Männer über den Randstein stolperte und auf den Gehsteig fiel. Seine Ledermappe ging auf, und Millionen von Dollars landeten im Rinnstein.«
»Das ist idiotisch«, keuchte Coyote Jack. »Es ist hirnverbrannt.«
»Warum gehen Sie nicht einfach rüber an den Schalter der Federal Reserve und kaufen eins?« schlug Eggs Igino vor. »Holen Sie mir einfach einen kleinen Tausend-Dollar-Schuldschein. Ich möchte nur einen einzigen sehen. Ich finde, das ist nicht zuviel verlangt.«

Coyote Jack und John White starrten sich an und erkannten, daß ihnen nichts anderes übrigblieb.
»Ich sollte Sie feuern«, stammelte Coyote Jack. »Ich sollte Sie mit einem Tritt in den Hintern wieder zum einfachen Händler hinunterbefördern.«
Eggs Igino sah John White wissend an und lachte nur.
Coyote Jack hatte keine Wahl. Alle Geldgeschäfte der Firma wurden von New York aus abgewickelt, deshalb mußte Coyote Jack zur Filiale seiner Bank in Downtown gehen und eine Anweisung über eintausend Dollar ausschreiben lassen, die er über die Straße zur Federal Reserve Bank brachte. Er fluchte und spuckte und funkelte jeden, der ihm begegnete, drohend an. Coyote Jack haßte die Straße. Die Straße war etwas für Kuriere, für Sekretärinnen, die Mittagspause hatten, und für entlassene Händler. Er fand den Schalter, legte die Geldanweisung vor und fragte nach dem aktuellen Zehn-Jahres-Schuldbrief. Die Kassiererin fragte ihn nach seinem Bezugskonto, damit sie die Obligation gutschreiben konnte. Aber Coyote Jack wollte sie nicht gutgeschrieben haben; er wollte sie mitnehmen. Die Kassiererin starrte ihn verwundert an. Er sagte, er wolle sie in seine Matratze stopfen. Sie sagte, dergleichen wäre nicht mehr möglich – sie bräuchten ein Bankkonto, um die Zinsen zu überweisen. Er bat darum, sie per Scheck mit der Post zu schicken. Das sei nicht möglich. Schließlich gestand er, daß er eigentlich nur etwas brauchte, was offiziell aussah, etwas, das als Beweis der Besitzerschaft diente, auch wenn es nicht das Wertpapier selbst war. Sie gab ihm eine Quittung mit dem gestempelten, reliefartigen Siegel der Fed und einer aufgedruckten Unterschrift von Alan Greenspan, die bezeugte, daß die Regierung der Vereinigten Staaten für die Schuldverschreibung bürgte. Aber das Ganze war nicht größer als der Quittungsdurchschlag einer Kreditkarte, und das Reliefsiegel war nur eine dreidimensionale Graphik mit

schwarzer Farbe auf grünlichem Papier. Es sah aus wie Monopoligeld. Für eintausend Dollar kam er sich wirklich geneppt vor. Coyote Jack marschierte zum Handelssaal zurück und warf es mit zur Schau getragenem Unmut auf Eggs Iginos Schreibtisch.

»Was hast du da?« fragte Sidney Geeder und beugte sich hinüber.

Eggs Igino holte die Quittung aus dem braunen Kuvert. »Ein Wertpapier«, sagte er glücklich, obwohl er von dessen wenig ansprechendem Erscheinungsbild enttäuscht war.

»Kein Scheiß? Ein echtes Wertpapier? Darf ich es sehen?«

Eggs Igino hielt das Wertpapier gegen das Licht, um nachzuschauen, ob es ein Hologramm oder einen farbigen Faden hatte – irgend etwas, das seine Echtheit bewies. »Hast du noch nie eins gesehen?« fragte er Geeder.

»Ich? Nö. Wann hätte ich eins sehen sollen?«

»Ich dachte nur, wenn du sie seit fast fünf Jahren verkaufst, könntest du schon mal eins gesehen haben.« Eggs Igino legte es auf den Schreibtisch und kratzte mit der Spitze einer Büroklammer an der Tinte, um zu sehen, wie es gedruckt war.

»Nein. Komm, laß es mich anschauen. Was für eine Ausgabe ist es?«

»Der Zehn-Jahres-Schuldbrief. Er gehört Coyote Jack.«

»Was habt ihr denn da?« Nelson Dicky beugte sich über den Rand von Sidneys Schreibtisch und schaute auf das Stück Papier in Iginos Hand.

»Was ist los, Nelson«, scherzte Sidney trocken. »Hast du noch nie ein Wertpapier gesehen?«

»Natürlich«, log Nelson. »Es ist nur schon eine Weile her.«

»Blödsinn«, zweifelte Sidney. »Wann hast du denn eins gesehen?«

»Hey«, grüßte Lisa Lisa, die hinter Eggs Igino aufkreuzte. »Was gibt's denn bei euch zu sehen?«

Nelson Dicky kicherte. »Mensch, Lisa Lisa – hast du noch nie ein Wertpapier gesehen?«
»*Das* ist ein Wertpapier?« wiederholte Lisa Lisa gekränkt. »Es sieht aber nicht sehr beeindruckend aus.«
»Was hast du erwartet«, spottete Sidney. »Einen Goldbarren?«
»Ich hab es mir zumindest größer vorgestellt«, antwortete sie und beugte sich über Eggs Iginos Schulter. »Darf ich es anfassen?«
»Besorg dir dein eigenes«, sagte Sidney Geeder höhnisch.
»Ich kauf es dir ab«, sagte Lisa Lisa. Sie suchte auf dem Monitor nach dem Zehn-Jahres-Schuldschein, der bei 98-2 gehandelt wurde. »Ich gebe dir 2+ dafür.«
»98-4«, bot Nelson Dicky mit einem Grunzen und setzte sein Pokerface auf.
»Es gehört Coyote Jack«, erklärte Eggs Igino. »Ich kann es euch nicht verkaufen. Abgesehen davon würde ich ein *echtes* Wertpapier nicht unter 99 verkaufen. Ihr müßt einen Authentizitätsfaktor mit einrechnen.«
»Ich geb dir 99«, warf Sue Marino ein. »Aber wehe, es ist nicht echt.«
»99-4«, bot Nickel Sansome, der hinter Nelson Dicky stand.
»Er hat es mir bereits für 99 verkauft«, behauptete Sue Marino.
»Nein, hab ich nicht«, widersprach Eggs Igino. »Der Preis ist in Bewegung. Zeigt mir ein neues Gebot.«
»99-4+«, bot Sue Marino.
Eggs Igino schüttelte wehmütig den Kopf, um seine abgrundtiefe Verachtung über Sue Marinos Unfähigkeit, die Börse in den Griff zu bekommen, auszudrücken.
»Ich könnte einfach über die Straße gehen und eins kaufen«, erwiderte Sue Marino.
Eggs Igino zuckte die Achseln.
»99-8«, bot Nickel aufgeregt.

»Zuschlag!« verkündete Eggs Igino. »Verkauft an den Mann mit der fleischfarbenen Mütze.« Seine Hände flogen an den Wertpapierrechner und über die Tastatur, um die Anzahl der Tage zwischen den Zinszahlungen abzubilden, und wieviel er zu bekommen hatte. »Schreib einen Scheck über 1082,46 Dollar für Coyote Jack aus«, sagte er und reichte Nickel das Stück Papier.

Nickel Sansome strahlte vor Stolz und untersuchte den Papierschnipsel sorgfältig. Er schrieb den Scheck aus, und Eggs Igino brachte ihn Coyote Jack ins Büro.

»Was ist das?« fragte Coyote Jack und starrte auf den Scheck.

»Ich hab Ihnen einen kleinen Gewinn erwirtschaftet«, sagte Eggs.

»Wie haben Sie das angestellt?«

Eggs Igino zuckte die Schultern. »Ich wollte wirklich einfach nur ein Wertpapier sehen.«

»Aber sicher«, sagte Coyote Jack. »Wissen Sie, was Sie sind? Sie sind ein gottverdammtes Genie, Igino. Sie könnten einer Schlange Gift verkaufen.«

»Sie können mich mal.«

»Hey, das war ein Kompliment.«

»Das ist nichts, worauf ich stolz wäre.«

»Aber es stimmt. Sie sind erste Klasse. Ein richtiger Green Beret.«

»Das gefällt mir auch nicht besser.«

»Meine Güte.« Coyote Jack schüttelte den Kopf. »Sie haben Geeder zuviel zugehört. Entspannen Sie sich. Hey, ich wollte Sie etwas fragen. Ich habe nachgedacht. Darf ich Sie was fragen?«

»Von mir aus.« Eggs schaute zur Seite.

»Werden Sie nicht so abweisend. Ich rede ja nur. Sie sehen aus, als wollte ich Sie fragen, ob ich Ihre Mutter ficken darf.«

»Mein Gott...«

»Also, was ich fragen wollte. Sie haben doch in Mexiko unten gelebt, oder? Es hat Ihnen dort gefallen, Sie haben Ihre Tage am Strand verbracht, sind auf Palmen geklettert und so weiter. Hab ich recht? Sie denken noch immer dran, nicht? Sie sehen sich die ganze Scheiße hier an, die ganze harte Arbeit, alle die Gebäude, und ihre Gedanken wandern zur Brandung und zum Sand, stimmt's?«

»Klar. Worauf wollen Sie hinaus?«

»Darauf, daß von einer Filiale in Honolulu die Rede ist.«

»Tatsächlich?«

»*Hawaii.* Sie und ich, mein Junge. Aloha, Vulkane, polynesische Mädchen mit großen Titten.«

Eggs sagte nichts. Hawaii wäre nett, aber er hatte nicht die Absicht, den Rest seiner Jugend mit Coyote Jack im Nacken zu verbringen.

»Aha!« grinste Coyote Jack. »Ich stelle fest, das hat einige Anziehungskraft auf Sie.«

»Nicht ernsthaft«, bluffte Eggs, der keine Handbreit nachgeben, nicht angreifbar sein wollte.

»Denken Sie darüber nach, Igino. Mehr verlange ich nicht. Vorläufig reden wir nur. Es ist noch nichts spruchreif. Wir nehmen erst Aufstellung.«

Nachdem Eggs Igino gegangen war, rief Coyote Jack das Syndikat an und bat um Unterlagen über den neuesten Stand der Rumänienobligationen. Dann rief er Lisa Lisa an und befahl ihr, sich darauf vorzubereiten, über die Rumänen ausgequetscht zu werden. Lisa Lisa deckte Hawaii ab, und Coyote Jack traute ihr nicht, ganz und gar nicht. Coyote Jack brauchte hohe Zahlen von den Kunden auf Hawaii. Er brauchte Volumen. Coyote Jack begann, sich zu fragen, warum er nicht einfach Lisa Lisa feuerte und Eggs Igino ihre Kunden gab. Wenn Eggs Igino seine Sache mit Thom Slavonikas und Regis Reeds Kunden so gut gemacht hatte, sah er keinen Grund, warum er mit Lisa Lisas Geschäft nicht noch besser zurechtkommen sollte.

»Ich hab ja *versucht,* sie auf Linie zu bringen«, sagte Lisa Lisa, als Coyote Jack sich wunderte, warum Kern County nicht auf ihrer Käuferliste für die Rumänienobligationen war. Lisa Lisa wand sich. Ihre Füße schlängelten sich um die Beine ihres Stuhls. »Aber sie sind eine Bezirkspensionskasse, Coyote. Sie kaufen keine Papiere mit hoher Rendite.«

»Seit wann?« bellte er und steckte seine Nase fast bis in ihr Haar. Sie spürte seinen Atem im Nacken. »Carol Manning hat ihnen Hypothekenbriefe verkauft. Antonia Zennario hat ihnen die Nabiscos verkauft. Und jetzt wollen Sie mir erzählen, daß Sie ihnen keine lausigen drei Millionen von den Rumänen verkaufen können? Scheiße. Kern County kauft seit Jahren Papiere mit hoher Rendite.«

»Sie haben neue Statuten, Coyote.« Lisa Lisa drehte den Kopf, aber Coyote Jack ging aus ihrem Blickfeld. Sie wandte sich zur anderen Seite, aber er versteckte sich wiederum hinter ihr.

»Haben Sie's eilig?« kicherte er.

»Ich möchte zurück an die Arbeit.«

»Von wegen. Sie möchten heimgehen, sich in ein Schaumbad setzen und im Seidenpyjama herumhüpfen. Sie werden ein bißchen faul, Lisa. Sie haben vor einem Jahr die Erfahrung gemacht, daß Kern County die Eurofloater nicht kaufen wollte, und Sie haben es seitdem mit Hochzinspapieren nicht einmal mehr versucht. Sie haben sie abgeschrieben.«

»Das stimmt nicht!« beharrte sie.

Coyote Jacks Stimme wurde rauh. Er legte seine Hände auf Lisa Lisas Stuhllehne und sprach in ihren Hinterkopf. »Haben Sie ihnen überhaupt die Resolutions verkauft?«

»Ich hab's versucht«, winselte sie erschöpft und ließ sich auf ihrem Stuhl nach vorn sinken.

»Thom Slavonika hat Humboldt County die Resolutions verkauft. Wie kommt es, daß die Resolutions gekauft haben und Kern County nicht? Humboldt County hat auch Statuten.«

»Woher soll ich das wissen? Ich weiß nichts über Humboldt County«, argumentierte Lisa Lisa.

»Falsch«, kläffte Coyote Jack. »Sie wissen nichts über Kern County. Sie haben sie abgeschrieben. Sie glauben, weil HonFed Ihnen dauernd aus der Patsche hilft, brauchen Sie nichts mehr zu arbeiten. Hab ich recht?«

»Ich rufe Kern County jeden Tag an«, sagte sie hartnäckig.

»Wie ist ihre Telefonnummer?«

»Sie sind auf der Kurzwahl, Coyote. Ich weiß die Nummer nicht. Stern – siebzehn – Stern, das ist die Kurzwahl.«

»Sie rufen sie jeden Tag an, aber Sie wissen nicht einmal ihre Telefonnummer?«

»Ich hab sie auf Kurzwahl!«

»Haben Sie sie heute morgen angerufen?«

»Ja!«

»Was haben Sie ihnen verkauft?«

»Wir haben ein bißchen Overnight Cash gemacht und ein paar Dreißig-Tage-Wechsel.«

»Das ist Geldmarktscheiße. Glauben Sie, wir verdienen was an dieser Geldmarktscheiße? Sie sind in der Hypothekenbriefabteilung. Warum, meinen Sie, haben wir Kern County für die Hypothekenbriefabteilung zugelassen, hm? Was meinen Sie? Glauben Sie, wir haben sie Ihnen gegeben, damit Sie ihnen Geldmarktwerte verkaufen?«

»Ich habe ihnen letzte Woche ein CMO verkauft.«

»Letzte Wochte? Und diese Woche? Machen Sie diese Woche Ferien? Nehmen Sie diese Woche Ihr Schaumbad? Träumen Sie davon, auf dem Land zu leben? Überlegen Sie sich, einen Hund zu kaufen? Sie sind so verdammt berechenbar. Alles an Ihnen. Sie glauben, Sie sind die erste Frau der Welt in diesem

Geschäft. Sie glauben, Sie sind die erste Frau, die geschwollene Füße kriegt.«
Lisa Lisa wartete. »Sind wir jetzt fertig?« fragte sie.
»Nein, zum Teufel, wir sind nicht fertig. Ich will hören, wie Sie Kern County die Rumänienobligationen verkaufen.«
»Ich werd's versuchen, Coyote.«
»Da tun Sie allerdings gut dran. Aber davon rede ich nicht. Ich will Ihr Verkaufsgespräch hören. Ich will hören, was Sie sagen werden.«
»Sie wollen, daß ich es laut sage?«
»Hier und jetzt.«
»Das ist nicht dasselbe«, klagte sie.
»Macht nichts! Lassen Sie hören.«
»Also, zuerst gebe ich einen Überblick über den Markt, Overnighthandel und so weiter. Dann greife ich vielleicht ein paar Wertpapiere aus ihrem Portefeuille heraus und versuche, sie davon zu überzeugen, daß diese Papiere bald den Bach runter gehen und sie sie lieber liquidieren sollten.«
»Welche Papiere zum Beispiel?«
»Da müßte ich in ihrem Portefeuille nachschauen.«
»Sie kennen ihr Portefeuille nicht?« fragte er ungläubig und zog an seinem langen, strähnigen grauen Haar.
»Ich hab es auf einem Zettel auf meinem Schreibtisch. Ich hab's aufgeschrieben.«
Coyote Jack raste, er spuckte förmlich. »Glauben Sie, Sid Geeder kennt die Portefeuilles seiner Kunden nicht? Glauben Sie, Nelson Dicky wüßte nicht jedes gottverdammte Wertpapier, das er Inter-Power in den letzten drei Jahren verkauft hat? Glauben Sie, Eggs Igino benutzt Spickzettel? Ich wette, ich könnte Carol Manning in diesem Augenblick zu Hause anrufen und sie fragen, was sie Kern County in den zwei Jahren an Ihrem Platz verkauft hat, und sie würde es mir sagen. Ohne mit der Wimper zu zucken. Sie hätte es im Kopf wie den

Namen ihres Kindes. Sie müßte nicht mal drüber nachdenken, es käme automatisch, so wie zwei und zwei gleich vier. Zack! und es wär da.«

»Es tut mir leid, Coyote. Ich weiß das meiste. Ich werde vorbereitet sein, bis die Rumänienobligationen auf dem Tisch sind.«

»Sie glauben wohl, Sie haben ein natürliches Recht auf diesen Platz in der Hypothekenbriefabteilung? Sie gehören nicht einer königlichen Familie an, und das hier ist keine Monarchie. Vielleicht will es die Politik des Unternehmens, daß ich eine Frau in die Hypothekenbriefabteilung setzen muß, aber diese Frau müssen nicht Sie sein. Ich hab noch Sue Marino, und die sitzt Ihnen schon im Nacken. Sue Marino hat Feuer in den Augen.«

»Sue Marino kann mir nicht das Wasser reichen.«

»Sie wird zwanzig Millionen bei den Rumänienobligationen machen.«

»Zwanzig? Wem soll sie die verkaufen?«

»Sie würde dreißig machen, wenn sie HonFed und AmeriTrust hätte.«

»HonFed war nichts, bevor ich mich darum gekümmert habe. Carol Manning hat Mike Kohanamoku so gut wie nichts verkauft. An Antonia Zennarios Namen kann sie sich nicht einmal mehr erinnern.«

»Dann hat Mike K. also was für ihre Cheerleadermasche übrig. Und wenn schon, zum Teufel! Er wird die Rumänienobligationen nicht kaufen, nur weil Sie das Bein über den Kopf schwingen können!«

»Lecken Sie mich, Coyote.«

»So sollten Sie nicht mit mir reden, Mädchen, wenn Sie's nicht so meinen.«

»Verpissen Sie sich.«

Coyote Jack schüttelte mit spöttischem Bedauern den Kopf. »Reden Sie so, wenn Ihre Liebhaber dabei sind? Wie ich höre, macht es Sie an, wenn Sie Greenspan ein Arschloch nennen. Stimmt das? Macht es Sie scharf?«

Lisa Lisa stürmte hinaus. Sie rannte zu ihrem Schreibtisch, schnappte sich ihre Handtasche und lief ins Badezimmer, wo sie eins der mexikanischen Mädchen hinauswarf, das die Schmierstreifen von den Spiegeln wischte. Sobald sie allein war, fing sie an zu schluchzen und dann zu heulen. Sie setzte sich in eine Toilettenkabine und brauchte eine Weile, bis sie sich wieder fing. Sie atmete ein paarmal tief durch und massierte ihren Nacken. Dann ging Lisa Lisa zum Spiegel und betrachtete ihr Gesicht. Sie löste ihr Make-up ab, legte sich ein nasses Papierhandtuch in den Nacken und wusch sich gründlich die Hände. Langsam und methodisch begann sie, ihre Grundierung wieder aufzutragen, dann den Lidschatten, Eyeliner und Lippenstift. Sie wechselte die Ohrringe. Sie hatte einen kleinen Lockenstab in ihrer Handtasche, und weil sich ihre Haare an den Enden nach außen drehten, statt nach innen, steckte sie ihn an, und während sie darauf wartete, daß er warm wurde, zupfte sie die wenigen Härchen zwischen ihren Augenbrauen aus. Aber sie konnte es einfach nicht bei einigen belassen, und bald hatte sie die linke Augenbraue um die Hälfte schmäler gemacht und mußte die rechte entsprechend angleichen, was fast unmöglich war, und für eine Weile vergaß sie völlig den Lockenstab, bis sie die Hand darauf legte und sich leicht verbrannte. Schließlich räumte sie alles wieder in ihre Handtasche, zog ihren Lippenstift nochmal nach und drehte sich vor dem Spiegel, um sich ein letztes Mal zu überprüfen, bevor sie geziert in den Handelssaal zurückmarschierte, sich aufrecht an ihren Schreibtisch setzte und gegen die Welle der Wut ankämpfte, die sie beinahe wieder zusammenbrechen ließ.

Die anderen frühstückten gerade alle, schnalzten mit den Lippen und stöhnten vor Wonne über das reichhaltige Essen.

Nickel Sansome verschlang seine geräucherten Landwürste. Er saugte sie im ganzen in den Mund und verstaute in den Backen, was er nicht kauen konnte, wie ein Eichhörnchen. Er hatte die Hemdsärmel aufgerollt und faßte die Gabel weit unten, nahe an den Zinken. Er beugte sich über den Teller und leckte die Fleischbröckchen auf. Orangensaft war über den Rand seines Glases geschwappt und saugte sich in seinen Analysebericht von den Rumänienobligationen. Lisa Lisa schaute ihm entsetzt zu, dann blickte sie verzweifelt zu Eggs Igino, der ausnahmsweise auf Regis Reeds Platz saß und aus einer Schüssel Rosinenmüsli aß, mit einem Löffel, mit einer Serviette im Kragen. Er kaute jede Portion ziemlich lange, während er gutgelaunt die Auslandsberichte der Morgenzeitung durchschaute. Als er in die Küche ging, um Sidney Geeders Thermoskanne aufzufüllen, folgte sie ihm. Sie war eine Frau in diesem Geschäft, und es wurde immer schwerer für sie. Sie hatte sich diesem Geschäft ausgeliefert, und sie hatte sich selbst verraten. Sie versuchte, sich Einhalt zu gebieten. Er war noch ein Kind. Er war noch ein Junge. Aber er hatte sich noch nicht verraten. Als Eggs Igino eine neue Packung Pulverkaffee in Mr. Coffee schüttete, schlich sich Lisa Lisa von hinten an ihn heran, streifte seinen Rücken und flüsterte: »Weißt du, wie es ist, in diesem Geschäft eine Frau zu sein?«

Eggs Igino drehte sich um, und sie war unmittelbar an seiner Brust. Sie langte an seinen Hals und rückte seine Krawatte zurecht. Ein süßes, verführerisches, verspieltes Lächeln lag auf ihren Lippen. Für einen Augenblick war alles wieder da, was sie zur ersten Cheerleaderin der Michigan Wolverines gemacht hatte, ihr ganzer Charme, ihre Ausstrahlung und ihr Körper.

»Sie wollen nicht, daß du eine Frau bist«, sagte sie. »Sie erwarten, daß du deine Weiblichkeit an der Tür abgibst. Aber es ist nicht leicht, Iggy«, sagte sie. »Es ist nicht leicht, wenn du in der Nähe bist.«

Er wich nicht zurück. Sie hatte eins ihrer Beine zwischen die seinen gepreßt, oder umgekehrt – er konnte es nicht genau sagen. Ein Augenblick verging zwischen ihnen, in dem sie beide nicht sprachen, in dem Lisa Lisa erfreut erkannte, daß Eggs Igino sich tatsächlich von ihr angezogen fühlte. Eggs Igino fühlte eine große Woge von Energie durch die Sicherungen rauschen, die sein Leben zusammenhielten, und er wartete, ob die Welt, die er sich erbaut hatte, in sich zusammenfallen würde. Er wartete, ob sich seine Hände nach vorn bewegen und auf Lisa Lisas Hintern landen würden. Er wartete ab, welche Worte aus seinem Mund kommen würden. Er erinnerte sich daran, was Nickel Sansome über die Nähe von Lisa Lisas Wohnung zum Finanzviertel gesagt hatte, und er erinnerte sich an das, was Sidney Geeder kürzlich über die Männer gesagt hatte, die Lisa Lisa vielleicht geliebt hatte. Eggs Igino wurde bewußt, daß seine Sicherungen eines Tages schließlich durchbrennen würden, daß nicht alles in Ordnung war in seinem Universum und daß er der Versuchung viel stärker ausgesetzt war, als er dachte. Aber heute war dieser Tag nicht: Alles, was Lisa Lisa zur Cheerleaderin in Michigan gemacht hatte, war verschwunden, und sie war nur eine der ärmeren Angestellten, am Rande der Kündigung und in vielerlei Hinsicht abhängig.

»Sidney Geeder braucht seinen Kaffee.«

Maschinen

Es war soweit. Die Händler marschierten aus dem letzten Briefing und schleppten sich durch die Gänge, um ihre Plätze in den Bunkern einzunehmen. Sie machten ihre Geschütze bereit und starrten auf das Radar. Sie waren Soldaten in den Zwanzigern und Anfang Dreißig. Söldner. Profis. Sie waren die vorderste Schlachtreihe einer wirtschaftlichen Supermacht, die Infanterie in den Schützengräben der Informationskriege. Der Feind war da draußen im Nebel, hinter den Gebäuden, in den Computern versteckt, durch Zahlen getarnt, bereit, die Drähte, Kabel und Wellenlängen aus dem Hinterhalt anzugreifen. Sie trugen die Uniform, sie hatten die Gesichter bemalt, sie standen mitten in der Nacht auf und schufteten den ganzen Tag im Namen der Prinzipien, auf die sich ihr großes Land gründete. Sie waren die letzten beweglichen Teile einer Maschine, die Geld umsetzen, Reichtum umverteilen und Übereinstimmung herstellen konnte, die die öffentliche Aufmerksamkeit lenkte, Wahlergebnisse produzierte und Reformen hinauszögerte. Die Maschine war der Saft-o-mat der neuen Wirtschaftsform, ein Schweizer Armeemesser des Informationszeitalters, eine Maschine, die vielerlei nützliche Funktionen hatte und kommerziell zweifellos sehr interessant war. Es gab sie mit zwei Geschwindigkeitseinstellungen: Hektik und Durchbrennen, und ihre beweglichen Teile mußten oft ersetzt werden. Es war billiger, die Teile auszutauschen als sie zu reparieren. Es war billiger, ehrgeizige junge Menschen einzubauen, die wild auf ein Geschäft waren.

Sie schielten zur Uhr. Sie übten die Verkaufsargumente der Analyseabteilung. Paul DeShews krempelte die Ärmel hoch, zog seine schwenkbare Tastatur zur Brust, kniete sich auf die Naturfaserkissen seines ergonomischen Stuhls und rückte die Anschlußkabel seines Telefonkopfhörers zurecht. Sidney Geeder füllte seine Thermoskanne auf. Sue Marino telefonierte bereits und versuchte, ihren Verlobten davon zu überzeugen, daß mit der Hochzeit alles in Ordnung gehe, sie sei nur etwas im Streß wegen des Geschäfts, bald würde sie wieder ganz die alte sein. Sie überprüften alle ihre Quotronschirme, um sich zu vergewissern, daß alle Börsenstandorte vernetzt waren, und hielten nach dringenden persönlichen Nachrichten Ausschau, die über den unteren Bildrand liefen. Eggs programmierte seinen Quotron so um, daß er ständig die aktuellen Kurse des Wertpapier-, Gold-, Öl- und Dollarterminhandels in einer Spalte am rechten Bildschirmrand anzeigte. Lisa Lisa benutzte die grünen Monochrommonitore als Spiegel, um ihre Wimpern zu verlängern, mit denen sie dann Richtung Eggs Igino blinzelte. Nickel Sansome suchte nervös nach dem Nickel, den er an die Unterseite seiner Schreibtischschublade geklebt hatte.

Alle drehten die Lautstärke ihrer Kreischboxen auf, bis der Raum vor statischer Elektrizität surrte. Ihre Mägen rumorten, ihre Muskeln fühlten sich vor Nervosität schlapp an, und ihre Kehlen trockneten aus, bis ihr Mund pelzig und die Zunge taub war. Nelson Dicky streckte die Zunge heraus und schlug leicht mit einem Kugelschreiber darauf, um das Gefühl zurückzubringen. Lisa Lisas Füße schliefen ein; sie hingen wie Golfschläger von ihrem Stuhl herunter und pendelten gegen den Aktenschrank. Sue Marino hatte das Bedürfnis, ihre Mutter anzurufen. Sie sah auf die Uhr. Alle sahen ständig auf die Uhr. Der Syndikatstisch kam mit ein paar aufmunternden Worten über die Kreischbox und mit der langen, vernichtenden Drohung,

alle Händler zu eliminieren, die bis zum Börsenschluß am Nachmittag ihr Kontingent nicht erfüllt hatten. Der gute Ruf der Firma stand auf dem Spiel. Sidney Geeder versuchte vergeblich, alle Gedanken an Ivana Perkova fernzuhalten und an die Familiengeschichten aus ihrer Kindheit an den Ufern der Donau. Er spürte, wie sich sein Steißmuskel verspannte, zu kribbeln anfing und schließlich taub wurde. Er konnte sein Wasser nicht halten, und er mußte häufig pissen. Er war wütend, rasend vor Haß und auch anderweitig genau in der richtigen Stimmung, um Wertpapiere zu verkaufen. Es gab nur eins, was seine Laune bessern konnte, und als die Telefone rot aufleuchteten, ignorierte Sidney die Anrufe von World Wide Savings, Franklin Mutual und Pacific Capital, sondern rief die Vermittlung für Santa Clara an, erhielt Kenny Whitlashs Privatnummer und läutete ihn aus dem Bett. Whitlash hustete verschleimt und krächzte. »Was zum Teufel –?«
»Okay, Arschloch«, schnarrte Geeder. »Heute ist Zahltag.«
»Wer ist da? Geeder? Sid – sind Sie das?«
»Allerdings, Whitlash. Die Rumänen sind auf dem Tisch. Ich akzeptiere kein Nein als Antwort, und ich schreibe keinen Beleg für weniger als sechs Millionen aus.«
Whitlash hustete und spuckte. Er seufzte. »Ich nehme zwanzig.«
»Zwanzig? Sie haben keine zwanzig Millionen, die Sie in dieser Form investieren können. Die Revisoren von der Regierung machen Ihren Laden dicht, wenn sie das in den Büchern sehen.«
»Ich bekomme die zwanzig nächste Woche. Sie werden sie mir leihen, wenn wir die Faxgeräte finanzieren, die wir nach Rumänien schicken.«
»Nächste Woche! Ich weiß nichts von nächster Woche! Ich dachte, euer Deal soll in sechs Monaten steigen!«
»Euer Management sagt, der Zeitpunkt sei zu günstig, um ihn

verstreichen zu lassen, bei der ganzen positiven Publicity, die das Rumäniengeschäft bekommt. Außerdem wollen wir ihnen unsere Faxgeräte jetzt verkaufen, wo die Finanzbank von Rumänien das Geld hat, um es ROMTELECOM zu leihen.«

»Ich dachte, ihr spendet ihnen die Faxgeräte«, heulte Sidney und rang nach Atem.

Kenny Whitlash gackerte niederträchtig. »Warum ihnen Faxgeräte spenden, jetzt, wo sie das Geld haben, sie zu kaufen? Wie ich höre, schwimmt ROMTELECOM in Geld. Sie sollten sie anrufen und schauen, ob sie die Rumänienobligationen kaufen wollen.«

»Ahhhh«, stöhnte Sidney und knallte den Hörer auf die Schreibtischplatte, damit Whitlashs Trommelfelle platzten, bevor er auflegte. Es war keine Genugtuung, Ingenesis für alle ihre Sünden bezahlen zu lassen, wenn sie eine Woche später zu Sidney kamen, um sich das Geld dafür zu leihen. Es war kein Vergnügen mehr zu sehen, wie diese großen Klumpen von Wertpapieren Ingenesis' vierteljährliche Bilanz ruinierten. Sidney konnte sich nicht rächen, wenn er auf beiden Seiten des Marktes stand. Er spürte den Knoten am unteren Ende seines Steißbeins nicht einmal mehr. Es war schon länger als einen Monat her, seit er zuletzt bei Dr. Perkova gewesen war.

Er versuchte, Befriedigung aus der Provision zu ziehen, die er soeben verdient hatte, aber so hoch sie auch war, es war nichts verglichen mit den einhunderttausend Firmenaktien, die bei der Nachricht von dem Rumäniengeschäft zur Eröffnung für 47 3/8 gehandelt worden waren. Sidney mußte sich irgendwie geißeln, aus Frust darüber, wie reich er unverdienterweise geworden war. Also rief er Franklin Mutual zurück und gestand, daß die Rumänienobligationen zehn Prozent *weniger* Nebenbürgschaft hatten, nicht zehn Prozent *mehr.* Er erklärte, der tumbe Journalist des *Journals* hätte die ganze Geschichte falsch verstanden, die Obligationen seien ein Haufen Scheiße, es gebe in Rumänien noch immer nur eine politische Partei, ein Teil des Geldes würde dafür abgezweigt, die Serben zu bewaffnen und die Royal Princess Cruise Lines seien noch nie in der Gegend des Schwarzen Meeres gefahren.

Der Chefhändler von Franklin Mutual hörte geduldig zu. »Ich kaufe sie trotzdem«, sagte er, als Sidney geendet hatte. »Meinem Boß gefallen sie ausgesprochen gut. Außerdem hab ich zur Börseneröffnung für fünfzehn Millionen Dollar Freddie Macs verkauft, um Geld flüssig zu haben. Ich muß irgendwas damit anstellen.«

»Seien Sie nicht so dumm«, kreischte Sidney. »Sie werden ausgeraubt!«

»Ach, es ist nicht mein Geld«, antwortete der Chefhändler. »Es ist das Geld der Bank, und die Bank will bei einem Geschäft nicht abseits stehen, das es bis auf die Titelseite des *Journal* gebracht hat.«

»Sie werden es bereuen«, warnte Sidney kraftlos. Es war einer von den Tagen, an denen es keine Rolle spielte, was er sagte. Die Atlantic-Pacific-Maschine lief.

»Wie gesagt, mein Boß will, daß die Bank ihren Teil zum Wiederaufbau Europas beiträgt. Wir haben in den späten Achtzigern aufgehört, Kredite für die Entwicklung der Innenstädte zu gewähren, wir haben letztes Jahr mit Darlehen für Kleinunternehmer aufgehört, und unsere Gewinne steigen, seit wir die Zweigstellen in Kleinstädten auf dem Land geschlossen haben. Mein Boß hat eine Menge Kritik eingesteckt und braucht etwas, auf das er verweisen kann, um unseren Slogan ›Investition in Hoffnung‹ zu rechtfertigen. Ich habe strikte Order zu kaufen.«

»Ich flehe Sie an«, bettelte Sidney. »Wenn Sie diese Obligationen kaufen, kommen Sie hinterher nur wieder bei mir an, damit ich Ihnen aus der Patsche helfe, weil Sie Geld brauchen, um Ihre Verluste zu finanzieren.«

»Ach, bis dahin sind Sie längst weg«, antwortete der Chefhändler ruhig.
»Nein, bin ich nicht«, konterte Sidney. »Ich werde mich nirgendwo verstecken können. Sie werden hinter mir und meinem Geld her sein, und sie werden es Ihnen geben, damit Sie es für Obligationen zur Weltraumforschung verschwenden können.«
»Sidney, Sie hören sich nicht gut an. Sind Sie okay?«
»Nein! Ich bin nicht okay!« brüllte er, steckte das Telefon aus und vergrub den Kopf in den Armen. Er mußte wahnsinnig dringend pissen, aber statt dessen rief er Pacific Capital an und gestand, daß die Royal Princess Cruise Lines noch nie in der Gegend des Schwarzen Meeres gewesen seien.
»Aber sicher doch«, lachte der Fondsmanager. »Sie haben in New York so viele Anrufe von Wall-Street-Leuten bekommen, die nach der Kreuzfahrt zur Krim fragten, daß sie eine Jungfernfahrt für Juni angesetzt haben. Sie startet in Athen und geht durch das Marmarameer. Es war schwer, Tickets zu bekommen, aber ich habe ein paar Beziehungen spielen lassen. Ich habe eine Kabine auf dem Achterdeck, unterhalb des Swimmingpools auf dem Promenadendeck. Es wundert mich, daß Sie nicht mitfahren, so wie Sie davon geschwärmt haben. Junge, wer immer das Gerücht in die Welt gesetzt hat, sollte eine Beteiligung von ihnen verlangen – sie sind drauf und dran, reich zu werden durch das ganze Interesse an Mitteleuropa.«
»Das darf nicht wahr sein«, wimmerte Sidney, der nun zusammengekauert im Fußraum unter seinem Schreibtisch saß. Er mußte nun wirklich pissen. Seine Blase war nicht so voll, aber er konnte den Harndrang nicht beherrschen.
»Diese Rumänienobligationen sind das Tagesgespräch«, fuhr der Fondsmanager von Pacific Capital fort. »Bei Salomon raufen sie sich die Haare und versuchen, herauszukriegen, wie ihr einhundert Dollar einfach so in einhundertzehn verwandelt habt. Sie begreifen es immer noch nicht.«

»Ahhh...« seufzte Sidney. Er kniete auf einem Bein und pinkelte in eine Kaffeetasse, die er auf den Boden gestellt hatte. Mit dem Rücken zum Fenster und nach vorn durch seinen Schreibtisch von den anderen im Saal abgeschirmt, bemerkte es niemand.

»Ich hoffe, sie sind nicht schon alle weg«, sagte der Fondsverwalter. »Ich brauche wirklich die Rendite. Ich hab für meinen Gesamtertragsfonds keine vernünftige Rendite mehr gefunden, seit der Schrottmarkt vor ein paar Jahren in den Keller stürzte.«

»Keine Angst, ich hab genug für Sie übrig«, antwortete Sidney, schüttelte sich und zog den Reißverschluß hoch. »Wieviel wollen Sie denn?«

»Mindestens zehn Millionen. Ich muß noch etwas Geld für den Bulgarienhandel aufheben, den Solly macht. Er war erst in ein paar Monaten geplant, aber sie versuchen, ihn auf nächste Woche vorzuziehen, um vom Erfolg eures Geschäfts zu profitieren.«

»Aber unser Deal hat gerade eben angefangen. Er läuft erst eine halbe Stunde!«

»Reuter hat es mit einer Schlagzeile herausgebracht, sagt, er geht glatt über die Bühne. UPI hat es auch aufgegriffen. Wie ich höre, besteht Interesse am Massengeschäft. Die Händler im Massengeschäft bei Merrill sterben vor Neid auf die Provisionen, die ihr Jungs verdienen müßt. Hey, ist dieser Mark Igino ein Freund von Ihnen?«

»Klar. Er sitzt direkt neben mir. Wieso?«

»Nicht so wichtig. Sagen Sie ihm einfach, ich finde es großartig, was er für Osteuropa getan hat. So viele Investmentbanker kümmern sich nicht darum, der Welt etwas zu geben, das wirklich Wert hat. Er ist eine echte Inspiration.«

»Arrggh!« kreischte Sidney und schmetterte seinen Apparat auf das Mahagonifurnier seines Schreibtischs, daß das Plastik in zwei Teile zersprang, die nur noch von Drähten zusammengehalten wurden. »Herrgott«, fluchte er und nahm sein zweites Telefon. Aber das funktionierte auch nicht, weil es mit dem anderen verkabelt war. Sidney drehte sich im Kreis herum, schlug auf den Schreibtisch und schaute im Saal umher. Er rannte um Nickel Sansome und Lisa Lisa herum zum früheren Tisch von Regis Reed, aber das Telefon war verschwunden, zusammen mit den Brokermonitoren und dem Quotron. Er tauchte unter den Tisch, um nachzusehen, ob Regis ein Reservetelefon versteckt hatte, und knallte mit dem Steißbein gegen die Unterseite der Schublade, als er sich wieder aufrichten wollte. Er spürte den Schmerz wie eine Nadel in sein Bein fahren und humpelte durch den Saal zu den drei anderen leeren Schreibtischen, bei denen aber auch überall die Telefone und Monitore fehlten. Er schleppte sich die Treppe zum Lagerraum hinunter, wo noch keine Lichter brannten, weil die faulen Investmentbanker noch nicht zur Arbeit erschienen waren. Im Lagerraum griff er sich eine Pappkartonschachtel für Telefonapparate, aber die Schachtel war verdächtig leicht. Er riß sie oben auf, kippte das Verpackungsstyropor und die Bedienungsanleitung auf den Boden und fand ein Blatt Papier mit dem Firmenbriefkopf und der Unterschrift von Clark Kalinov, auf dem stand, daß aufgrund von Etatengpässen wegen der Anschaffung eines fünften Faxgeräts vorübergehend keine Telefone zur Verfügung stünden. Sidney trat gegen den Stapel leerer Telefonschachteln, daß sie auf den Boden purzelten. Er versuchte, seine Fassung zurückzugewinnen und nachzudenken. Ein Telefon war so ein simples kleines Gerät, aber wenn er keins hatte, war Sidney hilflos. Er ging in ein anderes Büro und meldete über das dortige Telefon die drei Abschlüsse über fünfundvierzig Millionen Dollar. Er konnte dieses Telefon nicht nehmen, weil es nicht den speziellen Stecker für die Schalttafeln an den Schreibtischen hatte, außer er konnte

irgendwie die Drähte von dem einen Telefon an den Stecker vom anderen dröseln. Er rannte mit dem Telefon wieder hinauf und traf Eggs Igino beim Frühstücken an, wobei er sich auf einer Papierserviette Notizen machte.
»Warum arbeitest du nicht?« fragte Sidney.
»Ich bin schon fertig«, antwortete Eggs und tunkte ein Stück Toast mit der Gabel in den Eidotter auf seinem Teller. »Ich hab meine sechzig gemacht. Ich könnte mehr verkaufen, aber ich hasse die Obligationen wirklich.« Es war tatsächlich so einfach gewesen – als Sierra Prudential und die Bank of Sacramento hörten, daß *der* Mark Igino sie anrief, öffneten sie ihre Brieftaschen. Sie waren ganz glücklich, ihre Obligationen von solch einem Genie zu kaufen. Sie waren stolz, ihren Beitrag zur Investition in die Zukunft zu leisten. Abgesehen davon brauchten sie die Rendite. Sie hatten keine Genehmigung, um in Optionen oder Termingeschäfte zu investieren, und bei Schuldverschreibungen hatte es einfach keine solche Rendite mehr gegeben, seit der Schrottmarkt in den Keller gefallen war. Die Zinsraten waren wegen der Dauerrezession so niedrig gewesen, daß nichts mehr auf dem Markt war, um ein Portefeuille zu beleben. In Obligationen zu investieren war langweilig gewesen, bis die Rumänen auftauchten, und sie wollten an dem Nervenkitzel teilhaben.
»Dann leih mir dein Telefon«, bat Sidney und hielt den zerbrochenen Apparat in die Höhe.
»Selber schuld, wenn du es zertrümmert hast.«
»Ich brauche ein Telefon«, heulte Sidney. »Ich kann ohne Telefon nicht arbeiten. Du brauchst deines nicht mehr.«
Eggs betupfte sich mit der Serviette das Gesicht. »Ich wollte eben meine Schwester anrufen. Sie steht jetzt ungefähr auf.« Er grub einen gezackten Dessertlöffel in eine rosarote Grapefruit. »Mach dir keine Sorgen – ich repariere dein Telefon.«
Eggs öffnete seine Schublade und holte das Isolierband heraus,

das Wes Griffin zurückgelassen hatte. Er riß zehn Zentimeter lange Streifen ab, die er dann längs auf einen Zentimeter Breite riß. Er legte Sidneys zerbrochenes Telefon auf die Schreibtischplatte und schaute sich kurz die Verkabelung an. Dann schraubte er das Mikrogehäuse des Telefons aus dem unteren Stockwerk ab und nahm ein paar Ersatzteile heraus. Er dröselte mit den Zähnen die Isolierung auf und paßte das neue Mikro ein, dann klebte er die Teile mit dem Band zusammen. Er umwickelte den Apparat so oft, bis er die Größe eines Footballs hatte, der wie ein Sack auf der Schulter lag, ohne daß Sidney ihn sich in die Halsgrube klemmen mußte.

»Damit müßtest du deinen Rücken gerade halten können«, sagte er und reichte Sidney den seltsamen Apparat, der ihn sofort einstöpselte. Und schon läutete es.

»Geeder!«

»Wer ist dran? Coyote Jack?«

»Rat nochmal, Geeder!«

Sidney kannte die Stimme des Mannes irgendwoher, aber es war keine Stimme, die er vom Telefon kannte – Sidney hatte sich die Telefonstimmen aller seiner Kunden eingeprägt. Die Stimme hatte einen leichten Südstaateneinschlag und klang jung, bestimmt unter dreißig. Andere Stimmen waren mit dem Sprecher im Raum. »Reed? Regis Reed?« riet er.

»Sehr gut, Sidney. Dachte, du hättest vielleicht dein Gespür verloren.«

»Wo bist du?« fragte Sidney.

»Irvine Savings, Los Angeles. Ich bin der neue Manager der Pensionsstiftung, und ich bin zu Geschäften bereit. Ich brauche eine Vormerkung für fünfzehn Millionen Freddie Mac 11.5er im April.«

»Willst du kaufen oder verkaufen? Moment mal! Hat die Kreditabteilung das genehmigt? Irvine Savings hatte Kreditsperre!«

»Haben wir nicht mehr. Wir wurden gerade von den Japanern gekauft, die haben uns von der Resolution Trust fast geschenkt gekriegt.«
Sidney holte sich schnell die neuesten Daten von der Kreditabteilung auf seinen Quotron. Es stimmte, Irvine Savings war in der Spalte für Verkauf, aber mit einem engen Kreditrahmen.
»Weiß Coyote Jack Bescheid?« fragte Sidney.
»Natürlich«, antwortete Regis.
»Die Sache gefällt mir nicht«, bemerkte Sidney. »Ich trau ihr nicht. Sollte nicht eigentlich Eggs Igino euer Händler sein?«
»Eggs Igino will die Art Geschäfte nicht machen, die ich machen will«, sagte Reed knapp und hustete ins Telefon.
»Was für eine Art Geschäft ist das?«
»Wach auf, Geeder. Es gibt eine Menge schnellere Wege, um reich zu werden, als Jahr für Jahr Wertpapiere zu verkaufen und sich immer nur eine kleine Scheibe abzuschneiden. Ich weiß, daß du jeden Monat einen Teil deiner Provision an Ingenesis zurückschiebst.«
»Das ist eine Lüge! Ich bin sauber!«
»Aber klar doch. Du und Lisa Lisa.«
»Was hat Lisa Lisa getan?«
Regis lachte abfällig. »Kohanamoku von Honolulu Federal bekommt die Hälfte ihrer Provision, das hat sie getan. Was glaubst du, warum sie euren Mist kaufen?«
Sidney schaute über den Rand seines Schreibtisches zu Lisa Lisa, die an dem feuchten Fleck unter ihrem Arm schnüffelte.
»Such dir einen anderen, Reed. Ich bin zu nah am Ziel, um mich auf irgendwas einzulassen. Und ich will nichts weiter hören, als was du mir schon erzählt hast und was ich sowieso nicht glaube. Du mußt träumen, wenn du denkst, ich mache mein Geld mit Betrügereien. Ich habe in meinem ganzen Leben keinen Cent zurückgeschoben. Warum soll ich betrügen, wenn die Kunden ohnehin so leicht reinzulegen sind?«

»Jeder Mann hat einen Preis, Geeder. Ich habe sehr viel Geld zur Verfügung. Ich könnte fünf Millionen von den Rumänienobligationen abnehmen und dazu laufend Hypothekenbriefe, solange ich meine Verluste vor dem Monatsende decke und die Verluste nicht allzu hoch sind. Gib mir fünfundvierzig Prozent.«
»Nichts zu machen. Ruf Nickel Sansome an.«
»Nickel will ich nicht. Er hat schon Dreck am Stecken. Wie wär's mit vierzig Prozent?«
»Ich sagte, nichts zu machen!« Sidney warf ihn aus der Leitung und rannte hinaus in den Waschraum, wo er wieder pißte, sich das Gesicht wusch und erst mal seinen Atem beruhigte. Dann rannte er zurück in den Saal, nahm seine Position am Schreibtisch wieder ein und schüttete noch eine Tasse Kaffee hinunter, um in Schwung zu bleiben. Noch siebenundsechzig Tage, dann kam er hier raus. Er mußte aufpassen. Er mußte pünktlich kommen, er mußte sauber bleiben. Er durfte sich keinen Ausrutscher leisten. Er mußte die Hände von den Frauen lassen, mit denen er arbeitete, und sich auf die Wertpapiere konzentrieren. Er mußte jeder Versuchung widerstehen, mit Helmet Fisher zu sprechen.
»Hör auf, solange du noch jung bist, Kleiner«, murmelte er Eggs Igino zu.
Eggs Igino war amüsiert. »Aufhören? Machst du Witze? Die Firma schuldet mir sechzigtausend für meine Abschlüsse heute. Ich würde weiß Gott gern aufhören, aber nicht, bevor mir die Firma bezahlt, was sie mir schuldet.«
»Gut, aber *dann* solltest du aufhören«, gab ihm Sidney recht. »Hör auf, bevor sie das Leben aus dir rausquetschen.«
»Aber *dann* könnte ich auch nicht aufhören«, lachte Eggs Igino und hielt sich eine Hand vor den Mund, um sein Kichern zu unterdrücken. »Denn bis dahin haben wir wieder einen neuen Deal gehabt, und die Firma schuldet mir wieder sechzigtausend Dollar.«

»Mal im Ernst...« Sidney versuchte das Thema in eine ernsthaftere Bahn zu lenken. »Was würdest du machen, wenn du aufhören würdest? Wo würdest du hingehen? Was würdest du mit deiner ganzen Zeit anfangen?«
»Oh, ich werde nie aufhören können. Die Firma hat mich fest am Wickel.« Igino schien über seine eigenen Worte verwundert. »An meinen Platz gekettet. Ich komm hier nur in einem Sarg raus.«
»Ich auch, wenn sich mein Rücken nicht bald entspannt.«
»Du solltest es im Stehen probieren«, schlug Eggs vor.
»Ich kann unmöglich den ganzen Tag stehen.«
»Du würdest mit der Zeit Kraft aufbauen. Es wäre nur die erste Woche, oder so, schwer. Beim Stehen bewegt man sich mehr, und du wärst nicht so verspannt, weil du dauernd in einer Stellung bist. Unser Körper ist nicht dafür gebaut, stillzuhalten. Unser Körper ist dafür gebaut, sich zu bewegen. Er ist unglaublich praktisch für Bewegung und fürchterlich ungeeignet zum Stillhalten. Los, hoch von deinem Stuhl. Schlimmer kann's nicht werden.«
»Du machst wohl Witze. Meine Beine sind ganz taub.«
»Kein Wunder, daß sie taub sind. Du benützt sie ja nie. Wenn du aufstehen würdest, könnten sie dir nicht einschlafen.«
»Sie sind nicht eingeschlafen – der Ischiasnerv ist am Sakralplexus eingeklemmt.«
»Steh auf, Sidney! Sie wollen, daß du den ganzen Tag sitzt.«
»Wer sind *sie?*« entgegnete Sidney aufgeregt. »Von wem redest du?«
»Woher soll ich das wissen?« sagte Eggs schnippisch.
Nach minutenlangen Tiraden und Überredungsversuchen schob Sidney endlich seinen Stuhl ans Fenster zurück und versuchte, aufrecht zu stehen. Aber sein Rücken war so steif, daß er sich nach vorne lehnte und seine Schultern zum Hals hochzog. Eggs stellte einen Karton mit Analysen auf den Boden

und ließ Sidney einen Fuß flach auf den Karton setzen und das andere Bein leicht beugen. Er wies ihn an, sein Gewicht vor und zurück zu verlagern und alle paar Minuten die Beinstellung zu wechseln. Sidney schaute sich um. Es war erstaunlich, wieviel er von hier oben sehen konnte, was er im Sitzen nicht sah: zum Beispiel den Aufkleber »Go Fish!«, der auf der Rückenlehne von Sue Marinos Stuhl klebte, und Coyote Jacks Sekretärin, die an ihrem Schreibtisch saß und ihre Nägel feilte, und Lisa Lisas bloße Füße, die auf dem Teppich scharrten.

Coyote Jack kam scherzend in den Saal heraus und sprach ein Gebet über die Bibel, die Antonia Zennario zurückgelassen hatte. Dann erzählte er der Truppe, daß alle Rumänienobligationen verkauft seien und die Firma am Abend zur Feier eine Party im *Ming Garden* schmiß. Er wollte ihnen gerade freigeben, als John White in den Saal kam und ihnen mitteilte, die Firma habe gegenüber im *Excelsior* ein paar Suiten für die Party gemietet. Er schlug vor, daß die Glücklichen, die in East Bay oder Marin wohnten, ihre Frauen anriefen und ihnen erklärten, sie würden heute abend nicht nach Hause fahren. Wenn sich jemand vor der Party frischmachen wollte, seien sie eingeladen, die Duschen zu benutzen, solange sie die Zimmerbar in Ruhe ließen – er wolle keine sinnlos Betrunkenen umkippen sehen, bevor das Essen serviert wurde. Ein paar der ganz hohen Tiere flogen aus New York und Los Angeles ein, und mindestens ein Kabelkanal wurde erwartet, deshalb seien alle abfälligen Bemerkungen über die Rumänienobligationen strengstens verboten. Redet um Himmels willen überhaupt nicht über die Arbeit – bei Salomon Brothers wurde auf Partys nie über die Arbeit gesprochen. Es gebe nichts Erbärmlicheres als einen total benebelten Händler. John White reichte fotokopierte Seiten aus einem Witzbuch herum. Wenn es einen toten Punkt in der Unterhaltung gebe, sollten sie einen Witz erzählen. Wenn sie Witze nicht erzählen könnten, sollten sie es vor dem Badezimmerspiegel so lange üben, bis sie ihn so elegant herausbrachten wie Bob Hope. Trocken. Kein Gekichere oder sich vor Lachen schon vor der Pointe krümmen. Bei Salomon Brothers werde nie vor der Pointe gekichert. Es gebe nichts Kindischeres und Erbärmlicheres als einen Händler, der über seine eigenen Witze lache. Dann gab John White Kommentare zu ihrer Kleidung ab. Es handle sich um ein Dinner, mit dem sie die Zukunft feierten – Oxfordhemden mit Button-down-Krägen würden nicht toleriert. Paisley-Krawatten wären out. Wenn sie vor dem Dinner noch einkaufen gehen müßten, so sollten sie's tun, aber sie sollten nicht erwarten, mit einer Paisley-Krawatte an der Bar bedient zu werden. Und für die Frauen – nichts, was unter das Knie reichte. Je weniger, desto besser. Raus aus diesen Wollkostümen, und macht was, egal was, mit eurem Haar. Im Zweifelsfall entscheidet euch für das Risiko. John White war väterlich streng, gönnerhaft und grob. Er ließ sie wissen, daß sie unter dem strikten Befehl standen, sich zu amüsieren, und jeder, der allein in einer schwach beleuchteten Ecke vor sich hinbrütete, würde auf der Stelle wieder zum einfachen Verkäufer degradiert.

Coyote Jack schaute wütend und entrüstet zu, wie John White als Gastgeber der Party auftrat, und mußte sich zusammennehmen, um nicht zwanghaft an den neuen Hosenträgern aus Leder zu reißen, die er extra für diesen Anlaß gekauft hatte, und die bereits zu stramm waren und seine Wollhosen so weit hinaufzogen, daß sie an seinen Hoden scheuerten. Als die Truppe den Saal verließ, war Coyote Jack so geladen und voller Wut, daß er direkt zu Dr. Vandivorts Praxis fuhr und dem Arzt befahl, ihm eine Flasche Antidepressiva und ein paar Depressiva zu verschreiben. Dr. Vandivort gab Coyote Jack das Rezept, und dieser lugte absichtsvoll zu Dr. Vandivorts Sprechstundenhilfe, die ein richtiges Baby war, mit samtigen Mopsbacken und stumpfen, dicken Fingern, die auf einer Computertastatur herumtippten. Coyote Jack gab ihr eine Einladung und befahl Dr. Vandivort, ihr zu befehlen, zur Party zu kommen. Coyote Jack holte sich aus einer nahegelegenen Apotheke die Arznei sowie ein neues Haargel, das trockenem, stumpfem Haar Fülle verlieh. Als er zum *Ming Garden* kam, schluckte er ein paar von den blaugesprenkelten Depressiva, um sich zu entspannen, und spülte sie mit ein paar von den rosa Antidepressiva hinunter, um sicherzugehen, daß keine verirrten Gedanken ohne Erlaubnis in seinen Kopf eindrangen. Er fühlte sich schlagartig besser und erzählte Tommy Fang alle Witze, die John White ausgeteilt hatte, damit sich Tommy Fang daran erinnern würde, wie bezaubernd und sympathisch Coyote Jack war.

Die ersten Händler kamen allmählich. Nickel Sansome schwatzte mit Dave Rennaker, und Coyote Jack ging hinüber, gab den Jungs einen Klaps auf den Rücken und sagte, sie sollten die Neuankömmlinge verteilen und unterhalten. Coyote Jack holte ein paar Gläser von Tommy Fangs Kräutermedizindrinks, die in Highball-Gläsern mit einem großen Stück Ingwer serviert wurden. Eins gab er Sue Marino, während er die Geschichte erzählte, wie Carol Manning mit dem Treuhandverwalter von First Nationwide nach Cabo San Lucas geflogen war; das andere brachte er Eggs Igino, der gerade dabei war, der Sprechstundenhilfe von Dr. Vandivort die Physik eines Windsurfsegels zu erklären. Er stand neben ihnen und hörte zu, bis er Eggs Igino mindestens das halbe Glas austrinken sah. Eggs Igino hatte wirklich keine Ahnung, wie man an einem Drink nippte – er trank alles, als wäre es Sprudel, um seinen Durst zu löschen. Dr. Vandivorts Sprechstundenhilfe blickte mit puppengesichtiger Anbetung zu Eggs Iginos blauen Augen hinauf. Eggs erzählte ihr, er sei Analyst für Hypothekenbriefe und nur für heute abend von der Filiale in Los Angeles heraufgekommen, und daß er einen halben Block von Manhattan Beach entfernt wohne, wo er jeden Nachmittag surfen würde. Er fügte hinzu, daß er an einem Drehbuch über eine Bande wilder Surferinnen schreibe, die am Wochenende nach Bahia runterfahren, eine Art *Deliverance* für Frauen, und so weiter.

Die Party war nun in vollem Gang. Eggs nahm seinen Drink und ging in den Waschraum. Dave Rennaker schnupfte Koks vom Chromgehäuse des Händetrockners und versuchte, Nickel Sansome dazu zu überreden, wenigstens eine Line zu nehmen. Nickel zeigte andauernd auf sein Glas und sagte, er habe alles, was er brauche, und wie zum Beweis leerte er das ganze Highball-Glas. Er hatte Angst, das Kokain könnte seine Atmung angreifen. Aber Rennaker spottete nur und stellte es als eine persönliche Beleidigung hin, daß Nickel bei dem harten Zeug nicht mitmachte. Nickel versuchte, das Thema zu wechseln, indem er Rennaker fragte, ob er sich je Gedanken darüber gemacht habe, ob Sue Marino sich die Schamhaare sorgsam ausrasiere, wenn sie Bikinis trug, oder sie einfach wie Unkraut wuchern ließ. Rennaker grunzte und deutete an, daß er sich keine Gedanken machen müsse, sondern eventuell über persönliche Anschauung in dieser Frage verfüge. Nickel bezweifelte das, und als guter Händler übertrieb Rennaker seine Behauptung und bezeichnete es als Tatsache, daß sich Sue Marino tatsächlich ständig ausrasiere, aber als Folge davon ein Problem mit eingewachsenen Härchen habe, die diesen ziemlich ekligen Ausschlag mit roten Pünktchen hervorriefen. Nickel tat, als würde er ihm nicht glauben, obwohl er sich nicht sicher war. Darauf sagte Rennaker, wenn Nickel nur eine einzige, winzigkleine Line schnupfte, würde er ihm einen unumstößlichen und nachprüfbaren Beweis liefern, daß Sue Marino einen nahezu haarlosen und vom Ausschlag gesprenkelten Zwickel hatte. Nickels Vernunft versuchte zu widerstehen, aber Rennaker hatte auf die richtigen Knöpfe gedrückt.

»Was für einen Beweis?« fragte Nickel unschuldig.

»Einen absolut unumstößlichen, nachprüfbaren Beweis.«

»Aber was für eine *Art* Beweis? Hast du Bilder?«

»Es gibt nur einen Weg, es herauszufinden.«

Und so legte Rennaker einen winzigkleinen Faden von Line auf das Chrom des Händetrockners, der in Wirklichkeit ein monströses, riesiges Seil von unverschnittenem Stoff war, aber Nickel wußte es nicht besser. Es kam Nickel verrückt vor, daß er das ganze Pulver in seine Nase hinaufziehen konnte, aber es ging, und es brannte nicht allzu schlimm.

»So«, sagte er und brach in ein glückseliges Kichern aus, das sein Gesicht zu einem dämlichen Grinsen verzerrte. »Und jetzt gib mir deinen verdammten Beweis.«

»Welchen Beweis?« fragte Rennaker so trocken, als hätte er tatsächlich keine Ahnung, wovon Nickel eigentlich redete.

»Den Beweis! Ich will Sue Marinos Zwickel sehen!«

Rennaker konnte nicht anders, er mußte lachten, und wenn er erst einmal lachte, dann lachte er wirklich schallend, und er hielt sich die Seite und zeigte auf Nickels Nase mit dem feinen Puderstaub darauf. Er lachte so heftig, daß er Nickel nicht einmal sagen konnte, er solle sich die Nase abwischen.

»Du Wichser«, fluchte Nickel Sansome, während er mit kurzen Atemzügen durch die Nase versuchte, das ganze Puder aufzunehmen. »Du gottverdammter Wichser!«

»Hey, ich hab dir einen Gefallen getan«, protestierte Rennaker kichernd. »In einer Stunde von jetzt an wirst du es mir danken.«

»Leck mich.«

»In einer Stunde sind wir wieder hier und schnupfen noch etwas. Lad' doch Sue Marino dazu ein.«

Nickel Sansome stürmte aus dem Waschraum und versuchte

die Tür zuzuknallen, aber die Tür hatte eine Luftdruckfederung und widerstand seinen Anstrengungen.

Tommy Fangs Mannschaft brachte das Abendessen auf großen, breiten Servierplatten, die sie auf den Schultern trugen. Alle setzten sich zum Essen. Lisa Lisa setzte sich neben den Executive Director of Internal Surveillance. Coyote Jack beobachtete, daß viele der weiblichen Gäste versuchten, einen Platz an Eggs Iginos Tisch zu bekommen. Als er Sidney Geeders Begleiterin ansah, salutierte sie Coyote Jack knapp, dann grinste sie und legte die Hand in Sidneys Schoß. Sie waren alle ganz schön betrunken, und es sah aus, als wären sie schon stundenlang hier. Der Executive Director of Internal Surveillance stand auf und witzelte, daß sich alle gut amüsieren und keine Gefangenen machen sollten, und sie könnten sich ruhig daneben benehmen, weil die Firma ohnehin schon einen verdammt guten Grund habe, um jeden einzelnen von ihnen zu feuern, wenn sie wolle.

Nickel Sansome stand auf und erzählte denselben Witz, den Coyote Jack vorher schon allen erzählt hatte, wie Jesus, Mohammed und der Dalai Lama versuchten, sich zu entscheiden, wo sie ihr Geld investieren sollten. Die Leute lachten trotzdem alle wieder. Alle glaubten, Nickel wisse, daß sie ihn schon gehört hatten, und er imitiere nur Coyote Jack. Es war eine ziemlich gute Imitation, weil Nickel in seiner depressiven Stimmung das Gesicht mit einem düsteren, makabren Blick nach unten gesenkt hielt. Als die Wontonsuppe serviert wurde, schleckten sie die Schüsseln aus. Die pochierte Flunder war ein Volltreffer, ebenso die flambierten Erdbeeren zum Dessert. Coyote Jack begann, von der Filiale in Honolulu zu träumen. Es gab eine ganze Menge Bautätigkeit auf Hawaii, und eine ganze Menge Hypothekenbriefe kamen von den Inseln. Coyote Jack stellte sich vor, wie er jeden Tag ein geblümtes Hemd zur Arbeit trug und ein wenig die Eingeborenensprache lernte.

Freitags würde er immer ein ganzes Schwein bestellen, das sie über einer Grube mitten im Handelssaal grillten. Sie würden die fleischigen Rippen direkt von der Sau herunterbrechen, dick beschmiert mit Ananassauce. Wenn Eggs Igino Hawaii in den letzten paar Monaten gemolken hätte, wäre die Filiale in Honolulu jetzt schon eröffnet. Coyote Jack schaute herum und sah Lisa Lisa mit Dave Rennaker in die Bar gehen. Ohne das bläßliche grüne Licht der Monitore sah Lisa Lisa viel jünger aus. Es war ein Jammer, daß sie nicht härter war und hohe Zahlen schrieb mit ihren Kunden. Das Mädel war wirklich ziemlich sexy, und Coyote Jack hätte nichts dagegen gehabt, sie rein zu Dekorationszwecken zu behalten, wenn sie nur nicht so verdammt schwierig wäre und dauernd diesen Komplex hätte, wie schwer sie es als Frau in diesem Geschäft habe. Nach Coyote Jacks Meinung wurden weibliche Händler ohnehin schon an einer ziemlich langen Leine geführt.

Nickel Sansome ging in die Bar, da Coyote Jack ihm vorgelogen hatte, daß es dort Huren gebe. Es waren immerhin einige Leute dort, und er hatte keine Ahnung, welche käuflich waren. Er setzte sich neben Dave Rennaker an die Bar und bestellte einen von Tommys Spezialdrinks, dann kauerte er sich zusammen und belauschte Dave Rennaker und Lisa Lisa. Sie schien nicht besonders interessiert an ihm, obwohl er Schultern hatte wie ein Renditezeichen, weil sie ständig hinüberschaute, wo Eggs Igino einigen Frauen von der Unternehmensabteilung der First Nationwide Geschichten erzählte. Ziemlich schnell wurde es ihm langweilig, weil abzusehen war, daß sich nichts tat, deshalb stupste er Dave Rennaker an und fragte ihn, ob er ihm je von seiner Freundin auf der High-School erzählt habe. Er hörte nicht auf zu fragen und sich langsam einzumischen, und bald hatten ihm Dave und Lisa Lisa ihre Aufmerksamkeit zugewandt, und Nickel erzählte ihnen, daß seine alte Freundin auf der High-School diese Cheerleaderin gewesen sei, eine blühende, lebenslustige, schwärmerische Schönheit, um die Nickel von der ganzen Schule beneidet wurde. Sie hatte hohe, kecke Brüste und bleistiftdünne Beine, die sie während eines Spiels Hunderte von Malen über den Kopf schwang. Beim Sex, sagte er, gebrauchte sie schmutzige Ausdrücke und wollte pornographische Geschichten hören, wie Nickel ihre besten Freundinnen und jüngeren Schwestern bumste. Nickel sagte, seitdem gehe es mit seinem ganzen Leben bergab. Bei Footballspielen, sagte er, ließ sie sich total vom Geschehen mitreißen. Sie konnte es nicht ertragen, ihre Männer verlieren zu sehen. Nickel war Verteidiger, mit Ziegelsteinen statt Händen, und sie warfen ihm nie den Ball zu. Er hatte während der Spiele jede Menge Zeit, zur Seitenlinie zu schauen, wo seine Freundin ganz angespannt war. Wenn sie verloren, brach sie weinend zusammen. Fing wirklich an zu heulen. Es war rührend, aber es war nur ein Footballspiel, und irgendwie war es auch peinlich. Aber sie war so verdammt hübsch! Sie brachte es fertig, daß mehrere andere Mädchen auch heulten. Nickel gestand dann, sie sei der Höhepunkt seines Lebens gewesen, und er habe immer noch ein Bild von ihr in seiner Brieftasche. Rennaker lachte darüber, wie sentimental Nickel sei, immer noch ein Bild von seiner High-School-Freundin mitzuschleppen. Lisa Lisa sah ihn argwöhnisch an; die Ähnlichkeit hatte sie mißtrauisch gemacht. Nickel griff nach seiner Brieftasche und hielt sie vor sich hin. Er machte einen Riesenwirbel und tat so, als hätte er ihr Bild verloren, dann fand er es. Es war ein Farbbild, 5 x 7, zweimal gefaltet, und es hatte eine grobkörnige Bildauflösung, so, als wäre es vom Fernseher aufgenommen worden. Er reichte es Rennaker, und Lisa Lisa beugte sich über Rennakers kräftigen Arm, um einen Blick zu erhaschen.

»Oh, mein Gott«, schrie sie, stieß alle beide von ihren Barhockern und griff nach ihrer Handtasche.

»Hey, es ist Lisa Lisa!« Dave Rennaker brüllte in die Menge und schwenkte das Bild über Lisa Lisas Kopf. »Als Cheerleaderin!« Er schaute sich das Bild nochmals an. Sie kniete an der Seitenlinie, umklammerte ihre Pompoms und heulte. »Weinend!« brüllte er.

Vom Restaurant kamen Leute herüber, um zu sehen, was dieses Geschrei zu bedeuten hatte.

»Zeig uns ein paar Schritte«, schlug Nickel in einem fröhlichen Hurraton vor, der alle seine bösartigen, zersetzenden, monströsen Wünsche aufscheinen ließ, die ein Ausdruck der tieferen Qualen und Demütigungen waren, die er ständig erlitt. »Zeig uns, wie du die Beine schmeißt.«

Lisa Lisa zog eine Schnute und brachte es nicht fertig, sich zu verteidigen. Sie versuchte vergeblich, ihre Tränen zurückzuhalten, und dann versuchte sie, wiederum vergeblich, ihre Tränen zu verbergen, indem sie aus der Bar rannte, bevor sie ihr aus den Augen kullerten und über ihr Make-up liefen. Aber da sie den Kopf gesenkt hielt und die Augen mit der Hand abschirmte, rannte sie geradewegs in Coyote Jack, der in die Bar geschlendert kam. Sie knallte in vollem Lauf gegen seine breite, weiche Brust, und ihre Arme öffneten sich, als sie zurücktaumelte. Coyote Jack sah mit einem Blick die Tränen, die ihr über das Gesicht liefen und ihr Make-up verschmierten, und er setzte ein hinterhältiges, zufriedenes Grinsen auf. Er war ziemlich beeindruckt von seinem eigenen Weitblick und seiner Beurteilung ihres Charakters. Er hatte gewußt, daß sie eines Tages weinend zusammenbrechen würde, es einfach nicht schaffte. Coyote Jack haßte Schwäche.

Man begann, Pläne für den Rest des Abends zu machen. Nickel Sansome, der noch hellwach war, lud die Mädels von First Nationwide in sein Appartement ein. Der Executive Director of Internal Surveillance ging mit einer der gemieteten Frauen ins *Excelsior.* John White schlug einen Nachtclub hinter dem

Union Square vor, wo man gegen Bezahlung mit Oben-ohne-Mädchen tanzen konnte. Jemand anderer schlug ein Boxprogramm in South San Francisco vor, wo man auf die Kämpfer wetten konnte wie auf Pferde. Eggs Igino ging auf die Straße hinaus, um Lisa Lisa zu trösten. Sie stand mit angelegten Armen in der Kälte und wartete auf ein Taxi. Die Straßen waren leer.

»Ich hasse diesen Job«, sagte er.

Lisa Lisa wischte sich die Tränen aus dem zerflossenen Make-up. Sie holte tief Luft. »Du hast es gut«, sagte sie.

»Ich? Wieso?«

»Seinen Job hassen zu können ist ein Luxus. Ich bin nicht gut genug darin, um so darüberzustehen.«

Eggs sah sie an. »Das glaube ich nicht. So schwer ist der Job nicht. Du gehst ans Telefon und sagst den Leuten, was sie hören wollen.«

Lisa Lisa schüttelte den Kopf. »Für dich vielleicht.«

»Mmm...« Er glaubte ihr nicht.

»Eggs, als du zum Beispiel in der Grundschule warst und Algebra gelernt hast, y gleich x Quadrat, und dieses Zeug, und du hast dich im Klassenzimmer umgeschaut, wie alle anderen an den Seitenrändern herumkritzelten, da hast du wahrscheinlich angenommen, daß sie einfach nur faul sind, oder?«

»Nicht unbedingt.«

»Ich habe Leute wie dich immer gehaßt. Ihr könnt euch nie vorstellen, wie schwer es für manche von uns ist.«

»Haßt du mich?« Eggs war verwirrt. »Ich hab dir nichts getan.«

»Nein, ich hasse dich nicht. Aber oben in der Filiale habe ich überall auf dem Schreibtisch Spickzettel, winzige Eselsbrücken, die mir helfen, ein Repo von einem Umkehrrepo zu unterscheiden oder eine Rückprämie von einer Vorprämie. Ich arbeite seit drei Jahren da, aber ich hab immer noch das Gefühl, daß ich nur so tue, als ob ich's könnte.«

»Ja?«
»*Ja*. Und den meisten deiner Kunden geht es genauso. Sie verstehen nicht, was sie kaufen. Sie sind keine Kriminellen, die sich an Rumänien bereichern oder in aufstrebenden Märkten einen dicken Gewinn machen wollen. Sie kaufen, weil sie wollen, daß man sie akzeptiert.«
Sie gingen ein paar Blocks weiter, wo sie vielleicht ein Taxi finden würde. Lisa Lisa legte ihre Hand auf Eggs Unterarm und hielt ihn an. Er war so jung.
»Hey«, sagte sie, »es tut mir leid, du weißt schon, daß ich dich am Kaffeeautomat angemacht habe. Das hätte ich nicht tun sollen. Ich war nur einfach ... Coyote Jack hatte mich gerade fertiggemacht.«
»Coyote Jack.« Er nickte.
»Also...«
»Coyote Jack kann grob sein.«
»Eggs?«
»Was?«
»Weißt du, ich wohne nicht weit von hier. Würdest du mich nach Hause begleiten?«
Eggs nickte. Sie gingen die Montgomery Street entlang, unterhalb der Transamerica Pyramid.
»Es ist schon komisch«, sagte Eggs. »Da arbeiten wir immer mit Leuten, und wir glauben, wir kennen sie – aber es ist nur eine sehr bequeme Art von Bekanntschaft.«
Lisa Lisa nickte. »Wir lernen uns gerade gut genug kennen, um uns freundlich unterhalten zu können.«
»Wir *wollen* uns gar nicht ernsthaft kennenlernen, lieber nicht. Manchmal ist es, als ob wir lieber mit einem gesichtslosen Computer arbeiten würden. Ist das nicht verrückt?«
»Das ist ein bißchen naiv, Eggs. Ich will nicht wissen, was Coyote Jack am Abend macht, wen er trifft, woran er denkt. Ich will Paul DeShews wirklich nicht besser kennenlernen, als es

der Fall ist. Ich glaube, du meinst, es ist verrückt, weil du ein Mann bist und es da nicht diese Schattenseiten gibt, jemanden kennenzulernen.«

»Was meinst du damit?«

»Als Frau mußt du immer ein bißchen auf der Hut sein. Es ist sicherer, nicht zu freundlich zu sein.«

»Oh.« Er schämte sich ein wenig, daß sie es für ihn aussprechen mußte.

Sie spazierten weiter und kamen zu dem steilen Hang des Telegraph Hill. Lisa Lisas Wohnung lag noch einen Block entfernt.

»Coyote Jack hat von einer Filiale auf Hawaii gesprochen«, sagte Eggs, um Konversation zu machen.

»Tatsächlich?« sagte Lisa Lisa, und ihre Gedanken kamen von weit her.

»Ich weiß nicht, ob er mich nur verscheißert. Vielleicht will er nur, daß ich etwas habe, worauf ich mich freuen kann, etwas, wofür ich noch bleibe.«

»Ich fliege zweimal im Jahr nach Hawaii«, sagte sie leise. »Es ist hübsch dort.«

»Würdest du dort arbeiten?«

»Und ob! Machst du Witze? Natürlich würde ich hingehen.«

»Es ist ein verlockender Gedanke, das stimmt. Andererseits kann es eben sein, daß er mich nur verarscht.«

»Eggs?«

»Was?«

»Hast du eine Freundin?«

»Äh, nein.«

»Weißt du, viele Männer, die behandeln ihre Freundinnen wie Prinzessinnen. Männer haben so ihre Gedanken – alle möglichen Gedanken, schmutzige Gedanken, gemeine Gedanken, Gedanken, für die sie sich schämen, wirklich – aber sie können es nicht ertragen, diese Gedanken mit ihrer Freundin zu teilen.

Sie sagen sich, daß sie ihre Freundin oder ihre Frau oder wen immer, nicht verletzen wollen. Sie glauben, sie wollen sie schützen. Aber das ist es nicht. Weißt du, was es in Wirklichkeit ist?«
»Was?«
»Sie haben Angst. Sie haben Angst vor ihren eigenen Gedanken.«
Eggs nickte bedächtig.
Lisa Lisa fuhr fort. »Ich habe dich nicht für die Sorte Mann gehalten, die vor ihren eigenen Gedanken Angst hat.« Sie schwieg. »Bist du die Sorte Mann, die vor ihren eigenen Gedanken Angst hat?«
»Was meinst du damit?« fragte er und spielte etwas beschämt auf Zeit.
Lisa Lisa blieb stehen und wandte sich zu ihm. Sie rollte ihre Schultern nach hinten und warf ihr Haar zurück. »Ich meine, woran denkst du im Augenblick? Denkst du wirklich an Hawaii?«
Eggs beobachtete sie nur. Er sagte nichts. Sie fing seinen Blick ein und starrte ihn an, bis er verlegen wurde.
»Siehst du mich nur so an, Eggs, oder siehst du mich *wirklich* an? Na los – wenn du es mir nicht mit dem Mund sagen kannst, dann sag es mir mit den Augen.«
Also sah er sie an, sah sie tief an, bewegte den Kopf nicht und schaute ihr genau in die Augen, um ihr zu sagen, ja, ja, er wollte sie.
»Danke«, sagte sie.
»Wofür?«
»Ich hab das einfach gebraucht.« Sie trat einen Schritt vor, blickte zu Boden und dann wieder zu ihm hinauf. »Weißt du«, sagte sie, »manchmal sehe ich dich an und denke, du bist einfach zu jung, du bist noch ein Baby. Aber dann bin ich manchmal wieder überwältigt, weil ... gut, du bist ein Baby, aber du bist ein wirklich *wunderschönes* Baby.« Lisa Lisa küßte ihn

sehr flüchtig auf den Mund, so daß ein Verlangen nach mehr zurückbleiben würde. Seine Lippen waren groß und weich, und sie mußte ihn ein paarmal küssen, um den ganzen Mund abzudecken. Sie waren so weich! Sie küßte ihn weiter. Sie spürte seine Hand über ihre Brüste streichen, und sie keuchte schwach. Ihre Augen waren unwillkürlich geschlossen; es war ein Zauber. »Komm«, sagte sie und nahm seine Hand.

Sie sprachen nun über Filme. Eggs Igino sah sich nur ausländische Filme an, und Lisa Lisa behauptete, er würde gute Filme verpassen.

»Zum Beispiel?« fragte er.

Plötzlich konnte sie sich an keinen erinnern. Sie lachte nervös. »Aber wenn es einen gäbe«, sagte sie, »würdest du ihn verpassen.«

Als sie in ihre Wohnung kamen, setzte sie ihn an den Küchentisch und fragte, ob er ein Glas Wasser haben wollte. Sie erzählte ihm, die meisten Leute würden nicht genug Wasser bekommen. Wasser und Schlaf. Also sagte er okay und nahm ein Glas Wasser. Sie fragte, ob er sein Essen salzte, und er sagte nein. Also holte sie ein Fläschchen Jod heraus und gab einen Tropfen in sein Wasser. Die meisten Leute, sagte sie, bekämen zu wenig Jod, jetzt, da sie ihr Essen nicht mehr salzten. Dann ging sie ins Bad, um ihr Make-up aufzufrischen.

»Ich habe immer davon geträumt, irgendwo Köchin zu sein, in einem Kurort oder auf einem netten Schiff, oder so«, sagte sie, als sie zurückkam. Sie trug Jeans und einen Pullover über einem T-Shirt. Als er sie ansah, wurde sie nervös und belebte sein Interesse neu, indem sie ihm noch einen Kuß gab. »Aber, weißt du, Köchin zu sein ist für eine Frau wie aufgeben. Dann sind wir so, wie uns die Männer haben wollen, und das kann ich einfach nicht akzeptieren. Aber das Lustige dabei ist, daß ich wahrscheinlich glücklicher wäre. Als Köchin, mein' ich. Schweife ich ab?«

»Ja.«

»O Mann, es tut mir leid, du hättest wahrscheinlich gern ein Glas Wein, hab ich recht?«

Er sagte, er hätte gern eins, und er trank es schnell und goß sich ein neues ein.

»Ist das nicht albern? Ich kann es nicht erklären.« Sie tupfte mit einer Serviette einen Spritzer Wein aus seinem Gesicht. »Ich werde so mädchenhaft. Ich meine, normalerweise bin ich hart, ich bin stark, aber sobald ich weiß, daß sich ein Mann für mich interessiert, werde ich ganz anders.«

Sie gingen ins Wohnzimmer und setzten sich auf die Couch. Sie legte Patsy Cline auf. Draußen war es dunkel, und die Transamerica Pyramid nahm den größten Teil der Sicht aus ihrem Fenster. Eggs war viel wohler, sie in Alltagskleidung zu sehen – so war sie ihm vertrauter. Sie schmiegte sich an ihn, knöpfte sein Hemd auf und ließ ihre Hand auf seine Brust gleiten. Als er sie nicht gleich anfaßte, sagte sie, manchmal müsse er einfach seinem Körper nachgeben. Sie sagte, es sei nicht gut für einen Mann, wenn er immer seinen Kopf bestimmen ließ. Sie sagte, alle Männer fänden das früher oder später heraus, selbst gute Männer. Sie sagte, er sei ein guter Mann, und daß er erst lerne, ein Mann zu sein, und dann fingen seine Hände an, ihren Körper zu kneten, ihre Schultern, ihren Rücken, den Hintern, die Brüste und Schenkel, und er küßte sie heftig dabei, und sie spürte plötzlich seine gewaltige Energie, sie spürte, wie stark er war und wie entschlossen plötzlich. Er knöpfte ihre Jeans auf und zog sie ihr mit Leichtigkeit aus. Er zog sein Hemd und seine Hose aus, dann ihren Pullover und das T-Shirt, und drückte sie auf den Rücken.

»Warte«, sagte sie. »Leg den Pulli über meine Schultern.«

Sie lehnte sich vor und er breitete den Pulli über ihren Rücken und zog die Ärmel über ihre Schultern. Er blickte auf ihre Augen, als seine Hand zwischen ihre Beine glitt. Sie schloß die

Augen, weil sie ihre Lust nicht zeigen wollte. Als er sich auf sie legte, umklammerte sie ihn fest. Sie hob ihre Beine leicht an und zog ihn in sich hinein, und sie stöhnten beide wild vor plötzlichem Lustgefühl. Wie konnte soviel Lust von einem bloßen Körper kommen? Sie sah sich selbst als weich und nachgiebig, weich wie ein Seidenkissen, das sich von ihm formen ließ. Sie liebten sich eine Stunde lang. Sie lagen auf dem kleinen Teppich vor dem Fenster, mit einer Decke über den Beinen. Sie bat ihn, zu kommen. Eggs hielt sie und schaukelte mit seinem ganzen Körper, und obwohl er sie überhaupt nicht liebte, wollte er, daß sie erfuhr, wie gut er eine Frau lieben konnte, er wollte, daß jemand das Geheimnis kannte, das in seinem Innern verborgen war, das Geheimnis, daß er zu einer großen Liebe fähig war. Lisa Lisa verstand es falsch, sie wurde leidenschaftlich und übermäßig zärtlich, und sie küßte ihn zu viel. Er war verwirrt, und plötzlich wollte er nur noch, es wäre vorbei, und er konzentrierte sich, bis er kam. Sie flüsterte in sein Ohr: »Schau, ich bin nicht so stark. Ich bin gar nicht so stark.« Es tat so gut, daß sie weinen wollte, und sie weinte tatsächlich ein wenig, nur ein, zwei Tränen.

»Was ist los?« fragte Eggs und hörte auf.

»Nichts«, sagte sie und schaute weg. »Bitte hör nicht auf.«

»Warum weinst du?«

»Es ist nichts. Ich bin nur so sentimental.«

»Das solltest du nicht«, sagte Eggs. Er setzte sich auf und schaute sie an und sah sie wieder als die Lisa Lisa, mit der er arbeitete.

»Bitte nicht«, sagte sie.

»Wofür hältst du das hier? Ich dachte, du wolltest einfach bumsen. Und jetzt weinst du.«

»Das dachte ich auch«, sagte sie, weinte noch ein wenig und wischte sich die Tränen mit dem Handrücken ab. »Ich kann nicht anders. Du bist so ein lieber Mann. Ich kann nicht anders.«

»Ich glaube, ich gehe lieber. Herrgott, was mach ich hier eigentlich?« Er machte sich von ihr los und schlüpfte in sein Hemd. »Schau, das ist nichts Persönliches. Ich hab das nur noch nie gemacht, und du bist sehr süß, aber ich hab einfach nicht damit gerechnet, daß hier anscheinend so viel auf dem Spiel steht.«

»Was hast du erwartet? Ich bin eine dreißigjährige Frau. Hast du erwartet, daß ich gar keine Gefühle habe?«

»Es tut mir leid«, sagte Eggs und hüpfte auf einem Bein, während er in seine Hose tanzte und den Gürtel zuschnallte. »Es tut mir ehrlich leid.«

»Ich will nicht, daß es dir leid tut, Eggs. Alles, nur das nicht. Ich will dein Mitleid nicht, das ist das letzte, was ich will. Du solltest das wissen. Alles, was ich will, ist deine Achtung.«

Eggs war im anderen Raum und suchte seine Schuhe. »Okay, es tut mir leid, daß es mir leid tat. Verdammt, es liegt nur an mir, ich bin schüchtern, und ich hab das noch nie gemacht, okay?« Seine Schritte klangen aus dem Korridor. Die Tür ging auf. »Ich seh dich morgen, okay?« Die Tür ging zu.

Lisa Lisa ging ins Badezimmer. Sie sah sich im Spiegel an.

»So ein Kind«, sagte sie laut und versuchte, nicht darüber nachzudenken.

Sie entfernte ihr Make-up mit Cold Cream und trug ihre Feuchtigkeitscreme auf, die sie einwirken ließ, während sie auf die Toilette ging. Dann beschloß sie zu duschen und sich die Haare zu waschen, wofür sie am Morgen keine Zeit haben würde. Sie seifte sich zweimal ein und rasierte ihre Beine, dann nahm sie einen Bimsstein für die rauhen Stellen an den Fersen und Ellbogen. Während ihre Haut noch feucht von der Dusche war, rieb sie sich überall mit einer selbstbräunenden Milch ein, damit sie am Morgen mit einer gesunden Farbe erwachen würde. Um die Augen trug sie ein hydratisierendes Gel auf. Sie frisierte Formfestiger in ihr nasses Haar, damit sie es am

Morgen zurechtmachen konnte. Und sie mußte eine Haaraufhellungscreme auf Zitronenbasis auf ihre Koteletten reiben. Und sich die Zähne putzen und eine Schutzcreme für die Lippen auftragen. Sie hatte Eggs Igino wirklich gewollt. Sie hatte sich wirklich darauf gefreut, wie unter Wasser zu atmen, auf das Stroboskop in ihrem Gehirn, auf den festen Griff an ihrem Gesäß und darauf, keine Sekunde zu schlafen.

Um vier Uhr quälte sich Lisa Lisa aus dem Bett und zwängte sich in ihre Kleider. Sie dachte, sie müßte einen Kater haben – wünschte sogar, sie hätte einen –, aber sie hatte nicht viel Wein getrunken und war völlig klar im Kopf. Sie ging durch die kalten Straßen von Downtown zur Arbeit und schützte sich vor der Brise, die um die Ecken wirbelte. Die Straßen waren friedlich, fast sympathisch, und zu wissen, daß sie allein auf der Welt war, hatte für den Augenblick eher etwas Befreiendes als Trauriges. Auf dem Weg ins Gebäude grüßten die Wachmänner sie mit einem munteren »Guten Morgen!«. Sie sagten ihr, sie sehe unheimlich hübsch aus, und sie lächelte. Sie fuhr mit dem Aufzug nach oben und spazierte in den Handelssaal. Sie ging in die Küche, goß sich eine Tasse Kaffee ein, nahm sich ein *Wall Street Journal* und überflog die Titelseite, während sie zu ihrem Schreibtisch schlenderte. Sie sah aus dem Fenster, wo die Sonne orangerot auf die anderen Türme schien. Über die Kreischbox kam leichtes Geplänkel, und sie fing an, Eröffnungskurse zu notieren und die Geschichte des Overnight-Handels zusammenzubasteln. Langsam trudelten die anderen in der Filiale ein. Sie sah, wie Coyote Jack mit einem breiten, stolzen Grinsen im Gesicht aus seinem Büro kam. Er ging direkt zu ihrem Schreibtisch. Er lächelte.

»Sie haben fünfzehn Minuten, um Ihr persönliches Eigentum einzusammeln«, verkündete er streng und verschränkte die Arme vor der Brust. »Die Wachmänner sind in einer Minute hier.«

»Wovon reden Sie?« Sie lachte nervös. »Coyote, lassen Sie diese Scherze.«
»Sehe ich aus, als ob ich scherze?« fragte er kämpferisch und bohrte seinen Blick in ihre Augen.
»Kommen Sie, Coyote«, flehte sie und versuchte, seine Hand zu ergreifen, die er schnell wegzog. »Coyote, bitte. Was ist hier los?«
»Sie werden gefeuert. Sie sind bereits gefeuert.«
»Warum, um alles in der Welt?« schrie sie.
»Ich muß Ihnen keine Begründung geben«, schnarrte er.
»Coyote, lassen Sie uns in Ihr Büro gehen und darüber reden. Wenn es wegen der Rumänienobligationen ist – ich hab wirklich verkauft, was nur ging, ehrlich.« Sie stand auf und wollte in die Richtung seines Büros gehen.
Coyote Jack packte sie am Arm. »Sie gehen in dieser Filiale nirgendwohin. Rühren Sie keine Analyse an, kein Handelsbuch, keine Telefonliste. Das ist alles Eigentum der Firma. Sie wurden gefeuert, Lisa. Sie sind nicht mehr Angestellte von Atlantic Pacific. In dreizehn Minuten ist Ihr Aufenthalt hier unbefugtes Betreten, und Sie werden gewaltsam entfernt.«
»Ich werde mit John White darüber reden«, stammelte sie und versuchte, sich aus Coyote Jacks Griff zu befreien.
»John White ist auf dem Weg nach New York.«
»Sie *können* mich nicht feuern, Coyote. Bitte, Coyote, ich brauche diesen Job.«
»Um Himmels willen, Lisa – nehmen Sie's wie ein Mann!«
»Lassen Sie mich nur noch für einen Deal bleiben. Ich werde es Ihnen beweisen. Sie können mich für dreißig Millionen einteilen. Es ist mir auch egal, wenn ich denen den Schwanz lutschen muß, damit sie kaufen.«
»Vergessen Sie's. Ihre Kunden gehören jetzt Eggs Igino.«
»Eggs Igino? Er darf meine Kunden nicht bekommen! Ich habe diese Kunden aufgebaut! Honfed war nichts, bevor ich kam!«

»Sie vergeuden meine Zeit, Lisa.« Er winkte die Wachmänner heran, die über den internen Treppenaufgang aus dem einundvierzigsten Stock gekommen waren. Es waren die gleichen Wachmänner, die sie beim Betreten des Gebäudes gesehen hatte. Coyote Jack zeigte auf Lisa Lisa. »Ihr wißt, was ihr zu tun habt, Jungs. Keine besonderen Privilegien.« Dann drehte er sich um und ging in sein Büro, um die Dienstmädchen zu rufen.

Lisa Lisa fing an zu weinen. Sie konnte sich nicht mehr beherrschen, und sie fummelte an ihren Sachen auf dem Schreibtisch herum und stopfte sie in eine Tragetasche. Sie griff zum Telefon und drückte eine der Kurzwahltasten zu Honolulu Federal. Die Wachmänner nahmen ihr das Telefon aus der Hand und drückten die Unterbrechertaste. Lisa Lisa fand eine Packung Papiertaschentücher in ihrer Schublade und wischte sich mit der ganzen Packung die Augen. Sie fand ihr Adreßbuch in der Schublade und versuchte, es in die Tasche zu werfen, aber die gut ausgebildeten Wachmänner fingen es im Flug auf und legten es auf den Schreibtisch zurück. Sie heulte wie ein Kind und trommelte auf den Schreibtisch. Dann teilten ihr die Wachmänner mit, daß ihre fünfzehn Minuten um seien und es Zeit werde, zu gehen. »Das ist doch einfach nicht möglich«, schrie sie. Jeder Wachmann faßte sie an einem Ellbogen, und sie führten sie weg. Sie klammerte sich an ihre Tasche mit ihrer persönlichen Habe. »Zum Teufel mit euch allen!« brüllte sie. Sie schoben sie zur Tür hinaus und standen mit ihr vor dem Aufzug. Sie mußte sich zusammennehmen, um sich nicht an die Wachmänner zu krallen und ihnen die Uniformen herunterzureißen. »Wißt ihr, was das für ein Gefühl ist?« fragte sie verzweifelt. Als sich die Aufzugstür öffnete, schoben sie sie sanft hinein. »Nehmt eure Hände weg«, schimpfte sie. »Ihr nehmt euren eigenen Aufzug!«

Als sich die Aufzugstür schloß, krümmte sich Lisa Lisa hysterisch zusammen, aber dann, wissend, daß es nichts half, zwang sie sich, gerade zu stehen. Als sie das Gebäude verließ, ging Eggs Igino gerade über die Esplanade. Sie warf die Tasche mit ihren Habseligkeiten nach ihm.

»Zum Teufel mit dir, du kleiner rotznasiger Saukerl!« Sie schlug nach ihm und verfehlte ihn.

»Hey, was zum Teufel...« Eggs sprang zurück.

»Du hast das alles gewußt!« schrie sie. »Oh, du Arschloch, du hast die ganze Zeit gewußt, daß du meine Kunden bekommst. Du wolltest nur noch einen schnellen Fick, bevor ich verschwinde... So einfach hab ich's dir nicht gemacht, was? Ich ließ mich nicht einfach so benutzen, ich wollte dich mit dem Herzen bezahlen lassen, und du hast dich gefürchtet, du bist ja so ein Kind, du hast solche Angst...«

»Wovon redest du?« stammelte Eggs.

»Stell dich nicht blöd, du Idiot. Das ganze Zeug über die Hawaiifiliale – du hast verdammt genau Bescheid gewußt. Das ist wirklich reif fürs Buch der Rekorde. Man wird dich nie vergessen, Eggs Igino, sie werden in Jahren noch von dir reden. ›Tja, er wußte, daß sie abgesägt wird, also bestieg er sie in der Nacht vorher, hat's ihr gut besorgt, ja.‹ Nur, daß ich dir leid tat, du Saukerl, und so konntest du es nicht mal durchziehen – als ob dein Mitleid dich irgendwie davor bewahren würde, daß du etwas Falsches getan hast.«

»Bist du gefeuert worden?«

»Richtig. Und jetzt fragst du mich gleich, wer meine Kunden bekommt! Ich kann dir einfach nicht glauben. Ich kann's nicht. Laß mich in Ruhe!«

Eggs versuchte, sie am Arm zu fassen, aber sie schlug wieder nach ihm und rannte davon.

Er stand lange da und dachte nach über das, was sie gesagt hatte.

Langsam kletterten die anderen Händler aus ihren Bunkern

und wanderten zu Lisa Lisas Schreibtisch hinüber. Sie hatte alles zurückgelassen. Nickel Sansome nahm eine Dose Feuchtigkeitscreme und fing an, sie in seine Kopfhaut zu reiben. Sue Marino nahm das Adreßbuch und blätterte die Namen durch, dann eilte sie zum Schrank im Flur, um nachzusehen, ob vielleicht irgendein Kostüm zurückgeblieben war. Im Schreibtisch fanden sie drei hauchdünne Nylonstrumpfhosen, ein Paar moosgrüne Pumps, einen Fön, einen Lockenstab, BH-Polster, Schulterpolster, Tampons und einen zerbrochenen Regenschirm. Ganz hinten fanden sie einen Stapel alter Geschäftskarten von First Boston, die mit dem Namen Lisa A. Lisa bedruckt waren. Sie wollten gerade ihre nervösen Scherze darüber machen, als Coyote Jack herauskam und sie anbrüllte, wieder an die Arbeit zu gehen.

»Marsch, marsch, ihr Flaschen!« schrie er. »Werdet mir jetzt nicht faul!« Coyote Jack ging von Tisch zu Tisch und raunte jedem Händler zu, einen vollen Arbeitstag einzulegen und nicht einmal an eine Mittagspause zu denken. Er gab jedem eine neu codierte Magnetsicherheitskarte, die sie ab sofort brauchen würden, um in den Saal zu gelangen. Dann kamen die Dienstmädchen, und Coyote Jack schickte sie zu Lisa Lisas Schreibtisch. Sie begannen, den Arbeitsplatz zu säubern. Sie wischten die grüne Filzstiftfarbe vom Linoleum. Sie polierten Kratzer aus dem Mahagoni. Sie bürsteten die Fettflecken aus dem Teppichboden, der von Lisa Lisas drei Jahren blankgescheuert war. Sie frischten die Farbe des Aktenschranks auf. Sie wechselten den ganzen Telefonkopfhörer aus, der nach Aquanet roch. Sie hatten kein Mitleid mit der reichen weißen Frau, die gegangen war. Drei Jahre lang hatten sie ihren Platz saubergehalten, den Lippenstift vom Telefon gewischt, die hartgewordenen Tropfer ihres Nagellacks vom Linoleum gekratzt und ihre Stapel von Geschäftsnotizen geradegerückt.

Die Händler sahen zu, wie die Dienstmädchen Lisa Lisas Schreibtisch reinigten. Sie waren verängstigt und verkatert, und sie fühlten sich vollkommen machtlos, und aus all diesen Gründen bekamen sie schrecklichen Hunger. Der Kaffee gurgelte in ihren leeren Mägen. Nickel Sansome schaute neidvoll den Mädchen mit den langen, glatten schwarzen Haaren zu. Er fragte sich, wie es wohl wäre, einen Job als Arbeiter zu haben, in dem man nicht immer unter Selbstvorwürfen litt, um Prestige kämpfte und sich gegen die Schikanen des Managements wehren mußte. Er fragte sich, wie es wäre, einfach um sechs zu kommen und um drei zu gehen und keine Sorgen mit nach Hause zu nehmen. Oder wie es wäre, eine gute Entschuldigung dafür zu haben, die Reichen zu verachten, oder nicht so tun zu müssen, als wäre man ein Insider, obwohl man sich nie wie einer fühlte. Nickel Sansome betrachtete das Mädchen mit den langen, glatten schwarzen Haaren und stellte sich vor, wie es in einem kurzen, durchsichtigen schwarzen Nachthemd und auf hohen Absätzen aussehen würde. Nickel litt als Folge des Kokains unter einem Klingeln in den Ohren, das manchmal zum stechenden Schmerz wurde. Außerdem war er ausgetrocknet vom Alkohol. Er beugte sich zu Nelson Dicky hinüber.
»Was meinst du? Ich wette, sie hat die Firma betrogen«, mutmaßte er. »Vielleicht hat sie mit Insiderinformationen gehandelt.«
Nelson Dicky schüttelte den Kopf. »Lisa Lisa wahr ehrlich«, sagte er überzeugt.
»Und was glaubst du?«
»Ich weiß nicht«, gab Nelson Dicky zu. »Sie war Nummer vier in der Abteilung. Sie hat ihren Job gut gemacht.«
»*Ich* bin Nummer vier«, konterte Nickel. »Sie war Nummer fünf.«
»Erst seit kurzem.«

»Wer, glaubst du, bekommt ihre Kunden? Wenn ich sie nicht bekomme, gehe ich zu Merrill.«
»Aber sicher. Du bei Merrill? Geht die Welt unter?«
»Ich brauche die Kunden. Ein Mann muß essen.«
Nelson Dicky schüttelte traurig und ungläubig den Kopf. »Willst du nicht ans Telefon gehen?« fragte er und deutete auf Nickels Schalttafel.
»Ich geh ran, wann es mir paßt«, stellte Nickel stolz fest und wartete einen Moment, bevor er abnahm.
»Zurück an die Arbeit!« schrie Coyote Jack, der durch sein Fenster zuschaute, wie Nickel Sansome träge in seinem Bunker herumtrottete. »Sie lausige, hirnlose Küchenschabe. Haben Sie vielleicht Lust, der nächste zu sein?!« Coyote Jack knallte den Hörer auf und lief in seinem Büro im Kreis und stieß die Möbel zur Seite. Dann blieb er wieder am Fenster stehen und starrte zu Eggs Iginos Schreibtisch hinaus. Er starb vor Ungeduld, Igino mitzuteilen, daß er HonFed und Ameribank, Lisa Lisas beste Kunden, übernehmen werde. Er wollte Igino auch mehr über seine Pläne für die Filiale auf Hawaii erzählen; Igino war ein Visionär - er würde begreifen, was sich aus Hawaii machen ließ. Coyote Jack wählte Sid Geeders Nummer, obwohl er sah, daß Geeder bereits an zwei Apparaten gleichzeitig telefonierte. Dieser Sid. Was für ein Kämpfer!
Coyote Jacks Sekretärin war schließlich am Apparat. »Atlantic Pacific, guten Morgen!« meldete sie sich.
»Geben Sie mir Sid Geeder«, knurrte er. Dann sah er zu, wie seine Sekretärin in den Handelssaal hinausstolzierte, und die hungrigen und verkaterten Männer auf ihren Samtbusen und ihre wiegenden Hüften glotzten. Sie ging zu Sid Geeders Schreibtisch, beugte sich über den Rand und rief etwas in den Fußraum hinunter. Sid langte nach oben und drückte einen Knopf auf seiner Telefonanlage.

»Lassen Sie mich in Ruhe, Coyote. Ich mache gerade einen Verkauf.«

Coyote Jack fand einen losen Faden an seinen neuen Hosenträgern und begann, daran zu zerren. Er zerrte immer weiter, aber er konnte nicht erkennen, wo der Faden herkam.

»Wo ist Eggs Igino?« fragte er.

»Bin ich vielleicht der Laufbursche hier? Ich hab keine Ahnung, wo er ist.«

»Er hat nicht angerufen?«

»Ah, ich muß aufhören.« Sid Geeder war aus der Leitung.

Also rief Coyote Jack bei Eggs Igino zu Hause an. Niemand ging ran. Er hinterließ eine Nachricht, daß Eggs zurückrufen solle, wenn etwas nicht in Ordnung sei. Coyote Jack wurde unruhig und spürte, wie sich seine Halsmuskeln verspannten, was häufig einem Stotteranfall vorausging. Er ging in die Küche, um nachzuschauen, ob das Frühstück schon eingetroffen war. Er stieß auf Clark Kalinov, der den Kühlschrank durchwühlte. Clark Kalinovs Haare waren noch naß, sein Gesicht war gerötet, und er trug keine Krawatte.

Kalinov trat vom Kühlschrank zurück und hielt eine Flasche Grapefruitsaft in der Hand, auf der der Name von jemand anderem stand. Kalinov grüßte Coyote mit einem kräftigen Nicken.

»Wo ist das Frühstück?« fragte Coyote Jack.

»Müßte jeden Augenblick zur Tür reinkommen«, versicherte Kalinov und sah auf die Uhr.

Coyote Jack nickte anerkennend. »Ach, übrigens, Kalinov: Sie werden Ersatz für Lisa Lisa bekommen.«

»Sehr schön.«

»Besprechen Sie die Einzelheiten mit meiner Sekretärin. Irgendwo in ihren Unterlagen hat sie einen Bericht über die neuen Einstufungen für Angestellte, die wir anbieten können. Sie wird Ihnen eine Kopie machen.«

»Ich schau's mir heute gleich durch.«
»Wir sollten wahrscheinlich eine Frau nehmen, eine, die wir aufbauen können, um in einem Jahr Sue Marino zu ersetzen.«
»Ausgezeichnet, Sir.«
»Sagten Sie nicht, daß jeden Augenblick das Frühstück zur Tür hereinkommen müßte?« beschwerte sich Coyote Jack mürrisch. »Ich hab mächtig Kohldampf.«
»Es ist ein bißchen zu spät dran«, räumte Clark Kalinov ein und sah wieder auf die Uhr.
»Es kommt sonst nie zu spät«, argumentierte Coyote Jack. »Ich könnte meine Uhr nach den Mädels stellen. Tatsächlich *stelle* ich meine Uhr nach den Mädels.«
»Vielleicht ist ja Ihre Uhr kaputt.«
»Meine Uhr ist nicht kaputt!« brummelte Coyote Jack.
»Ich geh und frag Eggs Igino, ob er irgendwas weiß«, schlug Clark Kalinov vor.
»Eggs Igino! Haben Sie ihn gesehen?«
»Ist er nicht da?«
»Ich weiß nicht, wo er ist.« Coyote Jack war wütend, aufgebracht und bekam es mit der Angst, und er drehte sich um und ging zurück an die Seite des Saals. Clark Kalinov folgte ihm. Sie standen Seite an Seite, blickten über die Truppe und hielten nach Eggs Igino Ausschau. Es sah ihm nicht ähnlich, zu spät zur Arbeit zu kommen. Es sah ihm überhaupt nicht ähnlich.

Aktiva

Eggs Igino war verschwunden!
»Sie werden ihn nie finden.« Sidney strahlte vor Stolz. »Er ist zu schlau, um sich erwischen zu lassen.«
»Was hat er gestohlen?« fragte Nelson Dicky, der zu Sid hinübergegangen war.
»Gestohlen? Teufel, er hat einen der größten Vermögenswerte der Firma gestohlen. Hat ihn am hellichten Tag einfach durch den Haupteingang hinausgeschmuggelt. Die Firma wird nie in der Lage sein, ihn zu ersetzen.«
»Meine Güte, ich wette, Coyote Jack springt im Viereck. Und was hat er hier rausgeschafft, das so unersetzbar ist?«
»Sich selbst.« Sidney kicherte und hielt sich vor Belustigung die Seite.
»*Sich selbst?* Das ist kein Verbrechen, oder?«
»Ich hätte nie gedacht, daß er es tut«, fuhr Sidney fort und rieb sich vergnügt die Hände. »Er hat immer mit mir gescherzt, wir könnten nie aufhören, weil uns die Firma immer tonnenweise Geld schuldete. Mein Gott, was für ein Mumm!«
»Er war verrückt«, vermutete Nelson und rülpste beiläufig aus dem Mundwinkel, während er die Hände in die Taschen vergrub und mit deren Inhalt klimperte.
»So verrückt, daß er einfach hier rausmarschiert ist.«
»Das klingt gar nicht so verrückt«, gab Sue Marino zu, die eben dazugekommen war, um zu sehen, weshalb Sid so aufgeregt war.
»Ist es auch nicht!« pflichtete Sid Geeder bei, während er sich

wieder auf seinen Stuhl setzte und unter Eggs Iginos Schreibtisch griff. Er kam wieder hoch mit einem Paar schmutziger, abgetragener Joggingschuhe mit breiten, geriffelten Sohlen und überkreuzten Schnürsenkeln, die von einer Plastiklasche zusammengehalten wurden. »Es klingt überhaupt nicht verrückt. Und deshalb ist es so völlig grotesk, so besonders merkwürdig und exzentrisch!« Sidney schleuderte seine rahmengenähten Oxfords von den Füßen und schlüpfte in Eggs Iginos Schuhe. Sie waren aus Gore Tex, mit einer Schwammzunge und luftgepolsterten Fersen; Sidneys Füße hoben mit angenehmer Leichtigkeit unwillkürlich vom Boden ab. Energie strömte in seine Beine, als er aufstand und die Hacken zusammenschlug. Sidney machte zwanzigmal Hampelmann, riß sich die Krawatte herunter und joggte auf der Stelle. »Ich habe noch nie gehört, daß jemand auf so pfiffige Art so verheerend zugeschlagen hat. Einfach genial. Genau in dem Augenblick, in dem ihn die Firma am dringendsten braucht - genau, als er die Kunden eines vierten Händlers übernehmen soll - geht er!«

»Bist du sicher, daß er nicht zu Shearson übergelaufen ist?« überlegte Nelson Dicky.

»Da bin ich sicher. Eggs Igino macht sich nichts aus Geld. Er liegt wahrscheinlich an irgendeinem Strand und läßt sich den Bauch mit Kokosöl einreiben. Könnt ihr euch vorstellen, was mit der Truppe los ist, wenn sie hören, daß der vielversprechendste Händler der Firma einfach zur Tür rausmarschiert und nicht zurückgekommen ist?«

»Himmel, sie werden davonlaufen«, erkannte Sue Marino.

»Nicht alle, aber einige.«

»So ist es!« lachte Sidney. »Sie wollen nichts weiter, als glücklich sein. Eines Tages, bumm! - überkommt es sie: Folg deinem Herzen. Am nächsten Tag - *sayonara.*«

Nelson Dicky schaute aus dem Fenster im zweiundvierzigsten

Stock. »Ach, vielleicht nimmt er nur ein paar Tage nicht angemeldeten Urlaub.«

»Das ist das, was das Management glauben möchte«, entgegnete Sidney. »Aber ich habe ein gutes Gefühl bei der Sache.«

»Ach, vielleicht nimmt er nur einen kleinen Überraschungsurlaub«, sagte Coyote Jack klagend zum Executive Director of Internal Surveillance, der mehrere Gefolgsmänner zu einer Besprechung in John Whites Büro mitgebracht hatte.

»Das würde ich gerne glauben«, sagte John White nachdenklich und legte das Kinn auf die verschränkten Finger. »Aber ich habe ein schlechtes Gefühl bei der Sache.«

»Weiß Geeder nicht irgendwas?« fiel der Executive Director ein.

»Ich weiß nichts!« beharrte Sidney, als sie ihn nach der Arbeit hereingeschleppt und auf John Whites Couch geworfen hatten. Zwei statuenhafte Schläger in marineblauen Anzügen saßen unbeweglich rechts und links von ihm. Jedesmal, wenn Sidney frustriert aufstehen wollte, packten sie ihn an den Armen und zogen ihn in die Kissen zurück.

»Ich glaube, Sie wissen nicht, Geeder, wie ernst die Sache ist«, brummte der Executive Director. »Ist Ihnen nicht klar, wie wichtig Igino für die Zukunft der Firma war?«

»Ich glaube, *Ihnen* ist nicht klar, in welchen Schwierigkeiten Sie stecken«, gab Sid zurück und schüttelte den Kopf in gespieltem Bedauern. »Begreifen Sie nicht, wie wichtig Eggs Igino in nur wenigen, kurzen Monaten geworden ist? Er ist eine *Ikone.* Warten Sie nur, bis es das *Journal* erfährt.«

»Das *Journal!*« kreischte John White vor Schreck.

Der Executive Director trat vor und streckte beschwichtigend die Hand aus. »Über das *Journal* brauchen wir uns nicht den Kopf zu zerbrechen. Bei denen schalten wir jeden Tag Grabsteinanzeigen. Die bringen unsere Version, wenn sie überhaupt etwas bringen.«

»Und was ist unsere Version?« stammelte Coyote Jack nervös.
Der Executive Director bedachte seine Optionen.
»Wir könnten sagen, wir haben ihn gefeuert«, schlug Coyote Jack vor.
Sidney Geeder lachte laut heraus.
»Sie halten den Mund, Geeder«, sagte Coyote Jack.
»Hey, immerhin weiß ich, wo er ist«, schrie Geeder zurück.
»Wo?« riefen John White, Coyote Jack und der Executive Director gleichzeitig, und letzterer faßte Sidney an den Aufschlägen seiner Mantels und schüttelte ihn.
»Er ist *weg*«, antwortete Sidney. »Er ist nicht auf Urlaub.«
»Davon bin ich nicht überzeugt«, sagte der Executive Director. »Er könnte überall sein.«
»Jedenfalls muß er *irgendwo* sein«, meinte John White.
»Natürlich ist er irgendwo«, mischte sich Sidney wieder ein und ließ sie nicht dazu kommen, die Sache in Ruhe zu durchdenken. »Aber dieses Irgendwo könnte überall sein.« Er hoffte, wenn er sie genügend durcheinanderbrachte, würden sie ihn gehen lassen, nur um ihn los zu sein.
Der Executive Director brachte sein Gesicht nahe an das von Sidney. Sid konnte sein nach Moschus duftendes After-Shave riechen, das ihm Sodbrennen verursachte. »Wann haben Sie ihn zuletzt gesehen?« fragte der Executive Director.
Sid wandte sein Gesicht zum Fenster. »Zur selben Zeit wie Sie. Als er vor drei Tagen die Party verließ und Lisa Lisa nachrannte.«
Der Executive Director wirbelte herum und sah Coyote Jack an. »Dann ist *sie* die letzte, die ihn gesehen hat? Also, warum, zum Teufel, nehmen wir dann nicht sie in die Mangel?«
»Sie wurde gefeuert.«
»Weshalb, verdammt nochmal? Sie ist eine Zeugin. Sie war die letzte Person, die ihn gesehen hat.«
»Sie hat's nicht gebracht.«

»Hat's nicht gebracht?«
Sidney schnalzte schelmisch mit der Zunge, dann zwitscherte er: »Coyote Jack wollte Eggs Igino ihre Kunden geben.«
»Sehen Sie, ich glaube nicht, daß Lisa Lisa irgendwas damit zu tun hat, daß Eggs Igino plötzlich einen kleinen Urlaub nimmt«, verteidigte sich Coyote Jack.
»Er ist nicht im Urlaub«, berichtigte Sidney sie noch einmal. »Er hat uns verlassen.«
John White knirschte mit den Zähnen und ballte die Fäuste. »Niemand verläßt Atlantic Pacific, Geeder. Niemand. Wenn Sie Ihren Kunden sagen, daß Eggs Igino uns verlassen hat, setze ich Sie im gleichen Moment auf die Straße.«
»Also gut«, fügte sich Sidney und wendete den Kopf in Richtung John White. »Hatte ich vergessen. Das nächste Mal werde ich dran denken: Niemand verläßt First Boston.«
»Herrgottnochmal! Wir sind nicht mehr First Boston!« schrie John White und trat gegen das Bein seiner *Méridienne*-Couch. »Scheiße!«
Sidney wartete, bis sich die Spannung aufbaute. »Ich sage Ihnen, wo Eggs Igino ist, wenn Sie mir sagen, was Sie mit Dr. Ivana Perkova gemacht haben.«
»Also wissen Sie doch, wo er ist!« spuckte der Executive Director in Sidneys Gesicht.
»Er weiß es nicht«, sagte Coyote Jack, verengte den Blick und wippte auf den Fersen.
»Wie kommen Sie darauf, daß wir wissen, wo Dr. Perkova ist?« fragte der Executive Director.
»Wie kommen Sie darauf, daß ich weiß, wo Eggs Igino ist?« gab Sidney zurück.
»Weil Sie eben gesagt haben, Sie würden es uns sagen!«
»Nein. Ich sagte, ich würde es Ihnen verraten, wenn Sie mir verraten, was Sie mit Ivana gemacht haben.«

»Sie waren sein bester Freund«, sagte John White. »Wenn es jemand weiß, dann Sie.«
»Geeder blufft«, entschied Coyote Jack. »Er ist ein gottverdammter Händler. Sie können ihm nicht trauen. Eggs Igino war zu schlau, um Geeder irgendwas zu sagen. Wir haben eine Akte über Geeder, so dick wie ein Telefonbuch, ganz zu schweigen von diesen Aktien, die ihm zustehen. Wenn er etwas wüßte, würde er es uns sagen.«
»Vielleicht, vielleicht auch nicht«, sagte Sid hochmütig.
Die drei Männer standen mit verschränkten Armen da und bemühten sich, nicht über die tiefe Scheiße nachzudenken, in die sie sich geritten hatten, oder was mit ihnen passieren würde, wenn sich herumsprach, daß der seit Jahren vielversprechendste Nachwuchshändler der Firma plötzlich wie vom Erdboden verschluckt war. In den drei Tagen seit Iginos Verschwinden hatte der Executive Director allen möglichen Spuren nachgehen lassen. Es gab keine Telefongespräche aus seiner Wohnung. Sein Bankkonto war am Tag nach den Rumänienobligationen abgeräumt worden. NASDAQ, die Vereinigung der Wertpapierhändler, bestätigte, daß er bis jetzt nicht bei einer anderen Firma gemeldet war. Es führte zu nichts. Schließlich waren sie in seine Wohnung eingebrochen, aber sie war unberührt, aufgegeben mitsamt ihrem mageren Inhalt. Der Junge lebte wie ein Mönch, er hatte keinerlei Angst davor, arm zu sein, und das ängstigte den Executive Director zu Tode, der noch nie einen reichen Mann gesehen hatte, der sich nicht vor Armut gefürchtet hätte. Er verstand einfach nicht, was Eggs Igino dabei gewann, die Firma, die ihn reich und berühmt gemacht hatte, so fürchterlich im Stich zu lassen.
Das versuchte auch Coyote Jack herauszukriegen, als er am nächsten Tag in seinem Büro saß und über Möglichkeiten brütete, Eggs Igino zu ersetzen. Aber Coyote Jack kam immer wieder zu dem Schluß, daß Eggs Igino unersetzbar war, und des-

halb kam er auch immer wieder auf die Notwendigkeit zurück, diesen Spinner zu finden und wieder ins Gefecht zu schicken. Aber um Eggs Igino zu finden, mußte man so denken wie Eggs Igino, und Coyote Jacks Erbsenhirn konnte sich nicht einen einzigen guten Grund vorstellen, warum Eggs ihn bösartigerweise in so fürchterlichen Schwulitäten zurückgelassen hatte. Coyote Jack hatte nicht einmal den Mut, John White zu fragen, was aus den Plänen der Firma für Hawaii geworden war. Die Frage saß wie ein Krebsgeschwür in seinem Bewußtsein, nahm andauernd seine geistige Aufmerksamkeit in Anspruch und lenkte ihn von allen anderen Gedanken ab. Je mehr Aufmerksamkeit er ihr jedoch schenkte, desto mehr entzündete sie sich zu einem alles verzehrenden Panikgefühl, das sich nur kurz lindern ließ, indem er sich wie wild mit einem Bleistift unter dem gestärkten Kragen kratzte.

»Was ist denn jetzt schon wieder!« schrie Coyote Jack, als Clark Kalinov an das Fenster seines Büros klopfte und ein Blatt Papier an das Glas hielt.

Clark Kalinov zeigte auf das Blatt und formte Worte, die Coyote nicht hören konnte. Coyote winkte ihn weg. Clark klopfte wieder. Coyote Jack ignorierte ihn. Kalinov verschwand. Ein paar Minuten später platzten John White und Kalinov ins Büro.

»Was ist los, zum Teufel?!«, rief Coyote Jack.

»Könnte sein, daß man uns bös an den Karren fahren wird«, erklärte John White. »Er könnte überall sein: Salomon, Merrill, Goldman.«

»Wer?« fragte Coyote Jack.

»Goldman«, wiederholte John White. »Goldman Sachs.«

»Ich kenne Goldman!« bellte Coyote Jack. »Von wem, zum Teufel, reden wir?«

»Wir reden von unseren Konkurrenten«, konstatierte Kalinov überlegen.

»Ich weiß, wer unsere Konkurrenten sind, Sie Hurensohn. Sie vergeuden meine Zeit. Wissen Sie nicht, wie beschäftigt ich bin?« Coyote Jack ballte die Faust.
»Warum fragen Sie dann dauernd?«
»Wollt ihr zwei vielleicht endlich zur Sache kommen?« flehte Coyote Jack.
»Es geht um Eggs Igino«, verkündete John White.
»Eggs Igino! Habt ihr von ihm gehört?«
»Gewissermaßen«, bestätigte Kalinov.
»Nicht direkt«, korrigierte John White.
»Ziehen Sie Ihre eigenen Schlüsse«, bemerkte Clark Kalinov gehässig.
»Wir haben Grund zur Annahme…« begann John White.
»...daß er bei Goldman sein könnte«, vollendete Kalinov.
»Es ist bloß eine Möglichkeit«, widerrief John White, »keine wirkliche Spur. Aber es ist auf jeden Fall denkbar.«
»Warum«, fragte Coyote Jack und nahm Kalinov das Blatt Papier aus der Hand. »Was ist das?«
Clark Kalinov und John White sahen sich an.
»Es ist eine Nichtkonkurrenzvereinbarung«, antwortete Clark.
»Sie besagt, daß er Atlantic Pacific nicht verlassen darf, um bei einer anderen Investmentbank, Bank oder irgendeinem Investmentfonds zu arbeiten.«
Coyote Jack besah sich das stupide Formular, das sauber auf dem Briefpapier von Atlantic Pacific gedruckt war.
»Aber es ist nicht unterschrieben!« kreischte er.
»Genau«, bestätigte John White.
»Ich hab es gestern abend in seinem Schreibtisch gefunden«, erklärte Clark Kalinov. »Er muß doch einen Grund gehabt haben, es nicht zu unterschreiben.«
»Ganz sicher«, bemerkte John White. »Eggs Igino hatte für alles einen Grund. Er sah die Zukunft voraus.«
»Es gibt mehrere unbeantwortete Memos, in denen ich ihn

gebeten habe, das Formular auszufüllen und per Hauspost an mich zurückzuschicken«, erläuterte Clark Kalinov. »Das ist Standard. Er ist der einzige Händler, der sich je geweigert hat, das Formular zu unterschreiben. Und er ist der einzige Händler, der sich je einfach in Luft aufgelöst hat.«

»Und was können wir tun?« fragte Coyote. »Es ist wohl kaum verboten?«

»Es ist unhöflich«, antwortete Kalinov. »Das ist so ziemlich das gleiche. Unsere Anwälte könnten eine Verfügung erwirken, die ihm verbietet, für die feindliche Truppe zu arbeiten. Ich habe die Initiative ergriffen und bereits angerufen.«

»Für die Presse wird es ein Schlachtfest, wenn er bei Salomon landet«, klagte Coyote Jack und knallte wütend die Faust auf den Schreibtisch.

»Vielleicht ist es auch nicht Salomon oder Goldman oder einer von denen«, vermutete Nickel Sansome, der neben Sids Schreibtisch stand und versuchte, Geeder in ein Gespräch zu verwickeln. Nickel knüllte ein Blatt Papier zusammen und warf es in die Richtung des Reifens, der an Lisa Lisas Telerate-Monitor befestigt worden war. »Vielleicht ist er zu den Deutschen übergelaufen, den Bundesbankern. Oder zu den Japanern – vielleicht macht er mit Nomura Securities oder Taio Kobe Geschäfte. Auf diese Weise braucht er nicht über die NASDAQ registriert zu werden. Die Firma würde nicht einmal erfahren, daß er da draußen ist.«

»Haben Sie Nickel Sansomes Theorie gehört?« sagte John White, während er in Coyote Jacks Büro schlenderte. »Er glaubt, Igino hilft den Japanern.«

»Dieser Verräter!« reagierte Coyote Jack spontan.

»Auf diese Weise«, fuhr John White fort, »würde er nicht in der Datenbank der NASDAQ erscheinen. Er ist irgendwo da draußen, dreht uns den Saft ab und ruiniert uns, und wir erfahren es nicht einmal.«

Instinktiv schauten Coyote Jack und John White in die Nebelfetzen, die vor dem Fenster vorbeitrieben, als könnten sie so einen Blick auf Eggs Igino erhaschen. Aber da war nur eine graue Wand, und sie hatten keine Spur. In ihrer Welt war Wissen Macht, und daß sie überhaupt nichts über Iginos Verbleib wußten, zerstörte ihr Selbstvertrauen und untergrub ihre Herrschaft über die Filiale, die in Aufruhr war, weil es Clark Kalinov nicht gelang, morgens French Toast und Ahornsirup aus Vermont direkt in den Handelssaal liefern zu lassen. Die Truppe murrte und war nahe dran zu kapieren, daß die Firma keine Ahnung hatte, wo Igino steckte, und bald würde es sich im ganzen Geschäftsviertel herumsprechen.

»Wir tun einfach so, als wüßten wir sehr wohl, wo er steckt«, schlug der Senior Executive President für den Internationalen Markt vor, als sich die Führungsebene wieder im Penthouse versammelte, um stundenlang zu beratschlagen, welche kühne und entscheidende Maßnahme sie ergreifen würde. »Wir sagen, er wird überhaupt nicht vermißt. Wir sagen, wir hätten ihn auf eine äußerst geheime Finanzmission geschickt, und er sei von der Außenwelt isoliert. Er ist auf Geheimmission.«

»Aber was, wenn sich herausstellt, daß er für die Japaner arbeitet?« fragte der Chief of Internal Affairs. »Dann weiß jeder, daß wir gelogen haben.«

»Nein«, argumentierte der Senior Executive President. »Wir bleiben einfach dabei, daß er ein Doppelagent ist und trotzdem für uns arbeitet. Außerdem treibt ihn diese Strategie vielleicht ans Licht.«

»Ich sage, wir rufen den CIA zu Hilfe«, fiel der Senior Director of Facilities ein. »Wenn die Japaner einen der größten Vermögenswerte unserer Firma stehlen, ist das ein Fall für die Regierungsjungs.«

»Er arbeitet *nicht* für die Japaner.«

»Das wissen wir nicht. Er könnte sehr wohl für die Japaner arbeiten, und wenn es jemand herausfindet, dann der CIA.«
»Ihr Jungs kommt ein bißchen vom Weg ab«, unterbrach der Senior Executive President für den Internationalen Markt und fuchtelte mit den Händen, um alle wieder zu beruhigen. »So schwierig ist die Sache gar nicht. Wir sagen einfach, er arbeitet an dem Geschäft, das wir in der Dominikanischen Republik auf die Beine stellen. Wenn jemand fragt, blocken wir ab, aber dann lassen wir langsam raus, daß er in geheimer Mission in Santo Domingo ist und Recherchen für das Geschäft durchführt. Er sei bei den Rumänienobligationen so erfolgreich gewesen, daß wir beschlossen hätten, ihn diesmal mit einer größeren Aufgabe zu betrauen.«
»Das funktioniert nicht«, beharrte der Executive Director of Internal Surveillance. »Sidney Geeder weiß bereits, daß wir keine Ahnung haben, wo Eggs Igino ist.«
John White räusperte sich. »Wir schulden Geeder einhunderttausend Firmenaktien. Geeder wird nichts sagen.«
»Ich darf eigentlich nichts sagen«, vertraute Sidney Geeder der Privatdetektivin an, als er in den botanischen Garten im Golden Gate Park kam, wo sie ein Treffen vereinbart hatten. »Aber Eggs Igino wird vermißt.«
»Ich dachte, sie haben ihn irgendwohin auf eine Geheimmission geschickt?«
»Das behaupten sie nur. Sie wissen nichts.«
Sie gingen einen der Kiespfade zwischen den exotischen Sträuchern aus Südamerika entlang. Sid nahm die Privatdetektivin bei der Hand. »Ich hab versucht, ihnen Informationen über Igino gegen eine Hinweis auf Dr. Perkova zu verkaufen, aber sie haben nicht angebissen. Hast du irgendwelche Hinweise gefunden?«
Die Privatdetektivin schaute über die Schulter auf den Kiesweg hinter ihr. »Hör mal, Sid, ich kann deine Frau Doktor

nicht weiter suchen. Ich habe bis jetzt nichts finden können, und ich habe Grund anzunehmen, daß die Firma sie dafür bezahlt hat, den Kontakt mit dir abzubrechen.«

»Wieso glaubst du das?«

»Weil sie mir fünftausend Dollar geboten haben, wenn ich aufhöre, hinter ihnen herzuschnüffeln.«

»Wirklich? Großer Gott, was hast du gemacht?«

»Ich habe sie genommen.«

»Du hast sie genommen!«

»Fünftausend Dollar ist ein Haufen Geld, vor allem, nachdem ich sowieso nichts herausgebracht habe.«

Sid blieb stehen. »Wann war das?« sagte er irritiert.

»Gestern, als ich in der medizinischen Bibliothek der Universität von Kalifornien war, um Mikroficheaufzeichnungen zu suchen. Als ich wegging, kamen zwei Schläger in den Aufzug und drohten mir, dann gaben sie mir ein Kuvert mit Geldscheinen. Schau, Sid, ich bin nur eine kleine Privatdetektivin. Ich mach keine Kriminalfälle. Ich leg mich nicht mit den falschen Leuten an. Wenn du der Polizei nichts Gesetzwidriges melden kannst, schlage ich vor, du läßt die Sache bleiben. Die Polizei wird dich nur auslachen, wenn du ihnen erzählst, daß du deine Freundin nicht finden kannst.«

Sidney setzte sich auf eine Steinbank. Er seufzte tief. Die Privatdetektivin setzte sich neben ihn und legte den Kopf an seine Schulter. Sid sah sie an, und ihre Augen wurden feucht.

»Früher war Wertpapiere verkaufen so einfach«, bemerkte er trotzig und zerknirscht. »Da sind nicht einfach Leute verschwunden. Du bist morgens zur Arbeit gegangen und abends heimgekommen, und wenn du dir keine Sorgen machen wolltest, hattest du auch keine.«

»Ich habe Angst um dich, Sid«, sagte die Privatdetektivin.

Sidney umarmte sie und wollte in diesem Moment nichts lieber, als in ihrer Wohnung sein, auf der großen Matratze in ihrem Schrank, unter Batiklaken und üppigen Kissen begraben. Sidney liebte Ivana Perkova immer noch, aber vor allem suchte er Trost, egal von woher, und es war unmöglich, die Haut an der Innenseite ihrer Unterarme anzusehen, ohne von tiefem und schmerzlichem Verlangen gepeinigt zu werden. Ihr gewelltes dunkelbraunes Haar war hinten kurz geschnitten und hatte vorn einen Pony, und Sid liebte es, seine Hand auf ihren bloßen Nacken zu legen und mit den Fingern leicht durch ihre Locken zu fahren und manchmal, wenn sie allein waren, sein erhitztes Gesicht in der kühlen Mulde zwischen ihrem Schlüsselbein und ihrem Hals zu vergraben. Zu den Hundeanhängern, die gelegentlich unter ihrer Bluse klimperten, trug die Privatdetektivin gewöhnlich ein schwarzes Samthalsband. Obwohl er eine andere Frau liebte, zeigte sie eine große und anhaltende Zuneigung zu Sidney, und ihre Besorgnis über seine mißliche Lage war so echt, daß er sie vor Dankbarkeit am liebsten ungestüm umarmt hätte. Außerhalb der Filiale war Sidney still und gefaßt und ruhte sich für die Heuchelei am nächsten Tag aus, und es gefiel ihm, daß er bei ihr nicht den Druck verspürte, seine Intelligenz oder seine Männlichkeit beweisen zu müssen. Jetzt erzählte sie ihm, sie müsse sich wie Ivana Perkova zurückziehen. Sie würde ihn nicht mehr treffen, und auf eine sentimentale Weise brach es Sidney das Herz. Er hatte alles Geld der Welt, aber Geld war im Moment nicht das, was er brauchte. Die Firma hatte keine Skrupel, sich in die Herzensangelegenheiten eines Angestellten einzumischen. Sidney Geeder war nichts weiter als ein Vermögenswert der Firma, mit dem sie so trickreich und emotionslos umgingen wie mit allem anderen.

Die Atlantic Pacific Corporation verfügte über ein Kapital von über sieben Milliarden Dollar, das sie durch Anlagen auf dreizehn Milliarden Dollar an meßbaren Aktiva erhöhte. Aktiva wurden in die Kategorie umlaufend, langfristig und fest unterteilt. Zu letzteren zählten verschiedene nicht meßbare und unantastbare Vermögenswerte. Wie bei allen Finanzinstitutionen gehörten fast die gesamten dreizehn Milliarden Dollar zur im Umlauf befindlichen Kategorie und bestanden aus Tausenden von Verträgen, Wertpapiere zu verkaufen, die mit Verpflichtungen zum Kauf genau derselben Wertpapiere gekoppelt waren. Das Ziel der Gesellschaft war, so liquide wie möglich zu bleiben, um flexibel auf die günstigen Gelegenheiten oder die Sackgassen des Marktes reagieren zu können. Sie vermieden es, weitere Bürogebäude außer ihrem Turm in der 49. Straße in Manhattan zu kaufen, und zogen kurzfristige Mietverträge vor. Sie kauften keine Wagen für die leitenden Angestellten, nicht einmal Clubmitgliedschaften, und gaben ihnen lieber jährliche Prämien in bar. Ein Händler konnte ohne Kündigungsfrist und sogar ohne Grund gefeuert werden. Das war das Risiko, das die Händler dafür auf sich nahmen, daß man sie so gut bezahlte. Obwohl sie so aufwendig ausgestattet waren, waren alle Filialen einheitlich genormt wie eine Motelkette – bei Bodenbelag, Wandverkleidung, Sessel, Beleuchtung, Telefonen oder Schreibtischen wurde keine Abweichung geduldet. Atlantic Pacific konnte binnen Stunden eine Filiale liquidieren, eine Abteilung auflösen oder einen Geschäftsbereich abtrennen, und deshalb war die Gesellschaft eine perfekte Kampfeinheit in der Geschäftswelt.

Trotz der gewaltigen Größe der meßbaren finanziellen Vermögenswerte waren die immateriellen Vermögenswerte der eigentliche Motor der Firma: etwa ihr Renommee hinsichtlich Innovationen, ihr Netzwerk an Kontakten in Washington und vor allem das Know-how ihrer Angestellten, ohne das die Firma nicht handlungsfähig war. Unaufhörlich entwickelte sie Strategien, um das geistige Potential ihrer Angestellten zu melken, wobei man sie gleichzeitig so süchtig und abhängig und kaputt sein ließ, daß sie gar nicht bemerkten, wie wertvoll sie mittlerweile waren. Um sich laufend Nachschub an Talenten im Austausch gegen ausgebrannte Angestellte zu sichern, durchforstete die Gesellschaft die angesehensten Hochschulen nach ihren besten Studenten, versprach ihnen die Möglichkeit, sich schnell zu bewähren, und ließ sie durch ihre Mühle laufen. Verschiedene Standardtests ermittelten einen Mindeststandard, dann wurden mit mehreren nichtstandardisierten Tests diejenigen herausgefiltert, die eine natürliche Begabung fürs Investmentbanking hatten. Zu den Standardtests gehörten der schulische Eignungstest, der allgemeine Managementeignungstest, die Lizenz zum Wertpapierverkauf, eine Hintergrundüberprüfung durch die Nationale Vereinigung der Wertpapierhändler, eine Unbedenklichkeitsbescheinigung der internen Aufsicht und alle zwei Jahre ein Lügendetektortest, in dem die Händler darauf überprüft wurden, daß sie nicht verbotenerweise vertrauliche Informationen der Gesellschaft verkauft hatten. Zu den nicht standardisierten Tests gehörten die Freddie Mac Adjustables, die Eurofloater, die Resolutions, die Rumänienobligationen und die Lincoln Convertibles, die der neue große Deal waren und etwas mit der Dominikanischen Republik zu tun hatten.

Als die Rechtsabteilung der Gesellschaft herausfand, daß Eggs Igino, der alle Tests mit Leichtigkeit absolviert hatte, seinem stillschweigend gegebenen Versprechen untreu geworden war, so lange bei der Stange zu bleiben, bis er die sechzigtausend Dollar kassiert hatte, die die Firma ihm schuldete, vertraten sie den Standpunkt, Eggs Igino habe eines der wertvollsten Aktiva des Unternehmens gestohlen, und setzten eine Belohnung auf seine Ergreifung aus. Es war ja schön und gut, wenn die Oberbosse die Losung ausgaben, Eggs Igino sei auf Geheimmission in Santo Domingo, aber wenn man die Sache mit einem pervertierten Rechtsbewußtsein betrachtete, konnte man auch zu dem Schluß kommen, daß Igino das Gesetz gebrochen hatte, und dem Gesetz mußte Geltung verschafft werden. Also schalteten sie Norman Stormin' Walker ein, den Anwalt für die Händlertruppe in San Francisco, und besorgten sich Kopien sämtlicher Unterlagen über die Eggs Igino Corp., die er gegründet hatte, um für den Frühstücksservice in den Handelssaal die kalifornische Umsatzsteuer nicht zahlen zu müssen. Eine Fraktion der Rechtsabteilung von Atlantic Pacific war unbedingt dafür, eine gewaltsame Übernahme der Eggs Igino Inc. anzustreben und seinen hundertprozentigen Aktienanteil zu kassieren, aber das hätte der Zustimmung der Justizminister von Kalifornien und New York bedurft. Eine andere Fraktion plädierte dafür, die Eggs Igino Inc. auf Grund seines Nichterscheinens nach Paragraph 7 unter Zwangsverwaltung zu stellen und die sechzigtausend Dollar zu kassieren, die ihm zustanden. Aber dann entdeckte ein zwanghaft pedantischer Mitarbeiter überraschenderweise, daß Eggs Igino keines der Schriftstücke bezüglich der Mark Igino Corp. und der Eggs Igino Inc. je unterschrieben hatte. Während sich diese Nachricht in den mahagonigetäfelten Korridoren der Abteilung herumsprach, hörte man für eine Weile Jubelschreie und tiefe Seufzer der Erleichterung, bis ein anderer superschlauer Mitarbeiter, der auf eine Beförderung aus war, die naheliegende Frage stellte, ob die Mark Igino Corp. überhaupt existiere, wenn die Schriftstücke nicht unterschrieben waren. Aber selbstverständlich existierte sie, denn während alle mit gefurchter Stirn um den Konferenztisch standen, zog Stormin' Norman Walker seinen vergoldeten Füllfederhalter heraus und setzte seinen Namen in die vorgesehene Zeile unter jeder Seite. Und plötzlich war Stormin' Norman Walker Aufsichtsratsvorsitzender, Vorstandschef und alleiniger Aktieninhaber der Mark Igino Corp. und ihrer Tochtergesellschaften.

»Er *gehört* mir«, grinste Stormin' Norman gemein, was rundum im Raum eine Woge des Beifalls hervorrief. Sie hatten es geschafft! Nun war Eggs Igino lediglich Angestellter der Eggs Igino Inc. und unterstand völlig ihrer Kontrolle. Als seine erste Amtshandlung als Vorstandschef verfaßte Stormin' Norman Walker den Aufsichtsratsbeschluß, den einzigen Angestellten, Mr. Mark Igino, in einer höchst geheimen finanziellen Recherchemission nach Santo Domingo zu entsenden. Jetzt *war* Eggs Igino in der Dominikanischen Republik, und sie hatten die Schriftstücke, um es zu beweisen, falls Sidney Geeder oder sonst irgendwer es bezweifelte.

»Das ist ganz schön gefährlich, oder?« überlegte Nickel Sansome laut, als er an der Kaffeemaschine stand und die Tür beobachtete, ob nicht Coyote Jack auftauchte. »Ich meine, die *Dominikanische Republik*. Nicht gerade ein besonders sicherer Ort.«

Sue Marino durchstöberte die Küchenschränke in der Hoffnung, mikrowellengeeignetes Popcorn oder etwas anderes Eßbares zu finden. »Ach, *so* gefährlich wird es auch wieder nicht sein. Wir sind im Finanzgeschäft, nicht im Waffenschmuggel. Er sitzt vermutlich im Kellergewölbe irgendeiner Auslandsbank, brütet über den Hauptbüchern und plagt sich mit einer Rechenmaschine ab.«

»Sicher, aber in der Dominikanischen Republik herrscht praktisch Revolution. Kämpfen dort nicht alle möglichen bewaffneten Fraktionen um die Macht? Also, mich würden keine zehn Pferde nach Santo Domingo bringen. Ausgeschlossen.«

»Das ist eben Eggs Igino. Er kennt keine Angst.« Sue Marino bekam einen träumerischen Blick.

»Gut, er war ein Genie«, kicherte Nickel Sansome nervös.

»Mit schönen Beinen«, fügte Sue Marino an und drehte sich lüstern vom Schrank weg.

»Ich erinnere mich nur an sein Haar«, gestand Nickel nach-

denklich und betrachtete seine eigenen dünnen Strähnen in der Glastür des Mikrowellenherds.
»Ich benutze seinen Parkplatz in der Tiefgarage«, berichtete Sue Marino. »Nur, bis er zurückkommt.«
»Und ich seine Uhr«, gestand Nickel und zog den linken Ärmel hoch, um den Goldchronometer zu zeigen, mit dem die Firma Igino belohnt hatte. »Ich hab sie in seinem Schreibitsch gefunden.«
»Ich hoffe nur, daß Eggs bald zurückkommt. Wir brauchen ihn hier, damit er uns bei dem Geschäft mitzieht.«
Die Regierung der Dominikanischen Republik, die in den letzten zwanzig Jahren viele Male gewechselt hatte und gegenwärtig von einer Militärjunta kontrolliert wurde, besaß Immobilien im Wert von sieben Milliarden Dollar, was für eine Regierung äußerst bescheiden, aber für eine nichtstaatliche Gesellschaft ganz beträchtlich ist. Die Dominikanische Republik war ungefähr so groß wie John Deere, der Traktorhersteller, oder Weyerhauser, das Holzhandelsunternehmen. Zu ihren Immobilien gehörten das Regierungsgebäude in Santo Domingo, das Schatzamt und alle seine banknotendruckenden Einrichtungen, mehrere Brücken, sämtliche Straßen (die in einem sehr reparaturbedürftigen Zustand waren und in den Vermögensnachweisen, die die Dominikanische Republik der Weltbank unterbreitete, kraß überbewertet wurden), einige Zuckerrohrplantagen aus den frühen Tagen der Unabhängigkeit zu Beginn des Jahrhunderts, alle Mineralien im Boden des Landes, der Fischbestand innerhalb der Sechsmeilenzone vor der Küste, ein paar Strände und alles an militärischen Waffen, Fahrzeugen und Munition, was nicht bereits in den diversen Staatsstreichen und versuchten Staatsstreichen der letzten zwanzig Jahre verpulvert worden war. Mit diesen festen, unveräußerlichen Vermögenswerten als Sicherheit schuldete die Regierung der Dominikanischen Republik der Weltbank 1,5 Milliarden

US-Dollar, dem IWF achthundert Millionen Dollar, den Vereinigten Staaten sechshundert Millionen (und nichtbezahlte Zollverbindlichkeiten, die fünfundsechzig Jahre zurücklagen) und einem Konsortium von US-Banken neunhundert Millionen, die sie ihr Mitte der achtziger Jahre auf Drängen von Präsident Reagan geliehen hatten.
Kurz gesagt, besaß die Dominikanische Republik die Vermögenswerte, um ihre Verbindlichkeiten zu decken, aber sie war alles andere als liquide: Sie konnte diese Vermögenswerte nicht zu Geld machen. Das verhinderte, daß sie *weitere* Darlehen erhielt, die sie nicht zurückzahlen konnte. Niemand hatte je ernsthaft versucht, die Kredite einzufordern. Es handelte sich verdammt nochmal um eine ausländische Regierung: Was konnte man schon unternehmen – militärisch einmarschieren und die Vermögenswerte beschlagnahmen? Ein solches Vorgehen wäre ein kriegerischer Akt und bedurfte der Zustimmung des Kongresses und der Vereinten Nationen. Die Geldbanken, denen so fast eine Million Dollar flötenging, hatten eben Pech, jedenfalls bis Atlantic Pacific auf die Idee kam, alle diese faulen Kredite in einem Syndikat zusammenzufassen und einem Munitionsunternehmen namens New Lincoln aus Delaware zu verkaufen. New Lincoln wollte die faulen Kredite mit Geld erwerben, das es auf dem Wertpapiermarkt beschaffte. Die Händler würden »Convertibles« verkaufen, Wandelanleihen. Das war alles, was sie bislang wußten, aber sie amüsierten sich ganz gut bei dem Gedanken, »Lincoln Convertibles«, wie das gleichnamige Cabrio, zu verkaufen. Die Sache schrie förmlich nach Kalauern, und sie hatten ihren Spaß damit, Witze über Testfahrten, Karoanzüge und Autobomben zu reißen.
»Das ist nicht komisch«, protestierte Sid Geeder, als beim Briefing am Morgen alle zu lachen anfingen, nachdem Coyote Jack versprochen hatte, daß die Lincoln Convertibles über

Chromzierleisten, Weißwandreifen und Lederpolsterung verfügten.
»Halten Sie den Mund, Geeder!« bellte Coyote Jack und funkelte angewidert von Geeders liberalem Gejammer über den Tisch.
Sidney ließ die Sache bis zum Ende der Besprechung auf sich beruhen, hockte vor seiner Thermoskanne und atmete krampfhaft durch die zusammengebissenen Zähne, während der Kaffee in seinem leeren Magen gurgelte.
Atlantic Pacific hätte vielleicht schon in den 80ern alle möglichen Gesellschaften übernommen und als Sonderangebot verkauft, aber nun hatten sie etwas Neues entdeckt, was sie übernehmen konnten. Kleine Karibikstaaten, zum Beispiel. Nachdem sich das Militär in der Wirtschaft und im Unterhaltungswesen engagierte, war es nur logisch, wenn die Investmentbanken ein bißchen in konventioneller Kriegsführung dilettierten. Wie die Händler langsam erfuhren, gehörte New Lincoln teilweise einem Rüstungskonsortium, das weit mehr Raketen und Panzer besaß, als die US-Regierung vernünftigerweise einsetzen konnte. Sie beabsichtigten eine Zwangsvollstreckung hinsichtlich der Schulden der Dominikanischen Republik und wollten die Vermögenswerte der dominikanischen Regierung in ihre Gewalt bekommen. Da die Gesellschaft in Delaware ansässig war, würde die Dominikanische Republik damit unter die Rechtsprechung des Unternehmensrechts von Delaware fallen. Die Firma tat sehr geheimnisvoll, als sie den Händlern die Sache erklärte, und die waren manchmal nicht sicher, ob es sich nicht nur um einen schlechten Scherz handelte. Als ihnen klar wurde, daß es ganz und gar kein Scherz war, sträubte sich Sidney Geeder. Die Dominikanische Republik war um Himmels willen ein Land, und Sidney wollte einfach, daß man es in Ruhe ließ. Als sich zu viele Händler gegen das Vorhaben sträubten, erhöhte Coyote Jack einfach die Provision, bis ge-

nügend Händler auf Linie schwenkten, um eine kritische Masse zu bilden und auch die Widerspenstigen mitzureißen. Es gab immer einen Preis, für den die Händler bereit waren, zu verkaufen. Es gab einen Markt für ihre edleren Gefühle, einen Markt, der Attacken der Gier hinnehmen mußte, die von Belagerungen durch Schuldgefühle gekontert wurden, die wiederum zu Ausfällen an Unabhängigkeit führten, bis er schließlich durch Druck aus den eigenen Reihen erstürmt wurde.

»Sie sind nicht gut dabei gefahren, als sie selbst regierten«, schwadronierte Coyote Jack einige Stunden später zu Sid Geeder. »Das Land ist ein Trümmerhaufen. AIDS grassiert, die Wälder sind vernichtet, überall herrscht Korruption. Ich weiß nicht einmal, wer gerade am Ruder ist. Der einzige Grund, warum man nichts darüber hört, ist, weil ihre Schwierigkeiten von denen Haitis überschattet werden. Sie können unter dem Recht von Delaware gar nicht schlechter fahren als unter eigener Regie.«

Sid Geeder ließ den Kopf hängen. »Es ist ein *Land*! Sie sind eine Demokratie! Wir können uns nicht einfach so einmischen!«

»Wir werden Wahlen durchführen«, konterte Coyote Jack. »Eine völlig demokratische Wahl zum Verwaltungsrat. Eine Stimme pro Aktie.«

»Eine Stimme pro Aktie? Eine Stimme pro *Aktie*? Das kann nicht Ihr Ernst sein! Wie wär's mit einer Stimme pro *Person*?«

»Pro Person? Sid, Junge, so funktionieren Unternehmen nicht. Die Aktieninhaber stimmen durch einen Beauftragten für den Verwaltungsrat, der einen Vorstand wählt. Es ist wirklich viel sauberer als eine Regierung und der ganze Mist mit Kongreß, Präsident, Verfassung. Regierungen sind überholt. Wenn man die Dominikanische Republik wie ein Unternehmen führen würde, wären sie nicht so tief in der Scheiße gelandet. Wir lassen den Kapitalismus dort unten arbeiten, drehen

das Land um und verkaufen es. Wir werden einen Riesengewinn machen.«
Sidney ballte die Fäuste. »Und dann? Honduras? Samoa? Tahiti? Mexiko?«
»Sicher, warum nicht?« fragte Coyote Jack. Es langweilte ihn. »Regierungen sind als Mittel des Managements wirklich überholt. Sie sind zu starr in ihrem Korsett. In ein paar Jahren wird uns die Welt dankbar sein, daß sie die Regierungen los ist. Regierungen haben jahrtausendelang eine nützliche Rolle in der Zivilisation gespielt, aber sie sind wie Rechenschieber. Wir brauchen sie nicht mehr.«
»Das kann nicht Ihr Ernst sein«, sagte Sidney. »Wir richten einfach Raketen auf das Regierungsgebäude und befehlen ihnen, mit erhobenen Händen herauszukommen?«
»Wir werden Helden sein«, strahlte Coyote Jack. »Wie ich höre, hassen die Bürger den Tyrannen, den sie da haben, von Herzen. Junge, der wird sich wundern.«
»Es ist nicht legal!« jammerte Sidney. »Es ist ein kriegerischer Akt. Die Vereinten Nationen werden es niemals zulassen.«
»Hören Sie auf zu jammern, Geeder. Sie gehen mir auf die Nerven. Sie verkaufen Ihr Kontingent in einer halben Stunde, dann sind Sie fertig.«
»Ich will kein Kontingent«, sagte Sidney nervös. »Ich leg mich die nächsten dreiundfünfzig Tage ins Bett. Ich riskiere nichts mehr. Machen Sie es doch ohne mich.«
»Kommen Sie von Ihrem hohen Roß runter. Hören Sie auf, so ein Drama daraus zu machen. Denken Sie an das Dritte Gesetz der Informationswirtschaft.«
»Was ist das? Das Dritte Gesetz?«
Coyote Jack räusperte sich. »Wir arbeiten alle in Zeitjobs. Sie auch, Geeder. Also tun Sie, was man Ihnen sagt.«
»Ein Zeitjob? Coyote, ich arbeite seit fünf Jahren hier. Wo haben Sie diesen blödsinnigen Einfall her?«

»Aus berufenem Munde. Von Eggs Igino. Die Gesetze der Wirtschaft lügen nicht. Sie wandeln nur kurz auf Erden, Sid.«

»Sie auch!«

»Genau. Deshalb urteile ich nicht über diese Lincoln Convertibles. Seien Sie nicht so voreingenommen.«

Sidney schüttelte unnachgiebig den Kopf. »Ich überspringe diesen Deal.«

»Denken Sie nicht einmal daran.«

»Und was ist, wenn ich an diesem Tag krank bin? Wenn ich die Grippe habe. Keine große Sache.«

Coyote Jacks Gesicht war versteinert. »Wenn Sie diesen Deal schwänzen, stehen Sie auf der Straße.«

»Sie können mich nicht feuern. Sie brauchen mich für das Geschäft mit Sprint und dann für das Geschäft mit Canadian Petroleum.«

»Wieso sollen wir Sie brauchen? Alle Welt will jetzt in Rumänien investieren. Ein Rhesusaffe könnte diese Sprint-Obligationen verkaufen. Sie Hundesohn, Geeder. Glauben Sie wirklich, wir lassen uns von einem winzigen Zahnrädchen wie Ihnen zum Stillstand bringen? Sie sind wirklich verdammt eingebildet, wissen Sie das? Was für ein Ego! Sie glauben, ich brauche Sie? Ich kann Sie auf der Stelle feuern und hab jemanden auf Ihrem Platz, bevor er kalt ist. Ich kann haben, wen ich will. Wir haben auf der ganzen Welt Händler in Reserve. Ich kann eine lesbische, gelähmte Kreolin einstellen, wenn ich glaube, sie setzt die Lincoln Convertibles ab. Jetzt verschwinden Sie aus meinem verdammten Büro und denken Sie eine Weile drüber nach. Und denken Sie gründlich darüber nach, wie es kommt, daß ich hier als Verkaufsleiter sitze, und Sie sitzen da unten und fressen den ganzen Tag Scheiße am Telefon.«

Sidney zappelte sich nach einer Verteidigung ab. »Sie können mich nicht feuern, weil ich Grippe bekomme. Das ist verboten.«

Coyote Jack schnalzte mit der Zunge, lehnte sich in seinem

Sessel zurück und fuhr mit den Fingern an seinen Hosenträgern auf und ab. Er setzte ein breites Grinsen auf. »Sie spielen ernsthaft mit dem Gedanken, was? Sie denken daran, sich krank zu melden?«
»Ich denke daran«, antwortete Sid irgendwie trotzig.
»Sie würden das tun? Nur wegen diesen Obligationen?« drängte Coyote Jack.
»Schon möglich«, wiederhole Sidney weniger bestimmt.
»Sie würden einfach daheim bleiben, mit Ihrer Freundin im Bett herumhängen, Fernsehserien anschauen, Ginger Ale trinken und sich mit Salzgebäck vollstopfen? Den ganzen langen, unerträglich langweiligen Tag? Ausgeschlossen. Sie würden es nie tun. Sie würden das keine zwei Stunden durchhalten.«
»Ich würde den ganzen Tag durchhalten. Es ist mir ernst, Coyote: Ich verkaufe diese Obligationen nicht.«
»Sie wollen wirklich, daß ich Sie bei den Schuldverschreibungen schwänzen lasse?«
»Ja. Ja, das will ich.«
»Wenn das so ist, dann denke ich, ich sollte Ihr Kontingent verdoppeln. Sie lernen auch nie dazu, Geeder, was? Die gleiche Geschichte wie immer. Dafür, daß Sie so ein Klugscheißer sind, sind Sie wirklich ein Trottel.«
»Danke, Coyote. Ich begrüße aufrichtig Ihre Ermutigung und Ihre geschätzte Meinung.«
»Folgendes, Geeder: Außer wenn Sie kündigen, werden Sie tun, was ich Ihnen sage. Sie werden bis zum Ende ein loyaler Soldat sein. Sie werden diese Obligationen verkaufen, wie Sie alle anderen verkauft haben. Einseifen. Spülen. Wiederholen. Haben Sie mich verstanden? Und jetzt raus aus meinem Büro, Geeder. Gehen Sie wieder an die Arbeit, und das ist ein Befehl.«
Aber Sid konnte nicht einfach wieder an die Arbeit gehen. Statt dessen stürzte er aus dem Büro, rannte durch den

Handelssaal zu seinem Schreibtisch und versteckte sich bis drei Uhr im Fußraum. Punkt drei Uhr sprang er in seinen Pick-up und fuhr zur City Hall, wo er in das Büro des Staatsanwalts stürmte und sich wieder einmal verliebte.

Sid Geeder war zur stellvertretenden Staatsanwältin gebraust, mit der er regelmäßig ausging, um mit ihr zu besprechen, ob sich etwas wegen der Schmiergeldzahlungen der Firma an Ivana Perkova und die Privatdetektivin unternehmen ließ. Die stellvertretende Staatsanwältin war eine Schönheit, aber sie war auch eine übervorsichtige berufstätige Frau, immer auf Diät und zu sehr in Machenschaften verwickelt, wie sie Erste Staatsanwältin werden könnte, als daß man sich in sie hätte verlieben können. Sid Geeder aß gern und haßte es, über seine Arbeit zu reden, während es bei ihr genau umgekehrt war. Wenn sie früher miteinander ausgegangen waren, hatten sie nichts Außergewöhnliches getan. Sie aßen in den besten Restaurants und plauderten freundschaftlich über Strafverfahren und den vierten Zusatzartikel zur Verfassung, machten einen Spaziergang durch die Straßen in seiner Nachbarschaft und fanden dann unverbindlich ihren Weg ins Schlafzimmer, wo sie Sex hatten, ohne zu kneifen, zu stöhnen, zu fluchen, zu schlagen, zu schwitzen oder aus dem Bett zu fallen. Die stellvertretende Staatsanwältin hatte einen harten, knochigen Körper, an dem wenig war, was man hätte anfassen können. Sie hatte glänzendes, glattes blondes Haar, das sie im Nacken zu einem Knoten schlang, bevor sie ins Bett ging. Sie war einen Zentimeter größer als Sidney, und sie unterließen es, sich penetrant in die Augen zu schauen. Danach vermied es Sidney, irgendwelche Fragen zu stellen, durch die sie sich nähergekommen wären, etwa, was ihre Familie sonntags gemacht hatte, als sie noch ein Kind war, ob sie Haustiere gehabt hatte oder ob sie je verheiratet gewesen war.

Er war nie in Gefahr gewesen, sich in sie zu verlieben, bis zu dem Tag, an dem er in ihr Büro kam und über die Lincoln Convertibles jammerte, und die stellvertretende Staatsanwältin sich eben an amtsinternen Machenschaften die Finger verbrannt hatte und eine Ablenkung brauchte. Sie besorgten sich eine Flasche und fuhren leichtsinnigerweise in Sidneys Pick-up die Halbinsel hinunter, mit heruntergekurbelten Fenstern, so daß der Gegenwind ihre wütenden Schreie davontrug. Sie verglich die amtsinternen Machenschaften damit, wie die Nachbarjungen sie einmal bei einer spontanen Partie Strip-Poker hereingelegt hatten. Jeder von ihnen hatte vorher zehn Garnituren Unterwäsche angezogen, und jedesmal, wenn sie dachte, sie würde gewinnen, waren noch ein paar Unterhosen darunter. Sid lachte darüber und heulte noch etwas in den Wind. Sie hielten dreißig Meilen südlich der Stadt zum Tanken und landeten bei einer Partie Minigolf in einem Vergnügungspark gegenüber der Tankstelle. Beim zweiten Abschlag forderte die stellvertretende Staatsanwältin Sidney zu einer Partie Strip-Golf heraus und Sidney, der rasch die Anzahl seiner Kleidungsstücke überschlug, schwand der Mut. Beim sechzehnten Grün, als sie unfreundlich aufgefordert wurden, zu gehen, stand er in der Unterhose da, und sie mußte gerade einen Bandenschlag um ein Wasserhindernis herum einlochen, um ihr Hemdchen und den Slip zu behalten. Eine Stunde später waren sie an ihrer Haustür, wo drei spielfreudige Köter an seinen Beinen hochsprangen, seine Hand beschnupperten, die Schuhcreme von seinen Schuhen schleckten und an seinem Hosenbein herumkauten. Sie gingen über die Straße und warfen eine Frisbeescheibe für die Hunde, und als sie im Haus waren, setzten sie ihren Strip-Golf mit den Profischlägern ihres Ex-Mannes und seinen orangen Neonbällen fort. Sie erfanden unmögliche Schlagbahnen: Treppen hinunter, unter Sofas durch und um Toiletten herum. Das Spiel ging prickelnd weiter, auch als sie längst nackt waren, bis sie schließlich ermüdeten und auf einem Haufen Schmutzwäsche neben dem Wäschetrockner im Keller übereinander herfielen, fluchend und schwitzend und krank vor Liebe.

»Und hast du sie geliebt?« fragte die stellvertretende Staatsanwältin und stützte sich auf den Ellbogen, nachdem Sidney ihr erklärt hatte, wie die Firma der Privatdedektivin Schmiergeld gezahlt hatte.

»Ich verstehe nicht, was das damit zu tun hat.«

Die stellvertretende Staatsanwältin kuschelte sich an Sidneys Brust. »Oh, es hat sehr viel damit zu tun, findest du nicht? Du willst, daß ich dir helfe, deine Geliebten vor ihrer eigenen Gier zu retten? Ich glaube, mir wäre es lieber, wenn sie dich in Ruhe ließen.«

»Aber du mußt irgend etwas tun«, argumentierte Sidney.

»Wieso?«

»Weil es dein Job ist.«

»Ah, jetzt verstehe ich, warum du gekommen bist. Du bist gar nicht an mir interessiert«, sagte sie aufgebracht und wälzte sich von ihm weg. »Das hättest du aber auch sagen können, *bevor* wir miteinander geschlafen haben, findest du nicht? Oder wolltest du mich nur weichmachen?« Sie sah ihn mit einer sauren Miene über die Schulter an.

»Bitte«, flehte Sidney. »Schau, sie sind Freunde von mir, und die Gesellschaft überschreitet ihre Befugnisse, und das macht mir angst. Ich will einfach Atlantic Pacific aus meinem Leben drängen. Sie haben kein Recht, mich zu überwachen, als ob ich irgendein Kronzeuge wäre – ich will einfach morgens zur Arbeit gehen, am Abend nach Hause kommen und den Rest des Tages für mich haben!«

»Warum kündigst du nicht einfach?«

»Weil es nicht fair ist, deshalb! Sie werden mich nicht kleinkriegen.«

»Glaubst du, sie *wollen*, daß du kündigst?«

»Vermutlich. Wenn ich noch neun Wochen durchhalte, schulden sie mir ungefähr vier Millionen Dollar. Aber sie brauchen mich auch, besonders jetzt, wo Eggs Igino weg ist.«

»*Vier Millionen!* Großer Gott! Das ist eine ganz schöne Menge Geld. Warum hältst du nicht einfach den Mund, tust, was sie dir sagen, und kassierst dein Geld. Dann helfe ich dir suchen, was du willst.«

»Ich werde nicht den Mund halten! Ich habe Rechte.«

»Sicher, aber warum das Geld aufs Spiel setzen? Du bist verrückt, Sid. An deiner Stelle würde ich einfach eine Weile unauffällig im Hintergrund bleiben.«

»Natürlich bin ich verrückt! Dich würde es auch verrückt machen, wenn dein Arbeitgeber deine Telefongespräche belauschen, deine Arztakten stehlen und deine Freunde schmieren würde! Wenn ich nach all dem nicht verrückt wäre, würde ich mir ernsthaft Sorgen um mich machen. Verrückt zu werden ist die einzige gesunde Reaktion auf all das, was passiert ist.«

»Es lohnt sich trotzdem. Ich meine, vier *Millionen*. Wow. Was willst du mit dem vielen Geld überhaupt anfangen?«

»Ich habe nicht die geringste Ahnung«, sagte Sidney. »So viel ist es gar nicht.«

»Du hast doch sicher irgendwelche Pläne?«

Sid schüttelte den Kopf. Für ihn war nicht das Geld das Problem.

»Ich verstehe das einfach nicht, Sid. Es ergibt wirklich keinen Sinn, daß du die ganzen Jahre Geld verkauft und auf den Zahltag gewartet hast, und jetzt, wo du so nah dran bist, ist es dir mehr oder weniger egal.«

»Natürlich ergibt es keinen Sinn! Das ist die einzig vernünftige Möglichkeit, die ich habe. Scheiße. Und ich dachte, du würdest mir helfen.«

»Ich helfe dir ja. Ich versuche, dir klarzumachen, daß deine Firma ein riesiger, multinationaler Finanzkonzern ist, der mit sämtlichen Regierungsbehörden und sämtlichen Unternehmen in der Fortune 500 unter einer Decke steckt. Du kannst nicht gegen sie kämpfen, und wenn sie dir vier Millionen Dollar anbieten, versuche ich dir zu helfen, die Hand auszustrecken und sie zu nehmen.«

Sid rollte sich auf den Rücken und dachte über das nach, was sie gesagt hatte. »Sie haben Wes Griffin auch vier Millionen angeboten, aber er hat sie nie bekommen. Sie schickten ihn zu ihrem Seelenklempner, der ihn irgendwie überzeugt hat, früher aufzuhören.«

Nach einem Besuch zuviel bei Helmet Fisher hatte sich Wes Griffin in seine Werkstatt am Stadtrand zurückgezogen und seine Tage damit verbracht, an der Getriebe-Feinabstimmung seines klassischen 72er 350 GTO-Oldtimers zu basteln. Er war vierunddreißig und Millionär und litt unter Anfällen von Energielosigkeit, die er zu überwinden versuchte, indem er nachts über die asphaltierten Landstraßen der East Bay raste. Er wachte immer noch um drei Uhr fünfundvierzig auf, wie in den viereinhalb Jahren bei Atlantic Pacific. Er öffnete die Garage von Hand, um seine Frau nicht zu wecken. Die Straßen waren glitschig vom Tau, aber verkehrsfrei. Er schoß hinaus ins Central Valley oder Sacramento Delta und testete in den Kurven die Radaufhängung oder stellte auf den Geraden neue Höchstgeschwindigkeiten auf. Es war kein sehr schnelles Auto, denn Wes hatte es auf Beschleunigung frisiert. Wes lernte alle Polizeibeamten im Bezirk kennen, wenn sie ihn vor Gericht brachten. Er saß mit ihnen in der ersten Reihe und plauderte über die Probleme des Lebens. Wes bezahlte seine Strafen und war ein paar Tage später wieder auf den Straßen. Schließlich ignorierte ihn die Polizei, solange er sich von Wohngebieten fernhielt und in der Nähe von Farmen langsamer fuhr. Wes Griffin war ein großer, drahtiger Mann mit einem kräftigen Nacken, hängenden Schultern und einer leuchtend blonden

Mähne. Er war während des CMO-Wahnsinns in den späten Achtzigern der König der Hypothekenbriefe gewesen, als die Zinsertragskurve steil und die Börse leichtgläubig war, was Hochkonzeptpapiere anging. CMOs waren in einem Pool zusammengefaßte Hypothekenbriefe, die in neue Geldströme unterteilt waren, damit sie andere Funktionen als Hypothekenbriefe erfüllten. Nach Sid Geeder waren Hypothekenbriefe wie Zucchini im Spätsommer. Sie kamen einem zu den Ohren wieder heraus. Um die Kurse hochzuhalten, erfand Atlantic Pacific Dutzende von Rezepten für ihre Hypothekenbriefe – die finanztechnischen Entsprechungen zu Zucchinibrot, Zucchinisuppe, Zucchinitortillas usw. –, die sie dann an den Mann zu bringen versuchten. Wes Griffin war der Mann mit dem grünen Daumen. Er war der Gemüsehändler an der Ecke, saß an seinem Schreibtisch und lächelte über die Freigebigkeit der Natur. Mutter Erde hatte ihm viele gutgläubige Kunden geschenkt, die ganz wild darauf waren, die nächste Neuigkeit zu besitzen. »Wie wenn man einem Kleinkind Bonbons stiehlt«, pflegte er genüßlich zu sagen, bis er wegen seines Wanderauges Helmet Fisher aufsuchte und damit endete, daß er den Motor seines Wagens auseinandernahm.

»Ich wollte immer schon mehr über Motoren wissen«, hatte Wes in einem monotonen, geistesabwesenden Tonfall gemurmelt, der ihn hohl wie einen Geist erscheinen ließ. Er stand am Fenster und starrte hinaus. »Es ist Zeit, mich dem zu widmen, was mich in Wahrheit interessiert.«

»Das ist doch gequirlte Scheiße«, hatte Sidney Geeder entgegengehalten. »Motoren hören sich nach viereinhalb Jahren Arbeit mit nicht greifbaren Zahlen einfach gut an. Ihre handfeste Körperlichkeit zieht dich an, das Tröpfeln von Öl und daß alles irgendwie zusammenhängt. Du phantasierst. Du projizierst. Du würdest dich zu Tode langweilen.«

»Ich möchte den Motor wirklich auseinandernehmen. Ich

möchte ihn auseinandernehmen und wieder zusammenbauen. Ich glaube, das ist ein guter Weg, mein Leben in Ordnung zu bringen.«

»Nachdem du einen Austauschmotor zusammengesetzt hast, wird dein Leben genau so im Arsch sein, wie es war, bevor du ihn auseinandergebaut hast. Helmet Fisher hat dich dazu gebracht, Worten wieder zu trauen. Paß auf: Worte sind das, womit du die Eurofloater verkauft hast.«

»Er hat mein Wanderauge in Ordnung gebracht.«

»Und warum willst du dann aufhören? Deinem Auge geht es gut. Und du hast noch sechs Monate.«

Wes klang immer noch gedämpft und weit weg. »Ich will nicht, daß es wieder zu wandern anfängt. Das macht mir angst, Sid. Einen schlimmen Rücken haben viele Leute. Aber nicht bei vielen fängt ein Auge an, in seiner Höhle herumzusausen.«

Das war neun Monate her, und Wes Griffins Auge ruhte unbeweglich auf der gelben Doppellinie in der Mitte der County Highways. Als Coyote Jack ihn zum Mittagessen in die Stadt eingeladen hatte, hatte seine Frau ihn angefleht, nicht hinzugehen. Sie hatte Coyote Jack nie getraut und wußte, daß er irgend etwas vorhatte. Aber Wes Griffin wollte mit der 82er Runde prahlen, die er im Pleasanton Country Club gespielt hatte, und mit den erstklassigen Plätzen hinter der Auswechselbank beim Eishockey in Oakland. Wes wollte seine Sonnenbräune vorführen, den Glanz seiner blonden Haare und die Muskeln an seinen Unterarmen. Wes war ein Multimillionär, der sich nur in der Nähe von anderen Millionären stark fühlte, und so fuhr er zur Filiale hinunter, stellte sich auf Eggs Iginos Parkplatz und betrat die Filiale durch den Haupteingang im einundvierzigsten Stock.

»Oh-ah«, sang Nickel Sansome, als er Wes Griffin mit Coyote Jack den Gang hinunterspazieren sah. »Der Kuß des Todes ist da.«

»Was ist los?« fragte Sue Marino und schaute von der Liste hoch, auf der sie die Aktiva und Passiva des Ehestandes eintrug.
»Er bringt Unglück. Er ist ansteckend. Bleib weg von ihm.« Nickel schnappte sich einen Stapel Analysen und hastete davon, um sich im Waschraum zu verstecken.
»Versteh ich nicht«, sagte Sue Marino und wandte sich zu Paul DeShews. »Warum fürchtet sich Nickel so vor Wes Griffin?«
»Wes Griffin ist hier?« sagte Paul DeShews und erschrak. Er schaute sich um, bis er ihn mit Coyote Jack und Sidney Geeder plaudern sah. Dann packte er sein Telefon und duckte sich in die Hocke, wobei er sein Gesicht verdeckte, als würde er einen entscheidenden Verkauf tätigen.
»Warum meiden alle Wes Griffin?« fragte Sue Marino Nelson Dicky, der ruhig in seinem Sessel saß.
»Nur ein heidnischer Aberglaube«, erklärte Nelson und fegte seine Ängste beiseite. »Es soll Unglück bringen, mit jemandem in Kontakt zu kommen, der zur Hölle gegangen ist. Sie sind wie Vampire. Aber hey – wer glaubt das schon? Ich nicht.«
»Ich auch nicht«, stimmte Sue zu und stellte sich ganz dicht an Nelson.
»Es erfüllt sich von selbst«, fuhr Nelson fort. »Wenn du daran glaubst, bist du verhext. Carol Manning hat daran geglaubt, und jetzt schau sie dir an.«
»Wer ist Carol Manning?«
»Sie war die Alibifrau vor Lisa Lisa. Sie wurde schwanger und ging eines Tages während der ersten Monate zu einer Untersuchung und sah Antonia Zennario, die auf dem Gehsteig an einen Feuerhydranten gekettet war und mit den ›Müttern für das Leben‹ protestierte.«
»Wer war Antonia Zennario?«
»Sie war die Alibifrau vor Carol Manning.«
»Was ist mit ihr passiert?«

»Fehlgeburt«, antwortete Nelson.
»Sie hatte eine Fehlgeburt?« wiederholte Sue Marino erstaunt.
Nelson blieb fest. »An Ort und Stelle.«
»Und sie hat aufgehört?«
»Ja. Ging schnurstracks zur Hölle. Konnte kaum noch arbeiten. Schließlich hat John White sie eingeschläfert.«
»Was soll das heißen?!«
»Wie ein Rennpferd.«
»Wer ist wie ein Rennpferd?« unterbrach Coyote Jack und stellte ihnen Wes vor.
Nelson drehte sich um und improvisierte. »Mein ältester Sohn. Dreizehn Jahre, der geborene Point Guard. Kann endlos rennen.«
»Wes hier hat eine Zweiunda-ach-acht-achtziger Runde in Pleasanton gespielt«, konterte Coyote Jack. »An welchem Loch war der Eagle, Wes?«
Wes schaute unbehaglich auf seine Schuhe hinunter. Seine Schultern taten weh und seine Augen streiften nervös über den Handelssaal. »Am fünfzehnten«, antwortete er schließlich.
»Ein Dogleg«, sagte Coyote Jack stolz. »Stellen Sie sich mal vor, Nelson. Ruhestand klingt gar nicht so übel.«
»Klingt ganz und gar nicht übel«, log Nelson. »Mann, wenn ich ein Grün mit zwei Schlägen schaffen würde, würde ich mich zur Ruhe setzen.«
Wes fing an zu stottern und unterbrach sich.
»Was war das, Wes?« lockte Coyote Jack rauh und kopfte Wes auf den Rücken.
»Du mußt dich *erst* zur Ruhe setzen«, erklärte Wes unterwürfig. »*Dann* fängst du an, die Grüns zu schaffen.«
Nelson lachte, als ob es ein Witz gewesen wäre, und dann lachte auch Coyote Jack. »Na ja, ich schätze, ich werde noch eine Weile keine Grüns schaffen«, gluckste Nelson und sah Coyote Jack wissend an.

»Gehen wir John White ärgern«, schlug Coyote Jack vor und schob Wes Griffin aus dem Saal und in den Bürokorridor.

»Siehst du?« sagte Nelson Dicky zu Sue Marino, nachdem sie außer Hörweite waren. »Hat mich vielleicht der Blitz getroffen? Ist meine Zunge angeschwollen und hat meine Kehle verstopft? Alles Unsinn mit dieser Schwarzen Magie. Wes Griffin ist auch nur ein ganz normaler Kerl.«

»Mit Glück hat dieser Job nichts zu tun«, stellte Sue Marino fest. »Wir sind zu smart, um Pech zu haben.«

»Du hast es erfaßt«, bekräftigte Nelson Dicky.

»Wir sind die Atlantic Pacific«, schnaubte Sue Marino und ging zu ihrem Schreibtisch zurück. »Wir sind die Größten«, fuhr sie fort, dann nahm sie das Telefon ab und verfiel in abgrundtiefe Verzweiflung, als Stormin' Norman Walker sie über eine Mitteilung des Anwalts ihres Verlobten informierte, daß dieser von der vorgesehenen Fusion ihrer beiden Gesellschaften zurücktrat.

»Was wollen Sie damit sagen?« schrie Sue Marino.

»Er wird Sie nicht heiraten.«

»Nein?«

»Er sagt, Sie wären nicht die Person, der er es in Schottland vorgeschlagen hatte. Sie könnten von Glück reden, daß er Sie nicht wegen Vorspiegelung falscher Tatsachen belangt.«

Monatelang hatten Stormin' Norman Walker und der Anwalt von Sue Marinos Verlobten über eine voreheliche Vereinbarung gestritten. Schließlich waren sie zu dem Schluß gekommen, das Familienrecht sei viel zu einengend, und sie sollten, anstatt zu heiraten, lieber ihre Gesellschaften fusionieren und ihre Partnerschaft in der flexibleren Domäne des Unternehmensrechts ansiedeln. Die Liste der möglichen Steuerabschreibungen beim Erwerb eines Unternehmens war lang, aber es gab praktisch keine, wenn man einen Mann heiratete. Und falls mit ihrer Beziehung etwas schiefgehen sollte, war es viel einfacher, zwei Gesellschaften zu trennen, als die unangenehmen juristischen Auseinandersetzungen einer Scheidung hinter sich zu bringen. In der Zwischenzeit war jedoch Sue Marinos Kinderarzt zu dem Schluß gekommen, daß er einen Riesenfehler machte, sich mit einer Wertpapierhändlerin einzulassen. Norman Walkers einziger Rat war, sie solle sich heute abend mit ihren Freundinnen herumtreiben.

»Welche Freundinnen?« fragte Sue Marino wütend. »Wer hat hier Freundinnen?«

»Dann verabreden Sie sich mit jemand«, schlug Norman Walker mit seiner kehligen, trägen Stimme vor.

»Mit wem?« schrie Sue Marino, schmiß das Telefon in den Abfallkübel unter ihrem Schreibtisch und rannte hinaus in den Waschraum.

Dann fingen die Gerüchte an. Nickel Sansome hatte Sues Gespräch mit Norman Walker mitgehört. Vor lauter Mitleid mit ihrer bedauernswerten Lage rief er aus purer Barmherzigkeit die Unternehmensabteilung in New York an und informierte den großkotzigen Industriewertehändler darüber, daß Sue Marino schlecht drauf sei und ein bißchen Ablenkung brauchte. Der großkotzige Industriewertehändler sagte es in der ganzen Abteilung weiter, von wo es in den Handelssaal von Miami durchsickerte und von dort in die Schaltzentrale auf den Cayman Islands. Ein einundzwanzigjähriger Geldmarkthändler, der das Schulungsprogramm mit Sue Marino absolviert hatte, erinnerte sich plötzlich an ihr süßes Kichern und ihr heiseres Hallo nach Cowgirlart, an ihr glänzendes schokoladenfarbenes Haar und ihre geblümten Kleider mit dem langen Schlitz, die ihn den ganzen Sommer von Weston Banks Vorlesungen abgelenkt hatten. Er rief Freunde beim Londoner Eurowertpapiermarkt an, wo das Gerücht durch einen Verkaufsleiter in Paris zu einem Managing Director in Bonn gelangte, der sich spätnachts noch im Büro herumtrieb und Gedanken darüber machte, wie er seinen Job behalten sollte, nachdem die Deutschen die Rumänienobligationen ignorierten und damit drohten, auch alle anderen Geschäfte zu ignorieren, die mit Rumänien zu tun hatten. Er war froh über die Unterbrechung und holte das Teilnehmerverzeichnis des vorletzten Schulungsjahrgangs heraus, in dem ein Bild von Sue Marino war, aufgenommen auf der rückwärtigen Veranda der elterlichen Ranch in Casper, Wyoming. Sie war jung und lebhaft, und es erregte den Managing Director in Bonn, sich vorzustellen, daß sie einen wundervollen Fick brauchte, um sich von ihrem Ex-Verlobten abzulenken. Er kannte einen Händler in Singapur, der viel Zeit mit exotischen Prostituierten in Thailand verbrachte und jetzt gerade am Morgen zur Arbeit kam, aber da der Händler in Singapur nicht vorhatte, demnächst an die Westküste zu kommen, rief er den Schatzbriefhändler in Tokio an, der oft hinflog. Der Schatzbriefhändler rief Los Angeles an, um zu fragen, ob diese Frau in San Francisco wirklich so toll aussah und ob er einen Flug buchen solle, aber die Leute in Los Angeles waren zu neugierig und riefen deshalb Dave Rennaker von der Aktienabteilung in San Francisco an, ob es stimme, daß Sue Marino wieder solo sei und eine Verabredung für den Abend brauche.

»Das ist mir neu«, gab Dave Rennaker zu. Er suchte mit den Augen den Saal nach Sue Marino ab, die gerade vom Waschraum zurückkam. Sie ließ sich mutlos auf ihren Stuhl fallen und fischte ihr Telefon aus dem Abfallkübel. »Sie sieht in der Tat ziemlich wütend aus.«

»Greif Sie dir, alter Sexbolzen«, drängte die Mannschaft in Los Angeles unisono. »Laß sie ihren Verlobten vergessen.«

Dave Rennaker hatte für diesen Einfall nur Spott übrig. »Wisch dir nie den Hintern mit der Hand, mit der du ißt«, sagte er. »Pinkle nie in dein Trinkwasser.«

»Ach, hör doch auf. Du bist Aktien, sie Hypothekenbriefe – das ist keine Inzucht.«

»Es bringt Unglück.«
»Hey, apropos Unglück, stimmt das, was wir gehört haben?!«
»Was habt ihr gehört?«
»Das von Wes Griffin.«
»Was ist mit ihm?«
»Coyote Jack will ihn zurückholen. Für eine Zugabe.«
»Kommt er wirklich zurück?« sagte Dave Rennaker und näherte sich vorsichtig Sidney Geeders Schreibtisch.
Sidney hielt Wes Griffins alten Feldstecher an die Augen, spähte durch Coyote Jacks Goldfischglasfenster und versuchte vergeblich, von John Whites Lippen zu lesen. Wes saß wie zermalmt in seinem Sessel. Sid konnte die einzelnen Schweißbäche sehen, die sich an seinem Haaransatz bildeten. Wes' Augen flitzten zwischen Coyote Jack und John White hin und her und dann hinaus auf den Handelssaal.
»Kann ich nicht sagen«, sagte Sidney.
»Das ist wirklich erbärmlich, einen Burschen aus dem Ruhestand zu reißen. Sollen sie ihn doch in Frieden ruhen lassen.«
»Grabschändung«, pflichtete Sidney bei. »Gnadenlos.«
»Er sieht nicht so besonders gut aus.«
»Wie der wandelnde Tod. Sieh genau hin – eines Tages enden wir alle so.«
»Ich nicht«, sagte Dave Rennaker und schlug sich gegen die Brust. »Ich komme sauber hier raus.«
»Das hat Wes Griffin auch immer gesagt. Dann fing sein rechtes Auge an, verrückt zu spielen.«
Sidney, dem es nun langweilig wurde, ihre Besprechung auszuspionieren, schwenkte den Feldstecher auf Coyote Jacks Sekretärin, die den Flur herunterkam und mit einem Fax wedelte. Er konzentrierte sich auf ihre großen, mütterlichen Brüste, deren Anblick ihn mit einem plötzlichen Verlangen nach dem schlanken Körper der stellvertretenden Staatsanwältin erfüllte. Sie

blieb vor Coyote Jacks Büro stehen und klopfte ungeduldig an die Tür, dann platzte sie zu Sids Überraschung in die Besprechung. Er sah, wie Coyote Jack wütend aus dem Sessel aufsprang und einen Hagel von Beleidigungen losließ. Coyote Jacks Sekretärin duckte sich und wandte sich an John White, dem sie das Fax reichte, während sie rückwärts auf den Flur zurückschlüpfte. Sie rannte an ihren Schreibtisch und fiel wie ein Häufchen Elend auf die Schreibtischplatte. John White starrte eine Weile auf das Fax und murmelte etwas vor sich hin, dann schlüpfte er auf den Flur hinaus und rannte zu seinem Büro, wo er als ein Häufchen Elend auf seine Couch sank. Coyote Jack überflog die Seite mit hochgezogenen Augenbrauen und hervorquellenden Augen. Wes Griffin sagte etwas zu ihm, aber Coyote Jack antwortete nicht. Schließlich quälte sich Coyote Jack aus seinem Sessel und trottete müde über den Flur zum Schreibtisch seiner Sekretärin. Er gab ihr das Blatt zurück und deutete zum Kopierraum. Coyote Jacks Sekretärin wischte sich mit einem Papiertaschentuch die Tränen aus den Augen, nahm das schreckliche Blatt Papier zwischen die spitzen Finger und hielt es von sich weg, während sie es zum Monsterkopierer auf der anderen Seite des Saals brachte.

»Okay ... was, zum Teufel, geht hier vor sich?« fragte Sidney Geeder, als er in den Kopierraum platzte und die Tür hinter sich zuknallte.

»Oh, Sid«, schluchzte sie, fiel ihm um den Hals und preßte ihr Gesicht an seine Schulter. »Sie haben Eggs Igino geschnappt!«

»Na, na«, sagte Sid, tätschelte ihren Rücken und strich ein paar Haarsträhnen zur Seite, die ihn in der Nase kitzelten. »Früher oder später mußten wir ihn zwangsläufig finden«, versicherte er ihr.

»Aber sie haben ihn zuerst erwischt!« heulte sie.

»Wer ist *sie*?«

Ihr Kopf bebte vor Schluchzen. »Ich wußte es – wir hätten ihn einfach nicht nach Santo Domingo schicken dürfen.«
Sidney drückte sie von sich weg und hielt sie an den Schultern. »Reißen Sie sich zusammen. Wer hat Eggs Igino gefunden?«
»Die Dominikaner!«
»Die *Dominikaner*?« wiederholte Sid ungläubig.
»Er wurde gekidnappt!« schniefte sie und drückte Sidney das Fax in die Hand. Es trug den Briefkopf der Dominikanischen Befreiungsbewegung und besagte, sie hätten den berühmten Finanzier Mr. Mark Igino gefangengenommen und würden ihn nur wieder freigeben, wenn Atlantic Pacific seine Bestrebungen einstellte, die Dominikanische Republik in ein Unternehmen mit Sitz in Delaware zu verwandeln.
»Sie schlagen zurück!« weinte Coyote Jacks Sekretärin.
»Es fällt mir schwer, das zu glauben«, murmelte Sid und las das Fax immer und immer wieder.
Das *Wall Street Journal,* dem sie bereits diskret unterbreitet hatten, Eggs Igino sei auf einer Aufklärungsmission in Santo Domingo, glaubte dagegen ohne weiteres, daß eine Gruppe militanter dominikanischer Nationalisten, die für ihre Autobomben und ihre Politik der Gewalt bekannt war, Atlantic Pacifics vielversprechendsten jungen Händler kidnappte. Wenn man bedachte, wie weit sich die Hochfinanz im Lauf der Jahre in die internationale Politik eingemischt hatte, erschien es nur logisch, daß irgendwer schließlich anfing, zurückzuschlagen. Und es war unmöglich, zu verhindern, daß das *Journal* von Eggs Iginos Entführung erfuhr, nachdem Sid Geeder rund um die Welt sämtliche Händler in den Filialen von Atlantic Pacific davon in Kenntnis gesetzt hatte. Sidney Geeder wußte nicht so recht, was er glauben sollte, aber wenn die Verbreitung des Gerüchts das Geschäft mit den Lincoln Convertibles zum Entgleisen brachte, war er unbedingt dafür und hielt es für seine patriotische Pflicht, das Erpresserschreiben jeder Kurz-

wahlnummer auf dem Gerät zu faxen. Innerhalb weniger Tage kam die gesame Finanzmaschinerie von Atlantic Pacific nahezu zum Erliegen, da jede nur denkbare Besprechung abgehalten und jede einschlägige Regierungsbehörde zu einem Briefing geladen wurde. Atlantic Pacific war schon mit allen möglichen Methoden konfrontiert worden, eine Übernahme zu blockieren - hohe Abfindungen, Verleumdung, nichtstimmberechtigte Aktien - aber das ging unter die Gürtellinie. Die Aufsichtsabteilung, die SEC und die FDIC waren gut dafür gewappnet, scharf gegen Wirtschaftskriminelle vorzugehen, aber sie hatten nicht die leiseste Ahnung, was sie mit Leuten anfangen sollten, die Gewehre hatten.

Patriotismus

Die Finanzmärkte hatten Wahlen als das Barometer für die Stimmung im Lande abgelöst. Die Finanzmärkte waren eine permanente, verläßliche nationale Meinungsumfrage in Realzeit über den Stand der Wirtschaft und die Lage des einfachen Aktienbesitzers. Demokratie war in der Tat eine überholte Form des Managements, und von Zeit zu Zeit hatte die amerikanische Öffentlichkeit dafür gestimmt, die ermüdenden demokratischen Verfahrensweisen ein wenig zu reduzieren. An ihre Stelle setzten sie den orthodoxen Kapitalismus, und sie sammelten sich für ihre Sache wie gläubige Patrioten. Das Prinzip des freien Handels gab dem durchschnittlichen Anleger etwas, worüber er sich ereifern konnte, und wie alle Massenbewegungen machte es das in sich widersprüchliche Versprechen, die private Brieftasche jedes einzelnen zu füllen. In der Ideologie des Kapitalismus war Unwirtschaftlichkeit die größte Sünde und mußte mittels einer starken Dosis Wettbewerb exorziert werden. Die Fans waren aufgeheizt und warteten auf einen guten Kampf. Anstatt kollektive Angst hervorzurufen, steigerte die Dreistigkeit der Dominikanischen Befreiungsbewegung nur die Kampfbereitschaft der Firma, und die Führungsetage verschanzte sich noch entschlossener hinter ihrer festen Überzeugung, die Dominikanische Republik vor ihrer Regierung beschützen zu müssen. Teufel, die Franzosen haben uns Louisiana verkauft und die Russen haben uns Alaska verkauft – was war sonderbar daran, daß uns die Dominikaner ihr eigenes Land zum Discountpreis verkauften?

Diese undankbaren kleinen Scheißer hatten es verdient, daß man sie einsackte. Was bildete sich diese desorganisierte Bande von unterkapitalisierten Guerilleros überhaupt ein, es mit einem reichen multinationalen Unternehmen und einem Sturm der öffentlichen Meinung aufzunehmen? Die Atlantic Pacific Corporation bedruckte Millionen von Stickern mit der Aufschrift »Eine Stimme pro Aktie« und packte sie in die Montagsausgabe des *International Investor*. Dann fabrizierte sie Hunderttausende von stabilen Seidenfähnchen mit dem Logo von New Lincoln und pflanzte sie reihenweise entlang der Hypothekenbriefabteilung in San Francisco auf, um die Händler zu inspirieren, auf Teufel komm raus die Obligationen zum Wohle des Landes zu verkaufen. Der Firma tat es entsetzlich leid, Eggs Igino opfern zu müssen, aber sie weigerte sich, mit Terroristen zu verhandeln, und es war Eggs Iginos patriotische Pflicht, als Märtyrer zum Wohle des Marktes zu sterben. Im übrigen stellte sich heraus, daß er letztendlich nicht unersetzbar war, denn sie fanden einen rotbackigen, unschuldig dreinblickenden Trottel im Schulungsprogramm. Er hatte feiste Wangen, ein naives Grinsen und drahtiges Haar, das irgendwie sehr nach Eggs Igino aussah. Am nächsten Tag saß er in Eggs Iginos Sessel und schaute übertrieben staatsbürgerlich und begeistert aus. Sidney Geeder beachtete ihn nicht und versuchte, nicht hinzuschauen, wie er gehorsam jedes kleinste unwichtige Detail mitschrieb, das die Händler über die Kreischbox verkündeten, und hofften, daß sie irgendeinen Dummkopf da draußen im Universum erreichten, der dumm genug war, zuzuhören. Der Trottel hatte keine Ahnung, was wichtig und was unwichtig war, und Sidney erkannte schon an seinen vorstehenden Zähnen, daß er nie selbständig denken würde. Er würde keine zwei Jahre durchhalten, und Sidney hatte das unwiderstehliche Verlangen, ihm die Zähne einzuschlagen, nur um ihn wachzurütteln. Sidney sah ihm eine

Weile mit wachsendem Erstaunen zu, dann hielt er es nicht mehr aus und rollte seine Oberlippe ein, so daß seine Zähne aussahen, als würden sie vorstehen. Er blähte seine Nasenlöcher und furchte die Stirn mit gespielter Konzentration. Er stand eine Weile so da und beugte sich über den Trottel, aber der Junge bemerkte ihn nicht einmal. Dann wühlte Sidney in Eggs Iginos Schreibtischschublade und fand die Tüte mit Erdbeerblätterteig. Er fing an, sich gierig darüber herzumachen, bröselte auf das Handelsbuch des Jungen und beinahe auch auf seine Haare.

»Hey«, unterbrach Sidney. »Hey, Junge. Hast du Hunger?«

Der Junge schaute auf. »Ich habe gegessen, bevor ich zur Arbeit kam.«

»Aber das ist Erdbeer.«

»Nein, ist nur ein Klecks rotgefärbtes Glyzerin, mit einem Spritzer Erdbeeröl aromatisiert. Und dieser Blätterteig wurde mit nicht aufbereitetem tierischen Fett gebacken. Die nach Sirup schmeckenden Nußbrösel obendrauf sind nichts als purer Zucker, der in Kokosöl verrührt wurde. Du kommst mit jedem Bissen dem Grab ein ganzes Stück näher.« Er senkte den Kopf und machte sich wieder an die Arbeit.

»Ich hätte dir sowieso keins gegeben«, nuschelte Sidney, ließ sich in seinen Sessel zurückfallen und griff nach seiner Thermoskanne Kaffee. Der Blätterteig war immer so süß, daß er sofort mit bitterem Kaffee nachspülen mußte, wenn er einen gegessen hatte. In Wahrheit haßte er Erdbeerblätterteig fast genauso wie Quarkblätterteig, und der einzige Grund, warum er ihn immer noch aß, war, Iginos Anwesenheit im Saal lebendig zu halten. Aber Sidneys Vorräte schwanden, und er wünschte, Eggs hätte ihm gesagt, wer seine Kontaktperson in New York war.

»Siehst du, ich hab's dir gesagt«, kicherte Paul DeShews, der sich eine Stunde später vorsichtig Sidneys Schreibtisch

näherte, um ihn zu piesacken. Er hatte ein Fähnchen in der Hand und schwenkte es höhnisch in Sidney Geeders Blickfeld.
»Ha, jetzt wirst du aber das Evangelium verbreiten. Ich weiß, wie sehr es dich fertigmacht, ein Anwalt des amerikanischen Systems zu sein, aber es gibt nichts Besseres als eine fette Provision, um deine Zurückhaltung zu überwinden. Junge, ich würde wirklich gern zuhören, wenn du deinen Kunden einredest, wieviel besser die Dominikanische Republik unter der Herrschaft von Atlantic Pacific dran sein wird.«
Sidney schlug nach dem Fähnchen und klatschte das seidene Logo von New Lincoln in die Richtung von Pauls Gesicht.
»Herrschaft? Wenn du glaubst, daß da unten jetzt Chaos herrscht, dann warte mal ab, bis wir die Macht übernehmen.«
»Nicht so«, fuhr Paul DeShews unerschrocken fort. »Wir sind ein phantastisches Modell. Dieses Unternehmen wurde auf dem Rücken von Leuten aufgebaut, die bereit waren, für das Recht zu kämpfen, ein Vermögen verdienen zu dürfen. Es ist unser Vermächtnis, Leute aus Mißwirtschaft und Bürokratie zu retten.«
»Erwartest du, daß deine Kunden das glauben?« schrie Sid.
»Dieses Geschäft ist zum Scheitern verurteilt.«
»Einfach wunderbar«, lobte Paul. »Ich wette, bei der Nummer wird Coyote Jack die Provision in Null Komma nix anheben.«
»Du machst mir Angst, Goody. Du machst mir wirklich Angst. Coyote Jack befiehlt dir, diese Schuldverschreibungen zu verkaufen, und du salutierst einfach dazu wie deine Mininazis von Pfadfindern. Begreifst du nicht, daß dieses Land auf Rebellion gegründet ist?«
»Nein, ist es nicht. Dieses Land ist auf Disziplin aufgebaut!«
»Disziplin?« Sidney äffte ein herzhaftes Lachen nach.
»Disziplin wurde erfunden, um die Langeweile zu bekämpfen.«
»Ich kann nicht glauben, daß du etwas gegen Disziplin hast! Disziplin ist alles. Ohne Disziplin herrscht Chaos!«

»Und was ist dagegen einzuwenden? Das Chaos wird von seinen Kritikern viel zu wenig geschätzt, wenn man bedenkt, wie beliebt und allgegenwärtig es ist.«

»Aber Chaos ist – Chaos ist ... eben *Chaos*!« heulte Paul und schlug sein Fähnchen auf das Mahagonifurnier von Nelson Dickys Schreibtisch, wobei er fast einen von Nelsons Fingern zermalmte.

Aber das Chaos hatte eben erst begonnen, und es war nichts gegen den Tumult, der ausbrach, als etwas später ein deutscher Schäferhund in den Saal gebracht wurde, um nach Bomben zu schnüffeln.

»Ach, nichts passiert«, gähnte Coyote Jack. »Nur ein kleiner Bombenalarm.«

»Kümmert euch nicht um ihn«, fügte John White hinzu. »Er kann um euch herum arbeiten. Geht wieder an die Arbeit.«

Aber die Händler konnten nicht einfach wieder an die Arbeit gehen, nachdem sie erfahren hatten, daß soeben per Fax eine Bombendrohung eingegangen war. Der deutsche Schäferhund kam in ihre Maklerstände und steckte seine Schnauze überallhin, und je nach dem Geruch, auf den er stieß, wechselte er von einem dünnen Winseln zu einem grollenden Knurren. Seine wilden, haselnußbraunen Augen wanderten die Gänge auf und ab, während Coyote Jack durch den Saal brüllte, ihn nicht zu beachten und an den Telefonen zu bleiben. Der Hund brauchte eine Stunde, bis er in jeden Winkel von allen vierzig Schützenlöchern geschnüffelt hatte und in den Verwaltungsbüros weitermachte. Die Spannung war unerträglich, und die Händler wurden zu anstaltsreifen Nervenbündeln. Mehrere versteckten sich in den Waschräumen und standen vor den Kabinen Schlange. Aber dann wurde der Schäferhund auch dort hineingeführt, und die Händler kamen panikartig herausgestürmt wie eine Herde Wildpferde und rannten in den Kopierraum, wo sie sich hinter das Monstergerät kauerten, bis der Schäferhund seiner Nase auch dorthin folgte. Die Truppe trampelte sich gegenseitig auf die Füße, als sie sich durch die Tür quetschten, und sie rannten zurück in den Handelssaal, kauerten sich zitternd vor Angst unter die Schreibtische und fragten sich, warum Wachen mit Pistolen am Gürtel alle Ausgänge bewachten.

Die Wachen mit Pistolen am Gürtel hatte John White als Sicherheitsmaßnahme aufgestellt. Für alle eintreffenden Anrufe, auch die an die Faxgeräte, wurden Fangschaltungen eingerichtet. Coyote Jack, John White und Clark Kalinov erhielten ihre persönlichen Faxgeräte, damit sie keine eingehenden Drohungen unterbrachen. Nur noch Angestellte wurden in den Saal eingelassen. Der Frühstücksservice wurde gestrichen, ebenso die Dienstmädchen, und bald konnte die Truppe ihre Monitore kaum mehr lesen, weil eine dicke Staubschicht auf den Schirmen lag. Die Händler wirbelten den Staub in die Luft, und er klebte an ihrer verschwitzten Stirn und führte bei mehreren dazu, daß sie ständig niesen mußten. Das Mahagoni schwitzte das Limonenwachs aus, das sich blaßgelb verfärbte, weil es nicht einpoliert wurde, und sie bekamen es an die Hände, und bald war es überall. Die Papierstapel auf ihren Schreibtischen wurden immer schiefer und stürzten um, und die nervösen Händler sprangen bei dem unerwarteten Geräusch auf und wirbelten herum. Jeden Morgen, wenn sie in den Saal kamen, zeigten sie ihre Dienstmarken, gaben einen Daumenabdruck ab und untersuchten ihre Schreibtische nach Anzeichen, daß jemand während der Nacht hiergewesen war. Sie hatten Angst, in den Waschraum zu gehen und sogar am Ende des Tages das Gebäude zu verlassen. Wenn Sidney Geeder nach Hause kam, ging er direkt in die Kneipe um die Ecke, um mit Freunden zu trinken, denen er trauen konnte, und sich vollaufen zu lassen. Sidney hatte eine Stinkwut im Bauch, weil die Firma die Sache mit den Lincoln Convertibles nicht einfach bleiben ließ und zu ihrem alten Geschäft zurückkehrte, der amerikanischen Industrie reelle Schulden zu verkaufen. Er vermißte wahnsinnig die gute alte Zeit, als ein Händler einfach nur das Öl im Getriebe der Finanzmaschine war und nicht so ein wichtiges Zahnrad, daß er zum Ziel für Industriespionage wurde. Je komplexer und riskanter Wertpapiere in den letzten zehn Jahren geworden waren, desto mehr lastete ihr Job auf den Schultern der Händler, von denen man erwartete, daß sie die Kunden davon überzeugten, diese Wertpapiere seien nicht komplexer und riskanter als die Wertpapiere, die sie auf der Wirtschaftsschule kennengelernt hatten. Sidney spürte das Gewicht des gesamten Finanzsystems auf seinen Schultern. Er war einer der größten Händler in einer der größten Firmen, die den riskantesten und gefährlichsten finanziellen Coup seit Jahren versuchte. Wenn er gelang, würde es wahrscheinlich eine Flut von Machtübernahmen in kleinen, heruntergewirtschafteten Ländern geben, und wenn er fehlschlug, wäre der Name Atlantic Pacific keinen Pfifferling mehr wert, was Sidney Geeder ganz recht gewesen wäre, wenn ihm nicht einhunderttausend Aktien der Atlantic Pacific Corporation so gut wie gehört hätten. Als Aktionär lag es in seinem Interesse, durch die zusammengebissenen Zähne zu lügen. Gottverdammtes Eigeninteresse – die Firma hatte ihn wirklich da, wo sie ihn haben wollte, und er konnte praktisch nichts dagegen machen.

Sid hatte Lust, einfach in der Firma anzurufen, ihnen mitzuteilen, er sei auch entführt worden, und sich zu verstecken, bis der ganze Spuk vorbei war. Er humpelte aus der Kneipe und schleppte sich schwerfällig die Straße hinunter, und als er an einer Telefonzelle vorbeikam, kitzelte ihn der Gedanke wieder. Er band seine Krawatte ab, wickelte sie um die Sprechmuschel des Hörers und wählte die Nummer des Büros, in der Hoffnung, das Sicherheitspersonal würde noch im Haus sein.

Das Sicherheitspersonal war in der Tat noch im Haus, und als

nach Stunden das Telefon lange läutete, schauten sie sich überrascht an.
»Geeder ist der nächste«, keuchte eine gedämpfte Stimme. »Blast das Geschäft ab, oder es sterben noch mehr von euren Händlern.« Dann wurde aufgelegt.
»Großer Gott!« rief der Executiv Director of Internal Surveillance und legte den Hörer auf. »Habt ihr das gehört? Wir müssen Geeder finden, bevor sie es tun.«
Sid wußte, sie würden kommen und ihn suchen. Er winkte sich ein Taxi und in wenigen Minuten war er in der Innenstadt, in der Lobby des *Excelsior*, auf der gegenüberliegenden Straßenseite der Büros von Atlantic Pacific. Er fragte nach einem Zimmer im zweiundvierzigsten Stock, das zur Straße ging. Der Portier an der Rezeption machte ein Gezeter, aber Geld war kein Hindernis für Sid, und sie fanden ein Zimmer. Kurz darauf war Sid auf sein Bett geplumpst und blickte über vierzig Meter Himmel in den Handelssaal seiner Firma, mit einem passablen Blick auf seinen eigenen Schreibtisch, der am Fenster stand. Instinktiv rief Sidney die stellvertretende Staatsanwältin an.
»Wo hast du gesteckt?« rief sie aus. »Ich dachte schon, du hättest mich abgeschrieben.«
»Ich erklär es dir, wenn du hier bist«, antwortete Sid und versuchte, mit ruhiger Stimme zu sprechen. Er gab ihr die Zimmernummer und bat sie, ein Fernglas mitzubringen und sofort zu kommen. Dann rief er den Zimmerservice und bestellte Champagner und etwas zum Abendessen und eine große Kanne Kaffee. Sidney duschte und zog den Frotteebademantel an, den sie ihren Gästen zur Verfügung stellten.
Als die stellvertretende Staatsanwältin kam, umarmte Sid sie stürmisch, fuhr ihr mit den Fingern durch ihr Haar und küßte sie über das ganze Gesicht, während er sie zum Bett schob. Sie fiel mit ausgestreckten Armen lachend nach hinten, glücklich

darüber, daß Sid sie noch nicht ganz abgeschrieben hatte. Sie trug ein gelbes Trapezkleid unter dem Mantel, das Sid genug Platz ließ, ihren schlanken Körper zu streicheln.

»Oh, wo bist du gewesen?« seufzte sie.

»Du wirst es nicht glauben«, sagte er und ließ seine Hände über ihre Beine gleiten. Sid erklärte langsam, was passiert war.

»Sid, du kannst ins Gefängnis kommen, wenn sie herausfinden, daß du es warst, der die Bombendrohung gemacht hat.«

»Sie können mich nicht einsperren«, sagte Sid fröhlich. »Sie brauchen mich, um ihre Wertpapiere zu verkaufen.« Sid rollte sich auf den Rücken und starrte an die Decke. »Die Sache ist die, daß es jeder tun kann. Ich frage mich, wie viele Drohungen von Händlern wie mir stammen, die nur diese Obligationen nicht verkaufen wollen.«

Genau in diesem Augenblick flackerte gegenüber im Handelssaal ein Licht auf. Sid sprang auf und nahm das Fernglas aus der Handtasche der stellvertretenden Staatsanwältin. Er stand nackt am Fenster und beobachtete die Szenerie. Jemand ging, von der Küche kommend, den Flur hinunter. Die Person ging in Coyote Jacks Büro, hinter seinen Schreibtisch, setzte sich und schaltete Coyote Jacks Schreibtischlampe ein.

Es war Coyote Jack. Er hatte ein Glas mit Eis in der Hand. Er zog die Schreibtischschublade auf und holte eine kleine Flasche Scotch heraus, mit dem er das Glas auffüllte. Er klipste seine Hosenträger auf, ließ sein Hemd aus dem Hosenbund hängen und legte die Beine auf den Schreibtisch.

»Meinst du, ich soll ihn anrufen?«

»Wozu?«

»Ihm sagen, er ist der nächste. Ihm Todesangst machen.«

Sid gab der stellvertretenden Staatsanwältin das Fernglas, und während sie heimlich Coyote Jack beobachtete, fuhr er mit seinem weichen Handrücken an der Innenseite ihrer Arme auf und ab. Sid war halb im Delirium vor Erschöpfung, und alles, woran er denken konnte, war sein körperlicher Zustand und wie gut es täte, mit der stellvertretenden Staatsanwältin unter die Decke zu kriechen. Er bot ihr Champagner an und stand auf, um ihr ein Glas einzuschenken. Auf einem Teller lag ein sautiertes Schwertfischsteak mit jungem Spargel. Sid konnte nicht widerstehen, ein bißchen zu kosten, und der Geschmack erinnerte ihn daran, daß er in letzter Zeit nichts anderes gegessen hatte als polnische Würstchen mit Sauerkraut und Pommes in der Kneipe um die Ecke. Er schob den Buffetwagen mit dem Essen zum Fenster und zog sich einen Stuhl heran. Coyote Jack hatte die halbe Flasche geleert.

»Da fragt man sich doch, wie oft er das macht«, sagte Sid.

»Es ist unheimlich«, sagte die stellvertretende Staatsanwältin. »Ist er verheiratet?«

Sid nickte. »Ich weiß, es ist schwer zu glauben.«

Plötzlich stand Coyote Jack auf und schien ans Fenster zu gehen, blieb aber ein paar Schritte davor stehen. Seine plumpen Finger glitten an seinem Hemd hinunter und knöpften es auf. Er schlüpfte aus seinem Hemd und faltete es sorgfältig über eine Stuhllehne. Sein schwabbliger, schwerer und blasser Oberkörper war nackt, und er tastete an seine Seiten und packte fäusteweise Fett. Er betrachtete sich im Spiegel des Fensters. Eine Fettwulst hing über seinen Hosenbund. Coyote Jack zog den Bauch ein und wölbte die Brust vor, dann faßte er seine Hände und ließ die Muskeln spielen. Sein feister Hals wurde noch breiter. Er hielt die Pose zehn Sekunden lang, dann entspannte er sich und holte noch einen Drink. Er kam zurück und ging wieder in die Pose, diesmal so lange, bis die Adern an seinem Hals anschwollen und sein Gesicht hochrot anlief.

»Ich hoffe wirklich, er fängt nicht an, sich einen runterzuholen«, sagte die stellvertretende Staatsanwältin. »Ich glaube, das könnte ich nicht ertragen.«

Coyote Jack machte nun Liegestütze. Sid zählte sie laut mit. Die stellvertretende Staatsanwältin verließ ihren Posten am Fenster und streckte sich auf dem breiten Bett aus. »Glaubst du, die Dominikaner haben Eggs Igino wirklich?«
Sid setzte sich auf die Bettkante und dachte laut. »Nein, natürlich nicht. Aber so ist es eben in der Finanzwelt – es ist nicht von Bedeutung, ob etwas wahr ist. Was die Leute für wahr halten, das hält den Markt in Gang, und im Moment halten sie eben Eggs Igino für eine Geisel. Die Firma will, daß der Markt glaubt, er sei eine dominikanische Geisel, damit sich niemand schuldig fühlt, wenn sie das Land unter ihre Herrschaft bringen. Jeder hätte diese Faxe schicken können – weiß Gott, sie könnten ganz gut von der PR-Abteilung stammen, um das Geschäft in eine günstige Position zu bringen. Eine ganze Menge Geld wird bei uns damit gemacht, vorherzusagen, was die Leute glauben werden, und nicht, was tatsächlich eintreffen wird.«
»Aber kommt es nicht schließlich auf die Wahrheit heraus? Wenn du bei der Wahrheit bleibst, kommt dann der Markt nicht letztlich auch zu deiner Auffassung?«
»Vielleicht. Aber was ist die Wahrheit? Ich weiß nicht, wo Eggs Igino ist. Er ist verschwunden. Ich weiß, er hat eine Weile in Mexiko gelebt. Ich weiß, es gab eine Frau, die er sehr geliebt hat. Ich habe nicht die Spur eines Beweises, aber ich würde wetten, er ist bei ihr. Ich habe keine bessere Erklärung. Ich würde jedenfalls auch gern so verschwinden. Puff – und weg.«
»Aber du bist doch verschwunden«, erinnerte ihn die stellvertretende Staatsanwältin. »Sie raufen sich wahrscheinlich die Haare und suchen dich überall.«
Sid kroch auf dem Bett zu ihr hin. »Ach, ich gehe nirgendwohin. Wo sollte ich hin? Sobald ich morgen früh meine Kreditkarte benutze, um das Zimmer zu bezahlen, sind sie innerhalb einer Stunde hier. Außerdem ...«

»... hast du diese Aktien.«
»Genau.«
Sidney hatte absolut recht. Als er am nächsten Morgen um fünf Uhr das Hotelzimmer bezahlte, erhielt die Wachmannschaft, die den zweiundvierzigsten Stock von Atlantic Pacific besetzt hielt, einen Anruf von der Kreditkartengesellschaft und erfuhr, daß Sidney genau auf der anderen Straßenseite war. Sie seufzten erleichtert und sprangen in einen Aufzug, als Sidney die stellvertretende Staatsanwältin zum Abschied küßte, die leere Straße überquerte und auf einen Aufzug wartete. Die Wachmannschaft war so wild entschlossen, zum *Excelsior* hinüber zu kommen, daß sie direkt an Sid vorbeiwalzten, als er den Aufzug betrat. Als sie in sein Hotelzimmer kamen, lagen die Bettdecken auf dem Boden, die Badewanne war noch voll seifigem, nach Flieder duftendem Badewasser und die Überreste eines Frühstücks aus *Huevos rancheros* und Erbeeren mit Sahne standen herum. Aber Sidney war verschwunden.
»Er ist uns entwischt!« tobte der Executive Director, schwang die Faust und knallte sie einem seiner Lieutenants vor die Brust. Sie verließen das Zimmer im Gänsemarsch und fuhren mit dem Aufzug wieder hinunter, wo sie den Portier und den Pagen befragten, die eben ihren Dienst begonnen hatten. Gedemütigt und den Zorn ihrer Bosse fürchtend, stapfte die Wachmannschaft über die Straße zurück, in John Whites Büro, das sie in eine Kommandozentrale verwandelt hatten. Sie schlüpften aus ihren leichten Mänteln, schnallten die Pistolenhalfter ab und fuhren sich mit den Fingern durch die Haare. Dann schlichen sie belämmert zur Küche, um sich eine Tasse Kaffee zu genehmigen, und stießen auf Sid, der damit beschäftigt war, seine Thermoskanne aufzufüllen.
»Hallo, Jungs«, lächelte Sid boshaft. »Gut geschlafen?«
Sid nahm seinen Platz am Schreibtisch ein und fühlte sich so gut wie seit Tagen nicht mehr. Nie hatte ihn der Anblick seiner

Kollegen so aufgeheitert. Für ein paar Stunden schien es wieder so zu sein wie in der guten alten Zeit: Die Händler in New York verkündeten ihren täglichen Geschäftsgang, die Truppe schrieb auf, wovon sie glaubten, daß es eine gute Story ergab, und die Telefonleitungen leuchteten rot auf. Nickel Sansome machte einen müden Scherz über das globale Dorf der Finanzwelt, Sue Marino nahm Lisa Lisas Feuchtigkeitscreme aus dem Schreibtisch und tupfte sie auf ihre Krähenfüße, der Trottel, der Eggs Iginos Platz eingenommen hatte, brauchte fünfzehn Minuten, um den Papierstau aufzulösen, als sich ein Handelsbeleg in der Stechuhr verklemmte. Coyote Jacks Sekretärin gähnte, als sie zur Tür hereinkam, und räkelte sich und schob ihren Busen dabei so vor, daß ihn jeder sehen konnte. Sid Geeder ging ans Fenster und schaute aus dem zweiundvierzigsten Stock auf die erwachende Stadt hinaus, und er fragte sich, wie es wohl war, mit dem Bus fahren oder einen Parkplatz suchen zu müssen.

»Ich schätze, es stimmt also nicht«, sagte Nickel Sansome, der neben Sid auftauchte.

»Was meinst du?«

»Was sie in L. A. sagen.«

Sid suchte sein Zimmer im *Excelsior*.

»Was sagen sie denn in L. A.?«

»Es ist nur ein Gerücht«, kicherte Nickel.

»Was für ein Gerücht, verdammt noch mal?« fragte Sid verärgert, obwohl er insgeheim die vertraute Art genoß, wie Nickel ihn auf die Folter spannte.

»Daß dich die Dominikaner letzte Nacht geschnappt haben. Was meinst du, soll ich ihnen erzählen?«

»Warum mußt du ihnen irgend etwas erzählen?«

»Wir haben einen Handel gemacht«, flüsterte Nickel. »Sie haben mir ihre Kontingente für die Lincoln Convertibles verraten, und ich soll sie darüber aufklären, wieso du verschwunden bist.«

»Ich bin aber nicht verschwunden!« sagte Sid.
»Bist du nicht?«
»Ich bin hier!«
Nickel zuckte die Achseln. »Das ist nicht das Entscheidende. Sie *glauben*, du bist verschwunden, also muß ich wohl dabei bleiben. Wie gesagt, es geht um einen Handel mit ihnen. Wenn du nicht wissen willst, wie hoch die Kontingente sind, mußt du mir vermutlich nicht erzählen, wohin du verschwunden bist.«
»Das ist idiotisch!«
»Sie werden ernsthaft enttäuscht sein, wenn sie erfahren, daß du genau neben mir stehst. Kannst du nicht einfach eine lange Mittagspause machen oder sowas. Ich habe einen guten Ruf zu verteidigen.«
»Ist mir egal.«
»Stirbst du nicht vor Neugier, wie hoch ihre Kontingente sind? Meines ist fünfundzwanzig. Wie hoch ist deins?«
»Das geht dich nichts an. Und ich sterbe nicht vor Neugier, wie hoch ihre Kontingente sind. Es ist mir egal. Ich hab genug andere Sachen im Kopf.«
Nickel blieb hartnäckig. »Aber ich will's dir unbedingt sagen. Es wird dich wirklich ärgern. Du wirst stinksauer sein und wahrscheinlich sofort zu Coyote Jacks Büro rennen, um dich zu beschweren, und dann wird er deins obendrein auf der Stelle verdoppeln.«
»Das ist genau der Grund, warum ich es nicht wissen will«, gab ihm Sid recht, obwohl er inzwischen verdammt neugierig war, was für Kontingente sie in L. A. hatten. »Es spielt sowieso keine Rolle, weil ich diesen Deal auslasse. Ich hasse diese Obligationen.«
»Mann, ich würde diesen Deal weiß Gott auch gern auslassen. Von allen, die wir gemacht haben, ist das der schmutzigste. Wann werden wir wieder einfach nur die guten alten Zehn-Jahres-Schuldverschreibungen verkaufen?«

»Nie mehr«, prophezeite Sid. »Die Bestie ist losgelassen.«
Nickel sagte nichts. Er kippte auf die Fersen und schlug die Zehen gegeneinander. »Was hältst du davon, wenn ich dir die Kontingente von L. A. sage, und du erzählst mir etwas nicht näher Bestimmtes, was aber in der Zukunft von Wert sein kann. Ich würde es dir gern so verraten, aber ich habe auch meinen Ruf als gerissener Verhandlungspartner in Sachen dreckiger Geschäfte zu verteidigen.«
»Einverstanden«, gab Sid endlich nach.
Und so ging Nickel die Liste der Händler in Los Angeles durch und gab ihre Kontingente an. Die Liste war nicht vollständig, aber sie zeigte ein klares Bild: niemand hatte mehr als dreißig, und der Durchschnitt lag bei fünfzehn. Sid hatte fünfzig. Es machte Sid so stinksauer, daß er augenblicklich wünschte, Nickel hätte es ihm nicht erzählt. Wissen war Macht, aber diese Art von Wissen brachte ihn nur in Rage, und zwar derart, daß er sich an der Firma abreagieren mußte. In einer plötzlichen Eingebung setzte sich Sid an seinen Quotron und schrieb eine weitere Bombendrohung, die er in den zentralen Laserdrucker eingab. Er versuchte, die gleichen Seitenränder und Seitengliederung wie in dem ursprünglichen Erpresserschreiben zu benutzen, von dem er eine Kopie hatte. Dann schnitt Sidney den Briefkopf der Dominikanischen Befreiungsbewegung aus und klebte ihn über seine Bombendrohung. Er brachte das Ganze zu der Batterie von Faxgeräten hinüber, in der Absicht, es an John Whites Büro zu faxen, wo sich die Sicherheitsmannschaft verschanzt hatte. Aber alle Faxgeräte waren belegt, weil sie sich gegenseitig Subskriptionsanzeigen schickten. Das machte Sid so rasend, daß er in Clark Kalinovs Büro stürmte. Aber Kalinov testete gerade wieder neue Fitneßclubs, und sein Zimmer war leer, außer seinem Schreibtisch und seinem persönlichen Faxgerät. Sid legte seine Bombendrohung erleichtert in Clark Kalinovs Faxgerät und

gab die Nummer von JohnWhites Fax an. Das Blatt lief durch, und das Gerät spuckte einen Sendebericht aus. Sid legte ihn sorgfältig oben auf den Stapel von Kalinovs Sendeberichten. Er hörte einen Tumult auf dem Flur und machte sich aus dem Staub. Eine Minute später sah er einen Haufen Sicherheitsleute in Kalinovs Büro stürmen, wo sie ihr Lager aufschlugen, bis Kalinov erschien.

Als Clark Kalinov eintraf, war er so frisch und belebt von seinem Training, daß er beschlossen hatte, sich zum Frühstück mit drei Stück Blätterteig mit Schokoguß zu belohnen, die in einem Intermailumschlag steckten, damit sie niemand sah. Er goß sich eine Tasse Kaffee ein und kam den Flur entlang. Weil er keine Hand frei hatte, drückte er die Tür mit dem Hintern auf. Plötzlich wurde er von hinten am Zipfel seines Mantels gepackt und gegen die Wand geschleudert. Geübte Hände tasteten ihn von hinten ab. Clark wollte um Hilfe rufen, aber sein Gesicht war derart in das Wandregal gepreßt, daß nur ein Quieken herauskam. Dann legten sie ihm Handschellen an.

»Warum macht ihr das, Jungs?« jammerte er und ging in ihrem harten Griff in die Knie.

»Versuchen Sie nicht, uns für dumm zu verkaufen!« schrie der Executive Director wütend, ging einen Schritt zurück und haute Kalinov gegen die Brust, dann schlug er ihm ins Gesicht, daß kaffeebrauner Speichel über Kalinovs Kinn lief. Clark hustete erstickt, und sein Magen pumpte ein und aus, um sich zu übergeben.

»Bitte, sagt mir doch, was ich getan habe«, ächzte er.

»Halten Sie uns für bescheuert, Kalinov? Wir haben Ihren Sendebericht!« Er wandte sich an seine Männer. »Gehen wir!«

In weniger als einer Stunde hatte die Wachmannschaft ihre Einsatzzentrale in Clark Kalinovs ehemaliges Büro verlegt. Kalinov war der Bundespolizei übergeben worden, die ihn ins

Gefängnis warf und wegen Behinderung der Justiz, Betrugs und Bedrohung anklagte.
»Gut«, sagte Sid, als er in Coyote Jacks Büro kam. »Wir wissen jetzt, daß alles nur ein übler Scherz war. Sie können nun Ihre Wachhunde abziehen lassen.«
Coyote Jack strich einen Vermerk in seinem Tageskalender durch. »Geeder. Ich wollte Sie gerade anrufen. Ich gebe Ihnen Eggs Iginos Kontingent. Ich setze Sie auf einhundert Millionen.«
»Soll das ein Witz sein?«
»Ganz und gar nicht. Diese Obligationen sehen jetzt, da es mit dem Bombenalarm vorbei ist, richtig preiswert aus. Sie setzen spielend einhundert ab.«
»Ah, kommen Sie, Coyote, machen Sie einen Punkt. Ich habe seit Tagen nicht geschlafen. Denken Sie darüber nach. Sie wollen mir Eggs' Kontingent gar nicht geben. Das macht mich zu mächtig. Was ist, wenn ich verschwinde wie Eggs Igino? Dann wären Sie wirklich am Arsch.«
»Sie verschwinden nicht. Sie sind nicht wie Eggs Igino.«
»Vielleicht bin ich ihm ähnlicher, als Sie glauben«, sagte Sid.
»Vielleicht möchten *Sie* gern glauben, Sie wären ihm ähnlicher, als Sie es in Wirklichkeit sind.«
»Analysieren Sie mich nicht«, warnte Sid.
»Wissen Sie, was ich gern wüßte?« überlegte Coyote Jack. »Ich wüßte gern, ob Sie bei Ihren Freundinnen auch so wartungsintensiv sind wie bei mir. Sind Sie der Typ, der jeden Tag gestreichelt werden muß? Hm? Werden Sie eifersüchtig, wenn Ihre Freundinnen mit dem Ober sprechen, und solche Sachen?«
»Woher soll ich das wissen«, sagte Sid. »Sie haben meine Freundin gestohlen.«
»Das habe ich anders gehört«, sagte Coyote Jack. »So, wie ich es gehört habe, hatte sie die Schnauze voll von ihrem Job. Von den ewigen rührseligen Geschichten von euch Händlern. Ihr

verdient eine halbe Million im Jahr und habt euch immer noch beschwert. Sie wußte, Sie würden sie suchen, Mr. Zwanghaft. Also geht sie zu John White und bittet ihn, ihr zu helfen, ohne sichtbare Spuren zu verschwinden.«

Sid schob sein Kinn vor. »Und das passierte zufällig gerade, als das Rumäniengeschäft bevorstand?«

»Lisa Lisa hat ihr von dem Geschäft erzählt. Ivana wollte nicht euer ganzes Gejammer von Rumänien dies und Rumänien das mit anhören.«

»Sie verarschen mich nur, Coyote.«

»Früher wußten Sie immer alles, Geeder. Nichts ist Ihnen entgangen. Jetzt haben Sie auch nicht mehr Realitätssinn als der gute Paul DeShews da draußen.«

»Ich bin einfach nur müde«, gestand Sid. »Ich bin wirklich verdammt müde. Ich gehe jetzt heim und schlafe.«

»Machen Sie das«, sagte Coyote Jack.

»Dann ziehen Sie die Wachen ab?«

»Aber sicher«, sagte Coyote Jack und grinste.

Alle waren gegangen, und Sid konnte sich nicht vorstellen, auch nur noch eine Woche länger zu bleiben. In dieser Nacht kuschelte er sich in seinen pinkfarbenen Sessel, starrte ins Leere und versuchte, die Ereignisse zu verstehen, die ihn dorthin gebracht hatten, wo er war. Sein Rücken war jenseits von Steifheit – er war so starr und taub, daß er ihn nicht mehr zur Kenntnis nahm. Seine Augen brannten vor Trockenheit, und dicke Tränensäcke hingen darunter. Er hatte jede Nacht nur ein oder zwei Stunden geschlafen, ein Kraftakt, den er hauptsächlich aus Angst bewältigte, obwohl er zudem eine irrwitzige Menge schwarzen Kaffee trank. Er saß in seinem Sessel und konnte nicht schlafen. Er war zu nervös und aufgeputscht. Er konnte sich nicht entspannen. Immer wenn er die Augen schloß, phantasierte er von seltsamen Männern, die ihn jagten. Er machte sich eine Kanne Kaffee nach der anderen, und manchmal besserte sich seine Stimmung nach ein paar Tassen, was zur Folge hatte, daß er um so niedergeschlagener war, wenn er von seinem Hoch herunterkam. Während der nächsten Tage gab ihm seine Arbeit nicht die geringste Befriedigung, und die morgendlichen Besprechungen erschienen ihm zunehmend absurder. Inzwischen hatten die Nachrichten von den Bombendrohungen die Rechtsabteilungen bei allen ihren Kundenbanken veranlaßt, einen ernsthaften Blick darauf zu werfen, worum es bei diesen Lincoln Convertibles eigentlich ging, und einige von ihnen meldeten sich und vertraten den kühnen Standpunkt, Atlantic Pacific könnte bei allem Renommee diesmal möglicherweise einen Fehler gemacht haben. Sie waren sich einfach nicht sicher, ob es ganz legal war, eine Zwangsvollstreckung auf die Dominikanische Republik zu betreiben und ihre Vermögenswerte zu pfänden, obwohl die Transaktion streng den Gesetzen der Buchhaltung folgte und ebenso den Gesetzen über Konkurse und zwischenstaatlichen Handel. Wahrscheinlich hielt sie sich auch an verschiedene Gesetze der Wirtschaftslehre, an das Gesetz der natürlichen Auslese, ein paar Gesetze der Thermodynamik und das Gesetz der Wildnis. Aber es gab noch ein paar andere Dinge zu berücksichtigen, zum Beispiel Friedenspläne, UN-Resolutionen und Menschenrechtsbeschlüsse. Eine Investmentbank war bislang noch nie Gegenstand eines Friedensplans gewesen, aber so wie sich die Dinge entwickelten, war es verdammt wahrscheinlich, daß Atlantic Pacific irgendwann, bevor die Lincoln Convertibles in zehn Jahren fällig wurden, vor einen UN-Ausschuß zitiert würde. Sid bemerkte deutlich, daß der Handel auf wackligen Beinen stand, weil seine Kunden länger brauchten, um ans Telefon zu gehen. Die wenigen, die erkennen ließen, daß sie wahrscheinlich kaufen wollten, sprachen von wenigen Millionen, und keiner der Händler war zuversichtlich, sein Kontingent erfüllen zu können, außer Nickel Sansome, der angefangen hatte, sich die Provision mit Regis Reed von Irvine Savings zu teilen. Sie hatten vereinbart, daß Reed zwölf Millionen von den Lincoln Convertibles kaufen würde, was bei Nickel derartige Selbstvorwürfe und Schuldgefühle auslöste, daß er seinen Vater anrufen und seine Sünden hinausschreien wollte. Schließlich ergab sich Nickel in sein Schicksal und suchte Helmet Fisher, den Firmenpsychiater, auf.

»Erzählen Sie mir mehr von Ihrem Vater«, befahl Helmet Fisher.

»Was von ihm?« fragte Nickel Sansome, der ungemütlich auf einer gewaltigen Ledercouch schwitzte. Helmet Fishers Praxis war wie eine Bibliothek eingerichtet, mit Bücherregalen bis zur Decke auf allen vier Seiten, und in diesen Bücherregalen standen Tausende von aufrechten Spielzeugsoldaten aller Arten.

»Erzählen Sie mir von *seinem* Vater. War er derjenige, der das Familienunternehmen gegründet hat?«

»Nein, das war der Vater des Vaters seines Vaters.«

»Ich verstehe. Ihr Ururgroßvater.«

»Nein, mein Urururgroßvater.«

»Da haben Sie eine ganz schöne Erblinie. Jeder einzelne von Ihnen ist in die Fußstapfen seines Vaters getreten. Ist Ihnen diese Couch unbequem?«

»Ist schon in Ordnung«, erwiderte Nickel ängstlich und seine Haut klebte an dem Leder.

»Ist es zu warm hier drin?«

»Eigentlich genau richtig«, antwortete Nickel fröhlich, während eine Schweißperle von seiner Augenbraue tropfte und in seinem Auge brannte.

Helmet Fisher verlagerte sein Gewicht im Stuhl, was ein Quietschen verursachte, bei dem Nickel zusammenfuhr. »Lassen Sie mich Ihnen einen kleinen Leckerbissen aus der Mythologie erzählen«, sagte Helmet Fisher. »Dann sagen Sie mir, ob es irgendeine Bedeutung für Sie hat. Es ist der Mythos vom Ziegenmenschen, der aus dem antiken Arabien stammt. Viele Jahre lang herrschte ein mächtiges Geschlecht von Ziegen über den Wald. Sie hatten kräftige Beine und eine harte Stirn, mit der sie gut Bäume umstürzen konnten, und einen doppelten Magen, der alles Giftige verdaute. In einem Jahr kam eine große Ziege zur Welt, die aufrecht auf ihren Hinterbeinen stand, welche sehr wenig behaart waren und Hufe mit fünf kleinen, nutzlosen Zehen hatten. Die älteren Ziegen wollten sie bei der Geburt schon töten, aber dann ließen sie sie doch leben. Diese Ziege hatte eine weiche Stirn und einen wählerischen Magen, und sie haßte sich die meiste Zeit ihres Lebens. Sie fror ständig und hatte Hunger und grübelte pausenlos über sich nach.«

»War's das?« fragte Nickel.

»Was denken Sie, bedeutet er, dieser Mythos vom Ziegenmenschen?« fragte Helmet Fisher prätentiös, kratzte sich am Bart und weitete fragend seine Augen.

»Daß ich keine Ziege bin«, antwortete Nickel.

»Genau«, sagte Helmet Fisher. »Sie müssen an diesen Mythos denken, und Sie müssen zehnmal am Tag zu sich selbst sagen: ›Ich bin keine Ziege.‹«

»Ich bin keine Ziege«, wiederholte Nickel mehrmals hintereinander. »Glauben Sie, das hilft gegen meine Kahlheit?«

»Ich habe schon bemerkt, daß Sie sehr wenig Haare für einen Mann Ihres Alters haben«, sagte Helmet Fisher. »Ich will Ihnen einen anderen kleinen Mythos erzählen. Er stammt aus China, aus der Gegend des Flusses Wei. Ein kleiner Junge ging eines Tages an den Fluß, um Wasser zu holen, und sah den wundervollsten fliegenden Käfer, der mit seinen Flügeln musizierte, während er von Blütenkelch zu Blütenkelch tanzte. Es war ein äußerst prächtiger Käfer, den jedermann gerne anschauen wollte. Er fing den Käfer in seinem Keramikkrug und brachte ihn heim. Aber er hatte Angst, der Käfer könnte davonfliegen, wenn er ihn jemandem zeigte, so daß er es nie tat. Er wurde paranoid und befürchtete, jemand könnte ihn stehlen, wenn er ihn herzeigte. Jahrelang betrachtete er selbst ihn nicht einmal, aber die ganze Zeit ging er stolz im Dorf umher. Eines Tages, als er alt genug war, zu heiraten, brachte er den Krug als Mitgift zum Vater seiner Braut, und als er ihn öffnete, war nur Staub auf dem Grund des Kruges.«

»Das hab ich kommen sehen«, konstatierte Nickel.

»Es ist ein sehr universeller Mythos«, erwiderte Helmet Fisher. »Der Ausgang ist nicht als Überraschung gedacht. Nun, mit welchem Charakter in dieser Geschichte sind Sie verwandt - mit dem Jungen, dem Käfer oder dem Vater der Braut?«

Nickel dachte eine Weile darüber nach. Er hätte Helmet Fisher gern erzählt, daß die Quelle seines großen Schuldgefühls die Tatsache war, daß er Provisionen an Regis Reed zurückschob. Aber Helmet Fisher stand auf der Gehaltsliste der Firma, und Coyote Jack oder John White würden es zweifellos erfahren, und dann wäre er seinen Job los. »Der Käfer, schätze ich«, sagte er schließlich.

»Aha!« piepste Helmet Fisher und machte sich Notizen.

»Wieso aha?« fragte Nickel gereizt.

»Die Kombination Käfer/Ziegenmensch ist ziemlich selten«, erklärte Helmet Fisher in einem autoritären, wissenschaftlichen Ton, der seine Freude nicht verbergen konnte. »Ich habe von ein paar Fällen gelesen, aber nie einen persönlich getroffen.«

»Ist es schlimm?« fragte Nickel leicht verunsichert.

»Ganz und gar nicht«, beruhigte ihn Helmet Fisher. »Es bedeutet nur, daß wir eine Menge Arbeit vor uns haben. Während Sie die Wolf-Purpurstern-Phase durchmachen, könnten sich einige Nebenwirkungen einstellen.«

»Wolf-Purpurstern-Phase?«
Helmet Fisher nickte. »Manche Leute empfinden es als beängstigend, wenn alle diese tiefen Gefühle an die Oberfläche kommen. Sie werden nachts wahrscheinlich nicht viel schlafen.«
»Ich schlafe überhaupt nicht mehr«, vertraute Sidney Geeder Sue Marino an, die an seinem Schreibtisch vorbeischaute, um sich zu erkundigen, ob er in Ordnung sei. Sein Gesicht war abgezehrt und seine Augenlider geschwollen. »Jedesmal wenn ich aufwache, glaube ich, daß ein Mann mit einer Pistole in meinem Zimmer ist.«
»Es ist nur ein böser Traum«, versicherte ihm Sue Marino.
»Ich möchte dich etwas fragen, Sue. Warst du je bei Ivana Perkova, damals, als sie die Ärztin war?«
»Manchmal. Mein Freund war allerdings Arzt.«
»Aber du bist zu ihr gegangen?«
»Manchmal, ja.«
»Schien sie dir nett zu sein? Ich meine, war sie einfühlsam, oder war sie eher, eher von dir *gelangweilt?*«
Sue betrachtete Sid und versuchte herauszufinden, was seine Frage bedeutete. »Ich sag dir mal eins über Ärzte, Sid. Die Einfühlsamkeit, die sie bei dir an den Tag legen, ist reine Schauspielerei. Sie sind wie Frauen aus dem Süden – sie haben ein Talent, jedem das Gefühl zu geben, er sei etwas Besonderes. In Wahrheit bist du einfach nur ein beliebiger warmer Körper. Und das ist so, egal, ob dein Arzt dir die Temperatur mißt oder schweinische Sachen mit dir macht. Wenn sie mit einem lebenden Menschen zu tun haben, haben sie nur einen Gedanken. Du weißt, welchen?«
Sid schüttelte den Kopf.
»AIDS«, sagte Sue. »Eine Frage: Du dachtest, mit dem rumänischen Mädchen würde was laufen, stimmt's? Nicht, daß ich neugierig wäre, aber wollte sie, daß du ein Kondom benutzt?

Mein Verlobter hat jedesmal ein Kondom benutzt. Er sagte, er würde es weglassen, wenn wir verheiratet wären. Als ob er sich aufsparen wollte.«
Sid vertraute ihr an, daß er kein Kondom benutzt hatte.
»Na ja, dann war es vielleicht Liebe.« Sue zuckte die Achseln.
Sid hörte um drei Uhr auf zu arbeiten, auf die Sekunde. Er taumelte mit offenem Hemdkragen und bis an die Ellbogen hochgekrempelten Ärmeln aus der Tür. Als er in seine Wohnung kam, nahm er vier Aspirin, setzte heißes Wasser auf, fiel auf die Couch und versuchte zu schlafen. Er probierte jeden Trick, der ihm einfiel. Er stellte sich vor, der Schmerz in seinem Kopf wäre strahlender Sonnenschein, der ihn erhitzte und schlapp machte. Immer wenn er dem Schlaf nahe war, kam ihm in den Sinn, daß er ein Kontingent von einhundert Millionen Dollar hatte und nicht die geringste Chance, so viele Obligationen zu verkaufen. Sidney vergrub den Kopf unter einem Kissen und versuchte an Sex zu denken, an Ivana Perkovas schlanke Schenkel, und wie sie immer tief in der Kehle schnurrte, wenn er ihre Schultern massierte. Dadurch beunruhigte er sich nur noch mehr und fragte sich, ob sie vielleicht wirklich versucht hatte, ihn zu verlassen. Also probierte er die entgegengesetzte Taktik: Er versuchte, das gesamte Inhaltsverzeichnis von Fabozzis *Fixed Income Securities* in alphabetischer Reihenfolge aufzusagen, die Jahreszahlen der chinesischen Dynastien und die amerikanischen Präsidenten des 19. Jahrhunderts, bis es ihn so langweilte, daß er einschlafen mußte, um dem Geleier zu entrinnen. Aber er schlief nicht. Er hatte nichts anzufangen mit seiner Zeit. Es war ihm egal. Um die Abendessenszeit bestellte er sich eine Pizza, die er nicht aß, als sie gebracht wurde. Schließlich nickte er kurz ein, und als er aufwachte, war es draußen dunkel, und er war nicht ganz klar im Kopf. Er war immer noch so müde, daß er glaubte, es sei morgens und er müsse zur Arbeit. Er zog sich nicht um. Er suchte zwanzig

Minuten lang seine Brieftasche, schaute immer wieder in blinder Frustration an denselben Stellen nach, bis er es aufgab und ein Taxi rief. Er ließ sich in den Rücksitz fallen und bemerkte nicht, daß für vier Uhr morgens eigentlich zu viel Verkehr herrschte. In der Innenstadt war es ruhig und normal. Er grüßte den Wachmann, fuhr mit dem Aufzug nach oben, schwenkte seine Magnetkarte vor dem Sensorauge und stapfte durch den Handelssaal. Der Saal war leer. Er war der erste, was nicht ungewöhnlich war. Die anderen würden bald antanzen. Sidney schaltete seinen Monitor ein und notierte die Kursbewegungen seit dem Nachmittagsfixing. Dann ging er in die Küche und schaltete Mr. Coffee ein. Schließlich kroch er unter seinen Schreibtisch, wo er ein wenig besser denken konnte. Seine Augenlider begannen unkontrollierbar zu flackern. Er konnte die Augen weder offen- noch geschlossenhalten. Als er den Kopf zurücklegte, hatte er das Gefühl, nach hinten in eine tiefe Höhle zu fallen. Die Zeit verging. Er vergaß, was er hier machte, und wartete nicht mehr darauf, daß die anderen eintrafen. Die Dienstmädchen kamen zum Staubsaugen, und bis sie fertig waren, saß Sid eine Weile in der Küche. Plötzlich kam ihm zu Bewußtsein, daß es mitten in der Nacht war.
»Arrrgghhh!« grunzte er und bekam einen Hustenanfall, weil er zu schnell ausgeatmet hatte.
Sidney nahm sich zusammen und machte sich auf den Rückweg zur Straße. Er winkte ein Taxi und gab ungefähr den Weg zum Haus der stellvertretenden Staatsanwältin an. Sie fuhren zehn Minuten in der Nachbarschaft umher, bis er sich erinnerte, welches ihr Haus war. Er setzte sich auf die Eingangstreppe und läutete fünfmal. Nach einer Weile wiederholte er es. Sie machte ihm auf. Sie trug einen marineblauen Body, der sie wie ein tiefer Bergsee aussehen ließ. Er taumelte zu ihrer Couch und bat sie, ihm zu sagen, ob Drähte in seinem Mund seien oder Nadeln in seinen Beinen.

»Was?« sagte sie und schlug ihm leicht ins Gesicht, um ihn wachzuhalten. »Sidney, du redest wirres Zeug.«
»Ich rede immer wirres Zeug«, murmelte er, und seine Augen zuckten wie in der REM-Traumphase, aber mit offenen Lidern.
»Du sagtest, du hast Drähte in deinem Mund.«
»Ich habe das Kontingent von allen andern für die Lincoln Convertibles«, keuchte er, und etwas Speichel lief über sein Kinn.
»Du träumst wieder schlecht«, sagte sie und rüttelte ihn an den Schultern.
»Schau nach meinen Beinen«, bettelte er. »Mein Gott, ich spüre nichts mehr.«
Die stellvertretende Staatsanwältin schob Sids Hosenbeine hoch und massierte seine Waden. »Deine Beine sind völlig in Ordnung«, versicherte sie ihm.
»Es ist kein Traum«, lallte er warnend und so undeutlich, daß sie ihn kaum verstand. »Alle sind weg, und ich hab alle Kontingente für die Lincolns, und ich spüre nichts mehr.« Seine Arme zuckten plötzlich und schlugen auf das Kissen ein, auf dem sein Kopf ruhte. »Die Drähte!« schrie er und versuchte aufzustehen.
Er sah nicht gut aus. Seine Augen flackerten und er atmete wie durch einen Strohhalm, sog die Luft ein, ohne viel zu bekommen. Seine Kleidung war völlig durchgeschwitzt. Sein Gesicht war blaß und blutleer und feuchtkalt. Sie nahm eine Decke von der Couch und legte sie ihm um die Brust, streichelte seine Stirn und versuchte, ihn dazu zu bringen, sich zu entspannen. Er murmelte weiter wirr vor sich hin, schrie nach Hilfe. Sie ging in die Küche und goß ein Glas Eiswasser ein. Er nippte nur daran, also hielt sie das kühle Glas an seine Stirn. Hundert Millionen, brabbelte er. Hundert Millionen. Dann setzte er sich einen Moment auf und begann, seine Arme und Schultern und

den Kopf wie eine Gliederpuppe wild umherzuschleudern. Er stand auf und versuchte zu tanzen, oder etwas ähnliches, dann fiel er nach vorn. Sie war nicht schnell genug, um ihn aufzufangen. Er knallte mit dem Kopf auf die Kante des Kaffeetischchens, drehte sich beim Aufschlag herum und landete mit dem Rücken auf dem Teppich. Er hatte eine Platzwunde an der Augenbraue, die als Hautlappen über das eine Auge hing. Blut schoß heraus, aber nicht annähernd so schnell, wie sie angesichts der klaffenden Wunde gedacht hätte. Die stellvertretende Staatsanwältin begann, vor Schreck und Übermüdung zu schreien. Sie fischte einen Eiswürfel aus dem Wasserglas und legte ihn auf die Wunde. Sidney war einen Augenblick bewußtlos, kam aber wieder zu sich. Er war benommen und sagte, er fühle sich nicht sehr gut. Er wollte wissen, welcher Tag sei. War Freitag? Sie holte einen Strumpf aus der Kommode und band ihn um Sidneys Kopf; den Hautlappen preßte sie wieder auf die richtige Stelle, und sie zog fest zu, damit die Blutung aufhörte. Sie zog Sidney hoch und sah, daß sehr viel mehr Blut auf dem Teppich war, als sie gedacht hatte. Sie war immer noch in ihrem Body, also legte sie Sidney wieder ab und zog ein Paar Shorts an, dann schleifte sie Sidney, der über ihrer Schulter hing, zu ihrem Wagen in der Garage. Er konnte gehen, aber nicht gerade. Sie fuhr zum nächstgelegenen Krankenhaus. Unterwegs versuchte er dauernd, seine Wunde im Schminkspiegel an der Sonnenblende zu betrachten. Er zog den Strumpf herunter, und sie mußte ihn immerzu anbrüllen, damit aufzuhören, sich zurückzulehnen und die Augen zu schließen. Sie kamen in der Notaufnahme an. Sie füllte für Sidney die Formulare aus und versuchte klarzumachen, daß er, von der Wunde abgesehen, möglicherweise auch noch auf Drogen sein könnte. Dies hatte eine Reihe weiterer Formulare zur Folge. Die Schwestern führten Sidney durch eine große, breite Schwingtür.

Als Sidney Geeder am nächsten Morgen nicht zur Arbeit erschien, war Coyote Jack entsetzt, und die Filiale geriet in Panik, bis seine Sekretärin in sein Büro spaziert kam und ihm mitteilte, das Krankenhaus habe angerufen, um zu klären, ob die Firma alle Kosten übernehmen werde. Coyote Jack hängte sich ans Telefon, rief das Krankenhaus an und verlangte Sidney zu sprechen. Sie erlaubten es nicht, und so ließ er sich von der Schwester erklären, daß Sidney mit elf Stichen wegen einer Kontusion der temporalen und orbikularen Epidermis genäht worden war.

»Was, zum Teufel, heißt das?« schrie Coyote Jack zornig.

»Er hat sich den Kopf aufgeschlagen. Er ist bald wieder in Ordnung.«

»Dann lassen Sie ihn raus! Was macht er dort noch? Wir brauchen ihn an der Front!« Aus genau diesem Grund hatte die Firma ein eigenes Versicherungswesen: damit sie die Ärzte herumkommandieren konnten. Coyote Jack konnte nicht begreifen, wieso Sidney in einem Krankenhaus gelandet war, statt bei einem der Firmenärzte.

»Wir lassen ihn gehen, sobald wir sein Plasma ausgetauscht haben und er etwas ausgeruht hat.«

»Wofür zum Teufel braucht er das? Er hat sich den Kopf aufgeschlagen!«

»Er hatte außerdem eine schwere Koffeinvergiftung.«

»Koffeinvergiftung!«

»Seine Nieren arbeiteten kaum noch. Wenn sie zum Stillstand gekommen wären, hätte das tödlich sein können.«

»Tödlich!« kreischte Coyote Jacks Sekretärin, die von ihrem Apparat aus mithörte.

»Er wird bald wieder in Ordnung sein. Sobald wir das Plasma strömen lassen, wird er schlafen können. Wir überwachen ihn, um sicherzugehen, aber wenn er sich etwas ausgeruht hat und klar denken kann, lassen wir ihn gehen.«

»Wie lange wird das dauern?« fragte Coyote Jack.
»Das wissen wir nicht. Wir wollen ihn nicht aufwecken. Vielleicht schläft er ein paar Stunden, vielleicht ein paar Tage.«
»Tage!« Coyote Jack hängte erschrocken das Telefon ein. Er kramte in seinem Schreibtisch und fand ein offenes Rückflugticket nach Hawaii. Er konnte kein Risiko eingehen. Er stürmte in den Handelssaal hinaus, riß Sue Marino den Hörer aus der Hand und sagte zu ihrem Kunden, sie würde zurückrufen.
»Coyote! Was, um alles in der Welt, ist los?«
»Sie bekommen Lisa Lisas große Kunden. Nickel wird den Rest abdecken. Ich will, daß Sie im nächsten Flugzeug nach Honolulu sitzen.« Er sah auf die Uhr. »Es ist ein f-f-fü ... ein langer Flug. Sie werden etwa um z-z-zehn Uhr ankommen. Im *V-V-Vier Jahreszeiten* wird ein Zimmer auf Sie warten. Freunden Sie sich mit Mike Kohanamoku an. Verbringen Sie den heutigen und morgigen Tag mit ihm. Blasen Sie ihm einen, wenn es sein muß. Dann nehmen Sie übermorgen rechtzeitig die Maschine, um bei den Lincoln Convertibles zurück zu sein. Irgendwelche Fragen?«
»Nun...«
»Wagen Sie es nicht, jetzt schlappzumachen, Marino. Rufen Sie Kohanamoku vom Flughafen aus an. Auf geht's. Raus hier.«
»Ich brauche etwas zum Anziehen...«
»Im Hotel gibt es einen Shop. Jetzt los, verdammt nochmal – die nächste Maschine geht um neun. Sie haben eine halbe Stunde, um rechtzeitig am Flughafen zu sein. Wenn Sie die Maschine verpassen, brauchen Sie erst gar nicht mehr hierher zurückkommen.«
Sue Marino packte ihre Handtasche und eilte zur Tür. Coyote Jack wirbelte herum und ließ die Hand auf Nelson Dickys Schulter sinken.

»Gehen wir, Nelson. Mein Büro.«
Nelson Dicky stand gehorsam auf und folgte Coyote Jack in sein Goldfischglas. »Wo ist Sid?« fragte er besorgt.
»Er ist im Krankenhaus. Er hat sich mit zu viel Kaffee vergiftet. Sie sagen, es kann ein paar Stunden dauern oder ein paar Tage, sie wissen es noch nicht. Passen Sie auf, Nelson: Er schafft es, rechtzeitig zurück zu sein. Schließlich ist er Sid Geeder. Der Iron Man. Terra firma. Sie und ich, wir kennen Sid jetzt schon sehr lange. Er wird zu den Lincolns da sein. Aber für den Fall der Fälle - ich muß mit dem Schlimmsten rechnen. Ich muß Sie zum Vertreter ernennen. Bis Sidney zurück ist, sind Sie der König der Hypothekenbriefe.«
»Ich? Aber ich verkaufe nur Schatzbriefe.«
»Sie sind eine ehrliche Haut, Nelson. Sie haben diesen Countrytonfall in der Stimme. Vielleicht verstehen Sie einen feuchten Kehricht von Hypothekenbriefen, aber das wissen die Kunden nicht. Sie werden Ihnen vertrauen. Sie sind ein religiöser Mensch - religiöse Menschen lügen nicht. Ich habe absolutes Vertrauen, daß Sie die Sache schaukeln.«
»Was soll ich schaukeln?« Nelson zitterte.
»Ich gebe Ihnen Eggs Iginos Kunden.«
»O nein.«
»Sierra und Bank of Sacto.«
»Gütiger Himmel.«
»Halten Sie sie einfach warm, bis Geeder oder Igino zurück sind. Reden Sie dreimal am Tag mit ihnen. Sie wissen, wie das abläuft.« Er klatschte aufmunternd in die Hände. »Vorwärts, Sie sind der König.«
Aber Nelson Dicky war kein König. Nelson Dicky war ein bescheidener, ehrlicher Bursche, der fast seine gesamten Provisionen seiner Kirche vermachte, und glaubte, er stehe unter Gottes Befehl, seinen Job zu mögen. Er war der netteste, liebste und selbstloseste Mensch im ganzen Saal. Er konnte seine

Kunden nicht anbrüllen oder anderen Händlern befehlen, ihm Kaffee zu bringen. Er konnte sich nicht das Wohlwollen der Truppe verdienen, indem er sich beschwerte, bis die Provision angehoben wurde. Vor allem brachte Nelson Dicky nicht die Skrupellosigkeit auf, seinen Kunden zu schwören, diese neugestalteten, höchst spekulativen Obligationen seien das Beste, was sie mit ihrem Geld machen konnten. Die einzige Geldanlage, bei der er sich wohl fühlte, waren US-Schatzbriefe, und als die Händlertruppe erfuhr, daß Nelson Dicky der neue König der Hypothekenbriefe war, sank ihnen der Mut, und der Erfolg des Lincoln-Convertible-Handels schien in Gefahr.

Sid Geeder war soeben neben der Frau in Weiß aufgewacht.

»Wow«, sagte er zu der Frau in Weiß. »Ich fühle mich, als hätte ich vierundzwanzig Stunden geschlafen.«

»Sie *haben* genau vierundzwanzig Stunden geschlafen«, sagte die Frau in Weiß gleichgültig.

Sidney sah sie an. Sie hatte trockene, rissige Haut, einen leichten Schnurrbart und dünnes, braungetöntes Haar, das unter einer Papiermütze festgezurrt war. Sids Arme waren an das Bettgeländer geschnallt. Auf seinen Zähnen saß ein Mundschutz, den er auf seine Brust spuckte. Sein Zimmer hatte nur ein kleines, vergittertes Fenster in einer Ecke. O mein Gott, dachte er. Jetzt ist es soweit. Jetzt bin ich endgültig zusammengeklappt. Sie haben mich eingesperrt, unter Drogen gesetzt und auf ein Bett geschnallt.

»Ich bin in der Klapsmühle!« schrie er in plötzlicher Erkenntnis.

»Seien Sie nicht albern«, sagte die Schwester finster. »Sie sind im Krankenhaus.«

»Warum sind meine Arme dann festgeschnallt?« fragte er.

Die Schwester warf ihm einen mitleidslosen Blick zu. »Damit Sie im Schlaf nicht die Fäden aus Ihrem Kopf reißen.«

»Sie haben an meinem Kopf herumoperiert!« Jetzt hatten sie

es also wirklich getan. Sie hatten ihn aufgeschnitten und sein Wissen gestohlen.

»Wie kommen Sie denn auf diese Idee, Herrgott nochmal«, fauchte die Schwester und versuchte, ihm den Mundschutz wieder auf den Unterkiefer zu setzen. »Sie sind mit einer Rißwunde an der Augenbraue hierhergekommen.«

Sidney spuckte den Mundschutz wieder aus. »Warum haben Sie mich dann vierundzwanzig Stunden lang unter Drogen gesetzt?«

»Wir haben nichts dergleichen getan. Sie kamen hier an und waren vollgedröhnt. Sie hätten sich umbringen können, wissen Sie das? Sie hatten ein Riesenglück, daß Sie sich den Kopf aufgeschlagen haben, sonst hätten Sie sterben können.«

»Das ergibt keinen Sinn!«

»Natürlich ergibt es Sinn«, beharrte die Schwester. »Wenn Sie sich nicht fast umgebracht hätten, weil Sie Ihre Augenbraue aufgeschlitzt haben, hätten wir nie Ihr Blutplasma ausfließen lassen können.«

»Mein Blutplasma!«

»Es war vergiftet«, kicherte sie.

»Es war meins!« brüllte er. »Jetzt versuchen sie mir alles zu stehlen.«

»Wer?«

»Sie!«

»Sie sind paranoid«, spottete die Schwester boshaft.

»Aus gutem Grund!«

»Sie sind wirklich verrückt, wenn Sie glauben, Sie sind verrückt, denn Sie sind überhaupt nicht verrückt. Sie haben nur eine Rißwunde am Kopf und waren drauf und dran, an Koffeinvergiftung zu sterben.«

»Koffeinvergiftung? Das ist das Verrückteste, was ich je gehört habe! Niemand hat sich jemals umgebracht, weil er zu viel Kaffee trank.«

»Nein, aber eine ganze Menge Leute haben sich *fast* umgebracht, weil sie zu viel Kaffee tranken. Sie, zum Beispiel.«
»Aber ich fühle mich großartig«, rief Sidney. »Ich habe mich seit Monaten nicht besser gefühlt!«
»Das ist, weil Sie das Blutplasma von jemand anderem in sich haben.«
»Wessen Blutplasma?«
»Ich weiß nicht, wessen«, höhnte sie. »Woher soll ich denn wissen, wessen Blutplasma Sie bekommen haben?«
»Ich hatte nur gehofft, Sie wüßten, wo ich mehr davon kriegen kann. Das Zeug ist einfach sensationell. Ich fühle mich wie ein Millionär. Sie sollten es versuchen.«
»Sie sind verrückt.«
»Aha!«
»Nicht das schon wieder. Hier, schauen Sie auf Ihr Krankenblatt.« Die Schwester nahm das Krankenblatt vom Fußende des Bettes und zeigte ihm die Kritzeleien auf den Krankenhausbögen.
»Sie meinen, ich bin wirklich nicht verrückt?« rief er und wackelte fröhlich mit seinen Fingern und Zehen.
»Natürlich nicht!« wiederholte sie. »Wie sind Sie denn darauf gekommen?«
»O mein Gott!« rief er, und sein Gesichtsausdruck spiegelte sein Entsetzen, als ihm plötzlich klar wurde, daß er jetzt, da er aufgewacht war, wieder zur Arbeit gehen und die Lincoln Convertibles verkaufen mußte.
»Was?« sagte die Schwester erschrocken. »Sind Sie in Ordnung?« Sie packte seinen Arm, fühlte seinen Puls und legte ihre faltige Hand auf seine Stirn.
»Ach, ich werd's überleben«, sagte Sid jämmerlich und fiel zurück ins Kissen.
Die Schwester machte eine Eintragung auf dem Krankenblatt.
»Was schreiben Sie da?« fragte Sid.

»Nur, daß Sie aufgewacht und anscheinend klar im Kopf sind. In ein paar Stunden können wir Sie entlassen, und Sie dürfen zurück an die Arbeit gehen. Die können es anscheinend kaum erwarten, bis Sie wiederkommen.«
»Sind Sie sicher, daß alles okay ist?« sagte Sid. »Ich meine, ich war nur ein paar Minuten wach. Ich meine, was ist, wenn ich gleich wieder für vierundzwanzig Stunden einschlafe?«
»Nun«, sagte die Schwester grob, weil ihr Sids Sarkasmus nicht gefiel, »dann werden wir Sie wahrscheinlich nicht gehen lassen.«
»Das glaube ich auch«, sagte Sid, und in seinen Gedanken formte sich ein Plan. »Ich finde, es wäre unschicklich, einen Patienten aus dem Bett zu schmeißen, während er schläft. Vor allem, wenn er sich von einer Koffeinvergiftung erholt, die tödlich sein kann.« Sids Augen flackerten und schlossen sich dann. »Tatsächlich«, sagte er, »hat mich unsere Unterhaltung erschöpft, und ich fühle mich etwas schwindlig. Ziemlich schwindlig sogar.« Sein Kopf versank im Kissen, und er versuchte, seine Atmung zu verlangsamen und sich wieder zum Einschlafen zu bringen. Er bemühte sich, keinen Muskel zu rühren. Aber mit diesem neuen Plasma war Sids Körper so energiegeladen, daß er hinter den geschlossenen Lidern hellwach war. Sidney war bewußt, daß er nichts weiter tun mußte, um den Handel mit den Lincoln Convertibles zu schwänzen, als ein paar Tage völlig regungslos zu bleiben und die Augen nicht zu öffnen. Es war ein perfekter Plan, und es gab nichts, was die Firma dagegen unternehmen konnte.
»Wir müssen etwas dagegen unternehmen!« knurrte Coyote Jack und schlug mit der Faust auf den Schreibtisch, während er mit Dr. Vandivort, dem Firmenarzt, telefonierte. »Können Sie nicht etwas machen?«
»Ich kann nichts tun«, murmelte Dr. Vandivort mit Bedauern. »Das sind die Krankenhausregeln. Wenn wir ihn in meine Obhut verlegen könnten, dann könnte ich etwas tun.«

»Dann machen wir das doch!« befahl Coyote Jack. »Worauf warten wir?«
»Wir warten darauf, daß er aufwacht und die Formulare unterschreibt, auf denen er sich mit der Verlegung einverstanden erklärt.«
Coyote Jack sprudelte gequält ins Telefon. »Aber wenn er aufwacht, dann müßten wir ja gar nichts unternehmen, Sie Idiot!«
»Nun, dann kann ich weiter nichts tun«, sagte Dr. Vandivort blasiert.
»Können Sie auch nichts tun?«
»Doch, natürlich«, antwortete Helmet Fisher, der Firmenpsychiater, als Coyote Jack die Lage erläuterte. »Wir könnten während der Besuchszeit ins Krankenhaus gehen und ihn hypnotisieren.«
»Ausgezeichnet«, stimmte Coyote Jack zu, und eine Stunde später waren sie über Sid gebeugt und flüsterten in sein Ohr. Helmet Fisher gab seiner Stimme einen melodiösen, zuversichtlichen Ton und beschrieb Sid einen schwarzen Schrank, in dem eine Treppe mit hundert Stufen in sein Unterbewußtsein hinabführte. Langsam und rhythmisch führte Helmet Fisher ihn alle hundert Stufen hinab. Sid hatte es dermaßen gelangweilt, so lange stillzuliegen, daß er den Bildern des Seelenklempners nicht widerstehen konnte. Als Helmet Fisher die Tür am Fuß der Treppe zu einem Lavafeld, in dem ein Strom mit warmem, blauem Wasser floß, öffnete, fühlte Sidney, wie seine Beherrschung schwand. Er wehrte sich.
»Was hat er gesagt?« wandte sich Helmet Fisher an Coyote Jack.
»Ich konnte es nicht verstehen«, murmelte Coyote Jack und beobachtete sorgfältig Sids Lippen.
»Es ist alles in Ordnung«, sagte Helmet Fisher ruhig. »Es geht Ihnen gut.«
»Wenn ich jetzt bis zehn zähle, werden Sie an Land waten und

aus dem Wasser steigen. Dann wird sich der Himmel über Ihnen öffnen, und es wird Tag sein, und Sie werden aufwachen«, sagte Helmet Fisher sanft.

»Stehen Sie auf!« schrie Coyote Jack und schüttelte Sidney an den Schultern.

»Wie wär's, wenn wir einfach einen von diesen Schläuchen herausziehen«, schlug Coyote Jack vor, und bevor Helmet Fisher ihm davon abraten konnte, hatte er Sids intravenöse Infusion herausgerissen. Die Flüssigkeit lief über den ganzen Boden, und der Überwachungscomputer begann laut zu piepsen. Plötzlich stürzte eine Schwester durch die Tür, drängte sich zwischen die beiden Männer und sah, was passiert war. Sie schloß die intravenöse Infusion wieder an. Einen Augenblick später kamen zwei Sanitäter hereingerannt. Die Schwester befahl ihnen, Coyote Jack und Helmet Fisher aus dem Krankenhaus zu führen. Eine Minute später waren die Sanitäter zurück und die Schwester befahl ihnen, Sidney Geeder in die Hochsicherheitsstation hinunterzufahren, wo er von einer Kamera überwacht würde. Sid roch den sauren Gestank von antiseptischer Fußbodenpflege, hörte seine Räder quietschen, als sie um die Ecke bogen, spürte, wie sich seine Eingeweide nach oben schoben, als sich der Fahrstuhl nach unten in Bewegung setzte, aber er hielt die ganze Zeit die Augen geschlossen. Er war überglücklich zu hören, daß er auf eine Station gebracht wurde, wo die Firma keinen Zugriff auf ihn hatte. Der ständige Versuch, weiterzuschlafen, hatte Sid erschöpft, und er war wieder hinüber, sobald sie sein neues Zimmer erreichten.

Als er aufwachte, hätter er für sein Leben gern die Augen geöffnet und sich umgesehen, aber er nahm an, daß eine Kamera auf ihn gerichtet war, und wagte es nicht. Er bemühte sich, langsam und regelmäßig zu atmen. Im Nachbarzimmer konnte er leise einen Fernseher hören, und er strengte sich vergeblich an, die Worte zu verstehen. Der antiseptische Geruch des Zimmers verursachte ihm Übelkeit. Ganz langsam rollte er sich auf die Seite und zog die Beine an, um seinen Rücken zu entlasten, der sich nach der langen Zeit im Krankenhaus wie eine einzige heiße Blase anfühlte. Er isolierte die Hitze und versuchte, sie zu verwenden, um seine Muskeln zu entspannen, aber das änderte nichts an dem tauben Gefühl. Also ging er dazu über, sich vorzustellen, daß ein riesiger Eisblock langsam neben ihm im Bett schmolz. Aus Reflex urinierte Sidney in die Bettpfanne. Er begann sich zu fragen, ob etwa alle seine Muskeln taub geworden waren oder ihre ganze Kraft verloren hatten. Es schien ihm, als könnte er sich kaum bewegen, selbst wenn er es gewollt hätte. Er überlegte sich, woher wir wissen, daß unser Körper existiert. Definieren wir ihn über Bewegung, über Veränderung? Hörte ein Körper, der den ganzen Tag bewegungslos blieb, auf zu existieren, bis er sich wieder veränderte? Das schien zuzutreffen – Lisa Lisa hatte ihren Körper nie bemerkt, bis sie sah, daß ihre Füße geschwollen waren. Dann begann Sid sich zu fragen, wie es wäre, wenn er nicht nur ein paar Tage, sondern für den Rest seines Lebens so daliegen müßte. Wenn er gelähmt wäre und nicht hören und sprechen könnte? Oder wenn er überhaupt keine Körper hätte, und das Krankenhaus nur sein Gehirn am Leben hielt, indem sie es an eine Elektrode anschlossen und in ein Bad aus Zuckerwasser legten? Wenn das alles wäre, woraus das Leben bestand – wenn wir eigentlich nur Gehirn wären? Sidney stellte sich eine Zukunft vor, in der die Leute zur Arbeit gingen und in Isolationstanks mit Salzwasser gelegt würden. Elektroden würden an ihr Gehirn gehängt, die an superschnellen Computern hingen, und dann würde man seine sieben Stunden eingeben. Es würden nur noch sieben Stunden sein, statt acht, denn die Gesellschaft hätte sich weiterentwickelt und wäre humaner geworden.

Sidney hörte auf, darüber nachzudenken, als er bemerkte, daß seine sämtlichen Glieder eingeschlafen waren und kribbelten. Selbst seine Nackenmuskeln kribbelten. Er wurde überall mit Nadeln gepiekst, bis zu den Ohren hinauf. Plötzlich befürchtete er, daß eine der Schwestern vergessen haben könnte, seine Infusion auszuwechseln, und der Saft schlecht war, an dem er hing. Paranoid, wie er war, war Sidney schnell davon überzeugt, daß leicht giftige Flüssigkeit in sein Handgelenk gepumpt wurde und das Kribbeln auf der ganzen Haut hervorrief. Er wäre verzweifelt gern aufgesprungen und hätte den Schwestern am Monitor zugerufen, sie sollten kommen und ihn retten. Vielleicht war seine Flasche leer und Luft wurde in seine Arterien gesaugt. Dann würde er die Luftdruckkrankheit bekommen, wie beim Tauchen, oder sein Körper würde stottern wie ein Auto, das Luft in die Benzinleitung bekommt. Die Sorge um das Schicksal seines Körpers machte Sid ganz elend. Er lauschte nach einem trockenen, saugenden Ton, der von einer leeren Flasche an der Seite seine Betts herrührte, hörte aber nichts. Er wartete darauf, daß sich sein Körper festfraß und verkrampfte. Er war an sein Bett gefesselt und betete zu Gott, daß sein Körper überlebte. Er fühlte, wie ihn die Sorge neuerlich erschöpfte, und glitt zurück ins Reich der Träume.

Er wurde wachgerüttelt. »Wach auf, wach auf«, sagte eine Stimme. »Deine Regierung braucht dich.«

Sid glaubte zu träumen.

»Hey, Kumpel«, kam die Stimme etwas später wieder. »Deine Regierung braucht dich.« Die Stimme machte eine Pause.

»Meinst du, er kann uns hören? Vielleicht haben sie ihn unter irgendwelche Drogen gesetzt.«

Jemand fummelte am Krankenblatt am Fußende des Bettes herum. »Nö, er ist nicht auf Drogen.«

»Wir wissen, daß du zuhörst«, sagte die Stimme. »Scheiße – ist diese Videokamera an?«

»Die Kamera ist aus«, sagte die andere Stimme.
»Wir sind die NIA«, fuhr die erste Stimme fort.
»Die National Information Agency«, erklärte die zweite Stimme. »Du hast noch nie von uns gehört.«
»Wir unterstehen dem Präsidenten. Der Präsident hat versucht, dieses Problem mit der Dominikanischen Republik zu lösen, seit er gewählt wurde. Wenn ihr Jungs endlich die Dominikanische Republik vor den Dominikanern rettet, dann könnt ihr verdammt sicher sein, daß wir dasein werden und es als Verdienst beanspruchen. Es gibt eine ganz neue Bewegung, die Außenpolitik zu privatisieren.«
»Der Präsident ist unbedingt dafür«, warf die zweite Stimme ein. »Solange es reibungslos funktioniert und kein Schuß ins eigene Knie wird. Wir wollen kein zweites Haiti am Hals haben.«
»Die Wirtschaft hängt von Leuten wie Ihnen ab, Geeder. Die Wertpapiergeschäfte, die Atlantic Pacific in den vergangenen paar Jahren abgewickelt hat, sind für unser nationales Interesse lebenswichtig. Ein Drittel der Händlertruppe achtet auf Ihre Tips. Wenn Sie verkaufen, verkaufen sie auch.«
»Wir haben Ihre Verkaufsgespräche gelesen«, sagte die kräftige, rauhe Stimme. »Brillant. Einfach brillant.«
Der erste Mann schüttelte ihn wieder. »Sehen Sie es mal so: Vor fünfzig Jahren wurde jeder Atomphysiker so streng bewacht, wie jetzt gerade Sie. Sie sind bis zum Tag des Deals hier drin sicher. Die werden Sie nicht kriegen, wie sie Eggs Igino gekriegt haben.«
»Wir passen auf Sie auf«, wiederholte der andere Mann.
Dann gingen sie. Sid schlief wieder ein und sie weckten ihn erneut. »Ihre Regierung braucht Sie«, sagten sie bloß. Sid weigerte sich, die Augen zu öffnen. Er hatte nicht die Absicht, seinem Land noch einmal zu helfen. Als er wieder aufwachte, kam ihm in den Sinn, daß es sicher bald soweit sein mußte – daß es

für die Lincoln Convertibles fast schon zu spät war. Er konnte es unmöglich genau wissen, aber er wurde ganz aufgeregt bei der Vorstellung, wie stinksauer Coyote Jack wahrscheinlich war. Gegen seinen Willen stahl sich ein Lächeln auf sein Gesicht, als er sich vorstellte, wie Coyote Jack die Gänge auf und ab stapfte und versuchte, die Händler dazu zu prügeln, die Lincolns auf den Markt zu bringen. Dann hörte Sid, wie die Tür zu seinem Zimmer aufging und ein Wagen an sein Bett geschoben wurde. Es war wahrscheinlich die Physiotherapeutin, die Sids Körper jeden Nachmittag so gründlich massierte, daß er es absolut haßte. Die Massage war so entspannend, daß es praktisch unmöglich war, nicht an die Massagen erinnert zu werden, die er von Ivana Perkova bekommen hatte. Jeden Nachmittag bearbeitete die Physiotherapeutin seine sämtlichen Muskeln und Gelenke, und jeden Nachmittag fiel Sid in eine gedrückte, bittere Stimmung, geschürt von dem, was die Firma getan hatte, um Ivana Perkova den Mund zu stopfen.

Die heutige Massage ähnelte noch mehr denen von Ivana Perkova – es war, als ob sie selbst bei ihm wäre. Diese Massage war sehr viel liebevoller als die anderen Massagen, und Sid fragte sich, ob die Physiotherapeutin sich an ihn ranmachen wollte. Ihre Hände streichelten seine Haut und fuhren ihm durchs Haar.

»Sid«, flüsterte sie. Es schien sehr nah an seinem Ohr zu sein, aber Sid hatte jegliches Raumgefühl verloren, und es konnte ebensogut aus der gegenüberliegenden Zimmerecke kommen.

»Sid«, sagte sie wieder, und diesmal spürte Sid den Lufthauch an seinem Ohr. Sid widerstand, krümmte sich nur fester zu einer Kugel zusammen und vergrub seinen Kopf im Kissen.

»Ach, Sid«, sagte sie wieder, »ich habe mir die ganze Zeit solche Sorgen um dich gemacht.« Ihre Stimme hatte einen gutturalen, die Vokale betonenden Akzent. Es war Ivana Perkovas

Stimme! Zumindest hielt er es für Ivana Perkovas Stimme. Aber vielleicht projizierte er ihre Stimme auf eine der Schwestern. Vielleicht wollte er ihre Stimme so gern hören, daß er sie ungeachtet der Realität einfach hörte. Sid hielt die Augen geschlossen.
Dann umarmte diese Frau Sid, klammerte sich an sein Nachthemd, küßte seine Schultern und weinte leise.
Sid drehte sich herum, blinzelte nur ganz kurz aus den Augen und begegnete Ivana Perkovas besorgtem Blick.
»Du bist es!« Sid sprang auf, umarmte Ivana Perkova stürmisch, zog sie ins Bett und küßte sie auf den Mund. Er begann vor Erleichterung zu weinen, weil er sie wieder sehen und riechen und in seinen Armen spüren konnte. Sie wischte seine Tränen weg und er wischte ihre weg, und dann seufzten sie erleichtert und umarmten sich wieder.
»Wo warst du bloß?« heulte Sidney.
»Sie haben mir gesagt, ich soll dich nicht mehr sehen.« Sie rollte sich unter Sid und spürte sein Gewicht auf ihrem Körper. »Ich wollte dich nicht noch mehr in Schwierigkeiten bringen. Ich dachte, ich sollte mich einfach von dir fernhalten.«
»Du hättest es mir vorher sagen können.«
»Du hättest nur mit mir gestritten.«
»Nein«, sagte Sid schüchtern und küßte sie auf die Nase. Sid war in unglaublicher Hochstimmung und wie elektrisiert. Er atmete tief ein, rieb sich den Schlaf aus den Augen und strampelte vergnügt mit den Beinen! Er lebte! Und es war noch nie so schön gewesen zu leben. Ivana lebte! Und sie hatte sich nie so gut angefühlt in seinen Armen. Er brabbelte sinnloses Zeug, dann lachte er über seine eigene Idiotie. »Aber – aber wo warst du? Ich habe sogar eine Privatdetektivin angeheuert, damit sie nach dir sucht.«
»Wirklich? Dann hast du mich also wirklich vermißt?«
Sid nickte.

»Ich mußte so schnell ausziehen, daß ich in eine Pension gegangen bin, anstatt mir eine neue Wohnung zu nehmen. Es ist eine sehr hübsche Pension in Pacific Heights, mit Frühstück und Abendessen, so daß ich nicht kochen muß. Aber ich habe kein Telefon im Zimmer, wenn du versucht hast, mich auf diesem Weg ausfindig zu machen, wundert es mich nicht, daß es nicht funktioniert hat.«

»Arbeitest du?«

»Nicht viel«, sagte sie langsam. »Ich gebe ein paar Kurse an einem Institut hier und in Marin.«

Sid war erleichtert, daß sie in Sicherheit war. Plötzlich kam es ihm albern vor, wieviel Sorgen er sich gemacht hatte. »Wie bist du hier hereingekommen?« fragte Sid.

»Na ja, zuerst wollten sie mich nicht hereinlassen. Keine Besucher, sagten sie. Aber ich kenne mich in Krankenhäusern aus. Ich habe eine Schwesternuniform angezogen, und niemand hat auf mich geachtet.«

Sid bedachte das eine Weile, dann wurde ihm plötzlich etwas klar, und er spürte eine fürchterliche Enttäuschung. »Woher hast du gewußt, daß ich hier bin?« fragte er und packte sie an den Schultern. »Woher hast du gewußt, daß ich im Krankenhaus bin?«

»Was meinst du?« sagte Ivana, packte ihrerseits Sid am Kragen seines Nachthemds und schüttelte ihn spielerisch. »John White hat es mir erzählt. Es hat mir ehrlich leid getan, wegen deiner Blinddarmentzündung. Eigentlich sollten wir uns hier nicht so herumwälzen, mit deinen ganzen Stichen.«

»Aber ich habe keine Blinddarmentzündung!« schrie Sid.

»Du hast keine?« Ivana Perkova zog Sids Nachthemd hinauf, um selbst nachzusehen. Es gab nirgendwo Stiche. »Was machst du dann im Krankenhaus?«

»Ich habe mich versteckt«, sagte Sid düster, als er begriff, daß die Firma Ivana Perkova geschickt hatte, um ihn aufzuwecken.

»Ich glaube nicht, daß dich diese Dominikaner hier erwischen. Du bist auf einer Sicherheitsstation.«
Sid schüttelte den Kopf. »Ich habe mich nicht vor den Dominikanern versteckt. Ich weiß nicht einmal, ob es irgendwelche Dominikaner gibt.«
»Vor wem versteckst du dich dann?«
»Vor Coyote Jack!« heulte Sid und wälzte sich aus dem Bett, weil er erkannte, daß sie fliehen mußten. Aber es war zu spät, denn die Tür ging auf, und Coyote Jack marschierte herein, gefolgt von einem Schwarm Wachmännern. Sie packten Ivana Perkova und schleiften sie aus dem Zimmer. Andere schubsten Sid auf das Bett zurück. Coyote Jack sah Sid drohend an, faßte ihn am Kinn und drückte seinen Kopf in das Kissen.
»Sie wollen, daß ich Sie rausschmeiße, Sid?« fragte Coyote Jack. »Ist es das, was Sie wollen? Sie haben nicht den Mumm, einfach zu gehen, also versuchen Sie, rausgeschmissen zu werden?«
»Ich war krank«, sagte Sid.
»Krank, daß ich nicht lache.«
»Ich hätte mich fast umgebracht!«
»Das war vor drei Tagen. Scheiße, ich hätte Sie schon vor langer Zeit feuern sollen.«
Sids Augen überflogen den Raum. »Sie können mich nicht feuern«, sagte er nervös. »Ich habe ein Kontingent von einhundert Millionen, und ohne mich ist Ihr Handel dem Untergang geweiht.«
»Ja, aber wenn Sie morgen nicht zur Arbeit erscheinen und dieses Kontingent erfüllen, können Sie Ihre vier Millionen in den Wind schreiben.«
»Ich bin im Krankenhaus – Sie können mich nicht feuern, weil ich krank geworden bin. Damit kommen Sie vor Gericht nie durch.«
»Nach Auskunft des Krankenhauses sind Ihre Lebensäuße-

rungen seit zweiundsiebzig Stunden normal. Damit fallen Sie unter ›unerlaubtes Fernbleiben von der Truppe‹, Geeder. Ich warne Sie – morgen um vier Uhr will ich Sie an Ihrem Schreibtisch sehen. Wenn Sie nicht da sind, können Sie gleich bei Paine Webber anrufen und um einen Job als Fensterputzer bitten. Wenn sich herumspricht, daß Sie einen Deal geschwänzt haben, wird kein Mensch mehr mit Ihnen zu tun haben wollen. Niemand wird Sie auch nur zurückrufen.«

»Ich werde darüber nachdenken«, sagte Sid.

»Tun Sie das.«

Als sie gegangen waren, stieg Sid Geeder aus dem Bett und streckte sich. Er ging ans Fenster und streckte ein Bein nach hinten aus, um seine Beinmuskeln zu dehnen. Von seinem Fenster aus konnte er die Bäume auf dem Presidio sehen. Er dachte an die Zeit zurück, als das Leben einfach war, als er nur neun Monate vom Ruhestand entfernt war, und alles, was er tun mußte, um dorthin zu gelangen, war, sich ruhig zu verhalten. Warum nur, fragte er sich, warum versuchte er zu kämpfen? Warum lief er nicht einfach mit der Herde und wartete einfach ab, warum konnte er nicht einfach am Morgen zur Arbeit gehen und einen weiteren Tag hinter sich bringen, einen weiteren Deal, und sich am Abend betrinken und Ivana Perkova suchen und glücklich sein? Eggs Igino war schuld, das war's. Sid starrte aus dem Fenster und fragte sich, was aus ihm geworden war.

Eggs Igino sah aus dem Fenster und fragte sich, ob der leichte Regen die Luft vom Smog säubern würde. Er haßte die Vertrautheit dieses Hotelzimmers, haßte die Menschenmassen in Mexico City, haßte es, wenn seine Lungen beim Laufen im Chaputelpec Park brannten. Sein Körper war reizbar vor Zorn, überschüssiger Energie und Tequila.

»Es war nicht nur meine Schuld«, sagte er zum Fenster gewandt.

Katie saß gegen die Kopfseite gelehnt auf dem Bett. Neben ihr stand ein Glas Tequila mit Eis. Sie hatte blonde Haare und Sommersprossen auf den Schultern. »Ich bin nicht losgezogen und habe diese Weiber gebumst.«

»Du hast dir nichts mehr aus mir gemacht. Du bist immer eingeschlafen, wenn ich etwas erzählt habe. Du bist zu keinen Partys mitgegangen, du hast meine Freunde nicht gemocht. Ich war einsam. Ich wollte mich nur selbst retten.«

»Dich selbst retten? Du Blödmann. Du wolltest nur deinen Schwanz anfeuchten.«

»Ich wollte dich dazu bringen, mich zu hassen. Ich wollte, daß du mich verläßt. Ich hatte nicht die Kraft, dich zu verlassen.«

»Du hattest nicht die Kraft, mich zu verlassen? Als was würdest du es bezeichnen, ein Jahr lang in Mexico zu leben?«

»Ich hatte nicht die Kraft, in deiner Nähe zu sein. Ich mußte so weit weg sein wie nur möglich, wenn ich dich überhaupt verlassen sollte.«

»Und das soll ich dir verzeihen? Das ist deine Erklärung? Was besseres fällt dir nicht ein? Du hast zwei Affären, und das bloß, weil du mich dazu bringen willst, dich zu verlassen. Dann haust du ab nach Mexiko, mit der Begründung, daß du nicht die Kraft hattest, dir einfach eine andere Wohnung zu nehmen. Das ist gut, Mark. Wirklich gut.«

»Ich fühlte mich so schuldig ... Ich bin vor mir selbst davongerannt, wollte mich bestrafen ...«

»Tolle Bestrafung, an einem Strand drei Stunden nördlich von Acapulco zu leben. Sag mir eins, Mark – als du da unten warst, hast du es da mit den Touristinnen getrieben?«

»Nein.«

»Warum glaub ich dir wohl nicht?«

Eggs wandte sich vom Fenster ab, ging an den Kühlschrank und holte sich ein Bier. »Du bist nicht mehr dieselbe.«

»Das ist wegen dir. *Das ist wegen dir!* Du hast mir das angetan!«

»Wir haben nichts als gestritten, seit wir hier sind.«

»Was ist falsch daran, zu streiten? Vielleicht wäre die ganze Sache nicht passiert, wenn wir gestritten hätten, als wir zusammenlebten.«

Eggs legte seine Hand auf Katies Fuß, aber sie zog ihn zurück.

»Ich habe es satt, zu streiten, Katie. Wir haben nur noch einen Tag hier.«

»Und was willst du?«

»Ich will dir zeigen, daß ich dich liebe.«

»Ich weiß nicht, ob ich das ertragen kann.«

Er legte seine Hand wieder auf ihr Bein, und diesmal zog sie es nicht weg. Er kroch neben sie auf das Bett. Sie trank ihren Drink aus und stellte das Glas auf den Nachttisch.

»Vorsicht, ich bin betrunken«, sagte sie.

»Du hast früher nie getrunken. Schon gar nicht Tequila.«

»Na ja, früher war ich auch nie mit einem fremden Mann einem Hotelzimmer in Mexico City eingesperrt.«

Eggs rieb an ihrem Schenkel. »Ich bin gar kein so fremder Mann, oder?«

»Gerade fremd genug«, sagte Katie.

Sie liebten sich, als wären sie sich eben erst begegnet, und sie lagen eine Weile im Bett, und als sie wieder zu Kräften gekommen waren, gingen sie auf das Dach des Hotels, wo es einen Swimmingpool gab, der zu seicht war, um darin zu schwimmen. Sie waren die einzigen dort oben. Sie spielten Fangen im Wasser und hetzten einander hin und her wie Kinder, und zum ersten Mal in der ganzen Woche lachten sie.

Natürliche Ressourcen

Zu den natürlichen Ressourcen in einer industriellen Wirtschaft gehörten Mineralien, Holz, Öl und menschliche Arbeit, die alle zur Herstellung von Produkten verwendet wurden. In der Informationswirtschaft waren die wichtigsten Rohstoffe Intellekt und Zeit, die beide dazu benutzt wurden, Geschäfte auf die Beine zu stellen. Zeit hielt man für den wertvolleren von den beiden, denn wenn man sie verbrauchte, war sie für immer verloren. Wenn sie eine günstige Gelegenheit entdeckt hatten, war es deshalb die gängige Praxis des Managements, eine ganze Schar kluger Köpfe auf das Problem anzusetzen und ihnen zu befehlen, es bis zum nächsten Morgen zu lösen. Die zugrundeliegende Annahme war, daß sich Geisteskraft von Wasser und Holz unterschied, und man auch durch schweren Mißbrauch nicht die Gehirne einer ganzen Generation von Angestellten verschmutzen konnte. Sie gingen davon aus, daß sie es sich leisten konnten, fünf oder zehn Jahre ihres Lebens zu verschleudern, ohne den natürlichen Standort Gehirn nachhaltig zu schädigen. Sie machten sich keine Gedanken darüber, ob der Job möglicherweise ihre wichtigsten natürlichen Ressourcen verschwendete und die Veränderung ihrer Persönlichkeit womöglich irreparabel war. Als Coyote Jack Sue Marino befahl, Honolulu Federal in nur zwei Tagen für die Lincoln Convertibles zu erwärmen, nahm er deshalb nicht an, daß Sue Marino ins Grübeln kommen würde, ob sie die letzten paar Jahre ihres Lebens vielleicht in dem ruhelosen Streben nach materiellem Gewinn vergeudet hatte. Coyote Jack nahm an, Sue Marinos Sucht nach der Erfüllung, die ihr die Arbeit gab, würde Bestand haben, und sie würde nicht an irgendeinem Strand landen, mit den Zehen im Sand, und über den Zweck ihres Daseins nachdenken.

Sue Marino hatte die Füße im grobkörnigen weißen Sand vergraben und sah Mike Kohanamoku zu, der auf dem fünf Meter hohen Blue Monster in Molokai surfte. Er hatte früh am Morgen zwei Stunden gearbeitet und sich dann den Tag freigenommen, um ihr die Inseln zu zeigen. Mike Kohanamoku war gebaut wie ein Baum, mit Handgelenken, die so dick waren wie Sue Marinos Knie, schwarzglänzenden, schulterlangen Haaren und weißen Zähnen mit einer Farbe wie Austern. Seine glatte Haut war vollkommen unbehaart, als wenn er von Fischen abstammte. Durch einstimmige Wahl war Mike Stammeshäuptling der Hoolehua-Eingeborenen, einer Bande kleiner Geschäftsbesitzer mittleren Alters, die ihre Mittel zusammenwarfen, um die einheimische Wirtschaft zwischen den Touristenströmen zu stärken. Sie versammelten sich an den Nachmittagen in einem Café und spielten Domino, wo ihn Sue Marino nach ihrer Ankunft am Vortag aufgespürt hatte. Er hatte über ihr graues Kostüm gelacht. Als er sie den Mitgliedern seines Stammes vorstellte, kicherten alle über ihr Kostüm. Einer von ihnen ging über die Straße zu seinem Geschäft und kam mit einem kurzen Strandkleid und einem breiten Strohhut zurück. Mike fuhr mit ihr spazieren. Sie war erschöpft. Sie ließ sich ausquetschen. Mike wollte ihre Lebensgeschichte hören. Sie erzählte ihm von dem Geburtshelfer und von Schottland, und wie sie mit ihren Eltern in Waikiki gewesen war, als sie in die neunte Klasse ging. Sie hatte ihre Schwester gebeten, ein paar Bilder von ihr zu machen, wie sie ohne ihr Bikinioberteil in den Wellen stand. Die Bilder waren für ihren Freund gedacht. Eine Welle warf sie um, zog sie hinaus und spülte sie halb bewußtlos wieder zurück auf den Strand. Ihr

Bikinioberteil war verschwunden. Ihre jüngere Schwester war verschwunden. Sie war irgendwo anders am Strand, aber sie wußte nicht, in welcher Richtung ihre Familie war. Seitdem fürchtete sie sich vor Wellen. Mike Kohanamoku grinste das weißeste Grinsen, das Sue Marino seit langer, langer Zeit gesehen hatte.

Sie hatten im Freien zu Abend gegessen, an einer Bude an der Straße, wo es Haifischburger und an Spießen geröstete Kokosnußstücke gab. Sie fuhr nicht in ihr Hotel auf Oahu zurück; Mike besorgte ihr einen Bungalow am Strand, wo sie in ihrem Strandkleid auf dem Bett einschlief, während sie dem Blue Monster lauschte, das gegen den Strand hämmerte. Sie wußte nicht, warum sie weinte – vielleicht aus Freude darüber, vom Geräusch des Meeres geweckt zu werden, vielleicht aus Angst davor, heute nacht wieder heimfliegen zu müssen. Ihre Schuhe und ihr Kostüm hatte sie irgendwo verloren. Die Farbe an ihren Zehennägeln bröckelte ab. Sie ging auf die warme Veranda hinaus. An der Bungalowtür klebte eine Notiz von Mike, er sei am Strand surfen, sie solle ihn suchen. Der Sand war bereits heiß, und sie ging im Schatten der Kokospalmen, die den Strand säumten. Die wenigen abenteuerlustigen Surfer versammelten sich draußen an einem bestimmten Brecher. Wenn Mike auf seinem Brett stand, war er wegen seiner Größe nicht zu verkennen. Er kreuzte nicht vor und zurück, er zischte einfach über die Vorderseite der Welle und blieb in vergleichsweise sicherem Abstand zum Wellenkamm. Sue Marino setzte sich hin und schaute zu. Wenn Mike einen Sturz baute, blieb ihr fast das Herz stehen, und wenn er wieder auftauchte und eine Fontäne wie ein Wal aus dem Mund stieß, kicherte sie.

»Bei den Hoolehua gibt es eine uralte Weisheit«, sagte er später zu ihr und versuchte, ein Lächeln zu unterdrücken. »Frei übersetzt heißt es etwa: ›Geh nie mit vollem Magen zum

Surfen‹.« Er lachte über seine eigene Albernheit und lutschte an einem Stück Zuckerrohr.
Als der Tag zu Ende ging, nahm sie ein Flugzeug nach Honolulu zurück und von dort eine Maschine nach San Francisco. Das Flugzeug war fast leer, und Sue legte sich mit einer Decke um die Schultern quer über die Mittelsitze. Jedesmal wenn sie die Augen schloß, sah sie Mike Kohanamokus Grinsen. Sie war nicht einmal dazu gekommen, ihn zu fragen, ob er die Lincoln Convertibles kaufen wollte. Sie schlief für eine Weile ein. Als sie aufwachte, war ihr Hals rauh, und die Stewardessen gingen die Korridore entlang und bereiteten alles zur Landung vor. Es war vier Uhr morgens. Noch immer im Strandkleid, nahm Sue ein Taxi direkt zur Filiale und hatte gerade noch Zeit, sich umzuziehen, bevor das letzte Briefing vor der Verkaufsmission für die Lincoln Convertibles anfing. Sie hatte keine Zeit zu verzweifeln, keine Zeit für Gewissensbisse. Keine Zeit zum Denken. Sie gab dem Wachmann an der Tür einen Daumenabdruck zur Identifikation, dann wurde sie von zwei anderen gefilzt, bevor sie in den Telekonferenzraum durfte. Zwei Neulinge saßen ganz vorn beim Zweiweg-Videoschirm und schnippten wie ein Paar Clowns ein kleines, dreieckiges Stück Papier über den Tisch, auf Tore, die aus ihren aufgestellten Händen mit erhobenem Daumen bestanden. Neben Coyote Jack saß in einem Rollstuhl eine Frau mit einem verkrüppelten, hundeförmigen Körper: ein langer Rumpf, der sich über einen dicken Hals in einen spitz zulaufenden Kopf fortsetzte, und sehr kleine, flossenartige Arme und Beine. Sie trank mit Hilfe eines langen Strohhalms Kaffee aus einem Becher, der auf dem Schwenkarm ihres Rollstuhls stand. Neben ihr saß der naiv aussehende blonde Junge, der mit seinen vorstehenden Zähnen an einem Bleistift kaute wie ein Biber, und daneben der gute alte Wes Griffin, den man von den Toten zurückgeholt hatte. Wes saß ruhig da, sah ein wenig angespannt aus

und studierte pflichtschuldig seine Subskriptionsanzeige zu den Lincoln Convertibles. Sue Marino mußte bei Nickel Sansome zweimal hinschauen. Er war völlig kahl und hatte angefangen, sich einen Schnurrbart stehen zu lassen. Auf den zweiten Blick bemerkte sie, daß er sich den Kopf für die Schlacht rasiert hatte. Beim Anblick seines gesprenkelten und unebenen Schädels stieg ihr die Magensäure hoch. Paul DeShews saß meditativ still wie eine Wachsfigur, er blinzelte nicht einmal mit den Augen. Es war ein gottverdammter Zirkus – ein Horrorkabinett.

Auf dem Zweiweg-Videoschirm gab es einen Schnitt zum Syndikatstisch, an dem der Syndikatsmanager in die Kamera schaute. Sein Gesicht war in San Francisco einen Meter zwanzig breit und einen Meter fünfzig hoch. Sie konnten die gestutzten Haare in seiner Nase sehen, die blassen, firmenblauen Venen auf seinen Augenlidern, wenn er blinzelte, die Goldkronen in seinen Backenzähnen. Er brüllte sämtliche Händler in allen Atlantic-Pacific-Filialen der Welt an. Er keifte, er lockte mit Geld, er versuchte, ihnen das Gefühl zu geben, sie wären nur ein kleiner Fussel an einer Rolle Klopapier, mit dem sich ein ausländischer Diktator den hämorrhoidenbefallenen Hintern abwischte. Sie hatten das vorher schon oft durchgemacht. aber sie fühlten sich jedesmal wieder, als würden sie an die Platten eines Panzers geschmiedet in die Schlacht ziehen. Es war nichts Neues, wie sie sich unter den Achseln kratzten, an der aufgerauhten Haut an ihren Ellenbogen zupften und ein schmerzliches Gurgeln im Magen verspürten, so daß sie sich vorbeugen und tief einatmen mußten, während sie die wüsten Beschimpfungen über sich ergehen ließen. Dann schaltete der Videoschirm zur Analyseabteilung, und sie wurden mit brandaktuellen und irrelevanten Daten bombardiert: Der Mindestlohn in der Dominikanischen Republik betrug drei Dollar am Tag; mehr als einhundertfünfzig US-Unternehmen hatten bereits Produktionsstätten auf der Insel; die amerikanische Besatzungszeit der Dominikanischen Republik von 1916 bis 1924 war eine Zeit großen Wohlstands und Friedens gewesen. Der Zweck war, es so aussehen zu lassen, als gäbe es hinter den wenigen Leckerbissen der dominikanischen Geschichte ein echtes Land mit echten Menschen, die es kaum erwarten konnten, sich freiwillig für die kapitalistische Kriegsmaschinerie zu melden. Finanzkapitalismus war eine äußerst exportfähige Ware: Es war eine Idee, die sich verkaufte, sogar gut verkaufte, und alle kauften sie und kauften sie immer weiter. Die Händlertruppe hing tief in ihren Sesseln. Coyote Jack wischte sich mit einer Papierserviette den Schweiß von der Stirn, auf der Krümel von Quarkblätterteig zurückblieben. Es war anders ohne Eggs Igino und Sid Geeder, die sich angesichts solchen Drucks großspurig aufführten. Niemand im Konferenzraum flüsterte leise, reichte Essen unter dem Tisch weiter oder brach in Gelächter aus, wenn der Research Manager für karibische Ökosysteme behauptete, die einst üppigen dominikanischen Regenwälder könnten innerhalb von sechs Jahren wieder aufgeforstet werden. Dann wechselte die Übertragung zu einem aus verschiedenen landesweiten Nachrichtensendungen zusammengestellten Video über die umstrittenen Wahlen in der Republik, einschließlich einer Pressekonferenz, auf der der amerikanische Präsident betonte, wie wichtig die Dominikanische Republik für eine langfristige Stabilität in der Region sei. Dann erschien der große Syndikatskopf wieder, brüllte sie noch etwas an und versprach jedem eine goldene Firmenuhr, der Schuldverschreibungen für mehr als fünfzehn Millionen Dollar verkaufte. Darauf gackerte er höhnisch und zeigte sämtlichen Händlern in allen Atlantic-Pacific-Filialen auf der Welt seine Mandeln.

»Im Laufschritt! Eins – zwei ... !« skandierte Coyote Jack, als der Schirm abschaltete. »Beeilt euch, ihr Holzköpfe!«

Die Händler strömten zitternd aus dem Besprechungszimmer. Die Sicherheitskräfte hatten riesige manilafarbene Rollos angebracht, die die Fenster bedeckten. Die Händler kamen mit Buchhaltungsbestimmungen, Computerausdrukken und juristischen Auslegungen bewaffnet die Gänge entlang. Sie wischten ihre Monitore sauber und setzten sich mitten in die Staubwolke. Sie schlossen sich an die Cockpits an und hoben durch die Fiberglaskabel in den elektronischen Cyberspace ab, in eine Welt, in der Information Macht war. Sie flogen in einem Schwarm, blieben zur Sicherheit nah beisammen, aber nicht so nah, daß die anderen ihre Einfälle mithören konnten. Wenn sie sich ihren Zielen näherten, begannen sie zu feuern. Paul DeShews kletterte in seinen Antischwerkraftapparat und kippte nach hinten, bis er zur Decke blickte. Die Luft war feucht, und die Männer waren hungrig. Ihre Abfalleimer quollen über von den verdorbenen Fast-food-Resten der letzten paar Tage, der Geruch zirkulierte gleichmäßig durch den Saal, und man konnte ihm nirgends entrinnen. Als die Sonne herauskam, und das Licht durch die Rollos drang, zeichneten sich die starren Silhouetten der Wachmänner ab, die zwischen den Rollos und den Fenstern standen. Das Rotorengeräusch eines vorbeifliegenden Hubschraubers zwang die Truppe, sich tiefer über ihre Schreibtische zu beugen. Als der zentrale Laserdrucker mit einem Klicken ansprang, wirbelte der Wachmann, der den Mittelgang hinuntermarschierte, herum, ging in die Knie und zog seine Pistole.

»Es ist, wie wenn man ’78 Apple gekauft hätte, oder ’52 Boeing oder ’27 Ford«, versicherte Wes Griffin seinem alten Kunden Sierra Prudential. »In fünfzehn Jahren wird New Lincoln wie Hawaii sein, eine Touristenattraktion ersten Ranges. Selbst eine kleine Investition wäre jetzt das Risiko wert, wenn man den potentiellen Gewinn bedenkt.«

»Ach, in fünfzehn Jahren bin ich nicht mehr da, um etwas davon zu haben«, entgegnete Sierra Prudential.

»Fünfzehn Jahre war zu hoch angesetzt«, konterte Wes. »Fünf Jahre ist wahrscheinlicher. Die Entwicklung ist stürmisch. Über einhundertfünfzig US-Unternehmen haben bereits Produktionsstätten dort. Wir haben beantragt, daß die Basketballiga um eine Mannschaft erweitert wird. Der üppige Regenwald auf Lincoln, der früher sechzig Prozent der Insel bedeckte, wird in sechs Jahren wieder vollständig aufgeforstet sein.«

Sierra Prudential brach in Gelächter aus.

»Es stimmt!« schrie Wes und griff nach seinen Unterlagen. »Sie haben das Gen isoliert, das auf den Chromosomen dafür zuständig ist. In Florida gibt es Palmen, die mehr als drei Meter pro Jahr wachsen und Kokosnüsse mit der Größe von Wassermelonen abwerfen. Ich faxe Ihnen den Artikel rüber. Hören Sie, das ist eine neue Welt da draußen. Wenn Sie was verdienen wollen, müssen Sie über die Zukunft nachdenken. Sie müssen jetzt auf den Zug aufspringen.«

»Es paßt einfach nicht in unser Portefeuille«, wich Sierra Prudential aus.

»Gut, lassen Sie uns darüber reden«, redete Wes drauflos. »Ich muß die Zusammenstellung Ihres Protefeuilles respektieren. Ist Sierra, allgemein gesprochen, hausse- oder baissetendenziös in diesem Bereich?«

»Ein bißchen baissetendenziös«, gab Sierra zu. »Die Fundamente waren lange ziemlich schwach.«

»Genau«, sagte Wes. »Und diese Lincoln Convertibles sind die ideale baissetendenziöse Investition. Ich will es Ihnen erklären. Wenn die Inflation und die Zinsraten steigen, welche Investitionen steigen dann im Wert?«

»Gold, Land, Immobilien.«

»Bingo! Land. Sie haben es selbst gesagt. Mutter Erde. Und wissen Sie, was Sie mit diesen Lincoln Convertibles kaufen?«

»Lassen Sie mich raten«, sagte Sierra. »Land?«

»Erstklassige karibische Immobilien«, sagte Wes.

Sierra Prudential fing wieder zu lachen an und hängte auf.

»Sind sie hausse- oder baissetendenziös?« fragte Nickel Sansome Bonnie Hsiao von der Bank of Canton.

»Haussetendenziös, ehrlich«, antwortete sie. »Die Fed würde sich mit so weichen Fundamenten nie versteifen.«

»Genau«, stimmte Nickel zu. »Wenn die Zinssätze irgendwohin gehen, dann nach unten. Und wenn die Zinssätze nach unten gehen, was geht dann in die Höhe?«

»Aktien«, antwortete Bonnie. »Aber ich kann keine Aktien kaufen.«

»Jetzt können Sie es. Kaufen Sie die Schuldverschreibung, die zur Aktie wird, nachdem Sie sie gekauft haben. Es ist die einzige Wandelschuldverschreibung, die zur Aktie wird, wenn die Zinssätze fallen.«

»Aber warum sollte ich eine Regierungsanleihe kaufen?« fragte Bonnie unschuldig. »Regierungen sind passé.«

»Sie kaufen keine Regierungsanleihe«, konterte Nickel. »Sie kaufen einen Anteil von einem Unternehmen, das die Vermögenswerte einer Regierung übernimmt. Es wird keinen unsauberen Lobbyismus geben, keine vertrackte Verfassung, an die man sich halten muß, keine Bürokratie. Es wird eine völlig demokratische Wahl des Vorstands durch die Aktionäre geben, und der Vorstand hat dann freie Hand, das Unternehmen zu leiten.«

»Es klingt zu schön, um wahr zu sein«, bemerkte Bonnie Hsiao. »Und wo ist der Haken?«

»Der Haken ist der: Wenn Sie jetzt nicht kaufen, haben Sie verdammt Pech gehabt. Die Obligationen gehen weg wie Drogen in einem Ghetto.«

»Ich muß wirklich erst Rücksprache mit dem Bankpräsidenten halten«, zögerte Bonnie.

»Wann kommt er?«
»Etwa um halb zehn.«
»Halb zehn! Dann ist es Nachmittag in New York. Ich versuche, einen Block Obligationen für Sie zurückzuhalten, aber ich kann nichts versprechen. Am besten besprechen Sie sich mit dem Präsidenten, sobald er eintrifft. Ich rufe Sie um halb zehn wieder an.«
Nickel legte auf und streckte den Kopf über den Schreibtischrand, um die Lage zu überblicken. Wes Griffin auf der anderen Seite des Schreibtischs hatte sich ein Tuch um die Stirn gebunden und es heruntergezogen, um sein schlimmes Auge zu bedecken.
»Es ist psychosomatisch«, höhnte Nickel. »Laß das Taschentuch weg, Green Thumb. Es ist nur eine Krücke.«
»Es ist Selbstverteidigung«, murmelte Wes und wartete, daß der nächste Kunde ans Telefon ging.
»Stimmt natürlich. Aber die Ausrede benutzt Sid Geeder schon. Du mußt dir was Besseres einfallen lassen«, sagte Nickel. Er öffnete die Schreibtischschublade, fand ein paar Münzen und ging in die Küche, um sich einen kleinen Imbiß zu holen. Seine Schublade ließ er offenstehen.
Wes Griffin wechselte in seiner Wut sofort auf Nickels Schreibtisch und setzte sich auf dessen Stuhl. Er fand Nickels Inhalationsgerät. Er ließ die Plastikkappe aufspringen und holte den Aerosolkanister heraus, den er kopfüber in den Abfalleimer steckte, und sprühte, bis er leer war. Dann setzte er die Plastikkappe wieder auf und stellte das Inhalationsgerät an seinen Platz zurück. Er schaute rasch über die Schulter, aus Angst, Coyote Jack könnte die ganze Sache gesehen haben.
Coyote Jack telefonierte mit der Bank of Sacramento, die vor langer, langer Zeit sein Kunde gewesen war, in den Tagen, in denen noch kaum ein Kunde einen Computer hatte und seine Käufe selbständig analysieren konnte. Er saß an Lisa Lisas

früherem Schreibtisch, lächerlich in ihrem niedrigen Stuhl zusammengekauert, mit den Knien an der Brust.

»Ich weiß nicht«, entgegnete die Bank of Sacramento auf Coyote Jacks übertriebene Einschätzung der Ergebnisse der Lincolns in einem statischen Environment. »Ich gebe sie in den Computer ein und sehe, daß die Abschlußrendite flach bleibt, während die Umwandlungsquotienten zur Mitte der Gaußschen Kurve tendieren. In einer Trendlinienanalyse muß das Derivativ von Beta über Null bleiben, um ein positives Ergebnis in weniger als sieben Jahren erwarten zu lassen. Praktisch haben die Obligationen eine doppelt so lange Laufzeit wie Inhaberschuldverschreibungen.«

»Sie müssen dieses Computeranalysezeug wirklich unter Vorbehalt sehen«, erwiderte Coyote Jack.

»Oh, das tue ich«, stellte die Bank von Sacramento klar. »Wenn mein Unsicherheitsquotient das Quadrat des Kreditrisikos übersteigt, ignoriere ich den Computer einfach und verlasse mich gänzlich auf die altmodischen Finanzweisheiten, die da heißen: Besonnenheit und Maßhalten.«

»Mein Gott, seien Sie kein Schwächling«, sagte Coyote Jack. »Manchmal muß man eben die Eier in die Hand nehmen und springen.«

»Ich nehme meine Eier ja in die Hand und springe, sooft mir Eggs Igino sagt, daß ich es tun soll. Er hat noch nie falsch gelegen, und er hat mir beigebracht, meinen Computer zu benutzen, sobald andere Händler anrufen und mich mit übertriebenen Versprechungen durcheinanderbringen wollen. Wenn er mir sagen würde, ich soll diese Obligationen kaufen, würde ich in größerem Umfang zugreifen.«

»Aber Eggs Igino hat diesen Handel zusammengestellt!« log Coyote Jack. »Wie könnte er seine Zustimmung deutlicher ausdrücken?«

»Ach, ich weiß nicht. Ich würde mich einfach sehr viel besser fühlen, wenn ich erst mit ihm persönlich sprechen könnte. Vielleicht lassen ihn die Dominikaner ja laufen, wenn das Geschäft zusammenbricht. Dann könnte er mir sagen, ob ich kaufen soll oder nicht.«

»Aber wenn das Geschäft zusammenbricht, gibt es keine Obligationen mehr zu kaufen!« Coyote Jack keuchte vor Erniedrigung und Qual. Früher war es nicht so schwer gewesen, seine Kunden zum Kauf zu überreden.

»Nun, dann wäre ich bestimmt froh, sie nicht gekauft zu haben, meinen Sie nicht?« folgerte die Bank of Sacramento nachdenklich. »Nichts läßt mich gegenüber meinem Vorstand dümmer aussehen, als wenn ich Obligationen kaufe, die nicht mehr existieren.«

»Aber sie existieren ja!« versuchte Coyote Jack zu erklären. Es half aber nichts. Sein Gesicht war gerötet und sein Nacken heiß wie eine Brandblase, und seine angeborene Angst vor Zahlen untergrub sein Selbstvertrauen. Als er durch seine Haare fuhr, war seine Hand nachher leicht orange verfärbt. Coyote Jack schwitzte seine selbstbräunende Lotion aus der Kopfhaut, oder sie löste sich ab und geriet in die Haare. Er wischte seine Mähne mit einer Serviette nach der anderen ab und hoffte, daß sein graues Haar nicht den Farbton gewechselt hatte. Er betrachtete sein Spiegelbild im grünlichen Licht des Quotronmonitors und fragte sich, wo zum Teufel Sid Geeder steckte.

»Wo, zum Teufel, ist Sid Geeder?« sagte John White, der neben Coyote Jack auftauchte. »Großer Gott – bluten Sie?«

»Lassen Sie mich in Ruhe«, schnappte Coyote Jack zurück. »Nein, ich blute nicht. Wie läuft's in New York? Ich höre nicht von vielen Aktivitäten über die Kreischbox.«

»Es läuft ganz gut«, log John White. »Aber größtenteils in kleinen Mengen, deshalb melden die Händler ihre Abschlüsse über die interne Leitung.«

»Kleine Mengen? Wie klein? Fünfer?«

»Sicher«, stimmte John White bereitwillig zu. »Ein paar Fünfer sind auch dabei. Viele Einser und Zweier. Aber wenn die im Massengeschäft erst mal erkennen, daß sie die Dinger absetzen können, kommen die großen Brocken.«

»Das wird ein langer Tag«, murmelte Coyote Jack vor sich hin.

Nahe der Treppe, die ins untere Stockwerk führte, brach ein Tumult aus. Einer der Wachmänner der Firma und ein Bursche von der NIA filzten einen kleinen Mann in einem marineblauen Anzug, der eine Aktentasche bei sich hatte, während zwei andere NIA-Leute jemanden am Boden festhielten und seine Brieftasche durchsuchten. Coyote Jack und John White eilten hinüber, um mit Cornwell von der NIA zu sprechen.

»Scheint in Ordnung zu sein«, meldete einer der NIA-Leute Cornwell. »Er hat den richtigen Ausweis.«

»Was kümmert mich das, ob er den richtigen Ausweis hat? Jeder kann einen Ausweis fälschen. Wenn heute morgen Beobachter von der SEC hier erwartet worden wären, hätte ich mit Sicherheit davon gehört.«

Der Mann am Boden brabbelte irgend etwas.

»Was ist hier los?« sagte John White. »Wer sind diese Männer?«

»Sie sind von der SEC«, erklärte Cornwell. »Dabei ist die NIA für diese Angelegenheit hier zuständig, und ich sage, die SEC wird nicht zugelassen.«

»Sie haben uns nichts vorzuschreiben!« rief der Mann, der mit gespreizten Armen und Beinen am Boden festgehalten wurde. »Entweder wir dürfen den Handel beobachten, oder ich funke nach draußen, und ein Einsatzkommando macht den Laden hier innerhalb einer Stunde dicht!«

Cornwell lief im Gang auf und ab und überlegte. »Gut«, gab er nach. »Aber ihr seid nur Beobachter. Ich will euch nicht mit den Händlern sprechen sehen. Ich will euch nicht telefonieren sehen. Das Geschäft ist verdammt nochmal zu wichtig für die Interessen der Regierung, als daß die gottverdammte Regierung sich einmischen dürfte.«

Die Beobachter der Securities and Exchange Commission, der Börsenaufsichtsbehörde, wurden freigelassen. Sie bürsteten ihre Anzüge ab und wanderten auf der Suche nach einem Sitzplatz mit ihren Aktentaschen den Gang hinunter. Einer warf einen Blick auf Sids Schreibtisch am Fenster.

»Denken Sie nicht mal dran«, sagte Coyote Jack, der ihnen hautnah folgte.

Schließlich mußten sie wieder nach unten gehen und sich ihre eigenen Stühle holen. Sie setzten sich zu beiden Enden des Ganges zwischen die Hypothekenbriefabteilung und die Gesamtertragsabteilung und versuchten mitzuhören, welche Lügen die Händler ihren Kunden erzählten. Die Beobachter der SEC waren ruhig und darauf bedacht, nicht zu stören. Es waren puritanische, langweilige Männer, die ihre Bestimmungen kannten und sonst nichts, aber es gab einfach nicht so viele Bestimmungen, die man darauf anwenden konnte, daß sich eine Gruppe von Unternehmen eines Landes bemächtigte. Alles, worüber sie sich Sorgen machten, war, daß die Machtübernahme glatt und friedlich vonstatten ging und keine internationalen Friedensabkommen verletzte. Sie saßen folgsam mit gelben Gesetzessammlungen da und arbeiteten an den einleitenden Sätzen des Berichts, den sie am Ende es Tages zu den Akten geben würden. Die Beobachter der SEC standen der Situation völlig machtlos gegenüber. Sie waren hauptsächlich zur Schau hergeschickt worden, weil der Direktor der SEC im Fernsehen gesehen hatte, wie UN-Beobachter nach Kenia entsandt worden waren, um dafür zu sorgen, daß die erste demokratische Präsidentschaftswahl des Landes nicht manipuliert wurde. Die Wahl *wurde* natürlich manipuliert, und die UN-Beobachter hatten nicht die geringste Chance, es zu verhindern. Aber es machte sich jedenfalls gut, daß sie da waren, denn es vermittelte der Welt den Eindruck, die Wahl sei nicht ganz so sehr manipuliert worden, wie es hätte sein können. Es machte sich in der Tat derart gut, daß Atlantic Pacific UN-Beobachter eingeladen hatte, ihnen dabei zuzusehen, wie sie die Macht über die Dominikanische Republik übernahmen, und die SEC-Beobachter hatten kaum die einleitenden Absätze ihrer Standardberichte hingeschrieben, als sie alles durchstreichen und von vorn anfangen durften, um die Männer in den hellblauen Helmen zu erwähnen, die neben ihnen saßen. John White und Cornwell hatten die UN-Beobachter erwartet, und so wurden sie fürstlich behandelt, während die Leute der SEC nicht beachtet wurden und das Gefühl vermittelt bekamen, keine Rolle zu spielen. Die UN-Beobachter bekamen gepolsterte Sessel mit Rollen, und Coyote Jacks Sekretärin brachte ihnen Cappuccino herauf. John White erklärte ihnen stolz seine Tätigkeit und fütterte sie auch sonst mit einer Menge Blödsinn. Den UN-Männern war es natürlich egal. Alles, was sie wollten, war, daß die Übernahme der Macht in der Dominikanischen Republik glatt und friedlich vonstatten ging und keine Gesetze des zwischenstaatlichen Handels oder Konkursrechts verletzte. Mit all den eigenen Wachmännern, den NIA-Leuten, SEC-Beobachtern und UN-Beobachtern quollen die Maklerstände so vor Leuten über, daß es nahezu unmöglich war, sich zu bewegen, ohne jemanden auf die Zehen zu treten. Die Händler waren noch nie einer derartigen Überwachung ausgesetzt gewesen, und wenn sie vorher geglaubt hatten, es würde schwierig werden, die Obligationen zu verkaufen, war es nun schier unmöglich, sie zu verkaufen, weil ihnen ständig irgendeine Regierungsbehörde im Nacken saß. Sie verloren den Mut und fügten sich in den Mißerfolg. Es schien, als könne nichts das Geschäft retten, außer Sid Geeder tauchte auf.

Nelson Dicky tippte die Direktwahl zu einem weiteren Kunden, während er die Tür beobachtete und darauf wartete, daß Sid Geeder erschien und der ganzen Sache einen Sinn gab. Alle beobachteten die Tür und warteten auf das Eintreffen von Sid Geeder. Es war genau wie an dem Morgen, an dem Eggs Igino verschwand, als sie hungrig und verkatert die Tür beobachtet hatten, wie ein Hund vor einer leeren Schüssel, und große, geschwollene Augen hatten ängstlich auf den Messingknopf gestarrt und gewartet, daß er sich drehte.

Der Messingknopf an der Hintertür wurde gedreht, und Sid Geeder kam einfach so hereingeplatzt. Er war barfuß, sein Krankenhemd stand am Rücken offen und wehte wie ein Umhang hinter ihm her, er lächelte breit und fröhlich und neckte und grüßte alle. Augenblicklich wurde er von einem der Sicherheitsgorillas von hinten mit einer Fußangel auf den Teppich geschickt. Der Gorilla setzte sich auf ihn und versuchte, mit einer Hand Sids Kopf auf den Boden zu drücken, während er mit der anderen hinter sich nach den Handschellen griff, was ein großer Fehler war, denn Sid war auf dem College zwei Jahre lang Ringer gewesen, und sobald er merkte, daß der Gorilla sein Gewicht verlagerte, zuckte er in diese Richtung und warf ihn ab. Sid schwang seine Beine in einer Fußschere, wälzte den Gorilla auf den Bauch und bog ihm einen Arm bis zum Schulterblatt hoch. Als der Gorilla nicht aufhörte, sich zu wehren, schlug ihm Sidney mit der Handkante gegen die Kehle, worauf der Wachmann schlappmachte und Speichel auf den Teppich hustete. Sid schwitzte und sprühte vor körperlichem Wohlgefühl, erstaunt, wie phantastisch sich sein Körper anfühlte, und enttäuscht, daß der Gorilla ihm keinen längeren Kampf geliefert hatte. Sid lächelte, stand auf, klopfte sich die Fusseln von seinem Krankenhaushemd und watschelte mit seinen behaarten O-Beinen für alle sichtbar den Gang hinunter.

»Steht auf!« sagte er den verdutzten Händlern, die ihn angafften. »Streckt eure Beine!«
Sue Marino sah erleichtert auf. Nelson Dicky bekam feuchte Augen. Wes Griffin trottete zu Sidneys Schreibtisch.
»Was haben sie dir denn gegeben?« fragte Wes. »Du stehst ja total unter Strom.«
»Blut!« verkündete Sidney. »Die Wunderdroge! Plasma! Ich hab mich mit 0 Positiv vollgepumpt!« Er senkte seine Stimme zu einem verschwörerischen Ton. »Du solltest es echt mal versuchen, Mann. Ziemlich gefährliches Zeug. Ich bin total abhängig, und ich glaube nicht, daß ich je wieder ohne den Stoff leben kann.«
Wes kicherte. Sid schlug ihm auf die Schulter.
»Du nimmst also noch einen für unterwegs, was?« fragte Sid. »Oder ist das dein Comeback und du spielst jetzt in der Seniorenliga mit?«
Wes Griffin zuckte mit den Achseln und blickte unbehaglich zu Boden.
»Was hast du mit deinen Haaren gemacht?« fragte Sid.
Wes fuhr sich mit der Hand durch die langen blonden Locken. »Ich bin Testperson für ein Haarwuchsmittel aus Senfgemüse. Meine Mähne wächst wie Unkraut.«
Sidney lachte. Der gute alte Wes. Es war schön, wieder zurück zu sein. Coyote Jacks Sekretärin wühlte in Clark Kalinovs Mehrzweckschrank herum und fand ein rosa Nadelstreifenhemd mit verdeckten Knöpfen, und dann entdeckte sie im Schrank auf dem Flur einen Sommeranzug, der Regis Reed gehört hatte.
»Ich hoffe, Sie haben nichts gegen Rosa«, sagte sie, machte sich an Sidney heran und hielt ihm das Hemd vor die Brust, um zu sehen, ob die Größe stimmte, während Sid in Reeds alte Hose stieg. Coyote Jacks Sekretärin bückte sich, um die Aufschläge mit einer Heftmaschine unterzuklammern. Nelson

Dicky griff in seine Schublade und holte eine Reservekrawatte heraus.
»Wie steht's mit den Schuhen?« sorgte sich Coyote Jacks Sekretärin und blickte auf, als Sid seinen behaarten Oberkörper entblößte und versuchte, sich in Kalinovs altes Hemd zu quetschen.
»Unter meinem Schreibtisch«, antwortete Sid. »Kommen Sie ran?«
»Die hier?« sagte Coyote Jacks Sekretärin und hielt Eggs Iginos abgerissene Turnschuhe hoch. Sid nickte, und weil sie schon auf dem Boden war, half sie ihm hinein wie eine Schuhverkäuferin und band ihm die Schnürsenkel.
»Jetzt sind Sie startklar«, sagte sie glückselig und zog Sids Krawatte ein wenig fester.
»Wer, zum Teufel, sind Sie?« fragte Sid und wandte sich an den Beobachter, der rechts von ihm saß.
»SEC«, erklärte der naive Trottel, der links von Sid saß.
»Schön«, sagte Sid an den SEC-Mann gewandt, »dann schnallen Sie sich an, denn jetzt geht's rund.«
Die Stimmung drehte sich. Die Truppe kehrte an die Telefone zurück, beflügelt von der Tapferkeit ihres Anführers, des Königs, des Königs der Hypothekenbriefe, und für eine Weile waren sie zuversichtlich, die Lincoln Convertibles tatsächlich verkaufen zu können.
»Wie sind Sie denn auf die Idee gekommen«, schrie Sidney, als der Treuhänder von World Savings fragte, ob der Kongreß der Übernahme der Dominikanischen Republik nach dem Kriegsermächtigungsgesetz zustimmen mußte. »Braucht World Savings vielleicht die Genehmigung des Kongresses, um eine Wachmannschaft für den Tresorraum anzuheuern? Brauchen Sie ein Mandat des Kongresses, wenn Sie einen Hund vor Ihrem Haus anketten? Es geht um Schutz von privatem Eigentum. Wenn Lincoln ein paar militärische Vertragspartner

anheuert, um ihre Neuerwerbung zu schützen und Unbefugte fernzuhalten, dann ist das in Ordnung. Es ist nicht nur völlig legal, es kostet auch den Steuerzahler von Delaware keinen Cent.«

»Es ist nur in unserer Satzung nicht vorgesehen, Geld an ausländische Regierungen zu verleihen. Wir sind eine Spar- und Kreditbank. Die Bankenaufsicht und die Resolution Trust brummen uns eine hohe Strafe auf, wenn wir ein solches Risiko eingehen.«

»Seit wann ist es in Ihrer Satzung nicht vorgesehen, in Unternehmensanleihen zu investieren?« argumentierte Sidney. »Sie müssen nur die Vorstellung aus dem Kopf bringen, daß die Sache irgendwas mit ausländischen Regierungen zu tun hat. New Lincoln Inc. ist ein US-Unternehmen, das an der New Yorker Börse zugelassen ist und alle Bestimmungen über zwischenstaatlichen Handel befolgt. Es gehört teilweise Gesellschaften mit erstklassigen Wertpapieren, wie Ingenesis, Martin Marietta und General Electric, was Ihnen garantiert, daß ich Ihnen keinen Schrott verkaufe. Schauen Sie, ich weiß, wie Ihnen zumute ist: Die Obligationen sind ungewöhnlich, keine Frage. Selbst ich habe ein paar Tage gebraucht, um mich daran zu gewöhnen, um zu begreifen, wie sinnvoll sie sind. Vor zwanzig Jahren wurden nicht einmal hypothekengestützte Wertpapiere auf dem offenen Markt gehandelt, und es brauchte ein paar Leute mit Visionen, bis man erkannte, wieviel effizienter der Markt wäre, wenn wir es täten. Sie müssen in dieser Frage ein bißchen Ihr Gewissen erforschen. Sie müssen sich fragen, ob Sie ein visionärer Anleger sind oder ob Sie nur mit der Herde mitlaufen. Das ist hier wirklich die Frage. Die Frage ist nicht, ob diese Obligationen bei fallenden Zinsen CMOs an Leistung übertreffen, oder ob Moody's ihnen zwei oder drei Sterne gibt. Die Frage, um die es geht – die Frage, die Sie sich stellen müssen – ist, ob Sie sich Ihr ganzes Leben mit Investments beschäftigt haben, nur um kein Risiko einzugehen. Ich meine, gehen Sie im Ernst auf Partys und geben damit an, daß Sie vierunddreißig Quartale hintereinander keinen Verlust gemacht haben? Oder geben Sie damit an, 1984 Microsoft gekauft zu haben? Und damit haben wir es hier zu tun. Mit Microsoft 1984, und Sie sind am Zug. Sie können spielen oder sich hinsetzen und zuschauen. Ich sag's noch einmal – Sie können spielen oder sich neben eine übergewichtige Tante, die sich Popcorn reinstopft, in die erste Reihe setzen, wo Sie einen steifen Hals kriegen. Ich sagte Gewissenserforschung und habe das auch so gemeint. Ein Mann hat in seinem Leben nur wenige Gelegenheiten wie diese. Von so einer Chance träumt jeder Mann. Ich rede nicht davon, lediglich ein Teil der Finanzgeschichte zu werden. Sie haben die Möglichkeit, ein Teil der *Weltgeschichte* zu werden. Ich erklär's Ihnen mal. Überall auf der Welt greifen Regierungen plötzlich den Demokratiegedanken auf und ändern ihren Kurs. Aber Demokratie ist eine amerikanische Erfindung, und wir sollten diejenigen sein, die daraus Kapital schlagen. Wir sollten ernsthaft eine Gewinnbeteiligung verlangen. Wir sollten Lizenzen für Demokratie erteilen. Aber bis jemand ausgetüftelt hat, wie man das hinkriegt, drehen wir diese Länder am besten selbst um. Warum sollen wir jemand anderen davon profitieren lassen? In den Achtzigern war es eine Weile äußerst populär, ein beschissenes Unternehmen mit Wertpapieren zu kaufen, das Unternehmen sehr schnell umzudrehen und die Wertpapiere zu tilgen. Wir haben das immer und immer wieder gemacht, bis es keine beschissenen Unternehmen mehr gab. Und dann fiel uns plötzlich ein: ›Hey, wieso beschränken wir uns eigentlich nur auf Unternehmen?‹ Warum raffen wir nicht beschissene kleine Länder, bringen Sie wieder in Schuß und verkaufen sie mit hohem Gewinn? Und ich sage Ihnen, da draußen gibt es ein paar Mistkerle, die eine Schönheitskorrektur gut gebrauchen könnten. Und Sie müssen sich fragen, ob Sie den Mumm haben, bei dem Spiel mitzumischen. Haben Sie genug Schmackes, um in die Geschichte einzugehen? Sind Sie der Mann, der über sich hinauswachsen kann, wenn sich die Gelegenheit bietet? Im alten Griechenland ließen sie die Frauen von Eunuchen bewachen, weil Eunuchen kein Risiko darstellten. Wenn die Männer in den Krieg zogen, wenn sie in die Schlacht stürmten, waren zu Hause die Eunuchen, kämmten den Frauen die Haare und schlürften Tee. Und Sie müssen sich fragen, ob Sie ein Eunuch sind oder ein Mann. Dazwischen gibt es nichts. Eunuch oder Mann. Mann oder Eunuch. Sind Sie zum Haarekämmen und Teeschlürfen geboren oder zum Ficken?«

Die Leitung blieb lange stumm.

»Ich bin kein Eunuch«, sagte der Treuhänder schüchtern.

»Das habe ich auch nicht vermutet«, versicherte ihm Sidney. »Ich wußte, Sie haben's drauf, sich zum Kauf zu entscheiden. Sie gehören jetzt zum Club. Sie brauchen keine Hemmungen deswegen zu haben. Ich will, daß Sie heute abend zu irgendeiner Cocktailparty gehen und mit dem raffinierten Schachzug prahlen, den Sie gemacht haben. Sie können sich selbst auf die Schulter klopfen.«

Der Treuhänder keuchte. »Mir ist nicht ganz wohl dabei ...«

»Das ist ganz natürlich«, beruhigte ihn Sid. »Aber schämen Sie sich nicht. Seien Sie stolz! Also, wieviel soll ich auf den Beleg schreiben?«

»Großer Gott, Sid, äh ...«

»Hey, wenn ich erst mal angefangen habe, so einen Zettel auszustellen, kann ich nicht mehr aufhören. Wie die Politessen. Ich lese Ihnen mal vor. Oben steht: New Lincoln Convertible, Vorzüge, 9er von 2001. Kunde: World Savings, das sind Sie. Händler: Acht, Strich, Acht, Acht, das bin ich. Nur noch ein Kästchen übrig. Also, was sagen Sie? Zehn?«

Es gab einen Augenblick Stille. »Ich dachte eher an nur ein paar«, sagte der Treuhänder furchtsam.
»Gut, in Ordnung. Dann trage ich diesmal einen lumpigen kleinen Fünfer ein. Aber wehe, Sie kommen am Ende des Tages an und betteln um mehr, weil Sie in der Nachmittagsausgabe des *Examiner* gelesen haben, daß die Wall Street heute eine völlig neue Ära betreten hat. Jetzt ist nämlich ihre letzte Chance. Wird es eine Zehn, oder stehen Sie heute nur auf einem Bein.«
»Nur eine Fünf, Sid.« Der Treuhänder weinte förmlich. Er hätte so verzweifelt gern aufgelegt, bevor der Handel bestätigt war. Aber niemand legte auf beim König der Hypothekenbriefe. Niemand.
»Fünf Millionen Lincoln Convertibles an World. Topp, mein Lieber! Genehmigen Sie sich einen Drink.«
Sid haute auf die Unterbrechertaste und atmete tief durch, dann schüttelte er sich. »Geschafft!« heulte er durch den ganzen Saal. »Gestorben! Er war so nahe, daß ich seinen Atem riechen konnte. Ich konnte das Weiße in seinen Augen sehen!« Er packte Nelson Dicky am Kragen, um seine Aufmerksamkeit zu erzwingen. »Ich sag's dir, Nellie, ich hatte ihn richtig am Haken. Ich ließ ihn hilflos an der Seite des Boots zappeln. Dann habe ich mit dem Netz hinuntergefaßt und ihn gerettet. Ich habe ihm das Licht gezeigt. Ich habe dem Burschen neues Leben eingehaucht. Ich habe ihm ein neues Leben geschenkt. Ich hab ihm etwas gegeben, woran er glauben kann.« Sid atmete langsam aus und fuchtelte aufgeregt mit den Händen. »Und, wie steht's bei dir? Was hast du Schönes für mich?«
Nelson schüttelte den Kopf. »Ich glaube, bei der zweiten Runde Anrufe könnte ich ein paar an Land ziehen.«
Sidney pfiff durch die Zähne. »Bleib dran, Krieger. Rom wurde nicht an einem Tag vernichtet.«
»Ich schaffe es nicht«, warnte Nelson.
»Du kriegst es schon hin«, ermutigte ihn Sidney. »Erinnerst du

dich noch an die Freddie Mac Adjustables? Damals haben wir's auch hingekriegt.«

Nelson nickte, aber an seinen Worten änderte sich nichts. »Ich schaffe es nicht«, murmelte er jämmerlich.

»Ihr Jungs seid erbärmlich«, sagte Nickel Sansome über seinen Schreibtisch hinweg. »Ein Haufen sabbernder Chorknaben. Jammerlappen. So schwer sind die Dinger doch gar nicht zu verkaufen.«

Sidney war überrascht von Nickels Zuversicht. »Wieviel hast du gemacht?«

»Zwölf«, antwortete Nickel selbstgefällig.

»Zwölf!«

»Zwölf!« echote Nelson. »Wow.«

Es stimmte nicht ganz, noch nicht. Regis Reed kam aus irgendeinem Grund heute ein bißchen zu spät zur Arbeit, aber der Handel war eine sichere Sache. Eine abgemachte Sache. Reed hatte es erst gestern bestätigt. Nickel war in der Tat so zuversichtlich, daß er beschloß, Lust auf eine Cola und eine Tafel Schokolade zu haben. Er kannte da einen Laden, zwei Blocks weiter, wo er die Cola und die Schokolade für einen Dollar bekam. Nickel dachte daran, wie Eggs Igino es immer gemacht hatte, stand auf und schlenderte mit den Händen in den Taschen selbstzufrieden aus dem Saal. Anstatt Coyote Jack aus dem Weg zu gehen, pfiff Nickel eine kleine Melodie, als er direkt hinter Coyote vorbeiging, der gerade den Burschen in die Mangel nahm, der für Thom Slavonika gekommen war.

Nelson Dicky sah verzweifelt zu, wie Nickel aus der Tür schlüpfte. Er drückte den Telefonknopf für Inter-Power Authority, seine Existenzgrundlage. Inter-Power kaufte immer alles, was ihnen Nelson unterbreitete. Nelson war drei Jahre lang der Vermögensverwalter von Inter-Power gewesen, bevor er zu Atlantic Pacific ging – sie vertrauten Nelson mehr als sich selbst. Nelson hatte ihnen bisher nicht ein einziges faules Ei angedreht. Nelson hatte die moralische Meßlatte bei Inter-Power sehr hoch angelegt. Inter-Power Authority versorgte den Staat Utah mit dessen gesamtem Bedarf an Erdgas und Elektrizität. Es wäre ein Sakrileg gewesen, ihnen zum Beispiel die Freddie Mac Adjustables zu verkaufen oder mehr als ein paar Millionen von den Resolutions.

Als sich Inter-Power meldete, plauderte Nelson eine Weile freundschaftlich über Frauen und Kinder. Er plapperte ein wenig vom Overnight-Handel. Dann tauchte er ein.

»Hab ich euch mal von diesen New Lincoln Convertibles erzählt?« fragte er beiläufig.

»Nö, aber ich hab bei Reuter davon gelesen. Sowas, wie Geld für die dominikanischen Contras lockermachen, um Haiti zu infiltrieren, oder in die Richtung. Wir haben uns totgelacht, als es angetickert kam.«

Nelsons Hoffnungen begannen zu bröckeln. Er zwang sich zu einem Lachen. »Genau so ging's mir am Anfang auch«, stimmte er zu. »Ich hab mich hier auch totgelacht darüber. Aber dann habe ich angefangen, nachzudenken, und ich hab ein paar von den Zahlen zu diesen Obligationen gesehen, und ich mußte mich fragen: Wo ist die Kehrseite der Medaille? Wie kann man bei so einer Obligation überhaupt verlieren? Angenommen, das Schlimmste passiert: Sie betreiben keine Zwangsvollstreckung auf die Dominikanische Republik. Sie machen es einfach nicht. Sei denken darüber nach und erkennen, daß es zu kompliziert ist. Dann wandelt sich die Schuldverschreibung nicht um. Sie bleibt eine Schuldverschreibung, ausgegeben von einem Konsortium von Rüstungsunternehmen, alle mit hoher Kreditwürdigkeit und erstklassigem Status. Sie werden mit ihren Zahlungsverpflichtungen nicht in Verzug kommen und ihre eigene Kreditwürdigkeit zerstören. Du hast einen Drei-Sterne-Kredit, der dir einen Ein-Sterne-

Zinsertrag zahlt. Sag bloß, du würdest eine solche Obligation nicht kaufen.«

»Ich würde eine solche Obligation nicht kaufen.«

»Aber sicher würdest du«, beharrte Nelson. »Schau, die Zeiten haben sich geändert. Der Markt ist heute um einiges raffinierter. Du wirst nie eine große Nummer, wenn du einfach Fünf-Jahres-Schatzbriefe für Zehn-Jahres-Schatzbriefe eintauschst. Du mußt auf die großen Spiele setzen.«

»Nelson, du hörst dich fast an, als wolltest du mir die Lincoln Convertibles verkaufen.«

»Du solltest es ernsthaft in Erwägung ziehen. Ich wollte nur nicht, daß ihr diese einmalige Gelegenheit verpaßt.«

»Du meinst es wirklich ernst. Du willst, daß ich diese Obligationen kaufe.«

»Der Zinsertrag ist ein bißchen schwer zu überblicken«, sagte Nelson.

»Ich kann's nicht glauben. Du versuchst wirklich, sie mir zu verkaufen.«

»Ich dränge dich nicht«, sagte Nelson. »Wenn ich wüßte, daß du die Obligationen unbedingt kaufen müßtest, würde ich dir raten, die Augen zu schließen und zu springen.«

»Nelson, du weißt verdammt gut, daß die Kirche keinen Erwerb von Wertpapieren absegnen würde, die zur Finanzierung von Krieg verwendet werden. Das ist gegen unsere Religion. Wir können nur in Frieden investieren.«

»Das weiß ich«, ließ Nelson nicht locker. »Ich kenne die Regeln. Aber die Dominikanische Republik ist schon seit langem in Schwierigkeiten. Die Kirche hat jahrelang Missionare da runtergeschickt und kaum Glück dabei gehabt. Die Leute sterben, und dem Militär ist es egal. Wir müssen daran denken, der Insel Frieden zu bringen. Wir werden sie säubern, uns darum kümmern. Das sind keine Kriegsanleihen, das sind Friedensanleihen.«

»Quatsch! Nelson, du hörst dich wie ein Verkäufer an. Sogar deine Stimme hat sich verändert. Bist du sicher, daß alles in Ordnung ist?«

»Ich bin ein bißchen unter Druck«, gab Nelson zu.

»Du hörst dich an wie ein Staubsaugervertreter.«

»Denk, bitte, einfach mal über die Obligationen nach«, sagte Nelson. »Sprich mir zuliebe zumindest mit dem CFLO darüber. Das bist du mir schuldig.«

»Wir haben darüber gesprochen. Wie gesagt, hat es ein herzhaftes Gelächter gegeben. Wir schnuppern nicht einmal an diesen Obligationen, und ich will jetzt nichts mehr davon hören. Du bist unter Druck, alles klar. Du brauchst ein bißchen Volumen – ich ruf bei Solly an und stoß ein paar Fünfjährige ab, und dann ruf ich dich sofort zurück und kauf ein paar Siebenjährige. Wie wär das? Dann kann niemand sagen, du hast nicht ein bißchen Geschäft gemacht heute.«

»Äh, warte...«, sagte Nelson.

»Ich melde mich sofort wieder«, sagte Inter-Power, und dann war die Leitung tot. Nelson sah hilfesuchend zu Sid Geeder, aber Sid hatte sich unter den Schreibtisch verzogen, um sich auf seinen Anruf bei Ingenesis zu konzentrieren.

»Was meinen Sie damit, Sie können diese Obligationen nicht kaufen?« überlegte Sid laut und äffte eine sokratische Dialektik dabei nach.

Kenny Whitlash seufzte. »Weil wir eine der Rüstungsfirmen sind, denen New Lincoln gehört, Sie Idiot. Die Erlöse aus dem Verkauf der Obligationen sollen ja an uns gehen. Was würden die Jungs bei General Electric denken, wenn ich Obligationen kaufe, nur um direkt an mich selbst zu bezahlen. Sie würden denken, ich bin verrückt.«

Sid gab sich amüsiert. »Sie hatten keine Probleme, die Rumänienobligationen zu kaufen, als von dem Geld Ihre Faxgeräte bezahlt wurden. Wo ist da der Unterschied?«

»Ich kann einfach nicht glauben, daß Sie mich überhaupt anrufen. Mich zu fragen, ob ich Obligationen kaufe, die zu meiner eigenen Stütze dienen, ist, wie wenn ein Dealer sein eigenes Koks schnupft. Die Rechnung geht diesmal nicht auf.«
»Ich glaube nicht, daß es so verrückt von mir ist, Sie zu bitten, eine kleine Scheibe von zehn Millionen zu kaufen. Verstehen Sie, wenn Leute wie Sie nicht in die Bresche springen und das Geschäft retten, dann gibt es nämlich überhaupt kein Geschäft. Und dann gibt es auch keine Erlöse, die Sie bekommen. So sieht meine Rechnung aus: Es ist ein Zwei-Milliarden-Dollar-Geschäft für eine Gesellschaft, in der Sie einen Anteil von zehn Prozent halten. Wenn Sie jetzt zehn Millionen Dollar investieren, bekommen Sie am Ende des Tages zweihundert Millionen zurück. Das klingt für mich nach einem verdammt guten Ertrag.«
»Was Sie da sagen, ist illegal, Sid. Es ist schlimmer als illegal – es ist dumm.«
»Wie dumm werden Sie wohl schauen, wenn wir Sie am Ende des Tages anrufen müssen, um Ihnen zu sagen, daß das Geschäft nicht auf die Beine kommt?«
»Und das soll ich Ihnen glauben? Sie sind Sid Geeder – Ihnen fällt schon etwas ein.«
»Mir ist schon etwas eingefallen. Es war gar nicht schwer, und die Antwort sind zufällig Sie. Tatsache ist, daß ich einfach aufhöre, heute noch etwas zu verkaufen, wenn Sie nicht zehn Millionen von Ihren eigenen Obligationen kaufen. Ich mache ein Nickerchen unter meinem Schreibtisch. Ich muß diese Obligationen nicht verkaufen. Ich hab noch vier Wochen, dann kassiere ich meine Pension und bin weg von hier. Die Obligationen bedeuten mir gar nichts.«
»Sie bluffen, Sid. Das kann nicht Ihr Ernst sein.«
»Ich fühl mich schon ganz schläfrig. Ich könnte wirklich ein Nickerchen gebrauchen.«

»Zum Teufel mit Ihnen, Sid. Tun Sie mir das nicht an. Wissen Sie, welchen Ärger ich mir da einfange?«
»Rufen Sie mich um zwei Uhr heute nachmittag an und wecken Sie mich? Ich will wach sein, wenn die Kacke am Dampfen ist.«
»Verdammter Mist!«
»Singen Sie mir doch ein Schlaflied, ja?«
»Also gut«, gab Kenny Whitlash endlich nach. »Zehn Millionen gilt. Aber rufen Sie mich die nächsten vier Wochen nicht an, ist das klar? Bleiben Sie mir vom Hals.«
»Gute Nacht«, flüsterte Sid und legte auf. Er wandte sich an Wes Griffin. »Die Obligationen sind kein Problem. Du mußt nur die Punkte verknüpfen. Zwei und zwei. Verglichen mit den Eurofloatern ist das hier wie Zeitungsabonnements verkaufen. Es ist alles nur eine Frage des Selbstvertrauens. Verkörpere die Obligation, das ist mein Motto. Verstehst du mich, Wes? Du mußt die Obligation verkörpern.«
Wes nickte, während er sich Notizen in ein Handelsbuch machte.
»Du siehst nicht sehr gut aus, Wes«, fuhr Sid fort. »Ist dir ein Gespenst begegnet?«
Wes schaute auf, auf einem Auge blinzelnd. »Mir geht's gut. Ich hab ein bißchen Probleme beim Scharfsehen.« Er öffnete sein krankes Auge, damit Sid es sich ansehen konnte. »Wie sieht es aus? Ist es okay?«
»Ja, alles in Ordnung«, log Sid und wandte sich von dem grausamen Anblick ab, wie Wes ihn ansah und auch wieder nicht ansah. »Es wandert nicht die Spur. Mach einfach weiter und geh wieder ans Telefon.«
»Ich tu mich ein wenig schwer, die Monitore zu lesen«, gab Wes zu. »Die Zahlen sind irgendwie unscharf.«
Sid schaute in seinen Quotron, machte ein angewidertes Gesicht und hackte auf die Tastatur. »Ich glaube, das geht

nicht nur dir so«, log er. »Mein Quotronschirm ist auch etwas verschwommen. Sie haben Clark Kalinov noch nicht ersetzt. Mit der Filiale geht's den Bach runter.«

»Ich hab Hunger«, schmollte Wes.

Sid glitt auf seinem Rollenstuhl zu Eggs Iginos altem Schreibtisch hinüber und schob den blonden Trottel zur Seite, damit er in Eggs Schublade wühlen und die Tüte mit dem Erdbeerblätterteig suchen konnte. Er war wütend auf den blonden Trottel, schon wegen seiner bloßen Existenz, und um ihn zu demütigen, sagte er zu dem Jungen, daß er so gut wie weg vom Fenster sei, wenn Eggs Igino aus Santo Domingo zurückkäme.

»Du bist Schweinefutter«, zischte Sid. »Du machst es keine fünf Wochen.« Dann rollte er zurück auf seine Seite des Schützenlochs, quälte sich aus dem Sessel und humpelte den Gang hinunter zur Küche, wo er die Blätterteigtüte in die Mikrowelle warf.

Nach dem Piepston ging er mit der Tüte zu seinem Schreibtisch zurück, wobei er den hungrigen Händlern entlang des Gangs damit vor der Nase herumwedelte. Sie blickten alle mutlos auf. Sid setzte sich, zog einen Blätterteig heraus und begann an dem gummiartigen Backwerk zu nagen, als wäre es das frischeste und köstlichste Gebäck, mit dem sein Gaumen je Bekanntschaft gemacht hatte. Die anderen Händler beäugten sein Frühstück mit unglücklicher Miene und beklagten murmelnd ihren Mangel an Weitsicht, an einem Tag wie heute, an dem sie sicher bis zum Börsenschluß an ihren Telefonen hängen würden, kein Frühstück oder Mittagessen mitgebracht zu haben. Sid legte mildtätigerweise einen Blätterteig auf eine Papierserviette und schnitt ihn mit dem Brieföffner in kleine Segmente. Er ermunterte die Truppe, sich ein Eckchen zu nehmen. Es waren winzige Häppchen, etwas größere Krümel, und jeder einzelne Händler in der Hypothekenbriefabteilung wußte im vorhinein, wie gedemütigt er sich fühlen würde, wenn er seinem leeren Magen ein bißchen von dem altbackenen Zeug gönnte, während Sid dastand und sich an einem Blätterteig nach dem anderen gütlich tat. Aber Sid war der König der Hypothekenbriefe, und sie waren daran gewöhnt, sich ihm unterlegen zu fühlen.

»Der König des Urwalds«, erinnerte Sid, als sie einer nach dem andern an Sids Schreibtisch schlichen und sich ein Eckchen von der Serviette schnappten. Keiner wollte zugeben, daß Sid sie dazu verleitet hatte, sich für so ein unbefriedigendes Stückchen Essen zu kompromittieren, und sie summten glückselig, als sie ihren Bissen kauten, strichen sich über den Bauch und rülpsten. Nickel Sansome machte sogar seinen Gürtel um ein Loch weiter.

»Was, zum Teufel, soll denn das hier werden?« schrie Coyote Jack, rannte in den Saal und löste ihre Party auf, indem er die Händler von Sids Schreibtisch wegschob.

»Ich speise die Massen«, sagte Sid. »Laßt sie Kuchen essen!«

»Verdammt nochmal - ist Ihnen nicht klar, daß diese Leute Obligationen verkaufen müssen? Wofür halten Sie das hier - für ein Buffet nach dem Motto: Essen Sie, soviel Sie können?« Coyote Jack wischte die Überreste von Sids Blätterteig von seinem Schreibtisch auf den Boden und trampelte darauf herum. Er war in Rage. Er drehte sich um die eigene Achse und suchte jemanden, den er attackieren konnte, und sein Blick fiel auf Wes Griffin, der das Tuch um den Kopf geknotet hatte, um sein schlimmes Auge zu bedecken. Coyote Jack schlenderte hinter Wes und schnippte an seinen langen goldenen Locken.

»Sind Sie Surfer, Wes?«

Wes drehte sich nicht herum, um ihn anzusehen. »Was?«

Coyote Jack kauerte sich hinter Wes und brüllte in seinen Hinterkopf. »Haben Sie zusätzlich zu Ihrem schlimmen Auge jetzt auch noch was an den Ohren? Sie haben schon verstanden. Ich dachte, nur Surfer und Rockstars haben solche Haare. Sind Sie ein Rockstar?«

»Nein, Sir.«

»Dann sind Sie Surfer. Sie wären jetzt wahrscheinlich lieber draußen auf den Wellen, als daß sie diese Obligationen verkaufen, stimmt's, Wes? So ist es doch, oder?«

»Kommen Sie, Coyote.«

»Nein? Nun, wenn Sie lieber hier Wertpapiere verkaufen, warum haben Sie dann noch keine verkauft? Warum haben Sie es fertiggebracht, in den letzten vier Stunden die grandiose Summe von null Millionen, null Hunderttausend, null Komma null Lincoln Convertibles abzusetzen? Ich meine, ich habe Ihnen nicht noch eine Chance gegeben, damit Sie hier herumsitzen wie ein Armleuchter und die alte Atmospähre schnuppern. Wahrscheinlich denken Sie schon wieder daran, uns zu verlassen. Denken Sie daran, uns zu verlassen, Wes?«

»Ich habe Sie nicht verlassen. Ich habe mich zur Ruhe gesetzt.«

»Oh – entschuldigen Sie bitte. Sie haben sich *zur Ruhe gesetzt*. Warum haben Sie dann Sid Geeder erzählt, daß Sie uns verlassen haben?«

»Das habe ich ihm nicht erzählt. Das habe ich nie gesagt.«

»Warum hat er dann allen seinen Kunden erzählt, daß Sie uns verlassen haben?«

»Das müssen Sie ihn fragen.«

»Ich habe ihn gefragt. Er sagt, Sie haben uns verlassen.« Coyote Jack trat vor und riß Wes das Tuch vom Kopf. Wes fuhr herum und stand auf, die Fäuste geballt, und er versuchte, Coyote Jack in die Augen zu starren und seinem Blick standzuhalten. Aber Wes Griffin konnte es nicht, weil sein Auge ein wenig aus der Mitte geraten war. »Haben wir wieder ein bißchen Probleme mit dem Auge, Wes? Junge, das muß Ihnen ganz schön an die Nieren gehen. Kaum seit vier Stunden wieder da, und schon kommt das alte Guckerchen vom Weg ab. Wen schaut es denn an, Wes? Hat Ihr Augaupfel eine kleine Schwäche für Sue Marino? Hat er das unheilbare Verlangen, an ihren Rundungen hinauf und hinunter zu wandern? Vielleicht wollten Sie es deshalb noch einmal mit uns versuchen, denn es sieht ganz und gar nicht danach aus, als wären Sie zurückgekommen, um irgendwelche Wertpapiere zu verkaufen. Oh, was ist denn das?« Coyote Jack blickte auf Wes' geballte Fäuste. »Machen Sie sich bereit, mir eine zu verpassen, Wes? Wahrscheinlich haben Sie das seit fünf Jahren im Sinn, stimmt's? Dann haben Sie sich also deshalb noch einmal zum Dienst gemeldet – Sie sind hier, um mir eine zu verpassen. Irgendwie haben Sie die Vorstellung, daß Ihr ganzes Leben in Ordnung kommt, wenn Sie mich zu Boden schicken, hab ich recht? Also, nur zu. Ich kann's aushalten. Ich bin ein Fels. Schlagen Sie zu.«

»Sie sind ein Kotzbrocken, Coyote.«

»Schlagen Sie zu!«

»Lecken Sie mich am Arsch!«

»Los, Sie Jammerlappen.«

Wes Griffins Faust schoß vor und traf Coyote Jack unterhalb der Brust. Der Schlag brachte Coyote Jack aus dem Gleichgewicht und schmetterte ihn an den Tisch für Kommunalobligationen hinter ihm, sein Kopf schrammte seitlich gegen einen Abfalleimer aus Hartplastik. Er schlug mit einem krachenden Geräusch auf und fiel zwischen zwei Stühle mit Rollen. Sofort war Wes von den Wachmännern eingekreist, die ihn wie einen gefährlichen Verbrecher im Auge behielten und darauf warteten, daß er einen von ihnen anfiel. Ein Wachmann gab ihm von hinten mit seinem Schlagstock einen Hieb in die Nierengegend. Als Wes sich vor Schmerz krümmte, packten ihn die anderen an Armen und Beinen und hoben ihn hoch, dann rannten sie mit ihm den Gang hinunter und aus dem Saal hinaus, während er obszöne Verwünschungen brüllte. Sobald er aus der Tür war, wandte sich die Aufmerksamkeit aller wieder Coyote Jack zu, der sich hochgerappelt hatte und mit einer Hand seinen Kopf hielt. Der Abfalleimer zu seinen Füßen hatte einen Sprung.

»Vorwärts! Vorwärts!« rief Coyote Jack, während die Truppe in sprachlosem Entsetzen dastand und ihn ängstlich anstarrte. »Sue Marino – Sie übernehmen seine Kunden! Machen Sie eine neue Telefonrunde!«

»Leck mich am Arsch, Coyote«, erwiderte Sue Marino.

»Verkaufen Sie erst mal ein paar Obligationen, dann können Sie so daherreden.« Coyote Jack ging auf sie zu und ballte die Fäuste.

»Das war entsetzlich eben! Sie haben ihn wie ein Stück Dreck behandelt! So können Sie mit Menschen nicht umgehen! Das ist das reinste Irrenhaus hier!«

»Halten Sie den Mund, Marino. Ich habe keine Zeit für Waschlappen wie Sie.«

»Schön! Suchen Sie sich eine andere, die sich für Ihre Zwecke opfert. Finden Sie eine, die sich für Sie flachlegt. Aber lecken Sie mich am Arsch, Coyote.«

»Es ist mir egal, was Sie sagen, Marino. Sie können heute sagen, was Sie wollen. Ich geb einen Dreck drauf. Alles, was mich interessiert, sind die Ergebnislisten am Ende des Tages. Sie können sich in eine Ecke stellen und heulen, wenn es sein muß. Was Sie wollen. Aber wenn sich der Staub legt, sollte in der Spalte für Ihre Kunden lieber eine Zwanzig stehen.« Coyote Jack drehte sich abrupt um, ging steif aus dem Saal und knallte die Tür seines Büros hinter sich zu.

Sue Marino schaute ihm wütend nach. Sie hatte genug. Es reichte ihr wirklich. Sie würde auf keinen Fall Mike Kohanamoku bitten, die Lincolns zu kaufen, nur um Coyote Jacks Hintern zu retten. So tief würde sie nicht sinken. Und sie würde diesem Arschloch nicht die Möglichkeit geben, sie zu feuern und vor allen anderen zu demütigen wie Lisa Lisa. Auf gar keinen Fall. Sue Marino zog den Plastiksack aus ihrem Abfallkorb und leerte den Inhalt ihres Aktenfachs hinein. Sie zog die Schreibtischschublade ganz heraus und leerte sie wahllos aus. Sie brauchte nicht einmal eine Minute. Zwei Jahre Arbeit, in weniger als einer Minute eingesammelt. Sie warf ihre Rolodex dazu und etwas Firmenbriefpapier mit John Whites aufgedrucktem Namen, für den Fall, daß sie irgendwelche Empfehlungsschreiben fälschen mußte. Dann schüttelte sie ihr Haar, stand auf und schleifte den Plastiksack den Gang hinunter. Am Wandschrank blieb sie stehen und entwendete einen Regenmantel und einen Schirm, den sie über den Arm hängte. Sie ging, ohne sich noch einmal umzusehen.

Nickel schlich nervös den Gang herunter und kaute an seinem letzten Rippchen Schokolade. Nur wenige Händler telefonierten. Sie saßen alle da und starrten ins Leere. »Hey, was ist los hier?« fragte er in einem erzwungen fröhlichen Ton. »Hey, werdet mal wieder munter. Das hatten wir alles schon mal.«

Niemand antwortete ihm. Im Saal waren so viele neue Leute, daß er sich vorkam wie in einem fremden Gebäude.

Nickel zog sich einen Stuhl zu Sidneys Schützenloch hinüber und warf den Trottel hinaus. Er setzte sich an Eggs Iginos alten Platz. Sid war im Fußraum vergraben und versteckte sich.

»Sieht so aus, als wären nur noch du und ich übrig, Alter«, versuchte Nickel zu scherzen. »Du hast wahrscheinlich nicht gedacht, daß ich länger als ein Jahr durchhalte, als du mich zum ersten Mal gesehen hast, was? Du hast wahrscheinlich einen Blick auf die Chromkuppel geworfen und dir gesagt: der Typ hält keine drei Monate durch. Hab ich recht?«

Sidney sah ihn wütend an, kniff die Augen zusammen und reckte das Kinn vor. »Geh lieber wieder ans Telefon«, sagte er.

»Warum bist du so verkrampft?« fragte Nickel.

»Du weißt verdammt genau, was ich meine. Verkauf diese Obligationen.«

Nickel kicherte hysterisch und rieb sich an der Augenbraue. »Hey, komm schon, Sid. Mit wem redest du? Wie ich schon sagte, bin ich gedeckt.«

»Geh mir aus den Augen, Sansome. Ich hätte Lust, dir die Fresse breitzuschlagen.«

»Oh, nicht nötig, Sid. Alle sind so gestreßt! Warum sind nur alle so gestreßt?«

Sidneys Bein schnellte aus dem Fußraum hervor und trat gegen die Unterseite von Nickels Stuhl, worauf Nickel nach hinten kippte, rudernd das Gleichgewicht zu wahren versuchte und schließlich rückwärts umfiel und sich den Ellbogen an der Kante des Aktenschranks anschlug. Wie eine Schlange zog sich Sidneys Bein langsam wieder zurück. Nickel krabbelte auf die Beine, rieb sich den Ellbogen und fluchte auf Sidney. Er warf einen Stapel Analysen in die Richtung von Sidneys Höhle, aber sie gingen mitten in der Luft auf und fielen zu Boden, ohne Schaden anzurichten. Nickel schleppte sich an seinen Schreibtisch zurück, warf dem Trottel und der hundeähnlichen Dame finstere Blicke zu und schlurfte laut über den abgenutzten Teppich.

»Ihr seid der letzte Dreck«, schimpfte er und fuchtelte mit den Armen, um den gesamten Raum in seine Bemerkungen einzuschließen. »Ihr seid Bakterien, die wie Blutegel an der Unterseite eines Katzenhais hängen, der in den verseuchten Gewässern vor der Küste einer von Schmutz und Verbrechen heimgesuchten Stadt schwimmt. Ihr könnt nicht mal Konservendosen während eines Atomangriffs verkaufen! Ihr könnt nicht mal den Iranern Raketen verkaufen!« Nickel setzte sich an seinen Schreibtisch und drückte die Taste für Irvine Savings. Er bellte irgendwen am anderen Ende der Leitung an, Regis Reed ans Telefon zu holen.

»Ich finde, es ist Zeit, den Beleg auszuschreiben«, schlug Nickel vor, als Reed endlich abhob.
»Ja, natürlich«, stimmte Regis Reed zu. »Woll'n mal sehen: Zwölf Millionen Lincolns bei einer Provision von vier Dollar pro Stück. Das ergibt einen Anteil von vierundzwanzigtausend Dollar für mich. Junge, ich wäre ganz schön verrückt, wenn ich so leicht verdientes Geld ausschlagen würde.«
»Da hast du verdammt recht«, sagte Nickel. »Und wie wir alle wissen, bist du nicht verrückt.«
Regis Reed hielt inne. »Allerdings fühle ich mich ein bißchen schwindlig. Genauer gesagt, fast ein bißchen wie im Delirium.«
»Laß das, Reed. Wir schreiben diesen Beleg aus und gehen feiern. Ich geb einen aus.«
Regis Reed kicherte wie eine Hexe. »Ich höre Stimmen. Uuhaah. Sie sprechen zu mir. Es klingt wie der Geist von Abraham Lincoln. Sie kommen mich holen«, scherzte er.
»Hör jetzt bitte auf damit«, sagte Nickel, der heftig schwitzte und an den frischen Haarstoppeln auf seinem Schädel zupfte.
»Überleg bloß mal, wie angeschmiert Atlantic Pacific wäre, wenn ich die Obligationen nicht kaufen würde. Ich wette, Coyote Jacks Job steht bei diesem Geschäft auf dem Spiel. Ich wette, die ganze verdammte Firma hat ihr internationales Ansehen dafür aufs Spiel gesetzt. Sag, Nickel, wie beschissen stünde Atlantic Pacific da, wenn ich nicht zwölf Millionen Lincolns kaufte? Wie angeschmiert wärt ihr, wenn ich statt zwölf sagen wir: *null* kaufen würde?«
Nickel imitierte ihn. »Oh, wir wären mächtig angeschmiert. Wir stünden ganz schön in der Scheiße.«
»Bis zum Hals, Sansome.«
»Verdammt nochmal, Reed. Schreiben wir endlich den Beleg. Zwölf Millionen New Lincoln Convertibles im Juli, zum Nennwert. Sag einfach ›Topp‹, und dann gehen wir feiern.«
»Was ist, wenn ich das kleine Wörtchen nicht sage?«

»Komm! Sag's einfach.«
»Weißt du, woran ich gerade im Augenblick denke, Nickel? Ich denke daran, wie ich einmal der Prinz der Hypothekenbriefe war, bevor sie mich übers Ohr gehauen haben. Ich denke daran, wie Coyote Jack mich im Handelssaal vor all den Leuten gedemütigt hat, die ich für meine Freunde hielt, die aber dann alle nichts gesagt haben. Ich denke an die Verkaufsprovision im Wert von vier Monatsgehältern, die mir Atlantic Pacific nie bezahlt hat. Ich habe mir geschworen, euch alles heimzuzahlen. Es ist unglaublich, wie dumm du bist, Nickel. Du bist geradewegs der Spinne ins Netz gegangen, und du hattest nicht den leisesten Verdacht. Du hast geglaubt, du kannst es dir in einer Hängematte bequem machen. Ich kann's nicht fassen, daß Coyote Jack darauf hereingefallen ist. Ihr seid so verdammt gierig, daß ihr nur gesehen habt, was ihr sehen wolltet. Irvine Savings kann keine Lincoln Convertibles kaufen. Die Obligationen sind illegal. Sie sind ein fauler Zauber. Wie Straßendrogen. Du wußtest das, aber du hast es vorgezogen, darüber hinwegzusehen. Du bist so erbärmlich, Sansome. Du bist wirklich mitleiderregend. Morgen hast du keinen Job mehr. Morgen früh schauen sie in New York in die Ergebnisliste und sehen eine fette Null neben deinem Kontingent von zwanzig Millionen. Du kannst genausogut gleich daheim bleiben. Du kannst genausogut in den Club von deinem Daddy gehen, Backgammon spielen und in den dicken Ledersesseln ein Nickerchen machen, daß dir der Speichel auf die Krawatte tropft. Du bist ein Arschkriecher, Sansome. Du hast einfach nicht genug Verstand, um in dieser Welt zu funktionieren. Ich habe kein Mitleid mit dir. Nicht im mindesten.« Regis Reed legte auf und ließ Nickel mit dem Freizeichen allein.
»Oh, Scheiße«, sagte Nickel und gab sich Mühe, nicht loszuheulen. Er hatte ein Gefühl in den Lungen, als wollten sie sich festfressen. Er holte das Inhalationsgerät aus der Schublade

und nahm einen tiefen Zug. Seine Luftröhre schien sich immer noch zusammenzuziehen. Er sagte sich, es sei alles nur psychosomatisch, und versuchte darüber zu lachen, wie dumm es alles war.

»Nicht, daß ich Asthma hätte«, sagte er zu Nelson Dicky, der nicht zuhörte. »Ich muß mich nur entspannen, das ist alles.« Er probierte zu kichern, aber seine Lungen wollten nichts von der wertvollen Luft hergeben, und obwohl seine Schultern sich hoben und senkten, kam kein Laut aus seinem Mund. Er stand auf und schlenderte Richtung Küche, wo er einen Moment ausspannen konnte. Coyote Jack hielt ihn im Gang an.

»Wo, zum Teufel, gehen Sie hin? Wer paßt auf Ihre Telefone auf?«

Nickel flüsterte. »Ich muß mich entspannen.« Er zeigte auf seinen Hals. »Ich hol mir nur ein Coke.«

»Entspannen Sie sich in Ihrer Freizeit. Gehen Sie an Ihren Schreibtisch zurück und ans Telefon. Glauben Sie, die Obligationen marschieren von allein hier raus?«

Anstatt sich mit Coyote anzulegen, drehte Nickel um und ging an seinen Schreibtisch zurück. Sidney Geeder brüllte irgendwen an. Das Belüftungsrohr an der Decke hatte einen defekten Filter und ratterte gegen den Rahmen der Luftschlitze. Überall im Saal läuteten die Telefone. Die Stempeluhr neben seinem Schreibtisch tickte.

»Vorwärts! Ans Telefon! Verkaufen Sie!« brüllte Coyote Jack.

Nickel nahm den Hörer auf und tat, als würde er sprechen, aber er wählte nur die Wetteransage. Er fischte in seiner Aktenschublade, um nachzusehen, ob er noch ein Atemgerät dabei hatte. Wenn sein Atemproblem nur psychosomatisch war, kam ihm in den Sinn,war es kein Wunder, daß das Steroid nichts half. Er brauchte eine psychosomatische Lösung.

»Ah, Scheiße, bitte«, sagte er und warf das leere Inhalationsgerät in den Abfalleimer. Er keuchte nun, als er versuchte,

Sauerstoff zu bekommen. Je mehr er daran dachte, desto weniger bekam er. Er mußte sich einfach entspannen. Es spielte sich alles im Kopf ab. Inzwischen färbte sich sein Gesicht blau. Er hatte ein blasiges Gefühl hinter den Augen, und seine Lungen fühlten sich gequetscht und geschwollen an – es tat scheußlich weh, wenn er versuchte, sie zu benutzen. Dann spürte er, wie seine Augen herausquollen und ein Schmerz in seinem Hinterkopf aufkam. Ihm war heiß, er schwitzte plötzlich am ganzen Körper. Seine Telefone fingen an zu läuten. Beide Leitungen zu Irvine blinkten rot. Nickel kam plötzlich zu Bewußtsein, daß es Regis Reed sein mußte, der zurückrief, es sei nur ein Spaß gewesen und er wolle jetzt die Obligationen kaufen. Er streckte die Hand nach dem Telefonknopf aus. Seine Finger waren klebrig und geschwollen.

»Ich bekomme keine Luft«, hauchte er, so leise, wie ein Blatt im Gras landet.

»Biete fünfzehn Millionen Fannie Mae 11er für Juli«, bellte jemand. Es war nicht Regis Reed.

Nein, dachte Nickel. Nicht die Fannie Maes. Die Lincolns. Du irrst dich. Fünfzehn Millionen Lincolns. »Ich bekomme keine Luft«, keuchte er. Er dachte plötzlich an seine koreanische Freundin und wie er auf dem Bund ihrer weißen Baumwollunterwäsche einen kleinen rosagestreiften Bogen entdeckt hatte, als sie sich heute morgen anzog.

»Wie ist Ihr Gebot?« quasselte Irvine. »Juli! Juli!«

Juli. Das Telefon glitt Nickel aus der Hand und fiel in den Abfallkorb. Nickel hatte monströse Kopfschmerzen. Er war so müde. Er würde einfach die Augen schließen und sich eine Weile hier auf den Teppich legen und ausruhen.

Nickel landete im Gang, die Arme verdreht, wie wenn er aus großer Höhe gefallen wäre.

»Hey«, bemerkte der naive blonde Trottel. »Spielt uns der hier was vor?«

Die Frau im Rollstuhl flitzte kurz von ihrem Schreibtisch weg und rollte neben Nickels Kopf. Sie fuhr gegen seine Schulter, um ihn anzustupsen. »Ich glaube, er ist tot«, entschied sie. »In Japan passiert das ständig. Da drüben fallen sie um wie die Fliegen. Gehen eines Tages die Straße entlang, und patsch! Tot.«

»Jemand sollte lieber Coyote Jack rufen«, schlug der Trottel vor.

Sie blieben noch eine Weile und schauten nur. Dann rief die Frau im Rollstuhl Coyote Jack an und bekam seine Sekretärin an den Apparat. Die Sekretärin nahm die Nachricht entgegen, daß Nickel Sansome tot war, schrieb sie auf einen rosa Zettel und brachte sie zu Coyote Jack. Er kam aus seinem Zimmer in den Saal gespurtet und ließ sich neben Nickels Gesicht fallen. An Nickels Hals war noch ein leichter Pulsschlag zu spüren.

»So tut doch was!« brüllte er. »Kennt sich niemand mit Wiederbelebung aus?«

Einer der Männer von der NIA trat durch die anwachsende Menschenmenge, überblickte die Situation, packte Nickel, hob ihn hoch und hielt ihn eng vor seine Brust. Der NIA-Mann ballte die Hände zu Fäusten und legte sie auf Nickels Brustbeinansatz. Dann hüpfte er auf und nieder und drückte Nickel kräftig bei jeder Landung. »Mach schon, Junge«, sagte er aufmunternd. »Hust' es rauf! Spuck es aus!« Er preßte sieben-, achtmal, aber nichts kam heraus. »Was hat er verschluckt?« fragte der NIA-Mann die Zuschauer. Die Menge teilte sich um Nickels Schreibtisch, da alle sehen wollten, was er gegessen hatte. Ein halbes Snickers schmolz auf seinem Handelsbuch vor sich hin.

»Großer Gott«, pfiff einer der UN-Beobachter. »Ich esse nie wieder eins von diesen Dingern.«

Der NIA-Mann, der Nickel hielt, steckte einen Finger in Nickels Mund und fischte herum, bis an seinen Mandeln vor-

bei. »Es muß ungefähr da unten festsitzen«, stellte er fest und wischte sich den Finger an Nickels Hemd ab. »Wir müssen ihn ins Krankenhaus bringen.«
Sie zerrten ihn aus dem Saal.
Sie fielen um wie die Fliegen, und die Aktien der Gesellschaft fielen ebenfalls, nachdem Gerüchte die Runde machten, daß das Geschäft flau und die Nachfrage gering sei und Atlantic Pacific die Truppen ausgingen, um die Obligationen zu verkaufen. Überall auf der Welt konnten die Kunden auf ihren Bildschirmen sehen, daß die Atlantic-Pacific-Aktie von 49 am Vortag auf 35 am Mittag gefallen war, und sie konnten zwei und zwei zusammenzählen, und viele wollten mit der Sache nichts mehr zu tun haben. Wenn ihre Leitung zu Atlantic Pacific rot aufleuchtete, zogen sie es vor, nicht ranzugehen. Es wurde zusehends offensichtlicher, daß Atlantic Pacific auf einem beträchtlichen Teil der zwei Milliarden Dollar sitzenblieb, was so viel von ihrem Kapital auffressen würde, daß es ihre sonstigen Unternehmungen lahmlegte. Die Händler von Atlantic Pacific in New York erhielten die Anweisung, ihre Posten an anderen Wertpapieren zu räumen, um Kapital freizumachen. Die Börse wurde gereizt und nervös. Überall auf der Welt verfolgten Investoren und Händler und Broker auf ihren Schirmen den Markt und beteten, daß das ganze gottverdammte System nicht in sich zusammenfiel. Die SEC-Beobachter legten ihre Kugelschreiber weg und versuchten herauszufinden, warum alle Händler auf ihre Schreibtische und Aktenschränke einhämmerten und auf ihre Telefone schimpften.
»Ich komm nicht durch«, schrie Dave Rennaker durch den Saal.
»Geht an das verdammte Telefon!« brüllte die hundeähnliche, gelähmte, lesbische Kreolin.
»Zum Teufel damit!« polterte der Bursche, der Thom Slavonika ersetzt hatte, und schleuderte sein Telefon in den

Quotronschirm, der sofort explodierte. Es gab einen gewaltigen Vakuumknall, der durch den ganzen Saal hallte, und grüne Glassplitter flogen umher, von denen einer die fleischige Unterseite von Paul DeShews Daumen aufritzte. Paul DeShews konnte kein Blut sehen und hatte sein ganzes Leben lang versucht, die Tatsache zu ignorieren, daß wir unter der Haut größtenteils aus Flüssigkeit bestehen.

»Ich blute!« kreischte Paul und wurde ohnmächtig.

Alle Quotronschirme waren über ein einziges Kabel angeschlossen und funktionierten deshalb wie diese altmodischen Christbaumbeleuchtungen: Wenn einer ausfiel, ging gar keiner mehr. Ihre Bildschirme waren nicht tot, aber die Abbildungen auf ihnen froren ein, als der Computer zu Bruch ging.

»Was, zum Teufel, ist los?« sagte Sid und drückte auf F 5, um den Angebotskurs eines Wertpapiers zu suchen, das ein Kunde abstoßen sollte. »Was ist passiert?« Er schaute auf, und alle deuteten den Gang hinunter auf den Burschen, der Thom Slavonikas Stelle eingenommen hatte. »Ich kann nichts sehen!« schrie Sid. »Ich bin blind! Wie soll ein Mann kämpfen, wenn er blind ist? Kann mir das jemand sagen?«

Aber niemand gab eine Antwort auf seine Frage. Obwohl geblendet, gab Sidney nicht auf. Er hatte bis jetzt siebenundzwanzig Millionen Dollar umgesetzt, und es blieben ihm immer noch ein paar Stunden, bis die Börse schloß. Er kroch mit seinem Telefon und dem Handelsbuch wieder unter den Schreibtisch und stürzte sich erneut in den Kampf.

Der Raum stank. Das Geschrei wurde heftiger, dann ließ es nach. Die Bildschirme waren unbrauchbar. Niemand schaute mehr in die Analysen. Die Telefone waren wenig hilfreich. Die Kreischbox krächzte, während die Händler in New York versuchten, die Firma zusammenzuhalten. Coyote Jack stapfte in den Gängen auf und ab und jammerte ihnen die Ohren voll, und Cornwell schloß sich ihm dabei an, der von ganz oben den strikten Befehl hatte, dafür zu sorgen, daß sich der Markt diesem Geschäft nicht verweigerte. Die Händler waren von dem Geschrei abgestumpft; weder motivierte noch ärgerte es sie mehr. Sie rollten die Ärmel hoch und lockerten ihre Krawatten, und sie falteten Blätter aus ihren Handelsbüchern zu Papierflugzeugen und schlossen Wetten darauf ab, wessen Flugzeug am weitesten segelte.

»Können Sie Ihre Truppe nicht unter Kontrolle halten?« brüllte Cornwell John White an. »Sie sollen wieder telefonieren!«

John White saß in seinem Büro, den Sessel nach hinten gekippt, und starrte hinaus in die Nebelschwaden, die um das Gebäude hingen. »Erzählen Sie mir nicht, was ich zu tun habe«, sagte er langsam. »Sie lassen nur ein bißchen Dampf ab. Gleich sind sie wieder voll bei der Sache.«

»Sie vergeuden wertvolle Zeit!«

»Waren Sie schon mal in einem Handelssaal, Cornwell? Haben Sie eine Vorstellung davon, was es heißt, einen Scheißdreck wie diese Convertibles zu verkaufen? Es ist die Hölle, Mann. Haben Sie ein bißchen Respekt.«

»Respekt, daß ich nicht lache. Ihre Truppe ist schwach. Schwach! Wir hätten dieses Geschäft Merrill zuschieben sollen, solange noch Zeit dafür war. Sie können ja nicht einmal die Leute bei der Stange halten. Da draußen sind ein halbes Dutzend Plätze leer, und auf einem halben Dutzend anderer sitzen Anfänger, die nicht mal Drogen in einem Ghetto verkaufen könnten. Sogar ich könnte noch besser Wertpapiere verkaufen als diese Schwachköpfe da draußen. Man hat uns gesagt, Sie hätten die beste Händlertruppe in ganzen Land. Man hat uns erzählt, Atlantic Pacific sei die großartigste Kampfmaschine auf der Welt! Ihr seid ein Haufen Lahmärsche!«

John White nahm die Füße vom Schreibtisch und beugte sich vor. »Wenn Sie so brillant sind, Cornwell, dann machen Sie's doch selber.«

Also ging Cornwell und versuchte es selbst. Aber nicht nur Cornwell – er befahl allen NIA-Leuten, sich ein Telefon zu schnappen und loszulegen, irgend etwas zu sagen, nur um herauszufinden, warum niemand, der ans Telefon ging, die Lincoln Convertibles kaufen wollte. Sie hatten zur Vorbereitung für diesen Auftrag alle die Akte über diesen Handel gelesen – sie kannten die Obligationen so gut wie nur irgendwer. Um zu beweisen, daß die NIA-Leute nicht besser waren als sie, griffen daraufhin auch die eigenen Sicherheitsbeamten von Atlantic Pacific zum Telefon und versuchten, sich in das Datennetz der Informationen zu schlängeln. Sie saßen in den Schützenlöchern und hatten die Gewehre an die Schreibtische gelehnt und schrien sich gegenseitig an, um herauszufinden, welche Knöpfe sie drücken mußten, damit die Telefone läuteten. Sie kamen nirgendwo hin. Sie bekamen Rückenschmerzen und wurden schnell müde; sie waren es einfach nicht gewohnt, lange zu sitzen. Die SEC-Männer waren entsetzt und begannen, wild in ihre Notizblöcke zu schreiben, daß alle Sicherheitsregeln der US-Regierung verletzt wurden, bis sie bemerkten, daß es Regierungsleute waren, die gegen ihre eigenen Regeln verstießen, was möglicherweise nicht völlig ungesetzlich war. Die UN-Beobachter waren entsetzt darüber, daß der Handel nicht glatt über die Bühne ging, und sie machten sich Sorgen, daß es New Lincoln Inc. eventuell nicht ganz so leicht fallen dürfte, nächste Woche das Regierungsgebäude in Santo Domingo zu stürmen. Man begann sich allgemein zu fragen, ob es wirklich sinnvoll war, daß sich eine Handvoll Unternehmen zusammentun und mit geborgtem Kapitel den Ausverkauf einer ganzen Nation betreiben konnte.

»Es handelt sich ja nicht um eine *ganze* Nation«, erklärte Cornwell der Person, die unter einer Nummer antwortete, die er gedrückt hatte. »Es geht nur um die Vermögenswerte der dominikanischen Regierung selbst. Wir rühren keine Vermögenswerte der Leute und keinen privaten Grundbesitz an. Die Regierung der Dominikanischen Republik trägt nur einen kleinen Teil zum Bruttosozialprodukt des Landes bei.«

Aber es half nichts. Entgegen der allgemeinen Erwartung und der bisherigen Erfahrung schien der gesunde Menschenverstand die Oberhand zu gewinnen. Der gesunde Menschenverstand hatte sich bisher noch nie durchgesetzt, jedenfalls nicht in einem so frühen Stadium eines Geschäfts, und die großen Experten konnten sich nicht erklären, warum er urplötzlich sein schreckliches Haupt erhob und ihre Party verregnete.

»Es steht gar nicht so schlecht«, sagte Coyote Jack, der sich an einer kleinen Überschlagsrechnung versuchte. »New York sagt, sie haben drei Viertel des Geschäfts umgesetzt. Damit bleiben wir nur auf einer halben Milliarde sitzen. Außerdem – und wenn schon? Dann sind wir eben der größte Aktionär der Dominikanischen Republik. Was soll daran so schlimm sein?«

»Was daran so schlimm ist? Daß die Insel ein wertloses Stück Land ist, das nur als zukünftige Atommülldeponie zu gebrauchen sein wird«, schoß John White zurück. »Wir haben die Sache total versaut, und Sie können verdammt sicher sein, daß man mir nicht die Schuld daran geben wird.«

»Mir auch nicht«, sagte Coyote Jack rasch.

»Oh doch. Die Sache hänge ich Ihnen an, Coyote. Sie haben ein Kontingent übernommen, das doppelt so hoch war wie das, war wir verkaufen konnten. Sie haben die Filiale überstrapaziert und die Händlertruppe schlecht geführt. Ich werde morgen soviel Scheiße abbekommen, daß ich von Glück sagen kann, wenn ich es überlebe.«

»Woher hätte ich wissen sollen, daß sie Eggs Igino nicht finden würden?« verteidigte sich Coyote Jack. »Kann ich was dafür, daß er einfach verschwindet?«

»Sie sind der Verkaufsleiter, Coyote.« John White stieß Coyote

Jack seinen harten Zeigefinger in die weiche Brust. »Sie haben es versaut. Wir haben nicht die Hälfte unseres Kontingents verkauft. New York wird uns gewaltig aufs Dach steigen. Ich habe in einer Stunde eine Konferenzschaltung mit dem Syndikat. Ich halte nicht länger den Kopf für Sie hin. Sie stehen allein da.«

Coyote Jack geriet außer sich. Er stand Brust an Brust mit John White und quengelte zurück, das Geschäft hätte bei soviel Durcheinander nie freigegeben werden dürfen. Es sei nicht seine Schuld, daß die Obligationen ein Haufen Scheiße waren.

Plötzlich wurde die Kreischbox hinter ihnen totenstill. Das war noch nie vorgekommen. John White wechselte auf einen anderen Kanal, aber er empfing nur Rauschen.

»Der Kasten ist tot!« rief Sidney durch den Saal. Er drückte die Direktleitungen nach New York, aber die Telefone läuteten nicht einmal. »Wir sind abgeschnitten! Was, zum Teufel, ist da draußen los?«

»Wir sind umzingelt!« schrie jemand anderer zurück.

Sie stürzten an die Fenster und rissen die Rollos herunter, als könnten sie dann sehen, was in New York und anderswo passierte.

John White schaute durch das Fenster auf den Hubschrauber, der um das Gebäude kreiste. Die Tür zu seinem Büro ging auf und Cornwell steckte den Kopf herein. »John White!« brüllte er die beiden Männer an.

»Was?« sagte John White.

»Kommen Sie mit mir«, befahl Cornwell.

»Ich habe nichts getan. Er war's.« John White zeigte auf Coyote Jack.

»Vorwärts! Vorwärts!« bellte Cornwell. »Wir haben nicht viel Zeit.«

»Was ist los?«

»Ich erzähl es Ihnen unterwegs.«

John White hatte eine Heidenangst vor Cornwell und den Gewehren seiner Männer. »Ich gehe nirgendwo hin, bevor Sie mir nicht sagen, wo Sie mich hinbringen.«

»Der Handel ist zusammengebrochen. Ich habe eben einen Anruf aus Washington erhalten. Sie sind stinksauer. Wir können es uns nicht leisten, daß unsere militärischen Vertragspartner einen solchen Verlust hinnehmen. Wir müssen etwas unternehmen. Jetzt kommen Sie mit mir!« Cornwell rannte hinaus.

John White rannte aus der Tür, um Cornwell einzuholen. Er hatte eine Aktentasche voller Papierservietten, ein frisches Hemd und eine Krawatte bei sich. Sie gingen durch die Hintertür und stiegen in den Aufzug, mit dem sie zum Dachgeschoß fuhren. Dort warteten mehrere Männer auf ihn. Sie rannten auf ihn zu. Er erwartete, sie würden ihn in den Magen boxen und ihm Handschellen anlegen, aber statt dessen begleiteten sie ihn zum Ende des Flurs, wo eine Treppe aufs Dach führte. Ein Hubschrauber stand mit laufendem Rotor auf dem Dach. John White ahmte Cornwells gebückten Gang nach, als sie zum Hubschrauberlandeplatz gingen. Jemand öffnete die Tür und steckte seine Hand heraus, um zu helfen. Cornwell kletterte an Bord und nach ihm John White, und dann schraubte sich der Vogel in den Himmel.

Macht ist nicht von Dauer

Es war ein schmutziger Beruf, aber das Geld machte süchtig, und eine Sucht führte zur anderen, und sie waren alle zum Teufel gegangen. Regis Reed war zum Teufel gegangen, genau wie »Green Thumb« Griffin. Nickel Sansome verlor seine Haare und hörte auf zu atmen, während Lisa Lisas Füße auf den dreifachen Umfang anschwollen. Sue Marino verlor zuerst ihre träge, gedehnte Stimme, dann ihr Lächeln und dann ihren Verlobten. Thom Slavonika wurde aufs Altenteil gesetzt. Eggs Igino, der wie eine Offenbarung erschienen war, war schlicht verschwunden. Coyote Jack überspannte den Bogen und wurde gewaltsam aus dem Handelssaal entfernt.

Sie waren alle zum Teufel gegangen, aber sie hatten eine wertvolle Lektion gelernt. Sie hatten gelernt, daß Wissen Macht ist, und dann lernten sie, daß Wissen in manchen Fällen absolut nutzlos war. Manche Kenntnisse besaßen einen Wert an der Börse; Selbsterkenntnis gehörte nicht dazu. Auch nicht das Wissen, geliebt zu werden. An der Börse für Wissen wurden bestimmte Formen von Wissen gefördert, und andere blieben unbelohnt, bis sie ausstarben. Manche Arten von Wissen hielt man für wirkungsvoll und angemessen, andere für zu abstrakt und schwer verkäuflich.

Die Angestellten speicherten das passende und nützliche Wissen in den Köpfen, wo es auf Abruf bereitstand. Um Platz für soviel praktisches Denken zu schaffen, musterten sie altes und nutzloses Wissen aus und legten es ab. Nach Eggs Igino, der vor seinem Wirtschaftsstudium Psychologie studiert hatte, wurde geistige Gesundheit oft definiert als das klare Unterscheidungsvermögen zwischen der eigenen Innenwelt und der Außenwelt. Auf seinen Arbeitsplatz angewandt, bedeutete das, ein geistig gesunder Angestellter war der, der eine klare Grenze zwischen seinem Ich und dem Arbeitgeber zog. Wenn aber die größten Vermögenswerte einer Firma in der geistigen Kapazität ihrer Angestellten bestehen, mußte man diese Konstellation quasi per definitionem als ungesund einstufen. Die Grenze zwischen Arbeitgeber und Angestelltem war verwischt. Reichtum wurde den mental Leistungsfähigen zuteil, denen, die psychische Störungen durch Rechtfertigungen, Versprechen und Ausreden fernzuhalten vermochten. Reich wurden die Verrückten, die ihr Leben im Dienst der Firma aufopferten, die Schönheit in den jungfräulichen Spalten von Bilanzen entdeckten und ihre Kreativität in den engen Grenzen von Lifo, Fifo und anderen Methoden der Vermögensbewertung ausdrücken konnten.

Sie zahlten ihren geringen Preis fürs Unglücklichsein, aber dieses Gefühl ließ sich kurzfristig durch einen neuen Titel lindern. Wenn man jung war und in Zahlen lesen konnte wie in einer Kristallkugel, hatte man gute Karten, aber man war nicht immun gegen den Prozeß des Alterns. Als Frau gestand man dir einen kleinen, kostbaren Platz für deine weiblichen Geheimnisse zu – vielleicht die Hälfte der Schreibtischschublade, die Handtasche und ein hinterer Lappen des zerebralen Kortex. Als Mann belohnte dich der Arbeitsmarkt dafür, deine nicht vorgesehenen Hobbys zu vernachlässigen, zum Beispiel deine Familie. Männer waren nicht von Natur aus steif und distanziert – sie waren nur seit einhundertdreißig Jahren dem Marktprozeß ausgesetzt. Sie waren einfach verschlissen von einem Markt, der einem Anwalt das dreifache Gehalt eines Englischlehrers an der High-School zahlte. Ihr Leben zog so schnell an ihnen vorbei, daß wenig hängenblieb. Es war unmöglich, alles zu verarbeiten. Sie wollten es langsamer angehen lassen, aber das Leben war keine Erzählung; es verlangsamte nicht passenderweise kurz vor dem Ende das Tempo, und es kam nie zu sauberen Lösungen. Aus Gründen der Selbsterhaltung lernten sie, Witze darüber zu machen. Sie witzelten über die Zähne des Burschen, der Thom Slavonika ersetzt hatte, weil sie verfaulten. Über Paul »Goody« DeShews, der dabei war, sich der Schwerkraft zu widersetzen. Über Nelson Dicky, den Gott errettet hatte.

Sie machten ihre Witze darüber und fragten sich, wie es wohl war, sich die Schuhe selbst putzen zu müssen, und obwohl es nicht leicht war, überlebten sie alle. Sie verließen nie ihre Gräben und taten, was man ihnen sagte; für ein paar Jahre ihres Lebens taten sie nichts anderes, als elf Stunden am Tag und fünf Tage in der Woche zur Arbeit zu gehen. Am Ende, als sich der Staub legte, stand nur noch Sidney Geeder, und alles war anders, außer der Börse, die dieselbe geblieben war, denn es war normal, daß alles Menschliche ausradiert wurde und nur diejenigen übrigblieben, die der Schwerkraft trotzten und aus Stahl waren. Sid Geeder schlürfte seinen Kaffee und schaute einem Trupp Arbeiter zu, die die Ölgemälde mit den Kriegsschiffen der New York Navy von 1787, das Firmensymbol von Atlantic Pacific, abhängten. Dann entfernten sie den Messingschriftzug ›Atlantic Pacific‹ am anderen Ende der Wand, und als sie damit fertig waren, begannen sie, den babyblauen Firmenteppich in langen Bahnen aufzurollen. Sie arbeiteten schnell und methodisch und störten die verbliebenen Mitglieder der Händlertruppe kaum, die völlig aus der Bahn geworfen, die Eröffnungskurse der Schatzbriefbörse mitschrieben und anfingen, ihre Kunden anzurufen und sie über das Overnight Trading in Tokio und Frankfurt zu informieren. Einer der Arbeiter ging von Schreibtisch zu Schreibtisch und sammelte alle Atlantic-Pacific-Kugelschreiber ein. Sie brauchten eine Stunde, um die Filiale von allen wichtigen Insignien der Atlantic Pacific Corporation zu entkleiden, deren Name keinen Pfifferling mehr wert war.

Sidney begann den Verdacht zu hegen, daß er es endlich geschafft hatte, die Firma kleinzukriegen. Er holte sich den Aktienkurs der Gesellschaft auf seinen Quotron, und zu seiner Überraschung war die Aktie über Nacht wieder auf 38 gestiegen. Es ergab keinen Sinn. Dann kamen die Arbeiter zurück. Sie brachten neue Rollen mit waldgrünem Plüschteppich mit und entrollten ihn in den Gängen. Teppichverleger krabbelten herum und nieteten ihn fest. Sie störten die verbliebenen Mitglieder der Truppe kaum, die, völlig aus der Bahn geworfen, zur Küche gingen und nach Essen stöberten. Andere Lieferanten brachten neue Ölgemälde von edlen arabischen Schlachtrössern in schimmernder Wehr. Sie klipsten die Leinwände aus den alten, vergoldeten Rahmen und ersetzten sie durch die neuen Leinwände, dann hängten sie die Bilder so wieder auf, daß die nicht verblaßte Tapete dahinter nicht zu sehen war. Einige von den Pferden liefen in vollem Galopp, andere bäumten sich auf der Hinterhand. Sie waren alle in Bewegung und hatten feurige, kriegerische Augen. Die Arbeiter standen vor ihnen und bewunderten die Detailgenauigkeit, mit der das Fell der Pferde gemalt war.

Dann gingen sie in die Halle und kamen mit einem reichverzierten, aus rostfreiem Stahl geschweißten Schild für Allegiant Securities zurück, der neue Name, den sich die Firma über Nacht ausgesucht hatte. Coyote Jacks Sekretärin kam in den Saal heraus und verteilte neue Firmenkugelschreiber mit waldgrüner Tinte und dem Logo eines weißen Pferdes. Sie stellte sich reihum bei den neuen Händlern vor, die man von New York eingeflogen hatte, um diejenigen zu ersetzen, die zum Teufel gegangen waren, und ebenso alle die, die bei der gestrigen Veranstaltung nicht mindestens fünfundsiebzig Prozent ihres Kontingents erfüllt hatten. Es war ein bißchen hart, Leute rauszuschmeißen, weil sie ein Kontingent nicht geschafft hatten, das von vornherein unrealistisch war, aber die Firma traf die unangenehme Entscheidung, es sei besser, den Händlern beizubringen, daß sie die Kontingente strikt einzuhalten hätten und nicht auf die leichte Schulter nehmen durften. Wenn sich die Firma das nächste Mal übernahm und unmögliche Kontingente vorgab, konnte es sein, daß die Regierung nicht zur Stelle war und ihnen aus der Klemme half. Sidney Geeder hatte achtunddreißig Millionen Dollar verkauft, mehr als doppelt soviel wie jeder andere Händler in San Francisco, aber trotzdem war er nicht einmal in die Nähe von fünfundsiebzig Prozent seiner Zielvorgabe gekommen. Sid Geeder hielt sich an seinem Kaffeebecher fest und wartete darauf, daß John White in den Handelssaal herauskam und ihn in sein Büro bat. John White kam in den Handelssaal, bat Sid Geeder in sein Büro und befahl allen anderen, wieder an die Arbeit zu gehen. *Das war's,* dachte Sid, während John Whites Sekretärin ihm eine Tasse frischen Kaffee einschenkte. *Jetzt flieg ich auch raus.*

Aber es war schlimmer als das. »Die NIA hat entschieden, daß dieses Geschäft zu bedeutend für unsere nationalen Interessen ist und hat uns herausgeboxt. Sie hat die letzte halbe Milliarde Obligationen gekauft, um dafür zu sorgen, daß es ein Erfolg war. Sie können es sich nicht leisten, daß ihre wichtigsten Vertragspartner in der Rüstungsindustrie bei dem Geschäft einen Verlust erleiden. Das ist durchaus nicht ungewöhnlich. Sie schreiten auch dauernd ein und vergeben Aufträge für Kampfflugzeuge an Martin Marietta, damit die nicht Pleite machen. Eine halbe Milliarde in Wertpapieren ist nicht viel mehr als ein paar Tarnkappenbomber.«

»Wollen Sie damit sagen, die Firma ist nicht tot?« sagte Sid. »Das ist ja furchtbar.«

»Im Gegenteil. Wir sind stärker denn je.«
»Sie lügen«, warf ihm Sid vor. »Unser Name ist im Eimer.«
»Aber wir sind ja nicht mehr Atlantic Pacific. Wir sind Allegiant Securities. Kein schlechter Name, was? Ein Computer hat die Bezeichnung ausgespuckt. Allegiant Securities ist die großartigste Verkaufsmaschine weit und breit.«
»Verschonen Sie mich«, gab Sid zurück.
John White hielt inne, um darüber nachzudenken. »Jedenfalls, jetzt, wo Coyote Jack nicht mehr da ist, möchte ich Sie befördern«, sagte John White.
»Ich will keine Beförderung«, sagte Sid Geeder. »Ich habe nur noch vier Wochen, bis ich meine Aktien einlösen kann. Dann arbeite ich keinen einzigen Tag mehr in meinem Leben.«
»Sie können die Aktien behalten, wenn Sie die Beförderung annehmen.«
»Aber kann ich sie zu Geld machen?«
»In zwei Jahren.«
»In zwei Jahren!«
»Außer, Sie werden wieder befördert«, fügte John White hinzu. »Dann wären es *nochmals* zwei Jahre. Aber Sie wären Managing Director, und die Arbeit ist leicht. Genaugenommen haben wir überhaupt nichts zu tun. Man muß lediglich anwesend sein.«
»Was ist, wenn ich die Beförderung nicht annehme?« fragte Sid Geeder.
»Wenn Sie die Beförderung nicht annehmen, muß ich Sie rausschmeißen.«
»Und dann bekomme ich nicht einmal die Aktien?«
»Die Aktien bedeuten sehr viel Geld für die Firma. Wir können sie nicht Leuten geben, die sie einlösen wollen. Wenn wir gewollt hätten, daß Sie sie zu Geld machen, hätten wir Ihnen von vornherein Geld gegeben. Sie sind ein wertvoller Angestellter, Sid. So wertvoll, daß ich Sie feuern muß. Wir können

es uns nicht leisten, daß Leute einen unschätzbaren Wert bekommen.«
»Das ist verrückt.«
»Das ist nicht verrückt. Es ist das Dritte Gesetz der Informationswirtschaft.«
»Was sagen Sie da? Was ist das Dritte Gesetz?«
»Stell nie jemanden ein, den du nicht rausschmeißen kannst.«
»Wo haben Sie denn das her? Hat Ihnen das jemand beigebracht?«
Sidney sprang von seinem Stuhl auf.
»Eggs Igino. Er hat es mir beigebracht.«
»Eggs Igino! Haben Sie von ihm gehört?«
John White sah auf seine Schuhe. »Ich habe nichts gehört. Das Management macht sich immer noch Sorgen, daß er bei Shearson Management oder Merill auftaucht und uns an den Karren fährt. Wir hätten ihn nie einstellen dürfen. Er war irgendwie zu wertvoll.«
Sid schaute aus John Whites Fenster im zweiundvierzigsten Stock. Er sah nichts als Nebel, und sie waren das einzige Raumschiff am Himmel. »Ich hätte nie zurückkommen sollen. Ich hätte für immer verschwinden sollen, wie Eggs Igino.«
»Was jammern Sie? Ich biete Ihnen eine Beförderung an.«
»Schöne Beförderung«, murmelte Sid.
»Hey, ein paar Burschen da draußen im Saal würden für so eine Beförderung ihren rechten Arm geben.«
»Schön für Sie«, sagte Sid. »Warum geben Sie nicht Nelson Dicky die Beförderung und lassen mich seine Aktien nehmen?«
»Machen Sie Witze? Nelson Dicky ist der netteste und liebste Kerl im ganzen Saal. Jeder mag ihn, und keiner hat Respekt vor ihm.«
»Ich verstehe nicht, warum Sie gerade mich so herauspicken.

Was habe ich in den letzten fünf Jahren denn gemacht, außer tonnenweise Geld für die Firma zu scheffeln?«

»Wer pickt Sie heraus? Niemand vom Management darf seine Aktien zu Geld machen, Sid. Ist Ihnen klar, was passieren würde, wenn wir sie ließen? Wissen Sie nicht, was los wäre, wenn wir plötzlich dem Management erlaubten, Aktien gegen Geld zu tauschen?«

»Sie würden sich aus dem Staub machen. Nicht alle, aber die meisten.«

»Wir hätten kein Geld mehr übrig.«

»Und Sie? Würden Sie sich aus dem Staub machen?«

»Ich wäre innerhalb einer Stunde aus der Tür«, gestand John White. »Ich stehe inzwischen bei zweihunderttausend Aktien.«

»Das sind acht Millionen Dollar!«

»Wie ein Gemälde, das ich nicht verkaufen kann. Ich werde nie einen Cent davon sehen.«

»Warum bleiben Sie dann?« japste Sid.

»Was? Und acht Millionen Dollar an Aktien aus dem Fenster schmeißen? Ich müßte verrückt sein, mich von so viel Geld zu trennen.«

»Aber das macht doch überhaupt keinen Sinn!«

»Wer sagt denn, daß es Sinn machen muß? Sinnvoll zu sein war noch nie eine Vorbedingung für dieses Geschäft. Sie sollten nach der ganzen Zeit bei uns wirklich nicht mehr nach einem Sinn suchen. Sie kamen vier Jahre und elf Monate wunderbar klar, weil Sie die offenkundigen Widersprüche ignoriert haben. Schauen Sie sich Eggs Igino an. Er hat versucht, einen Sinn darin zu finden, und was ist aus ihm geworden?«

»Was ist aus ihm geworden?« fragte Sid.

»Woher soll ich das wissen? Fragen Sie ihn selbst, wenn Sie es unbedingt herausfinden wollen.«

»Wie kann ich ihn fragen, wenn ich nicht weiß, wo er ist?« schrie Sid bestürzt, als alles, was John White ihm eben erzählt hatte, langsam in sein Bewußtsein drang. Sid schlug nach einem Stapel Analysen auf John Whites Schreibtisch und wirbelte sie auf den Boden. Mit gesenktem Kopf zog er sich aus John Whites Büro zurück und stampfte seine Fußabdrücke in den neuen waldgrünen Plüschteppich, dessen Anblick Sid nur noch wütender machte. Sid paßte nicht einmal auf, wo er hinlief, und stieß gegen jemanden. Der andere prallte zurück. Sid schaute auf.

»Wer, zum Teufel, sind Sie?« schrie er den ungewohnt großen Mann an, der in einem rosa Hemd vor ihm stand.

»Ich bin der neue Clark Kalinov«, antwortete der Mann verärgert. »Und wer, zum Teufel, sind Sie?«

»Ich bin der neue Sid Geeder«, antwortete Sidney angeekelt.

»Oh – ich habe Sie nicht vor morgen erwartet. Sie müssen ein paar Formulare ausfüllen.«

»Stecken Sie sich Ihre Formulare in den Arsch!« Sid drängte an dem neuen Clark Kalinov vorbei und ging zu seinem vertrauten Terrain am Schreibtisch zurück. Er versuchte, einfach nur Zeitung zu lesen, aber vom ganzen Gang starrten ihn neue Gesichter blöd an und warteten auf einen Rat, wie man Händler wurde. Sie warteten darauf, daß er zum Telefon griff und ihnen eine Vorstellung davon vermittelte, wie man Wertpapiere verkaufte.

»Was schaut ihr so, zum Teufel?« polterte er. »Laßt mich in Frieden!«

Sie starrten ihn weiter an. Einige von ihnen fingen an, Zeitung zu lesen und die Füße auf den Schreibtisch zu legen, so wie er es machte. Wenn Sidney etwas Interessantes auf seinem Monitor sah, wandten sich alle ihren Monitoren zu, um herauszufinden, worauf er schaute.

»Hört auf damit!« heulte Sid. »Denkt selber nach!«

Die Hundefrau im Rollstuhl sauste zu seinem Schreibtisch hinüber. »Ich würde furchtbar gern selber nachdenken«, sagte

sie. »Wenn Sie mir einfach sagen könnten, worüber ich nachdenken soll.«
Sid schlug sich frustriert an die Stirn. »Ich kann Ihnen nicht sagen, worüber Sie nachdenken sollen!«
»Warum nicht?« fragte die Hundefrau im Rollstuhl despektierlich.
»Weil Sie dann eben nicht selbst denken würden!« klagte er und warf ihr die Zeitung ins Gesicht. Er beschloß spontan, seinen Anwalt, Stormin' Norman Walker, anzurufen, und ihm zu erklären, was John White gemacht hatte.
»Können die das machen?« fragte Sid. »Das muß doch gesetzwidrig sein.«
»Was ist gesetzwidrig daran?« fragte Norman Walker.
»Aber sie haben mir die Aktien versprochen!«
»Wenn Sie fünf Jahre bleiben.«
»Aber es sind praktisch fünf Jahre«, argumentierte Sid.
»Es sind keine fünf, wenn sie Sie rausschmeißen.«
»Sie können mich nicht einfach rausschmeißen, oder? Ich habe meinen Teil des Abkommens eingehalten. Ich habe nichts Unrechtes getan. Ich bin der beste Händler, den sie haben. Brauchen sie nicht einen triftigen Grund, um mich zu feuern. Steht es nicht so im Gesetz?«
»Aber sie haben ja einen Grund«, antwortete Norman Walker. »Sie haben Ihr Kontingent von den Lincolns nicht verkauft.«
»Aber das Kontingent war ein Witz! Kein Mensch hätte einhundert Millionen verkaufen können.«
»Genau deshalb haben sie es Ihnen gegeben. Um dafür zu sorgen, daß sie einen Grund haben, Sie zu feuern.«
»Warum schmeißen sie mich dann nicht einfach raus?«
Norman Walker keuchte ins Telefon. »Weil sie Sie nicht rausschmeißen *wollen.* Sobald sie einen guten Grund haben, Sie rauszuschmeißen, geben sie Ihnen viel lieber eine Beförderung. Sie wären ein ausgezeichneter Verkaufsleiter.«

»Warum geben sie mir dann nicht die Aktien? Wenn sie mich die Aktien behalten ließen, würde ich die Beförderung annehmen.«

»Sie lügen, und die wissen das«, warf ihm Norman Walker vor. »Sie würden die Aktien zu Geld machen, und am nächsten Tag würden Sie kündigen. Sie hätten nicht eine einzige Woche lang Lust darauf, Verkaufsleiter zu sein.«

»Norman, wir reden von vier Millionen Dollar, die die Firma mir versprochen hat. Und Sie erzählen mir, es gibt keine Möglichkeit, sie zu bekommen?«

»Na ja, Sie können die Beförderung annehmen. In zwei Jahren würden Sie die Aktien bekommen.«

»Ich kann nicht zwei Jahre warten.«

»Sie sind erst vierunddreißig. Was sind schon zwei Jahre mehr?« sagte Norman Walker.

»Alles«, antwortete Sid. »Zwei Jahre sind alles. Nochmal zwei Jahre wären der Strohhalm, der mir das Genick bricht.«

»Das bilden Sie sich nur ein. Sie standen unter Streß. Nehmen Sie sich ein paar Tage frei und kommen Sie wieder. Dann wird alles viel vernünftiger aussehen.«

»Vergessen Sie's«, sagte Sid. »Ich will nicht, daß es vernünftig aussieht.«

Sidney Geeder war erleichtert, als Ricky die Post brachte und er sie durchsehen konnte. Er warf ein Teil nach dem anderen mit wachsender Genugtuung in den Papierkorb. Er warf die Analysen weg, er warf die Kurslisten weg, und er warf die Handelsbestätigungen weg. Er warf alles weg, was sich an Abfall auf seinem Schreibtisch fand, bis sein Papierkorb überquoll. Sid weinte beinahe vor Verzweiflung und Enttäuschung. All die Jahre, und sie summierten sich zu nichts. Er wurde so wütend, daß er am liebsten John White das Gesicht mit einem Heftklammerer eingeschlagen hätte, aber Sid Geeder wußte, daß Hunderte von Männern in der Firma

Allegiant Securities bereitstanden, um John Whites Stelle einzunehmen, und keiner von ihnen würde ihm etwas anderes erzählen. Die einzelnen Personen spielten keine Rolle – die Organisation lebte weiter. Sid Geeder klemmte seinen Papierkorb unter den Arm und ging, um ihn auszuleeren. Einer der Lieferanten in den weißen Overalls folgte ihm den Flur entlang, und als sich Sidney in den Raum mit dem Monsterkopierer zwängte, schlüpfte der Lieferant hinterdrein und schloß die Tür.

»Was, zum Teufel, wollen Sie?« schrie Sidney und fuhr herum.

Der Lieferant grinste geheimnisvoll. Er trug eine Baseballmütze aus Papier und eine Brille mit runden Gläsern. Sommersprossen schienen durch seinen rötlich-braunen Bart. Er sagte nichts. Er kicherte nur und schnalzte mit der Zunge, dann schob er die Hände in die Taschen.

»Wo, zum Teufel, kommen Sie her?« schrie Sid wieder.

»Was krieg ich dafür?« lächtelte der Lieferant.

»Für was?« sagte Sid und stellte seinen Papierkorb auf den Boden.

»Für die Information. Die Information darüber, wo ich die letzten sieben Wochen gewesen bin. Ich kann sie dir nicht einfach umsonst geben. Es ist eine wertvolle Information, für die die halbe Welt bereitwillig zahlen würde.«

»Heiliger Strohsack!« Sid versuchte, hinter die funkelnde Brille des Lieferanten zu schauen.

»Du solltest bereit sein, dafür zu bezahlen. Ist dir bewußt, welches Durcheinander du verursachen könntest, wenn du wüßtest, wie man sich einfach in Luft auflöst? Du und ich, wir könnten auf irgendeiner Insel sitzen und die Zehen in den heißen Sand stecken, während sich alle anderen an ihren Schreibtischen abrackern. Du würdest alle verrückt machen, sogar John White, und plötzlich sähe dein Leben nicht mehr so bedrückend aus.« Eggs Igino lehnte sich mit der Hüfte an den

Monsterkopierer und streckte ein Bein nach hinten. »Du hättest alles unter Kontrolle.«
»Du bist es! Du bist es wirklich!« plapperte Sid und war vor Begeisterung nicht zu bremsen. Er umarmte Eggs Igino wie eine Puppe und kniff ihn in die Wange. Eine Woge von Freude kroch seinen Rücken hinauf, und er hatte das Gefühl, daß seine Haare zu Berge stünden. »Du bist es wirklich!« brüllte Sidney vor wildem Lachen und streckte die Arme mit einer triumphalen Geste in die Luft. Eine gewaltige Woge von Heiterkeit überspülte Sidney Geeder, aus seinem Mund drang ein ausgelassenes Gelächter, gefolgt von unzusammenhängendem Gebrabbel. In seinem lärmenden Freudentaumel konnte er nicht anders als schreien.
»Er lebt!« bellte Sidney, drehte sich im Kreis und hüpfte auf und nieder. »Er ist entkommen! Er ist frei!«
»Nicht so laut«, flüsterte Eggs Igino.
»Wo warst du?« schrie Sid.
»Ich habe jemanden besucht, den ich besuchen mußte.«
»Der Laden hier ist wirklich zum Teufel gegangen.«
»Das ist er immer schon.«
»Sie ließen alle glauben, daß die Dominikaner dich gefangen haben.«
»Das haben die Leute geglaubt?« lacht Eggs. »Erstaunlich, was so ein Fax bewirken kann.«
»Das warst du? Du hast die Faxe geschickt?«
»Eines. Gab es noch weitere?«
»Klar«, sagte Sid aufgeregt. »Ich hab selbst eins geschickt! Du wärst stolz auf mich gewesen. Ich hab sogar einen Anruf gemacht!«
»Siehst du – ich war nicht der einzige.«
»Du hättest fast das ganze Unternehmen zu Fall gebracht! Du *hast* das ganze Unternehmen zu Fall gebracht! Wir haben nicht einmal mehr denselben Namen. Alle sind zum Teufel gegan-

gen, außer Nelson Dicky und Paul DeShews. Sie sind alle weg. Junge, wie ich ein paar von ihnen vermisse.« Sid hielt einen Augenblick ehrfürchtig inne. »Wie, zum Teufel, bis du hier reingekommen?«
»Die Mädchen. Sie haben mich auf einem Frühstückswagen hereingeschmuggelt.«
»Aber warum, um alles in der Welt, bist du zurückgekommen?«
Eggs verzog das Gesicht und klimperte mit dem Wechselgeld in seiner Tasche. »Ich bin gekommen, um dich zu retten.«
»Mich zu retten? Wovor?«
Eggs Igino zuckt die Schultern. Er starrte ins Leere. »Dich einfach retten. Vor allem hier. Es geht, weißt du. Du kannst einfach vollständig verschwinden. Wir können entkommen.«
»Wohin? Wo kann ich denn hin? Was soll ich mit mir anfangen? Ich arbeite schon so lange hier, daß ich nichts anderes kenne.«
Sid griff sich nachdenklich an die Stirn. »John White hat mich mit den Firmenaktien beschissen. Er sagt, ich muß nochmal zwei Jahre bleiben, um sie behalten zu können, andernfalls gehe ich leer aus. Ich halte auf keinen Fall noch zwei Jahre durch. Nie! Aber was soll ich sonst machen? Alles, was ich kann, ist Wertpapiere verkaufen. Ich habe sonst absolut nichts im Kopf, was mir irgendwie nützen könnte, eine andere Arbeit zu bekommen. Ich bin für die Firma hier von unschätzbarem Wert, aber für jedes andere Gewerbe bin ich völlig wertlos. Ich kann nicht mit einem Computer umgehen – die einzige Software, die ich verstehe, ist das Zeug, das wir entwickelt haben, um Wertpapierkurse zu ermitteln. Ich hab nicht einmal Kontakte. Wo kann ich schon hin? Ich bin wertlos.«
»Ach, hör auf. Du bist nicht wertlos. Du bist Sid Geeder. *Der* Sid Geeder. Das einzige Exemplar davon auf der ganzen Welt. Du bist seltener als Diamanten. Rarar als Uran. Du bist unbezahlbar, Sid. Niemand kann dich kaufen. Vier Millionen kommen nicht annähernd hin.«

Sid schaute auf. »Du hast recht. Das gefällt mir. Sie können mich nicht kaufen.«
»So ist es.«
»Ich bin Sid Geeder. *Der* Sid Geeder.«
»Nie wieder den Eskimos Eis verkaufen.«
»Nie wieder den Arabern Sand verkaufen«, fiel Sid freudig ein.
»Wer weiß, was aus mir wird, wenn ich meinem Leben eine Wende gebe! Alles ist drin!«
»Richtig! Du bist erst vierunddreißig und du bist ein verdammt heller Bursche. Kauf eine Gesellschaft, keine Ahnung. Werd Ringertrainer, wenn es sein muß.«
»Irgendwas wird sich schon ergeben«, sagte Sid optimistisch.
»Genau.«
»Es fängt damit an, daß ich kündige.«
Eggs schüttelte den Kopf. »Kündige nicht. *Fliehe.*«
»Fliehen? Warum sollte ich fliehen wollen? Wenn ich kündige, gehe ich zur Vordertür raus.«
»Sie schmeißen dich raus, bevor du zwei Schritte machst. Noch an der Tür finden sie eine Möglichkeit, dich zu demütigen. Sie filzen dich bis auf die Eier, sorgen dafür, daß du nichts mitnimmst, was der Firma gehört. Sie lassen dich nicht mal einen Kugelschreiber mitnehmen. Nicht einmal deine eigenen Geschäftskarten. Du kannst nicht als Gewinner rausgehen, Sid. Du hast keine Chance, sie vor der neuen Truppe vorzuführen. Es wird das beste sein, du verschwindest einfach.«
Eggs Igino hatte recht, Sid konnte sich die Szenerie ausmalen.
»Aber wie?« fragte Sid. »Soll ich morgen einfach nicht kommen?«
»Warum bis morgen warten?« sagte Eggs.
Sid senkte nachdenklich den Kopf. »Weißt du, wenn ich wirklich verschwinde, dann gibt es eine Sache, die ich gern tun würde, bevor ich gehe.«
»Dann geh und tu's«, stimmte Eggs zu.

Sid flog aus dem Raum, rannte den Flur hinunter und quer durch den Handelssaal in den gegenüberliegenden Korridor und platzte in John Whites Büro.

»Ich hoffe für Sie, es ist wichtig«, sagte John White und sah von einem Stapel Unterlagen auf.

Sid setzte ein hinterhältiges, glückseliges Grinsen auf. »Wie sehe ich aus: Als wäre ich mit der neuesten Wunderdroge vollgepumpt? Als hätte ich das Geheimnis der ewigen Jugend entdeckt?«

»Ich sag's Ihnen: Sie sehen aus wie Superman, der gleich aus den Kleidern platzt. Was gibt's?«

»Es ist wegen der Beförderung«, sagte Sid.

»Sie wollen sie nicht?« riet John White.

»Oh doch, ich will sie!«

»Wirklich?«

»Aber ja, ja«, sagte Sid. »Machen Sie Witze? Merken Sie mich für zwei weitere Jahre vor. Rufen Sie New York an. Rufen Sie das *Journal* an. Sagen Sie's der ganzen Truppe, gleich jetzt. Erzählen Sie's herum! Ich werde der beste Verkaufsleiter sein, den Sie je gesehen haben!«

»Das ist ja phantastisch«, sagte John White, der sich von Sidneys Begeisterung anstecken ließ. »Willkommen an Bord. Aber kaufen Sie sich einen anständigen Anzug und ein Paar Schuhe. Sie kommen daher wie ein gottverdammter Händler.«

»Alles roger«, sagte Sid und gab sich Mühe, nicht zu lachen. Er schloß die Tür und rannte durch den Handelssaal zurück zum Raum mit dem Monsterkopierer, aber als er die Tür öffnete, mußte er feststellen, daß Eggs Igino verschwunden war.

»Oh Scheiße«, sagte Sid, setzte sich auf einen Karton Fotokopierpapier und stützte den Kopf in die Hände. »Scheiße, nicht schon wieder.« Draußen im Handelssaal erhob sich ein Tumult, es gab Applaus und Freudenschreie, wahrscheinlich, als John White der Truppe die Nachricht von Sids Beförderung mitteilte. Von Eggs Igino aber keine Spur, nicht einmal eine Notiz. Er war so schnell verschwunden, wie er aufgetaucht war. Jeden Augenblick würde der ganze Saal anfangen, ihn zu suchen.

»Was ist denn los?« sagte Coyote Jacks Sekretärin, als sie hereinkam und ihn auf dem Karton Kopierpapier sitzen sah. »Kommen Sie nicht, um Ihre Beförderung zu feiern?«

»Ich nehme die Beförderung nicht an.«

»Sie nehmen die Beförderung nicht an?«

»Machen Sie Witze? Ich kann hier nicht mehr arbeiten. Ich habe John White nur erzählt, daß ich sie annehme, um ihm Sand ins Getriebe zu streuen.«

»Sie verlassen uns?« Sie begann zu schniefen.

»Sagen Sie's niemand«, bat Sid. »Sie sollen es allein rauskriegen.«

»Dann bin ich ja ganz allein«, antwortete sie und zog ein Taschentuch aus ihrem BH-Träger, um sich die Augen zu betupfen.

»Na, na«, tröstete Sid. »Ich werde so glücklicher sein.«

Sie nahm sich zusammen und straffte die Schultern. »Jedenfalls werden wir Sie vermissen«, sagte sie.

»Ich werde euch auch vermissen«, sagte Sid. »Tun Sie mir einen Gefallen? Beobachten Sie den Flur, während ich durch die Hintertür verschwinde?«

Coyote Jacks Sekretärin trat auf den Flur hinaus. Sid stand geduckt in der Tür.

»Passen Sie auf«, empfahl sie. »Da draußen sind eine Menge gemeine Leute.«

»Ich werde aufpassen«, sagte Sid.

»Also dann, viel Glück.«

»Das wünsche ich Ihnen auch«, gab Sid zurück. »Seien Sie vorsichtig.« Er drehte sich um, spurtete den Flur hinunter und flitzte durch die Hintertür, die er dann sanft hinter sich schloß. Er schlenderte zu den Aufzügen. Einer der festangestellten Wachmänner stand daneben und gähnte. Er nahm kaum Notiz von Sidney.

»Hab meine Brieftasche im Auto liegen lassen«, sagte Sid und tastete an seine Gesäßtaschen.

Die Augen des Wachmanns wanderten kurz zu Sid hinüber und kehrten dann wieder auf ihre Halbmaststellung auf den Teppich zurück.

Mit einem »Bing« kündigte der Aufzug sein Eintreffen an. Sid ging hinein, drehte sich um und drückte, ohne hinsehen zu müssen, den Knopf für die Eingangshalle. Er trat an die Rückwand, während der Aufzug den Schacht hinuntersauste. Er grübelte darüber, wo er hingehen konnte, was er tun würde. Er wollte Ivana sehen. Das war anscheinend das einzige, was ihm einfiel. Es war das einzige, was noch wichtig schien. Als die Tür aufging, zögerte Sid. Eine Menge anderer Gebäudenutzer drängte in den Aufzug. Sid mußte sich durch sie hindurchkämpfen, um hinauszukommen.

Die Eingangshalle war feucht, weil ein Trupp Gärtner die hohen, blätterreichen, dschungelartigen Bäume besprühte, die entlang der Glaswände wuchsen. Die Sonne kam gerade heraus, und das Morgenlicht brach sich im Sprühnebel und glitzerte. In dem Bemühen, möglichst unauffällig auszusehen, winkte Sid der Wachmannschaft zu, die ein Auge auf den Fahrstuhl zum Tiefgeschoß hatte. Es waren noch drei Stockwerke nach unten, drei lange, langsame Stockwerke. Er fischte nach den Schlüsseln in seiner Tasche und hielt sie für eine schnelle Flucht in seiner Hand bereit. Er ging schnell, rannte fast, vorbei an Reihen von Autos, die schicker waren als seines. Dann blieb er plötzlich wie angewurzelt stehen, als er Coyote Jacks silberne Limousine auf ihrem regulären Stellplatz stehen sah.

Instinktiv ging Sid in die Hocke, als ob ihn der Wagen gleich angreifen würde. Dann schlich er langsam an die Seitenfenster des Autos. Der Fahrersitz war so weit es ging nach hinten geklappt, und auf dem Sitz lag Coyote Jack, der sein Weiß-auf Weiß-gestreiftes Stehkragenhemd ohne Krawatte trug. Er schien halb zu schlafen, schoß aber in die Höhe, als Sids Körper einen Schatten über seine Augen warf.

»Ich habe eine Pistole«, schrie Coyote Jack und griff Richtung Handschuhfach. »Verschwinden Sie!«

Sid duckte sich und warf sich neben den Hinterreifen der Limousine.

»Um Himmels willen, Coyote! Ich bin's, Geeder! Schießen Sie nicht!«

Sid hörte, wie das Türschloß des Wagens geöffnet wurde. Die Fahrertür ging auf, und Coyote Jacks Beine schwangen heraus.

»Verdammt nochmal, Geeder. Sie haben mich zu Tode erschreckt.«

»Haben Sie wirklich eine Pistole?«

»Nee.«

Sid stand vorsichtig auf und staubte seine Hose ab. »Was machen Sie hier?« fragte er.

Coyote Jacks Gesicht war käsig und geschwollen. Er kniff die Augen zusammen. »Ich weiß es nicht«, antwortete er.

»Haben Sie's Ihrer Frau schon erzählt?« fragte Sid.

»Noch nicht«, antwortete Coyote Jack und das erklärte anscheinend alles. Aber er fuhr fort. »Ich weiß nicht recht, wo ich hin soll.«

Sid schaute auf den Zementboden hinunter. Er drückte mit der Schuhspitze auf einen Kiesel. »Tja...«

»Tja.« Coyote Jack nickte, als ob sie sich auf etwas geeinigt hätten.

Sid räusperte sich. »Hören Sie auf, Trübsal zu blasen. Für Sklaventreiber wie Sie gibt es immer massenhaft Jobs.«

»Ist das Ihre Meinung von mir?« fragte Coyote Jack abwehrend. »Ein Sklaventreiber?«
»Netter kann ich es nicht ausdrücken.«
»Scheißkerl.«
»Tja, ehm, selber Scheißkerl«, gab Sid zurück. Er drehte sich um und begann davonzugehen.
»Verdammt nochmal, Geeder, lassen Sie mich nicht so stehen! Ich habe mir Ihren Scheißdreck fünf Jahre lang gefallen lassen! Fünf Jahre, Geeder, und Sie haben immer nur an sich selbst gedacht.«
Sid kam mit kleinen Schritten wieder zurück und sah Coyote Jack ins Gesicht. »Sie verdienen, was Sie bekommen haben. Sie haben bekommen, was Sie verdienen.«
»Niemand anderer hat gezählt. Sie haben auf jeden einzelnen von uns herabgesehen! Verdammt, Geeder, hören Sie mir nur einmal zu!«
»Heulen Sie sich bei Ihrer Frau aus, Sie Arschloch.« Sid setzte seinen Weg fort und versuchte, außer Hörweite zu kommen.
»Verdammt nochmal, Geeder! Sie haben mir nie zugehört!«
Sid dämpfte seine Schritte, versuchte einfach zu verschwinden. Er bog in eine andere Fahrzeugreihe ein, und das Geschrei wurde leiser. Als Sid bei seinem Truck ankam, lehnte Eggs Igino an der Beifahrertür, das Gesicht hinter einer aufgeschlagenen Zeitung verborgen.
Sid versuchte sich seine Erleichterung nicht anmerken zu lassen. Er schlenderte hinüber, steckte den Schlüssel in die Tür und kletterte hinein. Eggs stieg zu ihm ein. Sid ließ den Motor an.
»Also, wie heißt die Losung, Kleiner?«
»Die Losung?«
»Die Losung für den Tag.«
Eggs kicherte. »Die Losung«, murmelte er und grübelte, ohne daß ihm etwas einfiel. Sid steuerte durch die Tiefgarage. Eggs

wollte etwas Zündendes sagen. Schließlich gab er es an Sid zurück. »Ich geb's auf«, antwortete er. »Wie heißt die Losung?« Sid grinste belustigt, dann zuckte er die Achseln. »Finden wir's heraus.« Er jagte den Truck die Ausfahrt hoch, um enge, vertraute Kurven und schwenkte zum letzten Mal seinen Ausweis für den Parkwächter. Sie bogen in die Straße. Der morgendliche Stoßverkehr hatte noch nicht begonnen, und das gelbe Licht der Sonne sickerte durch schwere, weiße Nebelschwaden. Einige Blocks weiter blickten sie ein letztes Mal zurück, aber ihr Gebäude war bereits verschwunden.

Dank an Nina Schuyler, Peter Ginsberg, Jon Karp, Jim Humes, Ethan Watters, Jean Thompson und Louise Edmunds für ihre Hilfe beim Manuskript. Ich schulde Euch großen Dank, ebenso wie allen anderen, die mich in den letzten Jahren zum Weiterschreiben ermutigten: Rick Bass, Bill Brinton, Duncan Bronson, Deborah Bull, Ethan Canin, Michelle Carter, Barbara Himmelman, Howard Junker und Mitch Radcliff.
Bei Random House bedanke ich mit bei Deborah Aiges, Andy Carpenter, Harold Evans, Ivan Held, Bridget Marmion und Beth Pearson.
Außerdem danke ich meinen alten Freunden bei First Boston, die mich unbarmherzig herumkommandiert haben, vor allem Dan Vandivort, Samuel Belk, Dennis Blodgett, Marcia Reynolds und Mark Kraschel. Nichts für ungut.